Phébus *libretto*

LA TERRE AUX LOUPS

ROBERT MARGERIT

LA TERRE AUX LOUPS

roman

Préface de
GEORGES-EMMANUEL CLANCIER

Phébus *libretto*

Illustration de couverture :
Photo : André Martin

A MADELEINE BERRY
en témoignage de gratitude
et d'affectueuse amitié

Le Poids du sang

Bien des fois, sortant éblouis de l'exposition des toiles d'un grand peintre, nous constatons que le monde (les arbres, le ciel, la rue, les passants) se met à ressembler aux chefs-d'œuvre que nous venons de contempler. Il en va de même après la lecture de certains romans essentiels : l'auteur est parvenu à nous imposer si fortement sa vision qu'une fois le livre refermé, les choses et les êtres de la vie se présentent ou se comportent comme, tout à l'heure, les choses et les personnages évoqués dans le roman.

Robert Margerit est l'un de ces rares écrivains dont l'imagination romanesque possède ainsi le pouvoir, dirait-on, de déteindre *sur la réalité. Qui lit* Mont-Dragon, Le Vin des vendangeurs, Par un été torride, Le Château des Bois-Noirs *ou* Les Amants *garde ensuite longtemps en lui-même, obsédants, le poids, l'épaisseur, la couleur, l'odeur, la sombre musique aussi d'un univers propre à toute l'œuvre de cet auteur. Un univers où les humains, dans leurs passions, leurs désirs sans merci, leur démence secrète parfois, se trouvent profondément soumis à la nature – même (pour ne pas dire : plus encore!) lorsqu'ils prétendent, par orgueil ou par une peur puritaine, la combattre en eux –, soumis aux sortilèges des sèves, aux mouvements du sang, à l'emprise des saisons et des éléments.*

La Terre aux Loups *confirme avec un éclat particulier ce pouvoir d'envoûtement que possède l'écriture inspirée, minutieuse et sensuelle de Robert Margerit. Mais il y a plus... Si l'on se réfère à la genèse de ce roman, on est amené à constater ceci :* tout se passe comme si *la vie elle-même, étrangement, avait écrit à l'avance, en lettres de sang, une histoire voluptueuse, sauvage et tragique, prodigieusement proche de celles qu'imaginerait plus tard, beaucoup plus tard, l'auteur de* Mont-Dragon.

On dirait que celui-ci a été appelé *par les fantômes d'hommes et de femmes qui aimèrent, haïrent, souffrirent et moururent au siècle dernier, qu'il a été sommé par eux de leur redonner vie grâce à la vigueur, à la magie, à la beauté de son art.*

Lorsque le futur auteur de La Terre aux Loups *et moi-même, dans notre jeunesse, parcourions ensemble, chaque jour ou presque, les vieilles rues de Limoges, Robert se plaisait à évoquer ces lieux où nous flânions, ces boulevards, ces places, ces carrefours que nous traversions, ces façades que nous longions, non pas tels qu'ils étaient dans l'heure présente mais tels qu'ils avaient été cent ou deux cents ans auparavant. A l'évidence, mon ami* voyait *beaucoup plus nettement, par exemple le « Boulevard de la Poste-aux-Chevaux » et les coupés ou les diligences qui l'empruntaient jadis que le « Boulevard Victor-Hugo » qu'il était maintenant devenu : avec ses autos, ses trolleybus, son immeuble abritant la station de la Radiodiffusion; ou encore : la place Dauphine avec ses badauds en redingotes, ses élégantes en crinolines plutôt que la place Denis-Dussoubs selon son actuelle et républicaine appellation. De même, il suffisait à mon compagnon de remarquer une corniche, une pierre d'angle sculptée, une arche de briques patinée par les siècles, pour reconstruire toute une ville ancienne depuis longtemps disparue et qu'il savait, sourcier du temps, faire resurgir autour de nous.*

Ainsi, partant de la relation par un journal local de faits survenus en Limousin un demi-siècle plus tôt et demeurés obscurs dans leur atroce progrès, Robert Margerit est parvenu à saisir et à restituer, dans toute sa ténébreuse complexité, le destin des maîtres de Lern poursuivis, dirait-on, d'une génération à l'autre, par la même intime malédiction. D'abord, dans la somptueuse « ouverture » qu'il donne à La Terre aux Loups, *l'auteur se transporte – et nous entraîne à sa suite – en cette « fraîche matinée de juin, piquante et mouillée » où le colonel Lucien de Montalbert attend impatiemment de pourfendre l'Anglais du côté d'Hougoumont – on est à l'aube de la bataille de Waterloo*[1]*! Le Fabrice de Stendhal fut lui aussi à Waterloo, mais tel un enfant étonné, égaré dans ce mortel désordre. Au contraire, avec son héros, Robert Margerit nous fait participer d'heure en heure, et parfois de minute en minute, à l'énorme bataille où un monde allait s'engloutir, celui de l'Empire et de sa rêverie glorieuse et sanglante. Le romancier n'oublie point le peintre qu'il fut dans sa jeunesse : la* peinture de bataille *qu'il nous donne ici est prestigieuse. Qu'on se garde d'y voir seulement un impressionnant morceau de bravoure. Toute la suite du roman va se trouver éclairée par les couleurs, les éclats rougeoyants de la bataille et de la défaite : le leitmotiv d'Éros enlacé à Thanatos ne cessera de résonner à travers toute l'œuvre. Au vrai, le désir-plaisir de tuer sera ici toujours premier, le désir amoureux n'en étant, semble-t-il, qu'un reflet affaibli. Cela vaut d'abord pour Lucien, le colonel que la défaite de Waterloo va rendre à la vie civile, à l'amour d'une femme éprise en vain de paix : « Lucien*

1. Il faut lire ou relire le remarquable *Waterloo* publié par Robert Margerit aux Éditions Gallimard, dans la collection « Les Trente journées qui ont fait la France ».

passa près d'elle une nuit ardente. Il trouvait instinctivement dans l'exercice de cette puissance une espèce de revanche sur son impuissance de soldat. » Et toujours, l'imminence ou l'accomplissement du combat est ressenti avec une sorte d'ivresse sensuelle. Le geste meurtrier lui-même éveille une terrible volupté : « La vieille chaleur, cette frénésie qui montait du ventre, l'irrésistible désir de la sensation transmise par la lame crevant une chair, l'envahissaient une fois encore, plus grisants d'avoir été si longtemps inéprouvés (...). Un léger choc dans le poignet. Une résistance qui cède en un centième de seconde. La lame qui file, traverse... Et en soi, enfin, un épanouissement, une pacification profonde, quelque chose de baignant, comme la liquéfaction d'un spasme. » Ne croirait-on pas lire un « thriller » ennobli (je veux dire : reprenant les lettres de noblesse du « roman noir »)? Et pourtant, l'apogée de l'horreur se situera plus tard, dans ce qui demeurera dissimulé!

Ces quelques lignes révèlent bien la hantise qui va dominer le maître de Lern puis ses descendants. Lucien de Montalbert la doit sans doute à l'époque elle-même, qui a fait de lui, impérieusement, irrévocablement, un guerrier, un servant de la mort, quelles que soient par ailleurs ses qualités de cœur et d'esprit comme sa volonté de vivre en paix, de vivre la paix.

Tous les personnages sont peints avec la même force, le même souci de pénétrer, sans aucune dissection stérile, le secret de leur être. Le principal d'entre eux est, sans nul doute, le lieu lui-même, scène de la tragédie, ce domaine de Lern en Limousin, cette « Terre aux Loups » qui cerne de ses forêts, de ses halliers, de ses ravines et de ses landes la gentilhommière dont Lucien de Montalbert relève les ruines au cours des années qui succèdent à Waterloo. L'évocation quasi charnelle d'un lieu : de ses arbres, de ses chemins, de ses roches, de ses eaux, de ses ombres et de ses lumières, de ses charmes et de ses rudesses, de ses métamorphoses saisonnières, voilà qui tient une place caractéristique et primordiale dans l'univers romanesque de Robert Margerit. Cette évocation ne se sépare pas de celle des personnages étroitement liés au lieu lui-même : de leur apparence pas plus que de leur vérité intime, de leurs désirs, de leurs songes ni, finalement, de leurs actes. Ainsi en va-t-il pour la « Terre aux Loups », dont la beauté sauvage au sein de ses torpeurs comme de ses tempêtes, les séductions et les menaces accompagnent et bien souvent provoquent, dirait-on, les sentiments et les actes tendres ou frénétiques des maîtres de Lern. De même tiendront ici un rôle aussi puissant que ténébreux les forces animales : les loups, précisément, et toute la sauvagine, sans oublier les chevaux toujours chers à l'auteur de Mont-Dragon, *ni même les bêtes domestiques promises au massacre...*

Prisonniers d'une terre à la fois fascinante et redoutable qui d'année en année les a façonnés à son image, marqués par un temps chaotique issu du naufrage de Waterloo, Lucien, sa compagne et leurs enfants, quelles qu'aient pu être leurs fautes souvent démesurées, parfois féroces, éveillent en nous la compassion que mérite toute victime, fût-elle parvenue au comble du malheur par son aveuglement ou par sa lâcheté. Parmi ces figures tragiques, je ne sais rien de plus pathétique que celle de la jeune héroïne, Céline, vouée par ses frères – et par sa mauvaise étoile – à un sort littéralement infernal.

On ne saurait trop se réjouir de voir enfin rééditée cette œuvre forte et belle, où Robert Margerit fait passer, superbement, aussi bien la tourmente de l'Histoire lancée dans son absurde frénésie que les tourments d'hommes et de femmes amenés par le génie du lieu (où l'Histoire précisément les a exilés) à se damner, à la fois prêtres et victimes d'une « religion sanglante ».

Georges-Emmanuel Clancier

Note de l'éditeur

La Terre aux Loups *parut pour la première fois voici bientôt trente ans. Quoique faisant partie, aux côtés de* L'Ile des Perroquets *et du* Mont-Dragon *si fort célébré par Julien Gracq, des chefs-d'œuvre incontestables de R. Margerit, ce livre n'a pas eu, c'est le moins qu'on puisse dire, la fortune qu'il méritait. Les raisons de ce sort injuste ne sont peut-être pas indifférentes...*

La première origine du malentendu est le fait de l'auteur lui-même. Étrangement, pendant toute la première partie du récit, il s'ingénie à persuader son lecteur que le texte qu'il est en train de lire n'est pas autre chose qu'un roman historique : l'une de ces fresques où l'Histoire majuscule est en fait le personnage central, les autres héros de l'affaire n'étant que des éléments de décor obligés. Et puis, au fur et à mesure que la lecture progresse, ce bel édifice se lézarde, le romancier prenant un plaisir visible à nous conduire à ce désolant constat : toute construction humaine (et l'Histoire en est une) n'est jamais qu'une apparence promise à ruine, et qui renvoie immanquablement à l'effondrement de son auteur lui-même – l'homme, dont l'aventure débouche toujours sur les lendemains les plus désenchantés. Ainsi le naïf lecteur épris de claironnements épiques se trouvait déçu d'être entraîné sur un terrain inattendu, où la gloire se transmuait doucement en horreur. Quant à l'amateur exigeant, qui sait que l'écriture est toujours un bûcher d'illusions, il risquait d'être rebuté par l'insidieux prologue d'un récit voué pourtant à l'une des plus singulières apothéoses que nous sachions.

Cela dit, pour les mauvais esprits convaincus à la suite de Tolstoï que les seuls romans historiques lisibles sont ceux où l'Histoire se trouve dévoyée par les puissances de l'Imaginaire, la construction savamment déroutante de La Terre aux Loups *n'est pas sa moindre force. Et G. E. Clancier nous livre une clé précieuse en nous remontrant que la bataille sur laquelle s'ouvre le livre (Waterloo, envisagée ici comme la défaite par excellence : moins celle d'un peuple que celle de la guerre elle-même), loin d'être « extérieure » au projet sournois de l'auteur, fait secrètement figure de métaphore du récit à venir...*

Autre source de malentendu : le livre parut en cette année 1958 où les Français, tourmentés une fois de plus par la tentation de la guerre civile, avaient paraît-il d'autres chats à fouetter. Et pourtant, une lecture sans myopie devrait nous permettre de constater que lorsqu'il évoque Waterloo et ses suites, avec des mots qui en cent ans et plus n'ont rien perdu de leur actualité (débâcle, occupation, collaboration, épuration, restauration d'un pouvoir fort), Margerit nous parle de démons qui hantent aujourd'hui encore la société des hommes – que ceux-ci se déclarent ouvertement la guerre ou feignent de croire à la paix. Car la paix n'existe pas, ne peut pas exister ! Et à se convaincre de cela, l'on s'épargnerait sans doute quelques-unes de ces sinistres saignées dont est faite notre belle Histoire. Amère leçon d'un livre que les âmes tièdes sont invitées à refermer ici.

J. P. S.

PREMIÈRE PARTIE

I

C'était une fraîche matinée de juin, piquante et mouillée. L'orage qui menaçait depuis plusieurs jours avait fini par éclater, la veille au soir. Toute la nuit, jusqu'aux approches de l'aube, la pluie était tombée en cataractes. La terre saturée d'eau l'exhalait maintenant en vapeurs dans l'air refroidi où flottait une odeur d'humus et de sèves.

Le soleil, perçant le brouillard, illuminait les frondaisons de grands hêtres et, sur un ressaut qui fermait la vue, une batterie dont les servants se silhouettaient, sombres, entre les rayons de lumière matérialisée par la brume. Le bronze des pièces prenait un éclat d'or rose, l'herbe emperlée scintillait sur le talus. Au-dessous, dans le bas-fond encore noyé d'ombre, un régiment de chasseurs attendait, avec ses montures à la corde.

Inquiets, les oiseaux pépiaient en tumulte au sommet des arbres, mais des pies, habituées à picorer derrière les bêtes de labour, s'enhardissaient jusqu'à venir fouiller le crottin, entre les pelotons. Elles poussaient des ricanements brefs. Un coucou chantait dans le bois occupé par le reste de la division. Les chevaux hennissaient, s'ébrouaient, secouant leur mors. On entendait le cliquetis des gourmettes, parfois le crissement du tiers-point avec lequel un armurier rendait le fil aux sabres émoussés durant les combats des jours précédents. C'étaient les seuls bruits. Les hommes, pour la plupart, demeuraient silencieux. Ils remâchaient leur colère contre l'ennemi qui leur avait échappé, la veille, grâce à l'orage. Frustrés d'une victoire, empêchés par le déluge d'allumer les feux de bivouac, ils avaient dû, comme l'armée tout entière, se coucher dans la boue, la rage au cœur, la faim au ventre, sous les cinglons inlassables de la pluie.

Mal à l'aise dans leurs vêtements encore humides, ils attendaient avec hargne le moment de faire payer ça – et bien d'autres dettes – à « ces salauds de Godams ». Certains trompaient cette impatience en fumant leur pipe en terre. D'autres, qui disposaient de quelques centimes, allaient s'offrir une goutte. La cantinière les servait debout dans sa voiture arrêtée au coin de la hêtraie et d'un chemin où les canons avaient laissé de profondes ornières. Son tonnelet d'eau-de-vie suspendu à la hanche, elle distribuait les gobelets. Comme les soldats, elle portait le dolman vert à brandebourgs, que gonflait sa poitrine et qui s'arrêtait aux hanches. La pelisse rouge, à bord de fourrure, jetée sur l'épaule, complétait l'uniforme, avec les demi-bottes et la culotte chamois, collante mais recouverte, pour elle, d'une petite jupe.

Bien qu'elle ne fût pas belle, c'était tout de même une femme. Des mains tendues pour prendre les verres ou passer la monnaie s'aventuraient parfois à chiffonner un peu sa jupe – plus par galanterie que par conviction. Nul n'avait l'esprit à la gaudriole, ce matin.

Un vieux chasseur grognait dans sa moustache.

– Bon sang ! qu'est-ce qu'ils foutent, à l'état-major ? Le capitaine avait annoncé que la danse commencerait à cinq heures. Il en est dix, et on n'entend toujours pas le brutal !

J'vous dis que c'est pas catholique, tout ça. J'ai pas confiance dans les chapeaux bordés, nom de Dieu!...

– Fallait bien laisser sécher le terrain, répondit un maréchal des logis. Tu voulais te battre dans la bouillasse, toi?

– Le terrain, il est solide depuis un bout de temps. A preuve : les artiflos, ils ont pu grimper leurs seringues là-dessus, hein!

– V'là le colonel! lança quelqu'un.

– Parbleu! Il va essayer de voir de l'autre côté. Doit trouver l'affaire bougrement mal foutue, tel que je le connais.

Le colonel de Montalbert passait, en effet, jeune encore à quarante ans, athlétique, la taille serrée dans la haute ceinture de soie bicolore. Son aide de camp et le capitaine adjudant-major l'accompagnaient, au trot, suivis par le trompette d'ordonnance. Impatients eux aussi, les chefs d'escadron se détachaient un à un pour se joindre à l'escorte. Les selles craquaient, les fourreaux des sabres tintaient faiblement contre les étriers, mais les chevaux faisaient peu de bruit – à peine un chuintement – en frappant du sabot la terre molle sous l'herbe.

Les officiers, ayant gravi le bref versant, s'arrêtèrent non loin de la batterie. Aux yeux des chasseurs, ils se découpaient à leur tour sur le ciel qui se dégageait. Le vent jouait avec les pelisses, faisait frissonner les plumets, battre sur le poil noir des colbacks le pan rouge par quoi se terminait la coiffe. Les montures étaient immobiles comme des chevaux de bronze. Seule, celle de l'aide de camp, fringante ainsi que son jeune maître, grattait le sol d'une patte incurvée.

Le talus dominait de quelques pieds une cuvette longue, peu profonde, remplie par la blondeur des seigles. Une brigade de grosse cavalerie s'y enfonçait jusqu'aux sangles. Les croupes des percherons moutonnaient par-dessus les épis. Les cuirasses, les casques au cimier de cuivre, ombragés par leur crinière noire, brasillaient au soleil.

Le colonel de Montalbert, étendant la main pour masquer ces reflets éblouissants, scruta les ondulations du terrain, au-delà des cuirassiers. De molles ondulations. Chacune s'élevait un peu plus que la précédente, la dernière aboutissant à une sorte de plateau sur lequel, la veille, l'ennemi s'était arrêté dans sa fuite. Lucien de Montalbert le savait mieux que personne, pour avoir, avec ses chasseurs et les lanciers, poursuivi jusque-là, sous la pluie battante, les hussards anglais sabrés, peu avant, à Genappe. Leurs survivants s'efforçaient de couvrir l'armée anglo-batave en retraite sur la route de Charleroi à Bruxelles. Sans l'orage et la nuit, ils eussent été exterminés.

A présent, ces faibles pentes s'étalaient dans le calme, couvertes de pâtures, de rares boqueteaux, de champs, certains délimités par des haies dont les ombres se raccourcissaient peu à peu sous le soleil plus vertical. Parmi les prés déjà fauchés, le gris argentin des avoines et les seigles couleur de sable, le jeune blé mettait des pièces d'un vert acide. Une médiocre éminence, détachée du plateau comme une espèce de bastion, s'élevait au milieu de verdures qui laissaient entrevoir un château, avec des bâtiments de ferme, plus trapus. Cela, sur les cartes, se nommait Hougoumont. Un toit aux tuiles roses – pigeonnier ou clocheton de chapelle – sortait des frondaisons. Le mur d'un verger apparaissait par place sous des pommiers projetant sur sa blancheur une dentelle d'ombre.

On voyait un serpent de tuniques écarlates sinuer sur les pentes. Il s'enfonçait derrière l'éminence, dans un vallon ou un ravin qu'elle masquait. Au-dessus, juste au bord du plateau, une masse peu distincte parce que verte comme les pâturages, bougeait lentement, faisant flotter les drapeaux hollandais, couleur d'orange.

Le vent apporta de quelque village les tintements d'une cloche lointaine. Onze heures.

Sous le talus, un jeune lieutenant d'état-major, en uniforme d'artilleur, apparut soudain, galopant entre les cuirassiers et le ressaut de terre qu'il fit prestement escalader à son cheval. Il salua l'officier commandant la batterie, lui transmit un ordre. En un instant les pièces furent attelées. Passant au trot devant les chasseurs, elles tournèrent la pointe de la hêtraie derrière laquelle canons et caissons disparurent en tressautant.

Hougoumont était à quatre cents toises au plus de la position sur laquelle Lucien de Montalbert se tenait, seul à présent, avec ses officiers. Il voyait nettement la colonne hollandaise, dans laquelle il reconnut un bataillon de Nassau, descendre vers l'ouverture du vallon.

– On dirait, remarqua-t-il, que l'ennemi est en train de prendre là un sérieux appui.

Et, en lui-même, il se demandait avec irritation : Pourquoi diantre le laisse-t-on faire!...

L'Empereur avait ses raisons, probablement. Ce n'en était pas moins étrange, ce loisir accordé à un adversaire auquel on devait livrer dès l'aube l'assaut définitif. A cause du terrain détrempé, où s'embourbait l'artillerie, il avait fallu retarder cette attaque. Bon. Mais depuis! On avait allumé les feux, nourri les hommes, le sol s'était raffermi. Les troupes, passées en revue par l'Empereur, l'avaient acclamé, manifestant leur résolution et leur impatience d'en finir avec les Anglais.

Car on ne pensait qu'à eux. Les Hollandais, les Hanovriens, les malheureux Belges embrigadés à leur corps défendant, on les combattait sans passion. Pour les vétérans de la Révolution et de l'Empire, l'ennemi, c'était le Prussien et surtout l'Anglais. Le désir de vaincre, la fureur de tuer s'adressaient au peuple qui, depuis 93, ne cessait d'attaquer la France sous tous ses régimes. Habile à faire faire la guerre par les autres, on ne le trouvait pas toujours sur les champs de bataille, mais il était à l'origine de toutes les conspirations, de toutes les coalitions contre la puissance française. Quand on ne luttait pas contre ses soldats, on se battait contre son or, ses intrigues, ses agents, ses séides, contre les émigrés qu'il abandonnait après les avoir débarqués, contre le roi hydropique qu'il amenait dans ses fourgons. L'année précédente, après la campagne de Russie et l'abdication de l'Empereur, il avait réussi à imposer à la France ce minable Louis XVIII. Quelques mois plus tard, la nation écœurée chassait le souverain podagre et sa clique, pour se rallier à Napoléon revenu de l'île d'Elbe. Elle lui confiait une armée de cent vingt mille hommes, pour les opposer aux huit cent mille dont disposaient les rois d'Europe et le tsar encore une fois alliés contre les Français, sous la conduite de l'Angleterre.

Devançant la concentration de ses forces, l'armée, composée de vétérans des guerres impériales, entrait en Belgique, le 15 juin. D'un élan, elle enlevait Charleroi, bousculait, à Gilly, l'infanterie prussienne, l'écrasait, le 16, à Ligny, tuant au maréchal Blücher dix-huit mille hommes et mettant les autres en fuite, tandis qu'aux Quatre-Bras les cuirassiers de Kellermann culbutaient les carrés anglais.

Le duc de Brunswick était mort, Wellington et le prince d'Orange, en pleine retraite. Les deux armées – l'anglo-batave et la prussienne – séparées l'une de l'autre après ces deux jours de combats, se repliaient précipitamment vers le nord. La journée du 17 s'était passée à les poursuivre, l'épée dans les reins. Sans l'orage la première, au moins, se fût trouvée dans le plus grand péril.

Aujourd'hui, elle était là, au revers du plateau, ne pouvant plus fuir. On allait enfin lui régler son compte. Vingt-trois ans de haine se solderaient par une hécatombe.

Lucien de Montalbert partageait ces sentiments, d'autant

plus âpres chez lui qu'il avait connu l'enfer des pontons anglais. Il s'efforçait cependant de garder la tête froide. La situation ne lui paraissait pas si simple. D'abord, si l'armée anglo-batave avait été rudement étrillée aux Quatre-Bras, ses forces vives n'en restaient pas moins intactes. Elle s'était arrêtée volontairement, sur un terrain bien choisi, conservant les communications avec ses quartiers, à Bruxelles, d'où elle avait pu faire venir pendant la nuit des renforts et du ravitaillement. A l'aube, on aurait eu peut-être encore bon marché d'elle, mais depuis elle ne cessait, visiblement, de se retrancher sur une position déjà puissante en soi.

Sans doute, avant de s'engager, l'Empereur attendait-il des nouvelles du corps détaché, la veille, sous la conduite du maréchal Grouchy, pour poursuivre Blücher, détruire ce qui lui restait de troupes ou les tenir à l'écart. Mais, pendant ce temps, s'écoulaient des heures irremplaçables dont Wellington savait profiter.

Un peu inquiétant!... Oh! bien sûr, on pouvait faire confiance à l'Empereur pour vaincre malgré ces circonstances, malgré les crampes qui le prenaient au ventre et le pliaient en deux parfois sur son cheval, malgré la trahison de l'infâme Bourmont qui avait passé à l'ennemi, lui livrant le plan de toute la campagne. Napoléon demeurait incomparable, avec son génie plus vivace que jamais. Ses admirables manœuvres des jours précédents, pour tromper ses deux adversaires et les battre séparément, le prouvaient assez. Malheureusement, on ne le servait plus comme autrefois. Parmi les maréchaux, certains ne souhaitaient peut-être pas sa victoire. D'autres manquaient de foi, d'enthousiasme ou simplement d'allant – comme Grouchy, par exemple, officier consciencieux mais susceptible, étroit d'esprit et d'une obstination peu commune. Comme le comte d'Erlon, encore, qui avait perdu son temps à errer de Ligny aux Quatre-Bras, entre Ney et l'Empereur, manquant à tous deux pour achever la journée.

Des grands chefs de jadis, Ney restait à peu près seul. S'il méritait toujours son titre de *brave des braves,* ses qualités tactiques laissaient plutôt à désirer. Il avait accumulé les fautes, lui aussi, aux Quatre-Bras. Sans les cuirassiers de Kellermann, au lieu d'une victoire, c'eût été un désastre. Toute l'armée savait que « le rousseau » s'était fait sérieusement laver la tête par l'Empereur. On en admirait davantage celui-ci de pouvoir remédier aux incapacités de ses lieutenants. Et l'on avait ri, car Ney était aimé de tous les soldats pour son extraordinaire courage.

– Tout de même, dit, dans le groupe des officiers, le jeune d'Aubry, l'aide de camp, qui venait encore une fois de tirer sa montre, cela commence à devenir incompréhensible! On devrait au moins voir notre infanterie sur ses positions.

– Pas nécessairement, répliqua Lucien. Nous sommes très à gauche. La hêtraie, avec ces mouvements de terrain sur notre droite, nous masque l'armée. Notre centre doit se trouver sur la chaussée de Charleroi, par laquelle nous sommes arrivés, hier soir...

Une exclamation du capitaine-major l'interrompit.

– Regardez! dit le vieil officier, la main tendue.

Il montrait une bouffée d'un blanc éclatant qui s'épanouissait au bas du ciel dans la direction indiquée par le colonel. Deux ou trois secondes plus tard, on entendit la détonation. Mille petits gosiers piaillants lui firent écho dans les hêtres. Les oiseaux s'enfuirent en nuées vers le sud.

– Onze heures et demie, annonça un des chefs d'escadron.

Et tous retinrent leurs chevaux qui, malgré l'habitude, renâclaient en pointant parce que soudain la terre tremblait. Au signal donné par une batterie de la garde, répondait la canonnade des grandes batailles, déclenchée d'un seul coup. Cent pièces au moins, de divers calibres, tiraient. Le tonnerre s'accrut encore de la riposte anglaise. Il gronda sans interruption en un enfer de bruit, un déchaînement ivre. Un éclair continu courait, par-dessus Hougoumont, sur ce que l'on apercevait du pourtour du plateau. C'était comme un serpentin de feu dessinant la ligne des canons ennemis dans la fumée blanche qu'ils vomissaient. Opposé au soleil, un voile de fumée noire poussée par le vent descendait, avec l'odeur de la poudre, des positions françaises cachées au regard. Quelques batteries devaient prendre à partie Hougoumont, car le mur du verger disparaissait par moments dans des nuages de poussière. Des branchages volaient.

Puis ces pièces se turent. On vit sortir d'un creux, derrière une plantation de chênes, une forte colonne précédée du drapeau tricolore. Elle avançait vers le bois entourant le château. Brusquement, elle se rompit, les hommes coururent en tirailleurs. Une fusillade se mit à crépiter sous les couverts, tout le long du mur crevé par places. Peu à peu, les bâtiments s'estompaient dans une brume bleuâtre qui roussissait en s'élevant par lambeaux.

Les uns après les autres, les tirailleurs refluèrent, rudement repoussés par des Écossais mêlés aux uniformes de Nassau. Les défenseurs sortaient comme des diables de l'ombre des arbres. C'était un corps à corps féroce et confus. La canonnade ayant cessé sur cette partie du champ de bataille, dans le grondement plus lointain et le bruit des fusillades dispersées, on percevait le son aigre des pibrocks d'Écosse jouant leur singulière charge nasillarde. Des tambours y répondirent. Des compagnies bleues et blanches accoururent vivement de la droite, se déployèrent, s'élancèrent au pas de course, précédées par le scintillement de l'acier. Elles ramenèrent l'ennemi dans le bois et l'y suivirent. Au bout d'un assez long moment, il en ressortit des blessés portés à bras puis des groupes de prisonniers.

– La position paraît être à nous, dit le colonel de Montalbert.

– Le bois, oui, observa le capitaine-major. Les bâtiments, eux, n'en ont pas l'air.

En effet, par toutes ses brèches, le mur – au moins ce que l'on en apercevait – venait de se remettre à cracher, sur des assaillants invisibles d'ici, des feux roulants. Des flocons se succédaient en bouffées aux mansardes du château. La fumée s'effilochait dans le ciel maintenant couleur de bluet; mais sur les pentes, qui étalaient paresseusement au soleil de midi leurs molles ondulations, plus un Français ne se montrait.

Il semblait que le combat auquel on venait d'assister fût seulement une phase de l'attaque menée contre Hougoumont. Le véritable assaut se donnait sans doute par-derrière. Plusieurs brigades, sinon des divisions devaient être engagées, car on entrevoyait confusément, dans la coupure d'un chemin plongeant, un épais scintillement d'armes. La brume gris-bleu, produite par la mousqueterie, planait au-dessus. Des gardes-anglaises, aux uniformes rouges, descendaient hâtivement du plateau.

– La lutte est chaude! dit quelqu'un.

– Oui, fit le colonel, et je me demande pourquoi on s'obstine à prendre cette bicoque, quand il n'y aurait qu'à la détruire au canon. Encore quelque fichu fantassin qui gaspille du temps et des hommes!... Il n'est pas possible que tout l'effort porte sur ce point, à l'extrémité de notre aile.

Là-dessus, l'attention générale fut attirée par une certaine agitation sous le talus, chez les cuirassiers. Des officiers allaient et venaient entre les deux régiments. Les hommes s'assurèrent sur leurs selles, chacun essayant le glissement de sa latte dans le fourreau, déroulant la dragonne, égalisant les rênes. Le cuivre des trompettes jeta un éclair, la sonnerie « en avant » retentit. Toute la brigade partit, escadron par escadron, écrasant les seigles et laissant, au milieu des tiges versées, des rangées de crottins jaunes; l'odeur des épis broyés se mêlait au remugle alcalin des bêtes. Le sol répercuta leur trot lourd lorsque les deux régiments, après avoir opéré impeccablement une demi-conversion par pelotons vers la droite, gravirent les pentes, en diagonale, puis disparurent derrière un pli du terrain. Le dernier rang de casques, au moment où il s'enfonçait, fit courir au ras de l'herbe un long éclair éblouissant. Il marquait la direction du centre. Il y avait donc là, pour que l'on y employât la plus grosse cavalerie de l'armée – l'instrument de choc par excellence –, une résistance sérieuse.

Lucien de Montalbert se tourna vers son officier d'ordonnance afin de l'envoyer aux renseignements. C'est ce que, réglementairement, un colonel devait faire. Ses chefs d'escadron, eux aussi, auraient dû rester à leur poste. Ils étaient venus avec lui et il avait trouvé cela naturel. De toute façon, la cavalerie en deuxième réserve n'était pas près de donner. Par conséquent!...

Rassemblant son cheval et criant au vieux capitaine-major : « Prenez le commandement, je vais voir le général », il rendit la main.

~

L'état-major divisionnaire se trouvait de l'autre côté de la hêtraie. Passé la pointe de celle-ci, le talus prenait de l'ampleur en se rapprochant de la bataille. Il se transformait en une butte allongée, de faible hauteur, large d'environ deux cents toises, sur laquelle une petite route venant de l'ouest où courait celle de Nivelles, coupait le chemin de terre. A leur intersection, flottait le fanion du général

Lefebvre-Desnouettes, commandant la cavalerie légère de la garde. Il se tenait en avant de ses brigades, dans un demi-cercle de généraux et de colonels. Au-dessous d'eux, les contrebas étaient garnis de grosse cavalerie : grenadiers à cheval, dragons, carabiniers. Plus loin, dans un fourmillement d'acier, d'autres cuirassiers de la division Milhaud s'échelonnaient sur la droite.

Au-delà de ces réserves, des fantassins montaient en masses vers ce qui devait être le front principal. Régiments après régiments, drapeaux déployés, les officiers chevauchant dans les intervalles des bataillons et des compagnies, les rangs alignés sur les sergents porte-fanion, ils avançaient, l'arme au bras, silencieux dans le vacarme des canons, traversant parfois des écharpes de fumée. Les dénivellations du sol faisaient ondoyer les rangs. On eût dit une forêt ondulant sous le vent, balayée par des nuages. Une batterie de 12, invisible mais peu éloignée, tirait par salves; chaque fois, c'était une commotion, un rugissement au milieu du tonnerre. La bataille durait depuis deux heures. Le duel d'artillerie, s'il avait depuis longtemps cessé du côté d'Hougoumont, continuait au centre avec la même vigueur.

Lucien, ayant pris place parmi les officiers qui entouraient le général Lefebvre, s'efforçait de saisir l'ensemble des opérations. A droite, les champs légèrement relevés, dominés par de hautes houblonnières, dissimulaient tout ce qui se passait à l'est. A gauche, l'attaque sur le château se poursuivait sans que l'on en pût discerner les résultats. Il s'y déployait toujours, semblait-il, un grand acharnement – plutôt injustifié. On reconnaissait très bien d'ici l'existence d'une gorge passant derrière Hougoumont, qui était, de toute évidence, pleine de troupes engagées dans un farouche corps à corps.

Cette espèce de ravin étirait sa coupure sur toute la ligne visible du front. La chaussée de Charleroi à Bruxelles, dont on apercevait quelques parties, çà et là, à travers le voile de fumée, plongeait dans la gorge. On l'en voyait ressortir à l'endroit où elle abordait le plateau en longeant une grosse ferme entourée d'un mur crayeux. Un porche, avec de lourds vantaux, fermait celui-ci. Lucien l'avait identifiée, la veille, au cours d'une dernière reconnaissance sur la chaussée, avant de ramener ses chasseurs. On l'appelait la Haie-Sainte.

En ce moment, elle disparaissait aux trois quarts dans des tourbillons roux mêlés à des volutes blanches. On devait s'y battre furieusement. Les coups de feu pointillaient les parties d'ombre où se distinguaient leurs brèves flammes. Au soleil, les baïonnettes étincelaient. Des scintillements de casques indiquaient que la première brigade des cuirassiers de Milhaud, partie tout à l'heure, était là en action. Sur ce point certainement s'exerçait le gros de l'effort. Les régiments qui avaient majestueusement gravi les pentes en direction de la grand-route, se formaient en bataille face à la Haie-Sainte, au bord même du ravin où ils plongeaient tour à tour tandis que l'artillerie foudroyait les colonnes écarlates et vertes qui tentaient de descendre vers la ferme.

On ne comprenait pas pourquoi cette artillerie n'avait pas détruit préalablement la Haie-Sainte même. Il eût été tellement plus normal de supprimer au canon les points d'appui anglais, au lieu d'y sacrifier l'infanterie. C'était évidemment le besoin de se prendre corps à corps avec un ennemi exécré, qui était responsable de ces pertes de temps et de ces sacrifices superflus. L'idée dut enfin en venir à quelqu'un, du moins en ce qui concernait Hougoumont. Des obus de mortiers commencèrent, en effet, à tracer de fins sillages au-dessus du château. Le toit rose, pointu, vola en éclats. Des débris, puis des flammes, pâles au grand jour, jaillirent du creuset de feuillages.

A la Haie-Sainte, l'assaut ne semblait pas faire de progrès. Le temps passait, le ciel se couvrait lentement. Au sortir du ravin, l'infanterie se dessinait en lignes sombres sur les volutes de fumée blanche entourant la ferme. Ces fantassins n'avançaient guère. Ils s'accrochaient même avec difficulté aux revers du plateau. Un feu nourri s'abattait sur eux, partant d'un chemin à mi-pente, dominé par des champs d'avoine, qui se glissait plus loin derrière des haies.

Pendant un quart d'heure peut-être, il parut y avoir une sorte de flottement dans la bataille. L'artillerie, dont le tir avait diminué, procédait à des mouvements. Une batterie, en se déplaçant, découvrit au long de la grand-route un état-major empanaché en avant duquel l'Empereur, à cheval, pointait sa lorgnette vers l'est. Il se retourna, donnant des ordres à un aide de camp.

Celui-ci, que signalait son bicorne à très haut plumet, partit ventre à terre. Il disparut dans le ravin pour reparaître bientôt en haut du versant opposé, maniant adroitement sa monture entre des paquets de fantassins qu'il dépassait. Tout à coup, comme il approchait de la Haie-Sainte, son chapeau s'envola, emporté par quelque balle. Nu-tête, l'officier s'enfonça dans les tourbillons de fumée. Quelques minutes plus tard, un groupe agité en sortit. On y reconnaissait Ney, à sa taille, à sa chevelure rousse. Décoiffé lui aussi, il brandissait son sabre, désignant le mur de la ferme. Avec ses lieutenants, il courait aux troupes qui se rassemblaient sur le bord de la gorge, les groupait, les animait du geste et, vraisemblablement, de la voix.

A sa suite, les effectifs de deux bataillons à peu près se ruèrent vers la Haie-Sainte, dirigeant sur elle une fusillade si furieuse qu'on l'entendait à travers le grondement du canon. De nouveau, un voile grisâtre dans le jour qui tournait à présent au gris pluvieux, ensevelit la position. Il s'étirait en longs rubans entre lesquels passèrent soudain des poignées d'hommes en uniforme bleu de la Légion germanique, fuyant vers le chemin à mi-pente, poursuivis par des cuirassiers.

On voyait beaucoup mieux maintenant qu'il n'y avait plus le soleil avec ses trompeuses taches de lumière et d'ombre. De plus, le feu était terminé à la Haie-Sainte, les traînées fumeuses se dissipaient. On distingua nettement deux masses bleu foncé, probablement deux bataillons de la Légion germanique, qui, sortant des avoines, descendaient dans le chemin pour accueillir les rescapés de la ferme et les défendre contre les cuirassiers.

Ceux-ci, renforcés par leurs autres escadrons, entrèrent dans les deux carrés sombres, comme des boulets en pleine chair. Le premier éclata, son drapeau oscilla, s'abattit. Les uniformes bleus étaient engloutis sous la masse brune des chevaux et la livide vibration des lattes. Ça devait être un carnage. Pas un des malheureux Allemands n'en réchapperait. Des cavaliers rouges accoururent juste à temps pour sauver le deuxième bataillon qui fit sa retraite sous leur protection.

Ayant rempli leur office, les cuirassiers n'insistèrent pas. Ils se replièrent sur la ferme, l'encadrant de leurs lignes brillantes. Elle était, du reste, solidement occupée par l'infanterie. Les shakos grouillaient tout autour. Des voltigeurs alignaient dans la cour les cadavres en tunique bleue. Des compagnies d'infanterie légère, montant de la gorge, se formaient sur la grand-route, à l'abri du mur.

Lucien poussa un soupir. L'issue de la bataille ne faisait plus de doute à présent. On avait gaspillé beaucoup de temps en actions superflues ou maladroitement conduites, mais enfin la position capitale était enlevée, on tenait la clef du plateau. L'ennemi ne pouvait se permettre aucun retour offensif. Une irrésistible batterie formée par la concentration de toutes les pièces disponibles le pilonnait par-dessus le ravin et la ferme.

Éprouvant le besoin d'extérioriser son soulagement après ces heures tendues, Lucien se pencha vers son voisin, le colonel Arnaud – un hussard qu'il connaissait depuis vingt ans – et, pour se faire entendre dans le fracas de l'artillerie toute proche, hurla :

– Foutus, cette fois, les Godams !

Botte à botte avec lui, le hussard répliqua sur le même ton :

– Ouais. On va s'en payer, tout à l'heure, du *beefsteak !*

Bientôt le feu de la grande batterie diminua. Les gros calibres continuaient seuls le tir, en l'allongeant car les lignes adverses reculaient. Entre les rouleaux de fumée qui recouvraient par moments tout le front avant de se déplier comme un rideau et de dériver dans le vent, on voyait des colonnes écarlates, vertes et bleues, chercher en bon ordre abri vers le village de Mont-Saint-Jean dont les maisons se profilaient au nord-est, sur le fond brumeux de la forêt de Soignes, dans les vibrations de l'air échauffé par les canons. Enfin, il fut manifeste que l'artillerie anglaise abandonnait les bords du plateau.

Il était quatre heures et demie. Une estafette accourait sur la chaussée de Charleroi, croisant à toute bride les caissons qui revenaient de s'approvisionner au parc, à Rossomme. Les houblonnières dérobèrent l'officier aux regards. Un instant plus tard, des trompettes percèrent le bruit plus faible de la bataille. C'était le reste de la division Milhaud qui se préparait à rejoindre sa première brigade engagée précédemment. Les cuirassiers sortirent du contrebas en une masse de quatre régiments conduits par leur général. Ils traversèrent devant la cavalerie légère.

Comme celle-ci, soulevée d'enthousiasme, acclamait au passage les formidables brigades étincelantes, leur chef, saluant du sabre, poussa son cheval vers le général Lefebvre-Desnouettes qui piqua aussitôt vers lui. Ils se serrèrent la main en échangeant quelques mots.

Le général Lefebvre revint tout animé.

– Messieurs, cria-t-il, nous suivons ce mouvement.

Son chef d'état-major parut lui faire une objection que Lucien de Montalbert et ses voisins ne perçurent pas, mais ils entendirent la réponse, claironnante :

– Des ordres! A quoi bon? Milhaud m'a dit : « J'attaque. Soutiens-moi. » N'est-ce pas plus que suffisant?... A vos régiments, Messieurs, nous allons hacher les Anglais.

Il donna l'ordre de marche. Les trois brigadiers et les colonels, tout aussi désireux d'agir que lui-même, saluèrent et tournèrent bride.

– Bonne chasse, Montalbert! dit Arnaud, le hussard.

– A toi aussi, mon cher. Bien du plaisir! répliqua Lucien en voltant.

Il rejoignit au galop ses officiers, observant au passage que Hougoumont brûlait toujours.

– Trompette, « A cheval », cria-t-il en s'arrêtant devant les seigles piétinés. La division entière charge en soutien de la grosse cavalerie, expliqua-t-il aux chefs d'escadron. Pour nous, nous suivons la deuxième brigade Milhaud. Liaison à droite avec le 1er lancier.

Tandis qu'il précisait les ordres, les trompettes avaient repris la sonnerie, de peloton en peloton. Les hommes, dont beaucoup, pendant leur longue attente, étaient montés sur le remblai pour tâcher de voir la bataille, se précipitaient vers leurs montures. Ils les détachaient, les ressanglaient, leur rétablissaient les rênes, prenant soin de vérifier les étrivières et le boucleteau porte-sabre. Les chefs d'escadron regagnèrent chacun son poste.

Sur la levée, Lucien regardait ses soldats se mettre en selle. Il était fier d'eux. Commander cette troupe magnifique l'exaltait. Colonel depuis trois mois seulement – depuis le retour de l'Empereur –, il n'avait pas encore usé la nouveauté de son commandement ni la conscience de l'avenir que cette promotion lui ouvrait. A quarante ans, il était le plus jeune des officiers de son grade dans la garde.

Quelques campagnes, quelques occasions de se distinguer, comme il en avait eu plusieurs, ces trois derniers jours, et il serait général.

En ce moment, il ne songeait pas à cela, tout entier au sentiment de puissance que lui donnaient ses chasseurs, à l'impatience de se jeter avec eux sur leurs adversaires, à la communauté de l'aversion et de la violence qui les animaient eux et lui contre les Anglais.

Le régiment se formait rapidement. Le bruit atténué de la canonnade laissait entendre les trompettes d'autres unités, qui résonnaient dans le bois de hêtres. Depuis un moment, une espèce de crachin flottait, impondérable.

– Pourvu qu'il ne se mette pas à pleuvoir comme hier! murmura le jeune d'Aubry avec assez de discrétion pour avoir l'air de se faire cette réflexion à lui-même.

– Je ne pense pas, dit Lucien. Le temps n'est pas bouché. Au fait, lieutenant, souvenez-vous de charger derrière moi ou à côté, et non pas en avant. Que ce soit compris, cette fois, hein!

– Oui, Monsieur.

En un instant, les quatre escadrons furent alignés devant le colonel. Le capitaine-major s'avança pour rendre compte. Lucien, le remerciant d'un signe, leva la main. Il voulait parler aux hommes.

– Mes amis, lança-t-il d'une voix retentissante, je n'ai qu'un mot à vous dire : nous sommes au moment capital. Le front ennemi est enfoncé au centre. A nous de culbuter les Anglais. Ils ont prétendu venir nous faire la loi. Nous allons leur montrer à coups de sabres ce que nous pensons de leur insolence. Taillez-les en pièces!

Les soldats répondirent par un énorme vivat. Leur colonel les salua de la main.

– Marche sur moi en colonnes par peloton, dit-il en faisant tourner son cheval.

Derrière lui, les commandements retentirent. Réglé sur

son allure, le régiment partit dans un roulement vif, scandé par les trois temps du trot.

A leur tour, les chasseurs foulèrent les seigles craquant sous les sabots. Ils appuyèrent sur la droite pour prendre leur place à l'aile de la division. Rapide, nerveuse, elle rattrapait l'avance des lourds cavaliers bardés d'acier. Derrière leurs quatre régiments, puissants et gris comme une mer maintenant qu'il n'y avait plus de soleil pour faire chatoyer les cuirasses, elle aligna ses vingt-quatre escadrons de chasseurs verts, de lanciers pourpres et de hussards bleu ciel.

Lucien ne pouvait plus à présent se rendre compte de ce qui les environnait. Il avait pour tout horizon les croupes des énormes chevaux du Perche, les dossards que le crachin dépolissait, les garnitures et les épaulettes rouges, les crinières des casques. Par-dessus, il apercevait le haut seulement des versants du plateau.

Un instant, à l'extrémité de sa propre ligne, apparut un bois qui devait être celui d'Hougoumont. Puis on descendit dans le ravin où tant de compagnies s'étaient déjà enfoncées. Elles avaient laissé çà et là des morts que les chevaux évitaient. Au fond, le sol était boueux, piétiné. Des boulets s'y enterraient dans la glaise, parmi des débris de branchages. L'un d'eux, couvert de sang, ressemblait à un fromage de Hollande.

Déjà on remontait la pente. L'ascension semblait interminable. Pourtant on trottait depuis cinq minutes au plus. Lucien regardait l'étroite bande de terre et d'herbe écrasée, qui filait entre son cheval et les percherons. Il ne verrait rien d'autre jusqu'à ce que le rang devant lui s'ouvrît sur des fusils ou des canons crachant.

Il se retourna pour examiner ses hommes. Les uns pâles, les autres empourprés, ils avaient leur figure de combat, les traits tendus, sourcils froncés. Lui, il s'efforçait de rester calme, mais une chaleur, une trépidation irrépressible, le gagnaient. Ses dents grincèrent. Le capitaine-major et le jeune lieutenant d'ordonnance, qui l'encadraient, serraient les mâchoires, eux aussi.

Soudain, il sentit la vieille frénésie éclater en lui : une ivresse brûlante et furieuse. On entrait dans le vacarme, dans l'odeur intime de la bataille, on respirait la poudre à pleines narines. Les pelotons s'écartaient pour dépasser des batteries en action, se glissaient entre des voltigeurs qui, tout en tirant, progressaient vers des haies crépitantes. Le terrain bouleversé, semé à présent de débris et de morts, ne montait plus. On arrivait donc au bord du plateau.

Lucien entrevit, sur une butte, un moulin à vent dont les ailes immobiles se dressaient par-dessus les casques des cuirassiers, puis il s'avisa que ceux-ci prenaient la formation sur trois rangs, réglementaire pour la charge. Il cria un ordre au trompette, derrière lui, pour faire déployer à son tour le régiment. Dans le tumulte, on n'entendait pas les cuivres du reste de la division. D'ailleurs, une ligne de peupliers la dérobait momentanément. Mais il était évident que l'on atteignait la position d'attaque. Les boulets commençaient à porter. Il se retourna sur sa chabraque.

– Sabre, main!... hurla-t-il de toute sa poitrine. Pour charger!...

Les commandements se répercutèrent tandis qu'il dégainait son bancal. Un long froissement, clair dans le grondement du canon, fit écho à son geste. Retenant sa monture qui tirait, il trotta, un instant encore. Comme la première rafale de mitraille lui sifflait aux oreilles, il vit les muscles saillir aux croupes des bêtes, devant lui, leurs sabots montrer les fers en projetant des mottes de gazon. Sans prendre la peine de jeter un ordre qui ne serait pas entendu, il chaussa les étriers à fond, leva son bancal et rendit la main.

Son cheval bondit. A sa suite, le régiment se rua : vague verte dans ce mascaret de huit mille hommes fonçant à travers la fumée et les éclairs, sous une pluie de fonte. La marée de chevaux et de cavaliers, se resserrant sur les vides creusés dans leurs rangs par les projectiles, déferla sur le plateau.

Les balles bourdonnaient, les shrapnels sonnaient sur l'acier trempé des cuirasses. Lucien, sautant les jonchées de cadavres, les affûts brisés, les chevaux morts, galopait à travers les volutes salpêtreuses, dans la fureur et le foisonnement du fer vivant. Une réserve de gargousses abandonnée avec deux canons couverts par les corps des servants sabrés, explosa près de lui, l'enveloppant de flammes. Son cheval s'était cabré en pleine course. Il le rabattit en se jetant sur l'avant-main et lança l'animal dans la trouée qu'un boulet venait de faire au milieu des cuirassiers.

Les tuniques rouges étaient là, enfin ! derrière des vomissements de soufre et des langues de feu. La bouche tordue par un rictus, il enleva sa bête, les éperons au ventre, la fit bondir, renversant des hommes. A sa droite, à sa gauche, les percherons frappaient de leur masse le mur vermillon, tandis que, debout sur les étriers, les cavaliers, avec leurs gigantesques lattes, hachaient les baïonnettes.

La muraille humaine creva sous le choc dans un craquement de chose broyée. Pêle-mêle, cuirassiers et chasseurs s'enfoncèrent au milieu des brèches. Lucien, furieux, l'écume aux lèvres, frappait de son bancal, parant, perçant de la pointe, mais taillant surtout, taillant sans merci dans des buissons de bras et de visages d'où le sang jaillissait.

La première ligne ennemie fut dispersée. Une autre attendait à cent pas, immobile, les armes en joue. Sous le feu des canons, les escadrons se regroupèrent.

– Derrière moi ! cria durement Lucien à son officier d'ordonnance.

Ney, tout écumant, une manche de son uniforme arrachée, la culotte rouge de sang, le sabre brandi, passait au galop.

– En avant, en avant ! vociférait-il.

De nouveau, le régiment s'élança. De nouveau, il essuya les décharges successives des trois rangs de fusils. Des chevaux boulèrent. Puis, de nouveau, Lucien fut sur les baïonnettes devant les hommes à exterminer...

Et jusqu'à ce qu'un pâle soleil revenu déclinât sur l'horizon dans des bandes de pourpre et de fumée, ce fut, parmi les accalmies et les orages du canon, une succession presque ininterrompue d'assauts contre des carrés, de chocs avec la cavalerie anglaise essayant de secourir son infanterie, une éternité de coups de sabre, de parades, de ruées sauvages.

Le régiment avait fourni onze charges, seul ou de concert avec les dragons, les grenadiers à cheval, les carabiniers blancs de Kellermann, amenés en renfort. Toute la cavalerie devait être sur le plateau où l'on foulait un lit de cadavres. Le rouge des coquelicots s'éteignait dans le sang noir. Jamais on n'avait vu un tel acharnement ni pareille boucherie. Dix mille Anglais au moins, et presque autant de Français, couvraient ces quelques toises de champs ensemencés de morts.

Lucien ne savait plus depuis combien de temps il combattait. Il était éreinté mais détendu comme après une nuit de furieuse débauche. Une crampe rongeait son bras enfin las de frapper. La sueur qui transperçait ses vêtements froidissait sur sa peau. Il montait un cheval de hussard, le sien et deux autres ayant été tués successivement sous lui. Son colback, sa sabretache avaient disparu. Il portait des meurtrissures sur tout le corps. Sa pelisse était déchiquetée, son dolman roussi, déchiré par des balles, des coups de lames, couvert, comme sa culotte, de sang et de débris de chair. Des giclures projetées par son sabre, essuyées d'un revers de main, lui maculaient le visage. On eût dit un valet d'abattoir, épuisé.

Quelques brigades anglaises tenaient toujours devant le

village de Mont-Saint-Jean, mais les auxiliaires, les bagages encombraient la route de Bruxelles. Des soldats commençaient à se jeter en désordre dans la plaine, poursuivis par les lanciers galopant en fourrageurs. Les prolonges à l'abandon, que l'on voyait çà et là, des voitures renversées, un canon noirci et solitaire à la corne d'un champ : tout annonçait la débâcle.

Ce fut alors que le colonel de Montalbert tomba. Ralliant les débris de son régiment, il les menait contre un bataillon écossais qui s'accrochait au sol. Au dernier instant, les rangs s'ouvrirent, des pièces de 9 tonnèrent. Une prodigieuse secousse arracha Lucien de sa selle. Il se sentit voler sur le dos, plonger en arrière, puis, dans un choc formidable, tout s'anéantit.

II

La nuit tombait. Entre les lambeaux de nuages qui s'effrangeaient sans cesse, des étoiles commençaient à luire. Un bouleau pointait vers elles son tronc déchiqueté. Sa ramure, tenant encore par une bande d'écorce, jonchait le sol boueux et recouvrait des corps.

L'air puait le carnage : le sang fade, la fétidité des entrailles, la laine et la chair roussies. Les restes d'un caisson se consumaient, rougeoyant dans la pénombre où remuaient vaguement quelques formes. Un cheval à l'agonie poussait par intervalles d'atroces soupirs. Plus loin, parmi des tas obscurs, un moribond était agité de soubresauts.

Peu à peu, Lucien sortit du néant. Il flottait et d'abord crut s'éveiller après une nuit de sommeil. Les yeux ouverts, il lui fallut un moment pour reprendre conscience. Sa tête lui faisait mal. Tous les os de son visage, ses dents, étaient sensibles. Il s'assit, péniblement, après avoir repoussé des cadavres dont les bras et les jambes s'entrecroisaient sur lui. Se croyant le crâne ouvert par un coup de sabre, il l'explora des doigts avec précaution. Rien, pas de blessure. Une énorme bosse, sans plus.

Le boulet qui avait atteint au poitrail sa monture, la soulevant du sol, ne l'avait pas touché, lui; mais, projeté en l'air par le choc, il était retombé de tout son poids contre un affût. Un morceau de sa pelisse, avec le bord de fourrure, l'avait protégé un peu. Il s'était seulement assommé au lieu de se fendre la tête.

Il ne se rendit pas compte de tout cela, il lui importait davantage de se ressaisir. Son bancal, retenu par la dragonne, lui demeurait au poignet. Le sang, les éclaboussures innommables avaient séché sur son uniforme, durcissant l'étoffe. Plantant son sabre dans la terre grasse, il acheva de dégrafer son dolman dont la plupart des brandebourgs manquaient ou pendaient, et, le front dans les mains, rajusta lentement ses souvenirs.

Tout se renouait : les péripéties de la journée, l'attente inquiète, puis l'action enfin, la fureur, cette longue lutte aboutissant à la débâcle anglaise. Ses lèvres esquissèrent un sourire. Il s'allongea, étirant ses muscles. Il se sentait apaisé, paresseux maintenant. Rien ne pressait plus. L'ouvrage était fait. A d'autres de poursuivre l'ennemi en débandade que les canons légers, là-bas, au nord, harcelaient dans sa fuite.

Volontiers, il aurait bu une gorgée de rhum à son « sauve-la-vie », mais celui-ci avait disparu avec son colback, comme sa sabretache et sa croix. L'alcool eût trompé la faim. On n'avait rien mangé depuis l'aube. Bah! dans un instant, il se lèverait; il trouverait bien à se restaurer auprès d'une cantinière ou dans quelque ferme.

Tranquillement étendu sur l'herbe boueuse et piétinée, il regardait le ciel. Soudain, il eut un sursaut. Que diable!...

Il se redressa. La canonnade!... Elle ne retentissait pas dans la direction marquée par l'étoile polaire, comme il l'avait cru. Incompréhensiblement, elle provenait du sud. Du côté où la bataille avait commencé. Ah, ça! perdait-il la raison!...

Il s'orienta de nouveau, très attentivement. Pas de doute, c'était bien là le sud. Mais alors?...

Déconcerté, le cœur étreint, il empoigna son bancal et se mit debout. Ses premiers pas lui ébranlèrent la tête, mais une brusque inquiétude éclipsait en lui la douleur comme la fatigue. Il se repéra. Il se trouvait au pied d'un tertre bordé par des alignements de morts : les Écossais contre lesquels il s'était lancé pour l'ultime assaut.

Toute l'histoire de ce combat se lisait ici. Des feux de file avaient dû achever ces soldats inflexibles. On les voyait couchés par rangs. Dans la demi-ténèbre, les tuniques tournaient au noir. Les visages, les mains, les genoux découverts par la singulière petite jupe, formaient un fourmillement livide. Par places, des chevaux et des chasseurs se mêlaient à leurs adversaires, dont ils avaient traversé les lignes : des cavaliers parsemaient, en effet, la pente derrière elles. D'Aubry, le jeune aide de camp, était là, seul, en avant, une jambe bizarrement repliée sous lui, un trou dans la poitrine.

Lucien le reconnut sans s'arrêter. L'inquiétude qui le talonnait ne lui en laissait pas le loisir. Il finit de gravir le monticule. Par-dessus des peupliers aux têtes hachées, il domina la cuvette qui avait vu le choc des deux armées.

Sous le ciel noircissant qu'ennuageaient de longues écharpes, toute l'étendue se déroulait, baignant dans les ombres du soir. Des flammes trouaient le crépuscule. Elles piquetaient les ondulations de la plaine comme des torches. Des fermes brûlaient au bord des deux routes. A l'est, un village tout entier flambait. D'autres incendies cachés dans les vallonnements empourpraient les fumées plafonnantes, aux confins du champ de bataille, dans une marge que l'on devinait bouleversée sous son manteau de ténèbres.

Tout cela était normal : spectacle habituel d'une soirée succédant à une journée de destruction et de carnage. Mais, au centre, celui-ci durait toujours. Là, sous les ruines de ce qui avait été la Haie-Sainte, un moutonnement obscur de bataillons convergeait vers des carrés de clarté foudroyante. Sous des drapeaux tricolores fouettés par les balles, des murs vivants de grenadiers, dans leurs capotes de combat, reculaient pas à pas en s'environnant d'une fulguration qui ne cessait point. Les visières de cuivre luisaient sous les bonnets à poil. Les baïonnettes s'étageaient en une triple barrière. Sortant de l'ombre, des nuées d'escadrons se lançaient, vague après vague, sur ces îlots tonnants et laissaient à leurs pieds des entassements de chevaux fauchés. Des canons tiraient, mais les boulets eux-mêmes ne parvenaient pas à faire brèche dans ces remparts d'hommes au coude à coude et dos contre poitrine, où les morts restaient cimentés avec les survivants.

Lucien regardait sans comprendre. Il ferma les yeux, un instant, puis les rouvrit, retrouvant la réalité inconcevable.

Inconcevable, mais, hélas! évidente. C'étaient bien là des drapeaux français; c'étaient bien des grenadiers de la garde, dans leurs longues capotes grises. Des généraux, des maréchaux, déchirant la cartouche, faisaient le coup de feu avec les simples soldats.

Comment se pouvait-il que des troupes tout à l'heure victorieuses fussent maintenant réduites à cette défensive sans espoir! Et, hormis ces deux poignées d'hommes, où étaient passées toutes les divisions? On ne voyait, on n'entendait dans l'ombre, au loin, que de maigres fusillades dispersées.

Sans doute les Anglais, sur le point de se débander, avaient-ils, au dernier moment, reçu des renforts avec lesquels ils étaient retournés en masse au combat. L'Empereur, reculant devant un ennemi trop supérieur en nombre, avait dû sacrifier quelques bataillons de la vieille garde pour le fixer tandis que, là-bas, le reste de l'armée se retirait à la faveur de l'obscurité montante.

Lucien réprima la rage qui lui gonflait le cœur devant

l'agonie des grenadiers, phalanges de héros tenant tête à des divisions entières. Le flot inexorable allait les ensevelir. Ah! s'il avait eu ses chasseurs, ils auraient encore trouvé ensemble la force de se tailler un chemin dans la chair anglaise, ne fût-ce que pour mourir avec ces sublimes soldats!...

Il n'avait plus de régiment, plus de charge à conduire, pas même de cheval. Tout ce qu'il pouvait faire, c'était de traverser les lignes ennemies pour tâcher de rejoindre la division, reformer une unité, combattre encore demain, arracher à l'adversaire un avantage dont il n'aurait pas le temps de tirer parti.

Jetant un dernier regard d'admiration et de douleur aux titans contre lesquels de nouvelles pièces se braquaient pour le coup de grâce, les poings serrés, il s'arracha du tertre, descendit la pente. Il fallait prendre vers l'ouest afin de contourner le grouillement des ennemis qui convergeaient dans la cuvette, et après piquer au sud.

La tragique lueur marquant la place où les grenadiers achevaient de mourir, lui servait de repère. Il se glissa de creux en creux. L'obscurité encore transparente laissait deviner les corps, les voitures renversées, les boulets à moitié enfouis çà et là, les débris de toute nature qui couvraient le sol : roues arrachées, morceaux d'affûts, bagages épars dans la boue, fusils rompus ou jetés, restes d'équipement.

A un moment, il marcha dans des sillons de morts. Sur des gardes-anglaises égorgés, gisait une moisson de carabiniers abattus au canon par files entières. Dans la grisaille, les protubérances des cuirasses jaunes, cabossées et noircies, évoquaient une jonchée d'énormes tortues dont certaines bougeaient pesamment. Des agonisants se traînaient. Une main se tendit, une voix implorait : « A boire! »

Partout c'était ainsi. Les ultimes échos du combat ne couvraient plus les bruits qui se répandaient au ras du sol.

Ils couraient comme des feux follets, s'éteignant ici pour reprendre ailleurs – mince rumeur insaisissable : plaintes, appels, soupirs, borborygmes des gaz dans le ventre d'un cheval, craquement d'une branche à demi hachée dont les dernières fibres cassent, à la longue, effondrement mystérieux, peut-être d'un remblai miné par les projectiles, peut-être d'un tas de cadavres sous lequel un blessé a bougé. Rumeur déchirée soudain par le grand cri d'un homme sortant de l'inconscience pour rentrer dans la douleur, ou bien par la détonation solitaire d'une arme grâce à laquelle un moribond en finit avec sa torture.

Une fois, un coup de feu retentit de la sorte, mais la balle siffla aux oreilles de Lucien. Un blessé anglais qui avait reconnu en lui un ennemi ? Ou bien ?... Au soir d'une bataille meurtrière, les soldats ne débordent pas toujours d'affection pour leurs officiers.

Il y avait d'autres risques. Un bruit bien vivant, redoutable, trahissait l'approche d'une troupe en marche. Il fallait se tapir.

Dissimulé dans une plantation de petits chênes, Lucien vit passer tout près une compagnie d'habits rouges qui, vraisemblablement, quittaient le combat. Ils marchaient en rangs mal alignés. On distinguait des blancheurs de pansements, des blessés plus atteints venaient derrière, soutenus par leurs camarades. Tous devaient être éprouvés et las, mais ils n'en manifestaient pas moins une excitation joyeuse. C'étaient des vainqueurs. Ils parlaient fort, malgré leur fatigue, imprudents parce que sûrs d'eux, si sûrs d'avoir conquis le terrain, qu'ils ne prenaient pas la peine de se garder. Une dizaine de tirailleurs armés de fusils qui ne manquaient pas plus, çà et là, que les gibernes, n'en eussent pas laissé échapper un seul, de ces Godams !

Avec fureur, Lucien les regarda s'éloigner. Il les haïssait. Il avait beau se dire que leur ténacité méritait un succès, sa haine ne désarmait pas. Il désirait sauvagement le leur arracher, ce succès éphémère, et le leur faire chèrement payer.

La colère non seulement dominait en lui l'épuisement, la soif et la faim, mais encore lui restituait une force nerveuse. Il se remit en marche, passant sous une éminence qui lui parut être celle d'Hougoumont. Il lui semblait reconnaître sa forme de bastion. Le château ne brûlait plus. On voyait simplement, découpés sur le ciel où montait un clair de lune diffus, des ruines avec des arbres dénudés.

De ce côté, la bataille était restée très circonscrite. Il n'y avait dans ces fonds ni désordre ni victimes. Mais la nuit était pleine de présences, pour la plupart furtives : détrousseurs de cadavres attirés de loin par le carnage, comme le seraient dès l'aube les corbeaux, paysans curieux ou espions, soldats égarés, déserteurs de l'un ou l'autre camp. Il eût été inutilement dangereux de vouloir reconnaître ces ombres, imprudent même de se montrer tant que l'on se trouvait dans les lignes ennemies. Un groupe de cavaliers, sabre au clair, fanion en tête, jaillit presque silencieusement d'une terre labourée. On eût dit une chevauchée de fantômes.

Comme ils longeaient un taillis, trois détonations craquèrent derrière eux. Un soldat du dernier rang vida la selle. Le peloton, escortant quelque officier supérieur, ne riposta pas et disparut, suivi de plus en plus loin par le cheval que freinait le corps de son maître traîné par un pied. On aurait pu rattraper la bête. Lucien s'élança, d'instinct; aussitôt sa tête le rappela, sévèrement, à l'ordre – et à la prudence. Mieux valait rester fantassin, pour l'instant.

Les positions occupées, le matin, par la réserve, ne devaient plus être très éloignées. Lucien cherchait le chemin de traverse devant lequel il s'était tenu avec son état-major lorsqu'il observait les pentes vides.

Son état-major! Qu'en restait-il à cette heure? Combien d'officiers encore vivants! Et combien d'hommes!... Au moment de la dernière charge, le régiment avait déjà perdu presque la moitié de son effectif. D'autres cavaliers – officiers et soldats – étaient encore tombés, sur le tertre.

Tout en cherchant sa route dans l'ombre argentine où les bruits guerriers ne résonnaient plus que sporadiquement, il songeait au petit d'Aubry étendu là-haut.

Trop de préoccupations, trop de souci et d'impatience, harcelaient Lucien pour que ses regrets pussent s'attarder longtemps à un jeune mort. En vingt ans de guerres à peu près incessantes, en France, en Italie, en Égypte, en Prusse, en Espagne, en Russie, il avait vu tant d'hommes, souvent de chers amis, périr à ses côtés! Il ne lui restait guère de sensibilité. Il pensait plus à la bataille de demain qu'à celle d'aujourd'hui. Peut-être pourrait-il reformer un régiment à deux escadrons. Si Levesque, le capitaine-major, vivait toujours, il devait déjà s'en occuper. Il s'agissait de rejoindre, vite.

Le chemin de traverse était bien là : fossé sombre dans lequel Lucien allait se glisser lorsqu'il se heurta presque à deux ombres dont l'une, aussitôt, lui lança un coup de baïonnette. D'un réflexe, il avait déjà paré avec son sabre. Il s'apprêtait à riposter, mais dans la seconde silhouette, mieux éclairée, il reconnut un voltigeur et retint sa lame en s'écriant :

– France, sacrebleu!

– Bon sang! soupira son agresseur. Cette garce de nuit!...

– Quel régiment?

– Qu' ça peut te foutre? dit l'homme d'une voix lasse. Les régiments, ça signifie quoi, à c't' heure!

– Je suis le colonel de Montalbert. Chasseurs de la garde.

Le soldat ricana.

– Tu entends, Bosquet? lança-t-il à son compagnon. Ça serait presque drôle, hein!... Qu'est-ce que c'est, un colonel, quand il n'y a plus de régiments, plus de garde, plus d'armée?

Impulsivement, Lucien leva son bancal pour sabrer cette bouche impudente. Le soldat croisa la baïonnette en jetant avec rage :

– Je te ferai la peau, espèce de sale traître! Les colonels, les généraux, les maréchaux, c'est tous des cochons de vendus! C'est vous qui nous avez foutus dans cette mélasse, c'est à cause de vos manigances que les Prussiens ont pu nous tomber dessus.

– Allons, allons! corrigea l'autre voltigeur appelé Bosquet, faut pas exagérer tout de même, caporal. Il y a de bons officiers...

Lucien l'interrompit. Le mot *Prussiens* l'avait frappé.

– Écoutez, dit-il, parlons raisonnablement. J'ai reçu un coup à la tête en chargeant sur le plateau, je suis resté inconscient jusqu'à tout à l'heure. Pourquoi parlez-vous des Prussiens? Ils ne participaient pas à l'affaire et, quand je suis tombé, les Anglais étaient à peu près en déroute.

– Eh bien! c'est nous qu'on l'est maintenant, nom de Dieu! répliqua le caporal avec fureur.

– En retraite, veux-tu dire, l'ami.

– Non, colonel, répondit Bosquet. Mon caporal peut pas s'expliquer, l'est trop retourné, mais ce qu'il dit, c'est bien ça. Il n'y a plus de régiments, plus de formations, plus rien, malheureusement.

– Allons donc! Comment une chose pareille aurait-elle pu se produire?

– Parce qu'on a été trahis, parbleu! fit le caporal. Pas difficile à comprendre.

– Ce soir la bataille était gagnée!

– Nous, on sait pas bien, dit Bosquet. Toujours est-il qu'en effet vers le soir on avançait sérieusement avec tout le bataillon. Faut vous expliquer qu'on était à l'aile droite, du côté d'un village qui s'appelle quelque chose comme

Saprelotte, il paraît. Depuis un bout de temps, on voyait bien des Prussiens, mais pas beaucoup et on les étrillait en même temps que les Godams. Puis voilà du canon sur le côté, et le capitaine nous dit : c'est le corps du maréchal Grouchy qui vient nous rejoindre, on va flanquer la vraie pile aux Anglais! Il était tout content, notre brave capitaine. Bon, mais des ordres arrivent, et il faut faire feu par échelons en arrière, si bien qu'au bout d'un moment on s'occupait plus des Ingliches, on avait nos fusils tout du côté où les renforts ils débouchaient. On n'y comprenait rien. Mais on a été vite au courant de la chose. Parce que le prétendu corps du maréchal, il nous tirait dessus tant qu'il pouvait. C'était pas un corps, c'était une armée entière. Il en sortait de partout. Les boulets et les obus tombaient comme qui la jette. On a tenu, en reculant pas à pas. Ç'a duré je ne sais combien de temps. A la fin, c'était plus possible, il y en avait de tous les côtés : des Prussiens, des Godams qui se ramenaient par-derrière nous. Les nôtres ont commencé à crier sauve-qui-peut, à se débander. C'était un gâchis je vous dis que ça! avec la cavalerie prussienne qui sabrait tout. On se reconnaissait plus...

Lucien s'était laissé tomber sur le talus. La catastrophe! Blücher réussissant au dernier moment sa jonction avec Wellington! L'armée avait été prise en tenaille.

Il eut quelques minutes d'effondrement complet. Les deux soldats se taisaient, comprenant quel choc le colonel venait de recevoir.

C'était comme s'il eût sombré une seconde fois dans le néant.

Peu à peu, il vit l'étendue et les raisons du désastre : Blücher survenant avec ce qui lui restait de troupes, alors que l'armée française était épuisée par des heures et des heures de lutte sauvage. Trop sauvage! On s'était laissé emporter par la haine, par le besoin de se battre corps à corps. On n'avait rien ménagé. La grosse cavalerie, usée dans ses charges sur le plateau, ne pouvait plus s'opposer au nouveau flot ennemi.

Quelle folie d'avoir gaspillé des divisions entières de cuirassiers, les carabiniers, les grenadiers, à cheval, en les envoyant se faire décimer là-haut les uns après les autres, quand le canon eût aussi bien accompli l'ouvrage! Ah! Ney, Ney! toujours le même! Trop bouillant, personnel, comme à Iéna, comme à Eylau... Mais comment cet imbécile de Grouchy n'avait-il pas arrêté les Prussiens! Même paralysés par cet incapable, ses soldats commandés par des généraux comme Gérard, comme Vandamme, devaient nécessairement les défaire!... Bon sang! Grouchy était fichu de ne les avoir même pas trouvés! Dans ce cas!...

Lucien se releva brusquement.

– Non, mes amis, dit-il, il n'y a pas eu de traîtres, croyez-moi. Simplement des maréchaux aveugles ou stupides. Et il reste trente-cinq mille de vos camarades qui n'ont pas donné aujourd'hui. Trente-cinq mille hommes intacts. Ils doivent en ce moment s'efforcer de nous joindre. Voilà un noyau autour duquel l'armée n'aura pas de peine à se reformer. Du reste, même s'il y a eu débandade, tous les régiments ne se sont certainement pas dispersés. Ils se regrouperont quelque part. Non, non, nous n'avons pas joué notre dernière carte! L'Empereur est certainement là-bas, sur la route de Charleroi. Ce chemin y mène. Venez-vous avec moi? Le diable m'emporte si nous ne sommes pas capables de battre encore les Anglais et les Prussiens réunis!

– A vos ordres, mon colonel, dit le caporal. Sauf respect, vous êtes un grognard, mais je pouvais pas le savoir, je vous demande pardon, excuses.

– Il n'y a pas d'offense. Si on pouvait être content, un soir comme celui-ci, je dirais que je suis content de vous avoir rencontrés, tous les deux.

Le canon s'était définitivement tu. Dans la quiétude de

cette nuit paysanne, avec sa lune ronde, mouillée, qui montait lentement, le tumulte de la journée semblait avoir été un rêve. Un parfum de terre humide et de foins remplaçait les odeurs du carnage. On se trouvait à un quart de lieue, au plus, de la haute plaine où deux cent trente mille hommes s'étaient entre-tués, et ici la paix n'avait été troublée que par les échos de cette fureur. Mais en avançant, les trois rescapés entendirent devant eux crépiter des coups de feu, assez loin encore. Soudain, sortant de l'ombre, une voix retentit :

– Halte ou je tire!

– Foutre non! s'exclama le caporal. Amis!

Quatre silhouettes enjambèrent la haie : trois chasseurs à pied avec un artilleur, le bras gauche bandé d'un mouchoir. Leurs uniformes, aux uns et aux autres, semblaient en triste état. En revanche, chaque homme portait deux fusils et plusieurs gibernes.

– Eh bien! dit le caporal, vous, au moins, vous êtes fournis!

– Parbleu! on n'a pas l'intention de se laisser attraper. Les Prussiens égorgent tout. On les a vus assassiner à coups de crosses et de baïonnettes un général blessé. Alors, on a pris nos précautions.

– Où alliez-vous? demanda Lucien.

Ils ne le savaient pas, ils se sentaient perdus.

– Venez avec nous, je connais le terrain.

Lucien prit un des fusils de l'artilleur avec une giberne. Ils formaient maintenant une troupe, minuscule mais bien armée; ils avaient un chef. La confiance leur revenait.

– Si on trouvait de quoi casser la croûte, seulement! soupira le nommé Bosquet.

Les hommes marchaient en colonne par deux, chacun surveillant son côté de campagne grise, bossuée par des masses obscures. Lucien crut reconnaître l'entrée du vallon que la division occupait, le matin. Oui, c'étaient bien là le bois, les blés piétinés. Des coups de feu épars retentissaient toujours, en avant. Il y eut, tout près, sur la gauche, une suite de détonations. Une fusillade nourrie s'alluma. On voyait la lueur entre les hêtres qui, seuls, séparaient du combat la petite troupe.

– Allons-y, dit le colonel.

Des piétinements, des hennissements mêlés aux coups de feu annonçaient une action de cavalerie. En effet, des lanciers prussiens, aisément reconnaissables à leur plastron écarlate sur la tunique verte, enveloppaient en tournoyant des fantassins qui avaient formé le carré. Au milieu d'eux, un officier à cheval tenait un drapeau dont la hampe posait sur le sol et dont l'aigle semblait fulgurer dans la lumière des décharges. Lucien avait tout enregistré d'un regard. On pouvait prendre les assaillants en file.

– Chacun derrière un arbre, commanda-t-il. Feu à volonté. Que toutes les balles portent.

Dès la première salve, un flottement se marqua chez les lanciers surpris par cet ennemi qui leur tombait sur le flanc. Leur rôle n'était pas d'accomplir des actions d'éclat, simplement de harceler partout les fuyards.

Un sous-lieutenant fut détaché vers les hêtres, avec une douzaine d'hommes. Il n'y mettait guère de conviction, sachant bien que derrière des troncs les fantassins sont invulnérables à la cavalerie. Lucien, le laissant accourir, le visait soigneusement, avec une volupté de haine, la mire sur le plastron rouge bien éclairé. Le coup partit, le jeune officier bascula en arrière. En même temps, trois ou quatre lanciers tombaient. Les autres n'insistèrent pas. Le gros du peloton non plus. Une trompette lança quelques notes, les cavaliers, voltant gracieusement sur la gauche, s'évanouirent dans l'ombre, suivis par les bêtes à la selle vide.

Pendant un instant, après l'illumination des décharges, la nuit parut opaque. Les yeux s'y réadaptèrent, elle reprit sa transparence cendrée. Lucien et ses soldats s'avancèrent vers le carré qui ouvrait ses rangs. Il se composait d'un très petit nombre de fantassins, une soixantaine peut-être. Divers uniformes se mêlaient, la dominante semblant revenir à celui, bleu sombre, des fusiliers. L'officier, nu-tête, appartenait également à ce corps. Il paraissait avoir cinquante ou cinquante-cinq ans.

Quand Lucien se fut nommé, il lui rendit compte avec le plus grand calme. Il avait pu ramener de la bataille, en bon ordre, avec armes et drapeau, tout ce qui restait de sa compagnie : quarante-deux hommes, trois caporaux, un sergent. Des isolés d'autres régiments s'étaient joints à eux. En outre, des fuyards avaient été arrêtés et réarmés avec des fusils et des gibernes de rencontre. L'effectif se montait présentement à soixante-huit hommes.

– Voulez-vous en accepter le commandement, mon colonel, et recevoir le dépôt de cette aigle.

– Mais non, mon cher camarade, répondit Lucien, étonné. Je vais me joindre à vous, tout simplement.

– Mon colonel, permettez-moi de vous dire une chose : maintenant que j'ai trouvé quelqu'un à qui confier cette troupe, je désire m'en aller. J'ai fait tout ce qu'un soldat doit faire.

Lucien voyait mal les traits du capitaine dans la clarté diffuse. Il semblait particulièrement résolu. La croix brillait sur sa poitrine, et ce qu'il avait accompli, ce soir, le montrait bien digne de la porter. Alors? La tension était-elle, à la longue, trop forte pour lui? Finissait-il par perdre la tête?...

– Colonel, dit-il posément, vous avez été en demi-solde, je pense? Moi aussi, avec soixante-treize francs par mois. Je n'ai pas l'intention de m'y retrouver, de retomber sous la surveillance de la police royale, de subir tant d'autres humiliations, ni de revoir ma compagnie commandée à ma place par un ex-émigré.

Les plaintes d'un des Prussiens abattus devant les hêtres hachaient ces paroles, qui évoquaient pour Lucien aussi les plus amers souvenirs.

– Voyons! protesta-t-il, nous n'en sommes pas là! Nous n'avons perdu qu'une bataille. Elle peut se regagner demain.

– Non. Nous avons tout perdu. Vous n'avez pas assisté à cette effroyable déroute, j'imagine. Les régiments, les divisions lâchant pied, fuyant comme des troupeaux. Les soldats affolés jetant leurs armes. Des soldats français, colonel! Des hommes qui, depuis Valmy, n'avaient jamais été vraiment vaincus!... Ceux qui conservaient encore des baïonnettes s'en sont servis contre nous quand nous avons voulu les arrêter. J'ai vu mon ami le colonel Michel trouver volontairement la mort. J'ai vu des cuirassiers tuer leurs chevaux pour qu'ils ne tombent pas aux mains de l'ennemi, et se faire sauter la cervelle...

Il secoua amèrement la tête, répétant :

– Nous avons tout perdu : la dernière bataille, la guerre, l'honneur. Cela ne se répare pas. Soyez sûr d'une chose : la France ne donnera plus maintenant ni un homme ni un liard à l'Empereur. Son temps, le nôtre, est fini. Nous n'avons plus de raison d'être.

Il tendit à Lucien, muet de désarroi, et qui les prit machinalement, la hampe de l'aigle, la bride du cheval, sortit des fontes les pistolets et appela :

– Sergent!... Le colonel de Montalbert prend le commandement. Soyez-lui fidèle.

Il fit trois pas en arrière, salua le colonel, le drapeau, puis s'éloigna vers les hêtres.

La voix du blessé prussien qui ne parvenait pas à mourir s'élevait toujours, coupée de râles. Son estomac se remplissait de sang; il le vomissait à grand effort. C'était le petit officier. Le capitaine lui tira une balle dans la tête. Après quoi il disparut derrière les arbres et il y eut une seconde détonation.

Lucien demeurait immobile. Ce qu'il avait, à chaque révélation, refusé de toutes ses forces, s'imposait maintenant avec une évidence écrasante. Un instant, il fut effleuré par la tentation d'imiter le capitaine. Ce furent les soldats qui le ramenèrent au sentiment de sa responsabilité. Ne comprenant pas ce qui se passait, ils murmuraient entre eux, inquiets de rester ici, vulnérables à une nouvelle attaque. Lucien réagit. Il avait une tâche simple à remplir. A quelques pas de lui, le sous-officier le regardait non sans une certaine défiance.

– Prenez cette aigle, sergent. Disposez les hommes en colonne. Vous me suivrez, je vais vous éclairer. Gardez-vous sur les flancs. A la moindre alerte, faites le carré. Nous allons tâcher de rejoindre la grand-route.

Il se mit en selle. Le cheval était une bête de dragon, encore en assez bon état, avec laquelle il pourrait pousser quelques pointes. Il longea la colonne qui se formait, et, regroupant sa propre petite troupe, en fit une avant-garde qu'il précéda lui-même de quelques toises. L'éclairage, la charge, c'était son métier. La douleur dans sa tête avait peu à peu diminué, vaincue par sa constitution de fer. Ce n'était plus qu'un poids qui se confondait avec la fatigue, la faim, la soif dévorante et la pesanteur de l'âme.

~

Au sortir des vallonnements boisés, on commença de rencontrer, de plus en plus nombreux, des isolés ou des groupes cherchant eux aussi la route. La colonne ne cessa de grossir rapidement. Enfin quarante-trois hommes conduits par un vélite de la jeune garde, qui avait en lui l'étoffe d'un général, puis vingt-sept autres avec un commandant légèrement blessé, deux capitaines, un sergent-major, achevèrent de porter l'effectif à celui d'un demi-bataillon.

Depuis un moment, on entendait, en avant, une étrange rumeur. Avant de déboucher, Lucien voulut tenter une reconnaissance. Il poussa son cheval vers une levée d'où l'on devait voir à quelque distance. Sitôt là, il comprit qu'il serait impossible de gagner Charleroi par la chaussée. Un grouillement sombre et confus non seulement couvrait ses pavés mais débordait de part et d'autre dans les terres. Sous le clair de lune que teintaient encore des lueurs d'incendies, c'était comme une gigantesque fourmilière en marche.

En se rapprochant, Lucien vit les fossés pleins de cadavres poussés là pêle-mêle avec des voitures rompues, des canons bousculés, des caissons. Le flot ajoutait toujours à ces laisses les moribonds qu'il rejetait implacablement, les éclopés échappant avec peine aux pattes des chevaux et aux pieds qui leur marchaient dessus. Parfois, un fourgon se soulevait, cahotant parce que ses roues écrasaient un corps.

Cette fois, Lucien avait sous les yeux ce à quoi il ne voulait pas croire : la débâcle dans son écoulement dantesque, la débâcle charriant ses multitudes en plein abandon bestial à la défaite, à la panique – à la terreur encore des cavaliers ennemis qui avaient pourtant, harassés eux-mêmes, cessé leur harcèlement.

Les paroles du capitaine l'avaient préparé à cette vision. Il en subit néanmoins l'effet. Il eût été difficile de ne pas se sentir bouleversé en apercevant dans un tel état une armée qui, ce matin, au moment où l'Empereur la passait une dernière fois en revue, offrait un si magnifique spectacle d'ordre et de puissance. Quelque chose de plus profond encore que la discipline militaire était brisé; on le concevait là devant. Lucien n'aurait su dire quoi, mais il comprenait à présent combien son espérance première était vaine. Ce ne serait pas demain que l'on retournerait à l'ennemi.

Enfin, cela ne changeait rien à un devoir immédiat – si simple qu'il n'y avait même pas à le formuler.

Il retourna vers sa troupe. Après un rapide examen de la situation avec le commandant et les capitaines, on décida de suivre la route à distance.

Ils contournèrent le village de Genappe inondé par la mer humaine. Il ne fallait, évidemment, s'attendre à trouver là aucun secours. Une horrible pestilence annonçait que l'on n'avait pas encore enfoui les morts de l'avant-veille. Un peu plus loin, en franchissant la Dyle, Lucien et ses hommes purent-ils du moins éteindre leur soif.

Le sergent-major dit qu'il devait y avoir, pas loin, un hameau appelé Houtain-le-Val où il avait fait étape avec sa compagnie en quittant le champ de bataille des Quatre-Bras.

Sa mémoire des lieux était très exacte. Un sentier au bord de la rivière – ici, simple ruisseau sinueux – les mena en quelques minutes dans une vallée où des chaumières éparses se cachaient sous les panaches de grands arbres. En temps ordinaire, ce devait être le royaume du calme et du silence. Cette nuit, on n'y dormait point. Les maisons étaient éclairées. Les rayons de lumière s'entrecroisaient sur la place du hameau, montrant des hommes affalés entre lesquels allaient et venaient des paysans charitables. Des fuyards, des éclopés avaient échoué ici. On faisait chauffer le four banal pour leur cuire du pain. Les femmes soignaient des blessés. Dans tous les âtres, il y avait d'énormes chaudrons pleins de pommes de terre brûlantes.

Les nouveaux venus en reçurent leur part – bien maigre pour des hommes qui n'avaient rien mangé depuis dix-sept heures, mais c'était cependant inespéré. Un patriarche, aux longs cheveux gris tombant sur les épaules, leur fit en outre distribuer des jattes de lait caillé. Il s'excusa de ne pouvoir leur donner davantage : l'avant-veille, les gens du hameau avaient déjà abandonné la plus grande partie de leurs provisions aux Français. Il déclara au commandant, dont une jeune fille pansait la blessure :

– Ce soir, c'est deuil pour nous aussi, sais-tu, monsieur l'officier. Nous espérions que vous seriez vainqueurs, donc ! Les Prussiens et les Anglais sont mauvais, personne ne les aime, ici.

Quand Lucien, en le remerciant et en le chargeant d'exprimer leur reconnaissance aux gens du village, lui dit qu'ils allaient partir maintenant pour tâcher de gagner Charleroi, le vieillard secoua la tête.

– Vous êtes trop fatigués pour marcher cinq lieues, donc ! Vous n'arriverez pas.

Il leur proposa de les mener, tout près, dans un endroit où ils pourraient se reposer une heure ou deux à l'abri de toute surprise. Il les conduisit à une combe si bien dissimulée par des retombées de feuillages qu'en arrivant ils l'avaient longée sans soupçonner son existence. Là, pour qu'ils pussent dormir tous, il leur offrit de veiller sur eux.

Serrés les uns contre les autres afin de se tenir chaud dans la nuit humide, ils s'abandonnèrent à un sommeil troublé pour beaucoup d'entre eux par l'excès de fatigue et les terribles impressions de la soirée. Lucien, lui, s'enfonça dans une noire inconscience dont il ressortit quelques secondes plus tard, lui sembla-t-il, secoué par le commandant.

– Colonel !... Colonel !... Notre ami dit qu'il est temps de partir.

Ils avaient dormi deux heures. Il était une heure et demie, il leur en faudrait pas loin de quatre pour atteindre Charleroi.

Ils ne savaient comment témoigner au Belge leur reconnaissance, mais, leur serrant la main, il leur répondit :

– Notre cœur est avec vous. Nous avons été français, nous ne l'oublierons jamais, sais-tu.

La brève nuit de juin était à peine close, et déjà un

frémissement de clarté transparaissait tout en haut du ciel quand ils retraversèrent le village. On leur donna des pains que l'on venait de cuire.

La colonne reformée se dirigea droit au sud en se guidant sur les étoiles pâlissantes. Le vieux paysan avait fourni au sergent-major, si bien doué, des instructions pour couper au plus court et ne rattraper la grand-route que peu avant Charleroi, à un village nommé Gosselies. Ils devraient auparavant passer deux ruisseaux, affluents de la Sambre. Il avait précisé des repères. Après le temps de marche indiqué, ils trouvèrent, effectivement, le premier à l'endroit décrit, bien reconnaissable à un tertre couronné de genévriers, sur la gauche, à un bouquet de chênes, à droite, sur l'autre rive.

Une heure plus tard, alors que le jour se levait, embrumé, livide encore, ils descendaient vers le second ruisseau, par une pente couverte de taillis, lorsqu'un coup de pistolet claqua. Lucien, laissant le commandant arrêter les hommes et les mettre en bataille, se porta en éclaireur. Dans le silence absolu de l'aube, on percevait un bruit qu'il reconnut aussitôt. Poussant doucement son cheval entre les buissons, il vit ce à quoi il s'attendait : un groupe de cavaliers en train de sauter en selle après avoir été alertés par le coup de feu de leur vedette. C'étaient des Français aux uniformes salis mais facilement identifiables.

– Amis! cria-t-il. France!

Il sortit à découvert, agitant la main. Un officier aussi dépenaillé que lui-même piqua, méfiant, vers cette silhouette qui se détachait à contre-jour. Bientôt deux exclamations se croisèrent :

– Crémieux! Par exemple!

– Montalbert! Eh bé! Bonne mère! c'est un plaisir...

Henri Crémieux était chef d'escadron au 6e dragons. Lucien et lui se connaissaient depuis la campagne d'Égypte qu'ils avaient faite comme sous-lieutenants. La veille encore

Lucien l'avait aperçu, chargeant derrière les carabiniers de Kellermann.

Ils se serrèrent la main en échangeant des réflexions à la fois mi-heureuses mi-amères. Puis le Marseillais s'écria :

– Mon bon, regarde ce que je commande !

On voyait de tout parmi les cavaliers réunis au bord du ruisseau où ils s'étaient arrêtés à la fin de la nuit pour prendre un peu de repos : des dragons verts et jaunes, cinq ou six cuirassiers, des grenadiers, dont la plupart avaient perdu leur bonnet à poil, des carabiniers. Deux lanciers sans lance et quelques hussards représentaient la cavalerie légère. Beaucoup étaient remontés avec des bêtes de rencontre ou de prise. L'un des hussards maniait un cheval de général anglais. Il y avait même de l'artillerie : deux pièces de 8 qui venaient de se réapprovisionner au parc, à Rossomme, lorsqu'elles avaient été prises dans la débâcle parmi les rescapés de la grosse cavalerie abandonnant le plateau. Au contraire de certains de leurs semblables, les servants s'étaient refusés à couper les traits.

– Ne te plains pas, dit Lucien ; moi, depuis hier soir, je suis colonel d'infanterie.

– Eh bien ! te voilà général de corps d'armée. Car je me joins à toi, naturellement. Où vas-tu ?

– A Charleroi. Il doit y avoir, je pense, un début d'organisation. Peut-être l'Empereur s'y trouve-t-il.

– L'Empereur ! s'exclama Crémieux. Mais il est mort ! tu ne le sais pas ? On n'entendait que ce cri, hier soir ; c'est pour ça que les troupes se sont débandées.

Suffoqué, Lucien regardait son camarade.

– Ce n'est pas possible !

Il paraissait incroyable que Napoléon pût être vulnérable comme une créature ordinaire. Pourtant, il avait été atteint, une fois, à la cheville. Ce n'était malgré tout qu'un homme. Sa mort expliquerait, effectivement, cette inconcevable déroute.

– Mais où, et quand, aurait-il été tué?

– Vers la fin, je suppose. L'endroit, on n'en sait rien, dit tristement Crémieux en haussant les épaules.

C'était un bon gros garçon de quarante-quatre ans, que le casque et non l'excès de réflexion avait déjà rendu chauve. Il répétait ce qu'il avait entendu, sans chercher plus loin.

Lucien hocha la tête.

– Ça pourrait bien être une sottise de paniquards affolés. J'ai des soldats qui viennent de tous les coins du champ de bataille; aucun n'a rien raconté de tel. Du reste, à Charleroi nous serons fixés. En attendant, interdis formellement à tes hommes de parler de ça.

Les deux troupes fusionnèrent. On distribua une partie des pains aux cavaliers, qui n'avaient pas été nourris, eux. Les fantassins aidèrent les artilleurs à faire franchir aux pièces le ruisseau dont les rives étaient assez abruptes. Puis l'on repartit, avalant mécaniquement les toises après les toises tandis que la fatigue, un instant trompée, plombait de nouveau les membres, grippait les reins. Lucien avait, très traditionnellement, pris avec lui les deux lanciers et les hussards, placé l'artillerie au milieu de la colonne, sous bonne protection, la grosse cavalerie en arrière-garde. Il fallait s'attendre à voir sous peu l'ennemi se manifester. Les Prussiens – à défaut des Anglais, guère en état de se risquer à une poursuite – avaient assurément quitté déjà leurs bivouacs.

Lucien chevauchait au pas de sa monture fourbue. Il songeait à la nouvelle de Crémieux. Si Napoléon était mort, tout s'effondrait. Il était l'unique raison de la résistance, son symbole en même temps que son ouvrier. Lui seul aurait pu rétablir la situation et forcer la victoire.

Le jour rosissait. C'était l'heure où, la veille, on pataugeait encore dans la terre gluante. Ah! s'il eût fait ce temps, hier!... Dans une légère brume, la grand-route apparut entre des croupes basses, à un quart de lieue, environ, du village où l'on aurait dû la rejoindre. On avait appuyé un peu trop sur la gauche.

Juste à ce moment, l'arrière-garde donna l'alarme. Au loin, lancé en pointe entre la colonne et la chaussée, un gros de cavalerie accourait. Dans le gris-vert matinal, ce n'était pour l'instant qu'une ligne rousse et, au-dessus, bleu-noir, surmontée par les flammes des lances dont le talon reposait encore dans la douille de l'étrier. Bientôt, elles s'abaisseraient tandis que le trot rapide se changerait en un galop d'ouragan.

Lucien savait ses chevaux incapables de fournir une charge contre ces bêtes fraîches. Et il ne s'agissait pas seulement de sauver les soldats dont il avait le commandement, mais aussi de protéger les fourgons, les voitures de cantinières, encombrés de blessés, les groupes d'éclopés, qui avaient succédé sur la route à la horde des fuyards.

Il prit instantanément sa décision. D'après ses ordres, le bataillon, au pas accéléré, obliqua vers la chaussée en bordure de laquelle il s'aligna sur trois rangs; la cavalerie, légèrement décrochée, soutenant de son poids l'aile droite destinée à recevoir le premier choc. Au centre, entre les deux corps de fantassins, couverte de part et d'autre par eux, l'artillerie ouvrit le feu sans plus attendre. On vit les boulets creuser à tous coups des sillons dans l'escadron compact qui se rapprochait vivement.

Les Prussiens, la veille, ayant sabré comme ils voulaient, ne s'attendaient pas à trouver de résistance sérieuse. Cette canonnade fut pour eux une complète surprise. Il y eut un flottement, puis ils prirent tout de même le galop, lances pointées.

– A mitraille! commanda Lucien.

En même temps, les trois étages de fusils se mirent à cracher leur feu continu, un rang rechargeant pendant qu'un autre tirait. Contre de la grosse cavalerie, c'eût été quasiment inefficace. Sur des lanciers, dénués de toute protection, il en allait autrement. Environ un sur deux des cavaliers de la première ligne boulèrent dans leurs foulées de départ. Les autres comprirent qu'ils n'arriveraient pas vivants à portée d'employer les lances. Ils obliquèrent, tandis que la seconde ligne et la troisième, éclairées par cette expérience, tournaient bride.

– A toi, Henri! Vas-y! cria Lucien.

Incapable de se contenir, il s'élança lui aussi.

Il n'alla pas loin. Son cheval s'abattit, épuisé. Crémieux n'eut pas davantage la possibilité de faire le coup de sabre, pas plus qu'aucun de ses cavaliers, immédiatement distancés par les Prussiens qui s'égaillèrent dans la plaine pour rallier le gros de l'escadron allant chercher ailleurs de plus faciles victoires. Ils laissaient sur le terrain une vingtaine de morts ou blessés, avec onze hommes démontés, contraints de se rendre. Les hussards avaient capturé quatre chevaux embarrassés par les cadavres de leurs maîtres.

De la route, on avait suivi avec angoisse, puis avec enthousiasme, l'engagement. Lorsqu'un détachement apporta les blessés prussiens pour les confier aux fourgons, des acclamations l'accueillirent.

– Sans vous, les enfants, on était frits! s'écria une cantinière. Bon Dieu! que je regrette de n'avoir pas une goutte à vous offrir! Y a donc encore des soldats chez nous! Je le croyais plus.

– Y en a davantage que vous pensez, la mère. Marchez seulement, et vous verrez! lui répondit Bosquet, le voltigeur.

Ni elle ni les conducteurs de fourgons ne voulaient prendre les Prussiens : « ces brigands », disaient-ils, « qui égorgent tout »! Lucien dut intervenir.

La colonne reformée, emmenant les prisonniers, évita Gosselies envahi par des convois semblables à celui qu'elle venait de secourir. Trois quarts d'heure plus tard, au moment où le soleil sortait derrière la ligne bleue de l'horizon, elle atteignait péniblement les abords de Charleroi.

Lucien, sur un cheval prussien, partit en avant avec, pour faire la liaison, un des hussards, remonté lui aussi. La première chose qu'ils apprirent en se frayant un passage au milieu des troupes disparates affluant de toute part, ce fut que l'Empereur, bien vivant, venait de traverser la ville et avait donné ses ordres au maréchal Soult pour la réorganisation de l'armée. Quelques régiments de la division Girard, encore en état de combattre, s'appuyaient aux forts, de manière à contenir momentanément toute pointe ennemie et à garder le passage de la Sambre. Derrière cette protection, on mettait un commencement d'ordre dans le tohu-bohu. Des postes avaient été établis pour canaliser les rescapés vers des points de regroupement.

Un sergent indiqua un de ces postes à Lucien. C'était une ferme en bordure des faubourgs. Il y trouva un colonel d'état-major, moins déguenillé mais tout aussi hâve et barbu que lui. Dans un mouvement incessant, parmi les allées et venues d'auxiliaires de tout grade, du caporal aux commandants, cet homme débordé, suant, la voix rauque, ne cessait de crier des ordres que pour répondre aux demandes faites par des officiers dans la même situation que Lucien :

– Si vos hommes forment une troupe armée, à peu près cohérente et encadrée, conduisez-les à Philippeville. Le centre général de ralliement après la frontière est Laon. A Philippeville, il y aura déjà un peu d'intendance. Une première réorganisation des compagnies ou escadrons sera faite.

Comme, successivement, tous réclamaient un peu de repos et de la nourriture, à chaque fois il piquait la même crise :

– Du repos! Sacrebleu! vous n'avez que ce mot à la bouche. Dans trois ou quatre heures au plus, l'ennemi sera là, en force. Vous croyez que nous avons le temps de nous prélasser? Quant à la soupe, envoyez une corvée, on vous donnera quelque chose.

– C'est bien joli, dit Lucien, mais j'ai des prisonniers. Je ne peux pas les traîner jusqu'à Philippeville.

– Quoi! aboya le gros homme. Qu'est-ce que vous racontez?

Un surprenant silence se faisait dans la pièce. On entendait le brouhaha de la cour. Tous les regards s'étaient tournés vers Lucien.

– Qu'est-ce qu'il y a d'extraordinaire? dit-il. J'amène onze lanciers prussiens que mes hommes ont pris après avoir dispersé un escadron. Ce n'est pas un fait d'armes, ma parole!

En temps ordinaire, évidemment, on n'y eût guère prêté attention, mais qu'aujourd'hui des soldats battus, désespérés, tombant de lassitude, fussent capables de faire des prisonniers, cela signifiait quelque chose.

– Qui êtes-vous, Monsieur? demanda le colonel en se levant.

– Colonel de Montalbert. Chasseurs de la garde. Commandant pour le moment deux cent cinquante rescapés de toutes armes.

– Montalbert. Bien, mon cher camarade, très bien. Que votre corvée nous amène ces prisonniers, je les ferai conduire au maréchal, en votre nom. Et le diable m'emporte si je ne donne pas double ration à vos gaillards!

Dans la cour de la ferme, ainsi qu'alentour, on avait allumé des feux sous une vingtaine de chaudrons empruntés au voisinage. On ne cessait de vider les uns ou les autres, et de les remplir avec beaucoup d'eau où l'on versait un peu de farine mélangée à des poignées d'herbages. On distribuait, parcimonieusement, ce brouet dans les récipients les plus hétéroclites, depuis les bidons réglementaires jusqu'à des pichets de bière, des seaux, voire des arrosoirs.

Un sergent fourrier apparut à la fenêtre, annonçant que les herbes allaient bientôt manquer.

– Bougres d'empotés! hurla le colonel, coupez donc des orties! C'est très bon, la soupe d'ortie. J'en ai mangé...

En quittant Charleroi, Lucien, estimant que ni ses hommes ni ses chevaux ne couvriraient les sept lieues qui les séparaient de Philippeville s'ils ne prenaient pas quelque repos, leur accorda, malgré les ordres, deux heures de sommeil, sitôt passé la Sambre. Il s'allongea comme ses soldats sous des cerisiers où ne restait plus un fruit. Partout dans les champs, ou même au bord de la chaussée, on voyait d'autres groupes, plus ou moins nombreux, gisant, écrasés de fatigue. Mais il ne dormit pas. Il fallait veiller sur les chevaux; on les eût fort bien volés.

Au demeurant, s'il était moulu, il n'aurait pu néanmoins fermer les yeux. L'épuisement n'empêchait pas l'excitation. Dans son esprit, les idées et les images se succédaient en désordre. Il revoyait les carrés de la garde dans la fulguration de leur farouche agonie, le jeune d'Aubry, mort, le capitaine des fusiliers s'en allant se faire sauter la cervelle. Et il pensait à l'Empereur, vivant, résolu à reprendre en main l'armée – bien capable, avec Soult, de réussir ce tour de force. Il y avait tout de même quelque part les trente-cinq mille hommes de Grouchy! Assurément, on avait dû abandonner beaucoup de matériel, des canons, mais il restait des corps organisés, comme la division Girard. Il devait en exister d'autres. Tout cela donnait confiance et hâte – une hâte fébrile d'arriver au point de concentration, de dénombrer les forces, de voir enfin un peu clair dans le brouillard d'incertitude et d'angoisse qui masquait depuis hier l'avenir.

A sept heures, il fit lever son monde. On entendait au loin, en avant de Charleroi, une faible canonnade. Courbatu, roide, on reprit la route, avec les bandes bigarrées mais en assez bonne ordonnance qui couvraient à présent la chaussée. Aux alentours de Fraire, la cavalerie prussienne tenta quelques incursions. Elle avait sans doute franchi la Sambre dans l'Est. Elle restait encore sans soutien, et ce n'étaient plus des troupeaux affolés qu'elle trouvait devant elle. Le tri spontané avait eu lieu; les fuyards, les déserteurs, s'étant dispersés. Elle se heurtait maintenant à des soldats décidés à se défendre, avides de se venger. Accueillie en tous endroits par des feux redoutables, elle n'insista pas.

Vers une heure après midi, Lucien et son détachement arrivaient à Philippeville lorsqu'ils aperçurent, convergeant avec eux sur la petite cité ramassée dans la plaine autour de ses clochers, une imposante colonne blanche, bleue et rouge, qui descendait à mi-coteau. Les deux troupes se rapprochaient d'instant en instant. Bientôt, des exclamations excitées jaillirent parmi les cavaliers de Crémieux, plus voisins des nouveaux venus. Lui-même, avec son exubérance méridionale, gesticulait en criant :

– La garde! C'est la garde!

Elle n'avait donc pas toute succombé. Une division entière de la vieille garde, complétée par des éléments de la jeune et de la moyenne, revenait de la bataille comme d'une revue. Les uniformes de parade, sortis des sacs en peau de chèvre, remplaçaient les capotes déchirées et salies. Les plumets neufs se dressaient sur les bonnets à poil. On voyait çà et là des pansements, mais les buffleteries, les guêtres, étaient impeccablement passées au blanc, les armes reluisantes, les rangs comme tirés au cordeau. Un régiment de cuirassiers ouvrait la marche, suivi par l'état-major, puis venaient les grenadiers, l'arme au bras, avec l'artillerie dans les intervalles des régiments, enfin les fourgons d'équipage, au complet. Tout était merveilleusement en place : les tambours-majors et leurs tapins, les cantinières dans leurs voitures, à la queue des bataillons. Derrière, couvrant la division, prêts à la défendre contre la chasse ennemie, des escadrons de cavalerie légère mêlaient aux tuniques grises et rouges des lanciers le bleu ciel des hussards.

Cette formation ressortant de l'enfer avec toutes ses forces rétablies, ses rangs refaits, ses couleurs retrempées, c'était un miracle aux yeux des hommes minables qui s'étaient arrêtés pour la regarder défiler. La vision effaçait les affreuses images de la déroute et de l'anarchie. L'ordre, la puissance, la beauté militaire retrouvée, les prenaient aux entrailles. Ils poussaient des vivats, acclamant ce symbole d'une énergie qui leur semblait éternellement neuve, capable assurément de surmonter toutes les défaites. Les drapeaux effrangés, troués de balles, se dressaient, invaincus.

Le capitaine des fusiliers s'était trompé : si l'on avait perdu bien des choses, on avait – et lui l'un des premiers – sauvé plus que l'honneur.

III

Ce n'était pas suffisant. Lucien, passant par d'épuisantes alternances d'enthousiasme et de désillusions, s'en aperçut bientôt.

Il eut une joie en retrouvant, à Laon, les débris de sa division. Rassemblés après la dernière charge sur le plateau, ils avaient fait retraite en bon ordre par la route de Nivelles tandis qu'il restait pour mort. Puis ils s'étaient dirigés vers Avesnes d'où ils avaient, dès le 19, gagné le lieu de rassemblement général. Quand Lucien arriva, le 20 dans la relevée, on venait par miracle de récupérer quelques bagages, dont sa cantine. Il put quitter ses haillons croûteux, puant la boucherie, pour reprendre un aspect décent.

Comme il le présumait, le régiment était réduit à moins de la moitié de son effectif. Le capitaine Levesque, l'adjudant-major, blessé légèrement à l'épaule, commandait provisoirement. Il était en train de reconstituer deux escadrons sensiblement normaux.

Lucien revit avec un élan de plaisir ce vieil officier, son intime collaborateur depuis trois mois, qui lui inspirait beaucoup d'estime et de confiance. Après avoir écouté son compte rendu, il lui demanda ce qu'il pensait personnellement de la situation.

– Elle ne serait pas sans espoir, colonel, quoique très confuse. Les Anglais ont été si sévèrement atteints qu'ils semblent encore incapables de faire mouvement. Blücher seul, pour l'instant, nous menace. Sans être bien fort, lui non plus, j'imagine, car nous l'avions sérieusement saigné à Ligny, et la jeune garde lui aurait tué, dit-on, pas mal de monde, du côté de Planchenois, avant de se trouver débordée. Je crois qu'avec cinquante mille soldats, nous pourrions reprendre du poil de la bête. Malheureusement, au train où vont les choses, il faudra une semaine, sinon davantage, pour opérer un regroupement sérieux. Et cela dans un temps où chaque heure compte, car bientôt nous aurons en plus les Autrichiens, les Allemands, les Russes sur le dos. Jusqu'à présent, cinq ou six mille hommes au plus ont rallié, et l'on reste sans nouvelles du maréchal Grouchy. Si l'on pouvait compter sur lui! Mais ce n'est plus guère vraisemblable. L'Empereur a tenu, ce matin, un long conseil avec le prince Jérôme, le duc de Bassano, le grand maréchal Bertrand, le général Drouot et les aides de camp. Tous ses fidèles. On y a décidé, paraît-il, qu'il se rendrait à Paris pour obtenir des Chambres les moyens de continuer la lutte. En tout cas, il vient de partir. Je n'ai guère confiance dans cette tentative.

Lucien se rappela les paroles du capitaine qui ne voulait plus vivre : « La France ne donnera ni un homme ni un liard à l'Empereur. »

– Tout de même! protesta-t-il avec irritation, nous n'allons pas laisser les étrangers faire la loi chez nous! Il faudra bien combattre.

Le général Masset, son brigadier, auquel Lucien alla se présenter, se révéla encore plus pessimiste. C'était un homme de cinquante ans, grand et sec. Ancien sous-officier aux dragons de Schomberg, la Révolution lui avait ouvert les hauts grades.

– Mon ami, nous sommes foutus, nous, les militaires, dit-il. On ne nous pardonnera pas un Napoléon vaincu. Ces péquins vont rejeter sur nous la responsabilité de la guerre, en prétendant que l'armée leur a imposé l'Empereur, il y a trois mois.

– On ne peut pas le charger, lui et nous, de la disparition de Grouchy ni des fautes de Ney!

Le général haussa les épaules.

– Des fautes! des fautes! Mon pauvre Montalbert, citez-moi des campagnes où il n'y en ait pas eu. Qui n'en a pas commis, cette fois? Lefebvre-Desnouettes aurait-il dû nous faire charger sans ordre exprès? Et si Reille s'était assuré que l'on enlevait bien Hougoumont au canon, comme il l'avait commandé, les brigades qui ont manqué cruellement ensuite n'auraient pas été sacrifiées là pour rien!... Au demeurant, Wellington, Blücher ont accumulé des erreurs bien pires, dans cette journée. Seulement, pour eux ça n'avait pas d'importance. J'ai vu le bulletin dicté ce matin par l'Empereur. Il impute la défaite à une impatience fébrile de la cavalerie et *aux circonstances*. Ce sont elles, en effet, les vraies responsables. Non pas seulement les circonstances de la bataille, mais celles qui nous obligeaient à combattre en même temps deux armées, à les vaincre séparément en courant de l'une à l'autre sans pouvoir faire la part des incidents habituels à toute campagne – une faute, un ordre mal compris, l'hésitation ou la fougue excessive d'un chef de corps, ou tout simplement un orage – qui devenaient fatalement pour nous les sources d'un désastre inévitable. Et cette situation, cette obligation, qui les a créées?... Dieu sait si j'admire Napoléon! Il n'a jamais été plus grand capitaine. Mais il n'aurait pas dû revenir. Je l'ai toujours dit. Nous nous sommes embarqués avec lui dans une folle aventure.

Après l'abdication de Fontainebleau, le général s'était soumis à Louis XVIII; il n'avait pas connu la demi-solde, lui! A présent, il devait regretter d'avoir cédé au prestige de son ancien maître.

Son amertume ne l'empêchait pas d'être juste. Il félicita Lucien – à sa manière.

– Le maréchal a parlé au général Lefebvre de prisonniers prussiens que vous lui avez envoyés. Il paraît aussi que vous avez récupéré des canons, un drapeau. Fichtre! mon ami, vous serez bientôt général... ou fusillé avec moi comme rebelle, si les Bourbons reviennent.

Il accompagna sa boutade d'un rire âpre, et ajouta :

– En attendant, vous allez compléter votre effectif par ce qui reste du 2e chasseurs. Ça vous fera un régiment presque au complet.

– Le colonel Guyot est mort?

– Non. Grièvement blessé. Son capitaine-major a été tué. Prenez-moi ça en main, Levesque et vous.

Les jours suivants semblèrent devoir démentir ces sombres prévisions. Non pas vingt mille mais près de trente mille hommes, qui n'avaient pas connu tout d'abord le rendez-vous de Laon, rallièrent successivement. Tous les attelages de l'artillerie étaient sauvés. Le maréchal envoya prendre des canons au parc de La Fère, à quelques lieues, et, complétant les régiments les moins décimés avec les débris des autres, reconstitua un corps d'armée redoutable.

Là-dessus, ce que l'on n'espérait plus se produisit : un matin, vers midi, on entendit une canonnade, et bientôt, du haut des remparts, on vit déboucher dans la plaine de puissantes têtes de colonnes. C'était Grouchy avec son contingent à peu près intact.

Il survenait trop tard. En même temps que lui, arrivait de Paris la nouvelle de l'abdication. La colère et le soupçon succédèrent alors à l'enthousiasme. Le mot de trahison fut de nouveau sur toutes les bouches.

Des commissaires du gouvernement provisoire, envoyés de Paris, calmèrent un peu les esprits en expliquant à l'armée que l'Empereur, toujours à l'Élysée, avait de lui-même déposé son sceptre en faveur de son fils, qu'en plein accord avec les Chambres un conseil de régence serait constitué sous l'autorité de l'impératrice, en attendant la majorité du roi de Rome qui régnerait sous le nom de Napoléon II. Le maréchal Davout venait d'être nommé généralissime pour combattre les envahisseurs. Les royalistes avaient été écrasés par Lamarque en Vendée.

– Belles paroles! dit Crémieux. Seulement l'impératrice et le roi de Rome sont à Vienne, qui ne nous les rendra certainement pas. Ces faiseurs de discours se foutent de nous, peuchère!

Lucien fut appelé à l'état-major divisionnaire. Le général Lefebvre-Desnouettes annonça que le maréchal Soult partait pour Paris après avoir chargé le maréchal Grouchy d'y conduire l'armée le plus rapidement possible. Les Prussiens, d'une part, les Anglais de l'autre – avec quelque retard sur leurs alliés –, se dirigeaient sur la capitale. Il fallait gagner de vitesse Blücher qui menaçait la ligne de retraite.

~

Les troupes se mirent en route aussitôt. On avançait difficilement. Les chemins étaient encombrés, les bourgs, les villages se vidaient. Leurs habitants, emportant tout ce qu'ils pouvaient entasser dans des chariots, des voitures ou même des brouettes, fuyaient à la fois les déserteurs qui mettaient le pays en coupe réglée, et les Prussiens. Ces lamentables convois embarrassaient la marche. Leur spectacle devenait plus démoralisant encore que ne l'avait été celui de la débâcle militaire.

Il faisait une chaleur lourde, à laquelle s'ajoutait l'étouffement de la poussière soulevée par toutes ces roues, tous ces pieds et ces fers. On vivait dans la sueur et la soif. De temps en temps, le canon retentissait à l'aile droite, en contact avec l'ennemi. Il se présenta en force à Villers-Cotterêts où les cuirassiers, soutenus par des régiments du 1er corps, le clouèrent sur place, tandis que le gros de l'armée recevait l'ordre de se diriger sur La Ferté-Milon. Après Meaux, il n'y eut plus d'accrochages. Cependant, comme on approchait de Bondy, la brigade Masset fut détachée en avant pour ratisser l'immense forêt.

Les chasseurs opéraient de part et d'autre de la route. Lucien, marchant au centre avec le capitaine Levesque, traversa le village abandonné; tous ses habitants s'étaient réfugiés dans la capitale. Les deux officiers précédaient un peloton commandé par un simple adjudant. Ils suivaient au pas, sous un berceau de feuillages, le chemin menant de Bondy à la route, et le capitaine remarquait que l'on était « rudement bien, au frais! », lorsque le léger bourdonnement du sous-bois fut transpercé par des cris. Une femme appelait à l'aide.

– En avant! lança Lucien, se doutant de ce qui se passait.

Ce n'était pas la première fois que, depuis Laon, lui ou ses subalternes devaient mettre le sabre à la main pour protéger des réfugiés.

Au détour du chemin, il découvrit, à cent pas dans la direction d'où partaient les cris, une petite clairière : mare de soleil encerclée par les verdures ombreuses. Trois ou quatre pillards fouillaient un phaéton à capote noire, dont l'un dételait le cheval. Un homme était étendu, la figure dans l'herbe. Son chapeau de castor avait roulé loin de lui. A la lisière de l'ombre, un autre groupe s'agitait confusément sous un chêne.

La galopade stupéfia les brigands. C'était tellement imprévisible. Ils restèrent figés, quelques secondes. Arrivant en tête, bancal au clair, Lucien vit au pied du chêne la femme qui appelait toujours, couchée dans une écume de blancheurs. Deux gredins à genoux lui tenaient encore les chevilles. Plus prompt, un autre se relevait, le pont de son pantalon rabattu, un pistolet à la main.

Lucien fut sur lui au moment où le chien frappait la platine. La poudre fusa. D'un geste familier, Lucien évita la balle en se courbant sur l'encolure de sa bête, et, des genoux, la jeta contre l'homme. Celui-ci, sous le choc du poitrail, alla rebondir contre l'arbre. Un coup de pointe lui creva la poitrine, le clouant au tronc.

Les autres s'égaillaient, poursuivis par les soldats. Le capitaine Levesque s'était arrêté pour secourir le bourgeois couché près de la voiture. Lucien, voltant court afin de ressaisir son arme, enregistra tout cela d'un œil entraîné à voir vite.

La femme, un cri encore sur les lèvres, restait étalée dans le rebrassement blanc de ses jupons, le ventre nu, blond pâle. Tout s'était passé si vite qu'elle n'avait pas eu le temps de comprendre ni de bouger. La détonation, le martèlement des sabots presque contre sa tête, lui avaient fait fermer les yeux. Se sentant libre, elle les rouvrit. Vivement, elle rabattit ses jupes. Sa respiration haletante s'apaisait. Son visage rougi par la lutte se rasséréna rapidement tandis qu'elle s'asseyait, arrangeant les étoffes autour d'elle.

Lucien avait mis pied à terre et interposé son cheval de façon à dissimuler un peu le mort, mais elle ne paraissait pas s'en soucier. Ses regards s'attachaient à l'officier qui s'avançait vers elle.

– Avez-vous du mal? lui demanda-t-il, embarrassé.

– Je ne crois pas. Non. Certainement, non. Vous êtes arrivé à temps.

– Voulez-vous essayer de vous mettre debout?

Il l'aida. Elle était souple, légère. Le dos tourné, tandis

qu'elle achevait de se rajuster, il essuya son sabre sur le gazon. Elle devait se trouver très gênée devant lui; il se sentait lui-même mal à l'aise.

Quand il la regarda de nouveau, elle remettait tranquillement en ordre ses cheveux et le considérait avec, aux lèvres, l'inflexion d'un sourire. Elle était jeune, vingt ans environ, jolie. Très jolie. Tranquille comme dans un salon, elle paraissait oublier déjà le risque mortel qu'elle venait de courir. Il semblait, d'ailleurs, n'avoir à aucun moment entamé son sang-froid. Si gracieuse qu'elle fût, ce n'était assurément pas une femmelette – ni une faiseuse de manières. Lucien apprécia cette crânerie qui dissipait son propre embarras.

Le sourire s'affirma sur la bouche de la jeune femme et dans ses yeux où s'allumait un petit éclat malicieux.

– En appelant, tout à l'heure, dit-elle, je n'espérais guère être entendue. Ce que j'aurais encore moins escompté, c'est que mon sauveur serait le commandant de Montalbert!... Pardon! le colonel maintenant, je vois.

Amusée par la surprise qu'il laissait paraître, elle reprit :

– Vous ne me reconnaissez pas? Nous nous sommes pourtant rencontrés deux fois, l'année dernière. La première, au café Lemblin. Je m'y trouvais avec votre camarade Saint-Victor qui nous a présentés l'un à l'autre. La seconde (son sourire s'éteignit), c'était ce triste matin où vous vous êtes battus tous les deux contre des officiers royaux. Quand vous l'avez ramené, vous et le colonel de Wailli, c'est moi qui vous ai reçus.

Tout cela semblait si loin! Néanmoins un vague souvenir revenait maintenant à Lucien : une image de ces jolis traits, encadrés par la fourrure d'une witchoura, puis de ces yeux en larmes. Quelque chose émergeait confusément de sa mémoire.

– Attendez! s'exclama-t-il... Vous portez un nom de fleur.

– En effet. On m'appelle Violette.

Il l'avait mal vue, au café, dans la lumière des lustres voilée par la fumée. La seconde fois, après avoir ramené son camarade, mort en route dans le fiacre, il avait dû partir aussitôt pour aller faire panser sérieusement la blessure qu'il portait, lui-même, au flanc.

– Mais comment êtes-vous ici, dans cette région désertée ?

– Une idée de mon beau-père, répondit-elle, désignant du menton le civil en train de se diriger vers la voiture, accompagné par le capitaine. Ma mère et lui habitent Bondy. En partant pour chercher refuge à Paris, ils n'ont pu emporter toute sa marchandise – il faut vous dire qu'il vend dans la campagne des dentelles, des petits bijoux – et il a voulu revenir prendre le reste tant que l'on ne signalait pas les Prussiens par ici.

Elle expliqua qu'elle l'avait suivi par curiosité, pour voir ce qui se passait. Or, il ne se passait rien, justement ; la solitude et le calme régnaient. Mais au retour, comme ils quittaient le village, six ou sept malandrins, sortant soudain du bois, s'étaient jetés sur la voiture.

– Votre compagnon ne paraît pas gravement atteint.

– Oh ! dit-elle, il faisait le mort, je présume. C'est un homme avisé.

Ils s'approchèrent. Le bijoutier ambulant portait pour tout dommage la meurtrissure d'un coup de poing au menton – d'une telle violence, dit-il, qu'il s'était évanoui. On lui avait arraché ses pistolets avant qu'il eût pu s'en servir. Une chance pour lui, en tout état de cause, pensa Lucien. Deux balles, même bien employées, n'eussent servi à rien, sinon à le faire massacrer. Il devait avoir préféré, comme le soupçonnait sa belle-fille, jouer les assommés, en la laissant subir son sort. Peut-être sans en éprouver pour elle grande peine. Ils ne paraissaient pas s'aimer beaucoup, tous deux.

C'était un bonhomme chafouin, au regard hardi et faux.

De toute évidence, l'opinion des militaires à son endroit lui importait peu. Ses remerciements fleuraient l'insolence sournoise.

– Serviteur, Messieurs, conclut-il en montant dans son phaéton.

Deux soldats venaient d'y réatteler le cheval. Le marchand leur donna une pièce, puis, saluant les officiers, lança cette flèche :

– Vous allez à Paris, je pense. Des surprises vous y attendent.

– Voilà bien l'individu ! soupira Violette.

– Quelles surprises ? dit Lucien en se tournant vers elle.

Elle le regarda tristement, lui et le capitaine.

– De mauvaises, hélas ! L'Empereur a quitté Paris. On l'a éloigné. Trop de gens envahissaient chaque jour l'avenue Marigny pour le saluer en lui demandant de se mettre à leur tête. Ah ! s'il avait voulu ! Mais il n'a rien fait. Il est à la Malmaison, maintenant. Et Davout, hier, a déclaré aux Chambres qu'il faudrait accepter le retour des Bourbons.

Lucien considérait fixement la jeune femme sans plus la voir. C'étaient les images évoquées par ses paroles, qui se dressaient devant lui.

– Davout ! Traître, lui aussi ? dit-il avec douleur.

– J'en doute, observa doucement le capitaine en secouant sa tête aux tempes grises. S'il s'est résolu à cette soumission, c'est qu'il n'y a pas d'autre issue. Je n'ai jamais cru à la possibilité d'une régence.

On entendit la voix insolente du marchand.

– Eh bien ! Violette ! Tu viens ? Ou tu préfères la compagnie de ces messieurs ?

– Excusez-moi, dit-elle, je dois partir. Nous nous reverrons sans doute à Paris. Ne désespérez pas. Tout est encore si incertain, et tant que l'Empereur reste en France !...

Toujours la même chose ! songeait Lucien chevauchant

de nouveau devant le peloton. Toujours ce mélange de catastrophes et de vagues espoirs, l'incertitude, l'attente.

– On est naïf à tout âge, dit-il au capitaine. En allant vers Laon, je croyais pouvoir y prendre une vue nette de la situation, dénombrer nos forces, prévoir un avenir au moins de quelques jours. Quelle jobardise!...

Quand l'aile gauche, avec les chasseurs en avant-garde, déboucha dans la plaine Saint-Denis, le gros de l'armée était déjà aux portes, qu'il avait trouvées fermées. La ligne ne devait pas entrer dans Paris où la garde nationale se tenait en armes. Le canon tonnait du côté de Gonesse; les Prussiens serraient de près l'aile droite. Le maréchal Davout venait d'installer son quartier général à La Villette.

Ce fut là, et aux buttes Chaumont, qu'à mesure de leur arrivée les troupes, fatiguées par trois étapes de dix et douze lieues, installèrent leurs bivouacs. On leur fournit de la nourriture en abondance avec tout ce qu'il fallait pour camper. Le lendemain, tous les corps avaient rejoint.

Blücher, furieux de voir l'armée, déjà ressaisie, s'échapper de Laon, s'était fait précéder par des proclamations démentes, annonçant qu'il mettrait la France à feu et à sang, qu'elle serait démembrée, rayée de la carte d'Europe. Ces provocations avaient achevé d'exaspérer les soldats. Ils étaient soulevés de rage.

Il se trouvait alors, dans la ville ou sous les murs, au moins cent mille hommes avides de courir à l'ennemi qui s'annonçait si sauvagement. Ils grondaient de colère, l'arme au pied, tandis que des aides de camp et des messagers civils faisaient une navette incessante entre Paris et le grand quartier général.

~

A la tête de son régiment tout prêt à sauter en selle, Lucien bouillait, beaucoup moins maître de lui que pendant la longue attente devant les pentes de Mont-Saint-Jean. N'y tenant plus, il poussa son cheval vers une petite vigne où le général Masset se tenait avec quelques officiers, observant la plaine que les sombres divisions étaient en train d'investir.

Arnaud, le colonel de hussards, dont le bivouac se trouvait juste au-dessus de la vigne, voyant son camarade arriver au galop, lui jeta :

– Que se passe-t-il ?

– Je me le demande ! s'écria Lucien en arrêtant sa bête. Bon Dieu ! qu'attend-on pour tomber sur ces cochons ! Il n'en reste certainement pas soixante mille et ils ont été assez imbéciles pour se risquer seuls. Wellington est encore au diable, hors de portée de les secourir. Nous avons l'occasion d'écraser l'une après l'autre les deux armées. Ce que la chance nous a refusé en Belgique, elle nous l'offre maintenant, et l'on reste là comme des mollusques. Tu ne deviens pas enragé !

La voix claironnante portait. Lorsque Lucien, faisant sauter sa monture dans le clos, s'avança, le général, qui avait entendu, replia sa lunette.

– Colonel, dit-il calmement, si vous voulez le savoir, à l'aube l'Empereur a envoyé de la Malmaison le général Beker pour proposer à la commission exécutive de livrer cette double bataille. La commission a refusé. Pensez-vous que nous devons passer outre à une décision prise sur l'avis de nos chefs ?

La colère monta comme une bouffée à la tête de Lucien.

– Oui, cria-t-il. Car ils ont prouvé ainsi qu'ils sont bien, comme les en accusent nos hommes, un ramassis de traîtres !

Le général hocha la tête, examinant de nouveau l'horizon.

– Oui, oui. Un simple sous-lieutenant se rendrait compte que nous avons la possibilité de battre successivement les

Prussiens et les Anglais. Mais ensuite, Montalbert? Avez-vous réfléchi qu'ensuite, avec des ressources encore diminuées par deux batailles, nous nous trouverons devant les quatre cent cinquante ou cinq cent mille hommes du reste de la coalition? Immanquablement, nous serons vaincus. Alors, à quoi bon ce massacre! N'y a-t-il pas eu déjà trop de morts inutiles?... Voilà pourquoi Davout ne bougera pas, quoiqu'il doive en pleurer des larmes de sang, lui, le vieux Jacobin, l'ennemi juré de la Prusse et de l'Autriche... Et voilà aussi, Messieurs, ajouta le général, pourquoi l'Empereur n'a pas insisté. Il a enfin compris qu'une nation ne peut pas tenir tête à l'Europe entière. Regagnez votre régiment, colonel, et attendez les ordres. Nous aurons sans doute à combattre, non pas pour emporter une victoire mais pour obtenir peut-être de meilleures conditions de paix.

Une immense lassitude succédait à l'emportement de Lucien. Il salua mécaniquement puis obéit.

Le général avait bien changé, en peu de jours. Il savait pourtant que le roi, revenu, ne lui pardonnerait pas d'avoir servi Napoléon. Néanmoins, il était passé de la plus âpre amertume à la résignation; il refrénait sa passion de soldat au courage emporté, pour se soumettre à son devoir de citoyen. Lucien admira cet exemple. Il se sentait peu capable de le suivre.

Pour ne point voir l'ennemi installer tranquillement sa ligne, il s'enferma sous sa tente. Sabre, colback, sabretache, dolman, jetés sur le lit de camp, il bourra une pipe en terre, battit le briquet et se mit à tirer des bouffées rageuses.

Fumer le calma un peu. Il s'appliquait à goûter l'arôme du tabac dans la pipe bien culottée. Il s'assit sur le pied du lit. Sa pensée se tourna vers Violette. Ce n'était pas la première fois depuis leur rencontre dans la clairière, mais la fièvre de ces jours ne lui avait pas permis de songer à la jeune femme. Il ne lui était revenu d'elle, par éclairs, qu'une brutale image de jupes rebrassées, de bas blancs, de nudité plus crue sur le vert de l'herbe.

C'était encore ce qu'il revoyait en ce moment. Et quel homme eût oublié cette féminité blonde, étalée au milieu de ses blancheurs! le velouté lumineux de la chair dans le soleil! Violette elle-même savait bien que l'on n'efface pas une pareille vision. Il se rappela avec quelle courageuse simplicité elle avait pris son parti d'une situation à laquelle la confusion ou quoi que ce fût n'eussent rien changé. Au fait, elle aussi, à sa manière, donnait ainsi, comme le général, un exemple de la façon dont on doit accepter ce que les récriminations, les regrets, la honte ou le désespoir ne modifieraient en rien.

Comme cela s'était déjà produit dans la clairière, le trouble sensuel céda le pas au respect pour ce caractère, à la curiosité de cet être. Lucien se souvenait aussi de l'intelligente sensibilité qu'elle avait mise dans son évocation des événements, de la sympathie triste et douce avec laquelle elle partageait leur angoisse de soldats, à Levesque et lui.

Les bruits du camp, de violentes discussions entre les cavaliers, le détournaient par moments de ces pensées. Il s'efforçait d'y revenir pour oublier ces bruits, cette vaine colère.

Il n'attachait pas d'importance aux femmes. Des objets de plaisir, rien de plus. Il les traitait galamment, sans se soucier d'autre chose que leurs charmes, les comblait de sa fougue et les oubliait aussitôt. Aucune ne lui avait paru, comme Violette, être une personne.

Violette! Avait-elle les yeux violets, ou les voyait-il ainsi, maintenant, à cause de son prénom?... Tout en elle intriguait. Jusqu'à son singulier beau-père, à leurs sentiments réciproques – des plus complexes. Il n'avait pas l'air tellement heureux qu'elle eût échappé aux mains des pillards. Pourtant, il semblait secrètement jaloux d'elle!...

Elle ne paraissait pas appartenir au même milieu que

ce bonhomme dont la vulgarité contrastait avec cette élégance naturelle qui révèle, même en plein bois, même dans une toilette en désordre, la femme de qualité. Qui était-elle, au juste?

A plusieurs reprises, pendant la nuit et la journée suivantes, ces souvenirs et ces petits mystères vinrent allumer une étincelle d'intérêt dans l'accablement de Lucien. Une étincelle fugitive. La question se noyait bientôt au milieu de tant d'autres, soulevées en tourbillon par les circonstances. Tout ce qui avait fait sa vie depuis vingt-trois ans, depuis cette matinée de 1792 où il signait le registre des enrôlements, sur l'estrade patriotique de la place Dauphine, tout ce qu'il avait vu avec une stupeur incrédule, s'écrouler, l'année précédente, et que, neuf mois plus tard, il avait cru miraculeusement ressuscité par le retour de l'Empereur, était menacé d'un effondrement définitif cette fois. Outre le chagrin, la colère, l'humiliation, il n'était pas une seule de ses pensées, hormis le souvenir de Violette, qui ne posât une interrogation pleine d'angoisse.

Il marchait de long en large devant sa tente, sans rien voir mais respirant l'odeur familière de la litière, du fourrage que la corvée d'écurie répandait devant les bêtes, lorsqu'il entendit l'accent méridional de Crémieux.

– Ho! Lucien! J'ai à te parler un peu.

En même temps, il l'entraînait à l'écart.

– Tu sais la nouvelle?

– Laquelle? soupira Lucien en haussant les épaules avec lassitude. Il y en a tellement!

– Il est parti! Je reviens de Paris. On dit qu'il est parti hier soir de la Malmaison, à cinq heures. Fouché l'a annoncé aux Chambres.

– Parti pour où?

– Je ne sais pas. Il quitte la France.

Ils se turent tous les deux. Une tristesse poignante étreignait Lucien. Ce départ, c'était la réponse à une des questions. Réponse de plus en plus prévisible. Elle n'en demeurait pas moins douloureuse pour des soldats qui avaient voué à ce génie militaire leur passion et leur vie.

Les tyrannies de son règne, ils ne s'en doutaient même pas. Ils ne l'avaient jamais approché d'assez près, hormis sur les champs de bataille, jadis, pour connaître ses petitesses. A leurs yeux, ce n'était pas un monarque mais un chef, qui avait chassé les avocats et les trafiquants du Directoire, disciplinant dans le pays la Révolution comme il avait, dès son premier commandement, mis en ordre l'armée d'Italie.

Il était pour eux la France glorieuse, triomphante, enveloppant morts et vivants dans la gloire de ses drapeaux. Ils regrettaient de n'être point parmi ceux de ces morts, tombés dans les dernières grandes heures victorieuses.

– Je suis revenu de Paris, dit enfin Crémieux, parce que ça ne va pas marcher tout seul, avec nos grognards, quand ils sauront ça. Oh! Bonne mère! Ils sont capables d'aller sabrer la garde nationale. Et dis! on a annoncé aussi qu'on avait envoyé des parlementaires à Wellington. Il va nous ramener le Pot à tabac. Ça promet!... Tu crois qu'il nous fera fusiller? ajouta naïvement le gros dragon.

– J'en doute. Nous n'avions pas prêté serment au roi, nous. Au contraire. Et puis, quelle importance, à présent!

– Ah! je n'aimerais pas ça du tout, mon bon! Tomber dans une charge, très bien, c'est le métier. Mais le peloton!...

Le gouvernement provisoire se doutait bien que l'armée ne prendrait pas facilement la nouvelle. Pour la lui faire avaler, il eut de nouveau recours à des commissaires. Ils allèrent de régiment en régiment expliquer aux soldats que l'Empereur les avait quittés parce qu'il se considérait comme le seul obstacle à la conclusion d'un accord avec les puissances. Grâce à son sacrifice, on allait pouvoir assurer la succession du petit roi de Rome. Adroits politiques, les représentants réussirent à détourner la fièvre des troupes en leur faisant crier : Vive Napoléon II.

Peut-être y croyaient-ils eux-mêmes, car une grande partie des Chambres avait accueilli l'annonce du départ de l'ex-souverain par ce même cri. Il fallait qu'ils eussent une volonté bien ferme de s'abuser!

Écœuré, Lucien s'éloigna, laissant errer son cheval. Il passa devant le cabaret, à l'enseigne du Petit Jardinet, où se trouvait le quartier général. Une délégation en habits bourgeois franchissait la voûte à travers laquelle on apercevait des ombrages de guinguette et des uniformes chamarrés. Le dégoût des maquignonnages, trop faciles à deviner derrière ces incessantes conférences entre civils et militaires, fit tourner bride à Lucien. Il vit alors le colonel Arnaud, nu-tête, s'essuyant le front, assis avec d'autres de leurs camarades en train de boire de la bière sous un orme, au coin de l'estaminet.

Brusquement, l'idée lui vint qu'Arnaud devait connaître Violette. Il avait été très ami avec Saint-Victor. Tous deux, l'an dernier, ils fréquentaient assidûment le Lemblin, où il entrait, lui, le moins possible, trouvant absurdes les perpétuelles provocations échangées avec des officiers royaux. Chaque fois qu'il était allé dans ce café, par besoin de voir tel ou tel camarade, il avait été entraîné, soit comme témoin soit comme acteur, à des rencontres qui, estimait-il, ne rapportaient d'honneur à personne.

– Parbleu! répondit Arnaud quand Lucien – après avoir serré la main aux autres officiers aussi mornes que lui – l'eût pris à part. Si je connais Violette! Elle a été la maîtresse de Saint-Victor depuis notre retour de Russie jusqu'à ce malheureux duel. Une fille tout ce qu'il y a de bien.

– Une fille?

– Naturellement! Mais pas une Marie-couche-toi-là. Je le sais par expérience, elle était fidèle à Saint-Vic. Peut-être par intérêt, car il la traitait princièrement. Il avait de quoi, lui! Elle était établie en titre dans l'hôtel du faubourg Saint-Germain. On l'appelait Madame, gros comme le bras. Il faut l'avouer, elle avait plus d'allure que bien des maréchales.

– Mais qui est-ce? D'où vient-elle?

– Ça, mon cher, tu m'en demandes trop. Je crois qu'avant Saint-Vic un autre officier, tué depuis à Champaubert, bénéficiait de ses bontés. On racontait quelque chose comme ça, il me semble. C'est sans doute lui qui l'avait sortie. D'où? Mystère. Quand j'ai vu que j'en serais pour mes frais de séduction, je ne me suis plus tellement intéressé à elle, tu comprends. Tu veux tenter ta chance?

– Non, répondit Lucien. Cette femme m'a intrigué, à cause des circonstances dans lesquelles nous nous sommes rencontrés. Voilà tout.

Il raconta brièvement l'affaire de Bondy.

– Un beau-père! se récria Arnaud. Première nouvelle. Je ne pensais pas qu'elle ait encore des parents ou, du moins, qu'elle soit en relation avec eux. Je la prenais pour une fille de famille ayant fait quelque fugue.

Il haussa les épaules et reprit.

– Dis donc! sais-tu qui nous avons vu entrer au quartier général, tout à l'heure?... Le baron de Vitrolles! Mesnilgrand, qui le connaît bien pour l'avoir arrêté, il y a quelques mois, à Toulouse où il tentait de soulever le pays, nous a juré ses grands dieux que c'était lui. Un royaliste à tous crins. Il servirait d'intermédiaire entre le Pot à tabac, Wellington et Fouché.

– Tais-toi, ça me donne mal au cœur. Dire que des milliers des nôtres sont morts pour que l'on en arrive là! Fouché!

– Oui. Les charognards s'en paient, après la bataille. Ce vieux vautour! Il a voté la mort de Louis XVI, en 93, maintenant il se fait le domestique de Louis XVIII. Quel est le plus ignoble? Ce faquin, ou le roi qui se sert de lui?...

Mon cher, ma décision est prise : la paix signée, je démissionne, je retourne chez moi, dans le Perche. J'élèverai des chevaux. Les plus vicieux sont moins salauds que les hommes.

– Tu as peut-être raison, après tout, dit Lucien. Moi aussi, je possède un domaine, dans le centre. Je n'y ai jamais mis les pieds, mais sait-on!

Il s'attabla un moment avec les autres et but, sans plaisir bien que la température fût assoiffante. Il songeait, une fois de plus, aux carrés des grenadiers disparaissant peu à peu dans leur apothéose de feu et de fumée, à cette magnifique division de la garde, reconstituée sur le champ de bataille même, dans laquelle lui et ses rescapés avaient cru acclamer l'incarnation de leur force invincible.

Le village, avec les voitures des représentants, les chevaux attachés un peu partout comme du bétail, les tas de crottin, les soldats désœuvrés, traînant, la mine morose, prenait un air de foire équivoque – une foire où ce qui se marchandait, c'était la France.

La délégation sortit, jacassante, plutôt furieuse, semblait-il.

– Le vieux Carnot, dit quelqu'un, n'a pas l'air content d'avoir trouvé chez le maréchal un agent royaliste.

– Pauvre Carnot! il était bien le seul à croire encore à la possibilité d'une régence.

Un peu plus tard, un homme sec, en habit bleu barbeau, franchit la voûte, se dirigeant vers un coupé de louage.

– Voilà le Vitrolles, dit le colonel de gendarmes Mesnilgrand.

– Si on lui coupait un peu les oreilles! proposa un commandant d'une voix retentissante.

– A quoi bon! répondit Arnaud sur le même ton. Sa Majesté ne manque pas d'autres maquerelles.

Et, levant sa chope, il lança, imité aussitôt par tous les officiers :

– Vive l'Empereur! Messieurs. Louis XVIII à la lanterne!

Le baron darda sur eux un regard pareil à une langue de vipère.

En regagnant son quartier, Lucien trouva sous la tente régimentaire le capitaine Levesque, en bras de chemise, vérifiant des états d'après lesquels il dictait au sergent-major les demandes de matériel neuf. Lucien admira envieusement le calme du vieil officier. Ce n'était pas indifférence mais domination de soi, confiance dans une discipline qui dépassait les événements et les hommes. Quelles que fussent les circonstances, il y avait des soldats sur des chevaux : il fallait que les uns et les autres eussent les accessoires nécessaires à leur bon emploi.

Lucien s'imposa de passer une revue des bêtes, après le pansage. Mais les modestes besognes du métier devenaient dérisoires. A quoi bon soigner un magnifique instrument de combat dont on ne se servirait point?...

Incapable de supporter encore une journée de cette exaspérante inaction, après avoir constaté, durant toute la matinée du lendemain, qu'à part les fusillades de principe échangées entre les gardes nationaux et les Prussiens, le front demeurait atone, il décida de prendre à la brigade une permission pour entrer dans Paris. Il lui fallait absolument se changer les idées. A rester ici, il finirait par commettre quelque folie, comme de charger tout seul à travers la plaine.

IV

La ville regorgeait de réfugiés, et tout le monde était dehors. Une foule en attente, agitée de sourds frémissements, comme du lait qui brusquement va bouillir, emplissait les rues, les places, les jardins – particulièrement dense autour des Tuileries, siège de la commission exécutive.

Lucien mangea dans une hôtellerie de la place Dauphine où il laissa son cheval à l'écurie, puis il se dirigea vers le Palais-Royal, avec l'idée qu'il y rencontrerait peut-être Violette. C'était la seule personne qu'il eût, en ce moment, envie de voir.

Autour du bassin comme sous les galeries, les habits bleus avaient remplacé les redingotes des demi-solde, la croix de Saint-Louis la bouffette rouge de la Légion d'honneur. Presque toutes les femmes, sous prétexte de s'éventer, agitaient des mouchoirs d'un blanc agressif. Les cocardes s'épanouiraient bientôt. Jamais les royalistes ne s'étaient montrés plus triomphants. Ici, on se serait cru non point en pleine défaite mais à la veille fiévreuse d'une fête. Les orgues de Barbarie se mettaient au goût du jour : ils jouaient *Vive Henri IV*. Les limonadiers faisaient florès, car la surexcitation, la poussière, l'orage qui assemblait lentement sur Paris ses nuages crémeux, assoiffaient tout le monde.

N'eût été le désir de voir Violette, Lucien eût tourné les talons. Mais, bien qu'il ne pensât plus la trouver dans cette parade monarchiste, il voulut aller jusqu'au Lemblin. Attirés par son uniforme, des regards provocants le suivirent au long de la galerie d'Orléans. Comme il passait près d'un groupe, manifestement d'officiers en civil, une bouche insolente laissa tomber :

– Voilà un valet du Buonaparté qui n'a plus longtemps à porter sa livrée.

– Peut-être, Monsieur, répondit Lucien en saluant avec politesse. Mais la France, elle, portera longtemps son deuil.

Le jeune impudent auquel il venait de répliquer eut un geste pour se lever. Un de ses compagnons, un homme aux cheveux gris, plein d'autorité, lui saisit le bras et rendit courtoisement au colonel son salut.

Sombre, Lucien entra au café, posa son colback à côté de lui et commanda sa demi-tasse. Il oubliait Violette dans sa rancœur contre ces partisans dont la joie mesquine leur masquait une grande cause. Cette foule imbécile, prête à fêter les alliés, ne se rendait pas compte qu'en dépit de leurs proclamations ce n'était pas Napoléon, mais la puissance française, sa suprématie grandissante depuis les débuts de la Révolution, que les souverains réunis avaient combattues avec tant d'acharnement pendant vingt-trois années. Et ce sceptre de l'Europe enfin arraché aux anciens soldats de Valmy, l'Angleterre et la Prusse – avec la bénédiction du tsar, jobard illuminé – allaient se le partager pour fonder leurs empires à elles!...

Dans le café, sombre à cette heure, auquel les gens préféraient l'agitation du jardin, il resta longtemps devant sa tasse vide en rêvant à ce qui eût été possible si le peuple entier s'était levé comme en 92. Mais on n'était plus au temps où la France jetait d'un élan un million d'hommes sur ses frontières.

Soudain le froissement d'une robe, un parfum, une voix, le surprirent en même temps. Cette voix avait exactement l'accent qu'il désirait entendre.

– Eh bien ! colonel ! Nous sommes en deuil, n'est-ce pas ?

Il se leva, salua la jeune femme.

– Oui. Quel deuil ! Quelles ruines !

– J'ai le cœur déchiré, dit-elle. J'aimais tant cette gloire !

Elle lui prit la main, d'un geste naturel. Ils restèrent silencieux, un instant, communiant dans les mêmes pensées. Lucien sentait la colère se dissoudre en lui, lentement. Violette lui dit avec douceur :

– C'est maintenant qu'il vous faut le plus de courage. C'était facile pour vous de mourir.

– Que puis-je vous commander ? s'enquit-il comme le garçon s'approchait.

Elle demanda un sorbet. Lucien la regardait. Elle n'avait pas les yeux violets mais d'un bleu profond.

– Grâce à vous, c'est moins difficile de vivre, Violette. Votre souvenir m'a aidé, tous ces jours-ci, à oublier de temps en temps ce qui nous accable, et à prendre patience.

– C'est vrai ? dit-elle avec, sur ses traits, l'illumination diffuse d'un sourire. J'en suis heureuse. Vous savez, je viens ici chaque jour, espérant vous y voir. Je n'avais pas voulu vous donner mon adresse. Comme j'avais fait mention de ce café, je pensais que vous y passeriez peut-être.

Pourquoi, pas voulu ? A cause de son beau-père ? Ou plutôt pour n'avoir pas l'air d'offrir, avec cette adresse, la promesse d'une récompense ? Oui, c'était conforme à son élégance, conclut Lucien.

– Brave, généreuse, franche, dit-il. Qui êtes-vous donc, Violette ?

– Pas grand-chose. Rien qui vaille la peine d'en parler.

– Si assurément! J'ai rencontré bien des femmes, mais aucune n'a comme vous piqué ma curiosité.

Elle sourit avec indulgence.

– Que voulez-vous savoir? J'ai vingt-trois ans. Je suis la fille d'un boulanger de Gonesse. Voici quelques années, il a été emporté par une fluxion de poitrine. Ma mère s'est remariée avec l'homme que vous avez vu l'autre jour, et nous avons vécu chez lui, à Bondy. Mais, pour des raisons que vous devinez peut-être, l'existence n'a pas tardé à devenir infernale entre nous trois. Ma mère m'en rendait responsable et me prenait en grippe. Ce n'était plus tenable. Je me suis enfuie avec un officier qui avait eu son billet de logement chez nous. Il a été tué en Russie. Je suis devenue la compagne d'un autre, qui est mort à Champaubert, puis de votre camarade Saint-Victor, dont vous m'avez rapporté le cadavre. Oui, j'aimais votre gloire, mais elle m'a coûté successivement trop de larmes! Vous ne pouvez savoir quel plaisir ça m'a fait de vous retrouver, vous, vivant, après ce désastre où il y avait eu, disait-on, encore tant de milliers de victimes!

– Pourquoi moi? dit-il en lui prenant à son tour la main.

– Je vous connaissais. Et puis le vieux colonel de Wailli m'avait expliqué la raison de votre départ si rapide après la mort de René; cela me frappait, cette volonté de le ramener chez lui, alors que vous étiez vous-même gravement blessé, cette force de caractère. J'avais demandé de vos nouvelles au colonel, j'avais pensé à vous durant cette campagne. Tout d'un coup – alors que je ne comptais pas vous revoir – ayant besoin d'aide, j'appelle, c'est vous qui me délivrez!... N'est-ce pas romanesque et bien fait pour impressionner une petite cervelle de femme? ajouta-t-elle, jetant sur sa sincérité ce léger voile de moquerie.

Lucien possédait trop d'expérience pour ne pas comprendre ce qu'elle avouait ainsi, avec autant de discrétion que de franchise. Il hésita. Son vieil instinct d'indépendance s'inquiétait obscurément. Le don lui paraissait trop beau. Violette n'appartenait pas à l'espèce de ces femmes auprès desquelles on passe une nuit et que l'on oublie sans peine le lendemain.

Elle avait retiré doucement ses doigts pour chipoter son sorbet. Lucien regardait sa bouche, ses charmantes épaules, découvertes dans la robe d'été. Une tout autre image revenait malgré lui se superposer à cette grâce tranquille. Il était gêné par un désir dont l'âpreté s'accordait très mal avec la qualité de Violette, ses pensées et la délicatesse de ses sentiments.

– Que va faire l'armée ? demanda-t-elle. Que pouvez-vous faire ?

Il soupira.

– Obéir, bien entendu. Nous ne pouvons qu'obéir puisque l'Empereur a renoncé. Davout serait capable de gagner une bataille, mais pas de vaincre la coalition. Oh ! et puis tout ça !... C'est fini, l'Empire, la Grande Armée, c'est du passé. N'y pensons plus.

– Que deviendrez-vous, personnellement ?

– Je ne me le demande même pas. Voyez-vous, nous tous, les soldats, nous étions des morts en sursis, néanmoins, jusqu'au moment où l'on tombait, il y avait toujours dans notre esprit un lendemain. C'était absurde sans doute, et cependant on formait des projets, on nourrissait des ambitions, on s'imaginait colonel, général, maréchal, un jour, peut-être. A présent, je ne saurais me représenter un avenir. Je n'attends rien ; on n'a même plus l'espoir de se faire tuer – sinon en duel !... Excusez-moi, dit-il, voyant l'expression qui venait d'assombrir le visage de la jeune femme. J'oubliais. Vous étiez très attachée à Saint-Victor.

– Oui, dit-elle, baissant les yeux.

Puis elle les releva et, regardant Lucien avec une sorte d'âpreté au fond de ses prunelles :

– Oui, mais pas plus ni moins qu'aux deux autres. J'ai

aimé un homme, qui n'était peut-être pas très recommandable, mais je ne m'en rendais pas compte, c'était le mien. On l'a tué. Un second est venu. Il a su me consoler, me faire aimer sa bonté, sa tendresse. On l'a tué. Alors, je me suis abandonnée avec indifférence à n'importe qui. C'était, heureusement – ou malheureusement! – Saint-Victor. Il m'a traitée comme une princesse, il m'a révélé tous les luxes de la vie, comblée. Je me suis mise à l'aimer, avec toute ma gratitude, tout mon espoir, toutes mes craintes. On l'a tué.

Lucien écoutait en silence. Que dire?... Elle se ressaisit et, d'une voix plus douce, avec un triste sourire qui s'éclaira peu à peu :

– Ne me parlez plus de guerre. Ne me parlez plus de mourir. Vous vivez, vous! Rendez-vous compte que c'est un miracle, après vingt ans de batailles et cette dernière tuerie. Ce que vous deviendrez demain n'importe pas, en réalité. Vous serez un homme vivant, qui voit, qui sent, qui parle. Vous irez ici et là, vous vous endormirez et vous vous réveillerez. Vous monterez un cheval, vous prendrez une femme dans vos bras... Et vous ne serez pas pour elle un souvenir, un regret, un cadavre avec un trou dans la poitrine, ajouta-t-elle amèrement. Comprenez donc que vous, colonel, et quelques rares comme vous, vous êtes les seuls vainqueurs de cette guerre de vingt ans!

– Je ne crois pas, dit-il en secouant la tête. Cependant vous avez raison dans une certaine mesure : la vie, demain, sera simplement la vie. Il s'agit de savoir s'en contenter. Des chevaux, comme vous dites. Des femmes.

– Il vous en faut tellement!

– Il m'en a fallu beaucoup. Je ne suis pas de ceux qui se fixent.

– On change.

– Oui. En vieillissant.

Elle rit avec lui, mais distraitement. Ces phrases n'avaient pas d'importance. Ils se turent. C'étaient leurs regards qui parlaient.

Dehors, la foule bruissait sous le soleil blanc et lourd. Les cris des marchands de coco portant sur le dos leur fontaine, scandaient cette rumeur. Ici, dans le café, il faisait frais et c'était presque le silence, hormis le murmure de quelques couples. Des vieux messieurs discutaient à voix couverte. Les faibles tintements d'un verre ou d'une tasse avaient quelque chose de liquide, comme englouti dans l'eau sombre qui baignait la salle, noyait les dorures et les pilastres corinthiens, et que les glaces, en se renvoyant leurs reflets, perçaient de perspectives infinies. Lucien, respirant le parfum de la jeune femme, résistait à l'envie, tendre et ardente à la fois, de la serrer contre lui.

– Vous avez l'odeur de la paix, de cette douceur de vivre dont vous parliez tout à l'heure, dit-il en se penchant un peu plus vers elle.

Elle eut un sourire mystérieux et troublé, et, ramenant son châle sur ses épaules :

– Venez, dit-elle en se levant.

Ils sortirent. Le ciel se plombait. Dans la galerie déjà la chaleur les ressaisit, suffocante. L'air, sucré par la senteur des tilleuls, s'épaississait comme un sirop. Sur la place étroite, devant les arcades de l'Opéra, c'était une cohue. Des « gandins », ces nouveaux Incroyables vêtus de toile – pantalon « patte d'éléphant », chemise bouffante, immense chapeau de paille – et leurs compagnes, fausses paysannes coiffées de madras, coudoyaient les bourgeois promenant leur épouse en capote à fleurs. Des officiers, la poignée du sabre sur le bras, des groupes de « fédérés » aux cannes pesantes – soldats réformés et anciens révolutionnaires, unis dans une commune haine des Bourbons – cherchaient visiblement l'occasion de se colleter avec les royalistes. Mais des piquets de gardes nationaux veillaient, baïonnette au canon. La foule subissait la tension de l'électricité ambiante. Malgré la menace de l'orage, nul ne semblait songer à rentrer chez soi.

Les premières gouttes étoilaient la poussière lorsque Violette et Lucien atteignirent le coin de la rue Saint-Roch. La jeune femme habitait là une maison tout en hauteur, couronnée par des escarpements de cheminées. On franchissait une voûte pour pénétrer dans une cour où s'entassaient les bûches, les cotrets, les stocks noirs d'un certain Poulailler, marchand de bois et charbons.

– Ma demeure n'est pas brillante, dit Violette. Après la mort de René, il a fallu que je me loge. J'ai pris ce que j'ai pu trouver. Venez vite!

Elle resserra ses jupes pour courir sous le crépitement de l'averse.

Un escalier de pierre, aux murs écailleux, s'élevait vers des hauteurs chaudes, assombries par l'orage dont les grondements s'approchaient. On entendait battre des volets. Des enfants pleuraient. Une porte s'ouvrit sur une femme pâle qui disait :

– C'est toi, Joseph ? J'ai peur...

Elle poussa un « Oh! » et referma, épouvantée par la lueur d'un éclair.

L'appartement se trouvait tout en haut, juste avant l'étage des mansardes. Il ne ressemblait en rien au reste de la maison. La netteté de la jeune femme, son élégance simple se reflétaient là. Lucien fut surpris en pénétrant dans un vestibule aux boiseries blanches réchampies d'un filet d'or. Violette le guida à travers une salle à manger, sombre derrière ses volets, puis ouvrit ceux d'une autre pièce. La pluie tombait à longs traits drus et brillants. Une odeur de tuiles et de pierre mouillées entra soudain avec un ruban de fraîcheur caressante, tandis qu'éclatait le tonnerre.

C'était une chambre-salon, avec deux fenêtres à petites vitres verdâtres, comme on les faisait encore au siècle précédent. Les boiseries vieillottes, semblables à celles du vestibule, encadraient des panneaux de percale imprimée, l'étoffe à la mode. Des rideaux de même tissu fermaient à demi une profonde alcôve. Les meubles luisaient malgré le peu de jour dispensé par le ciel couleur d'encre. Sur un guéridon, des roses s'épanouissaient dans un cornet de porcelaine, près d'un livre retourné. Une harpe se dressait dans un angle.

Lucien avait enregistré machinalement ces détails pendant que Violette enlevait son châle, sa petite capote de paille et dépouillait ses gants. Elle revint vers lui. Il lui prit les mains, les baisa longuement. D'elle-même, elle se pressa contre lui, offrant son visage.

Elle se recula pour reprendre son souffle, fit asseoir Lucien sur le canapé puis se posa, souple, sur ses genoux, lui entourant le cou de ses bras.

– Serrez-moi bien fort! soupira-t-elle.

Il n'avait pas besoin de cet encouragement. Le contact de la jeune femme l'enflammait et il ne lui restait plus de patience. Trop d'instincts étaient durement bridés en lui. Celui-là du moins pouvait se détendre; il ne supportait plus d'atermoiements ni d'obstacles. Mais c'était justement cette violence vivante que Violette désirait pour célébrer la fin du règne de la mort. Il cherchait, lui, à noyer ses regrets, son désespoir, dans cette étreinte; elle, au contraire, s'y donnait à une secrète espérance, et celle-ci la troublait, la grisait, tout autant que l'émoi de sa chair soumise à cette fougue. Lucien lui dévorait la nuque, les épaules, essayait de lui dégrafer son corsage.

– Laissez-moi faire, dit-elle.

Elle se leva, ouvrit les rideaux de l'alcôve. Dans la pénombre, la réverbération des éclairs l'illuminait tandis qu'elle dépouillait sa robe. Ses jupons coulèrent à ses pieds. Sous les mains avides de Lucien, la chemise glissa comme un nuage sur les rondeurs et les cambrures de la chair blonde. Sans laisser à Violette le temps d'ôter ses bas ni sa chaussure, il s'empara d'elle, la renversa sur le lit, d'un élan auquel elle répondit avec la même ardeur.

L'orage se déchaînait lui aussi. Le tonnerre faisait tinter les vitres, la foudre éclatait, les façades se renvoyaient ses échos de fer-blanc.

Puis, peu à peu, les grondements s'éloignèrent. Une pluie fine, rafraîchissante, succéda aux cataractes. La lumière revenait. Un rayon de soleil s'allongea jusqu'à l'alcôve, atteignit la jeune femme qui somnolait, moite, les membres épars. Lucien, accoudé, la contemplait. Elle était merveilleusement jeune, pure de lignes, de traits. Ses cils faisaient une ombre sur sa joue. Il l'effleura de ses lèvres. Violette ouvrit les yeux, poussa un soupir heureux, sourit et lui tendit sa bouche.

Soudain elle sursauta. On entendait du bruit dans le vestibule.

– Seigneur! chuchota-t-elle, c'est Nanon! Vite, vite! habillons-nous.

Elle expliqua qu'elle avait une servante, laquelle allait tous les deux ou trois jours chez des parents, du côté de la barrière d'Enfer, pour se procurer des provisions, car les denrées devenaient rares avec l'afflux des réfugiés. C'était elle qui venait de rentrer.

Elle frappait à la porte du salon.

– Dans un moment, lui cria Violette. Me voilà perdue de réputation, ajouta-t-elle avec une moue.

– Je suis désolé.

– Non. C'est ma faute, mon ami. J'ai oublié l'heure. Et puis, quelle importance! De toute façon, je comptais que vous souperiez avec moi, mon cher colonel, et ensuite... Êtes-vous obligé de rentrer au camp?

Rien ne l'y forçait. Il avait été trop heureux, trop délivré, dans les bras de Violette, pour ne pas souhaiter de passer la nuit avec elle. Enfin, son désir de ce jeune corps n'était pas rassasié, au contraire.

Après s'être revêtue, recoiffée, elle s'en fut trouver Nanon, à l'office. En attendant, Lucien, détendu et rêveur, se mit à l'une des fenêtres, pour respirer l'air rafraîchi.

De ce cinquième étage sous les mansardes, on dominait le péristyle de Saint-Roch et toute la perspective de la rue Saint-Honoré. Jusqu'à ces dernières années, avant le percement de la rue de Rivoli, c'était la seule voie de communication, sur cette rive, entre l'ancien et le nouveau Paris. Elle rappelait à Lucien toute l'époque qui se terminait à présent. Il se revoyait, à dix-sept ans, descendant le bas de la rue Saint-Roch pour gagner les abords du manège où la foule curieuse, inquiète, pleine de rumeurs les plus contradictoires, attendait autour de l'Assemblée des nouvelles du roi en fuite. Là encore, dans la rue Saint-Honoré même, un an plus tard, il avait été atteint par les premières ondes de l'indignation populaire, qui se propageaient autour du Manège et qui allaient soulever Paris, la France entière contre l'insolente proclamation du duc de Brunswick. Le lendemain, il s'engageait. Dans quelques jours, il y aurait de cela vingt-trois ans, exactement.

Ensuite, la vie de Paris, il ne l'avait presque plus connue, sinon par ouï-dire.

En regardant les façades grises, il se figurait ce qu'avait pu être l'existence des gens terrés derrière ces murs. Suspects et autres. Qui ne pouvait, à tout instant, le devenir! On devait trembler au moindre bruit d'une patrouille, et frémir en voyant, par l'entrebâillement des volets, défiler chaque jour les charrettes qui conduisaient les fournées à la guillotine. Au long de cette rue, Louis XVI – s'imaginait-il à faux – puis la reine, Charlotte Corday, les Girondins, Danton et ses amis, avaient roulé vers la mort. Ici retentissaient les échos des débats passionnés qui agitaient les Jacobins et les Feuillants installés presque face à face, de chaque côté de la rue. L'homme qui faisait régner la Terreur, Robespierre, poudré à blanc, dans son habit à rayures, sa lévite brune ou son frac bleu ciel, foulait tranquillement ce pavé pour aller de sa chambre chez l'ébéniste Duplay au Comité de Salut public installé aux Tuileries. Peut-être, de cet appartement quelqu'un l'avait-il regardé partir ainsi, au matin du 9 thermidor, se rendant à la Convention qu'il comptait bien dominer une fois de plus. Mais le lendemain tout le monde devait être aux fenêtres pour voir la charrette où l'Incorruptible, étendu, la mâchoire fracassée, s'en allait à son tour vers l'échafaud, avec son frère moribond et Saint-Just impassible.

Pour Lucien, ces faits gardaient quelque chose d'irréel. Il y rêvait comme s'ils fussent advenus dans quelque étrange contrée. On était loin de tout cela, aux frontières, voire en pays conquis, on se souciait peu des luttes intestines de la Révolution. On en apprenait les nouvelles en haussant les épaules. Tout ce qui importait, c'était que ces trublions, faiseurs de discours, acharnés à se raccourcir les uns les autres, envoyassent des souliers, de la poudre, des armes. Pour le reste – la victoire de la France et de ses idées – ils s'en chargeaient, eux, les soldats.

En revanche, il se trouvait à Paris, en congé après sa première blessure grave, ce 13 vendémiaire où les royalistes, essayant d'atteindre la Convention, avaient été balayés ici-même, au coin de la rue, par le canon d'un petit général corse. La mitraille marquait encore de ses morsures la pierre tendre de l'église.

Un petit général corse! Oui, il avait fait comme le petit avocat d'Arras. Robespierre et Napoléon : celui qui commence le cycle et celui qui l'achève. Tous deux dévorés. Par quoi ?... Leur ambition ? Mais une exigence plus grande que la simple ambition les animait au fond d'eux-mêmes, l'un et l'autre. Dévorés peut-être par cette grandeur inhumaine. Les peuples ne sont sans doute pas à une telle dimension. Violette avait probablement raison : la mesure de l'homme n'est pas l'héroïsme mais la douce médiocrité de la vie quotidienne.

Il soupira. Il faudrait en prendre son parti. A vrai dire, la vie simple offrait parfois de bien bons moments!...

La rue, si chargée de dramatique histoire, était paisible. Dans le ciel lavé, le soleil se couchait derrière les toits. Des moineaux piaillaient dans les gouttières.

Violette rentra et lui fit une révérence mutine.

– Dans quelques instants, le colonel sera servi.

– Et vos parents! Votre mère, votre beau-père, n'habitent-ils pas avec vous, en ce moment?

– Non, répondit-elle avec un petit mouvement des épaules. Je leur ai offert asile. Ma mère n'en a pas voulu. C'est aussi bien ainsi, après tout. Moins nous nous verrons, tous les trois!...

Lucien passa près d'elle une nuit ardente. Il trouvait instinctivement dans l'exercice de cette puissance une espèce de revanche sur son impuissance de soldat. Quand il fut au moment de partir, Violette ne lui posa pas de question. Ce fut lui qui, ému, lui dit :

– S'il continue de ne se rien produire, je reviendrai vous voir. Et si je ne le puis, sachez bien que je garderai de vous un souvenir inoubliable.

Elle ne lui répondit que par un signe des yeux.

~

Vers six heures, il atteignait la rotonde de La Villette. Une troupe de fédérés enrôlés dans la garde nationale défilait sur le rempart. Quelques-uns portaient l'uniforme, certains d'ailleurs avec un demi-castor; d'autres, au contraire, n'avaient de réglementaire que le chapeau. Les buffleteries du briquet et de la giberne formaient un singulier contraste avec les redingotes ou les habits de nankin sur lesquels elles s'entrecroisaient.

Ils descendirent, en contournant le village, pour gagner le front. C'étaient les leurs qui tenaient la position, à gauche de la plaine des Vertus. La ligne sinuait sur les derniers penchants des coteaux plantés de vignes, piquetés par-ci par-là de moulins, et l'on apercevait, entre les bosquets qui masquaient à demi Montmartre, le flanc livide de la butte, crevé par les carrières de gypse. Le télégraphe dressait sur sa tour de pierre sa potence dont les bras demeuraient immobiles.

Les murettes des clos servaient d'abri aux soldats-citoyens faisant, sans résultat pratique, le coup de feu avec des tirailleurs prussiens. En somme, de part et d'autre, on se montrait que l'on était là. A droite, les grand-gardes des régiments de marche méprisaient ces simulacres; elles se tenaient le fusil au bras, épaulées de place en place par des batteries. Devant elles, s'étalait la plaine bleue et verte où traînaient les brumes matinales. On voyait, hors de portée, un bataillon noir relever ses sentinelles. Le ciel se dorait, annonçant encore un jour de chaleur, et ses reflets teignaient le canal. C'était l'heure où, chez l'ennemi comme dans le camp français, on lavait le linge, on distribuait les boules de pain, on étrillait les chevaux. Les feux s'allumaient sous les marmites. Les sonneries annonçaient l'appel.

Comme Lucien approchait de ses quartiers, il en perçut une toute différente. Le boute-selle. Par exemple! Il poussa son cheval.

L'Officier de jour se tenait devant le corps de garde.

– Que se passe-t-il? lui jeta Lucien tandis que les factionnaires portaient les armes.

– Je crois, Monsieur, que nous allons faire mouvement. Le capitaine adjudant-major a rappelé tout à l'heure aux chefs d'escadron.

Lucien galopa vers la tente régimentaire. Colback en tête, sabre au côté, le capitaine Levesque achevait de donner ses instructions aux officiers en premier.

– Ah ! colonel, dit-il, vous arrivez à point ! Voici ce que je viens de recevoir du général Masset.

C'était un billet laconique : « Dès réception de cet ordre, le 1er chasseurs se portera au pont de Neuilly où il se mettra temporairement à la disposition du général Exelmans. » Suivait cet avis destiné à l'édification des officiers : « Des mouvements ennemis ont été signalés sur la rive gauche. Le maréchal est résolu à les interdire. Exelmans, qui serait éventuellement appelé à les repousser, a demandé de la cavalerie légère. Je lui envoie avec vous le 6e hussards. »

– Mon cheval d'armes, dit Lucien à son ordonnance. Vous avez pris toutes les mesures, capitaine ?

– Oui, mon colonel. Le régiment sera en selle dans quelques minutes. J'ai pensé qu'il serait inutile d'emmener le bagage et les auxiliaires puisque nous ne sommes détachés que pour peu de temps. Juste le nécessaire pour bivouaquer.

Il donna le détail de ses dispositions.

– Parfait. Merci, capitaine. Je change d'uniforme et je suis à vous.

Le brosseur, prévenu par l'ordonnance – deux nouveaux, les autres ayant été tués à Mont-Saint-Jean –, préparait la tenue de combat lorsque Lucien entra dans sa tente. C'étaient des effets propres encore mais plus neufs, dont la perte, s'ils se trouvaient souillés ou déchirés dans la lutte, ne serait pas un trop grand dommage.

Lucien se dévêtit rapidement, attacha la coquille d'acier que beaucoup de soldats employaient pour se protéger le sexe, et enfila sa culotte de daim. En s'habillant, il entendait bourdonner le camp : hennissements des bêtes joyeuses de sentir qu'elles allaient galoper, propos excités des hommes, coups de gueule des sous-officiers, trot bref d'un peloton formant ses rangs, tintements d'armes, sonneries aux fourriers pour la distribution des vivres. Cette rumeur l'emplissait d'allégresse. Elle lui faisait monter au diaphragme une petite crispation d'avidité impatiente, pareille à celle qu'il ressentait, la veille, en accompagnant Violette.

Le brosseur lui tendit l'étroit ceinturon de cuir verni où étaient attachées les courroies du bancal et de la sabretache, et qui se bouclait au-dessous de la ceinture en soie. Puis il lui passa le large baudrier barrant la poitrine, lui agrafa sur l'épaule la pelisse. Ce mantelet flottant, aux manches pendantes, paraissait fort superflu avec la canicule; en réalité, il servait à défendre le dos et le bras gauche contre les coups de sabre : ils s'amortissaient dans ses plis.

Un sabotement, dehors, des ordres brefs, annonçaient l'escorte de l'étendard. Lucien, après avoir vérifié que son « sauve-la-vie » se trouvait bien au fond du colback, dans une poche de la doublure, se coiffa, assujettissant la jugulaire dorée. Le plumet blanc – un des insignes de son grade – se dressait sur le côté; la plaque ronde du régiment pendait entre ses deux floches de soie sur le poil d'ourson noir avec lequel tranchait le rouge de la flamme.

L'officier d'ordonnance qui avait remplacé le jeune d'Aubry se tenait, en selle, à la porte du colonel, avec les trompettes. Devant la tente, l'aigle reposait sur deux faisceaux de sabres, entre ses gardes, à pied, croisant leur bancal sur la poitrine. Le lieutenant porte-étendard attendait, un maréchal des logis à sa droite, un autre à sa gauche; derrière eux, trois cavaliers de première classe; tous les six, montés sur des chevaux uniformément noirs. Les bêtes encensaient, impatientes.

– Sabre... clair! commanda l'officier d'ordonnance lorsque le colonel parut.

Les lames jaillirent des hanches gauches, décrivirent leur cercle étincelant qui amena les pommeaux sur les cuisses droites.

– Portez!

Un autre éclair, mais vertical; les gardes, avec la dragonne enroulée, étaient montées à hauteur de la bouche, pointes dressées. Lucien se tenait, fixe, le dos de la main au front.

– A l'étendard, lança-t-il.

Les cuivres tourbillonnèrent. La sonnerie majestueuse, vibrante, retentit, pour ne plus cesser jusqu'à ce que l'aigle ait pris sa place dans le régiment. Les chevaux se mirent à danser en piaffant. Lucien s'avança, souleva le drapeau. Il le sortit de sa gaine, le présenta au lieutenant. Celui-ci salua du sabre la soie tricolore déchiquetée par les balles de Mont-Saint-Jean. Puis, ayant rengainé, il saisit la hampe et plaça le talon dans le support fixé à l'étrier. Alors, à son tour, Lucien mit le bancal à la main pour saluer d'un geste large l'étendard confié à son escorte. Enfin, tandis que l'officier et les cinq cavaliers sabre au clair tournaient bride vers le front de bandière où le régiment était aligné, il monta en selle afin de les suivre avec l'aide de camp. Les trompettes des escadrons avaient repris la sonnerie pour accueillir le drapeau. Soldats et officiers lui rendaient les honneurs. Le capitaine-major vint recevoir le colonel.

Lucien savourait tous les détails de ce cérémonial. Une routine. Mais elle se rénovait pour lui parce qu'il n'y participerait bientôt plus. Comment vivre hors de cette atmosphère? Il savait par expérience combien elle peut vous manquer.

– En colonne par escadron, dit-il. Au petit trot. Nous suivrons le mur, n'est-ce pas?

– C'est ce que j'avais pensé faire, mon colonel.

Ils prirent donc entre la ligne et les remparts en haut desquels des gardes nationaux un peu étonnés par ce mouvement de cavalerie les regardaient passer. Certains agitaient leurs chapeaux, sans savoir pourquoi. Simplement parce que, sous le soleil matinal, c'était beau de couleurs, de bruit, de force, ces masses de chevaux luisants et d'hommes bien alignés, ce flottement de pelisses rouges et de flammes, ces plumets, l'étincellement des lames nues autour du drapeau, le roulement des fers.

Après avoir contourné les bosquets au pied de Montmartre, ils atteignirent rapidement la barrière de l'Étoile et longèrent les pavillons d'octroi en forme de temple simili-grec, coiffé d'une boîte à fromage. Au centre de la place, envahis par l'herbe, au milieu de blocs en désordre, se dressaient les quatre moignons de l'arc abandonné. Les artilleurs qui gardaient la barrière faisaient sécher leur linge sur les grilles. Ce côté de Paris, protégé deux fois par le cours de la Seine, n'avait pas d'autre défense, mais de forts contingents d'infanterie, avec de l'artillerie divisionnaire, s'installaient aux revers de la colline, entre les prés et les petites demeures campagnardes, de part et d'autre de la route de Neuilly que les chasseurs dévalèrent. Les troupes affluaient dans le village et alentour. En le traversant, Lucien rejoignit Arnaud; il venait d'arriver avec ses hussards.

L'état-major se trouvait de l'autre côté du pont, sur la rive gauche. On avait élevé là, en large demi-cercle, des terrassements garnis de grosses batteries. Des pièces de 8 et des tirailleurs occupaient, à quelques toises en avant, un dispositif de saillants formés avec des gabions. Les deux lignes se défendaient ainsi l'une l'autre. Elles étaient pratiquement inexpugnables.

Le général Exelmans avait établi son quartier au coin du pont, dans une maisonnette aux volets verts, séparée de la route par des troènes taillés. On passait sous un arceau portant le traditionnel rameau de pin, enseigne des auberges. A l'ombre de la maison, on avait réuni des tables pour déployer les cartes sur lesquelles l'état-major se penchait. Les secrétaires écrivaient vivement sous la dictée du général. Il commandait une division de cavalerie, réduite par ses pertes à trois régiments de dragons. Outre les hussards et les chasseurs, le grand quartier général avait mis à sa disposition le 44e de ligne.

C'était un homme de l'âge de Lucien, grand, maigre, assez chauve, aux traits marqués. La lourdeur de ses paupières lui donnait un air un peu endormi. En fait, on le connaissait dans toute l'armée pour ses prestigieuses qualités de cavalier. Mais celles de Lucien les valaient après tout. Il n'était pas sans éprouver quelque envie. Engagé volontaire comme lui-même, à peine un an avant lui, Exelmans avait depuis longtemps atteint le grade d'officier général. Ils se connaissaient assez bien depuis la campagne d'Espagne, pour avoir été ensemble prisonniers des Anglais.

– Enchanté de vous avoir, mon cher Montalbert, dit-il en serrant la main aux deux arrivants.

Il leur présenta ses officiers, puis, le doigt sur la carte :

– Voici la situation. Le pont du Pecq, qui devait être détruit, ne l'a pas été, les gens de Saint-Germain s'y étant opposés soit par sottise soit par complot. Bref, les Prussiens ont pu franchir ici la Seine et prendre pied sur la rive gauche. A l'heure actuelle, ils occupent Saint-Germain, avec l'intention évidente de contourner la boucle du fleuve pour venir nous attaquer par Meudon et le sud. Vous savez combien les défenses sont faibles, de ces côtés. Des retranchements de terre élevés ces jours-ci. C'est tout. Blücher ne l'ignore pas. Il semble avoir décidé de forcer Paris sans plus s'attarder aux négociations, et de nous dicter sa loi en vainqueur. Obligés de défendre la ville au nord contre les alliés, nous ne pourrons pas résister efficacement au sud. C'est pourquoi, Messieurs, nous devons interdire à l'ennemi toute approche. Comprenez-moi bien : il ne s'agit pas d'escarmoucher, ni même de clouer sur place les pointes que les Prussiens vont lancer, mais de les anéantir. Littéralement.

Il regarda les officiers, qui approuvèrent tous de la tête.

– Bien, dit-il. Voici les ordres : le colonel Arnaud, en

ligne d'éclaireurs, l'aile droite appuyée à la route de Rueil, progressera dans la direction Malmaison, Bougival, Marly, l'aile gauche en liaison avec le 1er chasseurs. A vue de l'ennemi, qu'il n'engagera sous aucun prétexte, il se repliera aussitôt en faisant prévenir. S'il ne rencontre aucune force adverse, il s'arrêtera en bordure de la forêt de Marly et tiendra la position en attendant d'autres ordres.

Des instructions semblables furent dictées pour Lucien, à ceci près que, en liaison sur sa droite avec le 6e hussards, il devait se déployer au sud du plateau de Bougival, entre Montretout et Chaville, avançant sur Versailles.

– Vous allez donc, Messieurs, dit le général, ratisser tout le terrain ouvert à l'ennemi. L'infanterie partira derrière vous. Je suivrai avec les dragons. J'insiste formellement pour que vous vous rabattiez sur nous en refusant tout contact. Je souhaiterais même, si cela se pouvait, que vous demeuriez inaperçus des Prussiens.

Il coiffa son chapeau bordé de plume blanche et accompagna les deux colonels jusqu'à l'arceau, en parlant familièrement avec Lucien.

– Ce sera sans doute notre dernier combat, mon pauvre Montalbert, lui confia-t-il. Après ça, il n'y aura plus qu'à dire adieu à l'armée, et – moi, du moins – à la France.

Louis XVIII l'avait fait comte. En rapportant son épée à l'Empereur, il était devenu rebelle.

Les deux régiments sortirent par une chicane entre les gabions. Arnaud et Lucien se séparèrent, celui-ci tournant aussitôt à gauche pour suivre la berge de la Seine. L'île de Puteaux dressait par-dessus ses taillis parsemés de rares guinguettes ses hauts peupliers dont le feuillage restait immobile dans l'air stagnant. L'eau baissait, découvrant sur ses bords des racines limoneuses. Sur les coteaux de Suresnes, des petites maisons, recevant en plein le soleil, piquetaient de leurs cubes blancs vignes et boqueteaux.

La vie simple!... Lucien, n'ayant pour le moment rien d'autre à faire que de marcher au pas de son cheval, songeait à sa soirée de la veille, à sa nuit avec Violette, aux paroles de la jeune femme. Peut-être, dans ces modestes demeures sur la colline, les gens menaient-ils une existence satisfaite de son train-train.

– Dites-moi, mon cher, demanda-t-il brusquement au capitaine Levesque, vous qui êtes père de famille, comment s'arrange-t-on pour supporter la vie civile?

– Je n'en sais trop rien, répondit le major en réfléchissant. En vérité, depuis dix-neuf ans que je suis marié, je n'ai guère eu le loisir d'en faire l'expérience. Je n'ai jamais passé plus de quelques jours avec ma femme et je n'exagérerais pas si je disais que je connais à peine mes enfants.

Ils arrivaient en vue de Montretout : poignée de fermes groupées sur les pentes de Buzenval. Les escadrons en colonne s'élevèrent par un chemin sinueux dont l'argile blanchâtre gardait, durcies, les ornières creusées par les chars paysans et les pieds du bétail. On montait sous une voûte de frênes où bourdonnaient en essaims des mouches mordorées. Puis on arriva au milieu d'une grosse ferme. Le chemin, encadré par des tas de fumier, lui tenait lieu de cour. Des chiens, qui aboyaient depuis un moment, se précipitèrent aux pattes des chevaux. La volaille courait, effrayée, tandis que des hommes sortis sur le pas des granges s'appuyaient sur leurs fourches pour regarder, avec le fatalisme lourd des campagnards, passer les soldats.

Les bâtiments tournés, on déboucha aussitôt sur le plateau, dans la lumière aveuglante après le jour glauque du couvert. Lucien fit sonner la halte en selle et tira sa montre. Elle marquait neuf heures moins le quart. La main en visière, il scruta les ondulations verdoyantes qui bleuissaient en s'élevant vers le nord, sommées à l'horizon par la croupe du mont Valérien. Une mince ligne scintillait entre les champs de blé.

– Voilà l'aile droite d'Arnaud. Elle sera ici dans quelques minutes.

Le mouvement était parfaitement réglé. En ce moment, le général devait quitter Neuilly.

– Trompette, « Au colonel ».

Les chefs d'escadron arrivèrent au galop.

– Messieurs, leur dit Lucien, nous allons nous déployer. Espacez largement vos pelotons qui resteront néanmoins en liaison à vue. Aucun contact ne doit être pris avec l'adversaire, c'est un ordre formel. Avancez avec précaution. Si quelqu'un découvre une troupe ennemie, qu'il passe l'avertissement sur toute la ligne. Vous vous rassemblerez aussitôt sur moi. Capitaine Levesque, gardez l'extrême droite et faites la liaison avec les hussards. Je tiendrai l'aile gauche. Voici l'ordre, en partant de la droite : 2e, 3e, 4e et 1er escadron. Plus de sonneries; les commandements seront transmis à voix, d'homme à homme. Exécution immédiate. Commandant Vergne, je vous suis.

Accompagnés par l'officier d'ordonnance, ils gagnèrent rapidement le 1er escadron qui dédoubla ses colonnes et partit au grand trot à travers les maigres herbages, en direction de Chaville dont on aperçut bientôt le clocher dominant au sud une colline boisée. On coupa la route de Versailles, on s'enfonça dans les bois de Meudon. Puis Lucien, estimant inutile de monter jusqu'à Chaville même, ordonna une conversion par échelons. De trente en trente secondes, les commandements des brigadiers retentirent :

– Comptez-vous quatre. Demi-volte à droite. Marche.

Pour s'assurer que la ligne était bien formée, Lucien fit passer l'avertissement : « Le colonel se dirige à l'ouest. Rien à signaler. » Trois minutes plus tard lui revint l'avis : « Capitaine-major, en liaison avec les hussards, avance sur Bougival. Rien à signaler. » Lucien détacha alors un sous-officier pour tenir au courant le général, qui devait se trouver maintenant aux abords de Saint-Cloud, soit à cinq minutes de galop.

Les hommes marchaient parallèlement, chacun à une douzaine de pas de son voisin. Leur ligne ondulait. Elle montait et descendait, épousant le profil du terrain. Tantôt on plongeait sous des frondaisons si denses que le soleil, arrêté par des dômes de feuilles, n'avait pu sécher l'humus. La couche, spongieuse sous les fers, exhalait une odeur froide et comme souterraine. Tantôt on se coulait dans des ravines, sous les contorsions de chênes centenaires. Les voisins se trouvaient cheminer en haut des talus de terre jaune pâle recouverts d'une chevelure de bruyère. La ligne se réduisait alors pour chacun aux deux ou trois hommes qu'il apercevait seuls. Il pouvait se croire perdu avec eux dans la fraîcheur de ces combles et leur silence murmurant où le pas des chevaux s'amortissait sur le sable. Le cliquetis des gourmettes faisait un bruit de source.

Attentif au moindre son, l'œil analysant en un éclair chaque forme, on avançait prudemment car, au détour d'un chemin, au débouché d'un bois, au bout d'un de ces murs grisâtres jaunis par le lichen et ourlés de lierre, qui obligeaient parfois tout un peloton à s'allonger en avant, on pouvait à toute seconde tomber d'un coup sur l'ennemi. L'envol d'un pivert vous donnait un petit coup au cœur. Cette pointe d'angoisse, semblable à celle qu'éprouve le chasseur de bêtes fauves, c'était pour Lucien un des âpres plaisirs de son métier.

Tantôt, aussi, on s'élevait au flanc de collines d'où l'on dominait tout ce pays étalant dans la clarté encore pastellisée ses pacages, ses moutonnements forestiers, le damier de ses champs, les friches avec leurs crevasses crayeuses ou jaunâtres, et, çà et là, l'écaille argentée d'un étang. Nulle part on ne distinguait de troupes, mais, au nord, on voyait sur la blancheur des chemins, des caravanes que Lucien identifiait aisément. C'était de nouveau l'exode des villageois. Jusqu'à présent, ils s'étaient cru à l'abri derrière la Seine. Maintenant, comme leurs semblables du nord et de l'est, ils cherchaient précipitamment refuge vers Paris. Preuve qu'en effet les Prussiens étaient bien en mouvement dans la région.

Lucien envoya son officier d'ordonnance se renseigner auprès d'un de ces groupes. Il n'en tira rien.

– Ces gens sont complètement affolés, rapporta-t-il. Ils ont commencé par prendre la fuite à mon approche. Tout est prussien pour eux. Si on les croyait, le pays en serait couvert. Ils viendraient à la fois de partout. En réalité, personne ne les a vus. Ce sont des foutaises de civils.

Mais presque aussitôt, comme on arrivait en vue des premiers toits ocre de Versailles, passa sur la ligne un billet hâtivement crayonné par Arnaud.

« Des hauteurs Louveciennes, avons découvert division cavalerie, 1.500 à 2.000 hommes, sur route Versailles. Pas d'autre ennemi dans la région. Prévenu général. Je descends, rabats-toi sur moi. »

– Regroupement par escadrons, dit Lucien à l'officier d'ordonnance. On peut sonner, il n'y a pas de risques. Direction nord-est. Grand trot. Rejoignez-moi.

Il galopa, en sautant des haies basses, vers le point où allait se trouver la tête du régiment. Les trompettes retentissaient. Des maisons du faubourg, au milieu de jardins maraîchers, des gens sortaient pour voir, la main au-dessus des yeux. L'escadron du centre, ayant déjà reformé ses colonnes, était en route à travers des terres plantées de pommiers. Lucien ramena sa bête au trot. L'officier d'ordonnance le rattrapa, et bientôt, de l'autre côté, le capitaine Levesque.

Celui-ci savait, par la rumeur colportée au long de la ligne des hussards, que les Prussiens chevauchaient comme en pays conquis, étalés sur un quart de lieue dans la descente de Marly, leur arrière-garde sortant à peine du bourg.

Rien de plus facile que de les prendre en flanc et de les culbuter.

Telle n'était pas la tactique du général Exelmans; il ne voulait pas risquer de les laisser échapper en partie. Le cavalier de liaison, que Lucien lui avait envoyé, revint avec l'ordre suivant :

« Portez-vous immédiatement sur Rocquencourt. Je viens d'ordonner au colonel Arnaud d'y faire sa jonction avec vous. Établissez votre régiment en bataille au-devant du village, dans le bois. Le 44e se dirige par la route de Bougival. Il sera en potence sur votre droite. J'approche les Prussiens par les couverts des Gressets pour leur couper la retraite et les pousser sur vous. Chargez en les rabattant sur l'infanterie. »

Lucien poussa un petit sifflement. Les promotions d'Exelmans n'étaient peut-être pas dues à la seule protection de Murat. On concevait, après tout, pourquoi celui-ci l'avait voulu comme chef d'état-major, en Espagne.

Ça, c'était une opération! Un vrai rouage d'horlogerie; cela en avait l'élégance et la précision, depuis le départ de Neuilly jusqu'au résultat désormais indubitable. L'exaltation de participer à ce mouvement si bien mené s'ajoutait à la chaleur que faisait toujours monter en Lucien, comme une griserie cruelle, l'imminence d'un combat. Dans l'âpre saveur de l'instant, il oubliait tout : et la douceur de Violette, et que cet instant serait sans lendemain. Saisi par une sorte de rêve totalement détaché du réel, il se voyait organisant lui aussi, un jour, les brillantes opérations d'un corps d'armée.

Rocquencourt était un minuscule village d'une trentaine de feux. Maisons basses, tassées à un croisement. Toits de chaume et de tuiles. Vieux murs sur lesquels le soleil jouait à travers des bouleaux. A droite, un château dans son parc. En avant, une pente boisée que la route de Saint-Germain-en-Laye descendait pour traverser la vallée. L'autre versant remontait dans la verdure vers Marly.

En approchant, Lucien avait fait prendre l'ordre de bataille et envoyé d'ordonnance, accompagné d'un petit paquet d'éclaireurs, établir le contact avec les hussards, qui devaient être déjà sur place. Ils se trouvaient en effet dans le bois, déployés à droite de la route, au-dessous du château. Les chasseurs, contournant le village, prirent position sur la gauche. Le colonel, ses deux officiers et son trompette se portèrent à la lisière des arbres.

De là, entre les derniers troncs, on voyait s'étirer, sur la blancheur poudreuse de la route droite dans la plaine, toute la division ennemie. C'étaient des hussards brandebourgeois et poméraniens. Les tuniques rouges des uns, bleu ciel des autres, formaient deux masses de couleurs contrastées, éclatantes sous le soleil. Tous portaient le colback noir à flamme jaune ou rouge, mais sans plumet. Chaque peloton montait des chevaux de même robe. Belles bêtes nerveuses, au poil brillant. Les boucles de cuivre des harnachements étincelaient.

– Jolie cavalerie, dit Lucien.

– Quand on pense, remarqua l'officier d'ordonnance avec une joie féroce, que dans un moment ils seront tous plus ou moins morts !

Soulevant une légère fumée de poussière, ils avançaient avec une imprudence inouïe, le sabre au fourreau, en formation de marche, sous la protection illusoire de leurs éclaireurs et de quelques batteurs d'estrade qui couvraient les flancs. Se croyaient-ils tellement forts ? ou n'imaginaient-ils pas qu'il pût y avoir encore des troupes hors de Paris ?...

Lucien les regardait avec étonnement. Non point à cause de cette énorme faute militaire, mais parce que la phrase de son aide de camp l'avait frappé, réveillant en lui le souvenir d'une voix qui égrenait le tragique refrain : « On l'a tué... on l'a tué... on l'a tué. »

Pour la première fois depuis bien longtemps, une troupe

ennemie lui apparaissait autrement que sous la réalité élémentaire de ses uniformes, d'une spécialité, d'un nombre. L'habitude faisait de l'adversaire une entité, matérielle, bien sûr – et même redoutablement matérielle avec ses armes – mais réduite à la notion de son genre et de sa force. Un peloton, un escadron, une brigade, de lanciers prussiens, de hussards anglais, une sotnia de cosaques, un bataillon de chasseurs autrichiens blancs et bleus, une batterie, un régiment d'artillerie hanovrienne, une division russe, des lignes de bataille, des tirailleurs, des colonnes d'assaut ou de marche, des carrés, des assaillants, des fuyards. Des hommes, oh! sans doute, puisqu'il s'agissait de les tuer, qu'on les voyait saigner et mourir, qu'on entendait leurs plaintes. Cela ne leur donnait pourtant pas une personnalité. Ils se confondaient parmi les ordures de la guerre. Tout ce qui est humain a les siennes. Elles n'entament pas la beauté. Un champ de bataille, tel que le voient les vainqueurs, couvert de morts encore frais, en a une, sauvage.

Ce n'était pas les agonies, qu'il évoquait confusément, mais les sentiments attachés à ces hommes, leurs parents, leurs enfants, les femmes surtout, qu'en frappant ces soldats on allait blesser au cœur. Cette vérité si simple, jamais il n'y avait vraiment songé. Aveuglement d'un métier acquis dès la jeunesse; oui, mais aussi parce que, depuis la mort de son père puis de sa mère, il n'était lié à personne, lui. Et le mécanisme de sa fonction demeurait si fort qu'au milieu même de ces réflexions, le colonel en lui n'en pensait pas moins : ils arrivent à bonne distance pour que le choc produise l'effet maximum. Il ne faudrait plus trop attendre.

– Sabre en main, sans bruit, dit-il. Faites passer.

A un quart de lieue de Rocquencourt, le bois des Gressets se prolongeait jusqu'à la route dont il embrassait un tronçon. Les batteurs d'estrade n'avaient pas dû l'explorer bien profondément, car l'arrière-garde prussienne venait de le franchir sans donner le moindre signe d'alerte. Dans le matin tranquille, le claironnement de la charge éclata comme un coup de tonnerre. Les dragons verts et jaunes, au casque enturbanné de peau de tigre, surgirent, vague après vague, général et colonels en première ligne. Dardant leurs lattes, ils fonçaient sur les cavaliers allemands qui avaient à peine pu dégainer. Les pelotons cédèrent, débordant de la route dans les prés pour tenter de former un front. Mais l'arrière des colonnes était déjà disloqué. L'avant-garde et une partie du gros pouvaient seules tenter une manœuvre.

– A nous, dit Lucien.

La charge sonna en même temps chez les chasseurs et chez les hussards. Les deux régiments dévalèrent la pente, surprenant en pleine évolution les escadrons de tête. Lucien entra de fouet dans un paquet de cavaliers et se trouva galopant encolure à croupe avec un jeune rittmester qui lui décochait de vains coups de pointe en arrière. A chaque fois, Lucien voyait sa figure retournée, la bouche entrouverte sous la fine moustache blonde, et l'angoisse dans les yeux. La vie du Prussien n'avait été sauvée que grâce à la rapidité de son cheval, plus frais que celui de son adversaire.

Ce n'était pas un lâche, il ne voulait pas fuir. Il fit une demi-volte. Lucien la contra sur un changement de pied. Lui aussi, il ouvrait la bouche, mais dans un rictus d'assurance cruelle. L'allégresse de la violence l'avait repris. Il courait à présent en diagonale avec le jeune capitaine qui se trouvait mal à l'aise pour frapper sur sa gauche. Il lança le seul coup possible, à la tête. Lucien le para facilement en prime et, rabattant son bancal, tailla au visage, d'un moulinet mortel.

Mais, à l'ultime instant, il avait tourné la main. Ce fut le plat du sabre qui atteignit l'officier poméranien. La force du coup le rejeta sur le côté. Aux trois quarts assommé, il bascula et tomba, roulant dans l'herbe.

L'affaire était déjà finie. Les quelques pelotons qui avaient échappé aux dragons, aux chasseurs et aux hussards, s'abattaient les uns après les autres sous le tir de l'infanterie. Sortie des haies bordant le champ de bataille du seul côté qui semblât offrir une issue, elle était venue fermer le piège. Ses derniers feux de file liquidaient la situation. Des mains françaises brandissaient les étendards des deux régiments. Les tuniques éclatantes faisaient à présent un capricieux semis de couleurs dans la vallée, comme des fleurs écarlates et des fleurs bleu de ciel, ici rassemblées, là éparses, parmi l'herbe. Devant l'infanterie, elles s'alignaient en javelles, avec les protubérances brunes, baies ou noires, des chevaux morts. Des bêtes à l'arçon vide, aux étriers battants, couraient encore. Une quinzaine de cavaliers, au plus, fuyaient, dispersés, vers Saint-Germain. Les trompettes sonnèrent le rassemblement.

Lucien avait arrêté la monture de son adversaire. Il revint à celui-ci qui s'était relevé sur son séant. Il secouait la tête, essayant de se ressaisir. Décoiffé, son colback pendant au bout des cordons passés au cou, il semblait plus jeune, rose et blond, les yeux bleus. Lucien haussa les épaules et mit pied à terre.

– Ce n'est rien, dit-il en allemand. Vous n'êtes pas blessé. Prisonnier. Vous ne le resterez pas longtemps. Allons! à cheval.

Il l'aida, puis, lui tendant son sauve-la-vie :

– Buvez. Ça vous remettra d'aplomb.

– Merci, Monsieur le colonel, articula péniblement le Poméranien dont la joue, bleuie, enflait.

Lucien haussa de nouveau les épaules, et, comme son officier d'ordonnance accourait :

– Tenez, dit-il, conduisez-moi cet ostrogoth au général.

V

De retour au camp vers midi, Lucien alla rendre compte au général Masset. Celui-ci, son dîner fini, faisait un whist avec ses officiers.

– Bon, dit-il. Vous êtes content, vous l'avez eue, votre dernière bataille ! Eh bien ! maintenant c'est au conseil de guerre à parler. Le gouvernement provisoire l'a chargé de dire si oui ou non il faut continuer la lutte. On connaîtra la réponse demain, je présume, s'ils sont capables de prendre une décision. Nous n'avons plus qu'à attendre. Voulez-vous jouer ?

Lucien n'en avait nulle envie. Il sortit et rencontra un groupe de ses camarades qui venaient de prendre leur repas au village. La nouvelle du combat s'était déjà répandue. On lui demanda de conter l'affaire. Il fallut arroser cette victoire. Ce faisant, il apprit que Louis XVIII était à Cambrai d'où il avait, la veille, lancé une proclamation.

– Le Roi-Pot, dit un commandant de lanciers, se pose en sauveur et se propose d'embrasser tout un chacun. Sauf nous. Il y a certain passage qui vaut son pesant du tabac à priser cher à notre monarque. Écoutez, colonel, poursuivit-il en tirant de son dolman une feuille grossièrement imprimée. Hum, hum, voilà : « Nous avons pris le parti d'oublier »..., etc. « Cependant *une trahison dont les annales du monde n'offrent pas d'exemple* »... Rien que ça, hein!... « a été commise. Cette trahison a fait couler le sang des Français, et amené une seconde fois l'étranger au cœur du pays ». N'est-ce pas magnifique? C'est nous qui amenons l'étranger! Sous la plume d'un homme qui écrit du milieu de l'armée anglaise et qui revient pour la seconde fois dans les bagages de Wellington, la chose ne manque pas de saveur, n'est-ce pas? Mais poursuivons. « La dignité du trône, l'intérêt de la France, le repos de l'Europe » – ça, c'est la dictée du Wellington – « ne permettent pas qu'elle » – ladite trahison, bien entendu – « demeure impunie. *Les coupables de cette trame horrible seront désignés par les Chambres, et la justice prononcera.* » Voilà, mon bon. Comme ça, nous savons à quoi nous en tenir. Nous sommes des traîtres, nous serons jugés.

Lucien répondit vaguement. Parlotes de café. Indignations stériles. On rabâchait. Le général avait dit depuis longtemps « les péquins rejetteront sur nous la responsabilité de la guerre ». A quoi bon prendre des airs bravaches et s'exciter en paroles, puisque personne n'était fichu d'agir!

– Écoutez, mon cher : connaissez-vous un maréchal, un général ou n'importe quel homme résolu à nous mener faire quelque chose d'efficace? Je lui apporte mon régiment.

– Il devrait y en avoir un.

– Mais il n'y en a pas. Alors, bonsoir. Je vais me distraire à Paris.

Non sans hésitation, il décida de retourner voir Violette. Auprès d'elle, on oubliait toute cette médiocrité. Au fond, pensait-il en cheminant, nous, soldats, nous ne sommes pas capables de grand-chose hormis nous battre. Dès qu'il n'y a plus personne pour nous conduire!...

Puis ses pensées allèrent vers la jeune femme, devançant

le moment où il serait près d'elle. Une impatience le prit, de la tenir dans ses bras, sans doute, mais aussi de lui dire une certaine chose.

Ce fut Nanon qui parut quand il tira le pied-de-biche. On entendait des accords mélodieux venant de la chambre-salon. La robuste matrone sembla surprise en voyant l'officier. Elle ne lui avait pas fait très bon visage, la veille. Cette fois, elle l'accueillit plus gracieusement.

– Madame va être bien contente de voir Monsieur le colonel.

– Mettez ces fleurs dans un vase, dit-il en lui tendant des roses qu'il venait d'acheter.

Elle lui ouvrit la porte du salon. Violette se leva derrière la harpe, avec une exclamation très vive.

– Lucien!...

Elle reprit son tranquille sourire et s'avança, les mains tendues. Il les baisa longuement. Elle l'entraîna, le fit asseoir à côté d'elle sur le canapé.

– Quelle surprise! Quelle bonne surprise!

Nanon entra, portant les roses.

– Elles sont merveilleuses, dit la jeune femme. Comme c'est gentil d'avoir pris la peine...

– Ce n'est pas moi qui vous les donne, Violette. Je les ai achetées, mais considérez-les comme l'hommage d'un inconnu auquel vous avez sauvé la vie, ce matin.

Il lui raconta le combat de Rocquencourt, heureux maintenant d'avoir tourné son sabre, et il expliqua qu'il l'avait fait à cause d'elle, de ses paroles. Elle l'écoutait, les yeux pleins de larmes, puis elle l'enlaça et il sentit leur sel sur ses lèvres.

– Lucien, murmura-t-elle, Lucien, mon ami, je ne voulais pas vous le dire, mais je ne peux plus. Je vous aime.

Elle se serra contre lui, répétant cet aveu. Et soudain, se reculant :

– Cela ne vous engage pas, croyez-le bien. Vous m'avez

donné plus que je n'espérais, beaucoup plus que je ne vaux. Même si vous partiez à l'instant...

– Il n'en est fichtrement pas question! Ne parlons pas d'un avenir dont je ne peux rien prévoir. On nous menace, mes camarades et moi, de poursuites pour trahison, de jugement. Qui sait ce que nous deviendrons demain! Cela ne me change pas tellement, d'ailleurs : l'existence du soldat, c'est l'incertitude. A l'aube, en te quittant, j'étais à cent lieues d'imaginer que j'allais me battre. Je n'aurais pas non plus osé me flatter de retrouver si vite ma délicieuse compagne de la nuit, ajouta-t-il en l'attirant.

– Tu sais, dit-elle entre leurs baisers, si je ne t'avais pas aimé, je ne me serais pas donnée à toi comme ça. Même pour te remercier de Bondy.

Ce mot, brusquement, ressuscita en lui une image dont la persistance lui parut surprenante maintenant qu'il en avait pris bien d'autres de Violette. Il ne s'arrêta point à y réfléchir.

– Comment! s'exclama Violette avec une moue mutine. Vous êtes donc infatigable, colonel!

– Parbleu! Et puis je ne pourrai pas rester. Il faut que je rejoigne le quartier ce soir.

Il soupira néanmoins avec elle et s'y attarda, mais il tenait à être au camp lorsque la décision du conseil de guerre y parviendrait.

La nuit, tiède, était close quand il partit. Cependant, tout au long du chemin il croisait ou dépassait des aides de camp au long plumet, des officiers généraux, des voitures civiles. Les lanternes d'un équipage éclairèrent les traits de deux cavaliers en carrick qui rentraient à Paris; l'un était le vieux Carnot. A La Villette, le quartier général restait éclairé, entouré de chevaux, de voitures. Des officiers d'escorte attendaient en fumant et buvant sous les arbres. On avait posé des lanternes sur les tables. Les chauves-souris menaient un vrai carrousel. Le propriétaire du Petit Jardinet devait faire fortune.

Ce fut seulement le lendemain, 3 juillet, que l'on connut la décision du conseil de guerre. Négative, bien entendu. Déjà des parlementaires – outre ceux qui négociaient depuis longtemps en sous-main avec Wellington – étaient partis, disait-on, au camp de Blücher, maintenant à Saint-Cloud.

La relevée et la soirée se passèrent dans une morne attente, chacun consigné à son poste. Désormais, la capitulation ne faisait plus de doute. On ne pouvait guère, non plus, se leurrer sur ses conditions.

La nuit vint. Le camp entra tardivement dans le silence sur lequel couraient, comme des rides à la surface d'une eau, ses petites rumeurs familières. Lucien, ne trouvant pas le sommeil, sortit de sa tente. La nuit était grise. Les gardes du drapeau montaient leur faction autour de l'étendard, à la lueur d'un falot. La température s'était adoucie et le ciel un peu couvert. Des nuages moutonneux, éclairés en dessous par la lune basse sur l'horizon, glissaient lentement vers l'est. Au loin, le canal Saint-Denis luisait dans l'obscurité de la plaine. Partout clignotaient les lumières des bivouacs ennemis. Lucien jura entre ses dents. Quelle monstrueuse absurdité ! Une situation que personne n'a voulue, à la création de laquelle tout le monde a pourtant collaboré, et contre laquelle nul ne peut plus rien !...

Dans la matinée, il vaquait avec le capitaine Levesque aux soins du régiment, quand arriva l'ordre, tout sec, d'abattre immédiatement les tentes et de se porter, au complet, avec le bagage, à la barrière d'Enfer. Aucune explication.

Les trompettes des unités voisines sonnaient. Il semblait donc que toute la brigade, sinon la division, dût faire mouvement.

Quand ils se furent mis en route, longeant, comme la veille, le rempart, ils se rendirent compte que l'armée entière, des buttes Chaumont à Neuilly, était en marche. Par tous les chemins parallèles aux fortifications, des colonnes d'infanterie, de cavalerie, des détachements d'artillerie, des groupes du train, affluaient vers la colline chauve de Chaillot, décapitée pour y construire au roi de Rome un palais qui n'avait pas eu le temps de sortir du sol. Elle grouillait d'uniformes, sans éclat par ce jour terne et mou.

Le grand état-major était-il revenu sur son avis? Se décidait-il à livrer bataille? Une telle concentration l'eût donné à croire. Les troupes en semblaient convaincues. Elles arrivaient avec prestesse, se resserraient et descendaient lentement le long de l'enceinte, pour franchir la Seine, les unes par le pont d'Iéna, les autres par un pont de bateaux accolé aux piles du premier.

Dans une brume de poussière, les chasseurs traversèrent le Champ-de-Mars où la grosse cavalerie de la garde et les grenadiers avec leur artillerie bivouaquaient devant l'ancienne École des cadets. Par-delà les rangs d'un bataillon de voltigeurs qui progressaient devant Lucien, celui-ci apercevait, au-dessus des shakos, le bleu clair des hussards, et, sur le côté, derrière des dragons étrangers à la division, le fanion du général Masset. On avançait maintenant vers le quartier de Vaugirard. Dans ces avenues ouvertes au milieu de terrains vagues, de jardins maraîchers, de maisons clairsemées, les détachements pouvaient manœuvrer en marche, pour se grouper par corps.

A la barrière d'Enfer, Lucien, voyant le général campé devant l'un des deux pavillons à arcades qui encadraient la route d'Orléans, s'avança pour demander des ordres.

– Je n'en ai pas, lui fut-il répondu. Faites comme moi : attendez.

– Allons-nous donner la bataille?

– Décidément, mon pauvre Montalbert, vous avez l'espoir tenace! Je présume que la capitulation est signée, tout simplement : nous abandonnons Paris. Sortez et arrêtez vos hommes.

Aussi loin que l'on pouvait voir à droite et à gauche sur le pourtour de l'enceinte, les régiments passaient les grilles. Toute la cavalerie légère de la garde était réunie au milieu des autres troupes, formée sur les fanions de ses chefs de brigade. Celui du général de division se dressait en avant de la barrière d'Arcueil, à cinq cents pas environ sur la gauche. Entre les routes qui piquaient droit dans la campagne plate, bordées çà et là d'auberges et de quelques fermes, on avait élevé de forts retranchements de terre, défendus en outre par les fossés.

Des escouades du génie étaient en train de combler ceux-ci par endroits pour faire de larges passages. Les artilleurs descendaient des plates-formes les pièces et les attelaient. Il était onze heures moins le quart.

– On pourrait peut-être, suggéra le major, faire manger les hommes. Ils ont leurs provisions individuelles.

– Assurément.

Le temps coulait, on ne bougeait pas. Les troupes commençaient à bourdonner. Que se passera-t-il, se demandait Lucien, quand elles s'apercevront que l'on quitte Paris ? Si le général ne se trompe pas. Et pour aller où ?... Il regardait ses soldats, auxquels Levesque avait fait mettre pied à terre. Leur repas sur le pouce déjà terminé, ils discutaient, la bride au coude.

Le ciel n'avait pas cessé de se couvrir. Une bruine impalpable tombait maintenant, rétrécissant l'horizon plat. Soudain, un groupe de chapeaux bordés apparut, galopant sur le front des retranchements. Une rumeur courut :

– Le généralissime.

C'était en effet le maréchal Davout qui arrivait avec le grand état-major. Il s'arrêta au centre, en avant de la brigade, pas très loin. Lucien, le vit, plus sévère que jamais, donner des ordres.

Les trompettes, les clairons, sonnèrent partout. Les divisions passèrent le fossé et, par les routes de Châtillon, d'Arcueil, de Gentilly, probablement aussi de l'autre côté de la Bièvre, elles se mirent en marche vers l'horizon bouché.

~

Il ne fallut pas longtemps aux soldats pour se rendre compte qu'on ne les menait pas combattre. Cependant la présence du maréchal Davout, à leur tête, leur évita les tentations de la fureur ou du désespoir. On ne pouvait suspecter l'inflexible défenseur de Hambourg, le plus fidèle soutien de l'Empereur. Et l'on voyait avec quel chagrin il se soumettait à cette capitulation – assurément inévitable puisqu'il s'y résignait. On sut aussi, par ses officiers, qu'il avait abandonné le ministère de la Guerre pour lier son sort à celui des troupes.

Comme Lucien s'y attendait, il y eut des explosions de colère, des grincements de dents, mais tout désordre grave fut évité. L'exaspération trouva un exutoire dans de violentes bousculades infligées aux Prussiens. Leurs divisions qui surveillaient la retraite, ayant un peu trop pressé l'arrière-garde, celle-ci se retourna et les convainquit rudement de garder leurs distances. On ne les revit plus.

Débarrassée mais morne, l'armée se dirigea partie sur Tours, Blois, Beaugency, partie sur Orléans, Châteauneuf et Gien, afin de tenir sa ligne derrière la Loire. Le centre, où se trouvait toute la garde, atteignit Orléans le troisième jour, sur les quatre heures de relevée. On traversa le fleuve, on s'arrêta dans un faubourg que la plupart des habitants avaient évacué pour se renfermer dans la ville. Le pont fut barricadé en son milieu; une forte artillerie, braquée à la sortie et sur la rive nord. Puis, une fois les cantonnements établis dans les bâtiments abandonnés, il n'y eut plus rien d'important à faire.

Les problèmes d'approvisionnement, d'organisation administrative, ne manquaient pas, mais ils incombaient, dans chaque régiment, au capitaine adjudant-major et à ses subordonnés.

La pensée de Lucien, désœuvré, se retourna vers Violette. En quittant Paris, il avait fugitivement regretté de ne pouvoir la prévenir et lui faire ses adieux. Il lui écrivit, lui expliquant ce qui s'était passé. Elle lui répondit aussitôt. Il fut surpris du plaisir qu'il éprouva en lisant sa lettre. C'était elle-même, vivante dans la spontanéité de son expression. Il s'imaginait l'entendre, avec sa voix changeante, tantôt grave, tantôt mutine. Elle ne lui parlait pas d'amour, mais de Paris, soudain glacial, où les Cosaques campaient sous les arbres des Champs-Élysées et où les Prussiens faisaient sécher leur linge aux grilles des Tuileries, – du tortueux Fouché qui avait, disait-on, sauvé l'Empereur en l'expédiant de Rochefort en Amérique, à la barbe des Anglais, et qui se présentait à la commission exécutive comme ministre de Louis XVIII.

« A croire », ajoutait-elle, « que l'affreux massacre de Mont-Saint-Jean (à propos, on l'appelle maintenant, avec les Anglais, bataille de Waterloo) n'a eu lieu que pour la gloire personnelle de M. le duc d'Otrante. Cela, mon ami, ne suffirait-il pas à vous guérir de votre goût pour les tueries ! »

Elle annonçait aussi l'entrée du roi, fixée au 8. Lucien connaissait déjà la nouvelle, pour l'avoir vue dans *le Moniteur*. Il le lisait chez le traiteur de la Grand-rue, où de nombreux officiers prenaient leurs repas et jouaient au billard. Cette annonce, comme celle de la dissolution des Chambres, qui consacrait définitivement la ruine de leurs anciennes espérances, les avait trouvés insensibles. Au-delà d'un certain degré de lassitude, on ne réagit plus.

Ils demeurèrent non moins indifférents lorsque, ce même 8 juillet où Louis XVIII réintégrait les Tuileries, les troupes alliées occupèrent Orléans. Lucien en ressentit toutefois une pénible impression, dont il se délivra dans sa réponse à Violette.

« J'ai assisté ce matin », lui confia-t-il, « à un spectacle assez répugnant. D'abord, comme nous arrivions à notre pension, vers neuf heures, pour déjeuner, l'honnête traiteur, revêtu de ses plus beaux habits, nous a glorieusement déclaré : Messieurs, je ne puis plus vous servir. Ce sont les officiers alliés qui s'attableront ici dans un instant. Mille regrets mais j'ai des ordres. Au demeurant, il ne vous sera plus permis de rentrer en ville.

» Vous avouerai-je que j'avais – je n'étais pas le seul – bonne envie de tailler la figure à ce courtaud de lèchefrite. Enfin, nous sommes des vaincus, n'est-ce pas ! Bon. Avec cet amer brouet pour tout potage, nous retournions vers nos quartiers lorsque nous entendîmes crier : « Les Cosaques !... » C'étaient des Poméraniens, tout simplement, des lanciers. Ils avançaient en bataille, au petit pas, occupant la rue dans sa largeur, refoulant ainsi devant eux la foule endimanchée qui, alignée sur les trottoirs, agitait drapeaux blancs et mouchoirs en criant à plein gosier : Vive nos bons alliés !

» Nonobstant quoi, les chers bons la poussaient fort bien, et ils auraient écrasé sans vergogne femmes et enfants contre nos barricades, si nous ne les avions entrouvertes. Quand le dernier de ces pauvres imbéciles fut passé, les cavaliers du roi de Prusse se sont trouvés devant nos canons. Alors ils ont fait demi-tour pour installer leurs factionnaires au bout du pont. Nous avons confisqué les drapeaux blancs, nous les avons jetés dans le fleuve, et bonsoir, rentrez chez vous. Personne n'a soufflé mot.

» Je ne sais ce qui était le plus odieux, l'obséquieuse frivolité de ces bourgeois acclamant nos ennemis de vingt ans, ou le mépris insultant de ces soldats pour un peuple qu'ils prétendent libérer. »

Une seule chose réveilla, pour la dernière fois, la passion chez Lucien et ses camarades. Ce fut d'apprendre qu'au contraire de ce que l'on avait cru, et du désir de Fouché, Napoléon, refusant de partir pour l'Amérique, venait de se confier aux Anglais.

– Quelle inconcevable aberration! s'écria Arnaud.

Ils demeuraient tous atterrés.

– Si c'est vrai, dit un chef d'escadron du 6e hussards, il faut que le malheureux ait perdu l'esprit!

– Ça, gémit un autre officier, c'est la lie du calice! L'homme à qui nous avons tout sacrifié, pour qui des millions d'entre nous sont morts, que nous étions prêts, hier encore, à défendre envers et contre tous, aller se mettre entre les mains les plus acharnées contre lui et nous, les plus haïes! Ça, ça!...

– C'est peut-être sagesse, remarqua doucement le capitaine Levesque. Les Autrichiens, les petits princes du Nord, les Russes, ne désiraient sans doute pas spécialement sa mort, mais les Anglais et les Prussiens voulaient le tuer. Il le savait fort bien. Quant aux royalistes, inutile d'en parler. En se confiant aux Anglais, il leur a rendu cet acte impossible. Alors que, fuyant en mer, il leur fournissait la plus belle occasion d'en finir avec lui sans histoires. On coule tout naturellement un forceur de blocus, et l'on se trouve en droit de dire : nous ignorions la présence de Napoléon à bord.

– Eh bien! riposta violemment un colonel de dragons, c'est justement pourquoi il devait partir! Avons-nous songé à ménager nos vies quand nous le servions! C'était son tour de sacrifier la sienne pour montrer à l'Europe l'Angleterre sous son véritable visage. Le vertueux empereur de Russie n'y aurait pas résisté. Celui d'Autriche ne pouvait se rendre complice des assassins de son gendre. La coalition s'effondrait. Nous aurions beau jeu à présent des Anglais et des Prussiens, seuls, privés de prétendre qu'ils ne font pas la guerre au peuple français!... Oui, en vérité, trahis par tout le monde, il ne nous manquait que de l'être encore par notre propre idole.

Plusieurs officiers s'avancèrent en tumulte. L'un d'eux lança au blasphémateur :

– Colonel Rambeau, n'était cette croix que nous savons bien gagnée, c'est vous que j'appellerais traître.

Le dragon mit la main à sa Légion d'honneur pour l'arracher, quand Arnaud lui saisit le bras.

– Mes camarades, mes camarades, allons! Si les royalistes nous voyaient! Ces violences se comprenaient au café Lemblin, l'année dernière. Mais entre nous!...

– Messieurs, dit en se levant Lucien qui était resté pendant tout ce temps à califourchon sur sa chaise, permettez-moi un mot. Vous avez tous raison. L'Empereur est un homme de génie, mais c'est un homme. Gardons le souvenir de ce que nous avons fait de grand avec lui et ne revenons pas sur ce que nous ne pouvons plus changer. Que cela nous apprenne à ne plus nous donner de maître, si admirable soit-il. Quant à moi, j'en fais serment, je n'aurai désormais que des maîtresses.

Peu après, le quartier général fut transféré à Bourges avec une partie des troupes, dont le 1er chasseurs, séparé de la brigade. Lucien passa une quinzaine mortelle à faire faire des exercices qu'il commandait sans conviction et que l'on exécutait de même, à promener ses chevaux, à jouer au billard, à essayer de se distraire avec des filles de café. Elles étaient hélas d'une pauvreté qui raviva en lui le souvenir puis le regret puis le désir de Violette.

Leur correspondance se poursuivait. Lucien n'était guère épistolier – à qui d'ailleurs eût-il écrit? – mais il n'avait pas d'effort à faire pour raconter à Violette ses pensées ou ses occupations. Elle-même lui parlait par la plume avec une telle spontanéité qu'il n'hésitait pas à lui rapporter, sans chercher à tourner des phrases, les menues choses de sa vie : propos de table d'hôte, scène caractéristique saisie sur le vif, souvenirs de campagne. Ou bien il évoquait des images d'elle. « Ce joli pli que font vos cheveux sur votre front... » Ou « Imaginez-vous qu'avant de vous revoir au Lemblin, je vous croyais les yeux violets... »

C'était lui qui, insensiblement, en venait à parler presque d'amour. Et il se rendait compte que ce besoin, sans cesse plus évident, de se trouver avec elle, n'était pas seulement une exigence du désir.

~

Le maréchal Davout dut bientôt céder son commandement au maréchal MacDonald qui vint liquider l'armée de la Loire. Son licenciement avait été résolu dès le 16 juillet. On devait commencer par les régiments de cavalerie, en premier lieu par la garde. A la fin du mois, le capitaine Levesque reçut l'ordre de fournir un état des hommes, en indiquant leur département d'origine.

Dans les premiers jours d'août, Lucien, mandé au grand quartier, fut introduit auprès d'un divisionnaire inconnu, portant un uniforme blanc non moins inconnu. On eût dit un général autrichien. C'était un des inspecteurs généraux chargés par l'ordonnance royale du 16 d'épurer les corps et de constituer une armée nouvelle.

– Colonel, dit-il, je vous informe que votre régiment est dissous. Une partie de l'effectif va recevoir son congé. Le reste sera incorporé dans les légions départementales destinées à remplacer les anciens corps. Les officiers, jusqu'au grade de capitaine inclus, sont mis en disponibilité à demi-solde. Une résidence leur est assignée; ils doivent s'y rendre immédiatement. Seul, votre capitaine adjudant-major reste en service. Il procédera, avec mes commissaires, à la liquidation administrative.

– Oui, général.

Celui-ci eut un mince sourire.

– On dit maintenant : Monsieur le général. Mais peu importe. En ce qui vous concerne personnellement, colonel, votre résidence, jusqu'à nouvel ordre, sera Limoges. Vous avez vingt-quatre heures, à partir de minuit, pour gagner cette ville. Voici votre feuille de route. A l'arrivée, vous la remettrez à la police et vous déclarerez le lieu de votre domicile. Votre présence sera vérifiée chaque jour. Tout cela est fort déplaisant, je le sais et je le regrette. Vous concevrez assurément que le gouvernement de Sa Majesté ne peut éviter de prendre certaines précautions. C'est là un minimum.

– Oui, Monsieur le général, dit Lucien impassible. Et il ajouta : Me serait-il permis d'offrir ma démission ?

– Non, répondit l'inspecteur qui se tenait debout derrière son bureau. Je ne saurais l'accepter. Au demeurant, vous auriez tort de la donner. Ne cédez pas à un mouvement d'humeur. Je connais vos états de service, colonel, y compris les derniers. Vous ne resterez pas longtemps sans commandement – ni peut-être sans promotion.

– Merci, Monsieur le général. Mais je ne désire pas continuer à servir.

– Vous êtes pourtant des nôtres, Monsieur de Montalbert. Enfin, vous agirez comme il vous plaira, plus tard. Pour le moment, vous restez soldat et soumis à la discipline. En sortant d'ici, vous regagnerez aussitôt votre quartier, vous prendrez deux pelotons comme escorte, vous réunirez la garde de l'étendard et vous viendrez le remettre entre les mains du maréchal lui-même. Soyez sans crainte, les drapeaux des régiments dissous seront conservés avec tous les honneurs qui leur sont dus.

VI

Le lendemain soir, Lucien arrivait à Limoges. Son cabriolet de poste le déposa devant l'étroite cour des Messageries, à l'angle d'un boulevard montant, planté d'arbres, et d'une petite place ronde.

Les toits de tuiles, les cordons de briques ornant les façades crépies, prenaient un ton vif dans la lumière qui déclinait. Au centre, le soleil incendiait un réverbère suspendu à sa potence sur un haut socle de granit. Trois rues débouchaient entre les pâtés de maisons. Un autre boulevard descendait vers une esplanade dont on apercevait à quelque distance les verdures. Derrière elles, au loin, se relevaient des coteaux d'un bleu sourd. Il faisait très chaud.

D'un air perplexe, Lucien considérait tout cela tandis que l'on déchargeait ses cantines, mais déjà un homme en blouse, poussant une brouette, s'avançait.

– Mon officier veut faire porter son bagage?

Contraint de quitter l'uniforme, Lucien avait acheté hâtivement, chez un fripier, à Bourges, un chapeau et une redingote sous laquelle il conservait sa culotte de peau avec ses bottes. On devinait aisément ce qu'il était. Le commissionnaire le mena, par une rue fort en pente, à un certain hôtel de la Biche dont il lui promettait monts et merveilles. Du moins y trouva-t-il une chambre assez propre, qui lui rappela celle de Violette, car elle comportait un lit de milieu dans une alcôve. Il l'arrêta et se fit aussitôt indiquer le poste de police.

Le soir même, à la chandelle, il commença une lettre pour Violette. Il s'interrompit dès les premières lignes, désemparé. Après tout ce que l'on avait pu craindre de la réaction royaliste, il s'en tirait apparemment fort bien par cette simple mise en résidence surveillée; mais, au contraire de Crémieux, le peloton d'exécution l'eût moins effrayé que cet infini de jours vides devant lesquels il se trouvait maintenant sans rémission.

La cloche d'une église, non loin, sonnait les heures, les demies et les quarts. Elle lui donnait conscience du temps qui s'écoulerait dans une disponibilité, une inutilité épouvantables. C'était bien pis que l'année précédente. On avait alors l'espoir de voir revenir l'Empereur, un jour. A présent, rien à espérer. Il n'y avait même plus, comme ces jours derniers, l'attente de la fin, ce qui était encore une manière d'occupation. – plus de modestes besognes régimentaires, plus de chevaux à promener, plus rien que le vide. Habitué, pendant vingt-trois ans, à dépendre, inclus dans un cycle d'ordres reçus et donnés, la liberté, pour lui, c'était l'arrêt de la vie, l'indépendance, le néant. Au milieu de son univers noyé, un seul pôle émergeait, capable d'aimanter des sentiments, des désirs, des actes : Violette.

Le lendemain matin, il acheva sa lettre, s'efforçant de décrire sur le mode ironique la solitude et le désarroi du guerrier transformé brusquement en péquin, gêné de ne plus sentir le poids du sabre, inaccoutumé à la raideur d'un chapeau, baissant la tête en passant les portes, afin de ne point casser un plumet... absent.

Il n'était pas assez habile épistolier pour donner le change. Son angoisse perçait sous les plaisanteries.

Après avoir déjeuné, vers dix heures, il sortit pour aller déposer son message à la poste aux lettres qu'il découvrit dans le bas de la ville, comme l'hôte le lui avait indiqué, près d'un assez joli arc ornemental appelé porte Tourny. Non loin de là, il trouva un tailleur par lequel il fit lever un costume dans une pièce de drap convenable mais pas trop chère; il lui faudrait à présent surveiller sa dépense. Puis il passa se présenter au poste de police.

Le scribe auquel il avait, la veille, remis sa feuille, l'informa poliment que M. le commissaire désirait avoir la faveur de l'entretenir, un instant. Lucien acquiesça. Il fut introduit, et très courtoisement reçu. Le policier, un homme d'une cinquantaine d'années, un peu lourd, semblait bon vivant et dénué d'intentions tracassières.

– C'est un honneur, dit-il, d'avoir parmi nous un glorieux soldat de Waterloo. Vous savez, Monsieur le colonel, nous ne sommes point partisans. A Limoges, on ne s'est passionné ni pour l'Empereur ni pour Louis XVIII. La bourgeoisie se soucie peu de l'un ou de l'autre. La noblesse a vu avec plaisir revenir le roi. Elle n'aurait cependant pas pris les armes pour l'aller chercher. Ce n'est pas comme dans le Midi. Il paraît que ça y chauffe dur. Les couteaux sont tirés; il régnerait une nouvelle terreur, mais blanche, cette fois. Ici, rien à craindre de ce genre. Chacun ne demande qu'à mener tranquillement son train.

Il observa son visiteur. Puis :

– Franchement, Monsieur le colonel, je suis gêné de voir un officier plein d'honneur se présenter au poste comme un repris de justice. Si vous vouliez me donner votre parole de ne pas quitter la ville, nous pourrions, je crois, vous éviter ces corvées.

– Ma foi, Monsieur, c'est avec gratitude que je vous la donne. Vous n'aurez pas à regretter votre confiance, soyez-en sûr.

Ils causèrent cordialement pendant une demi-heure. Le

commissaire apprit à Lucien l'arrestation de Ney qui s'était caché en Auvergne. On allait le traduire devant un conseil de guerre. Il avait peu de chance de sauver sa vie.

– Monsieur, dit Lucien en se levant pour partir, j'en suis à déplorer de ne plus me rendre ici, et de perdre le plaisir de vous voir.

– Très flatté. Mais l'occasion de nous rencontrer ne manquera pas. Surtout si vous aimez le whist, les échecs ou le billard. Il y a sur le boulevard de la Promenade un café où se réunit chaque soir une compagnie d'honnêtes gens. Nous serons heureux de vous compter parmi nous.

Dans les jours qui suivirent, Lucien s'efforça de s'organiser une existence. Il se levait le plus tard possible, sans parvenir à demeurer au lit après six heures. Son déjeuner avalé, il traînait à sa toilette, puis sortait faire le tour des boulevards. Ils étaient larges, agréablement plantés d'arbres. Seulement, il n'y avait pas grand-chose à voir, hormis, parfois, une jolie silhouette aux chevilles nerveuses serrées par les rubans de la pantoufle, aux bras nus, ou bien un cavalier dont la vue rappelait péniblement à Lucien qu'il était démonté pour longtemps.

Il rentrait dîner, allait boire sa demi-tasse dans un établissement de la place Royale, en lisant ou relisant *Le Moniteur* – celui-ci n'arrivait que tous les sept jours – et *Les Annales de la Haute-Vienne*, qui paraissaient deux fois par semaine. Les heures de relevée s'avançaient ainsi, lentement.

Il descendait alors arpenter l'esplanade dont, le soir de son arrivée, il avait aperçu, depuis la place Dauphine, les jeunes frondaisons. Elle se trouvait hors de la ville, au milieu de jardins maraîchers et de prairies où paissaient des vaches. Sa double bordure d'arbres la séparait seule de la campagne environnante. Des compagnies de la 84e Légion, en formation, venaient y faire l'exercice. Elles portaient un shako de feutre noir, avec la plaque de cuivre aux armes royales, comme le hausse-col des officiers. L'habit blanc, qui semblait être décidément l'uniforme commun à toute la nouvelle armée – absurde! estimait Lucien, il n'y a rien de moins militaire, de plus salissant – se distinguait par des passepoils, revers et parements lie-de-vin. Les soldats, les gradés, étaient tous des troupiers aguerris. Ils manœuvraient non point pour apprendre à obéir mais pour entraîner les jeunes officiers à commander.

Mêlé à quelques badauds, Lucien usait le temps à ce spectacle, puis il regagnait l'hôtel de la Biche pour souper. Après quoi, il allait, certains soirs, au café de la Promenade faire sa partie d'échecs ou de billard avec le commissaire et ses amis : des robins, dont un magistrat de la Cour prévôtale, des négociants, le secrétaire de la préfecture, le colonel de la Légion. C'était un homme de quarante-deux ans, ni émigré ni même noble. Il s'appelait tout simplement Pierre Durand.

– Montalbert! dit-il quand le commissaire les présenta l'un à l'autre. Nous avions un général de ce nom lorsque je me suis engagé au régiment d'Aquitaine, en 89. Henri de Montalbert, s'il m'en souvient bien.

– C'était mon père.

– Par exemple! Doublement enchanté de vous connaître, mon cher camarade. Je me suis souvent demandé ce qu'était devenu le général. Nous l'aimions bien. Nous l'avons perdu quand les anciens régiments royaux ont été fondus dans les demi-brigades. J'ai pensé qu'il avait émigré.

– Pas du tout, répondit Lucien. Il avait passé de l'armée de Moselle à l'armée du Nord, sous Houchard, et il a été tué à Hondschoote juste avant la déroute anglaise.

Comme Lucien, le colonel Durand avait conquis ses grades sous la République, le Directoire, le Consulat et l'Empire. Il gardait cependant une sympathie pour l'enseigne blanche, son premier drapeau. Ayant volontiers prêté serment à Louis XVIII après l'abdication de l'Empereur, il était resté fidèle à sa parole, pendant ce que l'on commençait d'appeler les Cent-Jours, selon le mot employé par le préfet de la Seine dans son discours au souverain revenu. C'est pourquoi Pierre Durand commandait à présent la Légion de la Haute-Vienne. Il ne ressemblait à rien moins qu'à un royaliste farouche.

– Si je regrette quelque chose au monde, dit-il, c'est bien d'avoir manqué Waterloo !

Ces soirées s'écoulaient vite. Mais Lucien ne voulait point, en les multipliant, abuser de la bienveillance qu'on lui témoignait. Et puis, il ne se sentait pas tellement à l'aise, malgré tout. L'amabilité de ces braves gens, sa résignation, à lui, pouvaient buter à l'improviste sur quelque propos irréfléchi.

Il attendait toujours une lettre de Violette. Elle ne se pressait pas de répondre, cette fois. Celle qu'il lui avait écrite était, il est vrai, restée à la poste pendant sept jours. Le courrier de Paris ne partait de Limoges qu'une fois par semaine : le vendredi, jour où lui-même avait débarqué place Dauphine. Il n'arrivait aussi qu'une fois : le lundi. Il fallait donc patienter encore. Il commença une autre missive dans laquelle il décrivit à la jeune femme la ville et l'accueil qu'il y recevait. Il ajoutait page après page, ne se pressant pas de terminer. C'était le meilleur passe-temps.

Un soir, comme il rentrait à l'hôtel de la Biche avant le souper, la servante, grosse fille réjouie, lui dit qu'un paquet venait d'arriver pour lui et l'attendait dans sa chambre.

– Un paquet !

– Oui. De Paris.

Le servante avait un air bizarre, moitié finaud moitié amusé. Elle refoulait visiblement son envie de rire.

Il monta, ouvrit la porte. Violette était assise dans l'unique fauteuil. Elle se leva et, comme Lucien demeurait muet de stupeur :

– Ai-je eu tort? dit-elle avec cette moue qui la rendait si charmante.

– Bien sûr que non! s'écria-t-il en lui tendant les bras. Mais c'est à peine croyable.

Quand il la relâcha un peu, elle lui expliqua qu'elle n'avait pu résister à l'envie de le rejoindre.

– En lisant votre lettre, je vous ai senti si malheureux! Sans cela, je ne me serais pas permis de venir vous retrouver. J'ai pensé que je vous aiderais peut-être...

Il l'interrompit.

– Violette! Vous n'allez pas, en plus, vous excuser, alors que vous me faites le plus grand plaisir.

– Vrai? Dans ce cas, je suis bien heureuse, mon ami... Je me demandais si, depuis votre lettre, vous n'auriez pas trouvé ici quelque personne pour vous tenir compagnie.

– Vous voyez, dit-il en riant. Je n'y ai même pas songé. Je n'ai fait que vous écrire et m'ennuyer mortellement. J'ai bien besoin que vous m'appreniez à vivre.

Dès ce soir, tout changea pour lui. Cette existence qu'il avait tant de peine à remplir de misérables passe-temps, la grâce, les rires, les curiosités de Violette, ses baisers, sa passion tendre et discrète, la comblèrent. Ces multiples plaisirs après des jours si mornes, faisaient oublier à Lucien ce que Violette ne pouvait lui donner. La nouveauté d'une expérience toute nouvelle effaçait en lui le malaise de l'officier sans troupes, du soldat sans uniforme, du cavalier sans cheval.

Il lui avait paru expédient de faire passer, à l'hôtel, Violette pour sa femme. Peut-être eût-il été prudent de ne pas trop s'afficher, mais on ne pouvait point tout de même se cloîtrer dans une chambre. Surtout par cette belle fin d'été. Ils sortaient ensemble, évitant les quartiers animés, les rues commerçantes du centre. Dans la ville basse, ils découvraient de pittoresques dédales dont les ruelles semblaient n'avoir guère changé depuis le Moyen Age.

Certains jours, ils descendaient aux bords de la Vienne. Au-delà des vieux ponts bossus, il y avait des coins de verdure bien charmants pour des amoureux.

Une fois, entraînés par la curiosité de la jeune femme, ils allèrent au spectacle, après le souper, à sept heures. C'était tout près de la rue des Combes, où se trouvait l'hôtel de la Biche. On traversait la minuscule place des Barres, simple patte-d'oie entre des maisons de torchis. Au milieu, une fontaine dressait sa pyramide verdie, sommée d'un réverbère. Puis, par une pente extrêmement abrupte, on montait vers une des anciennes entrées de Limoges : le portail Imbert, à présent simple porche réunissant deux habitations, mais qui conservait les corbeaux de sa bretèche. Sitôt franchi cette épaisse voûte, on tournait à gauche pour prendre la rue de la Comédie.

La salle était vieille et trop petite pour une cité de quinze mille habitants. Des acteurs ambulants y donnaient un mélodrame. Le lustre, les chandelles alignées en rampe derrière leurs réflecteurs de tôle, ajoutaient leur chaleur à la touffeur de l'atmosphère. Les dames s'éventaient, les messieurs s'épongeaient. Chacun n'en suivait pas moins la pièce avec conviction. Aux entractes, on détaillait les toilettes. Celle de Violette, ravissante dans sa blancheur vaporeuse, et dont la simplicité même avait un cachet parisien, attirait les regards, provoquant des questions féminines, auxquelles répondaient les habitués du café de la Promenade. Le couple, au cours de ses incursions dans une ville où tout le monde en venait inévitablement à se rencontrer dans les rues, croisait journellement, malgré toutes les précautions, l'un ou l'autre de ces messieurs. Certains avaient déjà fait à Lucien compliment de la « délicieuse Mme de Montalbert ». Ceux d'entre eux qui étaient mariés formuleraient peut-être bientôt des invitations embarrassantes. Lucien eût volontiers renoncé à leur compagnie, mais Violette, craignant qu'il ne se lassât de la sienne si elle était trop exclusive, le forçait gentiment à continuer d'aller faire avec eux, de temps en temps, sa partie.

Un soir – le surlendemain de la représentation –, le commissaire, quittant le café avec Lucien, lui prit familièrement le bras tandis qu'ils regagnaient tous deux le centre de la ville par les rues du Canard et de l'Arbre-Peint, et lui dit :

– Mon cher colonel, j'ai une commission bien désagréable à vous faire. Vous le savez, n'est-ce pas, une consigne est une consigne. Si je ne la remplis pas, moi, on vous l'appliquera d'une façon encore plus déplaisante. Il s'agit de la toute charmante personne qui vit avec vous. La préfecture n'ignore pas, vous le pensez bien, qu'il n'existe aucune Mme de Montalbert.

Ils marchaient au milieu de l'étroite rue. Les façades noires s'écartaient à peine sur un capricieux ruban de ciel clouté de trois ou quatre étoiles. Les murs ventrus, où le bois se mêlait au torchis, renvoyaient l'écho des pas et le murmure des paroles. Une enseigne de fer grinçait au vent.

– Je comprends fort bien, poursuivait le commissaire, qu'une présence féminine vous soit utile pour ne point mourir d'ennui, ici, dans votre désœuvrement. Seulement, vous êtes officier, un officier supérieur, et très en vue dans les circonstances actuelles. Alors voilà. Je suis chargé...

– Par qui ? demanda Lucien, bouillant.

– M. le Préfet en personne. C'est un homme assez tolérant sur certains points, mais intraitable sur des questions comme celle-ci. Élevé par les jésuites, il a les idées les plus étroites en ce qui concerne...

– Eh ! que m'importe ! Je ne dépends pas de lui.

– Si, hélas ! Pour l'instant, dit doucement le policier. Peut-être plus pour longtemps, d'ailleurs. C'est ce qui, mon cher ami – permettez-moi cette appellation –, c'est ce qui me rend un peu moins pénible de vous soumettre la suggestion suivante.

– Je vous écoute.

– Eh bien, *Mme de Montalbert* pourrait être incessamment rappelée à Paris, soit par des intérêts urgents soit par une maladie de sa mère ou toute autre raison qui vous conviendra. Cela nous éviterait des mesures extrêmement déplaisantes pour vous, pour moi et plus encore pour elle. J'ai obtenu d'y surseoir, mais vous comprenez que si je me refusais à les prendre on les ferait exécuter par-dessus mon dos, tout simplement.

Ils arrivaient devant la Monnaie dont l'austère et vaste bâtiment se dressait, blafard sous la lune. Ce fut à Lucien de serrer le bras du commissaire.

– Je vous devais déjà beaucoup, mon cher ami. Dans cette cruelle circonstance, vous mettez le comble à vos bontés. Des mesures de police contre cette jeune femme seraient iniques. Je ne veux pour rien au monde l'y exposer. Je suivrai votre conseil.

Sur le moment, il avait failli se rebeller, mais il était marqué par vingt ans de discipline. Et puis, quelles chances auraient-ils de fuir, Violette et lui ! Pour aller où ? L'aventure ne pourrait que mal finir.

– Quel délai me donne-t-on ?

– Quarante-huit heures. La patache de Paris part aprèsdemain. C'est la meilleure voiture. Les places se retiennent à l'hôtel de la Bonne-Foi, boulevard de la Poste-aux-Chevaux. Je suis désolé. Cependant, d'une certaine façon, votre décision me satisfait pour vous, car M. le Préfet y sera sensible. Ses rapports peuvent avoir la plus grande influence sur la durée de votre séjour ici, et sur votre avenir.

Violette partit donc, le surlendemain, déchirée mais courageuse comme toujours. Une fois de plus, Lucien l'admira. Sa gratitude pour elle et cet élan, lui firent articuler cette promesse :

– Je te jure, mon amie, de te rejoindre dès que je serai libre. En attendant, sois sûre que je te resterai fidèle.

~

Quand la patache à caisse jaune, traversant la place Dauphine, eut pris la route de Paris qui longeait l'ancien couvent de la Visitation, Lucien retourna tristement à l'hôtel. La chambre lui parut tragiquement vide. Il sortit.

Et ce fut de nouveau l'ennui des heures longues et mornes. Mais bientôt leur pesanteur s'allégea, grâce à une initiative du colonel Durand – initiative peut-être inspirée.

– Mon cher, dit-il à Lucien en se redressant après avoir exécuté un savant carambolage sur le tapis vert, si vous ne méprisez pas trop les chevaux d'un fantassin, je mettrai volontiers les miens à votre disposition. Quoiqu'ils n'aient rien de remarquable, ils vous feraient passer le temps. Voulez-vous que mon ordonnance vous en amène un tous les matins ? Quand je serai de loisir, j'irai avec vous. Et pourquoi ne viendriez-vous pas tirer à la salle de la 84ᵉ ? Il y a un prévôt très fort au sabre.

Ce fut en fréquentant cette salle que Lucien fit la connaissance d'un sous-lieutenant, jeune saint-cyrien : Gabriel Malbert de Pressac, lequel lui déclara qu'ils devaient être quelque peu parents.

– Mon père, Monsieur, assure que les Malbert comme les Montalbert descendent de la famille d'Albret : celle de notre roi Henri IV. Vous êtes, Monsieur, si vous me permettez cette question, Lucien de Montalbert de Lern ?

– En effet.

– Alors c'est bien cela. Selon mon père, très entendu en généalogie, Lern était jadis un fief mouvant de la vicomté de Limoges. Lorsque Henri de Bourbon, roi de Navarre et vicomte de Limoges mourut, il laissa Lern en propre à sa femme, Jeanne d'Albret, mère du jeune Henri de Navarre.

Celui-ci, devenu notre souverain Henri IV, voulut, pour observer le vœu de son père, que Lern demeurât en apanage à sa famille maternelle. Depuis lors, le fief a toujours appartenu par droit d'aînesse à des Albret dont le nom s'est, paraît-il, métamorphosé par la fantaisie orthographique des curés de campagne en Albert, Malbert, Maubert et Montalbert. C'est de ces Maubert, cousins germains de Monsieur votre père, et cousins du mien à un degré plus éloigné, que votre branche a hérité Lern, pensons-nous.

– Je vous avoue, dit Lucien amusé, que je l'ignore. Quand cela se produisit, je me battais à l'armée du Rhin, mon père venait d'être tué. Je crois que le domaine avait été mis sur la liste des biens nationaux après émigration de ses possesseurs. Ma mère, avisée par un notaire de Nontron, fidèle à la famille, l'a réclamé en faisant valoir mes droits. Quoi qu'il en soit, Monsieur, je suis ravi de me découvrir ici des parents.

Le jeune homme lui répondit qu'il serait le bienvenu à l'hôtel de Pressac.

En réalité, Lucien se souciait fort peu de cette parentèle, mais elle lui promettait peut-être une distraction. Il se rendit donc, quelques jours plus tard, chez ses cousins. Ils habitaient dans la rue Frègebise, entre Saint-Michel-des-Lions et la rue du Consulat, une belle demeure du siècle précédent, en pierre, avec des balcons de fer forgé. Sous la voûte de l'entrée suivie d'une cour dallée, un escalier à noble rampe conduisait aux étages.

Le visiteur fut introduit dans un cabinet tapissé de livres, de cartons, de vitrines qui renfermaient des médailles. Un grand homme maigre, portant encore la poudre et la culotte, l'accueillit avec une courtoisie un peu guindée. Il avait un visage fin, le nez busqué, l'air sévère. Il dit à Lucien que leur cousinage ne faisait aucun doute, et reprit, avec infiniment plus de détails, la démonstration esquissée par son fils. A l'appui, il ouvrit des cartons dont il tira des parchemins, des copies d'actes notariés ou relevés dans les registres paroissiaux, des extraits du d'Hozier, enfin un arbre généalogique artistement calligraphié, aux branches duquel fleurissaient en couleurs vives les blasons. Il nageait indubitablement en pleine volupté – austère.

Tout cela semblait à Lucien puéril et suranné. Manies d'un autre temps. Pour lui, ses armoiries, c'étaient sa bouffette de la Légion d'honneur, son grade, tout ce qu'il avait gagné au prix de son sang.

Il stupéfia M. de Pressac en lui avouant qu'il ne connaissait pas Lern, n'y avait jamais mis le pied et ne s'en occupait pas.

– Et qui donc le gère?

– Un notaire de Nontron. Celui – ou le successeur de celui – qui nous a fait entrer en possession du domaine. Il m'envoie tous les ans les maigres revenus.

– Maigres! Je sais bien qu'à l'heure présente la terre ne rapporte pas beaucoup et la région, là-bas, est sauvage; mais vous devez avoir plus de cent hectares, des pâturages excellents, de bonnes fermes. Votre tabellion, mon cousin, fait très probablement ses choux gras à vos dépens. Si vous n'y allez jamais!...

– Comment l'aurais-je pu! Depuis plus de vingt ans, j'ai été sans cesse en campagne à travers l'Europe. Et puis je n'ai aucune notion de... Mon père était soldat, je suis soldat, je ne sais que me battre.

– Oui, dit M. de Pressac en pinçant un peu les lèvres. Seulement la guerre ne paie pas. On voit dans quel état elle laisse notre malheureux pays. Il est bien temps que l'épée cède à la charrue. Vous devriez, puisque vous êtes ici, faire un tour à Lern. Ce n'est pas très loin : une journée de cheval, environ.

– Peut-être. Quand je serai libre.

Toutefois, lorsqu'il fut enfin délivré de sa quarantaine, il ne songea nullement à visiter son domaine. Au demeurant, on ne lui en laissait pas le loisir. Il quittait Limoges par ordre, pour se rendre, dans les plus brefs délais, à une convocation du ministère de la Guerre.

De plus, il était préoccupé par Violette qui lui écrivait depuis quelque temps des lettres bizarres. Elle ne semblait plus du tout pressée de le voir revenir. Une tristesse perçait entre les lignes, coupée d'effusions vagues et mystérieuses auxquelles il ne comprenait rien. En même temps, elle lui répétait qu'il n'avait jamais été engagé envers elle, et qu'il ne devrait jamais se croire engagé, quoi qu'il arrivât. Après tout, chacun d'eux était libre; elle ne lui avait demandé aucune promesse... Etc.

Déconcerté, Lucien ne la reconnaissait plus. Cette nervosité, ces contradictions, ce ton parfois amer qui se déguisait mal, ressemblaient si peu à Violette! Il en arrivait à la croire lasse de leur liaison. Cependant il eût été plus conforme à sa nature de le dire, avec cette franchise dont elle se montrait coutumière. Sans doute, pensa-t-il, elle tergiverse, dans la crainte de me faire du mal. En quoi elle a bien tort. Nous sommes libres, effectivement. Si elle a rencontré un autre homme, plus jeune ou plus riche ou plus séduisant, je ne la retiendrai pas. Il n'y a personne d'irremplaçable.

Mais il y avait peu de femmes aussi intéressantes qu'elle, et l'idée que leur intimité si tendrement vivante était finie, l'attristait. Pour la première fois de son existence, il ressentit au cœur le pincement de la jalousie en songeant à cette intimité dans laquelle un autre tiendrait sa place.

Sachant par le commissaire que sa libération devenait imminente à la suite d'excellents rapports du préfet, il avait observé dans ses réponses à Violette le même vague qu'elle, en se bornant à insister sur sa vive affection. Il ne voulait rien dire de décisif avant d'avoir vu ce qui se passait.

Sitôt débarqué rue des Victoires, par un matin gris d'octobre qui embrumait Paris, il se fit conduire par un cabriolet de place rue Saint-Honoré pour surprendre la jeune femme. En sonnant à la porte, il avait le cœur singulièrement serré.

Ce fut Violette elle-même qui ouvrit. Elle était encore en déshabillé. Elle vit Lucien, poussa un cri et se jeta dans ses bras.

La sincérité de son élan ne laissait aucun doute, ni sa joie ensuite tandis qu'elle le questionnait : « Tu es libre maintenant ?... Tu vas rester à Paris ?... » Puis brusquement elle devint comme ses lettres, vague, réticente, malgré ses efforts pour se contraindre.

– Écoute, dit Lucien en lui prenant les poignets, je suis venu ici avant tout pour savoir ce qui t'arrive. Tu n'es plus la même. Je ne comprends pas. Que se passe-t-il ?

– Rien, mon ami. Tu te trompes, je t'assure. Je n'ai rien.

– Allons, allons ! Tu ne sais pas mentir. Tu as un chagrin. J'ignore lequel mais ça crève les yeux.

– Je suis inquiète, tout simplement. J'ai peur de te perdre et je ne veux pourtant pas t'obliger... Tu n'as jamais passé plus d'une nuit avec une femme ; tu es resté déjà longtemps avec moi, ça ne peut pas durer.

– Oui, dit-il, souriant et pensif à la fois, c'est vrai : je suis resté très, très longtemps avec toi, mon amie. Seulement, plus je vais plus j'ai envie d'y demeurer. Depuis notre rencontre, chaque jour que nous avons vécu ensemble ou séparés m'a un peu plus attaché à toi, sans que je m'en rende bien compte. Maintenant j'aurais beaucoup de peine s'il me fallait cesser de te voir ou d'attendre de te retrouver quand nous sommes loin l'un de l'autre.

Elle écoutait. Des larmes se formaient dans ses yeux.

– Lucien ! Lucien ! murmura-t-elle.

Soudain, elle se leva, marcha vers la fenêtre et revint.

– Bon. Puisque c'est comme ça, il faut que je te dise la vérité. Tu as vu juste : je ne suis plus la même, il y a quelque chose de changé en moi. Quand je suis revenue de Limoges, je me suis aperçue que j'allais avoir un enfant.

Comme il demeurait étourdi par le choc, elle ajouta :

– Tu comprends pourquoi j'ai peur ? Pourquoi je te répétais que, quoi qu'il arrive, tu ne devais pas te croire engagé envers moi ?

Des sentiments confus tourbillonnaient en lui. Il ne savait pas ce qu'il pensait. C'était tellement inattendu !

– Es-tu heureuse d'avoir cet enfant ? dit-il enfin.

– Oui. Oh oui ! merveilleusement heureuse !... Mais, reprit-elle, cachant son visage dans ses mains, j'ai peur de le détester quand il aura provoqué notre séparation.

– Pourquoi la provoquerait-il ?

– N'est-ce pas inévitable !

– Je t'aime, dit Lucien en l'attirant sur ses genoux. Je ne sais ce que nous pourrons faire. Tout tourne, en ce moment, dans ma cervelle. Mais ça, c'est sûr. Je t'aime, mon amie, ma chère. Je veux que tu sois heureuse.

Elle s'abandonna contre lui et se mit à pleurer doucement. Il lui caressait l'épaule en murmurant d'une voix machinale « Allons, allons !... » Puis il dit tout à coup :

– Si c'était une fille, jolie, douce et courageuse comme toi !...

– Moi, je voudrais que ce soit un fils, fort et brave comme toi, dit-elle parmi ses larmes.

– Ne pleure pas, voyons ! Tu me fais de la peine. C'est pour quand ?

– Avril prochain, je pense.

– Bien des choses se seront précisées d'ici là. Et même avant. D'abord, je vais aller au ministère savoir ce qu'on me veut. Je reviendrai tout de suite. Tu me promets de ne plus t'inquiéter ?... Et dire, ajouta-t-il comme elle l'accompagnait dans le vestibule, que pendant ces deux jours et demi de voyage je n'ai guère cessé de croire que tu me préférais un homme plus jeune.

– Grand fou! dit-elle en l'embrassant.

Juste à ce moment, la porte s'ouvrit. Nanon entra, chargée de provisions.

– Ah bien! s'exclama-t-elle. Alors, Madame va peut-être s'arrêter de pleurer!

Aux Tuileries, Lucien eut la surprise d'être introduit auprès de l'inspecteur général qui l'avait déjà reçu à Bourges.

– Vous le voyez, Monsieur, votre éloignement n'aura pas été de longue durée, lui dit avec bienveillance ce haut personnage. Vous le devez à votre sens de la discipline comme à vos brillants états de service. Je vous avais promis que vous ne seriez pas longtemps sans commandement. Vous pouvez dès à présent recevoir celui de la 2e Légion.

– Monsieur l'inspecteur général, répondit Lucien sans la moindre hésitation, vos bontés m'honorent, j'y suis très sensible, mais, pour des raisons de convenance personnelle, je désire, aujourd'hui comme il y a trois mois, quitter le service.

Il aurait pu dire : aujourd'hui plus encore qu'il y a trois mois. A ce moment, il méprisait un souverain dont les entrées en France se produisaient toujours grâce aux canons ennemis, après une défaite des armes françaises. Du mépris et de la répugnance, c'était tout alors. A présent, comment eût-il admis de servir un régime qui avait provoqué l'assassinat de Brune, de Ramel, fusillé Labédoyère, décrété d'accusation Drouot « le Sage de la Grande Armée », Cambronne, héros de Waterloo, et s'efforçait d'obtenir la tête de Ney!

Sans Violette, peut-être eût-il tout de même fini par accepter ce commandement – par lâcheté, pensait-il, par peur du vide effrayant de l'existence civile. Mais Violette était là pour remplir sa vie comme elle l'avait remplie si heureusement, à Limoges. Abandonnant l'état militaire et ses règlements, rien ne le séparait plus d'elle, rien ne l'empêchait plus de se consacrer avec elle à élever l'enfant qui allait naître.

– J'ai peine à vous croire, colonel, disait l'inspecteur. Un officier capable, en pleine débâcle, de reconstituer un bataillon, de ramener des prisonniers, un soldat enragé à combattre jusqu'au dernier moment, voudrait quitter l'armée ! Allons donc ! C'est le drapeau blanc qui ne vous plaît pas. Vous tenez tellement à vos trois couleurs ?

– Oh ! fit Lucien avec un sourire, jusqu'en 1812 l'étendard des chasseurs était vert. Non, il ne s'agit nullement de drapeau, mais d'intentions... eh bien... familiales, en quelque sorte. Paternelles. Je désire mener à présent une existence avec laquelle la guerre, l'armée n'ont plus rien de commun.

– Dommage ! Et je crois que vous commettez une erreur. Faites-moi la grâce de réfléchir encore. Attendez, mettons trois mois, avant de donner votre démission. D'ici là, vous êtes en congé à solde entière.

Cette extrême bienveillance ni une promotion – d'ailleurs bien due – au grade d'officier de la Légion d'honneur, ne purent compenser pour Lucien l'exécution de Ney, en décembre, et les débordements de la réaction royaliste. En outre, il nageait avec Violette en pleine lune de miel de tendresse. Ce fut d'un cœur assez léger que, le 12 janvier, il envoya au ministère sa lettre de démission.

L'enfant naquit au début d'avril suivant. C'était un garçon. Son père le reconnut et lui donna le prénom de Murat : Joachim.

~

Depuis que Lucien était rentré à Paris, il vivait chez Violette, faisant bourse commune avec elle. Leur situation devenait très précaire. Il ne restait plus grand-chose de l'argent laissé à la jeune femme par Saint-Victor. Lucien, lui, ne touchait plus de solde. Sa pension de légionnaire ni les revenus de Lern ne suffisaient à entretenir un ménage. Certaines conversations qu'il avait eues, à Limoges, avec son cousin Malbert de Pressac lui revinrent alors à l'esprit.

M. de Pressac ne déclarait-il pas vivre largement, avec sa famille, sur le rapport de propriétés moins importantes que Lern, au total. Ce souvenir incita Lucien à entreprendre le voyage pour se rendre compte, sur place, de ce qu'était exactement Lern et de quelle façon le notaire le gérait.

Il s'aperçut bien vite que celui-ci s'en occupait à peine, se bornant à faire une fois l'an la tournée des métairies afin de recueillir les fermages. Il en retenait, soit en espèces soit en nature, un bon tiers. La « réserve » – c'est-à-dire les terres exploitées par des domestiques, directement pour le compte du propriétaire – ne rapportait rien, tout simplement parce que ces domestiques : les Francillou, mettaient en fruit juste ce dont ils avaient besoin pour eux-mêmes, et nourrissaient du reste un petit cheptel pour leur propre compte, bien qu'ils reçussent des gages – pris sur les revenus des fermes.

En un mot, c'était le pillage. Non que tous ces gens fussent foncièrement malhonnêtes, mais depuis vingt-cinq ans ils n'avaient pas vu l'ombre d'un propriétaire. La plupart ne savaient même pas qui possédait Lern. Chacun avait fini par considérer son lopin comme lui appartenant.

L'arrivée de Lucien les sidéra. Certains refusèrent purement et simplement d'admettre ses droits. Il fallut non seulement l'intervention du notaire, mais celle du maire, pour les leur faire reconnaître. Ils devinrent alors d'une répugnante obséquiosité.

La propriété était plus importante encore que ne le supposait le cousin Malbert. Les terres s'étendaient sur cent soixante hectares répartis en sept fermes. Elles comprenaient malheureusement de grandes étendues de bois. Le sol, en maint endroit calcaire ou argileux, laissait à désirer. Malgré tout, exploité sérieusement, Lern devait fournir au moins le triple de ce qu'il donnait en ce moment. C'eût été insuffisant pour mener à Paris un train aisé; mais si l'on vivait sur la propriété même et de ses fruits, le rapport promettait plus qu'une aisance.

C'est ce que Lucien, dès les premiers jours, écrivit à Violette. Il était descendu à l'auberge du village, d'où le maire – un hobereau jovial – l'avait délogé quasi de force pour l'installer chez lui. Ils parcouraient ensemble, à cheval, le domaine. Ce bonhomme se révélait précieux conseiller.

– A votre place, mon cher colonel, dit-il, je vendrais quelques-unes des métairies. Vous trouveriez facilement acquéreur et vous en tireriez bon argent. Avec les perspectives de longue paix, les fonds sont recherchés, à cette heure. Le revenu de l'ensemble n'en serait guère amoindri. Et vous auriez ainsi, sans bourse délier, de quoi remettre en état la demeure.

Celle-ci, inhabitée depuis le jour où les derniers Maubert – deux frères âgés – en étaient sortis pour courir les routes de l'émigration et mourir misérablement en Allemagne, offrait une assez triste apparence. Du moins, le notaire – père du tabellion actuel – avait-il eu, de son temps, la conscience de la tenir close et couverte. Depuis sa mort, nul ne se souciait plus de ce soin. Le toit de tuiles, refait, l'avait assez bien protégée. Mais pendant treize ans les portes ne s'étaient pas ouvertes. Les serrures, les gonds avaient rouillé; les battants, gonflé; des fenêtres, éclaté derrière les volets de bois plein, eux-mêmes fendus sous l'effet du gel et du soleil. Les marches du perron, soulevées puissamment par une racine, jonchaient l'herbe et les broussailles qui investissaient les murs. N'eût été la simplicité de la construction, rustique gentilhommière beaucoup plus que château, on eût dit le palais de la Belle au bois dormant.

A l'intérieur cependant, les dégâts apparurent bien moins graves qu'ils ne s'annonçaient. En entrant, Lucien fut saisi par une impression singulière. Dans ces pièces, désertes depuis tant d'années, la vie semblait s'être soudain suspendue. On respirait une odeur de caveau. La verdure qui assaillait les fenêtres répandait une ombre glauque. Les sièges, sous ce qui subsistait de leurs housses, prenaient des airs de fantômes, mais ils conservaient dans leur disposition quelque chose d'une existence familière. La vaisselle luisait derrière les glaces des vitrines, dans la salle à manger. Deux fauteuils au coin du feu, l'écran déroulé devant l'âtre, sur le linteau de la cheminée les flambeaux avec leurs chandelles, les mouchettes sur un guéridon avec un verre et une carafe où séchait une boue brune, paraissaient attendre les mains qui renoueraient le fil de leurs habitudes. Dans le salon, les rats, avant d'abandonner à leur tour la maison, avaient grignoté les livres au bas d'une bibliothèque, mais un volume restait ouvert sur la table, une longue pipe en terre posée sur la dernière page lue. A côté, des gazettes dont le mauvais papier n'était plus que dentelle. En haut, dans les chambres, des bouquets de lavande parfumaient encore faiblement le linge de maison demeuré dans les armoires.

Tout bien examiné, les réfections nécessaires pour rendre de nouveau la demeure habitable ne semblaient pas tellement importantes. Lucien hasarda de convoquer un entrepreneur que le maire lui indiqua. Cet homme proposa timidement un prix qui lui semblait énorme, et dont la modicité était étonnante quand on comptait d'après ceux de Paris. Décidément, on pouvait faire ici beaucoup de choses avec peu d'argent.

Cachant son heureuse surprise, Lucien dit qu'il verrait. Auprès du notaire, sans lui dévoiler ses intentions, il se renseigna sur la valeur vénale des terres dans la contrée, et conclut qu'il suffirait de céder deux des moins bonnes fermes pour obtenir largement de quoi remettre à neuf la gentilhommière, couvrir tous les frais d'installation, sans doute même s'offrir bien des commodités.

Seulement Violette, habituée à Paris, se plairait-elle dans un monde si différent?... Pour lui, Lucien, cette existence en plein air le rapprochait de celle qu'il menait depuis des années. Il se sentait bien, ici, actif, avec de nouveau un cheval entre les genoux – un courtaud sans doute, mais on pourrait aisément en avoir de meilleurs. Et puis, c'était autrement plus prenant de courir vers un vrai but avec une monture rustaude, que de promener pour le seul plaisir une bête de sang. Plus d'heures interminables. Les jours volaient. Il s'endormait, impatient d'être au lendemain, comme autrefois quand on cherchait l'ennemi.

A sa lettre, Violette répondit que partout où elle serait avec lui et leur fils, rien ne manquerait à son bonheur. Sans balancer davantage, il donna l'ordre de vendre les deux métairies. Le notaire, se sentant mauvaise conscience – et ne voulant pas perdre une pratique prometteuse – offrit d'avancer, sans intérêts, les sommes dont M. le colonel pourrait avoir besoin en attendant la signature des actes.

Lucien mit donc les travaux en train, en commençant par les pièces destinées aux domestiques de la maison. Dès que ces locaux furent utilisables, il y installa un jeune couple, fils et bru de ses meilleurs métayers : les Masbatie. Enfin, les réparations assez avancées pour qu'il pût en laisser la surveillance au brave maire, il regagna Paris.

Violette ne lui avait jamais parlé de mariage. Quant à lui, si l'idée l'en eût effleuré, il ne l'eût pas envisagée un seul instant. Non point par souci de ménager son indépendance; mais, malgré toute son estime, son admiration, sa gratitude et sa tendresse pour la jeune femme, au fond de son esprit elle n'en était pas moins *une fille*. Si chère qu'elle lui fût, il n'épouserait pas l'ex-maîtresse de Saint-Victor et de ses deux autres prédécesseurs ; elle le savait parfaitement.

Au demeurant, tout cela le préoccupait fort peu. Qu'importait ! A Lern, elle passerait tout naturellement pour sa femme, comme pendant leur séjour à Limoges. Il l'avait annoncée sous ce titre qui rendait tout plus simple. Là-bas, mariés ou non, personne n'irait vérifier.

DEUXIÈME PARTIE

I

Le 18 juin, un an jour pour jour après Waterloo, une berline de poste attaquait lentement la côte ombragée mais cahoteuse qui joignait le village de Gain à la route de Nontron. Le postillon ménageait ses bêtes; la montée était rude, la voiture chargée de bagages. A l'intérieur, en face de Violette et de Lucien, Nanon tenait sur ses genoux le petit Joachim.

Violette regardait curieusement le paysage tourmenté, aux lourds horizons d'un bleu dense. Lucien dit qu'il allait descendre pour soulager un peu les chevaux. Pas fâchée de se dégourdir les jambes, elle le suivit.

– Eh bien, lui demanda-t-il, comment trouves-tu le pays?

– Très beau. Quoique terriblement sauvage.

– Je t'avais prévenue.

– Oh! cela ne me déplaît pas! Joachim respirera un air bien meilleur qu'à Paris. Il va devenir fort, ici, notre fils, solide comme son père! dit-elle en lui serrant le bras.

– Tu ne regrettes rien, mon amie?

– Pas encore, fit-elle, moqueuse.

En haut de la côte, ils reprirent leurs places. Joachim accueillit le retour de ces deux silhouettes par des vagissements prolixes et bavotants. Il avait les yeux d'un bleu presque noir. Ce serait tout à fait ceux de sa mère. Et il montrait un caractère accommodant comme le sien. Pendant les trois jours et les deux nuits du voyage, il ne s'était insurgé ni contre les cahots des routes, que l'Empire laissait dans un triste état, ni contre les incommodités des auberges.

– Un vrai chérubin! Un trésor du ciel! assurait Nanon qui en était folle.

Gain comptait plus de granges et d'étables que de maisons, ou plutôt de chaumières, éparses autour d'une petite église très fruste, aux murs moussus. Les fumiers fermentaient en plein soleil. Les orties blanches, la rue aux fleurs jaunes bordaient le pied des chaumines et les murettes des clos. Sur le sol raboteux, s'étalaient les bouses de vache marquant le passage récent d'un troupeau. Le roulement de la voiture fit sortir çà et là quelques têtes, mais les villageois étaient pour la plupart aux champs. Les gamins polissonnant autour du lavoir et les vieillards que l'on avait mis au frais dans les coins d'ombre, furent à peu près seuls à profiter de ce spectacle sensationnel : une berline jaune et noire, à quatre chevaux, avec un postillon en culotte blanche, veste bleu roi et chapeau verni, traversant le bourg dans un tintement de grelots, un piaillement de volaille effrayée.

L'équipage tourna dans le chemin de la forêt. Le terrain montait de nouveau, mais plus mollement. On roulait sous d'épaisses frondaisons. Plus exactement, on bondissait de bosse en ornière sur une piste tracée par les charrettes et les troupeaux, qui sinuait au milieu des bois. La terre crayeuse, l'herbe maigre, laissaient affleurer la roche. Elle crissait en s'effritant sous les roues.

Cette fois, Joachim trouva la chaloupée vraiment abusive. Ce fut en protestant à plein gosier qu'il opéra son entrée dans l'allée de Lern. Celle-ci, après l'arc de pierre réédifié qui en marquait le début, filait droit, aplanie, entre les bordures de buis refaites. L'enfant se calma. On arrivait devant la gentilhommière.

Violette vit une maison couleur de miel. Le toit de tuiles rousses la coiffait assez bas. Les murs étaient formés de gros parpaings bruns et blonds. Deux légères avancées encadraient le perron.

Sur le côté, elle reconnut la base d'une énorme tour démantelée et quelques autres ruines du château féodal détruit pendant la guerre de Cent Ans, dont Lucien lui avait parlé. Le lierre, les plantes vivaces transformaient ces débris en une masse verdoyante. Autour de la maison, traînaient des planches d'échafaudage, du bois de démolitions. Le jardin retracé semblait tristement maigre et nu dans l'opulence des verdures qui l'enserraient, qui l'étouffaient. La demeure, avec son grossier appareil, les très petites fenêtres de l'étage, la pesanteur du toit, avait, même dans ce beau soleil et sous ce ciel fleur de lin, quelque chose d'un peu pauvre, d'un peu oppressant dans sa rusticité au milieu d'une telle solitude.

Lucien, baissant le marchepied, tendit la main pour aider Violette à descendre. Ferret du Mazet, le bon maire, qui était venu donner un coup d'œil aux travaux, s'avançait avec sa figure rougeaude et réjouie. Derrière lui, les Masbatie, attirés par le bruit de l'attelage, accouraient pour saluer les maîtres. Enfin, les Francillou arrivaient aussi, curieux de voir la maîtresse.

L'apparition de Violette, à qui le long voyage et ses fatigues n'avaient rien ôté de sa grâce, produisit la plus forte impression sur le brave du Mazet. Il n'avait jamais vu de femme si élégante. Avec la naïveté de sa nature, il le montra carrément après s'être incliné autant que le lui permettait son embonpoint.

– Ébloui ! Madame, je suis ébloui ! Le colonel nous avait annoncé une mortelle, non point une déesse. Permettez à votre très humble serviteur de vous offrir avec ses hommages ses vœux de bonheur dans ce pays que votre beauté vient illuminer.

Violette le remercia en riant, et ajouta :

– Je sais, Monsieur, tout ce que nous devons à votre obligeance. Je vous en suis, moi aussi, très reconnaissante. Si vous voulez bien étendre à mon fils et à moi-même cette amitié que vous avez si généreusement accordée à M. de Montalbert, je ne doute point d'être heureuse ici comme vous me le souhaitez.

Elle lui présenta Joachim qui fit, en l'honneur de cette figure rubiconde, quelques bulles.

Les Masbatie – François et Berthe – attendaient, intimidés. Violette se tourna vers eux. Elle leur sourit. La jeune servante répondit par une espèce de révérence et s'avança, tenant un bouquet qu'elle offrit avec des souhaits, murmurés moitié en français moitié en patois. Elle était à peine plus jeune que sa maîtresse; elle la regardait avec une admiration rougissante.

– Merci, ma bonne, dit Violette en respirant les fleurs. Quelle gentille pensée! Vous êtes très gentils tous les deux. Nous nous entendrons très bien, j'en suis sûre.

Ils étaient sincères et purs, l'un et l'autre, et dans leur cœur, en cet instant où ils souriaient à Joachim – qu'il est joli, lou piti mousur! s'écria Berthe – un pacte de dévouement se scellait pour durer toute leur vie.

Les Francillou parurent à Violette infiniment moins sympathiques. Ils comprenaient le français mais ne le parlaient point. Elle n'eut pas à leur dire grand-chose, d'ailleurs. Lucien l'entraînait, avec Ferret du Mazet, pour visiter la maison. L'entrepreneur travaillait encore à l'intérieur. Les trois quarts des pièces étaient en état, mais les murs restaient nus, les boiseries neuves sans peinture, Lucien ayant voulu laisser au bon goût de Violette le choix des tentures et des couleurs. Cela eût encore augmenté l'impression de pauvreté si la jeune femme ne se fût promis du plaisir à ces soins.

On fit le tour du jardin. Après défrichage, il conservait quelques beaux arbres, des arbustes, des buis, des ifs, taillés. Les pelouses, labourées et ressemées un peu tard, commençaient à verdir.

Un escalier de trois marches donnait accès à une partie en contrebas, qui avait dû être autrefois, et serait de nouveau, un petit jardin de fleurs. Là, Violette fut à son tour éblouie. Sous la murette où elle s'appuyait des deux mains, s'étendait une pente de châtaigneraies, de pâturages et de landes descendant jusqu'à une mince rivière sinueuse. Au-delà, des bois remontaient, masquant la vue. Mais à droite et à gauche, à droite surtout, ils s'écartaient sur une immense ouverture, un océan d'espace et de lumière, de moutonnements étagés, verts puis bleus, mauves et qui finissaient par se confondre avec le ciel.

– Villefort, dit le maire. On l'appelle aussi, dans le patois local, la Terre aux Loups. Deux mille hectares de futaie, de ravins, de bauges à sauvagine. Il y a de quoi chasser, je vous le garantis !

Par endroits, à longue distance les uns des autres, quelques villages se dégageaient de la forêt. C'était comme des îlots, certains à moitié engloutis entre deux vagues et dont on n'apercevait que le groupement brun-rose des toits. D'autres – tache claire sous la coulée des tuiles ou du chaume, surmontée par une flèche d'église – s'accrochaient sur des croupes auxquelles la blondeur des blés prêtait une couleur charnelle. Un clocher d'ardoises, frappé par le soleil, brasillait dans la vibration de l'air. Au loin, une sorte de colonne se détachait, trapue, sombre sur le trait pastellisé de l'extrême horizon.

– La tour ruinée de Châlus, expliqua Ferret du Mazet. Elle répondait jadis à celle de Lern. La nuit, elles devaient échanger des signaux de feu. Les nouvelles circulaient comme ça. C'est à Châlus, Madame, au temps où les Anglais réclamaient l'Aquitaine, que leur roi Richard, appelé Cœur de Lion, reçut une blessure mortelle. Ils occupaient Lern, paraît-il. Nos bons aïeux assaillirent le château, les en chassèrent et le démolirent. Sans ça, vous habiteriez aujourd'hui une demeure féodale. Du reste, celle-ci est faite avec les pierres de l'ancien Lern. Comme le bourg. Comme tout ce qui s'est construit à deux lieues à la ronde.

– Mon cousin Malbert, de Limoges, dit Lucien, prétend qu'entre le château et la gentilhommière actuelle, il a existé un logis fortifié appartenant à Jeanne d'Albret. Protestante, comme vous le savez. Elle y aurait mis garnison de calvinistes. A la suite de quoi, il aurait été pris par les catholiques et détruit à son tour. Cette maison-ci daterait du règne de Louis XIII. Ce serait l'œuvre des Maubert dont vous avez connu les derniers descendants.

– Vous les avez connus, Monsieur! s'exclama Violette.

– Assurément! J'avais vingt-six ou vingt-sept ans quand ils sont partis. Deux vieux fous. Ils se disaient cousins du roi – ce qui se peut après tout, je ne me permettrai pas d'en douter – mais ce n'était pas une raison pour s'en aller courir au diable. Ils sont partis un soir, furieux et terrorisés en même temps. Des gens qui n'étaient jamais allés plus loin que Périgueux!... Ils se sont arrêtés chez mon père. Je les vois encore, dans le vestibule, à la lueur des flambeaux; devant la porte, leur antique berlingot à lanternes de corne, et eux, emmitouflés dans des carricks à triples collets... Mon père avait été élu maire du village. Ils l'imploraient de s'en aller avec eux et nous tous, tous les nobles de la contrée. Il s'efforçait de les retenir. S'ils fussent restés, ils seraient encore de ce monde, sans doute. La Révolution, ici, on en a entendu parler, c'est tout.

– Encore de ce monde, dites-vous, Monsieur. Alors, ils n'étaient donc pas si vieux!

– Ma foi, Madame, ils l'étaient pour moi. A vingt-six

ans, vous savez ! Ou plutôt, vous saurez, corrigea-t-il galamment. En vérité, ils devaient avoir l'âge où je suis aujourd'hui. La cinquantaine, hélas ! Ne me dites pas que c'est le plus beau de la vie. Du moins offre-t-il cette consolation : c'est que le colonel ne prendra pas ombrage de mes sentiments pour vous.

– Oh, oh ! mon cher Maire ! répondit Lucien en riant. Je ne m'y fierai point. Vous restez bien trop jeune cavalier et bien trop plaisant homme pour n'être pas redoutable. J'aurai l'œil sur vous.

~

Les gros travaux prirent fin au bout d'une dizaine de jours. Un tapissier de Périgueux vint alors avec ses ouvriers envahir la maison pendant près d'un mois.

En quittant Paris, Violette avait vendu son mobilier, ne gardant que la harpe. Pour compléter celui des Maubert, dont une partie, abîmée par l'humidité dans les pièces du bas, n'était plus utilisable, on choisit quelques meubles, avec un certain nombre d'objets – entre autres, des lampes à huile pour remplacer les chandelles. Le tapissier fit livrer ces achats pendant qu'il se trouvait encore là. Après son départ, Violette et Lucien, confiant Joachim à Nanon, se rendirent au chef-lieu où ils passèrent deux jours à commander ce dont on manquait encore à la maison. Les frères Maubert, en partant, avaient dû empiler dans ces malles qui surchargeaient leur « berlingot » les choses les plus singulièrement élues. Par exemple, il ne restait pas à Lern une seule serviette de table, pas une pendule, pas une pièce d'argenterie – ce qui était plus compréhensible –, extrêmement peu de couvertures, pas une bouteille de bon vin. Mais ça, peut-être n'y en avait-il jamais eu, car les deux frères étaient fort pingres, à en croire le maire.

Au début d'août, l'installation fut enfin complète. Un

jardinier, sa femme chargée des lessives, du gros ménage, un fils Francillou, Pierre, gamin de seize ans, engagé comme valet d'écurie, vinrent compléter le domestique. Berthe Masbatie était cuisinière, son mari, François, valet de chambre et cocher. Nanon s'occupait de Joachim tout en servant de femme de chambre à Violette.

En fait, ces attributions ne manquaient pas d'élasticité. Berthe prenait le plus grand plaisir à servir sa maîtresse, Nanon ne dédaignait pas de cuisiner. Souvent, elles tricotaient ou cousaient toutes les trois dans le petit jardin de fleurs où Joachim dormait entre elles, sous le voile de son berceau. Violette apprenait à Berthe le français en la faisant parler de la vie paysanne. Et il arrivait que pendant ce temps François aidât le jardinier à faucher les pelouses ou bien à planter, tandis que Pierre Francillou accompagnait le Maître parti visiter quelque ferme. Avec certains paysans, il fallait à Lucien un interprète.

A présent, la remise contenait deux voitures; l'écurie, quatre chevaux. Lucien s'occupait de marquer dans ses bois des arbres à vendre à un marchand de Nontron, qui seraient remplacés par des plantations méthodiques. Le cousin Malbert, auquel il avait écrit pour lui faire part de son installation à Lern, lui avait envoyé un ouvrage de M. Juge de Saint-Martin, président de la Société d'Agriculture. Il s'appliquait à y puiser quelque connaissance d'un art tout nouveau pour lui, mais se fiait surtout aux conseils du bon Ferret dont la sagesse sans passion lui rappelait un peu le capitaine Levesque. Il inspectait régulièrement les diverses parcelles de son domaine, exactement comme autrefois il allait se rendre compte du travail accompli dans ses divers pelotons.

Très vite, des rapports s'étaient noués entre les nouveaux châtelains et les hobereaux du voisinage. Ni Lucien ni Violette ne cherchaient les relations, cependant ils ne pouvaient se dispenser d'une visite à Mme Ferret. Dès les premiers jours, ils se rendirent donc au Mazet – une gentilhommière un peu dans le même genre que Lern, mais située au-delà du village – pour présenter leurs devoirs à cette souriante quadragénaire. Elle vint à son tour, avec son fils aîné et sa belle-fille, curieux tous les trois de voir Lern sorti de son long sommeil. Puis Lucien, en signant les ventes des deux fermes, fit la connaissance des acquéreurs, MM. d'Estissac et Hardouin du Vignal. Celui-ci, brillant cavalier, du même âge que lui et son plus proche voisin, l'attira dès l'abord.

Il habitait de l'autre côté de la Gance – la petite rivière – sur la pente en face de Lern, un château dissimulé par les bois. Le seul vrai château dans la commune. Une magnifique demeure construite, peu avant la mort de Louis XV, par un commissaire des guerres qu'avaient enrichi les folles campagnes de ce règne. Au centre d'un parc de cinq hectares, le Vignal dressait les trois corps de ses bâtiments précédés par une pièce d'eau et un escalier en fer à cheval. Les écuries abritaient des bêtes superbes; son chenil, une meute dont on se disputait les chiots.

Aristocrate d'assez fraîche date (le commissaire des guerres était un anobli), et, par suite, entiché de noblesse, René Hardouin fut flatté par la sympathie d'un homme dont il savait la famille apparentée aux premiers Bourbons. En outre, il avait plaisir à se mesurer avec un cavalier aussi fort, sinon plus fort que lui. Bientôt les Montalbert devinrent des familiers du Vignal, et inversement. Mme Hardouin mère, vieille dame menue, née à Versailles, gardait toute la politesse raffinée de l'ancienne cour. Sa bru, Périgourdine bien en chair, ne manquait pas de charme; elle savait être très plaisante, quand elle voulait. Elle avait un fils, une fille et attendait un nouveau bébé. Deux cadets Hardouin, leurs femmes et leurs enfants, habitaient également le Vignal, ainsi qu'un frère de Mme René : un bellâtre, gandin de province, vrai coq de village. Il logeait non point au château même mais dans un pavillon de chasse attenant au mur du parc, ce qui lui laissait toute liberté pour faire ses frasques. Il ravageait la région, de Châlus à Nontron, voire à Périgueux. Sa sœur était très fière de lui.

Au Vignal comme au Mazet, les Montalbert rencontrèrent naturellement d'autres hobereaux des alentours. C'était la boule de neige. En quelques mois, ils se trouvèrent, sans l'avoir spécialement désiré, inclus dans l'espèce de vie mondaine que l'on menait ici. Mondanités d'ordinaire sans faste. Le besoin de contact au milieu de ces solitudes, dans cet éloignement, poussait des gens, en général assez simples, à se réunir pour deviser, jouer aux cartes, au billard, au trou-madame, à des jeux de société ou pour s'offrir les uns aux autres des repas effroyablement pesants, justifiés par l'activité de leur existence au grand air, pour faire de la musique – c'est-à-dire pousser la romance ou distiller la chansonnette libertine, car on aimait fort le vieux sel gaulois –, enfin pour danser à l'occasion, et chasser. Surtout chasser. C'était ça la grande, la véritable affaire, la suprême raison d'être de tous ces messieurs.

Lucien le soupçonnait déjà d'après les conversations. Il s'en rendit mieux compte quand la saison fut venue avec l'automne. Dès lors, il n'y eut plus de jour sans chasse. Et quelles chasses ! Il ne s'agissait point de perdrix ou de lièvres, encore que l'on en tirât pour s'amuser ou se nourrir. Mais ce gibier, on le laissait généralement au populaire. On traquait *la bête* – loup et sanglier. On courait le renard.

Passion, sans doute, mais aussi nécessité. L'homme ne pouvait se maintenir ici qu'en menant une guerre impitoyable contre les fauves qui foisonnaient dans les repaires de la forêt. L'hiver, ils venaient rôder jusqu'aux abords des maisons. Les loups en bandes attaquaient les troupeaux, parfois les gens. Il arrivait qu'ils enlevassent des enfants ou des femmes attardés. Dès la tombée du soir, on ne pouvait sortir sans armes.

Au début, Lucien avait été quelque peu enclin à un certain mépris secret pour la plupat de ces noblaillons à l'esprit pesant et inculte, qui lui semblaient la personnification même de l'inutilité. A partir d'octobre, il les vit à la besogne. En fait, c'étaient les soldats du canton. Ils en assuraient de leur mieux la sécurité. Tandis que les autres habitants travaillaient, à eux dix ou douze ils refoulaient l'ennemi dans les deux mille hectares de Villefort, et l'y traquaient avec la plus naturelle bravoure. En décembre, dans la neige, Lucien assista, encore peu expert, à une véritable bataille rangée, dans une clairière, entre douze chasseurs, leurs valets, des chiens, et une trentaine de loups. Vingt-deux bêtes furent tuées. Cinq chasseurs, blessés, dont un grièvement mordu, la main désarticulée. Un tiers des chiens resta sur le carreau.

Le courage de ces hommes était aussi instinctif que leur gaillardise. Même un bellâtre comme Geoffroy des Portes, le frère de Mme René Hardouin, n'hésitait pas à servir le loup au couteau, le sanglier à l'épieu, quand les fusils rataient. Avec une identique insouciance, après avoir chassé tout le jour, la nuit venue, il ne balançait pas davantage à courir ses quatre ou cinq lieues pour aller à un bal ou un rendez-vous galant.

Ce des Portes, comme tous les mâles de la commune, avait été frappé par Violette. Lui non plus ne connaissait pas de femme si délicatement élégante. Sa grâce faisait lever en lui un désir violent. Mais, en dépit de ses manières, il n'était pas sot. Il comprit fort bien qu'il n'avait aucune chance auprès de Mme de Montalbert, toute jeune épousée, encore émerveillée par son superbe colonel. Il fut assez adroit pour ne pas se montrer plus empressé auprès d'elle que ses autres admirateurs, et même pour introduire dans ses relations avec elle une nuance qui leur donnait l'aspect d'une amitié respectueusement amoureuse et à lui la position d'un compagnon attentionné plutôt que d'un soupirant.

Très adroite stratégie. En brusquant Violette, il l'eût irrémédiablement cuirassée contre lui. Au contraire, partant sur ce pied, il passerait peu à peu, sans risque, de l'affectueuse familiarité aux apparences d'un amour incontrôlable, quand le temps en serait venu. Il ne lui manquait pas. Ni la patience. Geoffroy des Portes était chasseur.

Lucien ne le voyait pas d'un bon œil tourner auprès de Violette. Non qu'il n'eût en elle la plus totale confiance, mais il se défiait de ce garçon évidemment sournois, aux yeux trop beaux, menteurs comme sa bouche. Cependant, rien dans sa conduite avec la jeune femme ne justifiait une intervention. Il était avec elle plutôt moins gaillard que ses autres chevaliers servants et ne cherchait pas à s'imposer. Même au bal de la préfecture, à Périgueux, où ils allèrent tous, avec le petit ménage du Mazet, les trois couples Hardouin, les jeunes d'Estissac, et où l'on dansa toute la nuit en vidant force flûtes de vin de Champagne, Geoffroy demeura parfaitement discret.

Et puis, il eût été difficile de battre froid au beau-frère de René Hardouin qui s'affirmait sans cesse meilleur ami. Il s'était fait le mentor de Lucien à la chasse, lui enseignant les secrets des battues, des affûts, du courre. Il le comblait de cadeaux, lui avait donné de ses chiots pour se constituer une meute. Il venait de lui offrir des pistolets anglais : des armes très nouvelles dans lesquelles on forçait la balle avec un maillet. Elles ne comportaient ni platine, ni bassinet, ni pierre. Le chien, légèrement creux, s'abattait simplement sur une capsule de cuivre mince contenant une amorce et dont on coiffait une petite cheminée traversée par la lumière. L'amorce, en fusant sous le choc du chien, enflammait la charge. Plus de longs feux. Pourvu que les capsules ne fussent pas humides, le coup partait infailliblement, et il portait loin.

Sur les conseils de René encore, à la Toussaint suivante, après le règlement des fermages, Lucien se rendit à Saint-Yrieix où se tenait une fois l'an une grande foire aux chevaux.

– Avec votre expérience de cavalier militaire, lui avait dit son ami, vous êtes mieux à même que quiconque de dresser des bêtes. Je sais, car j'ai certaines oreilles au cabinet, que dès après le départ des alliés l'armée reformera une vraie cavalerie. Les chevaux pour la troupe se placeront à merveille. Ce sera un profit appréciable. Achetez des poulinières, vous les ferez saillir par mon étalon.

Lucien, à Saint-Yrieix, vendit ses deux juments. Il en ramena quatre de bonne race qui donneraient d'excellents chevaux légers.

Les plaisirs de la chasse ou de la société – qu'il appréciait moins, car la pesanteur de ces braves gens, leurs idées arriérées, leur goût assez général pour la grosse plaisanterie, les lassaient parfois, Violette et lui – ne le détournaient pas de veiller au domaine. Ne mordant guère à la culture, il s'attachait surtout à l'exploitation des bois; il appliquait les théories développées par M. Juge de Saint-Martin dans son ouvrage. Des journaliers aidaient les Francillou à défricher landes et taillis pour les remplacer par des plantations. On débroussaillait, afin de transformer peu à peu en futaie des fourrés impénétrables.

Au total, le produit de Lern suffisait largement pour vivre à l'aise. On se nourrissait entièrement de ses fruits. Aucun souci d'argent ou autre ne troublait plus Lucien ni Violette. Joachim poussait, plein de santé, dans cet air si sain. Tout marchait d'un train monotone et tranquille. Ils étaient heureux.

Parfois, Lucien songeait que sa compagne eût été digne de porter véritablement le nom de Montalbert. Trop tard!

Impossible de régulariser leur union sans en révéler, par là même, l'irrégularité. Et puis, quelles que fussent les qualités de Violette, il y avait eu ces trois hommes avant lui. Non, de toute façon, ce n'était pas envisageable. Il le regrettait un peu.

~

Deux ans plus tard, dans les premiers jours de janvier 1819, « Mme de Montalbert » mit au monde un second enfant : une fille, qui reçut le prénom de Céline.

Tout naturellement, Ferret l'inscrivit à l'état civil comme fille légitime de Henri, Louis, Lucien de Montalbert de Lern, et son épouse, née Rousseau, dit Lucien sans sourciller devant ce faux.

Il fallut baptiser l'enfant. Ce que nul n'avait songé à faire pour Joachim. Ici, on ne pouvait se dispenser de cette cérémonie. Quoique les hommes affichassent, en matière de religion, l'esprit le plus voltairien, et ne fréquentassent point l'église jusqu'aux approches de la vieillesse, ne pas baptiser un enfant eût choqué profondément tout le monde. Le parrain fut René Hardouin du Vignal; la marraine, Mme du Mazet. Il y eut, en dépit du froid sec, un cortège mené par un vielleur et un chabretaire faisant sonner leur aigre musique, puis un immense repas dans une dépendance de l'auberge : une grange tendue de draps et décorée de branches de houx, de laurier, de sapin. Une table pour les maîtres, deux pour les métayers et domestiques.

Avec le dîner de relevailles, qui avait eu lieu à Lern, quelques jours plus tôt, la naissance de Céline coûta près de cent cinquante francs. Lucien ne les regretta pas. Il en dépensa autant pour offrir à Violette une très belle bague.

La maternité réussissait à la jeune femme. Elle s'était épanouie. Sa vivacité cédait à une sorte d'heureuse indolence qui s'accordait bien avec sa grâce, sa douceur.

Ce mûrissement, des Portes le surveillait en gourmet. Peu après le baptême, il s'était acquis, par hasard, une situation très forte en sauvant la vie au Maître de Lern pendant une battue. Chargé par un énorme « grand vieux sanglier », Lucien l'avait tué d'une balle, mais l'animal emporté par sa masse était venu lui bouler dans les jambes, le renversant alors que la laie débouchait à son tour. Elle fonçait, défenses basses. Geoffroy, à poste quelques pas plus loin, ne pouvant tirer sans risques, s'était déjà élancé, et, plongeant sur la bête, la détournait d'un coup d'épaule avant de la découdre d'un revers de coutelas.

Réflexe de chasseur. Il l'avait regretté ensuite, car il n'aimait pas Montalbert – par jalousie de mâle, d'abord, et pour quelques autres raisons que Lucien pressentait vaguement. Il devait les mieux connaître, plus tard. L'acte de des Portes le surprit un peu. Bien qu'il ne pût pas ne point lui en savoir gré, sa défiance envers ce garçon n'en fut nullement amoindrie.

Mais comment, après cela, ne pas l'accueillir à Lern en intime? Violette le traitait comme le meilleur des amis. C'était, il s'en rendait parfaitement compte, par amour pour cette espèce de colonel. Quelle sottise, ce sauvetage irréfléchi! Veuve, Violette eût rapidement cédé à son désir. Il connaissait trop toutes les sortes de femmes pour ne point sentir que celle-ci ne resterait pas longtemps fidèle à un mort. Elle avait besoin d'une présence virile, de se donner, cœur et corps. Cela se voyait dans ses yeux, à ses gestes, à ses lèvres tendres et gourmandes. Elle était faite pour l'homme, mais pour un seul tant qu'il était là.

Heureusement, Geoffroy savait comment on mine les défenses d'un tel caractère. Cette bonne épouse sensuelle se rendrait, comme tant d'autres, à son irrésistible stratégie. Le moment ne paraissait pas encore absolument propice. Tant pis! Si elle était encore très éprise apparemment, lui n'était pas moins enflammé. Son désir ne patientait plus qu'à peine. Geoffroy trouvait plus aucune saveur aux autres femmes.

L'été suivant, quand il la revit dans ses robes légères où se marquait toute la souplesse jaillissante de son corps, d'où se dégageait la rondeur, la blondeur de ses épaules, il ne put refréner plus longtemps une faim qui tournait en lui à l'obsession. Le parfum de Violette, ses longues jambes dont les formes se moulaient parfois dans les mousselines ou les plis souples du barège, ses hanches mouvantes, les contours devinés d'une gorge qui avait pris de la plénitude et laissait à certains moments entrevoir dans le décolleté un vallonnement de blanches ombres, le hantaient à présent. Une exigence irrésistible en lui, voulait qu'il la contemplât enfin nue, qu'il la tînt, rieuse et la bouche déclose, avec dans le regard ce pétillement qu'elle avait quand ils bavardaient en se taquinant; mais non plus seulement tendre : troublée, défaillant dans l'attente et les promesses.

Il en perdait le sommeil. Sans perdre pourtant sa maîtrise. S'il laissait peu à peu percer son ardeur, c'est que Violette, maintenant, ne pouvait plus ne pas savoir que les frontières de l'amitié, entre eux, étaient dépassées, et qu'elle ne semblait pas en prendre ombrage.

Effectivement, elle s'en rendait compte – moins qu'il ne le croyait cependant. Elle ne voyait point de danger à ce jeu, parce qu'il demeurait pour elle sans conséquence. Pas une seconde, il ne lui venait à l'esprit que Geoffroy pût s'imaginer la troubler. Ses soupirs, ses œillades de don Juan de village ne l'émouvaient pas plus que les lourdes gaudrioles des autres. C'était un hommage tout de même plus agréable, assez proche de ceux auxquels elle avait été habituée. Il l'amusait, il rendait à son existence la seule chose qui lui manquât : un peu de piquant.

Elle fut surprise quand Lucien prit sur lui de la mettre en garde.

– Fais attention, mon amie, lui dit-il. Tu n'as pas beaucoup de distractions ici, je sais. Je comprends que ce fleuretage avec des Portes te divertisse, cependant il pourrait devenir périlleux.

– Allons donc! se récria-t-elle en riant. Geoffroy n'y attache pas plus d'importance que moi. C'est une petite comédie de salon.

– Oui, tu le crois. Il a réussi à t'en persuader. Sous ses airs lourdauds, ce garçon a toute la ruse et la sournoiserie du paysan qu'il est. En réalité, il compte fermement te coucher sur la liste de ses conquêtes, et je te garantis qu'il ne reculera devant rien pour y parvenir si tu continues à l'encourager.

– Oh! Lucien! Comment peux-tu dire une chose pareille? Moi, je l'encourage!

– Mais oui, fit-il en lui caressant la joue. Penses-y sérieusement, tu t'en rendras compte.

– Je crois, dit-elle avec sa moue mutine, je crois que tu es un peu jaloux, hein!

– Je suis férocement jaloux, ma très chère. Comme tous les vieux maris.

Il l'embrassa et reprit sur un autre ton :

– Je sais très bien que des Portes ne compte pas pour toi. C'est pourquoi je t'en parle. Méfie-toi de sa vanité! Le jour où il voudra pousser son avantage et où tu le rembarreras nous aurons sur le dos le plus venimeux des ennemis.

– Voyons! C'est un bon garçon, plein de dévouement. Il t'a sauvé la vie, tout de même!

– Je ne suis pas sûr qu'il ne s'en morde pas les doigts maintenant. En tout cas, il a su en profiter pour se faire bien voir de toi et pour t'engager sur un chemin plein de risques. Je t'en prie, Violette, sois très prudente.

Cet avertissement l'impressionna, mais malgré tout elle imaginait Lucien influencé par une jalousie inconsciente.

Un homme mûr qui aime une toute jeune femme incline inévitablement à soupçonner des pires intentions un garçon empressé auprès d'elle.

Cependant, elle reçut bientôt un second avis, non suspect, celui-là, de partialité.

Les du Mazet jeunes fréquentaient régulièrement Lern avec l'un des cadets du Vignal et sa femme, que l'on appelait les Robert Hardouin, et Henri d'Estissac, célibataire obstiné. C'était un petit groupe assez cultivé où l'on se passait des livres, les journaux de Paris, des brochures, des partitions. On se réunissait pour faire de la musique, le plus souvent chez les Montalbert à cause de la harpe peu commode à transporter. D'Estissac jouait du violon. Georges du Mazet, de la flûte. Sa femme, Marthe, avait un joli mezzo-soprano, un peu frêle mais très juste. Mme Robert Hardouin, un contralto majestueux comme sa poitrine. Son mari barytonnait agréablement. Depuis quelque temps, leur beau-frère des Portes – qu'ils n'aimaient guère – ne manquait pas une de ces réunions. C'était un ténor à roucoulades. Par ces belles soirées d'été, Mme du Vignal mère et les parents du Mazet venaient volontiers comme auditeurs.

A vrai dire, aux joies de la musique le bon Ferret du Mazet, aussi peu mélomane que Lucien, préférait les échecs. Dans le soir tombant, tous deux jouaient sur le perron, pipe en main, et, à portée, un verre de marc. Les chauves-souris, sortant de la tour en ruine, faisaient carnage de moucherons au-dessus des bougies protégées par leur haut cylindre de verre. Une odeur merveilleusement apaisante venait des tilleuls argentés. Dans le salon, Geoffroy chantait *Le jeune et beau Dunois* en assassinant Violette d'œillades dramatiques.

Au moment de partir, Mme du Mazet dit à la jeune femme :

– Ma chère, si vous êtes de loisir venez donc demain. J'ai trouvé dans le *Magasin des Dames* une nouvelle recette pour la confiture de pêches. Nous l'expérimenterons ensemble.

Lorsque Violette, menée par François Masbatie, arriva au Mazet, la maison sentait le sirop et le fruit. Mais la confiture n'était qu'un prétexte. Quand les récipients furent alignés par rang de taille sur la table, dans la salle à manger, Mme du Mazet, la figure encore rouge sous ses cheveux grisonnants, renvoya d'un petit signe sa belle-fille Marthe qui découpait des ronds de papier pour couvrir les pots, puis :

– Ma petite amie, dit-elle, j'ai voulu vous avoir ici pour vous parler tranquillement. Je ne tiens pas à me mêler de ce qui ne me regarde peut-être pas, mais je vous aime bien, vous, le colonel et vos charmants petits. Vous le savez, n'est-ce pas ?

– Oui, et je vous aime beaucoup, moi aussi, Madame.

– Eh bien, c'est pour ça que je dois vous donner un conseil, comme je le ferais pour ma fille. Vous ne connaissez pas assez Geoffroy des Portes. C'est un brave garçon, au fond. Il se rangera, sans doute. N'empêche que pour l'heure il se conduit comme un vrai sacripant. Or, il est en train de vous compromettre. Hier soir, il a gêné tout le monde avec sa façon de chanter en roulant des yeux blancs. Vous ne vous rendez pas compte, vous avez l'habitude de Paris. Ici, les choses ne vont point de la même façon. Depuis quelque temps, on colporte sur vous deux de mauvais propos, et je sais d'où ils viennent. A cause de lui, vous vous êtes fait une ennemie : Mme de Vergne.

C'était une veuve, habitant au village même une maison bourgeoise, en face de l'église. Elle jouait les dévotes et n'en avait pas moins eu des Portes pour amant, prétendait-on. Cela paraissait peu vraisemblable. Bien plus probablement, elle avait été assez forte pour se refuser alors qu'il la courtisait. Elle était encore jeune, appétissante, habile à mettre en valeur ses charmes dans des robes apparemment sévères mais qui faisaient ressortir d'une façon quasi provocante son teint lacté et la rondeur drue de sa chair. Riche, de surcroît. Ce qui devait compter pour des Portes, vivant aux crochets de son beau-frère. Avec tous ses avantages, elle pensait bien fixer le séduisant Geoffroy et convoler en secondes noces.

– Et voilà, dit Mme du Mazet, qu'il lui file entre les mains pour vous courir après. Vous pensez comment elle a pu prendre la chose !

– Je vois, dit Violette en souriant.

Elle connaissait la dame. La révélation l'amusait.

– Je n'ai pas la moindre envie de lui enlever ce cher objet. Qu'en ferais-je, Seigneur ! Tout mon sentiment, c'est de la gratitude pour la façon dont Geoffroy a sauvé M. de Montalbert. Mon amour pour lui est la seule source de mon amitié et de ma familiarité avec ce garçon.

– Je n'en doute pas, mon enfant. Seulement, sans vous en apercevoir, vous avez été imprudente. Encore une fois, nous ne sommes pas à Paris. Cette familiarité a pu, je vous assure, laisser croire à des Portes que vous l'encouragiez. Tenez : hier soir, par exemple, quand il chantait, vous le regardiez d'un air amusé, indulgent en quelque sorte. Nous, bien sûr, nous pensions bien que vous vous moquiez de lui. Mais lui, vous pouvez être certaine qu'une pareille idée ne l'effleurait même pas. Il est bien trop infatué de lui-même, de sa tournure et de ses succès. Soyez sûre qu'il vous estime prête à tomber dans ses bras, et il croirait vous faire beaucoup d'honneur en vous y recevant.

Violette était devenue sérieuse. Elle se rappelait la phrase de Lucien : « Le jour où tu le rembarreras, nous aurons sur le dos le plus venimeux des ennemis. » Elle ne doutait plus maintenant qu'il n'ait vu juste.

– Puisque vous avez eu la bonté de m'ouvrir les yeux, Madame, donnez-moi un conseil, je vous prie. Comment dois-je agir ?

– Eh bien ! Je pense... Vous êtes mère, n'est-ce pas, Geoffroy ne peut pas se blesser de vous voir lui préférer vos enfants. Servez-vous d'eux. Mettez-les le plus possible entre lui et vous. Il vous considérera comme une pauvre sotte qui ne sait pas ce qu'elle perd. Voilà tout.

Malgré l'adresse de Violette, une manœuvre comme celle-ci n'était pas susceptible de déconcerter Geoffroy. Il avait déjà remarqué chez la jeune femme un subtil changement (provoqué par les paroles de Lucien). Maintenant, cette amorce d'un recul se précisait. La victime essayait, gauchement, de se dérober. Parce qu'elle avait peur d'elle-même, parbleu ! Elle se sentait prise. Et elle l'était bien. Incapable de fuir, elle cherchait auprès de ses enfants une aide, pour résister à l'irrésistible faiblesse qui l'entraînait vers lui. Touchante défense ! Elle l'émouvait un peu parce qu'il ne doutait pas d'en venir aisément à bout. Elle donnait plus de prix à cette sûre victoire. Peu à peu, et pour la première fois, en lui la sensualité brutale se nuançait de quelque chose qui ressemblait presque à l'amour.

Un jour de la mi-août, arrivant à Lern sur les deux heures de relevée, il attacha son cheval à la porte de la tour en ruine dont on avait fait une resserre, et chercha Violette dans le jardin de fleurs où elle se tenait d'ordinaire. Il la trouva, assoupie, sous la tonnelle, face à l'immense paysage qui vibrait dans la stridulation des sauterelles. La chaleur, la réverbération, le mouvement monotone qu'elle imprimait au berceau de sa fille, avaient engourdi la jeune femme. Son beau bras nu appuyé encore à la couchette voilée de mousseline, la tête renversée sur l'épaule, elle dormait et n'avait pas entendu s'approcher Geoffroy. Dans le laisser-aller du sommeil, sa robe de percale blanche aux larges plis était remontée, découvrant les mignonnes pantoufles et les chevilles moulées par des bas de fil si fins que le blond de la chair colorait leur blancheur.

Ce ne fut pourtant point ce troublant désordre qui retint

le regard du jeune homme, mais le visage si nu dans son abandon. En contemplant, mieux qu'il ne l'avait jamais pu faire, ces traits d'une délicatesse non pareille ici, et dont le repos fixait la perfection, cette ombre que les longs cils projetaient sur le velouté ravissant de la joue, toute cette grâce, toute cette fragilité, Geoffroy connut la puissante avidité non plus seulement du désir mais de la tendresse. Il lui fallait cette femme et l'amour de cette femme. Il les lui fallait à lui seul, car la jalousie s'enflammait brusquement dans son cœur.

En même temps que le cuisant regret d'avoir porté secours à ce colonel, ce vieux barbon, des idées insidieuses le traversaient : il n'est pas difficile d'arranger la billette d'un épieu pour qu'elle tombe ou se brise, et rien n'arrête plus le sanglier dans sa charge. Ou de truquer la sangle d'une selle pour qu'elle casse en pleine chasse à courre, ou encore, dans une battue, de laisser s'égarer une balle qui n'est pas perdue pour tout le monde. La saison des accidents allait bientôt revenir.

Il avait une envie dévorante de baiser ces lèvres entre lesquelles brillait, dans leur ombre rose, un éclat frais comme le miroitement d'une source. Mais il ne fallait pas effaroucher Violette. Elle méritait encore un peu de patience.

Elle ouvrit les yeux, reconnut le visage fort et muet qui interposait ses plages d'ombre entre elle et le bleu dense de l'horizon. Prudemment, elle sourit au jeune homme.

– Bonjour, adorable dormeuse, dit-il. J'admirais le plus merveilleux des spectacles. Vous ne pouvez savoir le bien et le mal qu'il me fait à la fois.

– Voyons, Geoffroy, répondit-elle en se redressant, ce n'est pas à moi que vous devez adresser ce genre de déclaration, mais à la belle Mme de Vergne. Elle la mérite.

Tiens, tiens! Jalouse!... Il sourit.

– Mme de Vergne n'est rien pour moi, je vous assure.

– Vous avez tort. Elle vous aime, et elle n'est pas mère de famille, elle.

Le bruit de leurs voix avait réveillé Céline qui se mit à crier derrière le voile du berceau. Violette la prit, emmaillotée dans ses langes, avec un bonnet d'où sortaient ses petits cheveux très noirs. Elle ressemblait à son père, et, au contraire de Joachim, elle possédait un caractère impatient, déjà plein d'autorité. Elle se calma tandis que Violette la faisait sauter sur ses genoux en lui chantonnant un air à bouche close.

– Pourquoi me citez-vous Mme de Vergne? demanda Geoffroy un peu agacé par cet intermède maternel qui dérangeait leurs propos. On vous a dit quelque chose à son sujet?

– Non. C'est elle qui parle de moi. En très mauvais termes, paraît-il. Elle croit que je vous détourne d'elle et m'en veut mortellement. Vous devriez être plus empressé auprès de cette personne. Elle vous rendrait très certainement heureux.

– Vous avez peut-être raison. J'irai la voir. Elle est assez bien, dit-il pour piquer la jalousie qu'il prêtait à Violette. Ces rousses laiteuses sont appétissantes comme du blanc-manger.

Nanon descendait les marches du jardin, amenant Joachim après sa sieste. Bambin bouclé, en pantalon de toile, il brandissait un filet à papillons.

Au diable ces enfants!... Geoffroy se leva.

– Je vais tout de suite chez Mme de Vergne. Dois-je lui transmettre vos compliments?

– Bien sûr! répondit Violette, riant sous cape.

Il partit convaincu qu'elle était horriblement vexée. Au petit galop, il traversa les bois séparant Lern du village. Leur fraîcheur fleurait la mousse et les vesses-de-loup que le cheval écrasait sous ses fers.

Le bourg dormait, désert. C'était le temps de la seconde fenaison. Les chars laissaient sur le sol cahoteux un sillage de regain tombé à chaque secousse. Les vantaux, à l'entrée des granges, en retenaient quelques longues touffes.

La maison Vergne élevait devant l'église, sur la place, ses lourdes pierres grises, son pignon et son pigeonnier nobles. Geoffroy vit, attachée à l'anneau, une jument baie, belle face. Balzanes neigeuses, selle d'amazone. La monture de sa sœur Mathilde. Il sourit ironiquement.

Mme René Hardouin était au mieux avec Mme de Vergne. Leur trait d'union : Geoffroy. L'une, voulant l'épouser; l'autre, trop heureuse d'y prêter les mains. Quel meilleur parti eût-elle espéré pour son cher frère ! Elle avait employé ses artifices à le faire tomber dans ce piège – agréable et doré. Il n'y renâclait pas trop. Les deux complices voyaient luire le succès, quand « cette peste » avait tout mis à bas. Ni l'une ni l'autre ne le lui pardonnaient. Mme Hardouin devait néanmoins lui faire bon visage, en raison de l'amitié que son mari portait au colonel et, par suite, à Mme de Montalbert.

– Ce pauvre René, était en train de dire l'amazone, il y a certaines choses dans lesquelles il se montre un peu ridicule. Comme si les des Portes ou les du Vignal ne valaient pas ces faiseurs d'embarras ! Au moins, on sait d'où nous sortons, nous autres !

Assises dans un petit salon frais, aux dalles noires et blanches, haut plafonné de poutres, ouvert en ce moment sur les ombrages du parc qui s'étendait assez loin derrière la demeure, les deux dames grignotaient distraitement du cotignac.

– Moi, ma bonne, poursuivit Mme Hardouin, je ne puis les croire si bien nés. Lui encore, je ne dis pas. Il a une certaine race. Mais elle ! On la prendrait plutôt pour une gourgandine que pour une fille de bonne maison.

– A beau mentir qui vient de loin, soupira la belle veuve. Ils descendraient aussi bien de Charlemagne ! Où irait-on vérifier ?... Voyez-vous, ma chère Mathilde, je trouve singulier, quand on se dit parents des Bourbons, de quitter Paris juste au moment où ceux-ci remontent sur le trône.

– Lucile! s'écria Mme Hardouin d'un air inspiré, mais c'est vrai! Comment n'ai-je pas pensé à cela! Bien sûr, s'ils étaient cousins du roi, ils pourraient prétendre à tout. Et, en effet, au lieu de prendre l'une des premières places à la cour, ils s'enfuient. On ne saurait appeler ça autrement, n'est-ce pas?

– Vous avez dit le mot, ma bonne. Ils sont arrivés ici comme des fugitifs.

– Démunis de tout.

– Le notaire a dû leur avancer.

– Ils ont des cousins à Limoges et ils ne les voient pas.

– Au baptême de la petite, ils n'avaient personne de leur famille, ni à lui ni à elle.

– Il a fallu qu'ils prennent ici le compère et la commère. Oh! certainement il y a quelque chose là-dessous! conclut Mathilde tout excitée. Nous trouverons bien un moyen pour...

Elle s'interrompit brusquement, Geoffroy entrait, conduit par une servante. Dans le vestibule, il avait pris sa figure la plus sévère. Il s'arrêta entre les deux femmes, feignant de ne point apercevoir la main que lui tendait Lucile.

– En reconnaissant ta jument, dit-il à sa sœur, je me suis douté que vous complotiez ensemble. Cela me déplaît, Mesdames, je vous le déclare. De méchants bruits circulent, concernant Mme de Montalbert et moi-même. Je sais d'où ils viennent. Je ne supporterai pas que cela continue. Vous me comprenez?

Campé comme un coq, vaniteux et sûr de lui, le cou engoncé dans une cravate de batiste beaucoup trop volumineuse, il faisait claquer sa cravache contre ses bottes molles, au gland de soie. Pour ces dames, c'était le *nec plus ultra* du « fashionable ». Ces manières de butor leur paraissaient très seigneuriales. Mme Hardouin tenta néanmoins de protester, timidement. Mais lui :

– Paix! ma sœur. Je sais de quoi je parle. Si vous voulez, l'une ou l'autre, garder mon amitié, vous mettrez dès à présent un terme à vos commérages. Je ne suis pas d'humeur à m'en laisser imposer, fût-ce par une créature aussi somptueuse que vous, ma chère belle, dit-il en adressant à Mme de Vergne tout ensemble un salut railleur et une œillade veloutée.

– Geoffroy! Vous êtes cruel!

– Et vous, malavisée, Lucile. Vous avez lâché la proie pour l'ombre. Si elles vous échappent toutes les deux, mordez-vous les doigts mais ne vous en prenez qu'à vous-même.

– Elles me reviendront peut-être toutes deux, riposta-t-elle avec un sourire aiguisé.

– Gardez-en l'espoir, s'il vous console.

Il rit puis reprit, levant un sourcil :

– En tout cas, souvenez-vous bien de mon avertissement. Serviteur, Mesdames.

Après avoir pirouetté avec grâce sur ses talons, il sortit, fort content de soi. On entendit sonner sur la place dans la torpeur du jour les fers de son cheval.

– Ma chère, dit Mme de Vergne, blanche, les lèvres pincées, je veux voir pleurer cette petite garce. C'est elle qui nous l'a envoyé.

– Elle ne l'emportera pas en paradis, soyez-en sûre. Si j'avais quelques scrupules, il ne m'en reste plus.

II

Les moyens de se renseigner sur les Montalbert ne manquaient pas aux deux conjurées. Elles songèrent d'abord aux cousins limogeois : ces Malbert de Pressac dont on connaissait la parenté avec le colonel. Mme de Vergne avait à Limoges une tante maternelle avec laquelle elle correspondait de loin en loin. En lui narrant dans une missive bavarde les événements de l'hiver, elle cita le baptême de la petite Céline et lança cet appât :

« On a été intrigué ici de voir qu'aucun Malbert n'avait fait le voyage pour cette circonstance familiale. En savez-vous la raison ? »

L'effet de cette simple lettre fut sensationnel. Un matin, Lucile, menée à grandes guides au Vignal, se précipita dans la chambre de Mathilde encore à sa toilette, et, trop excitée pour s'expliquer, tendit à son amie des feuillets gardant encore les traces de leur pliure et de la cire qui les avait cachetés.

– Lisez, lisez, ma chère, dit-elle seulement. Je crois que la bête est lancée.

« Ma bien chère nièce », écrivait la vieille dame,

« Je m'empresse de vous mander, concernant vos voisins

de Lern, les nouvelles que j'ai apprises et qui ne manqueront pas de vous intéresser beaucoup, je m'en donne l'assurance. Sachez d'abord que les Malbert non seulement n'ont été avisés d'aucune naissance à Lern, mais ne savaient même pas leur cousin nanti d'une épouse. Il ne leur en a jamais parlé, ni pendant ni après le séjour qu'il fit dans notre bonne ville voici tout juste quatre ans. C'était subséquent à la dernière culbute du Buonaparté. Pour l'avoir servi avec trop de zèle, je suppose, le colonel se trouvait ici en résidence forcée sous l'œil de la police. Il y demeura plusieurs mois.

» Or, ma chère enfant, voici ce que j'ai découvert d'autre part. Durant ce séjour parmi nous, votre militaire fut rejoint par une jeune personne de Paris avec laquelle il vécut quelque temps, rue des Combes, dans un hôtel. Elle passait pour sa femme, ils sortaient ensemble et allaient même à la comédie. Brusquement, elle disparut. Pourquoi? Tenez-vous bien. La soi-disant Mme de Montalbert n'était autre qu'une fille à soldats venue distraire l'exilé. La police avait renvoyé la donzelle à ses habitués du Palais-Royal. Je puis vous donner l'histoire pour certaine. Je la tiens de la meilleure source : ma bonne amie Mme la Préfète, dont le mari, outré par ce désordre, y avait mis fin lui-même.

» Et voilà ce que je me demande. L'actuelle Mme de Montalbert ne serait-elle pas cette femme, épousée par le colonel entre son retour à Paris et son installation auprès de vous?...

» Une telle extravagance est difficile à envisager, certes! Mais, entre les mains d'une habile drôlesse, un homme – poussé par le démon de midi – est capable des pires sottises. Cela expliquerait pourquoi votre voisin cache aux Malbert ce peu reluisant mariage, et ne les a, par conséquent, pas invités au baptême. Selon mes renseignements, la fille en question semblait avoir une vingtaine d'années de moins que lui, elle était jolie, très élégante. Mandez-moi vite, ma nièce, si je suis trop hasardée dans ma supposition. Que vous en semble? J'ai hâte de savoir le fin mot... » etc.

Inespéré! Sur le coup, Mme Hardouin ne parvenait pas à y croire. Pourtant tout concordait : les âges, les apparences de la jeune femme.

– Ah! je savais bien que c'était une gourgandine! s'exclama, triomphante, Mme de Vergne. Une honnête femme n'a pas ce genre. Geoffroy va voir...

– Doucement! Doucement, ma bonne! dit Mathilde plus posée. Ne nous engageons pas sans vert. Mon frère ne nous croira pas sur simple affirmation. Votre tante ne fournit nulle preuve. Cependant il ne sera pas difficile d'en obtenir par mon père, si vraiment l'histoire de Limoges a été une affaire de police.

M. des Portes, vieux magistrat à Périgueux, président de la cour prévôtale, très influent à la préfecture, se trouvait effectivement fort bien placé pour éclaircir une situation intéressant l'avenir de son fils.

Mathilde, sous prétexte qu'elle avait envie d'embrasser ses parents, n'hésita pas à se rendre auprès de son père pour lui expliquer ce qu'il importait de découvrir afin de remettre l'enfant prodigue dans le chemin d'un riche établissement. En attendant, elle prescrivit à Lucile de ne montrer la lettre à personne et de n'en souffler mot. Surtout pas à Geoffroy.

– Soyez tranquille, chère Mathilde, lui assura Mme de Vergne, je ne donnerai point l'éveil avant de pouvoir montrer à votre frère son béjaune. La patience ne me manque pas.

Il ne lui en fallut que quinze jours à peine. Cette fois encore, le résultat dépassa toute espérance. La copie du dossier Montalbert adressée au président de la cour prévôtale et analysée par celui-ci pour sa fille, apprit aux conjurées non seulement que Violette était bien la personne renvoyée de Limoges, mais encore que, l'année suivante, à son départ de la paroisse Saint-Roch, à Paris, elle n'avait conclu aucune union légitime. L'ex-colonel de Montalbert, suspect en raison de ses sentiments bonapartistes, vivait en concubinage avec elle. Il venait de reconnaître l'enfant qu'elle avait eu. Les argousins n'ignoraient rien d'elle, ni ses origines ni ses amants. C'était, du reste, en surveillant ces demi-solde qu'ils avaient été conduits à s'informer à son propos. On ne la considérait pas comme prostituée mais comme une fille entretenue.

Cette nuance, importante au regard de la police, compterait peu ici où la divulgation allait produire l'effet d'une bombe. Au point que Mathilde ne laissait pas d'en être, par avance, effrayée. Son antipathie n'allait pas jusqu'à la haine. Sans doute, son aversion procédait-elle originairement d'une assez vive jalousie, d'une irritation provoquées en elle, comme chez mainte autre dame des environs, par l'élégance, le parisianisme et les succès de Violette, mais elle ne fût point entrée dans un complot contre cette femme si celle-ci n'eût compromis l'avenir de Geoffroy. A présent, quoique révoltée par l'impudence et l'immoralité qu'elle découvrait, elle n'en avait pas moins un peu peur de l'arme terrible dont elle allait se servir contre cette créature.

Elle hésita pendant trois jours, malgré les instances de Lucile qui masquait mal sa joie cruelle. Enfin, elle remit à Geoffroy le paquet envoyé par leur père. Au contraire de ce qu'aurait souhaité Mme de Vergne, elle eut le tact de le lui apporter seule, l'allant trouver dans le pavillon de chasse où il logeait.

Le jour, raccourci par l'approche de l'automne, baissait déjà. Une lampe à globe protecteur était allumée sur une table où Geoffroy préparait des cartouches. Mathilde s'assit dans la pénombre, sur un sopha placé devant la vaste cheminée encore vide, et attendit, écoutant son frère tourner lentement les feuillets. Il mâchonnait des mots confus. Puis sa rage éclata.

– La garce! La sale petite garce!... Une traînée, me faire ça, à moi!

C'était sa vanité que le coup venait d'atteindre. Un camouflet intolérable pour ce petit don Juan tout bouffi de lui-même. Il avait courtisé pendant des mois une vulgaire catin! Cette fille, accueillante à tant d'autres, jouait avec lui les vertus farouches.

– Nom de Dieu! s'écria-t-il sans songer à sa sœur, je la fouetterai sur la place du village, les jupes troussées jusqu'au menton!

– Tu te rendrais ridicule, dit Mathilde posément. Veux-tu donc prouver à tout le monde que tu es amoureux d'une fille publique?

– Amoureux, moi! Tu plaisantes?

– Alors! Si tu ressens quelque dépit, cache-le. Ne montre que du dédain.

Après son frère, elle avisa son mari. A regret. Mais impossible d'agir autrement. D'ailleurs, elle savait bien que, de toute façon, le secret des Montalbert ne tarderait pas à courir la campagne.

~

Une quinzaine plus tôt, comme un présage des temps sombres où allait plonger Lern, une rapide tragédie avait endeuillé la maison.

Depuis quelque temps, Nanon, qui atteignait maintenant la cinquantaine, souffrait de l'estomac et du ventre. Par crises. Elle les attribuait à de mauvaises digestions dues à la température particulièrement chaude cet été, et n'y prenait pas garde. Cependant, comme ces incommodités allaient parfois jusqu'aux vomissements, Violette s'inquiéta un peu. Elle fit demander au médecin, qui habitait Nontron, de monter à Lern quand il aurait l'occasion de passer dans les environs.

Il vint peu après, dit qu'il s'agissait de troubles gastro-intestinaux plus ou moins en rapport avec le retour d'âge, et prescrivit une poudre à la coriandre, avec de la mélisse en infusions. Ces remèdes eurent un bon effet.

Soudain, un soir, comme elle faisait avec Violette la toilette de Céline avant de la coucher, Nanon fut reprise d'un malaise. Un point de côté lui coupait la respiration. Très vite, la douleur, devenue violente, gagna toute la taille, en ceinture, tandis que se déclaraient des coliques accompagnées d'atroces vomissements.

Lucien en personne, prenant son meilleur cheval, partit pour Nontron chercher le médecin. Ils revinrent dans la nuit et trouvèrent la malade au plus mal, criant de souffrance, couverte d'une sueur visqueuse, le nez pincé. Berthe Masbatie lui faisait boire de la tisane de sauge mais elle la rejetait aussitôt avec des matières noir verdâtre, fétides.

– C'est un abcès intestinal, dit le praticien. Il doit y avoir déjà lésion du péritoine. Je vais tenter quelque chose, quoi que ce soit à peu près sans espoir. Nous n'avons pas de remède contre ce mal.

Il essaya d'un moxa qui ajouta bien inutilement sa brûlure aux douleurs de la malheureuse. Puis il lui administra une dose massive d'opium.

Violette, penchée sur Nanon dont elle essuyait le visage enfiévré, se sentit tirée par la manche. C'était Berthe.

– Madame, souffla-t-elle, il faudrait peut-être appeler M. le curé.

Cela ne fût pas venu à l'esprit de la jeune femme, pas plus qu'à celui de Nanon elle-même si elle eût été encore capable de penser. Cependant Violette acquiesça. Pierre Francillou courut à Gain, et, trois quarts d'heure plus tard on entendit s'approcher la clochette annonçant que le Bon Dieu passait dans l'aube sombre encore. Nanon n'avait plus sa connaissance. Elle mourut au moment où le soleil commençait à illuminer la chambre.

Cette fin tellement imprévisible, si dramatique, laissa Violette bouleversée. Après la mort de son deuxième amant, le capitaine tué à Champaubert, elle avait été, en plein désespoir, adoptée par Nanon, bien plutôt que celle-ci n'était entrée à son service. Elles avaient traversé ensemble des temps matériellement difficiles – où, loin de recevoir des gages, Nanon, empruntant de-ci de-là, nourrissait sa jeune maîtresse –, puis l'existence dorée dans l'hôtel Saint-Victor au faubourg Saint-Germain, puis ce veuvage au fond duquel persistait en Violette le souvenir de Lucien dont elle parlait à Nanon sans espoir de le revoir jamais. Leur liaison ensuite avait inquiété la fidèle compagne, jusqu'au retour définitif de Lucien à Paris et sa décision de reconnaître son fils. Défiance remplacée alors par un dévouement égal à celui qu'elle manifestait à Violette. Il fallait qu'il fût grand pour la décider à les suivre loin de Paris. Tout lui manquait à Lern. Mais tout ce qui lui manquait était remplacé par son affection pour eux deux, par son idolâtrie pour Joachim et, ensuite, la petite Céline.

A présent, l'enfant réclamait Nanon à tous les échos, il la cherchait, il ne concevait pas qu'on ne voulût point le laisser entrer dans sa chambre. Il pleurait, tapait du pied, lui si calme. Sa mère enfin lui dit que Nanon était partie là où tout le monde s'en va quand on devient vieux.

– Où c'est?

– Au ciel, répondit Violette sans y croire et parce qu'il y a des mots dont la majesté vague satisfait aux questions.

L'enterrement fut pour les châtelains de Lern la dernière occasion de voir autour d'eux leurs voisins. Hobereaux et métayers étaient là, car un serviteur comptait comme membre d'une famille; les maîtres aussi bien que les domestiques se dérangeaient pour lui. Lucien conduisait le deuil, derrière les porteurs, en tête des hommes, et après eux Violette en larmes, soutenue par Mme Ferret du Mazet, avec les femmes et les pleureuses.

Dans les jours qui suivirent, ils reçurent des visites de condoléances puis, personne ne venant plus les voir, ils pensèrent que c'était l'usage, ici, à la suite d'un deuil.

Violette, plus occupée maintenant qu'elle devait prendre soin elle-même de son fils et de sa fille, prêta d'abord peu d'attention à ce délaissement. Mais Lucien, sortant sans cesse pour les affaires du domaine, fut frappé par des constatations singulières. Les gens paraissaient soudain le fuir. Le curé qu'il rencontra, chevauchant sa mule, fit manifestement un détour pour ne pas croiser son chemin. Ferret du Mazet, quand il l'apercevait de loin dans les terres, disparaissait sans se laisser rejoindre.

Enfin, un jour, étant allé à Nontron payer le médecin, il trouva sur la place, devant les ruines de l'ancien château, Mme de Vergne. Comme il s'avançait vers elle, chapeau bas, pour lui présenter ses hommages, la belle veuve le regarda d'un œil méprisant, lui tourna le dos, et, remontant dans sa voiture, fit signe au cocher de toucher. Lucien en resta béant.

Quand il se fut ressaisi, il comprit que Violette et lui, ou l'un d'eux, avait dû, sans se rendre compte, commettre quelque énorme manquement aux usages d'ici. Sans doute, pensa-t-il, à l'occasion de l'enterrement. Pas une seconde, il ne fut effleuré par l'idée que leur situation irrégulière pût être connue.

En quoi avaient-ils bien pu violer les règles de la civilité villageoise?... Il résolut de le savoir sans plus attendre. En rentrant de Nontron, il fila tout droit sur le Mazet, sûr d'y trouver à cette heure le bon Ferret. Celui-ci ne pourrait lui refuser une explication.

Le maire était chez lui, en effet, les pieds dans ses pantoufles, la pipe aux dents, en train de lire dans son petit bureau, loin des jeux de ses petits-enfants et du bavardage des femmes, la dernière gazette, qui datait de trois jours. La pièce, dans laquelle il recevait ses fermiers pour dresser avec eux les comptes d'exploitation, donnait sur le jardin par une porte-fenêtre. Lucien y alla directement et toqua au carreau. Ferret ne le reconnut, dans la nuit tombante, qu'en s'avançant pour lui ouvrir. Sa figure perdit alors ses hautes couleurs. Il le fit entrer néanmoins puisqu'il n'y avait plus d'échappatoire. Cela devait se produire, il le savait.

– Mon pauvre ami ! dit-il.

Ils restaient debout tous les deux. La lampe, posée sur la tablette du bureau, les laissait dans l'ombre, des cuisses aux épaules, éclairant seulement leurs jambes et, par-dessus l'abat-jour, leurs visages dont elle accusait les reliefs.

Le ton du bon maire marquait une telle désolation, que Lucien, de nouveau, resta interdit. Puis il s'irrita enfin.

– Écoutez, mon cher ! s'écria-t-il, je commence à être excédé. Voulez-vous me faire l'amitié de me dire ce qui se passe ? Quelle horrible faute ai-je, ou avons-nous, commise ?

Ce fut à Ferret de demeurer suffoqué.

– Comment ! Vous n'avez pas compris !

– Compris quoi ?

– Que l'on est au courant de tout, à votre sujet.

– Ah ! vraiment ! répliqua Lucien. Eh bien ! j'aimerais assez l'être, moi aussi.

– Voyons, voyons ! dit Ferret perplexe, il n'y a pas d'erreur ? Vous êtes dans une situation assez spéciale, vivant... heu... en dehors du mariage. Vous ne pouvez l'ignorer !

– Ce n'est pas possible ! s'exclama Lucien au bout d'un instant. Oui, effectivement, Violette et moi nous ne sommes pas mariés. Quelle importance ce détail a-t-il ! Et surtout, comment a-t-on pu le connaître ?

– Pas d'importance ! Comme vous y allez ! Vous vous croyez toujours à Paris !... Vous rendez-vous compte qu'en déclarant votre fille vous m'avez fait faire un faux en écritures publiques ? Enfin, personne, ici, n'ira se soucier de ça. Voyez-vous, s'il n'y avait que nous, les hommes !... Seulement, les femmes et le curé ne considèrent pas les choses avec notre point de vue, vous pensez!... Quant à la façon dont on l'a su, oh! il y a certainement quelque chose de pas très propre là-dessous. Vos supériorités, la beauté de votre... heu... compagne, vous ont valu des jalousies et des inimitiés dans le pays. Le clan Vergne ne doit pas être étranger à l'arrivée soudaine de votre dossier entre les mains du père des Portes. Non, tout cela ne plaît pas aux honnêtes gens. Malheureusement, ce dossier – je suis allé le vérifier moi-même à Périgueux – est exactement conforme aux révélations qui courent par ici. Sur vous et sur... la fausse Mme de Montalbert. On sait quelle a été son existence avant vous. Ça, c'est sans remède dans notre campagne. Malgré toute notre amitié, malgré l'affection que nous gardons pour... ah! et puis quoi! pour Violette, bon sang!... il nous est absolument impossible de la recevoir ou de la fréquenter. Ma femme et ma belle-fille en sont malades. Moi, mon ami, je mettrais ma main au feu plutôt que de croire un seul instant que cette petite soit une créature perverse. Tout cela est absurde, désolant, mais, que voulez-vous, il y a des lois non écrites auxquelles il faut, bon gré mal gré, se tenir pour le principe, sans quoi notre société s'écroulerait. Pensez à cela, avant de nous traiter de sans-cœur ou de lâches, comme vous en avez peut-être le droit.

– Non, mon bon ami, dit amèrement Lucien en serrant la main du brave homme. Le lâche, c'est moi. Je n'ai pas eu l'honnêteté d'épouser Violette. J'ai tout reçu d'elle, et je n'ai pas voulu lui donner mon nom.

– Parce que vous sentiez bien que vous ne pouviez le faire. D'ailleurs, cela ne changerait rien, en la circonstance. Il n'y en aurait pas moins ces rapports de police. Voilà l'irrémédiable.

En rentrant à Lern par les bois obscurs, Lucien se demandait comment agir. Retourner à Paris? De quoi vivraient-ils? Quand il ne serait plus constamment sur place pour faire fructifier le domaine, les revenus retomberaient vite. De plus, il y avait maintenant deux enfants à entretenir.

Vendre Lern pour acheter au loin une nouvelle propriété?... Ce qui se produisait ici se reproduirait partout, un jour ou l'autre. Le passé de Violette ne cesserait de les suivre avec ces maudits rapports. Ils lui interdisaient également de songer à reprendre du service.

S'expatrier?... Cela semblait à son instinct aussi impossible que lui avait été le mariage avec une femme comme Violette. Double effet de l'atavisme. Le sens profond de la patrie ancestrale, qui avait fait préférer au général de Montalbert son pays à la royauté et mettre son épée noble au service de la Révolution était encore renforcé chez son fils par vingt années de guerre contre l'Europe. Le jeune volontaire de 92 avait considéré trop longtemps l'émigration comme le crime suprême, pour pouvoir envisager de quitter la France. Dans son esprit, cela s'appelait encore passer à l'étranger, et cela gardait couleur de désertion. Ney, Labédoyère, traqués, menacés de mort, s'étaient-ils expatriés! Terrés dans leur pays, ils avaient mieux aimé risquer d'y périr que d'aller vivre tranquillement ailleurs. Des soldats!

Et le soldat, en lui, renâclait à l'idée confuse que quitter Lern c'eût été abandonner un champ de bataille. L'homme qui, sur le mont Saint-Jean, devant l'agonie des derniers carrés, refusait le désastre, se refusait, d'instinct encore, à battre en retraite devant une autre coalition. La plus tyrannique. Celle de l'envie, de la sottise et des préjugés. Avait-on fait la Révolution pour en arriver à voir régner l'esprit le plus rétrograde! Une poignée de femmes, un valet de la superstition, qui eût dû s'estimer trop heureux de n'avoir pas été raccourci, obligeraient-ils un couple de citoyens honnêtes à fuir comme des malfaiteurs!...

Il arriva chez lui échauffé. Non, il ne capitulerait pas!

Violette faisait manger à Céline sa bouillie. Lucien embrassa la mère et l'enfant puis, s'installant à califourchon sur une chaise, déclara carrément :

– Je sais pourquoi ces imbéciles ne viennent plus nous voir.

– Moi aussi, mon ami, dit Violette.

Elle l'avait appris par Berthe Masbatie. Les manières de la gentille servante lui paraissaient étranges depuis quelques jours. Elle se troublait sans cause apparente, devenait timide, ou bien Violette surprenait un doux et triste regard que Berthe posait sur elle. Par moments, elle semblait vouloir dire quelque chose, puis se détournait, s'activant à quelque besogne inutile.

– Enfin, qu'as-tu, ma bonne? lui demanda Violette. Tu veux quitter notre service et tu n'oses pas me l'annoncer?

– Oh! non, justement, Madame!

– Qu'est-ce que ça signifie, ça : justement? s'exclama la jeune femme.

– Que le Maître et Madame peuvent être sûrs de... Eh bien, François et moi nous... nous voulons rester avec vous, acheva vivement Berthe, toute rouge.

– Mais pourquoi n'y resteriez-vous pas? questionna Violette avec étonnement.

Bribe à bribe, elle finit par faire dire à Berthe toute la vérité. Elle connut ainsi les bruits répandus dans la région. En outre, des gens bien intentionnés avaient conseillé aux Masbatie de quitter des maîtres vivant dans le péché.

– Quelles sont tes intentions? demanda Violette à Lucien.

– De ne pas bouger, répondit-il. Si toutefois tu ne crains pas de rester ici dans l'isolement où nous allons nous trouver.

– Avec toi, Joachim et Céline, je n'ai besoin de personne d'autre, mon ami. Tout ce qui me manque, c'est ma pauvre Nanon.

Cependant leur mise à l'index ne fut pas aussi stricte

qu'elle s'était annoncée tout d'abord. Comme l'avait dit le maître, la bassesse du procédé employé contre eux révoltait. Le choc de la révélation passé, beaucoup de leurs amis se reprirent. Ils n'avaient guère de moyens pour témoigner leur sympathie, car Violette, en tout état de cause, ne devait absolument pas être reçue dans les familles ni visitée par les « honnêtes femmes ». Les hommes seuls, comme le chevalier d'Estissac, qui l'eût pourtant fait bien volontiers, ne pouvaient l'inviter sans fournir de nouveaux motifs à la médisance. Néanmoins, en raison de leur âge, certains, et Ferret du Mazet le premier, ne risquaient guère de la compromettre en allant à Lern.

Quelqu'un, du reste, avait déjà montré son indépendance. Lucien, deux jours après son entretien avec le maire, avait eu, en revenant de faire travailler ses poulains, la surprise et la profonde joie de trouver dans le salon, bavardant gaiement avec Violette, Mme Hardouin mère. Ses soixante-dix-huit ans la garantissaient contre une accusation de mauvaises mœurs. Formée à la cour la plus « éclairée » où régnait l'esprit des Rousseau, des Diderot, des Voltaire, elle concevait la morale tout autrement que ces hobereaux bornés et cette époque réactionnaire. Elle s'excusa de n'avoir pu faire sa visite plus tôt : ses douleurs l'avaient clouée pendant quinze jours sur son fauteuil.

– A bientôt, ma chère petite, dit-elle en partant.

Cet exemple permit à Mme du Mazet de céder à son cœur. Quelques autres dames mûres les imitèrent. Mathilde Hardouin n'en prenait nul ombrage, son but à elle étant atteint. En revanche, Mme de Vergne rageait en voyant Violette ressortir du scandale quasiment intacte. Elle regagnait peu à peu du terrain. On ne la recevait pas, certes, mais on allait chez elle. Bientôt, chaperonnées par leurs mères, les jeunes femmes retourneraient à Lern. Quant à Lucien, il allait à peu près partout, même au Vignal. René Hardouin lui avait dit :

– Écoute – ils se tutoyaient depuis qu'il était parrain de Céline – je suis désolé de ne pouvoir faire venir Violette ici, du moins en ce moment. Mais pour toi, la maison est grande ouverte.

Lucien n'en abusait pas cependant. Il ne voulait point y rencontrer des Portes et Mme de Vergne, dont on annonçait les fiançailles.

Ce triomphe n'empêchait pas Lucile d'être ulcérée par ce qu'elle considérait comme un échec à l'égard de « cette créature ». Sa vindicte, et aussi sa sécurité – car elle redoutait secrètement un retour de Geoffroy vers Violette, un jour ou l'autre – eussent voulu voir la jeune femme ignominieusement chassée du pays. Elle avait travaillé avec adresse le curé afin qu'il lançât contre Lern la foudre de l'excommunication. Vieil homme prudent, le prêtre, qui n'éprouvait peut-être pas une extrême sympathie pour sa riche, influente, mais artificieuse paroissienne – n'était guère enclin à user de cette arme. D'abord, elle risquait fort de faire long feu. Ensuite, ces deux âmes, exemplaires depuis que le couple était ici, lui semblaient beaucoup plus proches de l'idéal chrétien que la dévote elle-même. Loin de vouloir les frapper pour une faute dont leur époque lui paraissait plus responsable qu'eux, il nourrissait l'espoir de les conduire, avec la douceur, la patience et le temps, au sein de l'Église dont si peu d'espace les séparait.

Sa déconvenue gâchait à Lucile le vaniteux bonheur d'avoir enfin conquis son don Juan départemental. Maladroite par rancune, elle se vengeait lourdement de sa déception à elle, en lui rappelant à toute occasion son humiliation, à lui. Devant témoins, bien entendu.

– Quand je pense, disait-elle, que sans moi, ce cher grand fou jouerait encore, auprès d'une Marie-couche-toi-là, les amoureux transis! Cela montre la pureté de son cœur, naturellement.

– Ma chère Lucile, lui fit observer, tête à tête, sa future

belle-sœur, je ne crois pas très habile d'insister là-dessus. Geoffroy pourrait vous en vouloir.

Non, ce n'était pas à elle qu'il en voulait. D'abord, elle lui apportait six mille francs de rente, et cela lui donnait quelques droits – avant le mariage. Puis il était assez fin en matière de femmes pour comprendre sa réaction. Il la concevait d'autant mieux que la crainte de se ridiculiser le retenait seule d'exercer sur Violette un châtiment. Il se conformait en cela au conseil de sa sœur, mais la violence refoulée bouillonnait en lui, sans cesse échauffée par le refrain de Lucile. Celle-ci disait juste : lui, l'irrésistible, il avait été tout vulgairement éconduit par une femme dont les amants ne se comptaient pas !

C'est à elle qu'allait tout son ressentiment. Augmenté du fait qu'il avait caché à sa sœur. « Amoureux, moi ! Tu plaisantes ? » Pourtant c'était vrai. Amoureux pour la première fois. D'une traînée ! Qui se moquait de lui. Elle en devait bien rire avec son colonel. On manque de distractions dans ce pays, alors on tâche de s'amuser à rendre grotesque un homme dont les succès, le brillant, la triomphante jeunesse vous oppressent le foie. On lâche sa catin sur lui, et, en la caressant, le soir, on se désopile avec elle de le voir la prendre pour une mère scrupuleuse, une épouse indéfectiblement attachée à son mari. Cette espèce de demi-Bourbon !...

Geoffroy avait toujours eu contre Lucien, avant même de le connaître vraiment, une prévention due à l'ascendance que l'on attribuait aux possesseurs de Lern, Maubert ou Montalbert. Les des Portes étaient de très petite origine. Leur nom s'écrivait en réalité Desportes. Huissiers à verge, puis procureurs, enfin conseillers au parlement de Bordeaux, ils n'avaient dû qu'à cette charge – achetée – de pouvoir scinder leur patronyme bourgeois. Et s'ils figuraient à l'Armorial général, nul titre de seigneurie ni la moindre pièce honorable n'accompagnait leur écu. Le père des Portes s'en préoccupait fort peu; il bénissait même sa proximité du tiers-état, laquelle lui avait permis de passer à travers la Révolution en occupant ce tranquille poste d'assesseur au tribunal criminel de Périgueux. Il n'en allait pas de même pour sa fille et son fils, parvenus à l'âge glorieux alors que la noblesse, revendicatrice et tout orgueilleuse de sa résurrection, rétablissait ses prestiges. Mathilde et Geoffroy tenaient à exercer ceux-ci, à frayer avec l'aristocratie locale, à s'y pousser du col. Devenus femme et beau-frère d'un Hardouin du Vignal, habitant le plus beau château connu dans la région, ils avaient été seigneurs incontestés. Ce qui ne favorisait pas peu les galanteries de Geoffroy. A toute cette gloriole, la séculaire noblesse des Montalbert portait un coup fatal.

Lucien ne faisait pourtant nul étalage de quartiers auxquels il n'attachait aucune valeur. Il se souciait comme d'une guigne du titre princier qui lui revenait directement, assurait M. d'Estissac père, non moins versé que M. de Pressac en héraldique et généalogie. Mais cette négligence même rendait à Geoffroy plus consciente la médiocrité de son propre blason.

En fait, à part Bazin d'Estissac, chevalier de Saint-Louis pour avoir guerroyé en Amérique avec La Fayette, nul, ici, n'était titré. La prétendue noblesse provenait simplement de noms de terre, ajoutés au patronyme dans les vieilles familles pour différencier les enfants. Par exemple, les ancêtres du maire s'appelaient tout vulgairement Ferret; son père s'était dit du Mazet pour se distinguer de son frère qui possédait le Gardeau dans la basse Dordogne. Tant que l'on restait entre hobereaux, tout allait bien. Mais, revenu le vrai seigneur, le descendant des vicomtes de Limoges, des princes de Navarre, la fausse gentilhommerie se mettait à sentir l'étable d'où elle sortait.

Cette odeur, au moins celle du papier timbré, Geoffroy la respirait sur lui au seul nom de Montalbert. Humilié dans sa vanité, plein d'envie rageuse, il n'avait supporté Lucien qu'à cause de Violette. A présent, son aversion pour lui s'ajoutait à son ressentiment contre elle – au désir qu'il continuait d'éprouver malgré tout, mais empoisonné. Cela faisait en lui un joli petit enfer.

III

En septembre, quand s'ouvrit la saison des chasses, les deux hommes mirent un soin égal à s'éviter. Lucien reconnaissait bien que Violette avait été un peu légère et imprudente dans sa conduite avec Geoffroy, provoquant ainsi un coup d'arrêt, légitime en soi. Néanmoins, la venimeuse méchanceté de cette riposte n'était ni justifiée ni pardonnable. Il ne pouvait empêcher son courroux contre le clan Vergne-des Portes d'étouffer complètement sa gratitude pour le jeune homme auquel il avait dû la vie. Geste que d'ailleurs ce garçon n'était pas près de renouveler. Bien au contraire! Il suait la haine. Plus que jamais, il fallait se défier de lui – et de soi-même, d'un facile comportement.

Leur hostilité se sentait. Dans les battues, on veillait avec tact à ne point les aposter ensemble.

Vers la mi-novembre, les Jorgue d'Alleray, dont le domaine touchait Nontron, organisèrent une grande réunion, avec toutes les meutes de vautrait. Le rendez-vous était chez eux et l'on s'y retrouvait le soir pour un de ces soupers de chasse qui duraient facilement de cinq heures à minuit.

Après le courre, Lucien entra dans la salle du festin en

discutant avec René Hardouin la façon dont ses vautres avaient mené la malemort. Les deux amis s'assirent ensemble. Alors seulement, Lucien s'aperçut qu'il se trouvait presque en face de des Portes.

Celui-ci n'avait pas, non plus, remarqué leur proximité. A demi tourné, il parlait avec Bazin d'Estissac, de l'autre côté de la table étroite et longue prolongée par deux retours en équerre. Son chêne sombre, bien ciré, reflétait les lueurs des flambeaux, les faïences à fleurs et les panses rebondies des soupières que les serviteurs venaient d'y déposer.

Partout, les places étaient prises. On ne pouvait plus en changer sans montrer de l'ostentation.

L'air piquant dans lequel on avait couru jusqu'au crépuscule, l'excitation de la chasse, l'exercice violent aiguillonnaient les appétits. On attaqua vigoureusement les mets en les arrosant de vin gris. A mesure que la chaleur animale et celle des bougies élevaient la température dans cette pièce basse de plafond, pas trop grande pour trente convives, les libations se multipliaient tandis que montaient le ton, les gros rires, les plaisanteries épicées comme les épaisses tourtes de volaille et les pâtés à gros bords.

Au verre d'alcool qui coupait le repas en deux, pour « faire le trou » on ouvrit les fenêtres sur l'obscurité froide et humide. On relâcha les ceintures. Entre hommes, il n'y avait pas à se gêner.

Frugal comme tout bon soldat, Lucien ne s'était jamais fait à ces bâfrées. Aussi prenait-il sobrement la nourriture et le vin. A travers les cires du candélabre placé entre des Portes et lui, il le surveillait par moments. En bras de chemise, la cravate défaite, le col ouvert, Geoffroy buvait sec. La figure congestionnée, il avait beaucoup parlé, et fort. A présent, il devenait taciturne. Parfois, Lucien sentait son regard noir s'appesantir sur lui.

Comme on enlevait les pièces de dessert et apportait l'eau-de-vie, le jeune homme, se renversant sur sa chaise et levant son verre dans la direction des deux frères, les amphytrions, lança :

– Magnifique, votre souper ! chers d'Alleray. Vous n'avez rien omis, sauf quelque frétillante garce, pour nous occuper les mains. Cependant l'article ne manque pas, près d'ici !

– Geoffroy ! s'exclama René Hardouin sans bien comprendre mais pressentant une méchanceté.

Lucien avait saisi, lui. Il se levait.

– Ah ! continua des Portes, étrangement blanc tout à coup, les lèvres blêmes, les yeux comme du charbon, M. de Montalbert a compris. Bravo ! Le voilà qui va nous chercher sa catin.

Un silence écrasant tomba sur les conversations. Pendant quatre ou cinq secondes tout fut immobile ; chacun stupéfait, pétrifié.

– Maudit fou ! cria soudain René en lançant sa serviette à la figure de son beau-frère.

D'Estissac levait la main pour le souffleter. Lucien, se penchant vivement sur la table, lui arrêta le bras.

– Merci, chevalier. Mais laissez. Je vous demanderai un autre service.

Geoffroy s'était dressé lourdement, les poings durcis, prêt à se colleter comme un valet de charrue. Lucien lui tourna le dos et, marchant vers leurs hôtes :

– Messieurs, veuillez agréer mes regrets.

Il sortit. D'Estissac et René le rejoignirent aux écuries pendant qu'on sellait son cheval.

– Que veux-tu faire ? dit Hardouin, anxieux. Tu ne vas pas te battre avec lui !

– Je ne vois pas comment on pourrait l'éviter, répondit-il d'un ton sec.

Et, se tournant vers le chevalier :

– Vous chargeriez-vous de l'affaire ? Avec Ferret, qui ne refusera certainement pas d'être mon second témoin.

– Voyons ! Lucien, s'écria René, c'est impossible ! Il n'y

a pas de duels, ici. Attends un moment, Geoffroy va t'exprimer ses excuses. Je l'y obligerai. Nous l'y obligerons tous, s'il le faut, n'est-ce pas d'Estissac? Tu auras réparation, je te le garantis. Nous sommes tous indignés et ne le ménagerons point.

– Je regrette. Les excuses les plus plates ne sauraient rattraper les paroles prononcées par ton beau-frère. Si l'insulte s'était adressée à moi seul, je pourrais, par considération pour toi, passer l'éponge. Tel n'est pas le cas. Si nous n'allions sur le terrain, c'est moi qui serais un lâche. N'insiste plus, René.

Comme celui-ci s'efforçait néanmoins de le retenir alors qu'il était déjà en selle devant l'écurie illuminée, Lucien conclut rudement :

– Laisse-moi. Tout cela provient de ta femme. Tant pis pour elle si elle récolte ce qu'elle a semé!

Serrant les talons, il fonça dans la nuit.

Au fond de sa juste colère, il y avait une excitation très semblable à celle qui l'animait, le matin de Waterloo, quand il désirait le carnage promis à une vieille haine. En poussant sa monture sur la route où les troncs, éclairés de côté par la lune déclinante, projetaient une grille d'ombres, il se sentait rajeunir.

A son entrée, Violette s'éveilla. Il ne lui dit rien de l'incident et s'allongea contre son corps tiède et doux, sans penser beaucoup à elle. Il ne dormit guère, hanté jusqu'au jour par des réminiscences physiques de duels, de combats. C'était moins son esprit que ses muscles, sa chair, ses sens, qui se souvenaient.

– Tu t'es agité toute la nuit, lui dit Violette quand ils se levèrent. Qu'as-tu donc?

Il la laissa s'occuper des enfants. Céline gazouillait dans son berceau, Joachim en chemise caracolait par la chambre tout en réclamant son déjeuner. Sans leur prêter attention, Lucien se hâta de gagner le jardin. Il parcourut l'allée d'accès entre ses buis et fit les cent pas devant l'arc de pierre, pour arrêter là les visiteurs qu'il attendait impatiemment.

Ils arrivèrent ensemble, attachèrent leurs chevaux à un arbre. Le maire avait un air épouvanté.

– Quelle terrible affaire, mon pauvre ami ! Quand Bazin m'a raconté ça !... Ne voyez-vous vraiment aucun moyen d'arranger les choses ?

– Ce serait d'autant plus difficile, assura d'Estissac, que des Portes ne le souhaite pas. Je vous l'ai dit, mon cher maire. Je vous en préviens, colonel : Geoffroy veut se battre et compte bien vous tuer.

– Malgré tout, ce garçon vous a sauvé, une fois ! Vous ne pouvez pas...

– Il l'a trop regretté ensuite pour que je lui en sache beaucoup de gré. Au demeurant, je reconnaîtrai son service en lui laissant tous les avantages. Sauf le choix des armes. Il me revient. Ce sera le sabre. Quant au reste, je vous prie d'accepter sans discussion toutes les conditions de ses témoins.

Le bon Ferret était au désespoir.

– Mais enfin ! s'écria-t-il, avez-vous pensé à ce que deviendront Violette et vos enfants si vous restez sur le carreau. Et si c'est lui, vous aurez...

– Peu importe ! trancha Lucien avec impatience. C'était à lui d'y songer avant de lâcher ses insultes. Maintenant, il n'y a plus à se soucier que de combattre.

– Il reculera peut-être, dit d'Estissac, en apprenant le choix de l'arme. Une balle, il était sûr de vous la placer en pleine tête. Le sabre, il n'en a aucune habitude, tandis que vous en êtes assez maître pour tirer à votre adversaire quelques bonnes pintes de sang tout en lui laissant la vie.

Sans répondre, Lucien pria les deux hommes de faire diligence. Ils l'avaient à peine quitté quand René Hardouin apparut, au galop, dans le chemin montant de la Gance que l'on franchissait, entre le Vignal et Lern, sur des planches. Il s'arrêta pour échanger rapidement quelques mots avec les deux cavaliers, puis relança son cheval. Lucien s'était avancé. René sauta vivement à terre et, tenant sa monture par la bride :

– Je venais, dit-il, te mettre en garde contre l'adresse de Geoffroy au pistolet. Puisque c'est toi qui le domineras au sabre, je te demande de le ménager.

– Me ménagerait-il, lui, s'il pouvait employer son arme habituelle !

– Je l'y aurais contraint, sois-en sûr.

– Et nous a-t-il ménagés, Violette et moi ! Lui, sa sœur, Mme de Vergne, ont-ils hésité à nous nuire méchamment !

– Je te donne ma parole, déclara René, que ma femme réhabilitera Violette de telle sorte qu'elle sera reçue de nouveau partout, mieux encore qu'autrefois.

– Ta bonne volonté me touche. Pourquoi a-t-il fallu, pour te faire dire ça, que ton beau-frère soit en danger !... Peu importe, d'ailleurs. Ce marchandage est hors de propos.

– Tu ne me comprends pas, Lucien. Je ne viens nullement t'acheter la vie de ce garçon. Certes, je voudrais éviter à ma femme la douleur de perdre son frère, mais je tiens à toi beaucoup plus qu'à lui, à notre amitié. Elle serait inévitablement condamnée, tu le sais bien, si tu tuais des Portes.

Lucien claqua des doigts avec agacement. Ému, il s'en voulait de son émotion. L'instinct qui s'était réveillé en lui, avide après un long sommeil, n'entendait pas se laisser frustrer. Poussant un soupir, Lucien serra la main de son compagnon.

– Tu es un bon ami, René. Moi aussi, je tiens à toi. Mais tu me demandes beaucoup !... Enfin, je ferai mon possible.

– J'ai ta promesse ?

– Non. Ça non, je ne vais pas jusque-là. Franchement,

le sabre à la main, je ne peux répondre de moi. Tout dépendra de des Portes lui-même. Arrange-toi donc avec lui.

Il reprit l'allée. Sur le perron, Joachim l'appelait. C'était l'heure de sa leçon d'équitation. Son père lui avait acheté un petit cheval breton, moins grand qu'un âne, sur lequel il lui inculquait les principes qu'il faut acquérir dès le plus jeune âge. Ce matin, il le fit travailler, mais distraitement. Puis, montant un courtaud à tout aller et tenant le petit bidet par la longe, il l'emmena au-dehors. Violette, avec Céline sur le bras, les regardait partir. Le gamin se retournait pour lui adresser des signes, fier de montrer comme il était à l'aise en selle.

Ils se dirigèrent vers la croix du Breuilh, un calvaire sur le chemin du village, au coin d'une lande pierreuse. Des chênes tordus par le vent, entrecroisant leurs branches convulsives, l'isolaient, et cependant, par l'ouverture devant laquelle veillait la croix rouillée du calvaire, elle avait une vue sur l'immensité de l'horizon. C'était une vaine pâture, par conséquent le terrain le plus neutre. Pour cette raison, Lucien l'avait proposée comme lieu de combat. Il voulait voir dans quel état elle se trouvait présentement – l'habitude des reconnaissances. D'Estissac et Ferret devaient le rejoindre là, une fois leur mission remplie.

L'automne desséchait le maigre herbage, roussissait les chênes, cuivrait et dorait l'horizon. Sur le sol lépreux ne se voyaient que des crottes de chèvre en chapelets d'olives noires, et des fientes de mouton, sèches les unes comme les autres. Les villageois ne menaient donc plus leurs troupeaux ici, pour l'instant. On y serait tranquille. Satisfait, Lucien fit trotter en rond Joachim sur son bidet miniature. Le maire et le chevalier arrivèrent. En présence de l'enfant on n'échangea, comme Lucien l'avait voulu, que les mots les plus brefs.

– Tout est arrêté, l'arme acceptée. Rendez-vous ici à deux heures, ce tantôt.

– Je m'en vais à Nontron, dit Ferret, quérir le médecin. Mieux vaut l'avoir sur place.

En rentrant à Lern, Lucien regardait son fils. Il serait peut-être orphelin, ce soir. Avec les armes blanches, un adversaire inexpérimenté est parfois plus dangereux qu'un expert. On risque de se trouver déconcerté par son tir sans principes. Cette anarchie même, avec ses improvisations, ses surprises, devient redoutable si l'homme a de la souplesse, des muscles et du poignet. Comme des Portes.

Bah!... Lucien haussa les épaules. Il reprenait son fatalisme de soldat. Vivant maintenant, mort tout à l'heure : il avait une vieille habitude de ce risque. D'ailleurs, il pouvait aussi bien périr dans un accident de chasse. Depuis longtemps, le notaire possédait son testament. Joachim hériterait tout, la jouissance et la gestion des biens revenant jusqu'à sa majorité à sa mère.

Au dîner, Lucien mangea peu, comme autrefois avant les batailles. Les blessures au ventre sont plus graves avec l'intestin rempli.

– Tu n'as pas faim? dit Violette. Décidément, il y a quelque chose qui ne va pas. Mauvais sommeil, manque d'appétit! Tu devrais te purger, mon ami.

– Oh! le souper d'hier me reste un peu sur l'estomac, répondit-il sans mentir. Et, avec une secrète ironie, il ajouta : de toute façon, ce sera passé ce soir.

En quittant la table, il monta chercher deux sabres dans la cantine où il conservait ses armes, et, les dissimulant sous sa redingote, il alla se cacher dans la resserre de la tour pour se dérouiller le poignet à l'abri des regards. Puis il dégraissa les fers. Avec une lime, il redonna du vif au tranchant et à la pointe. Manier ces bancals bien équilibrés, légers malgré la largeur de leur lame, réveillait en lui un singulier plaisir. Il exécuta encore quelques moulinets, esquissant dans le vide attaques et parades. Enfin, il enveloppa les deux sabres dans une toile à sac, les cacha pour un moment derrière les outils de jardinage puis s'en fut retrouver Violette.

Dans la salle à manger, elle faisait lire Joachim tandis que Berthe cousait en berçant du pied Céline. Paresseux à ce genre d'exercice, le gamin ânonnait, sans mauvaise grâce mais distraitement. Sa mère devait sans cesse lui souffler les lettres.

– Je sors, mon amie, annonça Lucien. J'ai rendez-vous avec le maire et d'Estissac. J'espère revenir dans une heure ou deux.

– Mets ton manteau, dit Violette. Il faut te garder d'attraper froid aujourd'hui où tu n'es pas très bien.

– Entendu. Mais je suis très bien.

Il l'embrassa sans émotion, passa la main sur la tête de son fils, constatant que ces êtres, pour lesquels il avait cependant beaucoup d'amour, ne tenaient pas la moindre place en lui dans cet instant. La promesse du combat, sa puissance, son hasard, annihilaient tout sentiment et le remplissaient en entier.

A cheval, il attendit, encore une fois devant l'entrée du jardin, d'Estissac qui devait venir le chercher. Il arriva quelques minutes plus tard.

– Comment vous sentez-vous ?

– En parfait état, répondit Lucien.

Il aurait pu dire : exceptionnellement bien. Depuis plusieurs années, il n'avait jamais été aussi à l'aise dans sa peau.

Le chevalier prit les bancals que Lucien avait récupérés en se rendant à l'écurie. Les deux hommes, poussant leurs bêtes, cheminèrent en silence. D'Estissac remarqua seulement :

– Il sera porté, je présume, à employer son sabre comme un couteau de chasse.

– C'est ce que j'ai pensé.

Ils coupèrent à travers les châtaigneraies d'où le vent emportait en tourbillons les feuilles mortes. Les bogues épineuses éclataient sous le choc des sabots. Puis ils débouchèrent sur le chemin de terre blanchâtre et de silex, tout galeux d'une herbe flétrie par les gelées. Déjà ils voyaient le calvaire dont la croix se découpait sur le ciel lointain et très pâle.

Le maire les attendait en parlant d'un air inquiet avec le médecin qui étalait sur le socle de granit sa trousse, des flacons, de la charpie, des bandes. Leurs chevaux à l'attache broutaient du bout des dents quelques chardons. A l'autre extrémité du chemin, des Portes et ses seconds apparaissaient, suivis par René Hardouin.

Celui-ci s'avança pendant que les autres mettaient pied à terre.

– Encore une fois, murmura-t-il en prenant son ami par le bras, je t'en prie, évite un malheur. J'ai chapitré Geoffroy de telle sorte qu'il se le tiendra pour dit.

– Bon. Nous allons voir, répondit Lucien distraitement. Messieurs, poursuivit-il à voix forte pour se faire entendre des quatre témoins, ne tirez pas au sort. Avant l'incident d'hier soir, j'ai eu certaine obligation à M. des Portes. En conséquence, qu'il choisisse lui-même son sabre, sa place, et prenne l'avantage de la lumière.

Avec un sourire ironique, Geoffroy salua du front et de la main ces paroles. Il examina le terrain. A quelque distance, une langue de sol stérile émergeait, formant une faible et courte pente sur laquelle s'était répandu le gravier avec des petits cailloux entraînés par les pluies.

Le jeune homme alla se placer en haut, sur la terre lisse et solide, le dos au soleil, laissant à son adversaire la plus exécrable des positions : légèrement dominé, la lumière dans les yeux, les pieds mal assurés dans le gravier qui roulerait sous les semelles. D'Estissac voulut protester.

– Laissez, chevalier. C'est très bien ainsi, dit Lucien.

Il se mit à dépouiller sa redingote. On offrit les armes à des Portes. Elles étaient exactement semblables, toutes deux du modèle réglementaire pour les chasseurs : une seule garde, en cuivre, se rattachant au pommeau courbe; poignée de bois large, presque rectangulaire. Il les essaya soigneusement l'une et l'autre, tâta la pointe, le tranchant.

Lucien attendait. Le soleil lui chauffait faiblement la poitrine, tandis que son dos, à l'ombre, sentait la fraîcheur du vent. A peine perceptible, un parfum montait du serpolet écrasé par les bottes.

Le chevalier lui tendit le second bancal. Il n'y eut pas de fioritures, ni commandement ni salut. Simplement, les assistants se reculèrent et les deux antagonistes, torse nu, sabre en main, tombèrent en garde.

Tout d'abord, prudents tous deux, ils ne firent que s'observer. A quelques attaques non appuyées, Geoffroy opposa des parades qui le montraient capable de riposter sans se découvrir. La position contraignait Lucien à tirer dans la ligne haute, ce qui permettait à des Portes de faciles menaces à la tête et au poignet.

Lui aussi, il risqua des attaques, mais toujours avec la pointe. Comme le chevalier l'avait prévu, et comme Lucien s'y attendait, le bancal, pour lui, c'était un long coutelas. A la première taillade, il comprit néanmoins, en la détournant d'instinct par un revers, ce qu'est le coup de sabre. Avec la force, la souplesse, le courage et la ruse qui le caractérisaient, il en fit son profit. Il possédait aussi le sens inné des armes, du combat. En peu de minutes, il avait adapté à ses propres ressources la technique du duel, et s'y montrait redoutable.

Lucien en était rempli d'une âpre satisfaction. Il pouvait le tuer, maintenant. Et rien ne l'empêcherait plus de le tuer si des Portes ne le tuait pas lui-même. La vieille chaleur, cette frénésie qui montait du ventre, l'irrésistible désir de la sensation transmise par la lame crevant une chair, l'envahissaient une fois encore, plus grisants d'avoir été si longtemps inéprouvés.

Il détacha voluptueusement un coup de tranchant à la gorge, assez lent pour appeler la parade de prime haute d'où sa pointe se dégagerait en foudre, filant d'un trait à travers la poitrine. Mais rien n'arrêta le moulinet. Des Portes, aussi prompt qu'un loup, s'était courbé. Se glissant sous l'arme sifflante, il poussait à corps perdu une espèce de flanconade. Lucien l'esquiva tout juste en s'effaçant sur le côté, et n'eut que le temps de reprendre la garde pour éviter un retour en revers. La lame lui avait entaillé la ceinture, coupant la culotte sans parvenir jusqu'à la peau.

– Halte! lança d'Estissac.

Les deux adversaires soufflèrent un instant, s'essuyant le visage et les mains. Une fougue joyeuse et cruelle se lisait sur les traits de Geoffroy. Ce n'était plus un garçon de trente-trois ans, mais un enfant déchaîné dans l'excitation du jeu dangereux.

Dès la reprise, reposé, en pleine puissance, il attaqua par des coups de taille qui chuintaient en décrivant dans le soleil des orbes étincelants. Lui aussi, de tout son être il désirait tuer – pour cet acte même, mais aussi pour satisfaire son aversion et pour se venger de la femme qui l'avait humilié.

Quant à Lucien, il ne se souciait guère de la raison pour laquelle il se trouvait face à face avec des Portes. L'insulte, sa cause, même l'existence de Violette : tout cela était loin de lui. Rien ne comptait hormis le corps dont il respirait avec force l'âcre fumet de sueur, cette chair offerte, le bruissement des sabres. La violence qu'il déployait et qu'on lui opposait l'enivrait. Il n'y avait plus en lui que le besoin de toucher de son fer cet être emporté avec lui dans la même griserie furieuse. Elle noyait la pensée, remplacée par des réflexes, par un mécanisme bien plus rapide que l'esprit.

Avant qu'il ait eu le temps de s'en rendre compte, sa main avait paré un sauvage coup de banderole, et, ripostant en prime par-dessous le sabre détourné, poussait le sien comme un éclair.

Un léger choc dans le poignet. Une résistance qui cède en un centième de seconde. La lame qui file, traverse...

Et en soi, enfin, un épanouissement, une pacification profonde, quelque chose de baignant, comme la liquéfaction d'un spasme.

Lucien retint son bancal. Des Portes, lâchant le sien, se renversait, glissait au long de l'acier qui se dégagea tandis que la poitrine s'inondait instantanément de pourpre. L'un des témoins, le cadet d'Alleray, attrapant Geoffroy dans sa chute, le couchait sur le sol.

René, le médecin se précipitèrent. Des Portes était déjà mort, percé de part en part entre les côtes. Son sang sortait en bouillons du cœur traversé. Le corps eut une ultime contracture puis se détendit.

Le médecin fit un signe d'impuissance. Les assistants restaient suffoqués par la rapidité de cette fin. Lentement, René se releva, fixant un regard d'inexprimable reproche sur l'homme qui venait, en dépit des prières, de trancher cette vie.

– Désolé! dit froidement Lucien.

Qu'avaient-ils, les uns et les autres, à le considérer de cet air horrifié! Des Portes le cherchait, son destin, n'est-ce pas?... Un mort dans l'herbe, eh bien quoi! ils n'en avaient jamais vu dix mille couchés ainsi, ces péquins!...

Il essuya son sabre avec une poignée de bruyère, ramassa l'autre arme pour les piquer en terre pendant qu'il se revêtait.

Étranger à l'affaire, et pressé, le docteur rangeait sa trousse. René fermait les paupières de son beau-frère. Du

Mazet, les épaules voûtées, secouait sa tête grise avec accablement. Ils restaient tous comme des bornes autour du cadavre.

– Coupez donc des branches pour faire une civière ! leur lança Lucien.

Personne ne répondit. Comme d'Estissac se détournait de lui, il haussa les épaules, prit les sabres, se dirigeant vers son cheval.

Sur le chemin, le médecin le rattrapa. Avec un cynisme de carabin, il lança cette plaisanterie :

– Vous avez un joli coup de lancette, colonel !

– Que voulez-vous, c'était lui ou moi.

– Bien sûr, bien sûr. Mille excuses de vous dépasser, mais des malades m'attendent.

Il toucha le bord de son chapeau et piqua son roussin.

IV

Lucien rentra par le derrière de la maison, monta remettre les armes en place dans la cantine après les avoir soigneusement essuyées et graissées, puis il redescendit. Dans le couloir, à l'étage, il trouva Violette.

– Je t'ai entendu en haut, dit-elle. Tu n'es pas malade?

– Pas du tout.

Il la prit par le bras en ajoutant :

– Viens dans la chambre, j'ai quelque chose à t'apprendre. Voilà, dit-il après avoir refermé l'huis sur eux, chez les d'Alleray, hier soir, des Portes nous a très gravement insultés, toi et moi. Je viens de me battre avec lui, à la Croix du Breuilh.

– Tu es blessé!

– Mais non, mais non, rassure-toi. Il m'a coupé avec son sabre la ceinture de ma culotte, sans me toucher. Je suis intact. Pas même une égratignure.

Elle respira. Puis, tout d'un coup :

– Et lui?

– Lui, eh bien ma foi, je l'ai rudement touché.

Il la prit aux épaules.

– Pour te dire la vérité, des Portes est mort. Il a reçu

ma pointe en pleine poitrine, il est mort sur le coup.

Elle était devenue toute blanche. Il la fit asseoir, lui précisant que Ferret, le chevalier d'Estissac l'avaient assisté, que c'était un duel des plus réguliers. Elle n'écoutait plus. Il se tut. Le silence s'appesantit dans la pièce dont les petites fenêtres bleuissaient. Les ombres ressortaient des encoignures.

– Mort!

– C'était lui ou moi, répéta-t-il moins calmement qu'il n'avait répondu au médecin. Tu ne vas tout de même pas prendre ça au tragique, comme ces bourgeois! Un homme tué, ce n'est pas une affaire, bon sang!

– Ah oui?... Il ne te vient pas à l'idée que des Portes était pour d'autres ce qu'est Joachim pour nous?

– Qu'y puis-je! Les hommes sont faits pour se battre et mourir courageusement.

– Non! s'écria Violette en se levant avec vivacité. Non, ce n'est pas vrai! Je croyais que tu l'avais compris. Tu en avais épargné un à cause de moi, dans ta dernière bataille. Je t'ai tant aimé pour ça!

– Eh! riposta-t-il, emporté par l'irritation, c'est bien à cause de toi que je viens de tuer celui-ci! Si tu ne l'avais pas, avec tes coquetteries, encouragé à te convoiter, nous ne nous serions pas battus!

Elle se tut, comme frappée, la bouche entrouverte, les yeux pleins d'horreur. Brusquement, elle enfouit son visage dans ses mains.

– Pardonne-moi, dit Lucien au bout d'un instant. Toutes ces histoires, pour une chose si simple, m'ont exaspéré. Allons, allons, mon amie! poursuivit-il en lui prenant les mains, nous savons bien que tu n'es pas fautive. Des Portes me détestait avant de te connaître. Il n'y a qu'un coupable là-dedans : lui seul. En lançant son insulte, hier soir, il savait qu'une rencontre serait inévitable; il voulait absolument me tuer. Sur le terrain, j'ai eu peine parfois à me défendre de ses attaques, et c'est en parant un coup mortel que je l'ai atteint.

Peu à peu, les larmes de Violette se séchèrent, mais elle restait accablée.

– Nous devrions partir, soupira-t-elle. Quelque chose ici nous poursuit : le malheur a commencé par la mort de Nanon. Depuis, tout va de plus en plus mal. Tu penses à quoi nous allons être en butte, maintenant!...

On pouvait, en effet, prévoir que la haine de Mme de Vergne serait à présent sans bornes.

Quand elle apprit la mort de Geoffroy, elle eut un tel transport qu'il fallut la saigner. Ce fut de son lit, dans un demi-délire, qu'elle entendit les cloches toutes voisines sonner le glas de son amant. Faute de pouvoir l'accompagner, elle voulut le voir mettre en terre dans le petit cimetière sur lequel tournait l'ombre du clocher. Mais à peine le cercueil eut-il paru sous la fenêtre, Mme de Vergne retomba, terrassée plus encore par la virulence de la haine que par la douleur.

Celle de Mme Hardouin, frappée en plein cœur par la mort de ce frère tant chéri, était sincère. Elle en exigeait d'autant plus impérieusement vengeance, ou plutôt châtiment. Pour Mathilde, pour ses parents, comme pour la majorité du voisinage, l'ex-colonel n'était rien de moins qu'un assassin. Plus odieux encore d'avoir tué un compagnon de chasse auquel il devait la vie.

Le père des Portes mit tout en œuvre pour faire poursuivre le meurtrier. Il fondait sa plainte sur le fait qu'en obligeant son fils à se battre au sabre, dont il ignorait le maniement, M. de Montalbert, très familier de cette arme, avait transformé un duel en assassinat.

Malheureusement pour cette thèse, l'enquête auprès des témoins fit ressortir d'une façon incontestable : 1° que des Portes avait, en pleine conscience de ses paroles, délibérément et outrageusement provoqué M. de Montalbert, au point d'exciter l'indignation générale; 2° que des Portes s'était montré tout aussi désireux que son adversaire d'aller sur le terrain; 3° que sur celui-ci M. de Montalbert lui avait, de lui-même, donné les avantages les plus exceptionnels; enfin que ledit des Portes s'était servi du sabre assez bien pour mettre plusieurs fois M. de Montalbert en grand péril.

Le maire, d'Estissac, les témoins de Geoffroy, condamnaient tacitement Lucien, mais dans leur loyauté ils devaient reconnaître – et René Hardouin lui-même – que des Portes était responsable de l'affaire. M. de Montalbert avait usé de son droit, rien de plus. Il s'était conduit d'une façon matériellement irréprochable.

Il n'y eut donc pas de poursuites. L'ex-colonel aurait pu être légalement condamné pour blessures volontaires; néanmoins toute l'influence du père des Portes – diminuée, d'ailleurs, car la cour prévôtale avait été supprimée et lui-même mis à la retraite – ne prévalut pas contre l'usage qui voulait que le duel loyal fût considéré par la magistrature comme un moyen de maintenir le sentiment de l'honneur.

Si nul ne demanda compte à Lucien de son acte, on ne pouvait cependant ni l'en absoudre ni l'oublier. Même pour ses anciens amis, il était irrémédiablement le meurtrier d'un de leurs compagnons. On ne l'évitait pas, mais on ne l'invitait plus. Quand on le rencontrait dans les terres, on se montrait poli, sans la moindre chaleur. D'Estissac, Ferret lui-même ne cachaient pas qu'ils avaient perdu tout attachement pour lui.

Cette fois, Lern tomba dans l'isolement absolu. Sans doute, hormis Mme de Vergne et Mathilde Hardouin, on ne reprochait à Violette aucune intention perverse. Cependant trop d'agitations et de scandales s'étaient produits autour d'elle pour qu'on ne la considérât pas comme vouée par sa nature à ce genre de choses. Et puis, involontairement peut-être, mais tout de même par une certaine légèreté, elle avait été la cause évidente de ce duel. Le clan Vergne-des Portes n'avait peut-être pas tort de prétendre que sans elle Geoffroy serait encore de ce monde et chacun heureux dans leur petite société sans histoires. Partant de là, se répandait sourdement l'idée que le couple de Lern portait malheur. A vivre dans le péché, ces deux êtres attiraient autour d'eux la malédiction divine.

On ne s'étonna donc point quand une série d'accidents survint à M. de Montalbert.

D'abord, il tomba dans la Gance. Pour se rendre à une métairie située sur la rive droite, il avait emprunté la passerelle rudimentaire grâce à laquelle on s'évitait un long détour, le seul pont se trouvant à un quart de lieue. C'était un matin de gelée qui poudrait à frimas la campagne. Une mince couche de glace presque incolore couvrait l'eau. En traversant, la première fois, l'onde étroite et profonde, Lucien avait fait très attention au verglas qui pouvait rendre le passage hasardeux. Une heure plus tard, reprenant son chemin en sens inverse, il ne fut pas moins prudent; mais son cheval posait à peine les pieds sur l'extrémité des planches, que celles-ci, glissant tout d'un coup sous le poids, entraînaient dans le ruisseau monture et cavalier. Le seul danger, c'était la pneumonie à la suite de ce bain glacial. Lucien l'évita grâce à la gourde d'alcool qu'il gardait toujours dans ses fontes – vieille habitude du sauve-la-vie –, puis en escaladant à pied avec énergie la pente de Lern, ce qui le maintint chaud.

Une fois bien frictionné par François, il redescendit avec lui, car l'accident semblait bizarre. A l'examen pourtant, ni le domestique ni lui-même ne décelèrent d'anomalie. Les piquets maintenant les planches sur la berge étaient remontés, de sorte qu'ils n'avaient plus rempli leur office. Cela s'expliquait d'une façon plausible par le soulèvement que le gel provoque dans le sol. Si les planches n'avaient pas lâché la première fois, c'était sans doute parce que l'arrachement venait de ce premier passage.

A peu près trois semaines plus tard, sur le chemin du village, un bœuf furieux, sortant soudain d'un clos, faillit renverser Lucien. Il n'évita le choc de la pesante bête qui l'eût jeté à terre avec son cheval que par un réflexe de cavalier habitué aux charges. D'un coup de poignet et d'éperon, il mit son léger alezan instantanément debout, le rejetant aussitôt à terre sur la main opposée. Le bœuf lancé, comme un rocher qui roule, frôla le flanc du cheval en passant, poursuivi par un homme à l'air affolé.

– Arrêtez-le! clamait-il dans son patois.

– Arrête-le toi-même, croquant! bougonna Lucien, et estime-toi heureux que je ne lui aie pas cassé la jambe d'une bonne ruade.

– Eh bé, plo! fit Pierre, le valet d'écurie en rattrapant son maître. Celui-là!...

Il y eut plus grave. Un soir, Lucien, parti pour marquer des coupes, ne rentra pas à l'heure du souper. C'était le printemps, la nuit n'était pas encore close. Ce retard n'aurait eu rien d'inquiétant avec un homme moins exact. Violette, qui ne possédait plus son beau calme d'autrefois, se tourmentait, puis s'effraya. Lorsque six heures sonnèrent sans ramener le maître, François, inquiet à son tour, partit avec Pierre Francillou. Ils se dirigèrent vers le bois des Cosses. Lucien avait dit à Violette qu'il y allait.

Vaste combe humide et fraîche où les frênes se développaient à merveille, les Cosses se trouvaient au bout d'une gorge des plus sauvages mais trop en bordure de la vraie forêt pour que les loups y fussent à craindre en cette saison. Des pans de ce schiste brun et ocreux avec lequel étaient construites toutes les maisons, dans le pays, enserraient le chemin sinuant entre leurs capricieuses murailles. Elles évoquaient, au gré de l'imagination, soit des ruines, soit un entassement irrégulier de gâteaux à la vanille et au café, veiné çà et là par des coulées de miel.

La roche feuilletée, friable, se délitait avec le temps. Les lamelles détachées se transformaient en tuf, et celui-ci, répandu sur le dessus des blocs, dans leurs intervalles ou les anfractuosités, avait retenu les graines errantes. Des arbres chétifs, dont on voyait parfois les racines se tordre dans une crevasse comme un nœud de serpents ou encore agripper un bloc comme des serres, poussaient aux flancs de ces murs désordonnés, avec des arbustes, des ronces et la bruyère qui, en août, couvrirait tout de son pelage rose. Déjà les digitales commençaient à cribler de pourpre la jeune verdure.

En maint endroit, l'eau d'infiltration suintait goutte à goutte. L'hiver, avec la dilatation du froid, elle faisait éclater ces roches gélives. De temps à autre, il arrivait que des blocs, voire des pans entiers, minés par ce sourd travail, s'effondrassent à l'improviste.

C'est ce que redoutait François Masbatie. A juste titre. Un de ces éboulements barrait le chemin en son milieu. A cette heure, l'ombre du soir obscurcissait la gorge sous les feuillages en surplomb. Néanmoins le domestique et Pierre Francillou, avant même d'être sur place, distinguèrent, dans le désordre des rocs tombés, un cheval renversé sur le flanc, manifestement mort. C'était bien celui du Maître.

Tout à coup, ils virent entre deux blocs une main, pâle dans l'ombre et que l'on eût dit coupée. Elle ressemblait à une énorme araignée blanche dont les pattes se crispaient autour d'un morceau de schiste. Elles le rejetèrent vivement puis rampèrent; l'araignée disparut. Alors François se mit à hucher. Une voix étouffée mais calme lui répondit.

Le hasard avait voulu que Lucien, projeté en avant dans la chute de son cheval, fût heurté à la fois par deux larges fragments d'un roc plat, lesquels, en le jetant à terre, s'étaient coincés l'un contre l'autre. Ils formaient par-dessus lui une sorte de tente qui le tenait couché étroitement.

– Enlevez cette pierraille en commençant par le haut, dit-il, autrement tout s'écroulerait sur moi.

L'éboulis n'était pas considérable, encore que très suffisant pour écraser un homme. Seule, une espèce de miracle avait sauvé Lucien. Ses deux serviteurs l'eurent bientôt dégagé. Ils le trouvèrent avec une jambe cassée au-dessus de la cheville, plusieurs blessures aux cuisses, des contusions sur tout le corps et une plaie à la tête, mais sans profondeur.

Cette fois encore, il semblait qu'il dût s'agir d'un pur accident. Tout de même, une telle succession de coïncidences maléfiques éveillait la défiance. Normalement, les chutes de rochers se produisaient toujours soit au cours des fortes gelées soit sitôt le dégel des terres ameublies. Étendu, la jambe dans le plâtre, Lucien songeait qu'avec n'importe quel levier introduit dans une faille, en haut, il eût été facile, bien à l'abri des regards dans les buissons et les feuillages, de déclencher une avalanche sur un passant que l'on n'aimait pas.

Mais comment vérifier cette hypothèse? Et puis, quelle importance! Il avait échappé à ça comme au bœuf furieux, à la pneumonie après son bain dans la Gance, au sabre de des Portes, comme jadis aux balles, aux lances et aux boulets. Il devait être destiné à mourir dans son lit.

Ce dernier accident avait fait quelque bruit dans le village. Il parut clore la série.

Jusqu'à un soir de novembre où Lucien, chassant seul, entendit un coup de feu éclater non loin tandis qu'un choc violent à l'épaule le renversait. Cette fois, ce n'était pas un hasard. Il marchait en terrain découvert; nul, même par ce crépuscule mouillé, n'eût pu le prendre pour un chevreuil ou un cerf, surtout à si peu de distance.

En une seconde, cette évidence lui était apparue, et en

même temps le fait qu'il avait quelque part, du côté de l'épaule gauche, une balle de gros calibre. Une douleur térébrante et rongeante commençait à lui paralyser le côté. Il resta, un instant, comme il était tombé, attendant de voir si ce n'était tout de même pas un chasseur, qui viendrait constater le résultat de son tir. Personne n'approcha, sinon ses propres chiens. Ils le flairèrent, poussèrent quelques jappements étonnés puis, ne comprenant rien à cette lubie de se coucher par terre en pleine action, ils s'allongèrent eux aussi, à tout hasard.

Alors, dans les taillis auxquels il faisait face, il y eut un froissement des feuillages automnaux. Ce n'était pas une bête, car les deux braques ne bougèrent pas. Quelqu'un, sûr d'avoir réussi son coup, s'en allait furtivement. Lucien, les dents serrées, se leva malgré la douleur qui lui coupait la respiration, et, d'une seule main, tira au jugé sur le bruit. C'était absurde. Son fusil ne contenait que des plombs, incapables de percer le fouillis des branchages. Mais il ne pouvait admettre de ne pas riposter, quoi qu'il en fût. Même au risque, en détrompant l'ennemi qui le croyait mort, de s'attirer une seconde balle.

Ce qui arriva. Après le premier coup, l'homme avait dû recharger en silence. Ça devait être quelque paysan soudoyé. Il se servait d'un fusil à pierre. Dans la grisaille crépusculaire, Lucien reconnut la petite lueur de la poudre fusant au bassinet, une demi-seconde avant la détonation. Il était sur un genou quand la balle passa là où elle aurait dû rencontrer sa tête. En combien d'occasions déjà ce petit avertissement, que ne donnaient plus les armes récentes, lui avait-il évité la mort! Il fut satisfait en constatant qu'il était encore capable de ce réflexe militaire.

Cette fois, le tirailleur ne s'attarda point. Ou bien il avait réussi; alors inutile de rester là. Ou bien il avait encore échoué; dans ce cas, n'attendons pas la contre-attaque! On l'entendit fuir lourdement. Il devait décrire des zigzags.

Cette damnée balle, assurément grosse comme le pouce, torturait Lucien. Elle s'était logée juste entre le dessous de la clavicule et l'épaule. Il la sentait en plein dans le muscle où elle provoquait la douleur, vrillante comme une superlative rage de dents. A chaque inspiration, elle touchait sans doute un nerf. C'était à hurler. Néanmoins, Lucien n'était pas mécontent de cette souffrance. L'embuscade dans laquelle il était tombé, cet échange de coups de feu, la blessure, le remettaient dans une ambiance qu'il retrouvait avec un profond plaisir.

Traînant son fusil, sifflant ses chiens, il regagna péniblement Lern en respirant le plus court possible. Il rentra par la cour. La cuisine était éclairée. François venait d'apporter du bois à sa femme qui dressait une volaille en gelée. Tous deux poussèrent des exclamations à l'apparition du Maître sanglant, la figure contractée.

– Ce n'est rien, dit-il en s'asseyant à demi au bord de la table. Pas de bruit. Du linge, de l'eau-de-vie et un couteau pointu.

François lui vint en aide pour se dévêtir. Le torse nu, Lucien vit que le sang ne coulait pas; il suintait plutôt. Ces gros calibres n'avaient guère de pouvoir pénétrant. S'ils ne frappaient pas à la tête ou n'atteignaient point un organe vital, ils meurtrissaient plus qu'ils ne blessaient.

– Verse-moi un grand verre de trois-six.

Il y trempa un linge avec lequel il lava largement la déchirure contuse et ses alentours qui violissaient sous l'effet de l'épanchement sanguin. On distinguait la balle enserrée par les tissus. Il ne pouvait l'apercevoir que du coin de l'œil, mais son renflement bleuâtre se repérait sans peine au milieu du rose sanguinolent. Après avoir plongé le couteau dans l'eau-de-vie, il l'enfonça d'un coup sec, en biseau et, poussant un juron, arracha le projectile à peine déformé qui roula sur le sol. Aussitôt la douleur, due surtout à la compression, se fit moins vive. Lucien sourit.

– Voilà comment, au 1er chasseurs, on soignait les blessures. Il n'y a plus qu'à mettre là-dedans un tampon bien imbibé de trois-six. Arrange-moi ça, mon garçon, avec des bandes. Toi, Berthe, ma jolie, va me chercher une autre chemise. Si Madame te voit, dis-lui que j'ai un petit accroc sans importance.

Violette n'en accourut pas moins, effrayée, les nerfs à vif.

– Qu'est-ce qui t'arrive encore ? Ah ! on ne vit plus. Toujours des catastrophes !

– Calme-toi, répondit-il légèrement. Ce n'est rien. Un coup de fusil destiné à un chevreuil. Le plomb m'a écorché l'épaule. Une égratignure, ça vous ravigote.

– C'est drôle, dit Berthe en patois à son mari quand ils se retrouvèrent seuls dans la cuisine, le Maître a l'air plus content qu'on ne l'a vu depuis des mois. On croirait que ça lui fait plaisir d'avoir reçu cette balle.

C'était l'esprit combatif de Lucien qui se manifestait ainsi. A l'ostracisme, aux menaces – enfin caractérisées, ce soir – il réagissait en « opiniâtrant la résistance », selon un mot cher au général Masset. On lui tournait le dos : fort bien ! Il entendait montrer à ces croquants qu'il se passait parfaitement d'eux. On lui tirait dessus : tant mieux ! Cela rendait à l'existence sa vraie saveur.

Quelques jours plus tard, rencontrant Ferret du Mazet, il l'aborda pour lui signaler d'un air sardonique le dernier « accident ».

– Ceci ajouta-t-il, explique les curieuses coïncidences dont j'ai été successivement victime. Vous reconnaîtrez, Monsieur le maire, que je suis fondé à vouloir me défendre. Telle est bien mon intention. Faites-le savoir autour de vous. Comme vous pouvez le constater, je ne sors plus seul.

D'un signe de tête, il montra François et Francillou, en selle, la carabine sur la cuisse.

– Mes hommes ou moi, nous n'hésiterons pas à tirer. Voulez-vous en prévenir les gens que ça intéresse.

Ferret le considéra longuement de sous ses sourcils gris.

– Montalbert, dit-il enfin, vous êtes un homme de guerre. Vous avez apporté son germe ici. Le jour où vous êtes arrivé n'a été heureux ni pour nous ni pour vous-même. S'il vous reste un grain de sagesse, allez-vous-en.

– Je n'en ai pas la moindre envie.

Le maire tourna le dos et s'éloigna.

En réalité, Lucien se mentait à lui-même. Il voulait rester ici parce qu'on voulait l'en chasser – matériellement d'ailleurs, il se trouvait contraint d'y demeurer –, mais tout en lui désirait le contraire.

~

Les semaines, les mois, ne cessèrent d'accroître la secrète nostalgie éveillée par le duel puis par cet échange de coups de feu. Les attentats ne se renouvelèrent point. L'appareil quasi militaire que Lucien avait pris plaisir à organiser resta sans emploi – malheureusement, estimait-il. Ses deux gardes ne lui servirent que de compagnons de chasse. Réduit à leur société, à celle de deux ou trois paysans de ses fermes, bons fusils ou solides à cheval, il courait ou traquait la bête rousse, la bête fauve, la bête noire, avec quelques garçons du village comme rabatteurs ou valets de meute.

Ces chevauchées, ces affûts, ces combats, souvent corps à corps, avec les loups, ne donnaient le change qu'à son besoin d'activité violente. Les manœuvres de la chasse ne remplaçaient pas les ingénieuses opérations par lesquelles on impose sa supériorité à l'ennemi. Ni ces pétarades dérisoires, la formidable symphonie des canons. Courir derrière un misérable renard quand on a chargé, dans les éruptions de feu, au milieu de marées humaines! D'un signe, lâcher quelques chiens, quand, du même geste, on lançait mille cavaliers comme un tonnerre!...

Tout ce qui avait fait son métier et sa vie depuis l'adolescence, ressortait des profondeurs où il avait cru sa passion noyée dans l'immense naufrage de Waterloo et à jamais pourrie par l'écœurement. Là-dessus, les joies toutes neuves que lui dispensait son intimité avec Violette, la découverte, grâce à elle, d'un nouveau genre d'existence, l'illusion d'un autre avenir, avaient pu éclipser ses exigences et ses habitudes les plus souterrainement enracinées. Par contraste avec tout ce qui mourait en ces temps où s'écroulait un monde, il s'était attaché à ressusciter Lern, pour y mener le train d'un père de famille. Mais il appartenait par toutes ses fibres à ce monde défunt, à ses espaces qui avaient uni les sables brûlants de l'Égypte aux neiges de Russie, à son chatoiement d'uniformes, sa palpitation de drapeaux, ses orages de poudre et de projectiles, ses frénésies, ses triomphes, à l'enivrement de sa cruauté et de sa gloire. Un monde où l'on n'a ni maison ni femme ni enfants. Un monde d'hommes solitaires dans leurs propres multitudes : moines d'une religion sanglante, et qui n'avaient pour compagnes que la discipline, la fatigue, la souffrance et la mort.

Lern, la présence de Violette, Joachim et Céline, perdaient peu à peu leur importance à mesure que cette réalité antérieure reconquérait sa place dans les instincts et les souvenirs de Lucien. C'étaient les notes alertes de la diane qui lui manquaient, au réveil, les sonneries d'appel ou d'ordres, le poids du sabre au côté, la responsabilité de sa troupe, le sentiment de la masse dont elle faisait partie, de la continuité dans laquelle elle se trouvait engagée; marche, manœuvre, poursuite, ou bataille imminente, l'excitation dans l'attente du combat, mais aussi l'ennui des longues inactions où l'on usait le temps avec des gens *pareils à vous* et surtout, surtout la profonde quiétude de cette dépendance qui donne à la vie militaire sa simplicité.

Et puis il y avait souvent, après la misère et les souffrances, le faste incomparable des revues, ces déploiements de couleurs mouvantes, éclairées par le scintillement de l'acier, la puissance, la somptuosité majestueuses de l'armée s'émerveillant de son propre spectacle, les défilés dans les villes conquises : Milan dont les femmes faisaient pleuvoir les fleurs du haut d'un arc de triomphe, Venise dans son écrin de perle et d'émeraude, Vienne grisante, Berlin, Moscou aux bonnets d'or. Enfin, après les marches, les durs bivouacs, les escarmouches : la raison d'être du soldat, la monstrueuse et grandiose splendeur des batailles dans l'ivresse du tumulte et de la fureur, la senteur poivrée de la poudre, l'emportement des charges volant à travers les éclairs sous les ailes de la Mort tonnante.

Il arrivait à Lucien de monter au grenier pour ouvrir la cantine contenant ses armes. Il contemplait son sabre de parade, dont le fourreau était en galuchat, avec des renforts de cuivre doré, la fusée en nacre. Le pommeau courbe, en bronze, doré lui aussi, figurait un mufle de tigre mordant une guirlande qui formait la défense de main. Sa lame damasquinée n'avait jamais lui que dans les revues. Il allait avec le sabre d'honneur décerné, après Wattignies, au brigadier de dix-neuf ans, par la Nation.

Ah! la fringante jeunesse, l'enthousiasme! Les shakos de cuivre pointus, les uniformes blancs des Autrichiens, fantomatiques dans la brume!...

Il touchait rêveusement les vieux bancals dont les gardes portaient les morsures des coups. Celui-ci avait fait ses débuts à Hohenlinden, ou plutôt autour du petit village : Mattau... ou Matten... Mattenboek, dominé par sa petite église pointue. Un fragment de champ de bataille encadré par des sapins. La charge derrière Ney, dans les tourbillons de neige.

C'est là que tu as donné tes premiers coups. Brave sabre! Tu tenais encore bon à Ulm, cinq ans plus tard. Ulm! Cette marche fulgurante – cruelle aux fesses et aux reins, ah! bon sang! – du camp de Boulogne à la Forêt-Noire... Ulm, sa citadelle au pied des hauteurs, Mack pris au piège, ses soldats passant le pont pour venir rendre leurs fusils par brassées. J'avais ce coup de baïonnette dans la jambe. Un mois après, on entrait dans Vienne et j'étais capitaine en premier.

Et Austerlitz, t'en souviens-tu? Ce qu'on a pu se geler à cette sacrée bataille des trois Empereurs! Depuis quatre heures du matin à attendre dans le brouillard glacial. Les chevaux tremblaient sur leurs pattes. On entendait la canonnade, sourde comme si l'on avait eu du coton dans les oreilles. Puis voilà le soleil qui sort en longs rais dans la plaine, et les régiments de Buxhowden qui débouchent entre les étangs, à travers les joncs poudrés de givre. Notre coup de boutoir sur les têtes de colonnes. Tu taillais à cœur joie. C'est là qu'une balle a fait sauter ta pointe, et tu m'as sauvé la vie car le projectile au lieu de me toucher au bras m'aurait percé la poitrine. Mais les bonnets à poil et les capotes grises des grenadiers arrivaient derrière l'ennemi, les boulets cassaient la glace, rouge sous les pieds des Russes disparaissant par grappes dans les étangs...

Il y avait le sabre de Waterloo, sans gaine et dont la lame ébréchée remuait dans le manche. La garde était hachée littéralement, le quillon tordu, son bouton terminal emporté.

Cet autre avait vu Occana, perché au flanc de son défilé, ses torrents d'hommes en espadrilles, ruisselant de tous côtés dans la gorge. La guerre d'Espagne et sa férocité!...

C'était celui-là même qui devait, dix ans plus tard, traverser le cœur de des Portes, après avoir servi dans plusieurs duels avec des provocateurs du café Lemblin.

Si les choses ont un destin, celui de cette arme n'était

pas la vraie guerre. Lucien la dégaina. Comme il balançait légèrement la mince lame si bien étudiée dans sa courbe qu'un simple mouvement du poignet, relevant un peu le faux tranchant, suffisait à la faire pénétrer, la vieille chaleur l'envahit.

C'est qu'il ne regrettait pas seulement l'armée, mais aussi, inconsciemment peut-être, la permission et l'occasion de tuer. Cette habitude-là, les diverses formes de la chasse ne la satisfaisaient pas, elle non plus. Abattre une bête d'un coup de feu ou la forcer puis la saigner au coutelas, ne ressemblait en rien aux puissantes sensations que donne la lutte avec un homme, armé lui aussi et non moins farouchement résolu que vous-même.

Hors le combat, Lucien était bon, plein d'humanité, il aimait ses semblables, mais il avait, en faisant son devoir, contracté le besoin de cette ivresse cruelle, le terrible goût de sentir sous sa main, prolongée par le fer et repoussant un autre fer, la chair crever ou se fendre.

Il n'était pas conscient de ce monstrueux besoin; il croyait n'avoir que l'envie de se battre. Ah! comme cet inspecteur-général, si bienveillant pour lui, voyait juste en refusant sa démission!

La lecture des gazettes lui avait appris, après l'évacuation du territoire par les troupes étrangères, que la loi Gouvion-Saint-Cyr allait rendre à la France une véritable force militaire. Le maréchal Macdonald, le liquidateur de l'armée de la Loire, avait, pendant les débats, rappelé à la Chambre tout ce que l'on devait à ces soldats auxquels il fallait rendre justice en restituant, à ceux qui le désireraient, leur place sous les nouveaux drapeaux.

Ce que les feuilles publiques ne disaient pas – mais un expert comme Lucien le devinait aisément – c'est que l'on allait avoir besoin de certains d'entre eux. Car, renonçant à la conscription si impopulaire sous l'Empire, la loi ne résolvait qu'en partie le problème du recrutement. Celui-ci resterait en pratique très au-dessous des besoins.

Enfin, l'esprit politique était notablement changé depuis juillet 1815. L'abolition des cours prévôtales en avait fourni une preuve et chaque jour on apprenait par *le Moniteur* la nomination de quelque ancien dignitaire impérial à des fonctions importantes, ou des promotions d'ex-demi-solde. En particulier, Crémieux, le Marseillais, venait d'être rappelé en activité comme lieutenant-colonel, grade rétabli dans la nouvelle hiérarchie.

Lucien, s'il n'avait commis la sottise de démissionner, aurait eu bien des chances de commander actuellement une brigade.

Il remit en place le bancal. On entendait monter, par la porte-fenêtre ouverte sur le jardin, des notes de harpe. Il soupira. Quand on a fait une bêtise, il faut en supporter les conséquences.

Violette mettait, à jouer, autant de mélancolie que lui à rêver sur ses armes. La musique, c'était, avec la lecture, sa seule distraction. Elle ne voyait plus personne. La seule femme qui eût été encore susceptible de venir la visiter, car elle n'avait rien perdu de sa sympathie pour elle, était Mme Hardouin mère. Mais elle ne pouvait prendre ainsi parti contre sa belle-fille. L'eût-elle voulu même, la possibilité matérielle lui en eût manqué : tout à fait percluse maintenant, elle ne quittait plus sa chambre.

Peut-être Mme du Mazet, si elle s'était trouvée en présence de la jeune femme, aurait-elle subi l'influence de leur ancienne affection. Seulement cette rencontre avait peu de chances de se produire, Violette ne sortant guère. Elle se sentait mal à l'aise dehors, comme si tout ce pays l'accusait. Elle restait dans la maison ou le jardin. Si elle quittait celui-ci, c'était pour emmener les enfants au plus loin jusqu'à la Gance, à travers la châtaigneraie – ou, parfois, pour aller, en voiture avec Lucien, faire des achats à Nontron.

Une telle existence eût été étouffante. Heureusement il y avait Joachim et Céline. Grâce à eux, grâce à lui surtout, elle conservait une part de bonheur dont elle savait se satisfaire. Sauf pour certaines choses – qui ne plaisaient point à sa mère –, Joachim était plutôt paresseux, mais aussi très doux, et intelligent, avisé, souvent plein de drôlerie. Il apprenait avec aisance tout ce qu'elle lui enseignait, il lisait couramment, commençait à savoir former des lettres. Enfin, c'était un petit garçon ravissant, avec ses yeux bleus presque noirs, ses boucles blondes. Déjà fort, avec ça, et d'une bravoure si naturelle qu'il n'en prenait pas conscience. Au total, un singulier mélange d'indolence, de finesse presque féminine et de témérité.

Celle-ci – la marque des Montalbert, sans doute – semblait également devoir caractériser Céline. Dès qu'elle s'était tenue sur ses jambes, rien ne l'avait arrêtée. Si elle tombait, elle ne hurlait pas. La douleur lui remplissait parfois les yeux de larmes, mais son petit visage en triangle, au menton volontaire, devenait dur comme un poing et elle se mettait en colère contre ce qui lui avait fait mal. Elle tapait dessus. Violette la trouvait peu tendre, bien moins câline que son frère. Tout cela pouvait changer. Pour l'instant, Céline n'était encore qu'un bébé.

– Mais ce sera une vraie petite louvette! s'écriait parfois Berthe, en riant.

Unique compagne de la jeune femme, Berthe était pour elle ce que François et Pierre Francillou avaient fini par devenir pour Lucien. Réduits à ces seules compagnies humaines, les maîtres de Lern abolissaient le peu de distance qui les séparait de leurs serviteurs, en cherchant auprès d'eux l'amitié sans laquelle on ne saurait vivre.

Amitié plus réelle entre les deux femmes, car les affinités ne leur manquaient pas. En dépit des circonstances, une hérédité, une formation empreinte du sens hiérarchique, demeuraient entre Lucien et « ses hommes », comme il les appelait. Leur lien ne dépassait guère la familiarité produite par leurs occupations quotidiennes.

Au contraire, Violette et Berthe étaient non seulement du même âge, ou presque, mais encore à peu près de la même extraction. Malheureusement, leur éducation, leur expérience demeuraient tellement dissemblables que, si Violette trouvait en sa compagne la plus réconfortante chaleur d'affection, de dévouement, de commune tendresse pour Joachim et Céline, Berthe ne pouvait cependant lui offrir un certain commerce dont le manque se faisait sentir. Leurs sujets de conversation, pendant les longues heures hivernales, se limitaient aux plus simplistes. Si elle faisait de la musique, tout ce que Berthe disait, c'était bien sûr : « Ah ! c'est si joli ! »

Et comment Violette lorsque, aux jours chauds, elles couraient ensemble sous la tonnelle, comment eût-elle pu parler à sa compagne de cette tristesse vague, de l'oppression qui la prenaient parfois devant le paysage déroulé sous leurs yeux ?

Beau, oui certes ! Admirable, ce moutonnement de collines et de forêts allant se perdre à l'infini dans le poudroiement du ciel. Beau, mais terrible par son immobilité. Rien n'y changeait, que ses couleurs revenant en un cycle immuable; rien n'y bougeait, que l'ombre des nuages promenant leurs grandes îles bleu sombre sur la mer des verdures figées ou sur les incendies de l'automne. Éternellement, Châlus dressait là-bas son moignon noir; éternellement, la Gance enfonçait au cœur de la prairie sa minceur argentine. Et, parmi toute cette stabilité, on se sentait affreusement peu durable, passager, étranger, au milieu de l'indifférence des choses.

Qu'aurait compris Berthe si elle avait entendu sa maîtresse s'écrier : « Cette campagne a la toute-puissance et la majesté de la mort. Elle me fait peur ! » Violette ne pouvait que se taire, en serrant avec nervosité son fils contre elle, dans des accès de tendresse qui surprenaient l'enfant sans lui déplaire. Il était toujours prêt à quitter ses jeux pour se faire câliner.

Lucien, peut-être, eût été capable, si elle lui eût dit cela, de concevoir son sentiment. Mais Lucien, elle ne le voyait plus guère qu'aux repas. Et encore ! Quelquefois au souper seulement. Il passait sa vie dehors, en chasse, à dresser des chiens ou les chevaux qu'il vendait. Quand la nuit tôt venue l'obligeait à rentrer de bonne heure, il se plongeait dans les comptes du domaine ou la lecture des gazettes. On recevait à peu près toutes celles qui paraissaient. Dans l'isolement de Lern, c'était la seule liaison avec le monde. Le soir, généralement il faisait des parties de billard avec François auquel il avait appris le jeu. Parfois Violette, au lit, à la frontière du sommeil, entendait encore claquer en bas les boules d'ivoire.

Elle restait attachée à Lucien par des liens déjà bien différents de l'amour si vif qu'elle avait eu pour lui. Elle savait qu'il ne l'aimait plus. D'ailleurs, il n'avait jamais eu de passion pour elle, simplement de l'estime, du désir et aussi beaucoup de tendresse. De celle-ci, il restait une affection certaine, mais d'habitude. Le désir, également d'habitude, existait toujours, avec des assoupissements et des réveils. L'estime était entre eux ce qui avait le plus souffert.

Au fond de lui, Lucien la considérait comme responsable de toute l'affaire des Portes, elle ne l'ignorait pas. Il exprimait sa véritable pensée en lâchant ce cri du cœur, juste après le duel. Il s'était repris par ménagement pour elle, par habitude d'assumer seul les responsabilités. Elle n'en trouvait pas moins odieux qu'il crût une chose pareille. Jamais elle n'avait encouragé des Portes ni jamais elle n'avait joué avec lui un jeu de coquette. Elle s'était difficilement contrainte à oublier cette opinion, et, plus difficilement encore, à pardonner un acte dont elle discernait trop bien la vraie cause.

Toute jeune, sensible comme la plupart des femmes à l'éclat militaire, elle admirait ardemment les soldats. Puis elle avait appris par sa triple expérience que la gloire, les claironnantes griseries, le chatoiement des drapeaux, des uniformes, les scintillements du cuivre et de l'acier, sont les masques de l'instinct le plus sauvage, que le courage des armes est une absurde duperie, car s'il fait le défenseur il crée aussi l'assaillant. Ce goût du meurtre, elle le détestait. Elle savait parfaitement que Lucien avait pris plaisir à se battre à mort avec des Portes. C'était pour elle non seulement une tristesse mais encore une immense désillusion. Jusque-là, elle croyait avoir converti un homme à ce qu'elle appelait, confusément quoique sachant très bien ce qu'elle voulait dire, « la vie vraie ». Tout d'un coup, elle avait vu se réveiller en lui le tueur.

Non, il ne restait plus entre eux beaucoup d'estime, sinon pour des mérites accessoires. Ils ne demeuraient liés que par les circonstances, par des habitudes, par un commun et peut-être paresseux instinct de fidélité, enfin par leurs enfants. Cependant Lucien, tout en se montrant parfaitement bon pour eux, ne leur accordait qu'une très faible part de lui-même. Il n'avait pas la fibre paternelle. Il ne s'intéressait qu'à Joachim, et uniquement pour en faire un chasseur à défaut d'un soldat.

C'est ce que Violette regardait d'un très mauvais œil. Elle n'aimait pas du tout que l'enfant indolent fût si prompt à obéir quand son père l'appelait pour lui faire faire des exercices d'équitation de plus en plus ardus. Elle n'aimait pas l'y voir si vif et déjà si habile, quoiqu'elle en éprouvât malgré elle de la fierté. Elle n'aimait pas le ton de rudesse impersonnelle que prenait son père pour exiger de lui des choses toujours plus difficiles, ni la façon dont il se pliait à cette discipline. Elle n'aimait pas qu'il se sauvât, sans cesse plus fréquemment, pour aller traîner à l'écurie ou au chenil. Le jour où Lucien déclara qu'il était temps de lui couper « ces boucles de fille », qu'il allait lui acheter un petit fusil, lui apprendre à tirer et qu'il l'emmènerait à la chasse, elle s'insurgea.

Pour la première fois, Lucien la vit en colère, absolument furieuse contre lui, résolue à lui tenir tête.

– Fais de notre fils un bon cavalier, j'y consens si c'est nécessaire, dit-elle. Mais je ne veux pas – tu entends? – je ne veux pas que tu apprennes à cet enfant à tuer!

– Voyons! répondit Lucien, étonné par tant de violence pour rien. Je ne comprends pas ce que tu as! Tous les hommes sont chasseurs.

– Pas tous, non. Et ceux qui le sont, cela ne témoigne pas en leur faveur. Ces pauvres bêtes que vous vous plaisez à massacrer ne vous veulent aucun mal.

– Tu trouves! Les loups, par exemple...

– Les loups tuent pour se nourrir. Ils ne s'amusent pas à vous faire courir une journée entière avant de vous égorger. La chasse est un jeu de sauvages. Nous n'allons pas discuter là-dessus, Joachim aura tout le temps, plus tard, de devenir chasseur quand il pourra juger par lui-même. Ce que je ne veux pas, c'est que tu lui donnes, à son âge, l'habitude des armes. Je sais trop à quoi cela peut entraîner! Je ne veux pas que mon fils ait, un jour, du sang sur les mains.

– Attention, Violette! dit Lucien posément mais les joues un peu pâlies. Nous risquons de nous dire des choses que nous regretterons quand il sera trop tard.

– Tu as raison, répondit-elle après un instant pendant lequel l'agitation de sa poitrine se calma. Tu as raison, mais entends-moi, mon ami. Il ne faut pas que Joachim, pour avoir été trop brave, se trouve dans la situation où nous sommes, nous.

– Peut-être. Seulement n'oublie pas qu'il porte un nom dont il devra défendre l'honneur.

– Ah ! s'exclama-t-elle. Vos ridicules idées d'hommes ! Quand comprendrez-vous que l'honneur c'est d'être bon !

Lucien haussa les épaules avec indulgence.

– C'est tout au tien, ma chère, d'avoir cette idée. Doux rêve de femme ! Bien, bien, on attendra, pour ce fusil.

V

Quelques mois plus tard, par un printemps pluvieux où la Gance, grossie d'un flot torrentueux et jaunâtre, inondait les prairies, on apprit la mort de Napoléon dans son île lointaine.

En se retirant, les eaux, montées jusqu'aux premiers châtaigniers, laissaient aux troncs des colliers d'une écume pareille à des blancs d'œufs battus, qui émerveillaient Joachim.

D'après l'officiel *Moniteur*, le captif de Sainte-Hélène avait été emporté par une gangrène du foie dont il souffrait avant son exil. *Le Constitutionnel*, journal d'opposition auquel Lucien s'était abonné quand cette feuille portait encore le titre d'*Indépendant*, donnait à entendre que le poison pouvait bien n'être pas étranger à cette fin, si rapide pour un homme de cinquante-deux ans.

Lucien partageait cet avis. Cependant la disparition de l'Empereur, quoiqu'elle remuât bien des souvenirs, ne l'émut pas beaucoup. Au contraire de Violette. Paradoxalement, parce qu'il avait été génial et foudroyé, elle, qui détestait le meurtre, plaignait le plus grand des pourvoyeurs de la Mort. Elle n'avait pu ne pas admirer sa fortune, elle compatissait à son malheur, à ses souffrances solitaires, loin de sa femme et de son fils.

A la différence de beaucoup de ses anciens soldats qui espéraient envers et contre tout le voir revenir un jour, Napoléon, depuis le moment où il avait abandonné l'armée, n'existait plus que dans le passé, au regard de Lucien. Il en était arrivé à considérer ce renoncement comme une désertion dont il parlait parfois avec Ferret et d'Estissac, au temps où... Une fois de plus il exposa sa conviction à Violette. La coalition se fût effrondrée si, sous Paris, au lieu de rester l'arme au pied ou le sabre au fourreau à contempler rageusement dans la plaine des Vertus la ligne prussienne, ils eussent écrasé l'un après l'autre Blücher et Wellington, incapables de se porter secours. Tout le monde le sentait. L'Empereur devait-il mendier à une assemblée de bavards intrigants la permission de livrer cette bataille gagnée d'avance! Allons donc! Les troupes l'appelaient, impatientes. Il n'avait point le droit de ne pas se mettre à leur tête.

– J'ai entendu dire, à Orléans, par un officier de grand mérite : « L'Empereur lui-même nous a trahis. » C'était vrai!... Sans quoi, ajouta-t-il, amer, je n'en serais pas là aujourd'hui.

Ce que Violette enregistra non moins amèrement.

La mort de Napoléon, pour Lucien, n'était que le couronnement d'une série de faits survenus dans les derniers mois. D'abord l'assassinat du duc de Berry poignardé par un sellier des écuries royales, au sortir de l'Opéra, rue de Richelieu, avait entraîné le renvoi du ministre libéral Decazes. « Les pieds lui ont glissé dans le sang », imprimait le *Journal des Débats*, sous la signature du vicomte de Chateaubriand, membre de la Congrégation.

Pure infamie. Mais les ultras n'en étaient pas à cela près. L'attentat de Louvel leur fournissait l'occasion rêvée pour forcer la main à Louis XVIII, pas assez royaliste selon eux.

Leur deuil exagéré et leur secrète joie laissaient prévoir la réaction. Lucien s'y attendait. Elle s'était manifestée peu après par le meurtre d'un étudiant en droit, « tué accidentellement », déclarait *le Moniteur*, au cours d'une manifestation devant la Chambre où les monarchistes cuisinaient une loi électorale à leur façon. Mais *le Constitutionnel*, publiant une lettre du père de la victime, avait prouvé sans doute possible qu'il ne s'agissait pas d'un accident. On retournait au temps des massacres du Midi. Le jeune Lallemand criait « Vive la Charte! » il avait été abattu délibérément d'une balle dans les reins par un garde royal. L'émotion populaire soulevée par ce crime n'avait servi qu'à faire passer la loi réactionnaire. On pouvait s'attendre à voir revenir, après les élections, la « Chambre introuvable » de 1815.

Là-dessus, en septembre, naissance du fils posthume du prince assassiné. Un triomphe pour le parti royaliste. Lucien l'enregistra non sans dépit. Le petit duc de Bordeaux assurait pour l'avenir le sceptre à la descendance directe de Louis XV. Cette vie enfantine remplaçait celle du malheureux dauphin mort au Temple, elle effaçait en quelque sorte la Révolution, l'Empire. Elle tirait un grand trait par-dessus vingt années, et la France retournait à 89. Tout ce qui était monarchiste ou simplement conservateur entrait en joie. Jusqu'ici, au fond de cette contrée perdue, si peu atteinte par les événements nationaux, on célébrait des messes d'action de grâce. Dans une ode publiée par l'ultra-royaliste *Quotidienne*, un garde du roi, signant Alphonse de Lamartine, saluait le nouveau-né comme « l'enfant du miracle ». Un petit jeune homme de dix-huit ans, fils de ce général Hugo que Lucien avait bien connu en Italie, vers 1805, sous Masséna, chantait « le roi né pour la France ».

Naissance miraculeuse, en effet. Presque assez pour pouvoir être suspecte. La branche cadette parlait ouvertement d'enfant supposé. Une protestation fut publiée; elle se terminait ainsi : « S. A. R. le duc d'Orléans est convaincu que la nation française » (tiens, tiens! il ne parlait pas du royaume de France, cet habile Louis-Philippe, ex-jacobin, ex-garde national, ex-général à l'armée du nord, combattant de Valmy) « et les souverains de l'Europe sentiront toutes les conséquences d'une *fraude aussi audacieuse...* » Mais cette proclamation sitôt parue, le duc d'Orléans la démentit en termes formels.

Sauf bouleversements imprévisibles, il n'avait aucune chance de monter sur le trône. A la mort du vieux roi podagre qui s'acheminait lentement vers ses derniers jours, son frère Charles lui succéderait, et après lui l'actuel nouveau-né.

Maintenant, le seul homme capable de faire planer une menace sur cet avenir, venait de s'éteindre. C'était la dernière – elle aussi providentielle – victoire, l'assurance définitive, pour la monarchie de droit divin.

Tout cela, au demeurant, n'intéressait Lucien qu'en ce qui concernait sa carrière sottement interrompue. Sans avoir jamais pris la décision de réintégrer l'armée, il constatait avec aigreur qu'il en avait laissé passer l'occasion. Ce qui eût été possible, peut-être facile, pendant la période assez libérale, close par l'assassinat du duc de Berry, devenait impossible, et vraisemblablement pour toujours, avec le rétablissement de l'absolutisme.

Mais une chose à laquelle Lucien ni personne ne pensait se produisit. Les compagnons de Napoléon dans son exil : Gourgaud, Las Cases, Bertrand, Montholon, revenant de Sainte-Hélène, en rapportaient des témoignages qui firent sur le pays une profonde impression. Si l'hypothèse d'un empoisonnement ne se soutenait plus, en revanche on découvrait que le captif avait été tout aussi impitoyablement mené à la mort. Nul n'aurait résisté à une si méthodique entreprise de destruction d'un homme, à l'insalubrité de l'existence que les Anglais lui avaient imposée, aux tyranniques tracasseries et à la cruauté de ses gardiens. La Révolution n'avait pas eu envers Louis XVI la dixième partie de ce génie tourmenteur !

On n'imaginait rien de pareil. Lucien, semblable en cela au plus grand nombre de ses concitoyens, s'il pensait à l'ex-Empereur, se le figurait séparé de sa famille, certes, mais souverain dans son petit royaume, comme il l'avait été à l'île d'Elbe, et sinon heureux, du moins à l'aise et respecté. Soudain on apprenait son martyre, les iniquités du geôlier Hudson Lowe, la lâcheté des commissaires envoyés par les cours européennes, la férocité avec laquelle les gouvernements de Londres et de Vienne avaient refusé à un mourant toute communication avec sa femme et son fils, enfin qu'en six ans d'une agonie à petit feu, aucune tristesse, aucune humiliation, aucune douleur n'avaient été épargnées à celui que ses ennemis eux-mêmes considéraient comme le plus grand génie du monde moderne.

Durant ces six années, les rancunes de la France contre lui s'étaient effacées. Le régime actuel suscitait des ressentiments bien plus graves. Sauf les ex-émigrés, le clergé et les grands propriétaires, toutes les classes – les anciens soldats comme Lucien, le peuple, la bourgeoisie – avaient tout à lui reprocher : son incapacité, son esprit réactionnaire, sa servilité envers l'étranger. L'Empire avait au moins donné à la France la gloire et des débouchés dans tout le continent. Quant à l'autoritarisme napoléonien, il n'était en rien comparable au despotisme provocant de la monarchie restaurée qui non seulement opprimait le peuple et les classes moyennes mais soumettait les esprits même à la tyrannie morale de la Congrégation. Ce n'était plus le roi qui gouvernait, c'était le parti-prêtre – les jésuites de robe courte, comme on disait. La Congrégation formait un État dans l'État, elle régentait les familles en mettant la main sur les femmes au confessionnal, l'Université, la magistrature, l'armée, contraignant les vieux grenadiers de la garde à faire leur première communion, supprimait le divorce, censurait les livres et prétendait contrôler toute la vie du pays comme sa politique extérieure. En un mot, elle faisait haïr le prêtre mille fois plus qu'il ne l'avait été sous la Montagne.

Moins par la presse, muselée, que dans les foires, à Piégut, à Saint-Yrieix, ou chez les marchands de bois, chez le notaire, à Nontron, à Périgueux, on constatait un revirement des esprits. Le mécontentement provoqué par le nouveau système électoral qui limitait pratiquement le droit de vote à l'aristocratie et aux grosses fortunes, la colère des acquéreurs de biens d'Église, contraints à les rendre sans indemnité, faisaient oublier la vieille aversion contre la conscription napoléonienne. Lucien entendit regretter, prudemment, l'Empire. Il commença de penser que la monarchie de droit divin n'était peut-être pas aussi définitivement rétablie qu'il l'avait cru.

Cela se confirma pendant l'année suivante. On sentait que contre la vague aristocratique et cléricale une sourde opposition militaire fermentait dans l'ombre. Elle éclatait çà et là sous forme de complots. Le colonel Caron et le lieutenant Roger, à Belfort, le général Berton, à Saumur, les Quatre Sergents de La Rochelle, se révoltaient. Les gazettes en parlaient peu, annonçant seulement les condamnations, qui étaient impitoyables. Mais pour publier ce que les journaux ne pouvaient imprimer, il y avait d'autres presses. Toute la vigilance policière ne réussissait point à empêcher leurs produits de circuler sous forme de placards et libelles clandestins que les marchands ambulants colportaient jusque dans les campagnes.

Un jour de l'hiver 1822, Lucien revenait de conclure marché, à Bussière-Galant, avec un maître scieur-de-long, lorsqu'il aperçut devant lui, cahotant sur la route, au long des arbres noirs et décharnés qui se hérissaient sous le ciel gris, un mauvais cabriolet à coffre. Il le rattrapa bientôt. Comme il l'allait dépasser, une voix s'éleva, psalmodiant la réclame habituelle. C'était un marchand de livres : « Livres de messe et de piété, almanachs, bons romans pour passer les soirées au coin du feu. Livres d'amusement, d'histoire, de science. *Le petit Albert, le Buffon de la Jeunesse, les Recettes des Dames...* »

Machinalement, Lucien mit son cheval au pas en appuyant vers la voiture.

– Un bon livre, Monsieur ? proposa l'homme enfoncé dans l'ombre de la capote.

Sans lâcher les rênes, il rejeta le tablier de cuir qui lui protégeait les jambes et se poussa en avant. Il vit à la boutonnière du cavalier la rosette rouge sur son nœud de ruban.

– Ah ! mon officier, j'ai là un volume qui vous...

Mais, s'interrompant, il demeura la bouche ouverte. Puis :

– Cornebleu ! Vous ne seriez pas le colonel de Mont... Montalbert ?

– Si fait, mon brave.

– Par exemple !... Bosquet. Voltigeur Bosquet. Vous souvenez-vous, mon colonel ? Waterloo. Mon caporal qui voulait vous filer un coup de baïonnette. La retraite jusqu'à Philippeville sous votre commandement...

D'un même geste, tous deux avaient arrêté leurs bêtes. Ils furent plus d'un quart d'heure à échanger exclamations et questions. Depuis le licenciement de l'armée, Bosquet, ne voulant pas servir le nouveau régime, avait fait toutes sortes de métiers : mouleur de bougies, garçon épicier, etc. Depuis quelque temps, il courait la province comme libraire colporteur.

– Puisque tu es par ici, dit Lucien, tu vas venir chez moi. Et si tu veux y rester, je ne suis pas en peine de te donner du travail.

– C'est bien honnête à vous, colonel, mais je ne peux

pas quitter mon affaire. Vaudrait même mieux que je m'arrête pas chez vous.

– Ah bah! s'étonna Lucien en considérant la face de pleine lune que Bosquet avait prise, depuis le temps, et sur laquelle passait un air mystérieux.

– Tout ce que je porte n'est pas catholique, vous comprenez?

– Comment! Des livres de messe!

– Ouais, pour les gendarmes. Mais sous cette saleté de bondieuserie, y a autre chose, dit l'ancien voltigeur avec un clin d'œil. Si j'étais arrêté, ça serait dangereux pour vous qu'on nous ait vus ensemble.

– Ah! toi aussi tu distribues...

Bosquet acquiesça d'un signe de tête, puis, baissant la voix :

– Je peux bien vous le dire, à vous, colonel, tel que je vous connais. Je suis de la Charbonnerie.

Et, comme son interlocuteur ne semblait pas frappé par cette révélation :

– Vous ne savez pas ce que c'est? Oh! bien sûr, ici!...

– Il y avait des Carbonari dans le royaume de Naples, dit Lucien, faisant le rapprochement entre les deux vocables. Ils ont, paraît-il, donné du fil à retordre à Murat.

– C'est juste ça. Des officiers de chez nous en ont rapporté le modèle. Tous ceux qui ne veulent plus des Bourbons, de leurs aristos et de leurs jésuites, se sont organisés comme les Carbonari. On est des milliers d'anciens soldats ou de ceux qui ont rengagé. Des civils aussi. Mais on ne se connaît que vingt. Vingt cousins d'une *vente.* Il y a des ventes dans tout le pays. Chacune élit un député. Vingt députés font une *vente centrale,* et les députés des ventes centrales forment la *haute vente* qui dirige. Notre grand chef, ça tout le monde le sait, c'est La Fayette.

– Tu dis qu'il y a des ventes partout. Mais ici, dans la région?

– Oh non ! Dans ces départements, les gens, c'est des culs de plomb. On leur foutrait des coups de fouet, qu'ils mangeraient leurs moustaches mais ils bougeraient pas. Faut reconnaître en revanche qu'ils sont francs du collier. Ça, c'est vrai. Ils prennent bien ma marchandise et y en a pas encore un qui m'ait vendu.

– Que fait-elle, ta Charbonnerie ? demanda Lucien. Elle ne semble pas produire beaucoup de résultats.

– Ben, à mon idée, on n'est pas assez d'accord. Les uns veulent Napoléon II. D'autres, le duc d'Orléans avec une charte. D'autres, la République. Alors on se remue un peu trop de tous les côtés. Ça donne toujours pas mal de tintouin aux Bourbons. C'est le principal. A force de ruer, on finira bien par les flanquer par terre. Le général Berton a failli réussir : il avait soulevé presque toute la ville de Thouars, proclamé la déchéance, composé un gouvernement provisoire. La Fayette et d'Argenson étaient prêts à le rejoindre. Il occupait Saumur. Les journaux ne l'ont pas dit, tout ça, mais j'ai là une brochure...

– Pourquoi le soulèvement n'a-t-il pas réussi ?

– Les gens de Saumur ont eu la venette, sans doute. L'école de cavalerie est restée tiède. Tout, finalement, s'est tourné en eau de boudin. Quand même, il y a eu plus de cent cinquante arrestations. Après ça, les gens du pays doivent être drôlement montés contre le gouvernement !

Les deux hommes parlèrent encore un moment sur la route solitaire en faisant ensemble un bout de chemin, puis Lucien, après avoir reçu de l'ex-voltigeur quelques brochures, le laissa tirer vers Saint-Yrieix. Sans trop le regretter. La réflexion concluant l'histoire du général Berton ne lui plaisait pas. Créer une agitation, sans forces sérieuses pour la soutenir, faire arrêter cent cinquante personnes, provoquer probablement aussi la mort des quatre braves sergents du 45ᵉ, tout cela pour « monter les gens contre le gouvernement » ! Non. Voilà qui choquait son sens militaire. On n'hésite pas à sacrifier des hommes, bien sûr. Mais pas pour rien, ou dans un dessein aussi vague. L'attaque a ses règles. On ne la déclenche pas sans plan d'ensemble ni sans réserves.

Cette Charbonnerie ne lui inspirait aucune confiance. Du reste, il n'était pas homme de l'ombre. Si une armée, bonapartiste, orléaniste ou républicaine, se levait au grand jour, il s'empresserait de la rejoindre. Quant à ces complots désordonnés!...

Il continua donc simplement à suivre d'aussi près qu'il le pouvait les événements. Son attente, ses intentions, n'échappaient pas à Violette. Elle devinait son espoir d'une insurrection ou d'un changement de régime, grâce à quoi il pourrait reprendre du service. Elle comprenait que, dans ce cas, il ne balancerait pas une minute à les abandonner, elle et les enfants. Pour elle, elle n'eût rien dit. Pour eux, elle se résolut à lui parler.

Elle le fit un soir, après l'avoir attendu au lit en parcourant distraitement un livre dont elle sautait des lignes. Une averse tambourinait en sourdine sur les tuiles et chuintait sur les arbres qui recommençaient à feuiller. Joachim et Céline dormaient en silence dans la chambre voisine dont la porte restait toujours entrouverte. Neuf heures sonnèrent. Les bruits du billard ne tardèrent pas à s'éteindre. Elle entendit le pas de Lucien dans l'escalier puis le couloir où il marcha sur la pointe des pieds.

– Encore éveillée! dit-il à voix basse en se dirigeant vers son côté du lit.

Elle répondit par un signe de tête, et, s'accoudant tandis qu'il pliait avec soin sa redingote pour la placer sur le fauteuil où il déposait immuablement ses habits, elle se lança.

– Lucien, j'ai quelque chose à te demander. Penses-tu quelquefois à ce que deviendraient les petits si, pour une raison ou une autre, tu n'étais plus avec eux?

– Que veux-tu dire par là? s'enquit-il en achevant de remonter sa montre.

– Eh bien, je pense que si tu le pouvais tu reprendrais l'uniforme, n'est-ce pas? Donc tu t'en irais. Quelle serait alors la situation de Joachim et de Céline?

Il accrocha sa montre dans le porte-montre en marqueterie placé sur la table de chevet, et répondit sans surprise :

– Cela ne pose aucun problème. Si je m'en allais faire campagne, mon domicile n'en demeurerait pas moins ici. Les enfants y sont chez eux, comme toi-même qui resterais maîtresse de Lern jusqu'à la majorité de Joachim, au cas où je viendrais à mourir. Me Blondeau a mon testament; il en connaît, du reste, les dispositions. Ne t'inquiète donc de rien, ni pour eux ni pour toi.

– Ce n'est pas pour moi que je parle, tu le sais, je présume. Mais, toi parti, ce n'est pas moi qui pourrais te remplacer pour gérer le domaine. S'il périclite de nouveau, les enfants en pâtiront.

– D'abord, répliqua Lucien en se mettant entre les draps, tu aurais sous la main François, qui est parfaitement capable de mener tout comme il faut, en mon nom ou au tien. Deuxièmement, je vous enverrais une partie de ma solde. Troisièmement, il n'y a guère apparence que je puisse reprendre un commandement. Au train dont vont les choses, je serai hors d'âge avant qu'il y ait en ce monde l'occasion de se battre. Alors, dormons, veux-tu?

Il l'embrassa froidement.

– J'éteins?

– Si tu veux.

Il tourna la molette de la lampe qui mourut avec des hoquets et trois sursauts bleus.

VI

Au contraire de ce que croyait Lucien, une occasion de combattre se préparait activement, et ce n'était ni une révolution ni un changement politique mais les Bourbons eux-mêmes qui l'amenaient. Ceux d'Espagne, relégués à Valençay par Napoléon, avaient, à sa chute, repris le trône, comme leurs cousins de France. Mais pas dans les mêmes conditions. Ils trouvaient devant eux un peuple résolu à en finir avec l'Inquisition, les moines et le despotisme. Les furieux efforts du roi Ferdinand VII pour rétablir l'absolutisme n'avaient réussi, en huit ans, qu'à exaspérer le sentiment libéral. Les révoltes partielles s'étaient finalement transformées en une insurrection nationale. En juillet 1822, bien que le monarque régnât toujours, en principe, le pouvoir réel appartenait aux Chambres. L'Espagne était pratiquement une république.

Les royalistes français avaient suivi avec fièvre les péripéties de la lutte entre la nation et son souverain. Ce succès du libéralisme les mit hors d'eux. Un pareil exemple ne pouvait être toléré à nos frontières! Il fallait réparer l'outrage à la personne royale et sauver le principe de droit divin.

Tous les trônes européens s'y trouvaient intéressés. Un congrès s'ouvrit à Vérone où le principal envoyé de la France, le vicomte de Chateaubriand, avec l'appui du tsar Alexandre obtint l'autorisation, en quelque sorte, d'intervenir. Bien entendu, on ne dit pas les choses ainsi. On recourut au vieux système : non, non, on ne ferait pas la guerre à l'Espagne, on allait combattre les rebelles qui imposaient leur tyrannie au peuple espagnol, on le libérerait de ses oppresseurs républicains, on le rendrait à la douceur de son gouvernement naturel.

Louis XVIII était formellement opposé à cette guerre. Il sentait combien elle serait impopulaire en France. Mais le vieil épicurien, tout podagre qu'il était, aimait les femmes. Mme du Cayla, la favorite que les jésuites lui avaient donnée, sut obtenir son consentement. Le ministre Villèle, ennemi lui aussi de l'intervention, dut accepter le belliqueux Chateaubriand aux Affaires étrangères. Dès lors, la préparation à la guerre devint officielle. M. de Chateaubriand put faire à la Chambre cette déclaration que Lucien lut, trois jours plus tard, dans *le Moniteur :* « Si la guerre d'Espagne a, comme toute guerre, ses inconvénients et ses périls, elle aura pour nous un immense avantage : elle nous aura créé une armée, elle nous aura fait remonter à notre rang militaire parmi les nations; la réconciliation complète des Français s'achèvera sous la tente : les compagnons d'armes sont bientôt amis, et tous les souvenirs se perdent dans la pensée d'une commune gloire. »

Lucien ne sentit pas l'absurdité d'une spéculation si fausse. Loin de réconcilier les citoyens dans une guerre injuste, on allait au contraire opposer encore plus la France libérale aux réactionnaires qui prétendaient lui faire combattre en Espagne ses propres idées. Il ne vit pas qu'il allait lui-même agir avec les Espagnols comme il reprochait aux Anglais, aux Prussiens, aux Autrichiens d'avoir agi envers les Français. Les mots d'armée recréée, de guerre, la pensée que celle-ci pourrait avoir lieu sans lui, lui ôtaient tout bon sens.

Dans une fièvre d'excitation, il écrivit immédiatement au ministère. « En la circonstance, un soldat ne peut avoir qu'un sentiment d'enthousiasme pour un régime qui comprend si bien l'aspiration et le génie militaire du pays. » Il demandait sa réintégration, ajoutant avec une bassesse dont il n'était pas conscient : « Le gouvernement de Sa Majesté peut compter sur mon absolu dévouement et toute ma fidélité. »

Puis, prenant un cheval, il alla porter sa lettre au relais de poste même, à Châlus, afin qu'elle ne subît aucun retard.

Il comptait les jours en attendant la réponse. Comme les semaines passaient et qu'elle ne venait point, vers la fin mars il décida de se rendre sur place. Violette désira le suivre; elle avait la nostalgie de Paris.

Elle aurait voulu emmener les enfants, au moins Joachim. Lucien refusa. Ce n'était pas un voyage d'agrément. Elle l'encombrait déjà beaucoup en l'obligeant à faire la route en voiture; seul, il aurait couru la poste, de cheval en cheval, brûlant les étapes. Tout le long du trajet, comme dans les auberges où il fallait coucher, il se rongeait d'impatience.

Sitôt à Paris, il ne prit que le temps de déposer Violette à l'hôtel où il descendait autrefois, place Dauphine, puis se hâta vers le ministère. On y préparait fébrilement la campagne. Elle devait commencer dans quelques jours. Tombant en pleine effervescence, il fut assez mal reçu par un chef de bureau, débordé, lequel se débarrassa de l'importun en déclarant que son affaire dépendait de l'inspecteur de la cavalerie.

– Demandez-lui audience, par lettre.

– Bon. Comment se nomme-t-il ?

– C'est le général Masset.

– Quoi ! s'exclama Lucien. Pas possible !... L'ancien général de brigade Théodore Masset ?

– C'est à croire, Monsieur.

– Ah ! ça, par exemple !... Auriez-vous, Monsieur, la complaisance de m'indiquer son bureau ?

– Il ne vous recevra pas comme cela, Monsieur.

– Ça m'étonnerait, dit Lucien en souriant.

Effectivement, après avoir fait quelques difficultés pour passer sa carte, l'huissier auquel il l'avait remise revint, plein d'onction, lui annoncer que Monsieur le général était enchanté de le voir. Il serait à lui dans un instant.

Plus joyeux qu'il ne l'avait été depuis des années, Lucien s'assit sur une banquette, au milieu de civils et de militaires qui faisaient antichambre. Sûr maintenant de tenir son commandement, il se sentait plein de patience, prêt à attendre jusqu'au soir s'il le fallait. En fait, l'huissier vint le chercher au bout d'un quart d'heure à peine.

L'accueil fut tel qu'il l'avait prévu : paternel, avec un laisser-aller de vieux camarade. Lui-même était profondément heureux de revoir son ancien chef.

– Vraiment, mon général, dit-il, c'est un bonheur de vous retrouver, si peu changé, frais comme au bon temps... et nanti d'un joli poste !

– C'est vrai, Montalbert, les choses ont tourné mieux que je n'aurais pu le croire. J'ai dû me terrer quelque temps derrière la frontière, après l'ordonnance de juillet 1815. Puis celle de janvier 19 m'a permis de rentrer en France. On m'a fichu le grade de divisionnaire avec la charge de refaire une cavalerie. Une sacrée besogne, croyez-moi ! car de la cavalerie il n'y en avait pas plus que sur ce bureau, à part deux ou trois escadrons dans la garde royale. La tâche n'est pas finie. J'espère bien, mon garçon, que vous êtes ici pour m'aider, hein ! Vous avez assez boudé le régime. Il vaut ce qu'il vaut, mais s'il nous permet de bien faire notre métier et de rendre à notre pays une armée puissante, je l'estime assez bon pour moi.

– Justement, mon général, en apprenant que la guerre se préparait, j'ai écrit, voici plus d'un mois, pour reprendre ma démission.

– Pas vu cette lettre. Ça doit être encore ces foutriquets de bureaucrates qui l'auront égarée dans leurs paperasses ! bougonna le vieil officier. Peu importe ! Vous êtes là, tout va bien. J'ai une brigade légère commandée provisoirement par un freluquet qui ne serait seulement pas foutu de mener un simple régiment au feu. Je vous la donne. Non, ne me remerciez pas, c'est vous qui me rendez service. Vous prendrez ce petit vicomte comme colonel d'état-major. Laissez votre adresse au bureau des secrétaires, je vous enverrai votre nomination signée par le ministre.

Il tapa sur l'épaule de Lucien, et, lui serrant la main :

– Je suis aussi heureux que vous, mon cher ami !... Sur ce, excusez-moi, j'ai beaucoup à faire, mais nous sommes gens de revue. A bientôt, général.

Lucien regagna l'hôtel dans un rêve de régiments défilant devant lui, une gloire d'uniformes, d'étendards, d'aciers étincelants et de poussière soulevée par les sabots. Il était rajeuni de vingt ans.

Violette, qui était sortie respirer l'air de Paris, venait de rentrer. Elle le vit radieux. Déjà il l'avait saisie par la taille, la soulevait, la faisait tournoyer follement avec lui.

– Ma chère, ma chère, dit-il en lui laissant reprendre pied, tu es dans les bras d'un général.

– Tu es heureux ? Ah ! vous ne serez jamais, tous, que des enfants ! Des enfants cruels.

Elle souriait cependant, gagnée malgré elle par la joie et la renaissante jeunesse de Lucien. Il ne tenait plus en place.

– Viens, allons nous promener.

Elle mit une redingote à pèlerine. Le soir tombait, le jeune printemps était frais.

Sur le Pont-Neuf, les petits marchands, dans leurs rotondes en surplomb au-dessus du fleuve, allumaient leurs lampes, bien qu'un dernier rayon rosît encore le ciel et son reflet dans la Seine. A des yeux habitués aux ondulations de la campagne, le décor tout en pierre – pavés, façades blanchâtres ou grises, toits noirs – où n'apparaissait nulle verdure, sinon, au loin, par-delà les ponts, les frondaisons fondues dans la brume du couchant, produisait une impression de dureté monochrome et anguleuse. Le roulement incessant des voitures, le fourmillement des passants donnaient un peu le vertige, après sept ans passés dans le silence et l'immobilité. Mais déjà Violette s'était réaccoutumée.

– Tu as vu? dit-elle. La statue d'Henri IV. Je ne la connaissais pas.

– Parbleu! Tu étais à peine née quand on l'a fondue, en 92, pour en faire des canons. Je l'ai vu jeter bas. Louis XVIII a remis en place son ancêtre.

Il n'y avait pas que cela de changé. Quand ils débouchèrent sur la place du Palais-Royal après avoir traversé le dédale toujours pareil autour de Saint-Germain-l'Auxerrois, ils demeurèrent stupéfaits. La petite place, le palais de Philippe-Égalité où logeait maintenant son fils le duc d'Orléans avec sa nombreuse famille, le jardin et les arcades, resplendissaient d'une clarté blanche dispensée par une multitude de réverbères. La même lumière passait à travers les glaces des boutiques et des établissements publics. Le café de la Rotonde, avec son pavillon semi-circulaire, entièrement vitré maintenant et plein d'une foule élégante, rayonnait comme une énorme lanterne. Partout, il faisait aussi clair qu'en plein jour.

C'était donc ça, cet éclairage au gaz de houille dont parlaient les journaux! On avait beau être prévenu, quelle chose étonnante! Vraiment, que n'inventera-t-on pas?...

Malgré son émerveillement, Violette se sentait un peu mal à l'aise : en regardant les femmes, elle s'apercevait que son chapeau n'était pas à la mode bien qu'elle l'eût commandé d'après le *Journal des Modes de Paris*. On les portait davantage en avant, dégageant le chignon. Les robes se faisaient beaucoup plus courtes, au-dessus de la cheville, avec la taille plus haute. Elle devait avoir l'air affreusement provincial!

– Tu es quand même la plus jolie, lui dit Lucien qui voyait tout en beau. Allons! ne t'inquiète pas, nous remédierons à ces détails demain.

Il l'entraîna chez Prévost où il commanda un souper fin, un vrai souper de général, un souper à six francs quarante et un centimes : une folie! Puis il déclara qu'il fallait aller au théâtre. Le garçon, consulté, leur recommanda le Gymnase Dramatique : une salle récemment construite sur l'emplacement du cimetière Bonne-Nouvelle. Elle jouait des pièces de M. Scribe. La dernière : *La Loge du concierge*, était extra; Mlle Rivière Minette, impayable. Ils se divertirent fort, en effet. Après quoi, un coupé qui ne ressemblait en rien aux rudes fiacres d'autrefois, les ramena rapidement et en douceur à l'hôtel.

Pendant deux jours, ils savourèrent, gloutonnement d'abord, puis en gourmets, le nouveau Paris. Violette n'avait qu'un regret.

– Tu vois, nous aurions pu amener Joachim. Il en aurait connu, des choses!

– Pourquoi Joachim? Tu me sembles nourrir une prédilection pour lui, dit Lucien en s'amusant.

Elle s'en défendit avec un peu trop de vivacité peut-être.

– Oh! non, non! Comment peux-tu penser que je n'aime pas autant Céline! Mais il aurait profité du voyage, lui, tandis qu'elle est encore trop petite.

A présent, Violette se sentait de nouveau parisienne, Lucien lui avait acheté des toilettes, des chapeaux, tout ce qu'elle désirait. Ils flânaient de devanture en devanture et lorsqu'un colifichet retenait son attention, il le lui offrait. Pour lui, il ne se souciait pas de se mettre au goût du jour; dans peu de temps, il porterait un uniforme. Il examinait ceux que l'on voyait dans la rue – peu nombreux pour un pays près d'entrer en guerre! Il est vrai qu'il s'agissait seulement d'une expédition. L'époque n'était décidément pas combattante. Quelle différence avec le temps passé! Alors, le costume civil faisait exception.

Peu de soldats, et vraiment pas très militaires d'apparence! Au fond, l'uniforme le plus martial était celui des gardes nationaux : ces faux guerriers. A part le pantalon, fâcheusement substitué à la culotte, on eût pu les prendre pour les grenadiers impériaux. Ceux de la garde actuelle ne se distinguaient des soldats bourgeois que par le plastron de bandes blanches et les inélégantes guêtres noires qui leur faisaient de grosses jambes – comme celles du roi. Les voltigeurs conservaient l'uniforme blanc des légions départementales, correct.

Le comble de l'affreux, c'était la ligne. Des soldats, ça! De vrais carêmes-prenants, avec leur capote longue et triste, toute droite, sans même un ceinturon. Elle laissait juste dépasser le bas d'un pantalon blanc, informe. Les épaulettes, les buffleteries du coupe-choux et de la giberne venaient là-dessus comme des cheveux sur la soupe. Et, pour couronner ce chef-d'œuvre : un bicorne!

La cavalerie non plus n'était guère brillante. Il semblait y avoir fort peu de corps. On voyait seulement des espèces de dragons, bizarres, ou des chasseurs.

Les premiers portaient leur signe distinctif : le turban de peau de tigre, sur l'ancien casque, en cuivre, des carabiniers; mais l'épaisse chenille rouge qui servait à ceux-ci de cimier était remplacée par une énorme chenille noire.

Quant au reste, c'était toujours la tunique courte, verte, à plastron et retroussis rouges, la culotte blanche, les grandes bottes, les gants à crispin.

Les chasseurs, eux, avaient perdu la pelisse comme le colback réservé maintenant à l'artillerie. Ils coiffaient une sorte de haut shako, quasi cylindrique, d'où retombait en avant un plumet d'autruche. Ah! on était joli sous ce tuyau rouge et noir! Commode, au grand galop!... Au lieu du dolman qui moulait bien la taille, on leur avait flanqué la tunique des dragons, en conservant toutefois la grille de brandebourgs sur la poitrine, avec un horrible pantalon noir à double bande rouge, pareil à celui des anciens artilleurs!

Quel vent de carnaval et de méli-mélo avait-il passé sur l'armée! Qu'étaient donc devenues les compagnies rouges de 1814, parties à Gand avec le roi? Ces corps d'officiers un peu théâtraux sous le casque à crinière longue et soyeuse comme une chevelure de femme, dans leur habit écarlate par-dessus lequel ils passaient la casaque fleurdelisée des mousquetaires de Louis XIV, formaient néanmoins une belle troupe. Provocante. C'était surtout avec eux que se produisaient les duels pendant la première Restauration.

Enfin, s'il ne se fût agi que d'uniformes! Mais l'armement! On en restait au fusil à pierre, modèle 1777. Alors que les armes à feu connaissaient un tel progrès depuis 1815. Toujours l'esprit d'immobilisme!...

Lucien venait de faire cette constatation en arrivant avec Violette par la rue Saint-Nicaise devant la grille du château, au moment où l'on relevait des factionnaires. La garde même, corps d'élite, n'avait que ce fusil désuet.

Les deux flâneurs, après avoir traversé les Tuileries derrière le palais, sortirent par ce qui était trente ans plus tôt la porte du manège. De celui-ci, il ne restait depuis longtemps nul vestige. Même la rue de Rivoli, ouverte sur cet emplacement, avait bien changé depuis sept années.

Quand Lucien et Violette avaient quitté Paris, son côté opposé au jardin n'était guère encore que démolitions, coupées, çà et là, par quelques maisons construites ou en construction, entre des palissades, des terres remuées dans les jardins des couvents d'autrefois, des blocs de calcaire que débitaient les scieurs.

Maintenant, l'avenue, depuis la Concorde, le garde-meuble devenu en 92 ministère de la Marine, et l'hôtel habité par M. de Talleyrand, alignait jusqu'au pavillon de Marsan une file presque ininterrompue de hautes façades toutes semblables, reposant à l'entresol sur des arcades. Quand tout serait bâti, cela formerait une immense galerie. Déjà, le soir, lorsque le gaz s'allumait dans les réverbères et les vitrines des magasins, c'était une perspective féerique.

Violette, et bien d'autres Parisiens comme elle, ne se lassait point de la parcourir, encore qu'il fallût parfois franchir des tranchées sur quelques planches branlantes ou escalader des tas de terre. Les badauds s'arrêtaient pour regarder creuser des fondations ou hisser avec des chèvres les longues pierres des corniches. Les gens de toute condition défilaient ici, depuis l'ouvrier du faubourg Saint-Antoine en blouse et casquette tirée en arrière, jusqu'aux anglomanes *fashionables* à favoris. Le menton engoncé dans un col raide à pointes, l'habit très évidé sur le devant, la jambe serrée dans un pantalon en tissu élastique, sous le bras la canne à pomme d'or, ils dévisageaient chacun d'un air froid à travers leur lorgnon.

Il n'y avait de là qu'un pas pour gagner la rue Saint-Honoré. Lucien et Violette ne manquèrent point d'y aller revoir la maison de leurs jeunes amours. Il leur semblait, en ces jours heureux et rajeunissants, avoir retrouvé un peu ce temps-là. Leurs nuits étaient presque aussi ardentes que la première après leur rencontre. Mais Violette devinait que, comme à cette époque, la fougue de Lucien venait de ce qu'il ne se sentait pas attaché. Libre de nouveau, prêt pour l'aventure de son métier, prêt à obéir et à commander, à tuer et à mourir, il redevenait lui-même en reprenant cette vie sans lendemains, à laquelle il avait été formé.

Il ne se souciait pas une seconde de ce qu'elle allait devenir, elle, quand il aurait reçu sa nomination. Elle devrait retourner seule à Lern, s'enterrer là-bas avec les enfants.

Elle ne pouvait regretter qu'ils fussent nés. Surtout Joachim, sans lequel elle n'imaginait plus sa propre existence à présent; mais parfois elle songeait que s'ils n'étaient point là rien ne la contraindrait, après le départ de Lucien, à réintégrer cette horrible campagne.

~

Le troisième jour, comme il commençait malgré tout à trouver le temps long, un planton apporta le pli espéré, marqué d'un tampon bleu : Inspection de la Cavalerie. L'adresse était de la main même du père Masset. Plein d'émotion, Lucien rompit les cires.

« Mon cher Montalbert », lui mandait le général, « Je suis désolé de ce que je dois vous écrire. Mais, en conscience, vous eussiez dû vous-même, dès l'abord, me faire connaître la situation particulière dans laquelle vous vous trouvez. Sachant cela, je ne me fusse pas engagé si vite, et n'aurais pas à regretter aujourd'hui une promesse que je ne puis tenir. »

Lucien leva de sur la lettre un regard incrédule.

– Qu'y a-t-il? demanda Violette le voyant blêmir.

Il ne répondit qu'en secouant la tête, et acheva de lire, dévorant les lignes.

« Votre demande était parvenue en son temps au cabinet du ministre. Si l'on ne vous a pas répondu plus tôt, c'est que les renseignements envoyés à votre propos par la préfecture de Périgueux ont été transmis au maréchal Victor lui-même pour décision. Et lorsque, ignorant tout, j'ai présenté votre brevet à la signature, je me suis heurté à une fin de non-recevoir absolument formelle. A mon grand regret, je me vois contraint de reconnaître que, si dur soit-il, ce refus est justifié par les conditions de votre vie depuis votre démission. Elles n'entachent en rien votre honorabilité, et ne diminuent en aucune façon l'estime que je vous garde, mais elles sont en tout opposées à ce que demande l'armée *actuelle*... »

Suivaient des formules d'encouragement que Lucien ne lut pas. Il laissa tomber la missive, saisit son chapeau et, sans un mot, se précipita dehors.

Cette fois encore, le général Masset le reçut aussitôt. Il s'attendait à cette visite, aux protestations de Lucien, à ses propositions insensées de servir comme sous-officier, comme simple soldat, si l'on ne voulait pas de lui autrement. Il le laissa parler, puis :

– Allons, Montalbert! dit-il d'un ton ferme. Calmez-vous. Un peu de patience, bon sang! Je reconnais bien là mon colonel qui faisait le diable à quatre sur les buttes Chaumont et se serait précipité tout seul sur l'armée prussienne, quand l'Empereur en personne renonçait à la bataille. Vous l'avez eu pourtant, votre combat, peu après! Cette fois aussi, rongez le mors. Vous savez bien que ce régime est infesté de bigoterie. On note un soldat selon son assiduité à la messe. Alors, vous pensez!... Mais cela ne durera pas. Vous êtes jeune, vous avez le temps de le décrocher, votre chapeau. Attendez un renversement politique dont chaque jour nous rapproche.

Des mots! pensait Lucien. Toujours des mots! Avec des mots comme ceux-là, on leur avait fait quitter le champ de bataille, quitter Paris comme des moutons, quitter les armes, quitter...

– Bien, mon général, dit-il machinalement.

Il salua et partit sans s'être aperçu que le vieil officier lui serrait la main, lui tapait sur l'épaule et lui disait de revenir le voir.

L'écroulement, à la dernière seconde, du rêve qu'il croyait réalisé, le laissait anéanti. Il traversa sans la voir la place du Carrousel où l'hôtel de Nantes se dressait isolé, haut et triste comme un phare, passa le guichet des Saints-Pères puis erra le long de la Seine. Ses pas le ramenèrent enfin, mécaniquement, place Dauphine.

Violette ayant lu la lettre avait senti le coup de hache qui tombait sur eux – ou plutôt entre eux. Que faire?...

Quand elle reconnut son pas, alourdi, dans l'escalier, elle ouvrit la porte sans oser rien dire. Lucien entra, jeta son chapeau qu'il tenait à la main, se laissa tomber sur une chaise.

Violette s'approcha, voulut timidement lui passer les bras autour du cou. Sans violence mais irrésistiblement, il la repoussa. C'était elle la cause de tout. Sans elle, il n'eût jamais démissionné, jamais il ne fût allé à Lern. Il n'y aurait pas eu de scandale, de duel. C'était à cause d'elle que l'armée refusait de le reprendre.

Il resta un long moment inerte, la tête basse, les mains pendantes entre les genoux. Violette savait exactement ce qu'il pensait. Elle demeurait immobile elle aussi, contemplant confusément par la fenêtre la petite place soudain lugubre à ses yeux dans la lumière qui tombait crûment sur ce carré de maisons lépreuses, si croulantes du côté où s'ouvrait le non moins sordide porche de la préfecture de police, qu'il avait fallu les soutenir par des arcs-boutants de bois scellés avec du plâtre. Au centre, sur un haut socle cylindrique, on ne savait quelle victoire coiffait d'une couronne le buste de Desaix noirci par la pluie. Pourtant, là, au fond, derrière cette barrière de murs sales et la préfecture de police, le clocher de la Sainte-Chapelle montait, pur et bleu comme un songe.

Elle soupira. Ce que pensait Lucien était profondément injuste. Il n'existait pas d'autre coupable que lui. Elle avait voulu lui donner le sens et le goût de la vie; il était resté un serviteur obstiné de la mort. S'il l'avait aimée, elle, il aurait eu tout ce qu'un homme peut désirer.

Elle se retourna. Il se levait, dur, refermé sur sa déception et sa rancœur.

– Nous partons, dit-il.

Il voulait s'en aller immédiatement, fuir les souvenirs de son rêve, les hommes en uniforme que l'on croisait dans les rues, s'enfoncer là-bas au cœur des bois, s'y terrer comme une bête, oublier l'humanité qui le rejetait.

Durant le retour, il enveloppa et endormit sa pensée de ce leitmotiv : quand on a fait une bêtise!...

En voiture, dans les hôtelleries de poste, en mangeant, parlant ou dormant avec Violette, il ne manifesta en aucune façon que rien entre eux fût changé. Le mouvement par lequel il l'avait d'abord écartée semblait avoir été une réaction d'humeur, toute passagère.

Violette ne s'y trompait pourtant pas. Elle sentait que non seulement rien ne subsistait plus en lui de son renouveau d'amour, mais qu'en outre l'affection d'habitude qu'il gardait auparavant pour elle, n'avait pas résisté au choc. Seules en survivaient les apparences.

A Lern, il reprit ses occupations comme si rien ne se fût passé, s'absorbant davantage encore dans le dressage des chevaux, la surveillance des plantations, les courses en forêt. Taciturne, il faisait effort pour parler, pour répondre aux enfants. Il ne touchait plus une gazette. Violette les lisait, mais elle savait qu'il ne fallait pas lui en dire un mot, sinon pour des nouvelles sans importance. Parfois, elle le voyait pourtant, aux prises avec la volonté d'oubli et le besoin de savoir ce que devenait cette guerre, lutter contre l'envie de saisir un de ces journaux. Elle avait pitié de lui. Un soir, elle se risqua enfin à lui dire :

– Tu sais, tu n'as pas grand-chose à regretter. Cette affaire espagnole, ce n'est, heureusement, qu'un simulacre de guerre.

– Ah! fit-il froidement.

Il tambourina, un instant, sur la table, puis ne put s'empêcher de demander :

– Pas de grande bataille?

– Pas même de vrais combats. Les seules victimes sont, hélas! des réfugiés français qu'un certain général Vallin n'a pas craint de faire canonner après avoir passé la Bidassoa. Ils n'ont riposté qu'en chantant la *Marseillaise*.

– Qu'est-ce que c'est la Bida... comme tu dis, maman? demanda Joachim.

Il mangeait maintenant à table en même temps qu'eux. C'était un vrai petit homme. Sa mère et son père faisaient, chacun pour sa part, son instruction. Il eût pu avoir pires maîtres; elle avait beaucoup lu, lui beaucoup vu.

Mais, de plus en plus, Lucien ne s'intéressait à son fils que par devoir. Il ne ressentait envers lui de chaleur paternelle qu'en enregistrant ses prouesses de cavalier. A cheval, ce gamin nonchalant, un peu fille, devenait un vrai casse-cou. Sans rien perdre de sa tranquillité, d'ailleurs. Il ne s'énervait jamais avec les bêtes, ne s'excitait pas, ne les brusquait pas, quoiqu'il leur demandât tout. Il savait souvent l'obtenir. Les leçons que son père lui avait données dès le plus jeune âge portaient leur fruit. Dans quelques années, ce serait un centaure de l'espèce des Murat dont il méritait bien le prénom, des Exelmans... et des Montalbert. Normal, en somme. Il n'y avait pas lieu de s'émerveiller.

Lucien jugea que l'on pouvait, très utilement en raison de sa légèreté, l'employer à l'élevage. Il lui confia le soin de débourrer les poulains. Violette n'osa protester. Elle trouvait pourtant Lucien excessivement dur avec l'enfant. Cette besogne lui semblait dangereuse et la mettait dans des transes.

Elle venait de constater qu'elle était enceinte. Résultat de leurs nuits à Paris. Elle n'en éprouvait aucune joie. La venue d'un enfant conçu dans ces circonstances lui apparaissait comme une cruelle moquerie. Elle s'en voulait à elle-même, mais plus encore à Lucien. Toujours la même chose : suivre ses impulsions sans se soucier des conséquences; ce qui arrivera demain importe peu, un sabreur n'a pas à compter avec l'avenir!...

Oui, seulement l'avenir existe pour les autres. Vous les y engagez sans penser à eux, vous qui, au fond, ne vous êtes jamais occupé que de vous.

Elle regrettait amèrement de s'être laissé prendre à l'illusion d'une nouvelle lune de miel. C'était en fait celle de Lucien avec l'armée qu'il croyait retrouvée. Rien d'autre.

Elle ne lui parla point de son état. Berthe seule le connut. La tristesse avec laquelle Violette lui annonçait une pareille bénédiction l'étonna.

– Je serais si heureuse! soupira-t-elle, si ça pouvait m'arriver.

Depuis des années, elle faisait avec François des pèlerinages à toutes les bonnes fontaines de la région, elle brûlait des livres de cierges, consultait même les sorciers, sans résultat.

– J'ai pensé comme toi, lui répondit sa maîtresse. Et quand Joachim est venu!... J'étais pleine d'inquiétudes d'autre part, mais ça au moins, ça, c'était merveilleux! Tu en feras l'expérience, un jour, ma bonne. Mais si, mais si, ça viendra. Seulement, ajouta-t-elle en secouant la tête, cette fois ce n'est pas du tout pareil.

Elle le prenait en grippe, cet enfant d'une duperie. Il l'humiliait. Si elle avait pu l'empêcher de naître! Elle en vint à penser que ces sorciers auxquels recourait Berthe devaient connaître des moyens. Mais quand, à mots couverts, elle interrogea la jeune femme, celle-ci fut horrifiée. La force de son sentiment gagna Violette. Elle se soumit à cette maternité, sans pouvoir cependant y mettre d'amour.

Comme elle s'y attendait, Lucien reçut la nouvelle avec un profond détachement. Il avait moins que jamais la fibre paternelle. Son attitude n'était pas faite pour arranger les choses. S'il eût manifesté la moindre satisfaction ou seulement quelque intérêt, Violette fût peut-être revenue à un sentiment plus naturel envers l'enfant qu'elle portait. Au contraire, cette horrible indifférence lui montrait à quel point il avait peu de raison d'être, et combien ce qu'elle donnait à Lucien le touchait peu.

Elle se demandait maintenant ce qui est le plus navrant : voir la mort violente vous ravir un homme qui vous aime, ou garder vivant près de soi quelqu'un qui perd peu à peu toute affection pour vous? Mais Lucien l'avait-il jamais aimée!

Joachim, heureusement, la consolait, et Céline l'occupait. Il fallait commencer à faire son éducation. Tâche peu facile. C'était une jolie petite fille, encore que d'une turbulence et d'une indépendance presque insurmontables. Un vrai garçon manqué. Seul, son père lui en imposait. Sans peine. Il lui suffisait d'un mot, d'un simple regard descendant froidement vers elle. Il y avait entre eux une telle distance, une telle épaisseur d'indifférence de la part de Lucien, que, quasiment étranger pour elle, il lui faisait un peu peur. Pour cette raison même, déjà femme elle l'adorait comme un dieu.

VII

Le troisième enfant Montalbert naquit au plus froid de janvier qui fut extrêmement rude, cet hiver. La Gance, à cause de son cours torrentueux, se prenait rarement. Cette fois pourtant, ce n'était qu'un bloc de glace. Les blés d'automne qu'aucune neige n'était venue protéger périrent dans le sol. Dans les bois, les sapins gelèrent. Il y avait –32° dehors. Dans la maison, malgré les cheminées ronflantes, le grand poêle en faïence dans l'escalier et des chaudrons pleins de braise dans les pièces où l'on se tenait, la température avoisinait zéro.

Tout le petit gibier était mort. Affamés, les loups couraient en bandes la campagne. La nuit, poussés à bout par le besoin, ils assiégeaient les fermes où les femmes tremblaient et les bêtes bramaient de terreur. L'odeur du bétail, des humains dans les maisons, les rendait fous.

A Lern, ils entraient dans le jardin dont rien ne défendait l'accès; ils venaient gratter aux portes, sur le perron. Les chiens enfermés répondaient à leurs longs hurlements de famine par des abois furieux. Au clair de lune brillant dans un ciel de métal noir, Lucien, François, les mains bien gantées, leur tiraient dessus par les fenêtres de l'étage.

Quand ils en abattaient ou blessaient quelqu'un, les autres s'entr'égorgeaient pour le dévorer. Çà et là par la campagne, dans l'air dont la mordante pureté portait au loin les échos, hurlements et fusillades se répondaient.

Il ne pouvait être question de mander le médecin. Berthe et sa mère, la Catherine, le remplacèrent. L'accouchement fut, du reste, très facile.

L'enfant était du sexe masculin. Quand le Maître fut appelé dans la chambre, Berthe le lui présenta, chaudement enveloppé de lainages. On ne voyait qu'un peu de sa petite figure rouge et fripée.

– Bon, dit Lucien. Comment s'appelle-t-il?

– Comme tu veux, répondit Violette qui s'enfonçait sous ses couvertures.

– Quoi! tu n'as pas pensé à son prénom!

– Et toi?

– Ce n'est pas mon affaire.

– Vraiment! Pourquoi serait-ce la mienne?

Il la regarda, un peu surpris. Elle se détourna sur l'oreiller.

– Alors, il se nommera Arthur, décida Lucien au hasard en rendant à Berthe le nouveau-né qui vagissait.

Pour aller le déclarer à la mairie, il dut se faire accompagner par François et Pierre Francillou, bien que ce fût le plein du jour. En traversant les bois, ils ne furent pas trop de trois pour tenir les loups en respect. Un peu après la croix du Breuilh, ils trouvèrent une carcasse – ou, plus exactement, les restes d'une carcasse – de vache. Affolée par le concert nocturne, elle avait dû s'échapper de son étable. Il ne subsistait de l'animal que les gros os, épars, et la tête. On voyait aux alentours trois crânes de fauves, non moins soigneusement nettoyés.

Lucien reconnut Arthur, comme il avait reconnu ses frères. Ce ne fut pas sans peine. La mairie, une bicoque, était close. Quand on avait besoin du maire, on allait le chercher chez lui. Il refusa de sortir par ce froid, à son âge. Il donna les clefs de la mairie à Lucien qui s'en fut quérir le registre et le lui apporta. Le vieux Ferret inscrivit l'acte, puis, par politesse, parla, un instant, de la température, des loups.

Au retour, Francillou remarqua que le vent avait l'air de vouloir tourner.

– Ça pourrait peut-être bien se mettre à l'humide.

Dans la direction de Périgueux, l'horizon, perdant sa netteté coupante, semblait reculer.

Lucien acquiesça distraitement. Il se rappelait ce qu'il avait dit, un jour, au maire, à propos de Violette, dans ce même petit cabinet dont il sortait maintenant. Quoi, au juste? *Elle m'a tout donné*... Ou quelque chose d'approchant.

Oui, bien sûr. En un certain sens. A ses yeux, à elle, il était peut-être sans cœur. Le ressentiment qu'il venait de constater et qu'elle étendait à l'enfant, ne manquait peut-être pas de motifs.

Mais ce dont elle pensait l'avoir comblé, le lui avait-elle vraiment donné, ou ne l'avait-elle pas plutôt obligé à le prendre!

Oui, obligé, avec la vieille ruse instinctive des femmes. Il leur faut la durée, un homme, des enfants. Leur nature le veut. Pour la satisfaire, Violette, le plus gentiment du monde, l'avait sacrifié, lui. *Donné!* Mais quoi donc? Des choses sans valeur, pour lui du moins. En réalité, elle lui avait tout pris. Tout ce qui comptait pour un homme de son espèce.

C'est ma faute. Et quand on a fait une bêtise!...

Cette nuit, la lune fut mouillée. Le lendemain, le temps ne cessa de se couvrir, il y eut du verglas pendant deux jours. Enfin la neige se mit à tomber. Bientôt la vie redevint normale.

Berthe s'inquiéta de savoir quand on baptiserait le bébé.

– Ta mère l'a bien fait ! répondit Violette qui ne connaissait rien à ces choses.

A sa naissance et durant sa première jeunesse, on ne s'occupait de prêtres ou de religion que pour les proscrire.

– Elle l'a ondoyé, dit Berthe. C'est en attendant.

– Demande à Monsieur. J'ai bien d'autres soucis. Veux-tu m'amener Céline, que je lui donne sa leçon de lecture.

Berthe, n'osant point poser la question au Maître, en chargea François qui s'y hasarda non sans hésitation.

– Pourquoi diable baptiserait-on ce garçon ! dit Lucien. Je l'ai fait pour Céline afin de ménager l'opinion des gens, ici. Mais à présent !

– C'est pas pour les gens, c'est pour M. Arthur, qu'il faut le baptiser, objecta timidement le domestique.

Son maître allait répliquer : « Tu crois à ces fariboles ! » Il retint ces mots, voyant l'occasion de prouver à François son affection.

– Eh bien ! occupez-vous-en, Berthe et toi. Vous porterez pour nous l'enfant à l'église. Ni Madame ni moi ne pouvons y aller. Vous serez compère et commère.

– Oh ! Monsieur ! protesta François en rougissant.

Lucien lui mit la main sur l'épaule.

– Mon brave ami, depuis que les Montalbert existent, pas un n'aura eu plus dignes parrains. Et pas un n'aura dû à quelqu'un d'ici autant que je vous dois à tous deux. Que serions-nous devenus sans vous !... Allons, François, accepte sans façon. D'ailleurs, si vous tenez à ce qu'il soit baptisé, ce pauvre Arthur, il n'y a pas d'autre solution. Où prendrais-je des parrains ?

Quand il fit part de la nouvelle à Violette, elle lui répondit que c'était très bien. Puis, hochant la tête :

– Tu es extraordinaire ! Un mélange extraordinaire de bonté, d'humanité, et d'égoïsme à peine concevable, assorti d'une férocité de loup.

En soupirant, elle ajouta :

– Dire que si tu étais né vingt ans plus tard, tu serais sans doute le meilleur des hommes !

Le baptême eut lieu sans la moindre cérémonie. Comme le compère et la commère, étant mari et femme, n'avaient pas à se donner l'un à l'autre le cadeau traditionnel, Lucien offrit à Berthe une chaîne de cou, en or, à François une montre.

Il pouvait se permettre ces largesses, de même que les dépenses du voyage à Paris. Le domaine, et surtout son affaire à lui : l'élevage des chevaux, l'exploitation des bois, étaient d'un très bon rapport. Plus assidûment que jamais, il s'appliquait à cette double besogne, pour y tuer la pensée. Mais, malgré lui, il se rappelait le conseil du père Masset : patience, tout cela ne durera pas.

Il n'y avait pourtant aucune apparence de changement prochain. L'expédition d'Espagne s'était terminée depuis longtemps, peu après la prise du fort de Trocadéro. En septembre suivant, le roi mourut, laissant le trône à son frère qui fut couronné sous le nom de Charles X. Avec lui, s'annonçait la pire réaction.

Ce fut juste à ce moment que Céline donna la première manifestation spectaculaire de sa personnalité. Dans trois mois, elle aurait six ans. Elle devenait intenable.

Par une magnifique relevée de la fin septembre, tout odorante du parfum des pommes entassées pour faire le cidre, Lucien travaillait les bêtes, à la longe, dans le coudert attenant à l'écurie, lorsque des cris frappèrent son oreille. C'étaient les Ho ! holà ! ho ! d'un cavalier cherchant à calmer un cheval, mais ils avaient quelque chose d'angoissé. Il semblait à Lucien reconnaître la voix de son fils.

Tout à coup, en bas des prés, on vit deux poulains, jusqu'à ce moment masqués par la châtaigneraie, jaillir le long de la Gance dont ils se rapprochaient en diagonale. C'était bien Joachim. Il criait en poursuivant à toute bride un très jeune alezan dont la robe brillait dans le soleil, comme du cuivre. Quelque chose avait dû affoler cette petite bête. Elle courait furieusement vers la rivière qu'elle sauterait bientôt. Beaucoup trop lancée, elle ne pourrait s'élever suffisamment et s'abîmerait contre la berge. Joachim tentait de la rabattre. Vainement. Son poulain, pour lequel il était relativement lourd, ne gagnait pas sur l'autre.

En une seconde, Lucien avait noté tout cela. Confiant la longe à Francillou, il était déjà dans l'écurie dont il ressortit au galop, à cru sur son grand bai brun de chasse. Pas le temps de le seller ni même de le brider. Il le soutint par une bonne prise de crins, pour lui garder la tête haute et lui fit dévaler la prairie, courant vers la Gance afin de couper la route au petit alezan.

Entre le dos et le garrot de celui-ci, Lucien avait remarqué, depuis le coudert, une forme à demi cachée par la longue crinière, probablement une buse qui avait dû fondre sur la bête, d'où son affolement. De plus près, cela ne ressemblait pourtant pas à un rapace. On eût dit un paquet de chiffons. Soudain, Lucien se mit à pousser en lui-même un chapelet de jurons. Aussi incompréhensible que cela pût paraître, ce paquet, c'était Céline, cramponnée à l'animal.

– Sacrebleu de sacrebleu de sacrebleu!...

Lancé comme un boulet, il restait tout de même à cinq ou six foulées du poulain qui piquait droit sur le ruisseau et s'allongeait pour sauter.

– Tire, bon Dieu! Tire! hurla Lucien.

Céline comprit-elle? En tout cas, par un miracle ou un extraordinaire instinct, serrant à pleins poings la crinière et accompagnant le mouvement de sa monture, elle décolla du garrot, se renversa. Et ce léger déplacement d'équilibre sur l'arrière-main, cette faible traction sur le cou de la petite bête suffirent à la relever assez, de l'avant, pour que ses sabots sans fers atteignissent le bord de la berge. Elle y broncha, mais ses pattes de derrière avaient appui sur le talus où elle était correctement tombée. D'un ultime effort, elle se rétablit sur le ressaut.

Tandis que, chacun de leur côté, Lucien et Joachim franchissaient l'obstacle, le poulain, à bout de forces, faisait encore deux pas avant de s'abattre mollement.

Céline avait boulé dans l'herbe. Quand Lucien eut mis pied à terre, elle se tenait debout, mordant sa main. Ses yeux pleins d'effroi regardaient son père s'avancer sur elle.

– Pardon, papa ! balbutia-t-elle. Je te demande pardon !

Suffoqué d'une crainte rétrospective, mais plus encore de stupeur, il considérait cette espèce de petit bout de femme qui avait pu se tenir à cheval, sans selle, sans bride, pendant ces quelques minutes de course folle, et qui, réellement, avait fait sauter le ruisseau à l'alezan. Seul, il se fût fracassé les pattes contre la rive. Incontestablement, c'étaient ces mains minuscules, ces bras de poupée, qui l'avaient mis dans la position correcte !

Lucien secoua la tête, ne parvenant pas à y croire.

– Tu seras punie, dit-il sévèrement. Mais je veux d'abord savoir ce que tu t'es permis de faire.

Elle avait une écorchure au front, ses genoux saignaient, la peau emportée. Sous le regard terrible de son père, elle n'y prêtait pas attention. Baissant la tête, elle avoua :

– J'ai pris un de tes petits cheval (elle disait ch'val et ne savait pas employer le pluriel) pour monter dessus.

– Je le vois bien, mais comment l'as-tu pris ?

– Je lui ai donné une carotte, je l'ai caressé. Il était gentil, il me suivait. Alors j'ai grimpé sur la barrière, comme ça je me suis assise sur le dos de ton petit cheval. Alors il a pas été content, il voulait me jeter par terre. Moi j'ai pas été contente non plus. Je lui ai donné des coups de pied. Alors il a couru, fort. Ça me faisait bien plaisir. Alors je crois... je crois que je lui ai donné des petits coups pour qu'il galope encore plus fort, acheva-t-elle d'une voix contrite.

Un poulain brut, n'ayant jamais senti même un surfaix sur ses reins. Il ne pouvait concevoir ce qui lui arrivait. Ce battement de talons devait nécessairement le mettre en panique.

– Comment t'es-tu arrangée pour ne pas tomber pendant qu'il courait si vite ?

Elle leva ses grands yeux, regardant son père avec ce limpide étonnement des enfants devant les questions stupides que posent souvent les grandes personnes.

– Pourquoi je serais tombée ? Je tenais ses cheveux, et puis il faisait la balançoire tout doucement. Comme ça.

Elle imita le mouvement exact du cavalier bien placé à l'endroit où les actions opposées des deux bipèdes du cheval au galop viennent se fondre. On n'éprouve en effet qu'un balancement. Si on l'épouse en souplesse, les plus vives allures n'exigent nul effort. Pas besoin de serrer les jambes. Il ne s'agit que d'équilibre. Elle avait trouvé ça d'elle-même !

– Et puis, tu sais, ajouta-t-elle, moi je suis très bien quand on galope. Si je tombais, ça serait quand le cheval il marche plus et il court pas encore.

Parbleu ! les réactions sèches du trot, avec ces petites cuisses qui ne lui permettaient pas de prendre appui du genou pour s'enlever à la battue, devaient la secouer sérieusement, pensa son père. Soudain, il se rendit compte de la portée de cette déclaration.

– Qu'est-ce que tu racontes ! dit-il. Tu es déjà montée sur un cheval ?

Elle baissa de nouveau la tête, se mordant la langue qu'elle avait eue trop longue, et glissa par-dessous à son frère un coup d'œil implorant. Lucien se tourna vers lui. La bride au coude, le gamin rafraîchissait avec son mouchoir trempé dans l'eau les naseaux du poulain couché dans l'herbe, qui haletait.

– Joachim, je t'écoute.

– Qu'est-ce que tu veux, papa, tu sais bien comment elle est ! répondit-il, tout rouge. Elle m'a fait des comédies enragées jusqu'à ce que je la mette sur le dos d'un poulain. Après, elle était bien gentille. Alors, pour avoir la paix !... Mais je la montais seulement sur les bêtes habituées et bien douces, et je marchais à côté d'elle, je la tenais. Puis elle a voulu que je la lâche, puis il a fallu courir. C'étaient des « Joachim tu es si mignon ! », des « Joachim tu ne veux pas que je pleure ? ».

– Et puis je lui donnais mon chocolat, dit-elle sournoisement.

– Ton chocolat ! Ah ! parlons-en !...

– Tst, tst ! fit Lucien gardant avec peine son air sévère. Il ne s'agit pas de ça. Alors, Joachim ?

– Eh bien ! comme je la voyais solide, j'ai pensé... Après tout, moi je n'avais pas cinq ans lorsque j'ai commencé ! Je l'emmenais en attachant son cheval à ma selle par un licou.

– Elle montait à cru ?

– Avec un bridon. Elle n'a pas les jambes assez longues pour une selle.

– Et il y a longtemps que ça dure, ce manège ?

– Oh ! bien six mois ! Depuis ce printemps. Mais elle n'était jamais partie seule. Je n'y suis pour rien. Je promenais Tambour, comme je l'avais dit à Francillou, quand je l'ai vue sortir du pré des poulinières. J'ai essayé de la rattraper. Seulement...

– Bon, dit Lucien. Prends des bouchons d'herbe sèche, frictionne-moi cette petite bête. D'ici une demi-heure, elle sera en état de marcher. Tu la ramèneras bien tranquillement par la passerelle et tu viendras me trouver au coudert. Tu as agi d'une façon assez raisonnable avec ta sœur ; tu seras puni simplement pour ne m'avoir pas rendu compte. Quant à toi, viens ici.

Il prit Céline dans ses bras, la plaça sur le garrot de

son bai brun et s'enleva derrière elle. Ils passèrent la rivière puis regagnèrent Lern à travers la châtaigneraie, Lucien faisant doucement la morale à sa fille. Il lui expliqua qu'elle avait failli tuer le poulain, qu'il ne fallait jamais agir en cachette – et ne pas le prendre, lui, pour un ogre.

– Si tu m'avais dit gentiment : « Papa, je voudrais tant monter à cheval ! » je t'en aurais choisi un, en rapport avec tes moyens, et je t'aurais appris. Tu reconnais toi-même que tu ne tiens pas bien au trot. Parce que Joachim et toi vous ignorez une chose : les femmes ne montent pas comme les hommes; elles ont une selle d'amazone. Si tu es sage, je t'en ferai faire une. En attendant, tu seras privée de dessert pendant une semaine, pour t'apprendre à être franche. De plus, je ne te donnerai cette selle et un cheval que le jour où tu sauras lire couramment. D'ici là, tu n'approcheras plus une bête, je te le garantis.

Ils descendirent dans la cour. Lucien emporta l'enfant à la cuisine pour soigner ses écorchures avec du trois-six. Sa mère et Berthe la cherchaient partout. Elles avaient mobilisé François.

L'énervement de Violette éclata quand elle vit sa fille toute dépenaillée, hirsute, les genoux saignants. Elle la prit par le bras, la gifla en criant à Berthe d'aller la mettre immédiatement au lit.

Cet emportement se comprenait. Céline, indépendante, colère et incapable, dans sa vivacité, de tenir en place, mettait depuis longtemps la patience de sa mère à rude épreuve. Cela n'arrangeait pas le système nerveux de Violette assez malmené d'autre part.

En vérité, l'enfant, surtout à côté du calme Joachim, était insupportable. On ne pouvait la quitter des yeux. Tout à l'heure, après le repas, sa mère l'avait emmenée avec elle pour la faire travailler. Tandis qu'elle ânonnait, Violette, triste et lasse, cédant à une invincible torpeur, s'était laissé gagner par le sommeil. Quelques minutes. Mais suffisamment pour que cette infernale gamine ait filé. On l'avait ensuite réclamée à tous les échos, pendant près d'une heure, et maintenant son père la ramenait, dans quel état!... Elle était à battre! A moudre!

Lucien arrêta Berthe qui allait obéir à l'injonction de sa maîtresse.

– Non, dit-il, point n'est besoin de coucher cette enfant. Elle va monter toute seule dans sa chambre où elle étudiera ses leçons, très sérieusement. N'est-ce pas, Céline?

– Oui, papa.

– Alors c'est toi qui les lui feras réciter, dit Violette exaspérée de voir Lucien la contrecarrer.

– Si tu veux. Après quoi, elle sera privée de dessert, matin et soir pendant huit jours. A présent, demande pardon à ta mère.

La réponse partit comme un coup de pistolet.

– Non.

– Tu vois! s'écria Violette. Tu la soutiens, et...

– Tais-toi, dit-il avec un geste apaisant. Céline, tu vas demander pardon à ta maman. Elle t'a giflée parce qu'elle a eu peur pour toi, tu comprends? Tu lui as fait beaucoup de chagrin, tu l'as rendue très malheureuse. Si tu ne le regrettes pas, c'est que tu es méchante. Et si tu es méchante, nous ne t'aimerons plus, parce que tu ne le mériterais pas.

La petite figure mate s'empourpra lentement, les grands yeux papillotèrent, puis le bon cœur de l'enfant l'emporta sur son orgueil. Elle s'élança vers sa mère qui lui ouvrit impulsivement les bras.

– Nous avons eu tort, dit Lucien, de ne pas comprendre que cette petite a besoin d'exercice violent. J'y remédierai.

VIII

A partir de ce jour, une entente de plus en plus intime s'établit entre le père et sa fille. L'incident avait rompu la barrière de bienveillance vague, ou de vague dédain, qui empêchait jusqu'à ce moment Lucien de connaître Céline. Une fois entré ainsi, brusquement, en contact avec elle, il ne cessa de découvrir à quel point elle était sa fille et combien ils se convenaient l'un à l'autre.

Il croyait simplement l'impressionner, sans s'être rendu compte qu'elle l'adorait. A vrai dire, jamais il n'avait arrêté sa pensée sur elle, car rien au monde ne pouvait offrir à ses yeux moins d'importance qu'un embryon de femme. Il lui semblait naturel qu'elle fût capricieuse, têtue, coléreuse, sournoise : dispositions naturelles de son sexe.

Tout à coup, il s'apercevait non seulement qu'il était un dieu pour elle, mais encore qu'elle n'avait aucun de ces défauts.

Du moment où il se soucia de la manier, il constata que nul n'était plus maniable. En fait, elle tenait de lui le sens de la discipline. Seulement, personne jusqu'à présent ne l'avait compris. Lorsqu'il lui eut établi une règle d'existence, elle s'y plia sans difficulté, travaillant aux heures imposées, parce qu'on lui donnait ensuite ce que sa nature exigeait comme récompense. Cela ne pouvait être de jouer à la poupée ou de manger de la confiture.

Elle n'était pas têtue, mais inflexible quand elle avait décidé quelque chose; pas coléreuse, mais révoltée par ce qui lui semblait injuste; pas sournoise, mais fine; pas capricieuse, mais partagée entre la douceur et la féminité qu'elle devait à sa mère, et une énergie, une dureté, qui venaient de lui, Lucien.

Dès l'instant qu'elle put employer régulièrement cette énergie, elle se montra suffisamment docile. Néanmoins, cette amélioration se répercuta peu sur l'état de sa mère.

Violette ne supportait plus qu'avec des peines de tous les instants l'existence à Lern. Pour subir patiemment ce qui lui était depuis toujours déplaisant, ici, elle n'avait plus les motifs ni les secours d'autrefois.

Une affreuse indifférence régnait maintenant entre elle et Lucien. Ils vivaient côte à côte; à cela près, aucune communauté ne subsistait entre eux. Depuis leur retour de Paris, ils faisaient chambre à part.

Les enfants même leur servaient à peine de liens, Joachim, à mesure qu'il grandissait, s'éloignant de son père, trop rude pour lui, et Violette se détachant sans cesse davantage de Céline, pas assez fille pour elle. Quant au pauvre Arthur, le mal reçu, sa mère, après l'avoir difficilement allaité pendant quelques jours, avait dû le donner en nourrice à la femme de Guste Francillou surnommé Fricassogropau parce qu'il mangeait des cuisses de grenouilles sautées à la poêle. C'étaient le père et la mère de Pierre. Celle-ci amenait de temps en temps Arthur à la maison où nul, excepté Berthe et François, ne se souciait de lui.

Ce furent eux qui, à la fin de l'automne, l'enfant sevré, demandèrent timidement si on n'allait pas le reprendre. Ayant obtenu son retour, comme Arthur criait, la nuit, troublant le sommeil de ses frères, ses parrains l'installèrent dans leur propre chambre, au grand soulagement de Violette. Elle s'efforçait de ne pas le trouver odieux. Il lui rappelait constamment le pire souvenir, le naufrage définitif du grand amour qu'elle avait eu pour Lucien, et la faillite de ses efforts.

Cet hiver fut presque aussi glacial que le précédent. Le thermomètre s'arrêta aux environs de – 25, mais, en dépit de cette différence, on souffrit davantage, car un vent de nord-est, violent et cruel, souffla pendant toute la fin de janvier et le début de février. Il s'insinuait partout. Dans la maison, malgré les calfeutrages empiriques, de chiffons, de journaux, on eut encore plus froid que l'an passé. L'eau gelait dans les brocs des chambres, l'haleine givrait les draps.

De nouveau, il y avait ces atroces concerts des loups, mêlés aux plaintes lugubres de la bise sous les portes, les fusillades dans la nuit, les hurlements des fauves blessés et de leurs congénères qui se battaient pour les dévorer. Violette mettait sa tête sous les oreillers. Elle ne pouvait plus entendre ce féroce vacarme. Elle ne pouvait plus supporter la sauvagerie de ce pays, cet isolement, ce repli sur soi-même.

Il lui arrivait de pleurer en pensant à Paris. A cette heure, il y faisait clair comme en plein jour, les gens sortaient gaiement des théâtres, allaient prendre un léger medianoche dans les cafés du boulevard ou du Palais-Royal, et, s'ils trouvaient la nuit un peu fraîche, appelaient un fiacre pour rentrer confortablement chez eux. Paris où nul ne s'occupait de savoir comment vous viviez. Paris, sa diversité, sa chaleur humaine, ses distractions, au lieu de cette monotonie éternelle, ce mortel engrenage des saisons, qui grignotait inexorablement vos belles années, cette solitude avec un homme pour qui elle comptait moins que ses chevaux ou Céline.

Elle en était, comme lui, à regretter amèrement leur rencontre. Quelle sottise d'avoir lié son sort au sien! Non seulement il ne l'aimait pas, mais il ne la considérait même pas assez pour l'épouser. Il reconnaissait les enfants qu'elle lui donnait, et il dédaignait la mère. Il ne lui savait aucun gré des douleurs qu'elle avait eues pour les mettre au monde. Trop honorée, sans doute, qu'il ait bien voulu les lui faire! Oh! certes, elle ne lui aurait jamais demandé de l'épouser! On a sa fierté, toute fille de boulanger que l'on est. Mais s'ils se fussent mariés quand il avait su qu'elle attendait Joachim, il n'eût pas fourni plus tard à la malveillance le motif de ce scandale.

Après la dégradation de l'amour, un aigrissement lent et insensible, dans ce qui était devenu pour elle un enfer, entraînait Violette, autrefois si généreuse, à ces mesquines querelles – tout intérieures, car elle et Lucien se trouvaient maintenant bien trop distants l'un de l'autre pour qu'elle eût jamais l'occasion de lui exprimer sa rancœur. Ils ne se détestaient pas; il n'y avait pas entre eux la violence propre à faire éclater des disputes – et à provoquer, peut-être, après la colère, des réconciliations. Leurs griefs, à chacun, fermentaient silencieusement sous une couche d'habitudes polies, d'amabilité superficielle. Nul témoin de leur existence, ni leurs domestiques ni leurs enfants, n'aurait pu savoir que chaque jour élargissait entre eux le fossé désormais infranchissable, par-dessus lequel ils échangeaient soir et matin un baiser dénué de sens.

Pourtant, parfois, voyant Lucien si peu changé par la cinquantaine – aux tempes, des traces argentées, mais toujours athlétique et svelte à la fois, la figure sèche où seul se creusait peu à peu le pli des lèvres – Violette sentait une tendresse non encore morte se ranimer en elle, un instant. Pourquoi avait-il fallu que tout ce qui était si vrai, si fort, pourrît! Reportée en arrière pour quelques secondes, elle ne comprenait plus le désastre, ne parvenait pas à y croire, et quand elle revenait au présent, elle refoulait des larmes...

~

Au printemps de cette année, Lucien, qui s'était jusqu'à présent réservé le travail des chevaux de cinq ans sur les grands obstacles, résolut d'y exercer Joachim. Il avait maintenant assez d'enveloppe pour résister aux violentes réactions de ces sauts. Son père l'y entraîna pendant quelque temps sur des bêtes habituées, avec lesquelles le jeune garçon se montra vite à l'aise. Alors, il lui donna un rouan à dresser au saut des barres, de la double haie et du mur.

Joachim n'y mettait pas d'enthousiasme. Content d'avoir couronné son éducation de cavalier, il n'éprouvait nulle envie de s'échiner à un travail fastidieux. Il préférait de beaucoup la chasse à cette routine. Il n'y a rien de plus lassant que le dressage aux obstacles. Le garçon n'était pas d'un naturel à trouver du plaisir dans l'effort accompli pour lui-même.

Il n'eût pas osé manifester sa mauvaise volonté à son père. Devant sa mère, toujours prête à l'approuver, il ne se gêna point. Il lui dit, en jouant la comédie de la fatigue :

– Tu sais, maman, je commence à ne plus en pouvoir, moi, d'être toujours à batailler, avec *Souverain.* C'est dur, papa ne s'en rend pas compte. Tu devrais venir voir ce qu'il me fait faire.

Il n'ignorait pas, le petit sournois, que sa mère, ne connaissant rien à l'équitation, serait effrayée par le spectacle de ces grands sauts. En outre, bien qu'elle n'eût jamais adressé devant lui un seul mot de critique à Lucien, il sentait, avec la sensibilité fraîche et aiguë des enfants, qu'il y avait un désaccord entre eux, et qu'il pouvait en profiter.

Tout se déroula comme il l'avait prévu. Violette, passant

apparemment par hasard devant la piste circulaire où se dressaient les obstacles, fut secouée en voyant son fils, si petit encore sur ce cheval déjà grand, franchir la double haie.

Joachim, ayant aperçu sa mère, se dit qu'une légère exagération des difficultés du travail ne gâterait rien. Il relâcha donc, imperceptiblement pour les assistants, l'appui des jambes sur le flanc et des rênes sur l'encolure de *Souverain,* lequel, pas plus ardent à la besogne que son cavalier, fut trop heureux de se dérober en arrivant au mur.

Debout, en bras de chemise, au centre de la piste, la chambrière à la main, Lucien surveillait le travail.

– Recule ! commanda-t-il, un peu étonné par ce refus du cheval, très uni jusqu'à ce moment.

Joachim obéit. Il ramena le rouan, prit du champ et attaqua de nouveau l'obstacle... en rééditant la manœuvre. Et de nouveau *Souverain* refusa par côté.

Le truquage pouvait tromper Lucien une fois. Mais pas deux. Il avait vu que le gamin laissait adroitement la bête s'échapper. Seulement, il ne comprenait pas pourquoi. Ça n'avait aucun sens ! et c'était extrêmement mauvais pour le cheval, Joachim le savait très bien. Qu'est-ce qui le faisait agir ainsi ? La crainte ? Allons donc ! il n'avait peur de rien. La fatigue ? Il lui aurait suffi de dire : « Je voudrais me reposer », il ne l'ignorait pas; on ne lui demandait jamais plus qu'il n'en pouvait faire. La paresse ou la mauvaise volonté. Voilà. Le travail l'ennuyait. Cependant il n'était pas rossard au point de provoquer une faute de son cheval dans l'espoir de se libérer. Il devait bien penser, d'ailleurs, qu'il n'y parviendrait pas ainsi. Au contraire, plus vite il eût fini le parcours, plus tôt il eût été débarrassé.

Avant de le punir, Lucien voulait comprendre.

– Recule !

Joachim prit un air martyrisé, essuya de sa manche son front où ne perlait aucune sueur, et obéit encore.

Comme il ramenait le cheval en ligne, Lucien aperçut Violette qui arrivait maintenant à sa hauteur. Surpris, il la regarda. L'expression de son visage lui révéla tout. Une juste indignation contre Joachim le saisit.

– Petit saligaud! s'écria-t-il.

La chambrière siffla. Sa longue lanière alla cingler les jambes du gamin. Le rouan, touché par la mèche, comprit qu'il ne s'agissait plus de plaisanter. Il partit de pied ferme, prit franchement sa battue et s'envola sans s'occuper de savoir si son cavalier tenait à sauter ou non.

Pendant ce temps, Violette, hors d'elle, s'était avancée sur Lucien.

– Brute! lui jeta-t-elle. Voilà ce que tu es, ce que tu as toujours été, ce que tu resteras toujours : une brute! Non seulement tu contrains ce pauvre petit à une besogne de galérien, mais quand il est à bout de forces, tu le frappes! Tu ne peux plus tuer des hommes, alors tu te rattrapes en torturant les enfants, hein!

– Tu es complètement folle! dit-il, effaré par l'excès de cette apostrophe hors de proportion avec un petit cinglon amplement mérité par la vilenie de Joachim.

Tremblante et blême avec, aux pommettes, deux taches pourpres qui accentuaient la pâleur de ses lèvres, Violette le regardait d'une façon telle qu'il comprit l'inutilité de toute explication. Elle n'admettrait jamais la duplicité de l'enfant. C'est lui, Lucien qui aurait toujours tort. A se sentir ligoté par l'astuce du gamin, la colère le prit à son tour.

– En tout cas, dit-il, tu peux te vanter d'avoir donné le jour à une jolie petite vipère! Un beau cadeau que tu m'as fait!

Joachim, pas très fier, s'arrêtait après avoir terminé son

tour de piste. Lucien se dirigea vers lui. Puis, se retournant :

– Je regrette de l'avoir reconnu, il ne vient assurément pas de moi. Il n'y a jamais eu de tartuffe dans ma famille!... Descends, dit-il au garçon. Tu ne remonteras jamais sur un cheval. Tu n'en es pas digne.

Il prit l'animal par la bride pour le conduire à l'écurie.

Le souper fut sinistre. Céline considérait avec étonnement ses parents qui mangeaient du bout des dents sans prononcer un mot. Son frère baissait les yeux. Elle aurait voulu lui demander des explications mais, sitôt après le repas, leur mère emmena le gamin dans sa chambre à elle. Ils y passèrent la nuit. Ce fut Berthe qui coucha Céline. Le lendemain matin, quand celle-ci vit Joachim et qu'elle l'interrogea, il lui répondit rudement :

– Occupe-toi de ce qui te regarde. C'est pas des affaires pour les filles.

Elle sortit avec son père. Il lui avait, selon sa promesse, donné un cheval et fait faire une selle d'amazone, grâce à quoi elle était parfaitement solide. Sa taille n'importait plus : une femme n'a point à entourer des jambes sa monture, elles reposent sur des fourches de cuir.

En revenant avec sa fille après une longue promenade, Lucien trouva Berthe effondrée, le nez rouge, les yeux gros comme le poing. Comme il s'enquérait de ce qu'elle avait, elle répondit entre deux hoquets :

– Madame est partie.

– Partie!... Comment ça? demanda Lucien.

Il apprit peu à peu que, sitôt après son départ, à lui, ayant appelé Berthe en haut, Violette lui avait annoncé qu'elle quittait Lern avec M. Joachim, pour ne revenir jamais. Tout ce qu'elle voulait emporter était prêt. Elles avaient pleuré toutes les deux, Berthe faisant son possible pour la retenir. Mais Madame, quoique bien triste, ne voulait rien entendre. Elle disait que le Maître serait content de ne plus les voir, elle et M. Joachim. Du reste, rien ne la retiendrait ici, elle ne supportait plus l'existence dans cette maison ni dans ce pays qu'elle détestait depuis des années. Elle retournait chez elle, à Paris, où elle vivrait seule avec son fils. Elle avait commandé d'atteler afin qu'on les conduisît à Périgueux.

En allant transmettre cet ordre à Pierre Francillou, Berthe avait avisé François de galoper à la recherche du Maître pour l'avertir.

– Il ne pouvait guère nous joindre, dit machinalement Lucien, nous étions en forêt... Il y a combien de temps qu'elle est partie ?

– Oh ! plus d'une heure maintenant.

Facile de la rattraper, à cheval. Mais rien ne pressait, étant donné qu'elle devrait coucher à Périgueux pour attendre la diligence.

Céline ne comprenait pas bien ce qui se passait. Elle regardait tantôt son père dont elle tenait la main, tantôt Berthe dont le chagrin la frappait, lui communiquant une envie de pleurer. La figure grave et ferme de son père l'incitait, au contraire, à se montrer tranquille comme lui.

Sur ces entrefaites, François revint, bouleversé lui aussi. Il s'attendait évidemment à recevoir l'ordre de seller une bête ou d'atteler un cabriolet. Son maître haussa les épaules.

– Nous avons le temps. La voiture de Paris ne passe que demain. Occupe-toi de la petite, dit-il à Berthe. Je monte, un instant.

– Papa, je voudrais aller avec toi, pria Céline.

Dans cette atmosphère oppressante, elle se sentait mieux auprès de lui. Il s'en rendit compte, fut touché et l'emmena.

Il s'étonnait que Violette fût partie en cachette. Ce n'était pas dans son caractère. En tout cas, elle lui avait certainement laissé un message, ça, il l'eût juré. Il le trouva, comme il s'y attendait, en ouvrant son secrétaire. Un adieu, simple, franc, bien digne d'elle.

« Mon ami, lui écrivait-elle, je pars. Nous ne nous reverrons plus, du moins ici. Ailleurs, plus tard, j'aurai toujours de la joie à te rencontrer, car s'il n'y a malheureusement plus d'amour entre nous, il reste dans mon cœur, et dans le tien aussi, je crois, des souvenirs qui sont le meilleur de nous-mêmes.

« Nous ne sommes pas mariés. Je ne viole aucun serment ni aucune promesse en te quittant comme tu m'aurais quittée toi-même, il y a deux ans. J'emmène Joachim, non pour me venger de ce que tu as dit hier, et que tu ne pensais pas vraiment, mais parce que je ne saurais vivre sans lui. Pas plus que je ne saurais continuer de vivre dans ce pays. Passer encore un hiver ici est au-dessus de mes forces. J'y suis restée tant que j'ai pu croire que ma présence t'importait. Depuis plusieurs années tel n'est plus le cas. Demeurer n'aurait aucun sens.

« Ni moi ni Joachim nous ne te manquerons. Je n'ai donc pas de remords. Je ne manquerai pas beaucoup à Céline qui a infiniment plus d'affection pour toi que pour moi. C'est pourquoi je te la laisse, malgré la peine que j'ai tout de même à me séparer d'elle. Berthe sera pour elle comme pour Arthur une vraie mère. D'ailleurs, tu te marieras peut-être. Après mon départ, les gens du voisinage n'auront plus aucune raison de fuir la maison, délivrée du péché. Quoi qu'il en doive advenir, de tout mon cœur je te souhaite d'être heureux, si cela t'est permis.

« Je profite de votre absence pour partir. C'est un peu lâche, mais je n'aurais pas le courage de te faire et de faire à la petite des adieux.

« Tu trouveras assurément juste que j'aie pris, pour faire vivre Joachim jusqu'à ce que je puisse subvenir à nos besoins, la moitié des rouleaux que tu gardes dans ce secrétaire. Au demeurant, une partie représente l'argent provenant de la vente de mes meubles quand nous avons quitté Paris.

« Je pense qu'après avoir lu ces lignes tu ne songeras pas à m'arrêter dans mon voyage. Cela te serait facile, car je ne m'enfuis pas, je m'en vais. Mais aussi cela serait absurde. Laisse-moi rompre le seul et triste lien qui subsistait entre nous : celui d'une habitude. Tu me supportais; moi, je ne supportais plus qu'à peine cette existence. Adieu, Lucien. »

Il replia lentement la feuille. Des pensées confuses, de mélancoliques souvenirs, tournaient en lui. Sa seule idée certaine, c'était qu'il ne ferait rien pour retenir Violette. Il se demandait comment elle allait s'organiser pour vivre, avec la charge de Joachim. Bah! elle avait trente-quatre ans et assez de tête pour se tirer d'affaire, même avec, sur les bras, ce paresseux et sournois petit bonhomme dont elle pouvait attendre pas mal d'ennuis. Un garçon qu'il aurait fallu élever à la dure. Elle l'avait pourri. Eh bien! on paie ses fautes, en ce monde.

Il prit sa fille à califourchon sur ses genoux.

– Nous sommes seuls, toi et moi, maintenant, lui dit-il. Tu ne verras plus ta mère ni ton frère, ils sont allés habiter dans un autre endroit, très loin, parce qu'ils ne se trouvaient pas bien avec nous. Il ne faut pas être triste pour ça. Nous nous arrangerons parfaitement tous les deux ensemble, n'est-ce pas?

– Oui papa, répondit-elle avec toute la gravité de ses sept ans.

En redescendant, il annonça aux Masbatie que Madame lui avait laissé une lettre. Après l'avoir lue, il ne voyait aucune raison d'empêcher ce départ. La mère et le fils étaient malheureux ici. Ils voulaient s'en aller. De quel droit les retenir?

– Demain, dès la pointe du jour, dit-il à François, tu iras à Périgueux. Là-bas, tu trouveras facilement Madame quand elle viendra prendre la diligence. Tu lui remettras un paquet.

Il enveloppa le reste des rouleaux, avec les bijoux que, par une inconséquence bien féminine, Violette avait scrupuleusement laissés tout en prenant de l'argent, et il joignit au paquet un petit mot :

« Accepte ce que je t'envoie, cela te sera nécessaire. Fais très attention à Joachim; il n'est pas le bon enfant que tu crois. Tu risques de t'en rendre compte trop tard. Pour tout le reste, tu as raison. Bonne chance, Violette. N'hésite jamais à me demander ce dont tu pourrais avoir besoin ni même à m'appeler si tu étais en difficulté. »

IX

Dans la succession des jours et le cycle régulier des saisons, quelques années passèrent sur Lern sans amener d'événements notables, sinon pour les Masbatie. Ils eurent enfin un héritier, un fils baptisé Jean.

De Violette, aucune nouvelle. Dès son arrivée à Paris, elle avait écrit à Lucien en le remerciant du paquet et de la lettre, mais sans donner d'adresse. Depuis, le silence. Sa présence, longtemps vivante dans la maison, s'était évanouie peu à peu. Son souvenir persistait encore. Céline ou Berthe parlait d'elle quelquefois. Lucien, jamais. Il y pensait néanmoins, sans amertume à présent – ni regrets.

Comme elle l'avait présumé, à la suite de son départ un certain changement d'attitude s'était produit dans le voisinage envers les gens de Lern. Mme de Vergne, triomphant enfin, inclinait à l'indulgence. A vrai dire, depuis son remariage avec un avocat de Périgueux, sa rancune contre Lucien avait pâli en même temps que la mémoire de son ancien fiancé. En outre, elle n'habitait plus Gain que pendant les mois chauds.

Violette attirait sur elle toute la réprobation. Cette mauvaise mère, qui abandonnait deux enfants pour s'en aller reprendre à Paris sa vie dissolue, méritait bien le haro. Le pauvre Montalbert, au fond, aurait été d'un bout à l'autre sa victime. Cet homme, d'autre part sérieux, régulier dans ses mœurs, n'avait eu que le tort de s'acoquiner avec une pécheresse. Tout le mal venait d'elle. Lui, sans doute était-il plus à plaindre qu'à condamner. Et comment allait-il s'en sortir maintenant, avec son garçon en bas âge et sa fillette?

S'il l'eût désiré, il eût pu à ce moment reprendre, au moins en partie, sa place dans la société locale. Seule, Mathilde du Vignal ne pardonnait pas au meurtrier de son frère, tout en ayant renoncé à obtenir vengeance.

Il ne mit pas à profit ces dispositions. Les gens pouvaient bien changer vis-à-vis de lui, pas lui vis-à-vis d'eux. Leur bienveillance présente l'écœurait autant que l'avaient blessé leur mesquinerie et leur rigueur. Sans affectation, il demeura sur la réserve, courtois mais n'allant jamais plus loin que de converser aimablement avec un voisin rencontré, de se joindre à une battue, d'amener sa meute à une chasse.

Il s'occupait beaucoup de sa fille, à laquelle il donnait une éducation peut-être trop garçonnière mais très complète pour ce temps. Sa déception, c'était Arthur.

Pas grand, plutôt malingre, avec une grosse tête pleine d'idées bizarres, l'enfant ne ressemblait en rien au beau Joachim ni à l'alerte et intelligente Céline. Il ne manquait pas de finesse, seulement elle tournait chez lui en ruse; pas de perspicacité mais, pour lui faire apprendre quelque chose, il fallait la croix et la bannière. A l'âge où son frère et sa sœur lisaient couramment, il ânonnait à peine. Lucien se demandait s'il saurait jamais écrire. En revanche, il avait assimilé les chiffres avec une étonnante facilité. On le trouvait souvent dans la cour en train d'entasser des noyaux de cerises ou des châtaignes, des noix, des bâtonnets, voire des cailloux, qu'il se délectait visiblement à compter et recompter pendant des heures. Puis il les serrait soigneusement dans quelque recoin.

– Tu es bien trop bête! s'écriait Céline. Aller cacher des cailloux!

De qui tenait-il, ce garçon si peu Montalbert? De son grand-père maternel, le boulanger?

Une fois que Lucien était allé le chercher lui-même à la réserve pour le faire travailler, le « ré-grand-père » Francillou, métayer à Lern bien avant la Révolution, dit en le montrant de son bâton :

– Qué bé plo un mousur Maubert!

Possible, également. Un descendant de la souche lointaine commune aux deux familles. En tout cas, d'où qu'il sortît, il ne faisait grand honneur à personne.

Quand il fut en âge, son père, l'ayant mis à cheval, comprit rapidement qu'Arthur était susceptible de devenir cavalier à peu près autant que Céline de coiffer, un jour, la tiare pontificale.

Non seulement l'équitation ne lui plaisait pas, il piquait des colères furibondes, criant comme un goret, quand on voulait le mettre en selle, mais en outre il n'avait, au contraire de ses frères, aucune souplesse de rein, aucun sens physique de l'animal, aucune liaison avec lui. C'était un indécrottable piéton, de naissance. Il le resterait toute sa vie.

Écœuré, Lucien abandonna, reportant tous ses soins sur Céline qui le comblait de satisfaction. Longue pour ses dix ans, un peu dégingandée, gauche parce qu'indécise encore entre la vivacité de l'enfant et la grâce plus mesurée de la jeune fille, sitôt à cheval elle trouvait une harmonie, une fermeté, une assurance admirables. Elle montait toutes les bêtes, même l'étalon, soit sur la selle de femme, soit à califourchon, avec la culotte de peau grise que recouvrait d'ordinaire sa jupe d'amazone. Sur n'importe quel cheval et n'importe quel parcours, elle se montrait aussi à l'aise que dans un fauteuil. Son père, sans le lui dire, la considérait comme un tout petit peu meilleur cavalier que lui-même. Elle le suivait dans les chasses où elle émerveillait chacun.

Lucien en était fier, et cependant son affection pour elle, le soin qu'il prenait d'elle, comme ceux qu'il donnait au domaine, comme le dressage des chevaux, la chasse, restaient pour lui, malgré toute la sincérité qu'il pouvait y mettre, de simples occupations. Raisonnablement, il ne croyait plus à la possibilité de rentrer dans l'armée, il avait pris son parti de vivre comme si cela ne devait pas se produire. Au plus profond de lui cependant, quelque chose attendait, chaque jour, avec la patience et l'obstination de l'instinct, la réalisation de ce miracle.

Les temps qui venaient de s'écouler n'étaient point de nature à flatter cette inconsciente attente. Depuis la mort de Louis XVIII et le couronnement de son frère Charles X, l'esprit réactionnaire, l'influence de la Congrégation, ne cessaient de s'affirmer; l'opposition – où apparaissaient des noms nouveaux : celui d'un certain Adolphe Thiers, d'Armand Carrel – existait toujours, mais elle restait sans forces agissantes. La garde nationale s'était laissé dissoudre par le roi. Paul-Louis Courrier dans ses pamphlets spirituels et impitoyables, Béranger dans ses chansons, pouvaient en paroles malmener le régime, pour reposer sur un volcan il n'en demeurait pas moins solide. En tout cas, il durait.

Lucien ne voyait point, à l'extérieur, apparence de conflit qui eût nécessité un appel général aux armes. L'intervention en Grèce contre Mamoud et son allié Méhémet-Ali, l'affaire de Navarin où les escadres française, anglaise et russe avaient anéanti la flotte turco-égyptienne, l'envoi en Morée d'un corps d'armée qui venait de mettre un terme à la tyrannie sanguinaire des Égyptiens et des Turcs dans le Péloponnèse et d'assurer enfin à la Grèce cette indépendance pour laquelle Santa Rosa, lord Byron étaient morts, ne représentaient que des expéditions, avec de modestes effectifs. Sans doute aurait-on pu faire comme ce brave Fabvier, le colonel. Il avait apporté son épée aux Grecs et conquis une renommée universelle en soutenant dans Athènes un siège de douze mois. Mais, encore une fois, Lucien n'était ni un partisan ni un aventurier; il ne concevait de servir que dans l'armée régulière, dans celle de son pays.

Brusquement, en février 1830, il apprit par les journaux qu'une entreprise d'envergure allait être dirigée contre le dey d'Alger. Ses rapines et ses menaces duraient depuis longtemps. En 1827, il avait insulté grossièrement notre consul, Deval. Après un blocus de trois ans comme représailles, on lui avait envoyé une frégate avec un parlementaire afin de savoir s'il se trouvait à présent en meilleures dispositions. La *Provence* était revenue criblée de coups de canons pour toute réponse. Impossible de ne pas riposter.

Il ne s'agissait plus cette fois d'un petit envoi de troupes, Lucien s'en rendit compte immédiatement. D'après les journaux, le dey disposait d'une armée d'au moins soixante mille hommes, très forte en cavalerie et en artillerie. C'étaient des divisions entières qu'il fallait débarquer en Afrique. Lucien se vit revenu au temps de Bonaparte et de l'armée d'Égypte. Il résolut de tenter sa chance. Il écrivit au ministre de la Guerre, un homme qu'il exécrait pourtant : le comte de Bourmont, le traître qui avait passé à l'ennemi la veille de Waterloo, l'accusateur impitoyable de son chef Ney, devant la Chambre des pairs, le juge partial de son camarade Drouet d'Erlon, Bourmont le chouan, royaliste à tous crins, mais soldat déterminé.

En attendant la réponse, prêt, si elle était favorable, à abandonner Céline comme il eût, sept ans plus tôt, abandonné Violette avec le même manque profond de véritable capacité affective pour tout ce qui n'était pas son métier, il suivait attentivement les préparatifs. On parlait d'un rassemblement de trente-sept mille hommes, vingt-sept mille marins, sur trois cent soixante-dix-sept transports et cent trois bâtiments de guerre.

L'Angleterre entrait en rage à voir la France aligner de telles forces. Bourmont et le ministre de la Marine, d'Haussez, identiquement énergiques, lui firent répondre qu'elle avait été bien contente de déléguer nos soldats pour se battre à sa place en Grèce. Et, comme on lui montrait les dents, impuissante par elle-même, inquiétée par la Russie, elle se tut en réservant sa revanche.

Au début d'avril arriva le pli du ministère. Il contenait un non, en style administratif. Lucien, ne s'étant pas bercé de trop d'espérance, accepta ce nouvel échec non sans ressentiment mais avec une certaine résignation.

Là-dessus, il reçut la visite de Mme du Mazet – veuve car son mari était mort deux ans plus tôt, et son fils aîné le remplaçait à la mairie. Après le départ de Violette, la bonne dame avait cru devoir assumer sa charge de marraine. Lucien n'y voyait pas d'inconvénient. Sans l'encourager beaucoup, il lui envoyait ou lui amenait de temps en temps Céline, qui trouvait dans cette maison des compagnes de son âge.

Mme du Mazet, se sentant charge d'âme, venait discuter une question fort importante à ses yeux : l'instruction religieuse de la fillette.

– Il faut, dit-elle, que cette enfant fasse sa communion. Je m'en chargerai si vous voulez, car, bien sûr, ce n'est pas à un homme de s'occuper de ces choses.

L'idée ne souriait pas beaucoup à Lucien. Toutefois, en y réfléchissant, il songea que Céline, appelée vraisemblablement à demeurer et se marier ici, devrait se conformer aux usages. On l'avait baptisée afin de ne point heurter les mœurs villageoises. Dans son intérêt, mieux valait poursuivre.

Il accepta donc, en remerciant. Il fut convenu que Céline

irait tous les deux jours au Mazet où le jeune curé, successeur du vieux desservant mort depuis quatre ans, venait préparer à la première communion les enfants de l'aristocratie locale.

Parmi ceux-ci se trouvait Maxime du Vignal, le fils cadet de René Hardouin, à peine plus âgé que Céline.

La fillette avait fait la conquête de René. Toujours passionné d'équitation, en la voyant à cheval il s'était pris d'admiration pour elle.

En vérité, il s'intéressait depuis longtemps à sa filleule. La rancune de son clan contre les Montalbert ne le concernait guère lui-même car, du vivant de son beau-frère, il ne lui portait ni estime ni beaucoup d'affection. Une fois passée l'horreur du moment où il avait vu Lucien, malgré ses avertissements et ses prières, tuer des Portes, il avait partagé la secrète sympathie que sa mère gardait pour les gens de Lern, sans pouvoir plus qu'elle la laisser paraître.

Quand la vieille dame était morte, recroquevillée par les rhumatismes, il avait reçu personnellement de Lucien une lettre très digne dans laquelle son ancien ami lui disait combien il regrettait qu'il ne lui fût pas permis d'accompagner Mme du Vignal à son ultime demeure, ajoutant : « A Lern, elle sera toujours aimée et vénérée comme la femme la plus noble que nous ayons connue. »

René s'était permis d'envoyer un mot de remerciement à Lucien. Par la suite, il sut que Violette, quand elle allait au cimetière sur la tombe de Nanon, ne manquait jamais de fleurir celle de la vieille dame. En retour, aux anniversaires de Céline, arrivait régulièrement de Nontron ou de Périgueux, parfois de Bordeaux, voire de Paris, un paquet adressé à Mlle de Montalbert, avec une carte blanche portant cet envoi : « Pour Céline, de son parrain. »

Quand Lucien et lui s'apercevaient sur les terres, par les chemins ou chassant de son côté, sans oser s'aborder ils se saluaient sympathiquement.

Il fut le premier à mettre à profit le changement de l'opinion pour rentrer en contact. Adroitement, il insinua qu'étant donné les circonstances on n'avait plus aucune raison de se priver, dans les battues, d'une meute excellente. En forêt les chiens n'étaient jamais assez nombreux, n'est-ce pas ? Il lui fut ainsi permis de rencontrer Lucien. Ensuite il l'invita aux chasses à courre.

A cause de Mathilde, il ne pouvait le recevoir au Vignal ni fréquenter trop Lern. Il se risquait quelquefois à s'y arrêter quelques instants pour l'ébahissement et le plaisir de voir Céline, en garçon, travailler les chevaux avec une maestria éblouissante. A présent, il ne se gênait plus pour lui faire ses cadeaux. Sa femme lui reprocha de se montrer bien oublieux.

– Ma chère, lui répondit-il, vous êtes pratiquante. Vous devez donc pardonner les offenses et surtout ne pas faire porter aux enfants les fautes des pères. Montalbert en a certainement commis une très grande, encore que s'il n'eût point tué votre frère, c'est celui-ci qui l'eût tué, je vous l'ai dit maintes fois. Mais ne revenons pas sur la vieille histoire. Céline en demeure totalement innocente. Quel grief aurions-nous contre elle ? Elle est de sang noble, elle est catholique comme nous, très bien élevée. Enfin n'oubliez pas que je l'ai tenue sur les fonts. Cela me crée des devoirs.

Mathilde soupira et ne répliqua point. Peu après, son mari revint sur la question, en disant que, comme le faisait Mme du Mazet, ils devraient inviter Céline quand ils recevaient les petits amis de leurs enfants. Il n'obtint pas gain de cause. Mathilde fut intransigeante.

– Tant que je serai dans cette maison, déclara-t-elle, pas un Montalbert n'y entrera. Je n'ai rien contre cette petite, je suis loin de lui vouloir le moindre mal, Dieu le sait ! mais je ne peux pas la recevoir ici.

René, à son tour, n'insista pas. Il se contenta de voir Lucien et sa fille au-dehors, avec ses propres enfants qui suivaient eux aussi les équipages quand on courait le renard ou le cerf. Et, quand Céline se mit à aller régulièrement au Mazet, comme Maxime pour s'y rendre traversait la Gance, sur les planches, puis la châtaigneraie de Lern, l'usage s'établit qu'il prît la fillette au passage et la ramenât.

C'était une chose charmante de voir le garçonnet saluer Céline qui l'attendait au porche du jardin, lui offrir galamment ses mains croisées pour la mettre en selle, et la petite amazone avec le petit cavalier s'en aller côte à côte dans le chemin printanier, sous la surveillance d'un domestique du Vignal.

Lucien et René qui assistaient ensemble, un jour, à ce spectacle, se mirent à rire tous deux en regardant leurs enfants s'éloigner. René regrettait que sa femme ne vît pas cela.

– Bon, dit Lucien au bout d'un instant, eh bien je m'en vais à Châlus pour savoir ce qui se passe. Ni hier ni aujourd'hui je n'ai reçu mes gazettes.

– Moi non plus. J'attends en outre des plis importants. Aussi ai-je déjà envoyé à la poste. Elle ne fonctionne plus que depuis Limoges. Aucune voiture n'arrive de Paris, on ne sait pourquoi.

– Par exemple! Voilà un phénomène bien étrange!

Il paraissait absolument inexplicable. Pas question de route coupée; les courriers eussent fait un détour. Il fallait donc qu'ils fussent retenus au départ. Pour quelle raison? Il n'en existait point d'imaginable.

On était à la fin juillet. Une dizaine de jours plus tôt, Lucien venait d'apprendre la chute d'Alger où les troupes françaises étaient entrées le 5. La nouvelle avait atteint Paris le 9, sans soulever la moindre passion ni même beaucoup d'intérêt semblait-il. Le pays se souciait de tout autre chose. Il marquait une volonté très nette de résister à l'absolutisme, particulièrement de s'opposer aux extravagances réactionnaires du ministère Polignac remanié et aggravé. Mais tout indiquait que cette résistance se produirait, et vaincrait, avec les moyens les plus pacifiques, fournis par la Charte même, pensait Lucien.

En effet, les élections de la semaine précédente dans les collèges d'arrondissement, puis du 19 dans les collèges départementaux, pour le renouvellement de la Chambre des députés dissoute en mai par ordonnance royale, venaient de donner à l'opposition libérale une écrasante majorité. Deux cent soixante-dix sièges, contre quarante-cinq aux royalistes. Tels étaient les chiffres apportés par les derniers journaux, notamment par *le National* de MM. Thiers, Carrel et Mignet, qui triomphait. Au début du mois suivant, Charles X, contraint de s'incliner devant une volonté nationale si manifeste, allait devoir renvoyer son cher Jules pour choisir un nouveau ministère dans la gauche modérée.

Dans ces circonstances plutôt apaisantes, à moins que le Jules en question ne voulût opérer une révolution à son profit – mais il n'en avait pas le moyen – on ne voyait pas pourquoi son gouvernement eût empêché le départ des voitures postales.

C'est ce que Lucien fit remarquer à René. Celui-ci, fort engagé dans ses spéculations financières avec le ministère Polignac, contrairement aux avis de son correspondant le banquier Laffitte qui l'avait choqué en tournant à l'opposition, était inquiet. Il avait agi par humeur, contre ses habitudes, et ne se sentait pas sûr.

– As-tu songé, dit-il, car ils avaient repris leur tutoiement, as-tu songé que le roi pourrait ne pas s'incliner devant un vote humiliant pour lui ? Les libéraux veulent l'emprisonner dans la Charte. Je ne pense pas qu'il soit disposé à y prêter les mains.

– Comment s'insurgerait-il ? Il a déjà tout le pays contre lui ! Deux cent soixante-dix sièges contre quarante-cinq, c'est significatif.

– Reste la Chambre des pairs. Et puis, deux cent soixante-dix sièges offerts à des bourgeois par des bourgeois, cela n'a rien de commun avec « tout le pays ». Cette distinction peut donner l'espoir de s'appuyer sur des gens qui n'ont aucune raison d'aimer la bourgeoisie. Je ne serais pas surpris qu'une idée de ce genre soit venue à des esprits comme Polignac et Peyronnet. Voilà ce qui me tracasse. S'il n'y a rien demain, j'irai à Périgueux, on sait peut-être quelque chose, là-bas, à la préfecture.

Il y alla, en effet, et revint deux jours plus tard avec des nouvelles sensationnelles qui l'obligeaient à partir immédiatement pour Paris.

Ce qu'il craignait s'était produit, il le raconta brièvement à Lucien. Le 27, le 28 et le 29, on s'était battu dans la capitale. Stupéfaite par des ordonnances venant à l'improviste de Saint-Cloud où se trouvait le roi et qui supprimaient brutalement la liberté de la presse, dissolvaient la Chambre à peine élue, réduisaient dorénavant de moitié la représentation nationale, la ville bientôt armée, hérissée de barricades, avait balayé les troupes mollement commandées contre elle par le maréchal Marmont.

Aussitôt après, la Chambre des députés donnait à l'éternel La Fayette le commandement de la garde nationale reconstituée spontanément, rétablissait le drapeau tricolore, prononçait la déchéance de Charles X.

Elle venait à présent, dit René, de confier au duc d'Orléans que l'on était allé chercher dans sa propriété du Raincy, les fonctions de lieutenant général du royaume. Charles X avait abdiqué en faveur de son petit-fils, après s'être retiré avec sa famille à Trianon puis au château de Rambouillet. Mais nul, disait-on, n'attachait la moindre attention à cet acte. Une armée de douze mille gardes nationaux de Paris et des environs marchait contre l'ex-monarque auquel le régiment des gardes du corps restait seul fidèle. On pouvait considérer comme réglé le sort de la branche aînée des Bourbons.

– D'ici un jour ou deux, dit René, tous ses membres

seront une dernière fois chassés de France. Selon la façon dont les choses vont tourner, on aura soit une république avec La Fayette comme président, soit une monarchie constitutionnelle avec Louis-Philippe.

Mais les cartes étaient déjà jouées. Lucien s'en doutait bien. Pas besoin de grande pénétration pour concevoir que les bourgeois libéraux, auteurs et gagnants de cette révolution, n'entendaient point en risquer les bénéfices dans une aventure républicaine. Ils se souvenaient de 1793. Que La Fayette désirât la République, parbleu! Elle représentait pour lui le seul moyen de parvenir au pouvoir qu'il frôlait en toute occasion, qu'il tenait parfois, un moment, sans jamais réussir à le garder. Hormis lui et quelques hommes de la trempe de Foy, malheureusement mort depuis cinq ans, ou comme le général Lamarque, ce que voulaient les Pasquier, les Laffitte – devenu président de la Chambre des députés –, les Casimir Périer, même les jeunes comme ce Thiers, c'était la liberté contenue par une monarchie qu'ils pussent eux-mêmes tenir en rênes.

Il ne fallut pas plus de trois jours aux Chambres pour liquider la question. Tandis que René était à Paris, le 5 août, les députés et les pairs « appelaient au trône », selon les termes rapportés par *le Monsieur*, « S. A. R. Louis-Philippe, duc d'Orléans, lieutenant général du royaume, et ses descendants à perpétuité ». Le scrutin qui avait suivi donnait deux cent treize boules blanches contre trente-trois boules noires. Quatre jours plus tard, le lieutenant général acceptait officiellement l'offre, devenait, sous le nom de Louis-Philippe Ier, roi non point de France mais des Français, et prêtait serment à la Charte constitutionnelle.

~

Pour Lucien, ce changement de régime autorisait tous les espoirs. Dans les mois qui suivirent, en parcourant les nominations, il vit pourvoir de commandements plusieurs de ses anciens camarades demeurés jusque-là dans l'ombre ou en exil. Le colonel Fabvier, par exemple. Exelmans, inspecteur de la cavalerie, était fait pair. D'autre part, les hostilités se poursuivaient pour longtemps en Algérie sous forme de guérilla, et la Belgique soulevée contre le joug hollandais allait avoir besoin de notre secours. Il fallait des soldats.

Pourtant Lucien hésitait à envoyer une troisième demande. Oh! bien sûr, un roi, un gouvernement dont le premier acte avait été de déchoir le catholicisme du rang de culte d'État, qui venaient de laisser, avec une complète indifférence et sans doute une satisfaction secrète, le peuple saccager le presbytère de Saint-Germain-l'Auxerrois puis dévaster, le lendemain, l'archevêché de Paris, considéraient comme fort sympathiques les preuves d'irréligion consignées au dossier d'un officier supérieur. Les deux refus essuyés auprès des régimes précédents seraient aussi d'excellentes notes.

Mais Lucien ne pouvait plus croire réalisable sa trop longue espérance. Elle avait été trop patiemment refoulée en lui, trop cruellement trompée quand il la croyait accomplie. Il n'avait plus confiance. A force de déception, après un point d'obsession culminante, un désir pourrit. Quand il parvient enfin à se satisfaire, il n'est plus, tout à coup, que le souvenir d'un grand besoin passé. Lucien ne s'en rendait pas bien compte, mais si, au lieu de se précipiter comme il l'eût fait dix ans plus tôt, il laissait couler les mois, ce n'était pas seulement par manque de confiance.

Il se décida quand même. Sans cependant prendre le soin d'écrire personnellement à Exelmans, qui se serait pourtant souvenu du colonel avec lequel il avait remporté sa dernière victoire, ou d'aller le voir à Paris. Il envoya simplement une demande au ministre de la Guerre. Un bureaucrate rouvrit le dossier Montalbert, y trouva des notes brillantes, passa sur le fait que le susnommé ait scandalisé l'ex-bien pensante préfecture de la Haute-Vienne, puis celle de la Dordogne, en vivant en concubinage, retint toutefois que sa dulcinée avait été l'objet de rapports de police – un peu ennuyeux, tout de même! – et buta enfin sur cette histoire de duel louche motivant une enquête judiciaire « abandonnée faute de preuves ». Mauvaise, très mauvaise, cette réputation, pour un officier supérieur!

Le scribe rédigea un rapport peu favorable, au vu duquel le chef de service conclut par une fin de non-recevoir, puis il présenta ce projet et les pièces au directeur de l'inspection générale, qui lut la lettre, parcourut le rapport, ne regarda pas le dossier, et signa.

En recevant la réponse, Lucien fut surpris que le changement de régime n'eût pas modifié l'attitude du ministère. Le résultat lui-même ne l'étonna point. Il s'y attendait tellement!

Il reposa calmement le pli sur la table où il venait de déjeuner. Debout, distrait, en train d'allumer sa petite pipe de terre, il pensa soudain qu'il avait gâché sa vie avec Violette, et tout sacrifié, pour une passion dont il ne lui restait plus rien.

Cette constatation le rendit rêveur. Mais elle ne l'émouvait pas. A son habitude, il haussa un peu les épaules. Quelle importance!... Qu'est-ce que l'on gâche? Qu'est-ce que l'on réussit? Foutaises, tout ça!...

Son indifférence atteignait maintenant la perfection. Il songea qu'il était complètement abruti ou complètement sage. Puis il chassa de la main une bouffée bleue en même temps que cette pensée, acheva sans hâte sa pipe et sortit pour aller examiner l'état des chevaux avant le travail.

X

Depuis quelque temps les feuilles publiques enregistraient les progrès d'une extraordinaire épidémie sévissant en Prusse où elle faisait des victimes par milliers. Elle semblait se répandre peu à peu dans toute l'Allemagne du nord.

Il s'agissait, disait-on, d'un mal redoutable, venu de l'Inde par la Perse. Les troupes russes l'avaient transporté du Caucase en Pologne, en allant écraser cette malheureuse nation.

Il atteignit la Hollande puis sauta en Angleterre. Il semblait inévitable qu'il gagnât la France, à un moment ou l'autre. Pour l'instant, personne n'y prêtait grande attention. Cette maladie dont on ne savait pas grand-chose portait un nom bizarre : elle s'appelait le choléra-morbus.

Tout à coup, les gazettes la signalèrent à Calais. Elle y avait tué plusieurs personnes. Presque aussitôt elle fut à Paris. Le jour de la mi-carême, rue Mazarine, on connut son répugnant aspect. Un homme, brusquement, s'était écroulé, se vidant par le haut et le bas en coulées bilieuses et blanchâtres. Dans la nuit même, des masques, quittant le bal de l'Opéra, s'effondraient eux aussi puis mouraient en quelques heures. Le lendemain, le fléau était partout dans Paris. Des gens effrayés couraient prendre la poste, portant la contagion en province. Ses progrès furent foudroyants. Toutes les grandes villes payaient leur tribut, surtout dans l'ouest et le midi.

Le centre, avec ses vastes espaces verts, ses petites agglomérations, sa population éparse, souffrit peu. L'épidémie passa loin de Lern, comme, depuis le XVIe siècle, avaient passé les guerres et les révolutions.

On ne connut ses ravages que par les journaux. Ils en dressaient des tableaux effrayants, montrant Paris jonché de cadavres ou de moribonds, « les uns souillant le pavé de leurs entrailles découvertes, les autres râlant leur agonie en paroles amères », lisait-on dans *Le Globe.* « Le choléra tue trop vite! » disait un autre journaliste. « Il n'y a plus assez de cercueils, assez de corbillards, assez de fossoyeurs, pour servir les morts. » Des soldats aux portes des hôpitaux repoussaient les mères, les parents des malades. Et le roi, qui avait avec sa famille refusé de quitter Paris, visitait l'Hôtel-Dieu.

Peut-être la plume mettait-elle un peu d'exagération dans ces peintures, songeait Lucien en lisant de telles nouvelles. Cependant il constatait qu'en moins d'un mois il y avait déjà douze mille morts, rien que dans la capitale. Les médecins restaient impuissants. Broussais recommandait les saignées à outrance; Chomel conseillait, au contraire, les fortifiants; Raspail préconisait le camphre. Et les malades capables de résister au choléra se sauvaient tout seuls – comme M. Guizot.

L'épidémie frappait les uns, épargnait les autres. Elle avait de singuliers caprices : en une nuit, elle décimait la rue de la Mortellerie sur un côté; de l'autre, pas un cholérique.

On concevait que le peuple, devant des bizarreries si peu explicables, le caractère mystérieux, les progrès foudroyants de la contagion, refusât de croire à une maladie. Pour lui, il s'agissait de poison. On tâchait d'ailleurs de l'en convaincre. Trop de gens cherchaient l'émeute, pour qu'ils ne fussent point tentés de transformer le choléra en agent provocateur. Même au milieu de la mort, la passion politique ne renonçait point. Les feuilles légitimistes accusaient le gouvernement de faire empoisonner les fontaines, et les feuilles gouvernementales accusaient les légitimistes et les républicains de répandre dans ces mêmes fontaines, aux étals, sur les barriques de vin du quai de Bercy, des poudres suspectes, pour faire soupçonner la police d'empoisonnement. Résultat : obsédé de peur et de défiance, l'homme de la rue voyait partout des empoisonneurs. Il assommait pour un rien de malheureux innocents.

A partir de la mi-avril, l'épidémie décrut, très rapidement, à Paris comme en Province. Mais, dans la capitale, l'émeute remplaçait le choléra. Lucien apprit par *le National* que le général Lamarque, ce grand républicain, venait de succomber au mal, l'un des derniers. Ses obsèques furent la source d'un soulèvement sans doute préparé. Il s'en fallut d'un rien qu'il ne tournât tout à fait à l'insurrection. Un instant, La Fayette – toujours lui! – avait pu se croire président de sa république. Seulement ni la garde nationale ni la troupe ne s'associèrent, cette fois, aux révoltés. Louis-Philippe conserva son trône.

« Jusqu'à la prochaine fois », conclut Lucien. Tout cela ne l'intéressait plus guère. Il se représenta bien, un instant, la charge de la garde municipale, des dragons, et des carabiniers, sur le quai Morland où l'un de ses anciens capitaines en second, ce brave Cholet, devenu chef d'escadron, avait été tué. Un souvenir de la vieille chaleur s'émut vaguement en lui à l'évocation du grondement des sabots sur les pavés; mais, quel que soit le risque, charger une foule même armée, ce n'est pas de la belle besogne! On en était là, maintenant!...

Là-dessus, avec son agressivité toujours foudroyante, le choléra reprit, retrouvant aussitôt sa première virulence. Le 18 juillet, les gazettes annonçaient deux cent vingt-cinq morts à Paris, pour la journée.

C'était le point culminant de la recrudescence. Dès lors, le chiffre baissa aussi vite qu'il était monté. Au 1er août, on ne voyait plus aucun cholérique sur les tables de décès.

Le fléau avait fait, dans Paris seulement, plus de vingt mille morts, parmi lesquels on citait, outre le général Lamarque, le savant Cuvier, Casimir Périer, président du Conseil. Violette avait été en juillet une de ses dernières victimes.

Céline et Lucien l'apprirent, en septembre, par une lettre de Joachim, adressée à sa sœur. Plusieurs fois, durant l'épidémie, Lucien s'était pris à penser que Violette viendrait peut-être chercher refuge ici. Il ne le désirait pas spécialement, mais il l'aurait bien accueillie. Peut-être n'y songeait-elle ou ne le voulait-elle pas, par un absurde point d'honneur, puisqu'elle n'écrivait jamais. Ou peut-être avait-elle tout simplement refait sa vie, depuis le temps. Il se pouvait même qu'elle n'habitât plus Paris.

Joachim ne donnait aucun détail. Du reste, l'eût-il voulu, il en eût été incapable. Sa mère, aux premiers jours du choléra, l'avait éloigné, et il n'était rentré qu'après sa mort.

Dans les débuts de leur réimplantation à Paris, Violette, en donnant des leçons de harpe pour gagner un peu d'argent, s'était liée avec une de ses élèves, à peine plus jeune qu'elle. Une alléchante blonde, ex-repasseuse, entretenue par un bourgeois du Marais. Il lui faisait donner une éducation car, devenu veuf, il était assez fou pour vouloir l'épouser. Ce qu'il exécuta.

Pour l'aimable mais fruste Angèle, Violette fut non seulement un professeur de musique, mais encore la plus précieuse conseillère, puis une amie. Après le mariage, elle devint commensale indispensable du ménage, où Joachim était reçu comme un véritable enfant adoptif.

Des amis du bourgeois fréquentaient aussi la maison. L'un d'eux, marié à une brune à la fois mollasse et acariâtre, s'intéressait fort à Violette. Il lui offrit la gérance d'une boutique de bonneterie qu'il venait d'acheter sur le boulevard Beaumarchais. Un an plus tard, il finit par devenir son amant.

Il était capitaine dans la garde nationale. Avec ironie, Violette se disait qu'elle ne montait pas en grade. Néanmoins elle estimait ce brave homme. De plus, elle subvenait grâce à lui à l'entretien de Joachim. Les temps difficiles des courses aux leçons, des chambres d'hôtel, des bijoux vendus un par un, étaient finis. Elle habitait au-dessus de la boutique un petit entresol auquel on accédait du magasin par un escalier en vrille. Prétextant auprès de sa femme un tour de garde dont il s'envoyait lui-même le billet, le capitaine-bonnetier venait, en uniforme, une fois la semaine souper puis passer la nuit avec sa maîtresse, tandis qu'Angèle et son époux, souriants complices de ces amours, emmenaient Joachim au théâtre et le gardaient à coucher.

Il y avait dans tout cela une médiocrité tranquille dont Violette se contentait. Elle se trouvait raisonnablement heureuse, plus à l'aise que devant les horizons de Lern dans sa boutique ou son petit logement douillet, avec le va-et-vient dehors, la diversité des chalands.

Plus de lugubres concerts de loups, ici. En revanche, elle vit de près la bataille, en juillet 1830 – au cours de cette révolution qui valut un trône à Louis-Philippe et dont Lucien avait connu seulement les résultats, par René et les journaux. Pour barrer le passage aux régiments de Marmont, les insurgés commencèrent par abattre les grands arbres, sur le boulevard, à la vive approbation des commerçants délivrés de ces frondaisons assombrissantes. Ils les détestaient. Ils aidèrent à coucher les troncs en travers de la chaussée, puis les plus braves montèrent dans les étages pour lancer de là-haut des pavés sur les soldats. Mais les soldats ne purent atteindre le boulevard. Violette et ses commises, derrière les volets de la boutique, écoutèrent longtemps la fusillade sur la place de la Bastille. Quand les troupes, lasses de se battre à contrecœur, refluèrent vers les quais, elle sortit avec les gens qui couraient sur le trottoir, pour aller panser les blessés. La guerre! toujours la guerre!...

Le mari d'Angèle possédait une maison de campagne, à Sarry, en Sologne. Ils y passaient l'été. Dès qu'apparut le choléra, ils s'empressèrent de fuir vers ce séjour plus sain. Violette leur confia son fils. La séparation fut dure pour elle, mais il ne fallait pas que Joachim courût le moindre risque. Quant à elle, impossible d'abandonner le magasin. Du reste, elle ne redoutait rien pour elle-même.

Effectivement, grâce à son excellente santé, elle tint tête à la contagion. Pendant ce temps, il se passait en Sologne des choses dont elle ne se doutait point. Dans la solitude printanière de Sarry, toute pleine de folles odeurs, de sèves nouvelles, de chants d'oiseaux, Joachim et Angèle jouaient les Jean-Jacques et les Mme de Warens.

Angèle, après tout, n'avait que trente-six ans. Elle découvrait, avec surprise d'abord puis non sans trouble, que Joachim n'était plus un enfant, tout en le restant assez pour parer d'une grâce extrême la virilité qui s'éveillait en lui. Tandis que l'époux lourdaud faisait la sieste sous un parasol devant le perron, ils couraient tous deux les bois, herborisant selon la mode. La tiédeur de cet avril trop doux n'était faite ni pour tempérer les avidités d'un adolescent indolent mais fort peu timide ni pour induire à la sévérité une femme qui se souvenait de sa jeunesse galante.

Aussi, lorsque le choléra parut avoir abandonné Paris, à la mi-juin, et que Violette rappela son fils, Angèle répondit pour lui que ce retour serait peut-être imprudent. Joachim se trouvait très bien ici. Pourquoi ne pas l'y laisser encore? On le gardait avec le plus grand plaisir. Il était si charmant, ce petit!...

Comme il lisait à mesure, par-dessus de belles épaules découvertes dans la robe d'été, il remercia d'un baiser.

La recrudescence de l'épidémie donna raison à Angèle. Violette se félicita de l'avoir écoutée.

Entre-temps, de tristes événements s'étaient produits. Le capitaine-bonnetier, rien moins que brave, avait été tué pourtant aussi bien qu'un héros, devant la barricade du cloître Saint-Merri, le deuxième jour de l'émeute provoquée par les obsèques du général Lamarque.

Non point dans l'éventualité d'une pareille fin, à tous égards inimaginable, mais pour le cas où il succomberait au choléra, le brave homme avait légué la boutique à Violette. Par un testament hélas mal rédigé. La veuve acariâtre, encouragée par ses enfants, l'attaqua, tous acharnés à ne pas perdre un brin de la succession. Violette défendit ses droits, pour Joachim. Ce fut une période très pénible, moralement et physiquement, après le mois atroce que Paris venait de vivre et auquel succédait une atmosphère de guerre civile.

Quand le choléra reprit, Violette, seule, sans soutien, menacée, terriblement lasse, offrait au fléau une victime toute prête. Il ne la manqua point. Elle songeait à demander aide à Lucien. Le mal ne lui en laissa pas le temps. Il la prit soudain, un soir lourd de juillet. Elle mourut en quelques heures dans le petit entresol dont elle allait être expulsée. Ses quarante ans étaient à peine entamés. Elle partit avec la douleur de n'avoir pas revu Joachim et le chagrin de ne pouvoir sauver rien pour lui.

Cependant, il savourait à Sarry des délices toujours renouvelées par ses curiosités adolescentes. Angèle et lui n'avaient prêté qu'une faible attention aux brèves lettres où Violette, trop harcelée pour écrire longuement, évoquait ses ennuis. Quand elle cessa d'envoyer de ses nouvelles, ils ne le remarquèrent pas d'abord. Ce fut enfin le barbon qui s'étonna.

– Bah ! dit Angèle, elle doit être très occupée par cette histoire de succession.

Joachim se décida enfin à demander à sa mère ce qui se passait. Une huitaine de jours plus tard, la lettre lui revint avec la mention, en ce moment courante : « Décédée. »

Il la pleura. Pas beaucoup. Non qu'il ne l'aimât point, loin de là, seulement il ne savait pas ce que c'est que la mort. Celle-ci, pour lui qui n'y avait pas assisté, se dépouillait de tout caractère dramatique. Comme Nanon jadis, sa mère était partie. Il ne la verrait plus, et il pleurait car il n'était pas insensible; mais, depuis leur séparation, elle avait cessé d'être tout pour lui, et il découvrait un monde où les femmes jouent un rôle tout autre que celui de mère. Ce furent ses dernières larmes.

Angèle délégua son mari pour voir où en étaient les choses. On ne pouvait pas laisser le petit s'occuper de ça ! Le brave homme prit lesdites choses en main.

Violette, enterrée par les soins de la police, reposait depuis trois semaines déjà dans la fosse commune, entre des lits de chaux. Il n'y avait rien à faire pour elle. Les scellés étaient apposés sur son logement par mesure conservatoire, en attendant que l'on eût le temps de retrouver ce fils dont on avait appris l'existence par les voisins. Le commissaire, surchargé d'affaires plus ou moins de ce genre, fut enchanté d'en finir avec celle-ci puisque un mandataire de l'héritier se présentait. On lui remit les papiers, quelques bijoux et une modeste somme, que l'on trouva en faisant l'inventaire.

Joachim avait reçu de Lern, en réponse à la sienne, une lettre de sa sœur, dictée par Lucien. Il offrait à son fils de le recueillir. Par devoir. En lui-même, il ne souhaitait pas plus de le voir revenir que Joachim ne voulait retourner là-bas. Aussi n'en dit-il rien à ses protecteurs. Il demeura auprès d'eux. Et comme Angèle, tout en lui glissant de l'argent de poche, lui expliquait qu'il devrait chercher à en gagner, après s'être laissé longtemps seriner cet air qui ne lui plaisait pas, il eut une idée bien digne de son esprit malin.

De Lern, il n'avait regretté qu'une chose : les chevaux. Quand sa mère s'était trouvée en mesure de lui passer ses fantaisies, elle lui avait appris qu'il existe à Paris des endroits où l'on peut facilement louer un cheval pour se promener. Il était vite devenu familier de plusieurs manèges, il y avait vu les « moniteurs d'équitation » donner leurs leçons.

Il pensa qu'il pourrait en faire autant puisqu'il lui fallait travailler. Ce ne serait pas désagréable. Avec son aplomb calme, il alla se présenter au propriétaire d'un établissement proche des Invalides, et l'étonna par sa monte. L'affaire fut conclue.

Elle réussit remarquablement. En quelques années, Joachim se tailla une espèce de célébrité. Outre ses brillantes qualités techniques, il avait tout pour plaire. Surtout aux amazones. Son visage de trop joli garçon, sa force élégante qui se développait de plus en plus, enfin son flegme si conforme à la mode toujours anglicisée, tournaient la tête aux femmes.

Quand il atteignit ses vingt-trois ans, la pauvre Angèle n'était plus pour lui qu'un souvenir estompé par bien d'autres. Depuis longtemps, il l'avait quittée, elle et son mari. Joachim vivait seul dans un très coquet petit appartement de la rue de Grenelle, où les visiteuses ne manquaient pas. Mieux encore que les chevaux, l'amoureuse gratitude de ces dames généralement mûres lui permettait de semer les louis au café Anglais, chez Tortoni ou dans les endroits amusants du boulevard du Crime.

Pendant ces années, il n'avait cessé d'entretenir avec sa sœur, dont les lettres pleines de spontanéité naïve l'amusaient, une correspondance extrêmement espacée mais cependant fidèle. Il avait envoyé à Céline les quelques bijoux de leur mère, sans grande valeur sauf la bague offerte par Lucien à Violette pour la naissance de leur fille. Celle-ci, Violette n'avait jamais voulu la vendre ni même l'engager; elle disait toujours désirer qu'après elle sa fille la portât.

Il se demandait parfois comment pouvait bien être cette sœur, perdue de vue depuis treize ans, dont il ne gardait que le vague souvenir d'une petite fille. De temps à autre, il se disait que ce serait peut-être amusant d'aller faire un tour à Lern, de revoir un peu les choses dont aucune ne devait avoir changé.

S'il eût réalisé ce projet, d'ailleurs tout velléitaire, il n'eût pas été déçu. Rien ne changeait à Lern. Céline avait grandi, Lucien avait vieilli, mais la routine de leur existence demeurait immuable, comme le décor. Si les meubles se démodaient, si les tentures se fanaient lentement, leur disposition restait telle que Violette l'avait elle-même arrêtée. Dans le jardin, les arbres plantés sur ses indications avaient crû. Un cèdre bleu venait caresser la maison avec ses rameaux chargés de pommes résineuses et dures. Quand il insistait trop, on lui coupait une branche. Personne ne s'intéressait à la demeure, sinon pour la tenir propre, en état de fournir les deux seules choses que l'on attendît d'elle : une table pour les repas, un abri pour le sommeil.

Hormis à ces heures-là, tout le monde vivait dehors : Lucien et Céline à cheval, en chasse ou en courses; Arthur, dans la cour, à la réserve, dans les granges, les étables, les terres avec les paysans. A la compagnie de son père ou de sa sœur, il préférait celle des petits Francillou, ses frères de lait. Ou de Jean Masbatie, et il profitait de ce que celui-ci était plus jeune pour le tyranniser. Il se montrait violent, batailleur malgré sa petite taille. Du reste, à quatorze ans, il commençait de forcir : il était capable – et fier – de diriger une charrue, de battre sur l'aire, de coucher dans un pré des lignes d'andains bien réguliers. Voilà ce qui lui plaisait.

Tant mieux! après tout, pensait Lucien. Celui-là, au moins, est fait pour vivre ici.

Il ne se sentait aucun lien avec ce petit cul-terreux. Céline le trouvait stupide, et lui ne les aimait ni l'un ni l'autre. Sa vraie famille, c'était les Masbatie.

Lucien le leur abandonnait. Arthur, pour lui, faisait partie de ses échecs. Il n'aurait réussi que deux choses : la remise en état du domaine, et Céline. On pouvait s'en contenter. Rien d'autre ne l'intéressait plus. Il restait soldat de tout son être, dans sa manière de monter à cheval comme de diriger la propriété, mais il avait pris depuis longtemps son parti de sa carrière manquée. De toute façon, il eût été à la retraite, maintenant. Il ne se souciait plus guère de ce qui se passait en dehors d'ici. Les événements de Paris et du monde lui paraissaient de plus en plus lointains. Il lui importait peu qu'en Algérie l'occupation et la pacification se poursuivissent, que l'on se battît de temps en temps dans les rues, à Paris, à Lyon où les canuts, trop mal payés, se soulevaient. De temps en temps aussi quelqu'un essayait plus ou moins de trucider Louis-Philippe, et l'on guillotinait plus ou moins le quelqu'un en question.

Quand on avait vu l'ancienne monarchie, la Révolution, l'austère République de 93, le Directoire, le Consulat, l'Empire, deux Restaurations et une monarchie constitutionnelle, on commençait à trouver lassante cette perpétuelle succession de régimes. La France n'avait pas encore découvert celui qui lui convenait. Le découvrirait-elle jamais?...

En lisant distraitement les gazettes, le soir au coin du feu, il se demandait parfois si, au fond, il peut exister des régimes durables et un bon système de gouvernement. Ce que ni les hommes de 93 ni ceux du 18 brumaire n'avaient su mener à bien, qui le réussirait!... Assurément pas les légitimistes – les Carlistes, disait-on. Les descendants de Louis XIV avaient assez montré, avec Louis XVIII et Charles X, leur incapacité. Les bonapartistes? Le pauvre petit roi de Rome, Napoléon II, était mort, et l'on ne pouvait guère escompter que son cousin, le fils de Louis Bonaparte et d'Hortense de Beauharnais, qui venait de faire, à Strasbourg, une tentative plutôt ridicule, fût jamais un Napoléon III. Les républicains? Mais toute république ne serait-elle pas, comme la première, ruinée par la rivalité des partis s'entre-dévorant dans son sein pour conquérir le pouvoir!... Pourtant, à considérer la jeune Amérique, il semblait que le régime républicain fût la moins mauvaise des solutions.

Céline tirait son père de ces réflexions désabusées.

– Veux-tu faire une partie de billard?

C'était à présent la mode que les femmes jouassent au billard. Elle choquait un peu Lucien. Enfin, il avait appris cela aussi à sa fille.

Elle était en âge de se marier. Il n'y songeait pas sans quelque ennui, mais il fallait bien admettre le fait. Mme du Mazet, qui venait d'atteindre ses soixante-dix ans tout en demeurant pleine de jeunesse, cherchait à la caser. Tâche pas très commode. Les admirateurs ne manquaient pas à la belle Mlle de Montalbert, jeune fille de grande allure, et charmante. Seulement, les familles – quoique cette enfant n'eût rien de sa mère, bien sûr! – ne tenaient pas beaucoup à une alliance avec ceux qui restaient malgré tout « ces gens de Lern ». Toutefois, c'était un beau parti, cela méritait considération. Chez les Estissac de Rouvre ou les du Bausset, dont les fils aînés montraient un vif intérêt pour Céline, on aurait sans doute consenti.

Céline elle-même ne se prêtait pas à ces projets. Elle se trouvait trop jeune, elle ne voulait pas se marier encore, etc.

La vérité, c'est qu'elle venait d'avoir un gros chagrin en perdant son ami d'enfance, Maxime du Vignal. Sans doute avait-il quitté depuis longtemps le château paternel pour aller au collège royal de Limoges, puis à Saint-Cyr, car il voulait être officier; mais il revenait régulièrement ici chaque fois qu'il le pouvait, et il y chassait tout l'été.

En un sens, cet empressement enchantait Mme du Vignal. D'autre part, elle le trouvait des plus suspects. Elle n'eût accepté à aucun prix que son fils épousât la fille de Lucien. Plutôt l'envoyer à l'autre bout du monde!

Sur les instances de sa femme, René s'en fut trouver à Paris leur compatriote, le général Bugeaud, qu'il connaissait fort bien, comme propriétaire de la Durantie, son domaine périgourdin avec lequel le général s'était fait une réputation agricole. René lui demanda de bien vouloir emmener avec lui en Algérie Maxime, qui venait de décrocher son galon de sous-lieutenant.

Entre Céline et le jeune homme, aucun mot d'amour n'avait jamais été prononcé. L'interdit que, depuis leur enfance, Mme du Vignal maintenait contre la jeune fille, et dont ils connaissaient le motif, ne leur laissait guère d'illusion. Néanmoins cette séparation tranchait entre eux un espoir profond, secrètement entretenu. En partant, Maxime n'avait rien demandé. Céline n'avait rien promis. Elle croyait pourtant qu'il viendrait la chercher, un jour, et elle était résolue à l'attendre.

Une année environ après ce départ, un matin, Céline et son père couraient le renard, avec René du Vignal, sa fille aînée, Henri du Mazet le jeune maire, et quelques autres voisins, dont les deux chevaliers servants habituels de Céline : Philippe d'Estissac de Rouvre et Robert du Bausset. C'était une journée d'avril, bleuâtre. Les chasseurs, lancés à fond de train, galopaient aisément sur la lande plate que dominaient les maisons du bourg et son petit clocher. Le renard, flèche rousse, coupa la route venant du pont de pierre, puis fit un crochet vers les premiers clos étagés sur les pentes. C'était la fin. Les chiens le coinceraient là, quand il ralentirait pour chercher quelque trou dans un mur.

Tout d'un coup le cheval de Lucien, poussant un hennissement affolé, boula, tête basse, croupe en l'air. Un de ses sabots de devant avait effondré un terrier de lapin. La patte engagée dans l'ouverture s'était cassée net, tandis que l'animal faisait panache. Lucien fut projeté avec violence contre une murette, exactement comme il était tombé sur la flasque du canon, à Waterloo. Cette fois, il n'y avait pas de pelisse pour amortir le choc, et les os sont moins solides à soixante-cinq ans.

Pourtant, il se releva, fit cinq ou six pas, puis s'écroula comme un chêne.

Il n'était pas mort. On le transporta, inconscient, au village pendant que Philippe de Rouvre courait à Nontron chercher le médecin. Celui-ci se trouvait dans la campagne auprès d'un malade. Il arriva deux heures plus tard, juste au moment où Lucien cessait de respirer.

– De toute façon, déclara le praticien à René, je n'aurais pu rien faire. Depuis l'instant où il est retombé après s'être remis debout comme vous le dites, il s'est survécu.

Il s'occupa de Céline. Sans larmes, mais blanche jusqu'aux lèvres, elle aurait voulu crier, pleurer, et ne le pouvait pas.

XI

Au printemps suivant, Céline, un dimanche, allait se mettre à table lorsque le roulement d'une voiture l'attira vers la porte-fenêtre. Un cabriolet de poste débouchait, chargé de malles. Stupéfaite, elle vit sauter lestement à terre un inconnu incroyablement élégant.

Jeune, grand, il était à la fois plein de souplesse et de puissance. Il portait un pantalon gris perle, souligné tout du long par une ganse de soie noire, avec une courte redingote d'un bleu très doux, légèrement juponnante, qui s'arrêtait aux jarrets. Elle accusait la minceur de sa taille, le développement de sa poitrine, des épaules. Par-dessus les revers en velours, l'éclat neigeux du linge et la cravate de faille noire, son teint avait une fraîcheur angélique comme le blond doré de ses cheveux. Ses mains gantées de jaune tenaient un chapeau haut de forme et un jonc à pomme bleue.

En s'avançant vers le perron, il vit la jeune fille qui le considérait avec étonnement. Un instant, il parut non moins surpris qu'elle. Puis il sourit, salua galamment et dit :

– Céline, je présume. Je suis Joachim.

Elle en fut encore plus stupéfiée. S'il lui avait annoncé :

« Je suis le duc de Nemours » ou « le prince de Joinville », cela lui aurait semblé plus vraisemblable.

Quoi! Joachim, le petit Joachim, avec cet aspect d'un fils de roi!... Jamais elle n'avait vu d'homme aussi beau.

– Tu... Vous... vous êtes!...

– Ton frère en personne, sœurette, lui affirma-t-il en riant.

Néanmoins, il avait lui-même peine à croire que la petite Céline dont il ne se rappelait pas les traits depuis quinze ans, fût à présent cette belle fille gracieuse et fière, aux grands yeux mordorés, au teint de camélia sous ces lourds cheveux. Vêtue comme une villageoise, bien sûr! Mais quelle fine taille, quels souples et jaillissants contours, quel port! Mise comme il fallait, sur le boulevard elle aurait arrêté tous les yeux.

– Tu n'embrasses pas ton grand frère?

Elle rougit et il comprit.

– Bon. Habituons-nous d'abord, dit-il, amusé... Sais-tu que tu es extraordinairement jolie? Je devais le soupçonner sans m'en rendre compte, car je voulais depuis longtemps te faire une visite. Et me voilà. Je ne te dérange pas, j'espère.

– Non, bien sûr. Vous êtes...

– Tu es...

– Tu es ici chez toi, dit-elle en souriant à son tour, rose encore.

En réalité, il ne serait probablement jamais venu à Lern s'il n'avait eu certains ennuis. Un mari pas du tout complaisant, un scandale où le trop séduisant cavalier n'avait pas eu le beau rôle.

A Paris, les situations se retournent très vite. Celle de Joachim dépendait d'un milieu où quelques épigrammes suffisaient à donner le ton, lequel devenait aussitôt pour tous un mot d'ordre. On ne peut pas aller sur le terrain chaque jour! D'ailleurs, il n'eût pas trouvé de témoins. Le mari en question l'avait irrémédiablement exécuté en déclarant qu'un homme d'honneur ne se bat pas avec un dos-vert.

Les portes des manèges refermées sur ce dos-là, Joachim, de mois en mois, s'était vu réduit aux expédients. Pas drôle! Puis c'est fatigant, quand on n'aime pas trop l'effort. Il ne lui restait que deux solutions : s'engager dans l'armée d'Algérie, ou aller voir si l'on pouvait tirer quelque chose de Lern, maintenant que son père n'y était plus.

Il choisit le plus facile.

Plusieurs années avant de mourir, Lucien, ayant à différentes reprises modifié son testament, s'était finalement arrêté à faire de sa fille sa légataire universelle. Pour lui, Joachim ne méritait plus son droit d'aînesse. Arthur ne lui inspirait pas confiance. Il les avait réduits l'un et l'autre à leur légitime.

Ces dispositions impliquaient l'établissement d'un inventaire après décès. La minorité d'Arthur compliquait encore les choses. De sorte que la succession était loin d'être réglée quand Joachim arriva. Il se rendit vite compte qu'il lui faudrait rester ici assez longtemps, peut-être tout l'été.

Tant mieux, après tout! Pendant ce délai, on l'oublierait, à Paris. Quand il y retournerait, fourni de solides ressources, on lui lécherait les bottes. Et puis ce n'était pas désagréable, Lern, un moment. L'atmosphère paraissait rajeunie, civilisée. Cela ne ressemblait plus au désert d'autrefois. Céline avait des amies et des amis, un peu lourdauds mais d'autant plus admiratifs à l'égard d'un Parisien, d'ailleurs bon enfant.

La séduction était devenue une sorte de mécanisme, chez lui. Il fit en quelques jours la conquête de tout le monde.

Quant à Céline, elle l'enchantait. Il la trouvait non seulement belle – et c'est toujours agréable, la compagnie d'une jolie femme, soit-elle votre sœur – mais charmante :

vive, intelligente, piquante parfois, gentille, très gentille avec lui.

Et quelle amazone! Il l'admirait. A côté d'elle, les belles dames de Paris ressemblaient à des sacs de noix attachés sur une selle.

Il entreprit de lui donner la seule éducation qui lui manquât : celle de la coquetterie. Elle n'en était pas dénuée. Avec le peu de moyens dont on disposait ici, elle faisait de son mieux pour se rendre plaisante; mais elle n'avait eu pour conseils que ceux, plutôt simplistes, de Berthe. Elle s'habillait, comme ses amies, selon les règles d'une mode abâtardie, curieusement figée. Elles en restaient aux robes courtes – charmant quand on découvre ainsi de jolies chevilles, mais hors de ton –, aux jockeys, aux canezous, aux ailes d'oiseaux, à toutes ces complications ridicules auprès des lignes longues, souples et pures, dues à la simplicité de la reine Marie-Amélie.

En venant, Joachim avait apporté un coffret d'eaux de senteur en cadeau pour Céline. Il lui révéla l'existence et l'emploi de bien d'autres ressources, commanda pour elle des brillantines, des laits de beauté, lui prit un abonnement à *La Mode*, au *Journal des Dames et des Demoiselles*. Il la suivit chez sa couturière, à Nontron, où il bouleversa tous les concepts de cette falote personne, mais si gaiement et avec tant de compétence qu'il s'en fit une admiratrice éperdue.

Il s'amusait beaucoup. Il aimait chiffonner. Son genre d'existence avait développé en lui le côté un peu féminin de sa nature. Tout en méprisant les femmes, il se sentait pour ainsi dire en complicité de goûts avec elles.

Céline, amusée elle aussi et ravie, lui avait tout de même objecté qu'il ne pouvait pas, décemment, assister à ses essayages.

– Pourquoi! Ça te gêne de te montrer en jupon? La belle affaire! Avec le nombre de tes pareilles que j'ai vues sans le moindre voile, même en simple chemise tu serais encore très habillée, pour moi.

– Un tel nombre! vraiment, dit-elle d'un ton un peu sec.

Joachim se mit à rire.

– Jalouse!

Cela ne l'étonnait pas : elles l'étaient toutes de lui, même sa mère autrefois.

Céline haussa les épaules. Un geste qu'elle tenait de son père. Évidemment, c'était normal que toutes les femmes fussent amoureuses de Joachim : un garçon si beau! si... extraordinaire! A côté de lui, les autres semblaient patauds, empruntés et vulgaires! Quand on l'avait vu, on se sentait seule au monde avec lui. Et si bien!... Jamais avant de le connaître, elle n'eût imaginé que l'existence soudain pût se métamorphoser de cette façon pour devenir, de simplement agréable, cette joie, ce plaisir continus, cette exaltation.

Grâce à lui, elle était la reine incontestée du pays. Comme ils n'y mettaient l'un et l'autre ni vanité ni morgue mais, au contraire, s'en amusaient avec leurs amis, on ne leur en voulait pas. En fait, ils étaient la coqueluche de tout le voisinage. Jusqu'à Périgueux, jusqu'à Châlus, à Rochechouart, on les invitait. Mme du Vignal elle-même, devant ce couple si beau, charmant de jeunesse, d'élégance, de gentillesse, avait fini par oublier sa tenace rancune. Les portes du Vignal se rouvrirent pour eux. De toute façon, Maxime, toujours en Afrique, ne risquait rien. Eux-mêmes recevaient à Lern, modernisé par Joachim. De leur ancienne chambre d'enfants, il avait fait pour Céline un écrin digne d'elle.

L'hiver puis le printemps furent, malgré le froid, la neige, les loups, des saisons de fêtes. Bals, chasses à courre, dîners, se succédèrent. C'était une émulation joyeuse. Le temps fuyait si agréablement que Joachim, arrivé depuis un an, ne songeait guère à repartir. S'il avait beaucoup enseigné, il avait appris lui aussi – ou réappris – certaines choses assez captivantes.

D'abord les plaisirs de la chasse, des affûts, des battues où son courage naturel trouvait à s'employer et le comblait de grisantes sensations. Recevoir un loup au couteau, le bras gauche enroulé dans une couverture, c'était autrement plus passionnant que d'échanger des persiflages au café anglais. Puis il aimait trop instinctivement les chevaux pour ne pas goûter jusqu'à l'ivresse ces courses débridées à travers des lieues de pays, derrière les meutes dont l'emportement vous gagnait. Là non plus, rien de comparable avec les trois petits tours que l'on fait dans un manège, ou les promenades au pas dansant dans les Champs-Élysées.

Oh bien sûr ! il ne s'encroûterait pas ici comme son père. Paris, malgré tout, c'était Paris l'irremplaçable. Il y retournerait. Cela ne pressait nullement. Enfin, il ne se sentait aucune envie de quitter Céline.

Étrange ! Lui qui n'avait jamais eu aucune affection consciente, pour personne, voilà qu'il s'attachait à une sœur dont il ne s'était jamais soucié auparavant !

Il cherchait à retrouver quelques souvenirs d'autrefois, souvenirs où elle aurait eu un peu d'importance pour lui. Non, il ne remontait de sa mémoire que les plus confuses images d'une gamine capricieuse, agaçante, tout juste bonne à vous créer des ennuis, et qu'il supportait mal. Quel rapport avec Céline ?

Un soir, comme ils rentraient au pas en longeant la Gance dans la direction des planches, il lui demanda :

– Te rappelles-tu la première fois que tu l'as sautée ? Tu avais volé un poulain, j'essayais de te rattraper.

– Comment ! s'exclama-t-elle, tu étais là ! Je me rappelle très bien la chose, mais je ne me souviens pas de toi là-dedans. Ce n'était pas après ton départ ?

– Pas du tout, et je me suis bien fait laver la tête.

– C'est bizarre, remarqua-t-elle, au bout d'un instant.

Je ne peux croire pour de bon que nous ayons vécu ensemble, jadis – ou, si tu préfères, que ce soit avec toi que j'aie vécu. Mon frère, c'est ce pauvre Arthur. Toi, je te connais depuis le jour où je t'ai vu devant le perron; c'est tout.

– Oui, dit pensivement Joachim. Il se passe à peu près la même chose pour moi en ce qui te concerne. Nous étions trop petits, sans doute. De quoi se rend-on compte, à neuf ans! Nous sommes restés ensuite trop longtemps séparés l'un de l'autre – au moment de notre formation. Après tout, ajouta-t-il avec insouciance, qu'est-ce que ça peut faire!

– Et puis, dit-elle sans prêter attention à cette dernière phrase, tu n'as rien de nos parents.

– Si. Les yeux de maman, prétendait-elle.

– Berthe dit qu'ils étaient plus clairs. De toute façon, je ne me les rappelle pas. J'avais sept ans, il paraît, quand elle est partie. Avec toi.

Elle se tut sur ce mot, songeuse. Leurs bêtes fatiguées gravissaient lentement la pente en haut de laquelle le soleil se couchait derrière Lern. Les toits rosis, les frondaisons, se découpaient sur une poudre pourpre et dorée. La maison était haute de ce côté, car elle avait deux étages au-dessus de la cuisine, des pièces de service et des chambres des Masbatie, donnant toutes de plain-pied dans la cour.

A droite, la vieille tour sous son lierre attirait les essaims d'oiseaux cherchant leur abri nocturne. A gauche, on voyait le jardin de fleurs, avec son mur bas par-dessus lequel jaillissaient les hampes des roses trémières. Les chevaux hennissaient, saluant l'écurie.

– Tu repartiras, un jour, dit tout à coup Céline.

– Peut-être. Je t'emmènerai, si tu veux.

– Je ne sais pas. J'ai toujours été ici, Joachim, écoute! je ne voudrais pas être séparée de toi, maintenant que je t'ai connu. Je suis si heureuse, à présent! J'aurais trop de chagrin. Si tu veux rester, je te donnerai ma part du domaine, je te donnerai tout, tu seras le Maître.

– Je n'ai pas besoin de ça, dit-il avec sa galanterie souriante et légère. Tu es bien trop ravissante pour que l'on ait envie de te quitter.

Le Maître, il l'était déjà, non seulement pour elle qui lui obéissait en tout, ne songeant qu'à lui plaire, mais pour les Masbatie, les Francillou, les métayers, pour le voisinage. Parce qu'il était l'aîné, l'homme, à côté d'un gamin que tout le monde considérait comme un petit paysan, et d'une jeune fille.

Et il se moquait bien de l'être. Il s'occupait de couler agréablement son temps, avec le moins possible d'efforts – excepté à la chasse, à cheval ou encore au bal – et le plus possible de plaisirs. Il n'avait jamais cherché rien d'autre. A un certain manque de sensibilité qui lui venait de Lucien, à sa façon de vivre au jour le jour, en guerrier, il joignait l'insouciance dont une jeunesse trop pleine de hasards avait marqué Violette.

Céline, au contraire, peut-être parce qu'elle était née quand ses parents avaient déjà rompu avec leur premier genre d'existence et – Violette au moins – acquis le besoin de situations durables, Céline cherchait naturellement la stabilité et les certitudes.

Au fond de sa joie, un souci inquiet perçait par moments.

– Est-ce que tu te plais avec moi ? demandait-elle naïvement à Joachim.

– Bien sûr, petite folle !

Il était rare qu'ils parlassent de leurs parents, comme s'ils eussent voulu l'un et l'autre effacer tout à fait cette origine commune à laquelle ils croyaient si peu. Depuis leur conversation précédente, ils n'étaient pas revenus sur ce sujet. Pourtant, un soir, au moment où ils montaient se coucher, la jeune fille emmena son frère dans sa chambre en lui disant qu'elle voulait lui montrer quelque chose.

Il écrasa son cigare dans la cheminée puis s'assit tandis que Céline ouvrait son secrétaire, autrefois celui de Lucien. Elle aimait ce meuble, Joachim l'avait disposé pour qu'il fût en harmonie avec le décor.

– Après la mort de papa, dit-elle, j'ai trouvé cette lettre. Il l'avait gardée.

C'était le message d'adieu de Violette. Joachim, après l'avoir lu, leva les yeux vers sa sœur.

– Eh bien? demanda-t-il.

– Tu as vu? *Nous ne sommes pas mariés.* Tu le savais?

– Non. Quelle importance?

– Je ne sais pas. Ça m'a fait quelque chose de découvrir ça. Nous ne sommes pas des enfants comme les autres.

Un silence s'appesantit entre eux. On entendait une chouette ululer du côté de la vieille tour. Joachim réfléchissait à cette révélation. Ils étaient pourtant bien le fils et la fille du colonel de Montalbert puisque celui-ci, dans son testament, les citait avec Arthur comme ses héritiers légitimes. Il les avait reconnus, voilà tout.

– Écoute, dit Céline, voudrais-tu me jurer quelque chose?

Elle le regardait anxieusement. Il se perdit, un instant, dans les profondeurs de ces grands yeux.

– Bien sûr, si ce que tu me demandes est possible.

– Je ne veux pas que tu me fasses ce que ta mère a fait à mon père. Jure-moi que tu ne me laisseras jamais. Moi, je te promets de rester toujours avec toi, dit-elle en se serrant contre lui.

Il la repoussa doucement.

– Tu dis des bêtises, petite fille. Tu ne vois pas plus loin que ton joli nez. Pourquoi resterais-tu avec moi! Tu te marieras bientôt.

– Non, je ne me marierai pas. J'ai toujours refusé parce que j'attendais Maxime du Vignal, mais je ne te connaissais pas alors. C'est bien autre chose. Après son départ, j'ai été très triste. Toi, si je ne t'avais plus, je mourrais.

– Allons, allons! dit-il en lui caressant la joue. Calme-toi. Je n'ai aucune envie de m'en aller. Sois tranquille et va dormir comme une demoiselle bien sage.

TROISIÈME PARTIE

I

L'ombre humide et froide d'un soir de novembre montait de la vallée comme une brume. De lourds nuages, fuyant sans répit sous un ciel blafard, s'effilochaient aux crêtes des collines peu à peu submergées par le clair-obscur.

La bise sifflait dans les branches, glaçant les joues de Céline qui poussait son cheval. Déjà les bois autour de Lern s'emplissaient de ténèbres. Les troncs noirs semblaient monter à l'assaut de la vieille gentilhommière. Les ramures s'avançaient jusqu'à griffer le toit. Les arbres avaient peu à peu envahi le jardin, étouffant parterres et corbeilles. Des plantations faites trente ans plus tôt par Violette, seuls survivaient dans leur vigueur sauvage les buis amers et les ifs que nul ne taillait plus.

D'un changement de pied en plein galop, Céline frôla témérairement la tour décapitée, puis elle retint sa bête en atteignant les communs et l'arrêta devant l'écurie.

Au bruit des fers sur les cailloux, Jean Masbatie, qui remplaçait son père – mort d'une pneumonie trois ans après le retour de Joachim –, était sorti des granges. Leur toit se profilait sur la bande livide où ce qu'il restait de jour agonisait entre le ciel fuligineux et l'obscurité de la terre. Une lanterne éclairait vaguement l'intérieur d'une étable au seuil de laquelle le jeune domestique se tenait immobile. Incertain de l'humeur de Mademoiselle, il attendait.

Sans mot dire, elle lui lança les rênes, sauta et, relevant sur son bras la queue de sa longue jupe, retourna vers le devant de la maison.

Le lierre envahissait la façade. Une racine soulevait de nouveau les dalles du perron. Onze ans avaient passé depuis la mort de Lucien. Extérieurement, Lern était presque redevenu tel qu'il l'avait trouvé jadis, en arrivant ici. Mais les volets des portes-fenêtres étaient ouverts; de la lumière luisait aux carreaux.

Dans la salle, les pieds sur les chenets, Joachim lisait nonchalamment les gazettes. Toujours beau, toujours d'une soigneuse élégance, il s'empâtait avec les approches de la quarantaine. Tout son corps alourdi s'était installé dans ses aises.

A l'entrée de sa sœur, il leva la tête. Un mince éclair mouillé brilla parmi les ombres de son visage.

– Bonne promenade?

– Excellente, répondit sèchement Céline en se dirigeant vers la petite porte découpée dans la boiserie.

Là derrière partait l'étroit escalier pris dans l'épaisseur du mur, qui conduisait tout droit à sa chambre : celle que Joachim, autrefois, lui avait si joliment arrangée. Depuis le temps, elle n'était plus si pimpante. Cependant il y faisait bon. Sur la cheminée de calcaire veillaient les lampes à globe allumées par Jean Masbatie. Il avait aussi entretenu le feu. Après les cinglons de la bise, la tiédeur cuisait les joues.

Céline lança sur le lit sa cravache, dénoua de son cou le voile fixé au chapeau haut de forme dont elle se débarrassa. Le pan de son amazone balayant les peaux de loups jetées sur le carreau, elle alla donner un peu plus de lumière, puis, accoudée à la cheminée, elle demeura songeuse, adoucie par la chaleur et le calme de cette atmosphère qui avait quelque chose d'endormant. Le vent ululait dehors. Une averse amenée par la nuit criblait les vitres derrière les rideaux. Les lampes Carcel produisaient à intervalle régulier leur espèce de petit bruit de gorge.

Les années ne flétrissaient pas la belle Mlle de Montalbert. Elles en faisaient seulement une femme dans l'éclat de sa maturité souple et nerveuse. Mais sa bouche prenait un pli amer. Ses regards avaient perdu leur légèreté.

Quand elle descendit après avoir changé de toilette, la table était mise. On continuait comme autrefois de dîner, le matin, à neuf heures et demie, et de souper à cinq, l'hiver, pour aller au lit à huit heures ou neuf, au plus tard. Joachim, quand il était dans ses humeurs nostalgiques ou cruelles, évoquait parfois la vie nocturne qui commençait à ce moment, à Paris – cette existence brillante que Céline n'avait jamais connue –, les médianoches dans l'étincellement des lustres, les épaules nues des belles mondaines et les élégants en frac, le café Anglais, vers minuit, à la sortie des théâtres.

Ce soir, il semblait peu occupé de tels souvenirs. Un demi-sourire flottait sur sa bouche. Avec une galanterie appuyée, il avança la chaise de Céline. Celle-ci le remercia d'un mot sec. Le jeune Masbatie, en gilet de livrée, la serviette sur le bras, se tenait devant la desserte.

– Eh bien ! mon garçon, dit Joachim. Qu'est-ce que tu attends ?

Le potage était servi quand Arthur arriva. Comme, pour gagner sa place, il passait derrière sa sœur, elle se retourna, la narine battante.

– Tu empestes encore la bouse de vache. Je ne t'ai pas assez dit de te nettoyer avant de venir à table ?

Il la regarda d'un œil morne, sans répondre.

Depuis l'adolescence, il n'avait guère grandi. Trapu, le

visage brun sans couleurs, le crâne volumineux, déjà presque chauve, il paraissait vieux bien qu'il n'eût pas encore trente ans. Avec le temps, le contraste entre l'élégance de ses frères et sa rusticité n'avait fait que croître. Arthur joignait à la morgue du pire hobereau les manières d'un vrai paysan.

Coupant des tranches de pain dans son assiette, il se fit une soupe. Il mangeait lourdement, les yeux vagues, tout occupé de sa nourriture, apparemment insensible à une tension dont il avait l'habitude, comme Masbatie qui passait en silence les plats. Céline, le regard obstinément fixé vers le milieu de la table, se refusait à ces présences, à cette atmosphère empoisonnée. Seul Joachim paraissait à l'aise. Il savourait la chère et le vin. Arthur, lui, buvait de la frênette.

– Faudra vendre la Roussotte, dit-il tout à coup. Elle a encore avorté.

– Bon, bon, répondit Joachim en levant une main soignée. Fais comme tu l'entends.

C'était Arthur qui s'occupait du domaine. Ni Joachim ni Céline ne s'en souciaient. Ils avaient même abandonné le commerce des chevaux, si fructueux au temps de leur père.

Le silence se réinstalla, rythmé par le bruit de la pluie et du vent, par les tintements des couverts, le grincement du guichet où Masbatie allait prendre les plats envoyés de la cuisine par sa mère. Berthe était maintenant une vieille femme, ridée comme une pomme, toujours vêtue de noir, le mouchoir des veuves lui couvrant étroitement les cheveux.

Arthur, sitôt fini le fromage qui composait tout son dessert, quitta la table en aspirant avec bruit les parcelles de nourriture restées entre ses dents. Il grogna quelque chose qui pouvait passer pour un bonsoir et l'on entendit ses pas décroître dans le couloir puis l'escalier. Sa chambre restait celle qu'il occupait autrefois, en bas, avec Jean Masbatie. Celui-ci couchait à présent dans une soupente, en haut, pour être à portée de servir les maîtres.

Céline se leva.

– Mademoiselle se retire déjà dans ses appartements! fit Joachim en allumant un cigare.

– Je n'ai aucune envie de jouer aux cartes.

Tandis qu'elle sortait, il observa curieusement Masbatie, mais le visage du jeune valet restait impassible dans sa correction. Le Maître se carra dans son fauteuil en soufflant une bouffée de fumée.

– Apporte le carafon de trois-six, dit-il, et viens faire un bésigue.

Dans sa chambre, Céline était retournée à la cheminée. Le feu lui cuisait doucement les jambes à travers sa robe. La tête entre les mains, les doigts recouverts par ses cheveux, elle demeurait là, immobile, contemplant avec une espèce d'angoisse l'image qu'elle voyait devant elle dans la glace du trumeau.

A quoi bon ces traits nets, ces yeux dorés comme la feuille du hêtre à l'automne, la plénitude charnelle de ces lèvres, cette chevelure d'un noir toujours intense, cet air de force, de sensualité rêveuse et en même temps de hardiesse, si tout cela devait se perdre ici dans le pourrissement lent des jours!...

Oui, jadis, elle avait souhaité de ne jamais quitter cette maison où elle se sentait pleinement heureuse. A présent, elle ne pouvait plus la supporter. Ce soir, l'odeur du cigare de Joachim lui soulevait le cœur.

Elle s'élança vers son cabinet de toilette d'où elle ressortit vêtue d'une mante à capuchon, en grosse bure, boucla par-dessous, sur sa hanche, un ceinturon de chasse soutenant le long coutelas qui avait appartenu à son père, baissa les lampes et se glissa dans le couloir. A tâtons, elle descendit dans l'obscurité. La porte de la salle à manger laissait sourdre à travers ses vitres une lumière vaguement réverbérée par le plâtre des murs qui avaient perdu leur enduit. Une odeur poudreuse et froide régnait dans l'escalier. La jeune femme entrevit au passage les silhouettes de Jean et de Joachim jouant en silence. Elle gagna précipitamment le bas de la maison pour se faufiler dehors par les communs.

L'averse était finie. Les nuages, dans leur course échevelée, masquaient et démasquaient la lune qui jetait par moments sur la campagne une poussière de clarté. Un chat-huant lançait sa plainte. La main sur son couteau, car à cette heure les loups couraient, Céline plongea dans les ténèbres du chemin creux puis sous les charpentes de la châtaigneraie. La nuit y fleurait l'humus et la fougère gelée. Les racines bossuaient le sol dont la déclivité entraînait les pas.

Céline déboucha devant la Gance qu'elle franchit sur les planches. Il pleuvait de nouveau – un crachin glacial. L'ombre s'était refermée. Une étoile scintillait à flanc de coteau, entre les arbres nus, plus nette à mesure que la jeune femme montait.

Elle passa brusquement d'une allée de hêtres où elle enfonçait jusqu'aux chevilles dans l'épaisseur des feuilles pourrissantes, au chemin caillouteux côtoyant un haut mur qui blanchoyait confusément et contre lequel se répercutait le bruit des pas. Des chiens aboyèrent, d'autres leur répondirent au loin dans les métairies.

La lumière, qui avait disparu depuis un instant, se démasqua de nouveau, toute proche à présent derrière des petits carreaux. La blancheur incertaine du mur s'interrompit, coupée par une grille que l'on devinait au luisant de ses barreaux sous le crachin. Céline se haussa pour frapper à la fenêtre donnant sur le chemin. Quand une silhouette occulta la clarté, quand la croisée s'ouvrit, la jeune femme lança d'une voix basse et rapide :

– C'est moi, Maxime. Ouvrez vite.

Il se précipita en boutonnant les brandebourgs de sa robe de chambre.

Qui aurait reconnu dans cet homme en pleine force, grand, au teint bruni, le petit cavalier d'autrefois !... Il était resté en Afrique pendant de longues années, pris par cette vie partagée entre les guérillas et l'œuvre pacificatrice du « père Bugeaud ». Enfin, gravement blessé pendant l'expédition contre la Grande Kabylie, et le maréchal rappelé en France à cause de son désaccord avec les politiciens, il avait demandé un congé d'un an pour le passer auprès de ses parents. Deux mois après son retour, son père était mort, à soixante-dix-neuf ans.

Maxime était installé dans le pavillon habité jadis par son oncle des Portes. En faisant entrer Céline et en la débarrassant de sa mante, il la questionnait, surpris de la voir ici et, en ce moment, alors qu'il l'avait quittée à peine trois heures plus tôt.

– Il fallait que je vous parle tout de suite, dit-elle en s'avançant vers la grande cheminée de briques où crépitaient des bûches qui ajoutaient leur clarté à celles des flambeaux. J'ai peur, Maxime.

– Peur ! Et vous courez les chemins en pleine nuit !

– Ces risques-là ne m'impressionnent guère, vous le savez bien. Ce que je redoute, c'est ce qui pourrait nous séparer.

– Rien n'y parviendrait maintenant que nous nous sommes retrouvés. Vous n'avez rien à craindre, Céline.

– De vous, dit-elle en souriant, oui je le sais.

Ils s'étaient assis l'un près de l'autre sur l'ottomane qui faisait face à la cheminée. Céline regardait son ami d'enfance avec confiance et gratitude. Puis son sourire s'éteignit.

– J'ai peur que Joachim n'ait tout deviné, expliqua-t-elle d'une voix brusquement lasse. Sa façon de m'accueillir, quand je suis rentrée tout à l'heure, me paraît inquiétante.

– Je ne comprends pas, dit Maxime en secouant la tête. Quel risque courrions-nous à ce que votre frère ait tout deviné! Nos intentions ne sont pas de nature à lui déplaire!

– Plaisent-elles à votre famille?

Ce n'était pas la même chose, mais il ne pouvait le faire remarquer.

– Je connais à peine Joachim, observa-t-il simplement. Quand il a quitté Lern avec votre mère, je n'étais encore qu'un enfant. Lorsqu'il est revenu, je ne me trouvais plus ici. Mais si peu que je l'aie vu depuis mon retour, chaque fois, durant ces quatre mois, il m'a toujours témoigné de la sympathie, il me semble.

– Oui, bien sûr, dit-elle sans conviction.

– Au demeurant, je ne vois pas ce qui, dans nos projets, déplairait à un frère. Je n'ai jamais compris, vous le savez, votre désir de les lui cacher. Il faudra pourtant bien finir par le mettre au courant! Vous ne voulez tout de même pas vous marier à son insu?

Elle ne répondit pas tout de suite, regardant Maxime. Elle paraissait embarrassée. Puis elle baissa les yeux.

– Pourquoi pas! Ai-je besoin de son autorisation?

– Non, bien sûr.

– Ah! vous ne pouvez pas savoir, s'écria-t-elle en lui prenant les mains. Pour se rendre compte il faut vivre là-haut. Nous nous détestons tous les trois, comprenez-vous. Des frères! non, nous sommes trois ennemis enfermés dans une île... Je vous en prie, Maxime, écoutez-moi : partons, allons nous marier loin d'ici, où il vous plaira, ça m'est égal, mais loin. Non, je ne veux pas que Joachim sache ni qu'il vienne. Je veux l'oublier, lui et Arthur et tout ce qui touche à Lern, abolir jusqu'au souvenir d'y avoir vécu. Si vous m'aimez, emmenez-moi. Emmenez-moi vite! C'est pour vous en supplier que je me suis résolue à venir vous trouver ici sans attendre.

Par crainte d'être aperçue, elle n'était jamais entrée chez lui. Il fallait une urgence extrême pour qu'elle eût décidé soudain de rompre avec cette règle, il s'en doutait bien sans pouvoir comprendre sa crainte. Pourtant Céline n'était pas une poupée de salon soumise à ses nerfs. Il lui caressait les doigts, s'efforçant de calmer cette fièvre singulière, qui le surprenait mais dont il subissait la contagion.

Pendant toutes ces années en Algérie, il n'avait jamais oublié Céline. Il savait qu'il ne fallait pas songer à elle : il y aurait toujours entre eux le cadavre de l'oncle des Portes. C'est pourquoi il ne voulait pas revenir au Vignal, jusqu'au jour où il pourrait sans souffrance la revoir, mariée sans doute avec un autre. Il ne voulait même pas savoir ce qu'elle devenait. Jamais, dans sa correspondance avec sa mère ou ses sœurs, il ne s'informa d'elle. Au début, ses sœurs lui en parlaient souvent, ainsi que de Joachim. Puis, peu à peu, ces noms disparurent des lettres. Peu à peu aussi, Céline s'estompa en lui. Il eut des amours passagères, des plaisirs, et, à la longue, il ne pensa plus à la belle amazone de vingt ans mais seulement – avec la tendre nostalgie qui embellit pour nous le monde de notre enfance – à sa petite amie d'autrefois.

Quand il retourna au Vignal, dans les tout premiers temps de son séjour, il crut que les Montalbert avaient quitté Lern. On ne les apercevait pas, nul ne parlait d'eux. Il hésitait à poser une question. Enfin il interrogea sa sœur cadette, mariée maintenant avec Philippe de Rouvre, et qui avait été une bonne amie de Céline.

Il apprit ainsi qu'elle vivait toujours là, en compagnie de ses frères. Seulement personne ne les fréquentait plus depuis des années, car ils s'étaient fait une très mauvaise réputation. D'abord, on avait trouvé bizarre de voir Céline refuser successivement tous les partis que sa marraine lui présentait, tandis que Joachim, lui aussi, dédaignait mainte occasion de se marier. Pour lui, passe encore : un homme préfère quelquefois rester célibataire. Mais une jeune fille!... Elle avait eu les prétendants les plus flatteurs. Qu'aurait-elle espéré ou attendu de mieux?

Moi, peut-être, pensa Maxime bouleversé par cette révélation.

D'un autre côté, on trouvait non moins étrange que l'irrésistible Joachim, s'il se refusait au mariage, n'eût pas quelque liaison ou des aventures. Le temps passait sans laisser apparaître rien de ce genre. Arthur lui non plus ne se mariait pas, on ne lui connaissait aucune maîtresse. On ne parvenait pas à croire que ces trois êtres, jeunes, forts, beaux – au moins les aînés – et d'une sensualité évidente, vécussent ensemble, à peu près seuls dans leur maison, sans qu'il ne se passât quelque chose entre eux. A n'en pas douter, Céline était la femme de ses deux frères.

Sinon, pourquoi eût-elle cessé de fréquenter l'église! Du reste, il existait des preuves : plusieurs personnes assuraient l'avoir vue, çà et là, avec Joachim, dans des attitudes significatives.

Soulevé d'indignation, Maxime avait protesté contre ces monstrueuses calomnies, déclarant enfin à sa sœur, afin de la convaincre : « Si tu me jures de garder cela strictement pour toi, je vais te dire la vérité... Voilà : Céline a refusé tous les partis parce qu'elle m'attendait. Nous nous aimons depuis notre enfance. C'est pour me séparer d'elle que maman m'a envoyé en Algérie. J'ai eu bien tort d'obéir! Mais nous savions qu'un mariage serait impossible entre nous du vivant de maman. C'est pourquoi, à mon départ, je n'ai rien demandé à Céline. Nous étions si jeunes! Je pensais qu'elle m'oublierait, que moi aussi je l'oublierais peut-être, avec le temps. Il n'en a rien été, ni pour l'un ni pour l'autre. Elle m'est restée fidèle, et pour cela elle s'est laissée mettre au ban! Si j'avais su ça plus tôt!... Mais tout peut se rattraper. Rien ne m'en empêchera maintenant. Je ne sacrifierai pas aux vieilles rancunes familiales un bonheur que nous avons d'avance bien payé!... »

Il avait fallu tout conduire en secret, car il savait bien qu'une fois encore sa mère mettrait en œuvre n'importe quel moyen pour empêcher cette union.

Il n'eût pas pensé qu'elle pût aussi déplaire à Joachim. Et il en doutait encore. Certainement Céline se faisait des idées fausses ou du moins exagérées. Quoique... L'existence là-haut, dans l'isolement où ils se trouvaient – un peu par la faute de la jeune femme – ne devait pas être drôle, bien sûr! On concevait qu'ils eussent fini, comme elle le disait, par se prendre mutuellement en horreur. Il ne voyait pas de quelle façon Joachim ou Arthur pourraient mettre obstacle au mariage de leur sœur, et il ne lui semblait pas que l'aîné fût un homme cruel. Cependant Céline le connaissait mieux, évidemment.

En somme, partir comme elle le voulait puis se marier loin d'ici était sans doute le meilleur moyen de couper court à toute manœuvre, soit de sa famille à lui, soit de la sienne à elle.

Et il l'aimait, il la désirait, il lui tardait qu'elle devînt sa femme.

– Eh bien, c'est entendu, dit-il. Sitôt que je serai en possession de ma part d'héritage...

– Ah! ce sera trop tard! se récria désespérément Céline. Nous ne devons pas perdre un instant. Chaque jour risque de nous séparer, je n'ai pas voulu attendre à demain pour vous avertir. Comprenez donc, je vous en prie!

– Bon, acquiesça-t-il, plus pour l'apaiser que vraiment convaincu d'une nécessité si pressante. Mais il nous faut de l'argent. Je vais aviser le notaire d'en finir sans délai, et nous partirons aussitôt.

Céline eut un timide sourire.

– Ne me prenez pas pour une petite fille effrayée par son

ombre. J'ai peur pour nous. Jamais, avant que nous soyons ensemble pour toujours, je ne parviendrai à croire que ce soit possible.

Il la prit dans ses bras en lui disant de chasser toute crainte. Elle se serra nerveusement contre lui puis soupira :

– Comme je voudrais rester avec vous dès maintenant, mon ami!... Mais il me faut retourner à Lern. Si l'on s'apercevait de mon absence!...

– Je vais vous accompagner.

Il alla dans sa chambre se vêtir, s'arma d'une paire de pistolets dont il renouvela les amorces, enveloppa tendrement Céline dans sa mante.

Dehors, l'humidité froide les saisit, puis leurs yeux s'habituèrent aux ténèbres. La nuit s'était de nouveau éclaircie. Le ciel, qui semblait décidément vouloir se dégager, le vent coupant, qui tournait au nord-est, annonçaient du gel. L'ombre s'animait de frémissements : fuites de sauvagines dans les fougères mortes, cri perlé d'un mulot saisi par une fouine, lourd envol d'une chouette, geignement d'une branche que le vent tourmente et fait gémir contre un tronc, froufrou d'un chêne dont les feuilles sèches mais tenaces dansent sur le rameau où elles tiennent encore. Et là-bas, au loin, ce jappement rauque et bref, c'était celui d'une louve rassemblant ses petits autour d'une proie.

Quand Céline, après s'être péniblement séparée de Maxime, pénétra dans la maison, il n'y avait plus de lumière dans la salle à manger. Elle s'y glissa, gagna, en tâtonnant, l'escalier particulier à sa chambre. Précautions superflues. En haut, sous la porte, filtrait un rai de clarté. On avait remonté les lampes.

Elle hésita, une seconde. La crainte et la colère luttaient en elle. Brusquement, elle ouvrit, traversa le cabinet de toilette et entra. Des nappes de fumée bleue, fortement odorantes, stagnaient. En bras de chemise, dans un fauteuil au coin du feu, Joachim tirait paisiblement sur son cigare, un échiquier sur les genoux.

– Quel beau temps pour une promenade nocturne! remarqua-t-il en déplaçant le cavalier noir. La pluie, le vent, le froid!

– Et si ce temps me plaît! riposta sèchement Céline allant ouvrir la porte sur le couloir pour faire un courant d'air et chasser la fumée.

– Si tu m'y avais convié, je l'aurais peut-être goûté, en ta charmante compagnie. Mais tu préfères la solitude, n'est-ce pas?

– Et toi, ça te plaît d'être odieux? Tu m'agaces! Tu veux me pousser à bout?

Elle marcha nerveusement sur lui, lui arracha des dents son cigare qu'elle jeta dans la cheminée.

– Je t'ai suffisamment prié de ne pas empester ma chambre. J'en ai assez de tes manières, tu comprends? J'en ai par-dessus la tête de toi, Joachim!

Déposant l'échiquier, il se mit debout. Il était un peu plus grand qu'elle. Leurs regards s'affrontèrent. Il sourit.

– Mademoiselle a besoin d'une fessée pour lui rappeler le respect qu'elle doit au Maître.

– Touche-moi!

– Mais bien sûr, si je veux.

Elle portait la main à sa hanche. Plus rapide qu'elle, il lui saisit le poignet, arracha le long couteau de sa gaine et l'envoya se planter dans la porte du cabinet de toilette.

– A présent, tu peux toujours te servir de tes ongles.

Furieuse, elle le gifla. Il la prit par les épaules, la jetant d'une poussée sur le lit où il s'efforça tout ensemble de la maintenir et de la retourner pour exécuter sa menace. Céline, presque aussi robuste que lui, s'essoufflait à cracher sa colère.

– Je te déteste, Joachim, je te déteste!

Elle aperçut soudain Masbatie dans l'ombre du couloir.

En corps de chemise, il se tenait devant la porte, immobile, et il n'avança point lorsque Céline l'appela. Mais Joachim, surpris, relâchait son étreinte.

– Qu'est-ce que tu fais ici, toi? lança-t-il.

– Rien. Je dormais. J'ai entendu des bruits.

Il dormait! Vraiment! et il avait eu le loisir de se lever, de passer son pantalon, de mettre des chaussettes et ses chaussons de lisière!

– Petit imbécile, dit Joachim avec flegme. Tu ne penses pas qu'il vaudrait mieux t'occuper de la Jeanne? Qu'est-ce que tu crois faire!

Cependant il ne le chassa point. Ce fut lui qui s'en alla, avec un ironique « Bonsoir, sœurette », en ramassant son veston et en laissant Céline assise au bord du lit dans le bouillonnement de ses jupes.

Elle les rabattit sur ses mollets qui gonflaient fermement les bas de soie grise. Ses bottines étaient souillées de boue. Masbatie s'agenouilla pour la déchausser, puis alla chercher des mules et les lui mit.

– Merci, Jean. Qu'est-ce qu'il t'a dit, ce soir, en bas? Il t'a parlé de moi?

– Non.

– Tu es aussi hypocrite que lui! s'écria-t-elle, les sourcils froncés.

– Je ne mens pas, il ne m'a rien dit.

– C'est possible, mais pourquoi, tout à l'heure, quand je t'ai appelé à mon secours, n'as-tu pas plus bougé qu'un poteau?

– Je ne pouvais pas, répondit-il lentement en détournant les yeux.

– Ah oui! tu ne pouvais pas! Tu ne peux rien. Tu es partout, tu vois tout, tu entends tout, mais tu ne peux rien. Si je n'avais que toi pour défenseur!... Dégrafe-moi, tiens.

Elle avait débouclé la ceinture de chasse, déboutonné les poignets de sa robe. Il la lui détacha dans le dos. Elle la fit glisser sur ses hanches pendant qu'il étalait sur une chaise, devant l'âtre, la longue chemise de nuit, afin de la chauffer. Blanche dans son jupon dessinant par derrière une légère tournure, et son cache-corset, Céline dénouait son chignon.

– S'il m'avait tuée, tu l'aurais bien laissé faire!

– Oh! il n'est pas méchant, le Maître.

– Ah non! n'est-ce pas?... Va-t'en, dit-elle en tapant du pied. Tu es aussi bête qu'Arthur.

Il remit des bûches au feu, disposa le pare-étincelles puis sortit, humble. Céline haussa les épaules. Oui, bien sûr, elle devenait ridiculement nerveuse... Joachim n'était pas méchant, au fond. Mais il ne la laisserait jamais partir. Il avait besoin d'elle dans cette solitude où ils s'étaient peu à peu enlisés et qui les transformait en bêtes sauvages comme les sangliers et les loups avec lesquels ils se mesuraient.

Le coutelas planté dans la porte l'arrêta devant le cabinet de toilette. Les doigts dans ses cheveux qu'elle nattait, elle contemplait cette arme en songeant aux chasses farouches où, seuls tous deux, là comme en toute chose, ils avaient vécu dans une violence passionnée. Ses souvenirs allèrent plus loin, elle se rappela l'émerveillement que Joachim avait apporté dans sa vie. Il lui sembla le retrouver et se retrouver elle-même à l'instant où il lui apparaissait au pied du perron, avec son habit bleu, ce pantalon clair, sa blondeur, son teint d'archange. Quelle douceur! quelle exaltation d'entrer avec lui dans l'existence inimaginable qu'il lui révélait jour après jour! C'était elle, alors, qui le suppliait de rester... Maintenant, il ne la prierait pas, lui. Son visage détendu se durcit de nouveau. Elle saisit le couteau et l'arracha, d'un furieux effort.

Le lendemain, elle descendit seulement pour le dîner. Joachim, très paisible, déclara en se levant de table qu'il allait à l'affût aux grives, vers la Croix du Breuilh où les sorbiers gardaient encore assez de fruits pour les attirer, ces gourmandes. Sa sœur ne manifestant aucune intention de le suivre, il entra dans le billard qui servait aussi d'armurerie.

Un instant plus tard, Céline, en train de mettre son amazone, l'entendit passer devant la maison. Par la fenêtre, elle le vit, élégant et désinvolte dans son burnous brun, dernier cri de la mode. Le fusil à l'épaule, il sifflait les deux bassets avec lesquels, à l'occasion, il débusquerait peut-être un capucin. Il prit l'allée centrale, marchant vers l'arche tapissée maintenant de lierre, puis se retourna, l'œil sur les fenêtres de l'étage. Céline s'était gardée de soulever les rideaux, il ne put savoir si elle l'épiait.

Elle acheva de s'habiller et partit à son tour, à cheval. Par le portail des communs, elle gagna directement la châtaigneraie pour retrouver Maxime dans le taillis des Champs-Froids. Ils se rejoignaient là chaque fois qu'ils le pouvaient, non seulement à cause de la discrétion du lieu, mais parce que c'était là, ou presque, dans le raccourci en bordure des Champs-Froids, qu'ils s'étaient rencontrés, après tant d'années de séparation, un jour où Maxime, résolu à la voir, montait carrément à Lern. Elle venait seulement d'apprendre son retour. Pour tous deux la rencontre avait été un véritable choc : lui, la retrouvait plus belle qu'il l'avait laissée. Quant à elle, toute sa jeunesse revenait avec ce visage plus brun mais aussi franc, plus ferme mais aussi bon qu'autrefois. Il renvoyait soudain aux ténèbres des mauvais songes ces années d'une existence sombrant chaque jour un peu plus dans la tristesse et l'horreur. Comment avait-elle pu oublier Maxime! Comment avait-elle pu ne pas comprendre ce que l'instinct lui avait pourtant dit d'abord! que l'amour c'était leur bonheur d'adolescents, cette confiance réciproque, cette sécurité et cette tranquille satisfaction dont ils se sentaient pleins, l'un près de l'autre!...

En dirigeant son cheval vers lui entre les bosquets où elle entendait le sien piaffer légèrement sur la terre durcie, ce sentiment de confiance la baignait toute.

Maxime s'avança au-devant d'elle, la saluant avec la grave courtoisie qui n'avait pas changé depuis leur enfance. Céline lui sourit de tout son visage. Elle se déganta pour lui donner sa main qu'il baisa tendrement, longuement.

– Pas de mauvaise rencontre, hier soir, sur le chemin du retour?

– Non, répondit-il d'un ton enjoué. Ni loup, ni loup-garou, ni lavandière du diable.

– Ni fée, j'espère! Je suis très jalouse, vous savez.

Elle fit tourner sa monture. Botte à botte avec Maxime, elle s'appuya doucement contre lui, laissant aller sa tête sur l'épaule du cavalier. Leurs chevaux impatients les séparèrent bientôt, sans s'éloigner beaucoup l'un de l'autre. Eux aussi, ils avaient pris l'habitude de cheminer ensemble.

II

Jusqu'à quinze ans, Arthur ne s'était pas réellement rendu compte de sa condition. Vivant presque toujours dans les communs, préférant prendre ses repas avec les Masbatie sinon dans les champs avec les Francillou, suivant ceux-ci aux foires, travaillant avec eux ou même chez n'importe quel métayer du domaine quand l'occasion s'en présentait, il se croyait de leur race. Son père le laissait libre. Il voulait néanmoins le voir à table de temps à autre. Pour ces circonstances, Berthe avait mission de lui faire faire sa toilette, et Céline tâchait de lui inculquer quelque rudiment de civilité.

Le garçon détestait ces confrontations avec ceux qu'il appelait lui aussi les Maîtres. Il n'aimait pas se laver, il n'aimait pas les habits incommodes qu'on l'obligeait à mettre. Il fallait s'observer sans cesse, obéir aux injonctions de la Demoiselle : « Ne te couche pas sur la table! Essuie-toi la bouche! Ne coupe pas ton pain avec ton couteau!... »

A la mort de son père, il fut suffoqué de stupeur lorsque, Berthe l'ayant conduit dans la chambre funèbre, la Demoiselle, le serrant désespérément contre elle, éclata en sanglots sur son épaule. Non pas ému mais horriblement gêné, il commença cependant à concevoir la réalité d'un lien entre ces êtres et lui.

Il s'en convainquit un peu plus tard quand il dut conduire le deuil, à la tête des hommes. Lucien, inconscient après sa chute, avait été administré. On l'enterra donc religieusement. Arthur, son seul fils présent, marchait, solitaire, derrière le cercueil drapé de noir, porté à bras et précédé par les officiants, les enfants de chœur, la croix. Cette pompe, extraordinaire pour lui, impressionnait l'adolescent. En dépit des recommandations de Berthe, il se retournait parfois pour jeter un regard sur le cortège, immense à ses yeux, qui le suivait. Tout le voisinage accompagnait à sa dernière demeure l'ex-colonel devenu enfin fils de cette terre, pardonné, reçu dans le sein de l'Église. Pour Arthur, c'était comme une foire exceptionnelle qui avait lieu en son honneur. L'orgueil s'éveilla en lui.

Cela ne l'empêcha point – au contraire – de reprendre le genre d'existence auquel il se plaisait. Quand Berthe lui dit que dorénavant il devrait vivre « en haut » et manger avec sa sœur, il répondit carrément : « Je ne veux pas. Si je suis maître, moi aussi, je commande. » Logique irréfutable.

Céline, le premier choc de sa douleur passé, n'avait nul besoin de la compagnie de son frère. D'ailleurs, tout le monde invitait la jeune fille, pour la distraire de son chagrin. Arthur ne rencontra donc aucun sérieux obstacle à sa volonté. Mais, par une singulière duplicité envers soi-même, quand sa sœur n'était pas là et qu'il ne mangeait pas au-dehors, il se donnait la satisfaction d'orgueil de se faire servir dans la salle. A la place haute. Il mettait voluptueusement ses coudes sur la table, buvait la bouche pleine, coupait son pain avec son couteau.

En même temps, une nuance sensible s'introduisait dans ses rapports avec ceux qu'il tenait auparavant pour ses semblables. Il gardait du respect pour les vieux paysans dont le savoir, la perspicacité et la sagesse lui en imposaient. Si l'aïeul Francillou, avec son infaillible expérience, décrétait : « Y aura au moins trois jours de beau, on va faucher le Grand pré » ou s'il lui ordonnait : « Toi, Mousur, monte sur la barge », Arthur obtempérait modestement. Envers ses frères de lait, en revanche, il était despotique, toujours prêt à cogner du poing ou du manche de sa fourche. Non moins brutal avec les filles. Encore qu'il participât quelquefois aux jeux clandestins des garçons avec elles. Peu souvent, à vrai dire. La nature des filles le dégoûtait. Comme certains de ses camarades, il leur préférait les bêtes.

Au demeurant, sa sensualité était, à tous égards, élémentaire. Il suffisait, pour s'en convaincre, de considérer son visage étroit et sec, son nez mince, sa bouche quasiment sans lèvres. Il avalait avec la même indifférence les plats succulents cuisinés par Berthe ou quelque croûton accompagné de fromage rance. C'était peut-être, développée à l'extrême chez lui, la sobriété militaire de son père, voire de ses ancêtres navarrais.

Le retour de Joachim fut pour lui comme l'explosion inattendue d'une bombe. Il lui fallut longtemps pour se retrouver, après ce bouleversement. Sur-le-champ, il ne sut qu'une chose : il ne pouvait pas sentir le nouveau venu. Sa réaction instinctive avait été de le fuir. Il se tint plus que jamais à l'écart.

Puis son aversion se détermina peu à peu, prenant la forme d'une jalousie de plus en plus violente contre cette espèce d'étranger venu faire la loi ici.

Mais alors, Arthur eut sa revanche en constatant l'incapacité totale de son frère à gérer le domaine. Céline n'en sachant pas plus que lui, le maître effectif c'était François Masbatie, élevé à la dignité de régisseur et remplacé dans ses fonctions de valet par son fils Jean.

Lorsque François mourut, par la force des choses le soin de la propriété revint à Arthur. Il était le seul à s'y connaître, et même à la connaître. Automatiquement, ce fut à lui que les Francillou et les métayers rendirent leurs comptes et demandèrent des instructions.

Aucun acte officiel ne sanctionna cet état de fait. Point n'en était besoin : Joachim demeurant à Lern, on était resté dans l'indivision pour éviter un partage qui eût pratiquement détruit la propriété. Majeur à présent, Arthur se trouvait aussi habile – au sens légal, et infiniment plus dans l'acception ordinaire – que n'importe lequel des cohéritiers, à gérer leur bien commun.

C'était sa victoire. Ses frères pouvaient courir sur leurs chevaux et se conduire comme des imbéciles, lui, il disposait de la terre, du cheptel ; il ordonnait tout cela selon sa volonté exclusive, sous le couvert de la soumission, toute d'apparence, qu'il devait à l'aîné. En réalité, il les tenait à sa merci. Il lui eût été facile de les ruiner.

Tout cela ne lui donnait qu'une âcre satisfaction d'orgueil. Quand il les voyait partir en cavalcade avec leur meute – qui coûtait bien trop ! – il crachait de mépris. En vérité, ni Joachim ni Céline n'avaient rien fait pour mériter son affection. Au début, son frère, surmontant une répugnance naturelle pour ce petit rustre, avait bien essayé sur lui son fameux pouvoir de séduction. Il y aurait fallu infiniment plus d'efforts que Joachim n'était capable d'en fournir. Du reste, l'entreprise fût restée vaine, très probablement. Il existait entre eux une antinomie insurmontable. Seule, sa sœur eût peut-être pu le gagner si, après l'avoir stupéfait en pleurant sur son épaule, elle eût profité de cette surprise pour renverser leur situation respective. Elle ne s'en souciait pas. Simple réflexe, son geste n'entraînait aucune conséquence. L'unique occasion avait été perdue.

Plus tard, Joachim et Céline furent occupés de tout autre chose que de penser à leur cadet. Qu'il vécût « en bas », les laissant seuls à table, leur convenait au mieux.

Cela ne lui convint plus longtemps, à lui. Il n'aurait pas su exprimer son sentiment, mais, dans son orgueil réveillé et, en un sens, dévorant sous la croûte rustique, il n'acceptait plus de se voir relégué à la cuisine alors qu'il avait conscience d'être ici le vrai maître. Il finit par dire lourdement à Berthe de « leur » faire savoir qu'il entendait manger « en haut ».

Berthe n'était plus la gracieuse jeune femme, timide et tendre, qui avait jadis accueilli Violette à Lern. La mort de François l'avait brusquement desséchée. Depuis, elle se renfrognait davantage. S'écartant de Céline et de Joachim, elle se cloîtrait dans le bas de la maison. Elle ne gardait de véritable attachement – caché sous des façons plus ou moins hargneuses – que pour son filleul Arthur. Elle ne voulut point cependant se charger de sa commission, et lui répondit qu'il avait une langue pour s'en servir.

Ainsi rembarré, Arthur hésita. Malgré tout, ses frères l'intimidaient. Il songea bien à passer par l'intermédiaire de Jean, mais il sentait qu'il y aurait quelque chose d'humiliant pour lui à demander l'aide d'un petit valet. Avec sa patience paysanne, il attendit le prochain règlement des fermages. Alors, quand il eut compté à Joachim sa part avec celle de Céline, tête basse, sans regarder son frère, il fonça comme un sanglier : « Moi, je veux manger à la table des maîtres. »

Joachim ne comprit pas. Il lui fit répéter cette déclaration, puis partit d'un éclat de rire.

Ce fut pour Arthur la première des insultes qu'il devait essuyer, « en haut », pendant neuf ans.

Durant neuf années, chaque soir au moins – car le dîner ne les réunissait pas toujours tous les trois, le matin – Céline et Joachim lui infligèrent l'humiliation constante de leur dédain, sinon des plus cruelles remarques. Après l'avoir d'abord tenu pour inexistant, les deux aînés se distrayaient à exercer sur lui une causticité exaspérée par leur situation de proscrits et leur lassitude d'eux-mêmes.

Il y avait des moments où sa sœur ne pouvait plus le voir, ce témoin muet, lourd, insensible, qui ne ripostait jamais et dont seul, parfois, un regard disait le mépris et la haine. Il supportait tout pour les accabler de sa présence. Son cuir épais ne sentait plus les piqûres. Il jouissait avec une férocité sombre, géniale, implacable, de les tourmenter rien qu'en étant là. Céline, folle d'énervement, conjurait Joachim de les en délivrer. Mais comment?... Il n'avait pas moins de droits qu'eux-mêmes dans cette maison. C'était lui qui les faisait vivre.

Et puis Joachim, au fond, ne le détestait pas tellement. Devenu, avec l'âge, homme d'habitudes, comme son père – peut-être même davantage, car son indolence, accrue dans la routine de Lern, l'y engageait –, Joachim s'était fait peu à peu à son frère. Il lui eût manqué de ne plus pouvoir le cribler de ses flèches. Depuis longtemps, il n'y mettait plus de poison. Il savait que, depuis longtemps aussi, elles ne causaient plus aucun mal à Arthur. Ces sarcasmes, c'était un usage semblable à celui du cigare après le souper, du whist ou du billard.

Enfin, pendant de longues périodes où Céline disparaissait, ne sortant plus de sa chambre, Joachim, tête à tête avec son frère, avait, pour s'occuper, tenté de saisir ce caractère étrange. Amusants sondages! faute de mieux. Arthur lui en voulait tout simplement pour sa qualité d'aîné, parce qu'il lui prenait une place et un titre dont le cadet était jaloux, parce que, réunissant sa légitime à la part de Céline favorisée, lui, Joachim, l'empêchait d'employer les revenus du domaine comme il lui aurait passionnément plu.

Bien naturel, tout cela, en somme!... Au fond, avec ses côtés biscornus, sa rudesse, ses ridicules prêtant à de pittoresques railleries, sans être bien sympathique, Arthur était plutôt drôle pour un homme comme Joachim qui cherchait avant tout dans l'existence des occasions d'agrément. Là-dessus, il ne fallait pas se montrer trop difficile, à Lern.

Aussi fut-il bizarrement frappé en apprenant soudain qu'Arthur voulait quitter la maison.

~

Il fit cette découverte alors que Céline attendait de Maxime le signal du départ. La date ne dépendait plus que de la réponse du notaire auquel Maxime avait écrit pour presser le règlement de son héritage. Il aurait probablement reçu cette réponse. Céline et lui allaient se retrouver tout à l'heure, après le dîner.

En rentrant pour ce repas, après être allé avec Pierre Francillou relever des pistes de bête rousse, Joachim trouva l'entrepreneur de Gain en train de prendre des mesures dans la cour, aidé par son fils. Il interrogea les deux hommes. Ce qu'ils lui répondirent le surprit.

– Dis donc! lança-t-il à son frère lorsque celui-ci vint à table. Tu as mandé les Lauprête pour construire dans les communs, et tu ne nous en parles pas!

Arthur introduisit le coin de sa serviette dans son col.

– Pourquoi je vous en parlerais? Ça ne vous regarde point. C'est des travaux pour moi.

– Pour toi! dit Joachim de plus en plus étonné.

– Oui. Je les réglerai de ma poche.

– Cela me surprendrait, remarqua Céline. Tu nous voleras un peu plus, voilà tout, ajouta-t-elle par habitude vindicative plutôt que par conviction, car elle se moquait bien de ce qui pouvait se passer ici, maintenant.

Masbatie apporta le plat, Joachim servit sa sœur et son frère, puis :

– Je voudrais bien savoir quels travaux te tiennent assez

à cœur pour que tu envisages de les payer sur ta part, toi qui couperais un liard en quatre!

– Je vais me faire bâtir une maison, répondit Arthur en contemplant son assiette.

Il ruminait ce projet depuis longtemps. Comme ça, il serait chez lui. Il n'aurait plus à subir la supériorité de ses frères. Il les laisserait s'enfoncer dans leur propre écœurement, se dégrader avec leur demeure qu'ils n'arrivaient plus à entretenir et qui tomberait encore plus vite en ruine lorsque, ne l'habitant plus, il ne participerait plus aux frais.

Par sa présence, il avait gêné Joachim et Céline au maximum; en les abandonnant à eux-mêmes, il allait leur retirer ce qui était devenu pour eux une sorte de distraction. Il les priverait ainsi de leur dernière compagnie, si peu agréable fût-elle. Seuls, face à face, ils en arriveraient bientôt à se haïr plus encore qu'ils ne l'avaient détesté, lui. Ils se jetteraient l'un l'autre à la figure les sarcasmes qu'ils savaient si bien aiguiser.

Ces idées ne se présentaient certes pas à lui avec tant de précision. Ce n'étaient même pas des idées, tout au plus une conscience, à peine formulée, de la situation que créerait son départ.

Rustre mais rusé, subtil comme un renard, il sentait très bien tout cela et qu'en se retirant il se vengeait de la façon la plus efficace.

Sans compter les avantages pratiques, très clairs, ceux-là. Entretenir cette grande maison était possible autrefois, avec le commerce des chevaux, quand on ne jetait pas l'argent par les fenêtres pour s'acheter des habits, des parfums, des colifichets, des cigares, des chevaux anglais, des armes de luxe. A présent, elle devenait beaucoup trop lourde pour le rapport de la propriété. Dans un logement à sa mesure, il ferait des économies. La dépense immédiate l'avait longtemps retenu. Bah! il trouverait moyen de régler le moins possible et de faire traîner.

Tout en se doutant bien un peu de ce calcul, Joachim regardait son frère avec stupéfaction.

– Eh bien! Pour une surprise!... Décidément, tout le monde veut m'abandonner! Est-ce que, par hasard, tu songerais à prendre femme, mon bon Arthur?

Celui-ci ne répondit même pas, mais sa pensée pouvait se lire dans le regard de dégoût qu'il tourna pesamment vers sa sœur. Elle haussa les épaules avec une indifférence méprisante.

– Que vas-tu édifier? Un château féodal, digne du maître fermier de Lern, je suppose, ironisa Joachim.

– Si on te le demande!...

– Vraiment Arthur, tu n'es pas aimable, mon cher!

Quand il eut quitté la table, Céline, alarmée par une phrase que Joachim n'avait certainement pas prononcée sans intention, lui demanda :

– Pourquoi prétends-tu que tout le monde veut t'abandonner? Qui donc y songerait, en dehors d'Arthur?

– Oh! je ne sais pas. Toi, peut-être. Non?... Ne m'as-tu pas dit, l'autre soir, que tu en avais par-dessus la tête de moi!

– C'est bien vrai! s'exclama-t-elle en riant avec autant de naturel qu'elle put.

– Un jour, tu feras comme notre mère. Je rentrerai et je trouverai une lettre dans laquelle tu m'auras dit adieu.

– Et quel enfant emmènerai-je? demanda-t-elle, le visage soudain de marbre.

Elle sortit brusquement.

Quelques instants plus tard, elle galopait pour rejoindre Maxime à leur rendez-vous. Sous un ciel lourd qui mangeait les hauteurs, le temps était mordant. D'infimes flocons, en suspension dans l'air, se posaient sur les joues, mouillaient les cils. Pour peu que le vent tournât, la neige tomberait. La Gance, grossie par des eaux jaunâtres, emplissait à ras bords ses berges. Elle affleurait la passerelle. Quand Céline franchit les planches qui ployèrent sous le poids de l'alezan, ses sabots firent jaillir des gerbes.

En apercevant l'amazone, Maxime piqua vers elle au petit galop rond de son cob. A peine l'avait-il abordée, elle lui lança fiévreusement :

– Mon ami, il faut partir! Nous n'avons plus un instant à perdre. Je sais depuis tout à l'heure que mon frère s'attend à me voir quitter la maison, avec vous. Il ne reculera devant rien pour m'en empêcher. Avez-vous la réponse du notaire?

– Oui. Elle est arrivée ce matin. Cependant, écoutez-moi : même si un projet de mariage entre nous déplaît à votre frère, je crois que vous vous affolez beaucoup. De quel droit pourrait-il...

– Ah! s'écria-t-elle, ne voyez-vous pas qu'il est furieusement égoïste? Il n'a jamais pensé qu'à lui, à ses plaisirs, à ses habitudes. Arthur aussi va le quitter. Plutôt que de rester seul, il tentera n'importe quoi pour me retenir. Croyez-moi, Maxime, je vous en prie!

Il y était tout disposé, mais bien que sa part d'héritage fût établie, le tabellion ne lui en avait pas encore versé le montant.

– Tant pis! dit Céline. Il vous l'enverra là où nous serons. N'attendons pas davantage. Notre avenir, notre bonheur en dépendent. Partons demain. J'ai des bijoux, je les vendrai.

– Non assurément. Voilà ce que nous allons faire : demain matin, j'irai à Périgueux. Je me mettrai en route dès l'aube, et je m'arrangerai d'une façon ou d'une autre avec le notaire pour qu'il m'avance l'argent.

Céline reprit courage : le délai n'était pas long. Tant que Maxime serait absent, Joachim ne tenterait rien. Contre elle-même, il n'avait aucune arme. Il ne pouvait l'atteindre qu'à travers Maxime.

Elle lui recommanda de faire très attention, de se tenir exactement sur ses gardes tant qu'il serait aux abords de Lern.

– Surtout, ajouta-t-elle, si mon frère cherche à vous approcher, défiez-vous.

– Vous ne craignez tout de même pas...

– Tout, mon ami. Absolument tout. Un accident de chasse peut être une chose bien commode. Un bon tireur a encore d'autres moyens d'écarter un homme qui le gêne. Si Joachim se trouve par hasard sur votre chemin, fuyez-le. S'il vous parle, ne croyez pas un mot de ce qu'il pourra vous dire. Pensez qu'il s'efforce de vous provoquer.

– Je ne suis pas mauvais tireur, moi non plus.

– Justement! répliqua-t-elle. Il le sait bien, et il serait assez subtil pour vouloir se faire blesser par vous afin de nous séparer irrémédiablement. Jurez-moi que, s'il réussissait à vous parler, quoi qu'il vous dise vous n'y attacherez aucune importance.

Maxime hésitait.

– Je ne le crois pas le moins du monde susceptible d'une vilenie, répondit-il gravement. Si par hasard je me trompais, ce que vous me demandez là pourrait m'être très difficile.

Elle aussi parut embarrassée. Elle rougit un peu, détournant les yeux.

– Vous connaissez certainement les bruits qui courent sur la façon dont nous vivons là-haut, dit-elle. Je me demande jusqu'à quel point Joachim balancerait à s'en servir avec vous pour vous éloigner de moi.

– Céline! Vous ne pensez pas une chose pareille!

Elle fit si de la tête, ajoutant :

– C'est pour cela que je vous supplie de garder votre sang-froid. Rompez au premier mot. La seule façon de me défendre, c'est de veiller à ce qu'il n'arrive rien entre Joachim et vous. A n'importe quel prix.

– Très bien, dit-il au bout d'un instant. C'est entendu.

Elle se pencha vers lui. Il l'enlaça. Fouettée par le vent, sa figure était froide comme un sorbet; sa bouche, d'une chaleur profonde.

Le chemin, avec ses haies brunies par le gel, où les ronces gardaient encore quelques feuilles, protégeait cette étreinte chaste et menacée. Les chevaux encensaient. Parfois, dans une saccade piaffante, ils éloignaient l'un de l'autre les amants. Ceux-ci reprirent leur marche, côte à côte, faisant des projets. Ils brodaient sur cet avenir que Céline désirait tant sans pouvoir y croire. Maxime avait confiance en ses ressources. Subissant cette mâle influence, elle se laissa incliner à l'espoir.

– Je ne rentrerai de Périgueux que dans la nuit, dit Maxime comme ils allaient se séparer. Nous ne pourrons donc nous voir demain. Voulez-vous que nous nous retrouvions après-demain matin, ici?

– Ce serait hasardeux. Tant que nous ne serons pas prêts à partir aussitôt, il ne faut pas que Joachim puisse remarquer le moindre changement dans mes habitudes. Je vous rejoindrai ici en sortant de table. Si c'est possible, nous nous en irons le lendemain.

Après un dernier baiser, elle le retint encore en soupirant :

– Soyez prudent, je vous en conjure! Rappelez-vous ce que je vous ai dit. Oh! Maxime, chaque fois que je vous quitte, c'est un déchirement! De plus, ce soir, j'ai peur. Jamais un homme n'a été aussi précieux à une femme. Si je vous perdais!...

Elle regagna Lern à la nuit tombante. Il n'était que quatre heures, mais déjà l'ombre s'épaisissait sous le plafond de nuages encore descendus, d'où tombaient en voltigeant quelques flocons blêmes. Masbatie attendait à l'écurie. En prenant les rênes des mains gourdes de Mademoiselle, il lui annonça gauchement qu'il avait préparé pour elle un plateau.

– Si vous vouliez boire quelque chose de chaud, ça vous serait bon.

Sensible, ce soir, à cette dévotion, elle le remercia et lui dit :

– Eh bien ! viens me servir quand tu auras dessellé Sultan.

Dans la pénombre de la chambre, le guéridon était rapproché du feu. La bouilloire chantait entre les chenets.

Céline ôta mécaniquement ses gants, son chapeau, puis, s'avançant vers une des croisées, elle releva le rideau de mousseline pour contempler les bois squelettiques qui sombraient dans la nuit. Ses fenêtres donnaient toutes deux sur la façade, au-dessus du perron. Quoiqu'elle ne pût apercevoir le pavillon de Maxime ni seulement regarder dans cette direction, il lui semblait que le ciel fuligineux qui engloutissait toute chose, ce froid où leur fièvre avait brûlé, continuaient de les unir. Les lampes, en veilleuse derrière elle, se reflétaient faiblement à la vitre où elles mettaient comme deux étoiles. Entre elles, sur le fond des ténèbres, brillaient pour Céline les yeux, les traits de ce sûr et tendre ami qui était pour elle plus encore que l'amour.

Le remords la poignit plus fort. Mais elle avait pour Maxime tant d'adoration, de reconnaissance, et lui, pour elle tant de tendresse ! Ces sentiments devaient faire d'elle une femme nouvelle, peut-être digne de lui.

Masbatie la trouva ainsi, le front contre les carreaux embrumés par son souffle, ensevelie dans l'ombre. Il remonta les lampes. Elle se retourna lentement avec un sourire plein de douceur fragile.

– Il faut vous approcher du feu, dit Jean.

Par-dessus son costume d'amazone, elle portait une pelisse qu'elle avait seulement dégrafée. Il la lui enleva ainsi que son spencer. En corsage de batiste, elle s'assit au coin de la cheminée, tendit les jambes et il lui tira ses bottes. Puis il se mit à préparer le thé. Lasse, engourdie tout d'un coup par la chaleur, elle le regardait faire. Ses gestes adroits, toujours mesurés, comme ses paroles, avaient pour elle en ce moment quelque chose de berceur. D'ordinaire, elle ne lui prêtait aucune attention, elle le voyait à peine, depuis le temps qu'il en était venu, peu à peu, à lui servir de femme de chambre et qu'elle n'avait plus pour lui de secrets.

– Masbatie, lui demanda-t-elle, pourquoi prends-tu tant soin de moi?

– Vous êtes notre Demoiselle, répondit-il avec conviction en lui donnant une tasse fumante dans laquelle il avait versé une cuillerée d'eau-de-vie.

– Et Jeanne?

C'était une fille Francillou, une brunette de dix-neuf ans.

– Elle t'aime, poursuivit Céline. Tu ferais mieux de t'occuper d'elle que de moi. Elle te rendra heureux. Ne la néglige pas pour nous. Ni Joachim ni moi n'en valons la peine. Tu sais, quand l'amour véritable et le bonheur passent à notre portée, il faut à tout prix les saisir. Ils ne se présentent pas deux fois.

Il la regardait, comprenant bien qu'elle parlait pour elle. Il répondit par un hochement de tête.

– Tu es un bon garçon, Jean. J'ai dû quelquefois te paraître très mauvaise. Ce n'était pas tout à fait de ma faute; je t'aime bien, va!... Maintenant, emporte tout ça.

Elle se laissa aller dans son fauteuil, envahie par des pensées mélancoliques, des rêves, des souvenirs insidieux contre lesquels elle réagit en réfléchissant à la façon dont il lui fallait se conduire vis-à-vis de son frère. Qu'emporterait-elle, si elle pouvait s'en aller avec Maxime? Elle n'osait encore y croire. Et comment organiser ce départ? Quel stratagème conviendrait-il d'employer pour que Joachim ne se lançât pas aussitôt à leur poursuite?...

Pendant le souper, elle l'observa prudemment. Il paraissait moins occupé d'elle que des projets d'Arthur. Une attitude, sans doute : une ruse, car il se moquait bien, certainement, de ce que voulait leur cadet. Joachim s'était-il jamais soucié de personne! Il arrangeait tout au mieux de son agrément, et voilà! Il écartait ce qui l'incommodait, il prenait ce qu'il désirait. S'il saccageait ainsi l'existence des autres, tant pis! S'il empoisonnait leur âme et leur cœur, cela ne l'empêchait pas de savourer ses cigares ni de dormir. Avec sa beauté, sa tranquillité gracieuse, il régnait comme une force de la nature. Il était certain que, malgré tout, on s'attachait à lui.

Elle retint un soupir. Oui, malgré tout!... Elle ne le supportait plus, et cependant, pour s'en aller, elle devrait rompre encore d'ultimes liens.

Arthur répondait avec une brièveté grognonne aux questions de son frère. Non, il ne savait pas ce que serait le futur bâtiment. On verrait, selon le devis des Lauprête.

Un devis dont il discuterait le moindre article, on pouvait en être sûr. L'entrepreneur aurait du mal à se faire payer. Arthur était cupide et ladre, sordidement aux yeux de ses aînés. Mais d'une façon bien utile pour eux. Depuis que Joachim, ennuyé par le dressage commercial des chevaux, l'avait abandonné et fait abandonner à Céline, comment eût-on vécu à Lern sans l'âpreté d'Arthur au gain? Toujours sur le dos des métayers, négligeant un peu les plantations et les coupes – qui ne répondaient pas à ses idées routinières –, mais travaillant lui-même dans les terres, de l'aube au crépuscule, menant les bêtes aux foires, trouvant moyen de vendre cher et d'acheter bon marché, il arrachait à un sol peu fertile les revenus avec lesquels ses frères menaient, selon lui, un train de seigneurs. Leur frivolité l'exaspérait.

Avec l'argent qu'ils gaspillaient, on aurait pu acquérir de nouvelles terres. Il ne pensait qu'à cela, lui, la terre. On l'accusait d'aller, par les nuits noires, déplacer les bornes dans les champs, d'empiéter à chaque labour sur les chemins et les communaux, enfin de grignoter par tous les moyens possibles les voisins. C'était leur bête noire. Leurs arbres qui lui portaient ombre, il les tuait avec des gousses d'ail ou bien en les arrosant de vinaigre. Il abattait impitoyablement les chiens, la volaille s'ils erraient sur Lern.

Quelques années plus tôt, vers onze heures du soir, les Francillou, réveillés par des coups à leur porte, l'avaient trouvé inerte sur le seuil, les mollets et les cuisses truffés de gros plombs. Qui l'avait ainsi criblé puis porté là, car il était incapable de marcher? Mystère! Accident de chasse, prétendait-il sans se soucier de vraisemblance. Il refusa d'appeler le médecin. Ce fut Berthe qui pratiqua l'extraction des projectiles, comme elle avait vu jadis Lucien le faire pour la balle logée dans son épaule. Mais des grains profonds étaient restés hors d'atteinte; Arthur en gardait encore une certaine raideur dans la jambe gauche. Quand il fut sur pied, une grange brûla chez un métayer du Vignal. Hasard?.... Si ces deux incidents étaient des épisodes d'une guerre, nul n'en sut rien. Il ne se confiait à personne. Aussi avare de mots que d'argent, il parlait le moins possible.

Les questions de Joachim l'agaçaient. Sitôt après le fromage, il grogna un bonsoir et descendit.

Céline accepta de faire un bésigue pendant que Masbatie desservait. Quand il lui eut monté du bois et de l'eau chaude pour sa toilette, elle se retira dans sa chambre sans que Joachim lui ait dit ou manifesté rien d'inquiétant.

Elle eut peine à s'endormir puis fut réveillée brusquement par son frère en robe de chambre, un bougeoir au poing.

– Qu'est-ce que tu veux? Qu'est-ce que c'est? jeta-t-elle, en défense.

– Pierre a levé un renard. Veux-tu le courre avec moi?

– Quelle heure est-il donc?

– La clarté va poindre.

Aussitôt Céline pensa : « Maxime doit être en route. » Elle avait en tête tout autre chose que la chasse; elle y vit cependant un bon moyen de donner le change à son frère.

– Bien sûr, acquiesça-t-elle. Comment est le temps?

– Plus doux. Le peu de neige qui est tombé cette nuit n'a pas tenu. Presse-toi!

Elle fit semblant de se hâter, tandis que Joachim, prêt en quelques minutes, s'impatientait en bas. Maxime était déjà loin, sans doute; mais si, par hasard, il avait été retardé, il ne fallait pas risquer de le croiser en chemin.

Quand Joachim et elle se mirent en selle, il faisait jour : une clarté grelottante dans laquelle les chevaux soufflaient de la vapeur. Les chiens, chauds de la touffeur du chenil, s'enveloppaient de buée. Pierre Francillou lâcha son limier, et celui-ci entraîna la petite meute. Les deux chasseurs piquèrent à la suite. Ils ne s'arrêtèrent qu'un instant, vers dix heures, pour manger sur le pouce pendant que les chiens, déconcertés par une ruse de goupil, tournaient en cherchant la piste. Le renard se raccrochait désespérément à l'abri des couverts. Joachim écoutait les abois.

– Nous n'avons pas assez de chiens, dit-il, et nous ne sommes pas en nombre. Nous aurions dû faire prévenir ton ami du Vignal. Il nous aurait rejoints avec la meute de son père.

– Je ne suis pas si sûre qu'il serait venu.

– Oh si! ma chère. Au moins pour te voir. Il en a, il est vrai, mainte occasion, toutes les relevées.

– Comment! se récria Céline, tu n'imagines pas que je me promène avec Maxime chaque fois que je sors! Je ne l'ai pas vu depuis...

– Chut! coupa Joachim en levant la main. Écoute!... Ça y est, Trompette l'a retrouvé. Le diable m'emporte s'ils ne débuchent pas à la Croix du Breuilh. Pique, pique!

Il partit au galop. Céline le suivit, prise malgré elle par la vieille habitude et l'ivresse de ces chevauchées folles où la bête de chasse n'était bien souvent qu'un prétexte. Elle le fut cette fois encore. Goupil réussit à se rembucher. Revenant par les clos du village où les chevaux ne pouvaient le suivre, il gagna les terrains crayeux au bord de la Gance, percés de fissures et de galeries souterraines. Il n'y avait plus d'espoir de le débusquer.

En rentrant, les chasseurs et les chiens durent franchir d'un saut l'étroite rivière. Les planches avaient été emportées par les grosses eaux. Ils remontèrent vers Lern d'un pas fatigué. Le jour tombait, obscurci par de gros flocons encore hésitants.

Céline était secrètement joyeuse; elle avait fait de cette chasse un présage, se disant que si le renard leur échappait ce serait signe qu'elle se sauverait elle aussi.

– Désolé, dit Joachim. Tu as perdu pour rien une promenade avec Maxime.

– Je t'en prie! répliqua-t-elle sur un ton d'agacement superficiel, parfaitement joué. Tu n'es pas drôle. Je t'ai déjà dit que je suis loin de le voir tous les jours. La preuve!

– Bon, bon!

Quand ils atteignirent Lern, les flocons commençaient à tourbillonner. Dans la cour des communs, l'entrepreneur Lauprête conférait avec Arthur.

III

Le lendemain matin, Céline dut se faire violence pour ne pas courir au pavillon. L'anxiété la rongeait, mais aller là-bas eût risqué de tout compromettre. Il fallait se contraindre, attendre l'heure du rendez-vous. Si Maxime avait réussi dans sa démarche, il ne restait plus longtemps à patienter.

Elle déjeuna dans sa chambre. A travers la mousseline des brise-bise, la campagne apparaissait toute blanche sous le ciel encore gris. Cette fois, la neige tombait. Joachim n'était pas sorti. En faisant sa toilette, Céline l'avait entendu passer dans le couloir, en pantoufles. Ne pouvant plus rester là, désœuvrée, fébrile, elle descendit. Il se trouvait dans le billard, occupé à confectionner des cartouches. Elle eut brusquement une idée : changer les housses et les rideaux du salon. Bon moyen de passer le temps. Et puis cela montrerait à Joachim qu'elle ne songeait point à partir, du moins pour le moment. Quand on s'apprête à une fugue, on ne se soucie pas de ménage.

Tout en travaillant, avec Masbatie qu'elle avait appelé pour se faire aider, elle se demandait si sa mère, jadis, pour masquer ses préparatifs de fuite, avait eu recours à des artifices semblables. Ce besoin de partir, était-ce un instinct congénital ?...

Abandonnant ses chargettes, Joachim vint les contempler tous deux dans leur besogne. Il demanda ironiquement à sa sœur si elle voulait donner une réception.

– Ce n'est pas une raison parce que nous vivons comme des ours pour laisser tout pourrir ici, répliqua-t-elle sur le ton aigre-doux qu'elle prenait maintenant avec lui.

– Bon, bon ! Ce beau zèle ira-t-il jusqu'à nous priver de dîner ? Il serait temps de mettre la table, ce me semble.

Pénible repas, pour Céline. Son impatience croissait à mesure que s'avançait l'heure. On eût dit qu'une main lui serrait l'estomac. Elle devait se forcer pour manger, pour avoir autant que possible l'air à son aise. Masbatie n'en finissait pas d'apporter les plats et de changer les assiettes. Il ne comprenait rien aux regards irrités qu'elle lui lançait en dessous. Joachim s'attardait, savourant sa bécasse. Le dessert à peine terminé, Céline, n'y tenant plus, se leva d'un mouvement nerveux.

– Tu sors ? lui demanda son frère.

– Oh ! je ne sais pas, répondit-elle en se ressaisissant. Peut-être irai-je faire un petit tour, plus tard.

Elle feignit de rêvasser à la fenêtre, devant le jardin emmitouflé d'ouate. Joachim déclara que, par ce temps, le mieux était de s'offrir une bonne sieste. Rien de plus naturel pour lui ; quand il manquait d'occupation, il se couchait. Il pouvait tout aussi bien dormir une nuit, une relevée entière et encore une autre nuit, que demeurer seize heures en selle. Il monta tranquillement. Aussitôt Céline, après avoir chuchoté à Masbatie de lui seller vite l'alezan, s'élança dans l'escalier de sa chambre. Quelques minutes plus tard, elle galopait dans la neige fraîche où le cheval enfonçait jusqu'au boulet. Joachim, même s'il n'était pas encore couché, ne pouvait s'apercevoir de rien, ses fenêtres à lui donnant sur le jardin.

Après l'avoir mise sur les fourches, Masbatie était resté dans la cour, à parler avec Jeanne qui venait emprunter un chaudron pour fondre du lard. Les Francillou allaient tuer « le cochon ».

La jeune fille n'était pas fort jolie mais fraîche, gracieuse et très gentille. Jean la regardait avec plaisir en bavardant devant l'écurie, lorsque Joachim apparut sur le seuil de la cuisine. Il cria au domestique de lui seller Diabolo, ajoutant :

– Tu attacheras aux boucleteaux la fonte à carabine.

Il rentra dans la maison puis revint au bout d'un instant, prêt, avec l'arme et une poignée de cartouches. Masbatie, très surpris de le voir alors qu'il le croyait en train de dormir, trouvait tout cela plutôt bizarre.

– Vous allez au sanglier ? s'enquit-il en pesant sur l'étrivière tandis que le Maître se mettait en selle.

– Non, mais à la grosse bête tout de même.

– Sans les chiens !

– Pas besoin. Je sais où trouver mon gibier. Ne t'inquiète pas, dit Joachim. Tu verras ça ce soir.

Il s'éloigna sur les traces de Céline, bien marquées dans la couche blanche. Masbatie, s'avançant le long des granges, jusqu'au portail, pour suivre des yeux le cavalier, le vit tourner au coin du gros chêne, ainsi que l'avait fait tout à l'heure Mademoiselle. Puis il prit le trot.

– Qué se passo ? demanda Jeanne, comme le garçon revenait, la mine soucieuse.

– Ré, dit-il, ré.

Il n'allait pas lui raconter les affaires des maîtres, mais il sentait bien qu'il se passait quelque chose. Il connaissait les rencontres de Céline avec le capitaine du Vignal, savait que Joachim lui non plus ne les ignorait pas. Elles n'étaient point faites pour lui plaire. Le frère et la sœur s'étaient manifestement joué l'un à l'autre la comédie, au sortir de table. Il semblait lui avoir tendu un piège. Tout donnait un air un peu inquiétant à ce départ sans chiens, avec cette carabine... et cet air sombre. Évidemment, c'était bien un jour pour aller à l'affût – où l'on n'emploie pas de limiers. Si le Maître – chasseur comme pas un – savait une passée de bête noire ou fauve, il voulait peut-être, tout en surveillant Mademoiselle, profiter du temps favorable pour ramener de la venaison.

De toute façon, que pouvait-il faire, lui, Jean, un valet? Rien, qu'attendre.

Joachim, ayant franchi d'un saut la Gance, venait de découvrir Céline. Ne trouvant pas Maxime aux Champs-Froids – car, dans son impatience, elle avait devancé l'heure du rendez-vous – elle était allée, imprudemment, à la rencontre de son fiancé. Il descendait la colline, ils se rejoignirent à l'orée du tunnel des hêtres.

Il y avait dans le ciel quelques déchirures bleues, effrangées, par lesquelles passaient de pâles rayons. Sur la blancheur des prés qui scintillaient, entre des coulées d'ombres bleuâtres et mauves les deux amants se silhouettaient avec précision aux yeux de Joachim. Le cob pommelé du jeune homme paraissait sale sur la pureté de la neige. L'alezan que montait Céline, avec ses brillants reflets, ressemblait à un cheval de cuivre.

Un beau couple de cavaliers! Joachim, embusqué dans la châtaigneraie, appréciait l'élégance toute militaire de Maxime dans son manteau droit, la main basse, la jambe longue, le talon tombant; et il admirait la souplesse fringante de Céline rassemblée sur sa selle en contours harmonieux. Elle se penchait un peu pour parler de plus près à son compagnon. Ils se mirent en marche, au pas. Joachim n'hésita pas à les suivre, à quelque distance. Ils étaient bien trop occupés d'eux-mêmes pour surveiller les alentours.

Maxime avait rapporté de Périgueux, en lettres de change, une importante avance sur son hoirie. Il dit à Céline qu'il n'existait donc plus aucun empêchement à leur départ. Si elle le voulait, ils pouvaient s'en aller demain dès le jour.

– Je le voudrais bien! s'écria-t-elle, transportée. Mais ce serait imprudent. J'y ai beaucoup réfléchi : il ne s'agit pas de commettre une maladresse au dernier moment. Si nous partions demain matin, Joachim aurait vite constaté mon absence, il disposerait de toute la journée pour nous rejoindre. Mieux vaut ne rien changer à nos habitudes. Je m'en irai à cheval, après dîner, comme pour ma promenade coutumière. Je cacherai un portemanteau sous ma mante. Vous me retrouverez ici. Nous prendrons la route. Ce sera seulement en ne me voyant pas rentrer à la nuit que Joachim avisera. Nous aurons ainsi cinq ou six heures d'avance. De plus, l'obscurité empêchera toute recherche, le soir même. Le lendemain, nous serons loin.

Ils arrêtèrent avec soin tous les détails, décidant de se diriger vers Limoges où l'on n'aurait probablement pas l'idée de les chercher, plutôt que vers Périgueux et Bordeaux. Là, ils vendraient leurs chevaux puis prendraient la diligence pour Paris : la ville où l'on se perd le mieux. Ils y résideraient le temps de faire publier les bans. Ensuite!...

– Pour ma part, dit Maxime, je serais très étonné que votre frère entreprenne de nous poursuivre. Cela ne lui servirait à rien : vous êtes majeure, il n'a aucun droit sur vous. Et puis, vraiment!... Encore une fois, je le connais peu, bien sûr, mais quel que soit son égoïsme il ne me paraît guère homme à vouloir vous ramener de force, mon amie.

– Peu importe, à présent! s'exclama-t-elle. Oh! Maxime, demain sans doute je serai la femme la plus heureuse de la terre!... Maintenant, quittons-nous. Je dois rentrer de bonne heure, car j'avais dit que si je sortais ce serait pour peu de temps. A demain! A toujours!...

Par surcroît de précaution, pour le cas où son frère la

verrait revenir, elle prit la direction du village. Maxime demeura un instant à la regarder s'éloigner au galop dans le poudroiement soulevé par les sabots de Sultan. Dissimulé par un boqueteau, Joachim l'observait lui aussi. Elle se retourna pour adresser de la main un signe à Maxime. Quand elle eut disparu, il fit pirouetter son cob... et se trouva face à face avec Joachim qui le considérait paisiblement. La neige avait étouffé le pas de Diabolo, le grand hongre noir.

Maxime se raidit. Pour obéir à Céline, il devait battre en retraite immédiatement. Peut-être l'eût-il tenté, en d'autres circonstances, bien qu'une telle lâcheté fût moins facile à réaliser qu'à promettre. En l'occurrence, c'était impossible. Pris sur le fait, pour ainsi dire, il ne pouvait s'enfuir comme un suborneur. L'aîné des Montalbert avait manifestement vu, un instant plus tôt, Céline dans les bras d'un homme auquel il lui fallait demander des comptes. Tant que sa sœur n'était pas officiellement fiancée, il restait le gardien naturel de son honneur. Au demeurant, son regard révélait plutôt la compréhension et la sympathie que le soupçon.

En une fraction de seconde, Maxime avait senti tout cela – le temps d'immobiliser son cheval. Avant que le nouveau venu n'ait ouvert la bouche, il s'était résolu à l'entendre, avec prudence. Il brûlait lui-même de parler, de se justifier.

Après l'avoir salué aimablement, Joachim s'excusait de le surprendre ainsi.

– Mais, poursuivit-il, vous avouerez que nous devons avoir une conversation, tous les deux.

– Oui, je le crois.

– Je suis convaincu que vous seriez venu me trouver depuis longtemps si Céline ne vous l'avait interdit. N'est-ce pas ? Elle est furieusement montée contre moi, ces temps-ci. Je suis certain qu'elle m'a dépeint à vous comme un homme capable du pire. J'ai des torts envers elle, c'est vrai, mais je ne voudrais lui faire aucun mal, soyez-en sûr. Pas plus qu'à vous-même, Maxime.

– J'en ai toujours été persuadé, dit-il, ému par l'évidente sincérité de son compagnon, par la gravité triste de sa voix.

– Nous ne pouvons nous tromper l'un sur l'autre, reprit Joachim. Je n'ai jamais douté que vous aimiez Céline de la façon la plus honnête.

– La seule possible : je veux l'épouser.

– Oui. Et elle vous a demandé de ne m'en rien dire, de ne rien croire si par hasard je vous parlais, de l'emmener secrètement pour vous marier loin d'ici. Maxime, pensez-vous vraiment que je veuille empêcher ma sœur de faire sa vie comme elle le désire et d'être heureuse avec vous si elle le peut ?

Il ne l'avait jamais cru. Si, ces derniers jours, il s'était laissé influencer par les fiévreuses instances de Céline, il ne lui restait aucun doute en ce moment.

– Non, dit-il, je ne le pense pas.

– Vous avez raison. Je n'ai aucune intention de m'opposer à vos projets; cependant je ne puis vous laisser les réaliser sans vous apprendre l'histoire de Lern durant votre absence – ce que n'a certainement pas fait Céline. Ayez la patience de m'entendre. Ensuite, vous serez libre d'agir comme il vous plaira. Mais venez, ne laissons pas nos bêtes se refroidir. Marchons un peu, voulez-vous ?...

Pendant ce temps, Céline, de retour à Lern, avait trouvé dans l'écurie Masbatie qui lui parut bizarre. Il semblait comme soulagé de la voir, anxieux de lui parler, et ne disait rien pourtant.

– Eh bien ! s'exclama-t-elle comme il s'empêtrait dans les rênes de l'alezan. Qu'est-ce que tu as ?

Il hésitait. Puisqu'elle rentrait, tranquille, même joyeuse, il n'y avait plus de raisons de s'inquiéter. Néanmoins, quelque chose le tracassait. Il finit par dire à Mademoiselle que le Maître était sorti tout de suite après elle. Il lui donna un à un les détails de ce départ un peu singulier.

Elle s'alarma d'abord, puis songea aussitôt que c'était absurde. Si son frère l'avait suivie, elle l'aurait vu à un moment ou l'autre. Qu'il fût parti derrière elle ne prouvait rien : le chemin qu'elle avait pris en quittant la cour menait aussi bien à la forêt. Certainement, Joachim était allé à l'affût. Dans ce cas, qu'aurait-il fait de chiens? Quant à l'arme, s'il eût voulu se battre, il eût emporté des pistolets, non pas une carabine. Il était capable de provoquer un adversaire, assurément pas de le tirer de loin comme une bête. Non, ça non!... Et s'il voulait, tout simplement, avoir une entrevue avec Maxime, pourquoi feindre, aux yeux de Jean, d'aller chasser le gros gibier?

Cependant ces raisonnements ne la rassuraient qu'à demi. Ses nerfs, malmenés par des alternances extrêmes, la laissaient angoissée après la joie des heures précédentes. N'y avait-il pas quelque chose de louche dans la façon dont Joachim, décidé à dormir, prétendait-il, était brusquement sorti? Cela ne sentait-il pas le subterfuge, l'embûche?... A moins que, arrivant en haut et voyant le pâle sourire du soleil sur les bois enneigés, il n'ait eu tout banalement envie d'en profiter.

Tout était tellement fragile entre elle et Maxime! Tant qu'ils seraient ici, leur bonheur, son salut à elle, resteraient à la merci d'un souffle. L'édifice n'avait pu se construire et durer jusqu'à présent que par un miracle d'adresse, de confiance, d'espoir passionné. Peut-être en ce moment tout s'écroulait-il, sans qu'elle pût deviner de quelle façon. Peut-être, au contraire, Joachim se donnait-il sans souci au plaisir de l'affût, la sachant, à n'en pas douter, plus ou moins éprise de Maxime, mais n'imaginant pas l'imminence d'une conclusion.

Comment savoir? Que faire? Elle marchait fiévreusement par sa chambre. Plusieurs fois, elle s'avança dans le couloir, prête à descendre à l'écurie, à sauter sur un cheval, à galoper jusqu'au pavillon pour voir si tout allait bien.

Y trouverait-elle Maxime? Son absence, du reste, ne signifierait rien : il pouvait être au château, ou ailleurs. Et elle risquait de tout perdre par une démarche inconsidérée. Si, par exemple, Joachim, rentrant de la forêt, la surprenait devant le Vignal!...

Masbatie monta. Elle l'interrogea encore, sans tirer aucune évidence de ses réponses. Le jour baissait. A mesure que venait la nuit, retardée par le blanchoiement de la neige, l'angoisse se faisait plus forte au cœur de Céline. Elle guettait avidement un bruit dehors. Joachim ne pouvait plus tarder. Mais tout était immobile, silencieux dans l'ombre blafarde; on n'entendait que le cri du chat-huant niché en haut de la vieille tour.

Quatre heures et demie, cinq heures moins le quart, cinq heures. Dans quelques minutes ce serait le moment du souper, et Joachim n'arrivait toujours pas. Ah! certainement, il s'était passé quelque chose!

Saisissant sa mante, Céline se précipita dans l'escalier, traversa la cuisine où, sur le seuil, elle se cogna contre Arthur en train de taper ses sabots pour détacher la neige accumulée sous les semelles.

– Qu'est-ce qui te prend? fit-il.

– Joachim ne rentre pas. Il était parti chasser en forêt.

Fort peu ému, Arthur alla s'asseoir sur le banc, dans la cheminée, tendant ses mains aux flammes qui léchaient la marmite suspendue à la crémaillère. Berthe revenait du bûcher, son tablier plein de petit bois. En même temps qu'elle, arrivait Jean. De la salle, où il mettait le couvert, il avait entendu le pas précipité de Céline dans l'escalier.

– Où est la Demoiselle?

– Dehors, grogna Arthur.

Masbatie s'élança, sous les yeux éberlués de sa mère. N'ayant pas vu Céline passer en trombe, elle ne comprenait pas, mais elle reconnaissait cette atmosphère de drame soudain qu'elle avait trop souvent respirée ici. A sa question, Arthur répondit que ce n'était rien : des bêtises.

– Occupe-toi donc de la soupe, ajouta-t-il.

Berthe alla néanmoins sur le seuil essayer de se rendre compte. Elle vit seulement son fils franchir le portail puis disparaître au milieu de l'ombre blême.

Lui, il apercevait Céline, courant gauchement dans l'épaisseur neigeuse que balayaient ses jupes. Elle voulait descendre au Vignal, bien sûr.

– Laisse-moi! lui cria-t-elle quand il la rattrapa dans le chemin creux. Rentre, je ne veux pas de toi.

– Vous ne pouvez pas aller comme ça, voyons! Vous n'avez rien pour vous défendre si vous rencontriez une bête.

– Vas-tu me laisser! répéta-t-elle en tapant du pied. Je t'interdis de me suivre.

– Comment passerez-vous l'eau? Il n'y a plus de planches.

Elle ne l'entendait plus. Soulevant sa mante et sa robe, elle dévalait le chemin, s'éloignant dans le gris de la nuit que les arbres hachaient de noir. Il l'accompagna malgré sa défense, de loin. Tout à coup, un bruit claironnant, bien caractéristique, retentit derrière eux : le joyeux hennissement d'un cheval qui salue la promesse du picotin.

– C'est Diabolo, cria Masbatie. Il faut retourner.

Pas besoin de le lui dire. Elle accourait, troussant ses jupes à deux mains. Dans le silence froid et pur, on percevait jusqu'ici le son des fers sur les cailloux de la cour. La jeune femme et le valet se hâtèrent. L'enceinte, avec son porche dont le portail était resté ouvert, apparut, sombre sur les lumières jaunâtres de la cuisine, de l'écurie, des étables où Pierre Francillou devait traire aux lanternes. Masbatie donnait le bras à Céline qui s'essoufflait, entravée par ses robes. Ils allaient passer le porche lorsqu'elle se crispa, s'appuyant lourdement sur son compagnon.

– Là !... Regarde ! souffla-t-elle.

De larges gouttes, qui paraissaient noires et gluantes, étoilaient la neige. Elles jalonnaient le tournant marqué par les sabots du cheval.

– Ah ! gémit Céline, je le sentais ! Il fallait qu'il survienne un malheur.

Dans la cour, balayée ce matin, on ne distinguait pas les traces sur le sol obscur ; mais, à la clarté de la cuisine, ils virent que Diabolo, attaché devant la porte, piétinait des éclaboussures rouges. Une traînée lui souillait l'épaule et le poitrail.

Gagné par le bouleversement de sa maîtresse, Masbatie la soutenait sans savoir que dire. Elle fit un violent effort. Il fallait tout apprendre. Gravissant les marches, tachetées elles aussi de sang, elle demanda d'une voix étranglée ce qui s'était produit.

Tout le monde se retourna. Il y avait Berthe, une serpillière à la main, Arthur, sorti de sous la hotte, Joachim en train de déposer sur la vaste table, avec l'aide de Francillou, une masse fauve dont la tête pendait.

– J'ai tué un chevreuil. Qu'est-ce que tu as ?

– Oh ! fit-elle en portant la main à son cœur.

Une seconde, elle crut qu'elle s'évanouissait, de soulagement, de joie. Ainsi c'était vrai ! ce n'était donc que ça ! il était allé à la chasse. Et elle... quelle folie !

Elle se dégagea du soutien de Masbatie, se précipita sur son frère pour lui marteler des poings la poitrine.

– Joachim, Joachim ! tu mériterais qu'on te batte ! s'écria-t-elle, les yeux brillants, la gorge soulevée. Revenir à pareille heure ! Nous t'avons cru blessé, perdu, je ne sais quoi, nous nous demandions où tu étais. Nous partions à ta recherche. Regarde, j'y ai gâché ma robe.

Il lui entoura d'un bras les épaules.

– Je t'en achèterai une autre. Mais pourquoi cette inquiétude? J'ai à peine un quart d'heure de retard pour souper, et j'avais averti Jean que j'allais à l'affût.

Il la regardait au fond des yeux. Les siens, à lui, étaient tristes.

~

On ne joua pas aux cartes, ce soir-là, ni au billard. Tandis que Masbatie desservait, Joachim, au coin du feu, fumait en silence. Puis il monta. Céline, déjà retirée dans sa chambre, l'entendit passer, s'arrêter un instant comme s'il se disposait à entrer, mais il lui dit simplement bonsoir à travers la porte. Ses pas s'éloignèrent; il rentra chez lui.

Quand Masbatie eut apporté le bois et l'eau chaude, Céline, après avoir tiré les verrous, entreprit de trier silencieusement parmi ses affaires le peu qui tiendrait dans un portemanteau de selle. Ce bagage devrait lui suffire jusqu'à ce qu'elle achetât ce dont elle aurait besoin. Elle ne voulait emporter rien d'autre, rien transporter de sa vie à Lern dans sa nouvelle existence.

Il était plus difficile de laisser ici des souvenirs par lesquels elle fut assaillie, sitôt couchée. Ils l'obligeaient à se rappeler ce qu'elle était, lui montrant cruellement quelle peine elle aurait à échapper à soi-même. Mais désormais Maxime serait là sans cesse avec elle pour combattre le passé. Elle mettait toute la force de son espoir à n'envisager que cet avenir.

Fiévreuse, les nerfs à vif, elle ne dormit pas de la nuit, puis brusquement, au matin, sombra dans une torpeur.

Masbatie l'en tira en lui apportant son déjeuner.

– Laisse! gémit-elle. Plus tard!

Elle se retourna sans retrouver le sommeil. L'angoisse la reprit et ne la quitta plus, croissant à mesure que la matinée s'écoulait. Son cœur lui battait dans la gorge.

Dehors, une pluie fine, une vapeur d'eau, noyait toute chose. Des rigoles capricieuses se creusaient dans la neige qui commençait à fondre. Ce n'était pas le temps idéal pour une chevauchée de douze lieues. En revanche, ce brouillard, avec la boue liquide qui ne garderait aucune empreinte, favorisait une évasion.

Au dîner, Céline fit de vains efforts pour manger. Les bouchées l'étouffaient. Elle ne réussissait pas non plus à garder un air naturel. Deux ou trois fois, elle rencontra le regard sournois d'Arthur, et elle sentait l'attention inquiète de Masbatie.

– Je ne suis pas bien aujourd'hui, murmura-t-elle.

Joachim ne dit rien. Il ne la regardait pas. Elle ne le regardait pas non plus mais ne pouvait s'empêcher de songer à lui, à ce qu'il éprouverait en ne la voyant pas revenir, ce soir, à ce qu'il deviendrait, seul. Elle en était arrivée à ressentir sa présence comme un étouffement, une brûlure; néanmoins, au moment de l'abandonner elle se souvenait de tout ce qu'il avait été pour elle. N'était-ce pas elle, au début, qui le suppliait de rester! De toute façon, il ne serait jamais parti, il devait fatalement s'enliser, et elle avec lui; elle ne s'en doutait pas, alors. Elle eût préféré n'importe quoi plutôt que de le perdre. A présent, elle avait beau le détester, il subsisterait toujours entre eux quelque chose de ce sentiment.

Quand elle regagna sa chambre, elle se trouvait proche des larmes. Elle se laissa tomber sur son lit, la figure dans ses mains, écoutant les bruits de la maison. Cette faible rumeur, qui l'accompagnait depuis toujours, tissait autour d'elle comme un filet où son âme était retenue. Mais parmi tant de souvenirs heureux, doux ou puissants, il y avait dans ces échos le rappel permanent de ses jours d'horreur, de ses crimes.

Comment pouvait-elle tarder encore!... Ah! fuir, fuir, oublier tout, le meilleur et le pire! Revivre!...

Elle jetait sa mante par-dessus son amazone, pour dissimuler le portemanteau sous les plis de la bure, lorsque Joachim entra brusquement, la figure grave.

– Écoute, dit-il. Ne sors pas.

– Pourquoi ça? demanda-t-elle, sur ses gardes, prête à ruser ou bien à combattre.

Il hocha la tête d'un air las, comme s'il renonçait d'avance à toute discussion aussi bien qu'à se justifier, et répondit doucement :

– Ne sors pas, ce n'est pas la peine.

– Pas la peine! Qu'est-ce que cela signifie? Que veux-tu dire?

– Maxime ne sera pas au rendez-vous, pour partir avec toi. Je voulais te prévenir, hier soir. Je n'en ai pas eu le courage.

Blanche tout d'un coup, les lèvres blêmes, Céline s'était appuyée au chambranle du cabinet de toilette. Contre son visage, s'ouvrait la balafre laissée dans la porte par le couteau de chasse.

– Il est... il est... mort?

– Que vas-tu chercher! dit Joachim en haussant les épaules. C'était bon pour ton père, de massacrer les gens. Maxime se porte bien. Mais je lui ai tout dit, hier, après que tu l'as eu quitté.

– Il t'a cru!

– Comment aurait-il pu ne pas me croire! Il y a des détails que l'on n'inventerait point, et des accents qui ne trompent pas.

– Je te tuerai.

Elle ouvrit la porte, se rua dans l'escalier de la salle, la traversa d'un élan, courut à l'écurie, perdant en route sa mante. Francillou sortait Sultan afin de l'étriller. Mademoiselle allait vouloir le prendre, sans doute, comme tous les jours. Elle arriva pour lui arracher des mains le bridon, sauta sur la bête à cru, la poussa dans un galop de démence, tandis que Joachim apparaissait trop tard. Qu'aurait-il pu faire, d'ailleurs?

En pleine course, elle acheva d'enfourcher son cheval, les jupes remontées aux cuisses, les cheveux croulants car elle était sans chapeau. Le vent les dénoua. Ils claquèrent, comme les crins de l'alezan, comme les pans de la robe et les dentelles déchirées. Tout volait : bête, crinière, chevelure, étoffes, la neige liquide et la boue qui rejaillissaient en gerbes sous le choc des sabots.

Au tournant du chemin creux, Sultan glissa. Il faillit s'abattre. D'un réflexe, Céline le soutint, le porta en avant, le relança dans sa ruée furibonde. Il déboula du chemin, se jeta dans la prairie inondée par le dégel, prit sa battue pour franchir la rivière. La terre détrempée s'écrasa sous ses fers. Manquant des deux pieds, il retomba lourdement au milieu de la Gance dans un panache d'écume.

Ce fut une femme défaite et ruisselante qui frappa au pavillon. Le brosseur de Maxime lui ouvrit. Il demeura stupéfait sans reconnaître cette espèce de noyée qui demandait, en grelottant, le capitaine du Vignal.

– Je suis Mlle de Montalbert. Je viens de tomber dans la Gance avec mon cheval, dit-elle, tapant du pied, les lèvres bleues.

Comme le domestique, interdit, la laissait entrer, Maxime parut au seuil de la salle basse. Il ne prononça qu'un mot : « Venez », et la conduisit devant le feu.

– Maxime, écoutez-moi! balbutiait-elle, les dents claquantes.

– Prenez soin de vous. Nous parlerons plus tard, si c'est indispensable.

Si elle n'était pas arrivée chez lui dans cet état, il ne l'aurait pas reçue. Il ne voulait plus la voir. On ne pouvait cependant lui refuser assistance; même si elle s'était jetée à l'eau exprès, pour forcer sa porte – d'une créature pareille, ne devait-on pas s'attendre à tout!

Il passa dans sa chambre d'où il rapporta des serviettes, un peigne, une couverture, puis alla donner des ordres pour envoyer quelqu'un à Lern prévenir et chercher des vêtements propres. Devant le pavillon, le brosseur bouchonnait le cheval fumant. Des risées parcouraient sa robe assombrie par l'eau.

– Mon capitaine a remarqué? dit l'homme. Cette bête n'a pas été sellée : elle ne porte qu'un bridon d'écurie.

Le détail toucha Maxime. Il comprit que Céline ne jouait pas la comédie de la noyade. Elle avait dû partir comme une folle pour courir vers lui. Il soupira douloureusement et perdit son ressentiment contre elle : sans doute l'aimait-elle, malgré tout – ou croyait-elle l'aimer. Dans sa conduite envers lui, il y avait probablement moins de duplicité que d'inconscience. Hélas! cela n'arrangeait rien, ni pour lui ni pour elle.

Quand il rentra, drapée dans la couverture elle peignait machinalement ses cheveux, devant le foyer. Une vapeur montait de ses vêtements abandonnés en tas sur les briques de l'âtre. Elle rejeta sa chevelure en arrière pour le voir tandis que, ouvrant un coffret à liqueurs, il remplissait un verre de marc.

– Mon ami, oh! mon ami! gémit-elle, il n'est pas possible que tout soit brisé!

– Buvez ceci, dit-il en lui tendant le verre.

– Ah! que m'importe! Je n'ai que faire de vos soins si vous ne m'aimez plus.

– Buvez. Je vous répondrai ensuite.

Elle absorba l'alcool en quelques gorgées. Maxime ne pouvait se retenir de regarder ce bras et cette épaule dégagés de la couverture. Hier encore, s'ils lui fussent apparus il en eût été ébloui. Tout ce que Céline était pour lui, depuis tant d'années : détruit en une heure! Il la revoyait, enfant, quand il passait la chercher pour aller au catéchisme chez sa marraine. Leur amitié de bambins, leur amour d'adolescents, leurs retrouvailles, cette flamme en lui pure, ardente! Pour en arriver à une telle révélation!... Toute la soirée, toute la nuit, des images d'elle, des souvenirs de ce genre n'avaient cessé de se mêler à sa souffrance, à sa colère contre une duplicité, une monstruosité dont, par moments, il ne pouvait croire que Céline, sa petite amie si droite, la fière et franche Céline, sa fiancée chastement amoureuse, ait été capable. Mais il y avait dans les paroles de Joachim trop d'affreuse sincérité, ainsi que trop d'évidences, pour laisser prise au doute. C'était atroce et décisif : il ne les reverrait plus jamais, ni elle ni son frère.

– Joachim vous a dit qu'il m'avait parlé, n'est-ce pas? Alors, comment pensez-vous encore à...

– Penser! s'écria-t-elle. Je ne pense pas. Je sais que je ne vivrai plus sans vous, Maxime, c'est tout.

– Il le faudra pourtant. Votre présence me blesse, tout ici m'est devenu odieux. Au lieu de démissionner, je vais rejoindre mon régiment. Ce soir, je serai parti.

Elle se tordit les mains.

– Je vous en supplie, Maxime, gardez-moi! Êtes-vous impitoyable?

– Ce mot est étrange dans votre bouche, dit-il lentement.

– Si je vous ai fait du mal, je ne l'ai pas voulu. J'aurais tout donné pour vous, pour que vous soyez heureux. Rien d'autre n'existait plus pour moi hormis l'espoir et le bonheur de vivre à jamais près de vous.

– Et vous avez commencé par m'abuser atrocement!

– Non, non! protesta-t-elle avec ferveur. Si je vous ai menti, c'est parce que je vous aime. La femme que je vous ai montrée en moi, c'est la jeune fille que j'étais autrefois avec vous, c'est celle que je voulais de toutes mes forces redevenir grâce à vous, pour vous.

C'était vrai, il n'en doutait pas. Il inclina la tête.

– Je sais. J'ai fini par le comprendre tout à l'heure. C'est pourquoi je ne vous en veux plus. Je ne vous juge pas,

Céline. Vous étiez sincère, même si ce que vous aimiez en moi c'était surtout un moyen de vous sauver. Mais les meilleures intentions n'abolissent pas la réalité qui nous sépare irrémédiablement.

– Et nos souvenirs, notre espoir, nos baisers de fiancés ardents et chastes! ne sont-ils pas plus puissants qu'elle? J'étais coupable, indigne, monstrueuse sans doute, mais ce n'était pas uniquement ma faute. Notre pureté ne m'a-t-elle pas lavée? C'est mon cœur d'enfant que je vous ai donné, Maxime!... Pouvez-vous oublier le jour où nous nous sommes revus dans ce chemin prédestiné?

– Taisez-vous, je vous en prie!

– Comment ferais-je taire le bruissement des feuilles que j'entends encore et les échos en moi de vos paroles! Et le pas de votre cheval qui sonnait sourdement sur la colline quand je vous attendais à nos rendez-vous! C'était notre marche nuptiale. Je l'écoutais, éblouie, craintive, effrayée de mon indignité... Pourtant, ajouta-t-elle plus bas, je méritais mon émerveillement et notre bonheur. Oui, je les méritais si quelque chose est dû à qui l'a payé d'avance au prix des larmes les plus cruelles, de l'horreur de soi-même, d'années en enfer!

Maxime avait fermé les yeux. Il les rouvrit.

– Épargnez-nous cette torture, Céline! dit-il d'une voix rauque. Je suis plein de pitié pour vous, plein de ma propre douleur. Vous perdre me déchire; jamais cette blessure ne se refermera en moi. Malheureusement nous ne sommes plus ce que nous étions jusqu'à hier encore.

Les joues empourprées, les lèvres blêmies, tremblante, elle le contemplait et ne se résignait pas.

– Si vous ne voulez plus de moi comme femme, acceptez-moi au moins comme maîtresse! dit-elle violemment. Ne suis-je pas assez belle?

D'un geste, elle avait rejeté la couverture. Les mains ouvertes, elle se tenait droite devant lui. Dans le jour gris, les reflets des flammes dansaient sur sa chair. Son corps, jaillissant des replis de la laine tombée à ses pieds, s'épanouissait en lyre, se resserrait puis s'évasait de nouveau pour porter la ferme poitrine de centauresse. Sa chevelure, sèche, bouclait maintenant, profonde toison sur laquelle toute sa forme s'enlevait avec un éclat lumineux et doux.

Le pathétique du geste en effaçait l'impudeur. C'était l'ultime recours de la femme à son corps, pour sauver en l'occurrence plus que sa vie.

Comment cette beauté n'eût-elle pas soulevé le désir! Pourtant elle ne causait à Maxime qu'une nouvelle blessure. En se révélant, elle ne provoquait pas en lui la tentation mais le désespoir. Céline le lut dans ses yeux. Elle comprit qu'elle avait perdu. Rien ne la sauverait plus, elle n'échapperait pas à elle-même. Elle s'abattit sur le sopha, voilée par ses cheveux, étouffant ses plaintes.

– Dieu m'est témoin, dit Maxime, que j'aurais donné mon sang pour votre bonheur.

On frappa. Un valet rapportait de Lern du linge, une amazone. Masbatie l'accompagnait avec l'équipement de Sultan. Maxime, jetant la couverture sur la jeune femme prostrée, alla chercher les vêtements qu'il déposa près d'elle. Un instant, il demeura là, torturé.

Il n'y avait plus de possible pour eux que la souffrance. Comme Céline relevait les yeux vers lui, il lui dit adieu et sortit brusquement, le regard brouillé.

Elle finit par s'habiller. Masbatie était devant le pavillon. Sans un mot, elle se laissa ramener à Lern en faisant le tour par le pont du village. Joachim les attendait. Aucun d'eux ne prononça la moindre parole. Dans la chambre de Céline seulement, Jean lui dit d'un ton timide :

– Vous devriez vous coucher.

Elle ne répondit pas. Il comprit que, pour l'instant, il ne pouvait lui être d'aucune aide. Mais il ne s'éloigna point, il resta dans l'ombre plâtreuse et froide du couloir, prêt à revenir si la Demoiselle avait besoin de lui. Comme il entendait monter le Maître, il se retira dans sa soupente. La porte ouverte, assis sur sa paillasse les mains entre les genoux, il veillait.

Joachim trouva sa sœur debout dans l'embrasure d'une des petites fenêtres. Elle regardait vaguement dehors, sans rien voir. Elle était aussi inerte que les arbres effacés par le crachin. D'elle aussi Joachim ne voyait qu'une sombre silhouette à la tête inclinée. Des frisons échappés à sa coiffure mal refaite se tordaient sur la blancheur de sa nuque.

Il s'approcha, elle se retourna lentement, ils se contemplèrent en silence. Puis il dit tout bas, avec infiniment de tendresse :

– Mon petit, mon pauvre petit ! Ce n'était pas possible.

Elle eut une sorte de hoquet et se jeta dans les bras de son frère. Elle sanglotait enfin, elle délivrait ses larmes. Il lui caressa les cheveux en la serrant doucement contre lui.

IV

Céline ne se leva pas, le lendemain. Elle resta trois jours sans descendre. Puis, peu à peu, l'existence reprit à Lern comme avant le retour de Maxime du Vignal.

La neige, les gelées interdisaient, pour le moment, la construction projetée par Arthur. Il continuait donc d'assister, une ou deux fois le jour, à la vie de ses frères : témoin taciturne, plein de mépris. Céline, plus déconcertante que jamais, plus sarcastique, lui réservait ses pires aigreurs, et à Masbatie ses humeurs les plus fantasques. Envers Joachim, elle semblait être revenue à ses sentiments antérieurs, avec cependant une agressivité toujours en veilleuse, une brutalité dans ses expansions, des caprices d'enfant gâtée. Lui, il avait retrouvé son sourire ironique, son flegme. Il regardait curieusement se développer chez sa sœur une espèce de félinité que l'on n'eût point attendue d'elle, autrefois.

En décembre, un soir, Joachim parcourant les gazettes auxquelles il n'avait pas prêté attention depuis plusieurs jours, remarqua :

– Tiens! on dirait que ça barde, à Paris!

A l'exemple de son père, jadis, il recevait beaucoup de

journaux (c'était à peu près sa seule lecture), mais il n'y cherchait, lui, que les nouvelles à la main, les échos de la vie mondaine, des théâtres, les scandales ou les potins croustilleux du boulevard. Sa feuille favorite, c'était le *Corsaire-Satan* – où Céline lisait les romans de M. Alexandre Dumas. Les grands événements, personne ici ne s'en souciait. Lorsque Louis-Philippe et la monarchie constitutionnelle, balayés par une révolution qui couvait depuis dix-huit ans, avaient cédé la place à la deuxième République, ce changement dont Lucien eût été ému n'avait provoqué chez ses enfants, pour toute réaction, que ce mot d'Arthur « C'est pas ça qui fera mieux vendre les bestiaux! »

Élu à cette époque président de ladite république, le neveu de Napoléon – ce Badinguet auquel Lucien ne croyait guère – venait, en ce mois de décembre, de porter un coup fatal au régime qu'il avait, trois ans plus tôt, fait serment de défendre. Les notabilités des partis républicains et monarchistes venaient d'être arrêtées, l'Assemblée nationale, dissoute, une faible tentative de résistance, écrasée en trois jours.

– Bon, bon! dit Joachim, il faut bien que les gens s'occupent à quelque chose. Chacun ses distractions! viens-tu faire un billard, Céline?

– Non. Pas la moindre envie.

Elle monta dans sa chambre attendre Masbatie. Elle avait trouvé à la complaisance de celui-ci un nouvel emploi. Installée dans un fauteuil devant le feu, les cheveux dénoués, elle se faisait peigner indéfiniment. La chaleur engourdissante et le mouvement du peigne ou d'une brosse douce, régulièrement répété, la plongeaient bientôt dans un état de béatitude. Comme endormie mais pourtant consciente, elle flottait, détachée d'elle-même. Plus de pensées, de sentiments, de souvenirs. Plus de regrets ni de remords. Rien que la paix berceuse. Un seul désir – lui-même flottant – : passer insensiblement de ce nirvâna aux profondeurs d'un sommeil sans fin.

Parfois Joachim, avec son sourire railleur, venait la troubler dans ce bien-être.

A les voir tous deux, on n'aurait pu croire qu'un drame s'était produit, le mois précédent. Masbatie ne s'y laissait pourtant pas tromper. Maintenant, la Demoiselle lui faisait confusément peur. Il se sentait incapable de la préserver d'elle-même. Il aurait bien voulu demander aide pour elle. Mais à qui ? Il savait sa mère farouchement hostile. Retranchée « en bas », elle refusait toute communauté avec les maîtres. Elle ne lui parlait d'eux que pour l'inciter à quitter la maison.

– Ça ne me plaît pas de te voir toujours fourré là-haut, lui répétait-elle. Entre gendre chez les Francillou. Ou, si tu tiens tant à rester ici, ta Jeanne sera femme de chambre. C'est pas à un garçon de faire ce service.

Il lui répondait qu'on verrait ça bientôt.

– Oui ? Et qu'est-ce que tu attends ? Qu'un autre drôlier te souffle la Jeanne ?...

Les premiers mois de l'an furent assez beaux, avec des journées illuminées par un soleil pâle, levé tard, couché tôt. De l'aube au crépuscule, Joachim et Céline couraient les bois, tirant la sauvagine, le sanglier, les loups. Depuis vingt ans, ceux-ci, traqués sans cesse, avaient diminué de nombre et gagné, si cela se pouvait, en férocité ou du moins en ruse. Les chasser à deux seulement, avec une petite meute, c'était souvent de la témérité. Cependant Joachim et Céline, rompus depuis l'enfance à ces luttes, s'en sortaient toujours indemnes.

Un matin, alors que Pierre Francillou amenait les chiens dans la cour tandis que Masbatie préparait les chevaux, il vit arriver Mademoiselle à l'écurie, la carabine sous le bras, à la taille une cartouchière, sur la hanche le long couteau de chasse. Songeuse, semblait-il, elle faisait sauter dans sa main une chevrotine.

– Sultan a un peu d'échauffement à la fourchette, dit Jean. Je vous selle Centaure.

Elle ne répondit pas, mais, lui montrant la petite bille :

– Tu vois ça ? Si on le glisse dans l'oreille d'un cheval au moment où quelqu'un va le monter, bientôt après l'animal devient fou, s'emporte, il tuerait le meilleur cavalier. Mon père autrefois m'a raconté que des soldats avaient fait le coup à un sous-officier qu'ils détestaient. Tu comprends, la bête ne peut pas rejeter ce plomb ; plus elle s'agite, plus il lui cogne dans la tête. Ça la rend enragée.

– C'est horrible !

– Oui, horrible, murmura Céline en jetant la chevrotine pour caresser l'encolure de Diabolo, le grand hongre noir. Qui aurait le cœur d'agir si cruellement envers un brave cheval ? Il n'a jamais causé de mal à personne, lui !

Elle regarda Masbatie et, partant d'un grand éclat de rire :

– Qu'est-ce que tu as, Jeannot ? On croirait que tu as vu *lou Drac !...*

Joachim arrivait. Quand ils quittèrent la cour, le jeune domestique les suivit des yeux, tourmenté comme le jour où le Maître s'en était allé sur les traces de sa sœur.

Cette sourde angoisse lui gâta le plaisir – à vrai dire toujours inquiet – qu'il avait à entrer dans la chambre de la Demoiselle, à retrouver là son odeur et tout d'elle. Bien sûr, ce n'était pas ici la place d'un garçon. Bien sûr, il épouserait la Jeanne, il ne s'occuperait plus que du Maître. Mais Jeanne ne sentait pas ce parfum ; elle fleurait le lait, parfois l'étable : leur véritable odeur, à eux. Ils n'étaient pas des êtres pareils à ceux-ci. Tant mieux ! pensait-il. Cependant leurs complications, leurs raffinements, ce qu'ils avaient à la fois de si semblable à lui – à tous les hommes, à toutes les femmes, dans leurs besoins, leurs espoirs et leurs peines – et d'incompréhensible pour un simple, le captivaient. Il les aimait tous deux comme ses parents avaient aimé leurs parents. Il savait que tous deux aussi l'aimaient bien, à leur manière. Il y avait de la bonté en eux, dans le fond. S'ils se montraient parfois sauvages jusqu'à la férocité, ce n'était point par plaisir – au contraire d'Arthur, méchant en lui-même – mais parce que leur malheur et leurs souffrances les poussaient à se frapper, comme une bête qui a mal se déchire à l'endroit de sa douleur.

Masbatie, cette fois, en fut pour ses alarmes. Céline et Joachim rentrèrent tranquillement après une chasse sans histoire.

A quelque temps de là, ils chevauchaient de nouveau par une froide journée, accompagnés des six chiens courants. Sous le ciel rose et gris perle, la campagne était poudrée, pastellisée; les branches, enrobées de givre. Les sabots sonnaient sur la terre durcie. Les haleines des bêtes et des cavaliers se vaporisaient dans l'air dont la vivacité fouettait le sang.

En traversant la châtaigneraie, ils aperçurent l'équipage du Vignal longeant la Gance en une imposante cavalcade : une dizaine de chasseurs, avec les valets, les piqueurs et toute la meute de vautrait.

Les deux solitaires retinrent leurs chevaux. Joachim, à coups de voix impérieux, rappela les chiens; malgré la défense dont ils avaient l'habitude en pareille circonstance, ils couraient déjà rejoindre leurs congénères. Ils revinrent, en se retournant pour lancer des abois auxquels les grands vautres répondaient par-dessus la rivière.

Ayant observé la direction que prenait le brillant équipage, Joachim tourna bride.

– Eh bien, Céline! lança-t-il. Viens-tu?

Immobile, elle regardait défiler là-bas ces gens dont elle

avait fait partie. Elle rendit brusquement la main et, muette, le regard sombre, rattrapa son frère.

Ils remontèrent à travers les bois de Lern, contournèrent le village blotti comme frileusement autour de l'église au clocher d'ardoises givrées. Puis, par le chemin des Cosses qui serpentait entre ses falaises brunes et ocre, saupoudrées de frimas, ils gagnèrent les coupes ouvertes autrefois par leur père. Entre les arbres replantés à distance, on apercevait l'horizon. Là-bas, au loin, dans la direction où devait courir l'équipage du Vignal, Châlus dressait sa tour qui brillait comme une colonne de sel. Elle disparut tandis que les deux chasseurs s'enfonçaient dans les profondeurs sauvages.

Les braques étaient déjà en quête. Secouant leurs oreilles, fouillant de la truffe le lit de feuilles, soufflant, reniflant, ils s'éloignèrent, la queue haute. Ils disparurent au milieu des ronciers, des fougères pareilles à de blanches arborisations sur une vitre, et du foisonnement des troncs noirs. De temps à autre, le vieux Flambeau lançait un coup de gosier pour rappeler à l'ordre quelque étourdi qui s'égarait sur un fumet de lièvre ou de renard.

Joachim suivit au pas. Céline, l'arme prête, marchait derrière lui dans les sentiers de la forêt pétrifiée par le gel. Un moment passa. Sous les couverts, à distance, Flambeau poussa encore un bref appel puis se tut. Plus de bruit. Il tenait un vent.

– Ça va, dit Joachim.

Ils s'arrêtèrent, chacun d'un côté de la sente, Céline un peu en retrait. C'était son frère, naturellement, le maître de leur petit équipage. Les rênes accrochées au genou, elle vérifia les amorces, arma son fusil. Les chiens, maintenant, donnaient de la voix. Ils avaient levé dans son fort un daguet ou un chevreuil et faisaient un détour pour le rabattre. La carabine au poing, Joachim les écoutait, tout à la passion aiguë du chasseur qui attend la seconde où il tiendra son gibier au bout de la mire. Mené de court, l'animal déboucherait grand train dans la sente, entre les cavaliers dont il ne pouvait déceler la présence car ils se trouvaient sous son vent. En pareil cas, il fallait tirer vite. Joachim commença d'épauler, laissant encore reposer le canon sur l'encolure de Diabolo, immobile, en bon cheval de chasse.

Derrière eux, lentement, Céline leva son fusil. A droite, il y avait une balle, à gauche des chevrotines. Elle glissa ses doigts sur les gâchettes, regardant le dos élégant de son frère. Elle tirerait en même temps que lui. C'était très dangereux, ce genre de chasse. Au moment où l'on fait feu, un des chevaux peut bouger. Et, quand on est, à deux, presque sur la même ligne...

Ses mains ne tremblaient pas, mais son cœur se mit à lui faire mal et lui manqua. Elle dut abaisser son fusil. Dans le même moment, Joachim reposait sa carabine parce que les voix de la meute changeaient. C'étaient à présent des abois rauques, furieux, certains douloureux. Ils ne se rapprochaient plus. Accrochés sur place, les chiens livraient une bataille. A qui ? On le concevait aisément à écouter le hurlement féroce qui coupait leurs clameurs. L'animal qu'ils avaient forlancé devait être guetté par des loups, et l'un d'eux – quelque grand mâle, à l'entendre – s'en prenait aux intrus.

– Viens vite ! cria Joachim.

Tête baissée, ils se jetèrent sous les ramures, heurtant au passage des branchettes qui les saupoudraient de blancheurs. Les chevaux écrasaient la couche de feuilles craquantes par-dessous lesquelles leurs fers arrachaient des mottes d'humus chaud et odorant. Derrière Diabolo, Céline courait dans une forte senteur de pourriture végétale.

Guidés par les abois, ils atteignirent rapidement une combe : cul-de-sac fermé par des rochers moussus où des fils d'eau se transformaient en chandelles de glace. Là, s'adossant aux rocs, un énorme « vieux loup », grossi encore par sa fourrure d'hiver, gris pâle, faisait redoutablement tête aux chiens. Il en avait tué un qu'il tenait sous ses pattes, et blessé d'autres dont la gorge ou l'épaule saignait. Découvrant ses babines noires, ses crocs capables de broyer un bras, il ronflait de fureur. Il était magnifique.

Joachim avait déjà sauté à terre. La carabine épaulée, il sifflait les braques qui s'écartèrent en grondant. Le loup se ramassait pour bondir sur son nouvel ennemi, lorsque la balle le cueillit en pleine gueule. L'élan à peine pris s'acheva en une cabriole qui découvrit le ventre blanchâtre. La force de l'impact avait retourné la puissante bête. Renversée, elle fit encore un effort, puis retomba sur le côté. Ses pattes se détendirent par saccades. Des spasmes agitaient ses muscles, mais elle était morte.

– Ma parole! quel morceau! s'exclama Joachim en se penchant sur sa victime.

Il écartait les chiens qui se bousculaient pour laper le sang et la cervelle répandue. Ni eux ni lui n'entendirent la louve. Pourtant il savait bien que c'était l'époque des amours, où la compagne d'une saison ne quitte guère son mâle. Silencieuse, elle tomba des rochers droit sur les épaules de l'homme.

Le choc jeta Joachim en avant par-dessus le corps du loup. Les braques avaient réagi aussitôt, sautant à leur tour sur la bête. Ce qui ne servait pas leur maître, au contraire. Sous cette avalanche d'animaux furieux qui le piétinaient, collé au sol par leur poids, les jambes empêtrées dans les cadavres du loup et du chien, il ne parvenait ni à se retourner ni à saisir son couteau. Pour toute défense, il enfonçait la tête dans ses épaules afin de protéger son cou que la louve cherchait. Elle s'agriffait sur ses reins. Les pattes de derrière cachées, elle laissait les chiens mordre vainement dans l'épaisseur de sa toison hivernale.

Céline était restée en selle. Tenant la bride de Diabolo

et parlant distraitement aux deux chevaux pour les rassurer, elle contemplait le combat, elle écoutait les rauquements enragés qui étouffaient les ahans de Joachim. Elle n'avait qu'à laisser faire. Ce qu'elle n'aurait jamais le courage d'accomplir de ses mains, la louve s'en chargeait. Voir cette femelle écharper Joachim, c'était sa revanche. La bête le déchirait comme il l'avait déchirée, elle. Il allait mourir là, impuissant dans cette fatalité, comme elle-même avait haleté, impuissante, tandis qu'il détruisait son unique chance. A son tour, à lui, de connaître l'agonie qu'elle avait vécue en courant chez Maxime pour le supplier en vain.

Vengeance, oui, mais surtout libération. Qu'il meure! qu'elle soit délivrée d'elle-même! C'était le seul moyen.

Elle mit pied à terre, attacha les chevaux. Elle voulait le voir souffrir, savoir qu'il se sentait perdu.

Il avait enfin réussi à se tourner sur la hanche. Son coutelas se trouvait justement de ce côté. Impossible de saisir l'arme. Il se contentait de serrer la louve à la gorge, l'éloignant de la sienne. Malheureusement pour lui, il ne tenait qu'une poignée de fourrure, et, dans cette position, il ne résisterait pas longtemps.

Céline se penchait. Leurs regards se rencontrèrent, une fraction de seconde. Il comprit qu'elle n'était pas là pour lui porter secours. Il s'en doutait, d'ailleurs, sachant ce qu'il devait attendre d'elle.

Les dents serrées par l'effort, il n'ouvrit pas la bouche. Pourtant, Céline eut l'impression de l'entendre prononcer, à sa façon paisible, avec sa secrète ironie envers lui-même, son habituel « Bon, bon!... »

Elle ferma les yeux en poussant un soupir. Le sauvage bouillonnement qui la soulevait était retombé tout à coup. Lentement, écœurée par le geste qu'elle était malgré soi contrainte d'accomplir, elle tira son propre couteau et, repoussant du genou un des chiens pour se faire place, elle mit l'arme dans la main libre de Joachim. Puis, lasse, dégoûtée de sa faiblesse, elle retourna vers les chevaux.

Tandis qu'elle détachait les rênes, elle entendit le hurlement de la louve éventrée, les abois triomphants des braques. Elle se hissa en selle. Jamais, jamais, elle n'échapperait à sa lâcheté!...

Joachim, en train de rétablir ses vêtements malmenés par les ongles, n'avait même pas une morsure. Il s'avança vers sa sœur, lui tendit le couteau de chasse.

– Merci beaucoup. Il m'a été vraiment très utile. Et maintenant, si tu veux bien m'excuser de te faire attendre, je vais écorcher ces bêtes. Ce serait dommage de perdre deux si belles peaux.

Quand ils revinrent, la lisière de la forêt était rouge. Le soleil pourpre et plat descendait sur l'horizon d'un bleu poudreux, laissant au ciel, entre des bancs de nuages mauves, d'immenses plages ici jaunes, là vertes. Dans ses mousselines de givre et de brume, toute la campagne reflétait ces couleurs.

Ils rentrèrent en silence. Les braques blessés geignaient parfois. Leurs plaintes rappelèrent à Céline celui qui demeurait dans la combe. Il serait dévoré cette nuit avec les restes des loups. Autrefois, en pareil cas, la mort d'un brave chien lui serrait le cœur. Maintenant, à force de lassitude, de désespoir, elle ne pouvait plus plaindre ni bête ni homme.

Tandis que Joachim, au chenil, avec Francillou, soignait les éclopés, elle se laissa tomber dans un fauteuil, dans la salle à manger, devant le feu, sans avoir le courage d'aller enlever son amazone, se repeigner, se rafraîchir le visage. A quoi bon!

– Qu'est-ce que tu as à me regarder? lança-t-elle à Masbatie qui la surveillait tristement. Mets la table et fichemoi la paix!

Elle mangea sans mot dire, puis monta aussitôt. Joachim

la rejoignit peu après. En peignoir, elle était allongée par terre sur les peaux de bête, devant l'âtre. Les cheveux dénoués, le menton entre ses poings, elle contemplait fixement la danse des flammes. Quand son frère entra, elle ne bougea point. Elle ne réagit pas quand il s'approcha d'elle. Debout, il regardait sa longue forme étendue. Le feu pétillait, les lampes Carcel produisaient régulièrement leurs rots discrets. On n'entendait rien d'autre. Dans la maison, il n'y avait plus aucun bruit, car Masbatie faisait la vaisselle « en bas » avec Berthe. Dehors, régnait le grand silence de l'hiver.

Joachim, s'agenouillant puis s'asseyant sur les rudes fourrures, attira doucement sa sœur contre lui. Elle se laissait faire, inerte. Il lui releva la tête, scruta son visage, ses yeux.

– Pauvre petit cœur ! Tu me fais de la peine. Pourquoi ne peux-tu prendre les choses comme elles sont ?

– Parce qu'elles sont horribles, dit-elle d'une voix morne.

– Tu le crois. Bien sûr, il y en a dont j'aurais voulu me dispenser. Pourtant, je ne regrette rien, au total. Et, crois-moi, tout serait mille fois pire pour nous si je te perdais ou si tu ne m'avais plus.

~

Peut-être ! songea-t-elle par la suite. Peut-être la privation d'un poison dont on a l'habitude serait-elle pire, en effet, que les ravages provoqués par ce poison. Mais il existe des remèdes. Maxime l'aurait guérie. Hélas ! seule, elle ne surmonterait pas cette faiblesse qui lui avait fait tendre malgré elle le couteau à Joachim, cette lâcheté qui ne la laisserait jamais se délivrer de lui.

Tantôt reprise par l'engrenage des habitudes, tantôt en révolte contre son frère et contre elle-même, elle cherchait désespérément une aide. N'importe laquelle.

Masbatie lui trouvait d'étranges regards. Ses façons, avec lui, changeaient. Autrefois, il n'était pour elle qu'une sorte d'automate ou d'animal domestique. Il le savait. Elle pouvait se montrer familière, parfois gentille, sans qu'il se fît d'illusions. Hormis pour ses offices, il ne comptait pas aux yeux de Mademoiselle. Il n'en éprouvait nulle amertume, au contraire : c'était bien, les choses devaient être ainsi. Et voilà qu'il avait confusément l'impression de devenir un homme, pour elle. Cela le gênait.

Quand il entrait dans sa chambre, le matin, il la trouvait au lit. C'étaient les grands froids de février; des fougères de givre blanchissaient les vitres. Elle sortait paresseusement de sous ses couvertures dans un parfum tiède qu'il ne pouvait pas ne point sentir en l'aidant, comme elle le lui demandait, à passer sa douillette. Il devait se pencher sur ses épaules nues. Elle lui faisait arranger derrière elle les oreillers. Il frôlait la douceur, la chaleur de sa taille à travers la mince chemise. En disposant sur ses genoux le plateau du déjeuner, il baissait les yeux.

Oh! bien sûr! il l'avait vue maintes fois aller et venir dans sa chambre en jupon et cache-corset, les bras, les épaules, le haut de la gorge découverts. Ce n'était pas du tout la même chose; il n'aurait su dire pourquoi, mais il le sentait. Elle ne s'occupait pas de lui, alors. Quand il lui apportait son déjeuner, si elle était encore au lit, elle disait simplement : « Donne-moi ça », ou « Pose ça là ».

Maintenant, à mesure que le temps passait, une intimité toute différente s'établissait entre eux. Le soir, souvent c'était lui qui demandait : « Voulez-vous que je vous peigne? » Si elle répondait non, il était déçu. Parfois, elle le renvoyait rudement, lui lançant : « Laisse-moi tranquille! » ou bien : « Alors, qu'est-ce que tu te crois? » D'autres fois, au contraire, elle acceptait avec abandon, lui disait de l'aider à ôter sa robe. Il l'enveloppait dans son déshabillé. Elle dénouait ses cheveux qui répandaient tout d'un coup sur lui leur tiédeur duveteuse et vivante.

A la chaleur du feu, ils crépitaient sous la brosse tandis que Céline, la tête renversée sur les genoux du garçon, fermait les yeux. Ses sourcils s'étiraient, ses lèvres s'entrouvraient dans un sourire sur l'éclat humide de ses dents. Toute sa figure prenait une expression bienheureuse. Il était heureux lui aussi, et troublé, non seulement par le contact de cette chevelure, son parfum et celui qui montait de tout ce corps doucement chauffé devant l'âtre, mais plus encore par l'extase de Céline, par le sentiment de lui donner – lui, à elle! – du plaisir.

Il arrivait que Joachim survînt après avoir fini de fabriquer des cartouches ou de jouer seul aux échecs ou d'exécuter des carambolages.

– Je ne vous dérange pas trop? disait-il.

Sa sœur ne prenait pas la peine de lui répondre. Il les regardait tous deux, avec son sourire narquois. Masbatie se sentait mal à l'aise. Le mouvement de la brosse se faisait moins régulier, moins savant, sur la tête de Céline. Elle agitait mollement la main pour chasser son frère.

Février puis la mi-mars avec les longues pluies qui allaient faire reverdir les prés brûlés par le gel, passèrent. Le soir, Masbatie allumait encore une flambée pour que Céline, si elle en avait envie, pût s'engourdir à la chaleur, comme elle l'aimait. Elle s'abandonnait de plus en plus, avec lui. Elle lui parlait doucement, tristement, lui disant qu'elle était malheureuse, qu'auprès de lui seul elle trouvait un peu de consolation et du bien-être.

Une fois, flottant tout alanguie sous cette main qui passait indéfiniment dans sa chevelure crépitante comme une fourrure de chat, elle soupira, aux trois quarts endormie :

– Déshabille-moi, couche-moi, Jean.

Il ralentit son geste – le temps de comprendre ce qu'elle

lui demandait là, puis s'arrêta brusquement. Elle perdait la tête!...

– Tu entends? dit-elle, entrouvrant ses paupières appesanties.

– Mais... mais, balbutia-t-il. Je ne peux pas...

– Couche-moi, je te dis!

Il se reprit. Elle rêvait à demi, elle allait s'éveiller et comprendre que c'était une idée folle. Une chose pareille! allons! elle ne se rendait pas compte de ce qu'elle demandait.

Elle s'éveilla, en effet, secoua la tête, rejetant ses cheveux.

– Quand je te commande quelque chose, dit-elle en fronçant les sourcils, tu le fais, oui ou non?

– Mais voyons!... Ça ne se peut pas!

Elle bondit, vive, nerveuse, vraie chatte en colère.

– Ça ne se peut pas! Espèce de niais! Tu as peur de moi? ou tu as peur du Maître?

– Oh! non! Mais vous êtes la Demoiselle.

– Et toi, un imbécile! s'écria-t-elle en tapant du pied. Va-t'en d'ici! Sors! Tu es trop bête!

Attiré par ce tapage, Joachim, ouvrant la porte, demanda ce qui se passait. Il vit Masbatie penaud, Céline furieuse. Elle retenait son peignoir qui tombait de ses épaules.

– Notre Jean aurait-il tenté de te violer? Ou est-ce l'inverse?

– Presque, figure-toi, lui lança-t-elle comme un défi. J'ai dit à ce petit niais de me déshabiller, de me porter dans mon lit. Or, Monsieur estime que cela ne se fait pas.

– Voyez-vous ça! Mon pauvre Jean, on ne doit jamais rien refuser à une femme. Tu ne le sais pas? demanda Joachim railleur. Allons, viens, ajouta-t-il. Laissons Mademoiselle digérer ce manque de galanterie.

Dans le couloir, il tapota l'épaule du valet.

– Tu es un brave garçon, mon Jean. Il faut lui passer bien des choses. Fais attention tout de même.

Le lendemain, quand Masbatie entra dans la chambre, inquiet de l'accueil qui l'attendait, il fut surpris. Céline ne se montra ni furieuse ni morose. Très simplement, elle lui dit qu'elle regrettait de s'être mise en colère.

– Tu avais raison sans doute, reconnut-elle. Seulement, tout cela est hors de propos, avec moi. Tu sais ce que je suis, n'est-ce pas? Tu sais jusqu'où je suis allée. Alors, le respect, la décence!... Joachim a fait de moi une bête, et maintenant il me méprise...

– Oh! non!

– Si! Lui, Arthur, ta mère, tout le monde me méprise. Toi seul, tu m'es affectionné.

Repoussant les couvertures, elle laissa pendre ses jambes. Sous les replis de la chemise, elles s'écrasaient au bord du lit avec une souple opulence, puis s'allongeaient, fermes fuseaux plus blonds dans les blancheurs dont ils sortaient.

– Avec toi seul, je me sens à l'aise, dit-elle en lui tendant ses pieds charmants.

Il s'était agenouillé. Quand il lui eut mis ses mules, elle se leva et, le frôlant d'une caresse de linon que sa chair teintait par endroits, elle alla se chauffer devant l'âtre où sa silhouette se laissait deviner.

– Donne-moi mon peignoir.

Comme il l'y enveloppait, elle ajouta en se retournant vers lui, presque dans ses bras :

– Tu es doux. Tu es bon. Je t'aime bien, Jean.

Troublé mais gêné par ce trouble, il s'écarta lourdement. Il y avait quelque chose de faussé entre eux. Ce n'était pas avec lui qu'elle pouvait prendre ce ton ni agir de la sorte. Elle se trompait, et ensuite elle s'en voudrait, elle lui en voudrait, quand elle se serait ressaisie.

– Il faut vous habiller, dit-il avec gaucherie. Vous auriez froid.

Il alla porter au cabinet de toilette l'eau qu'il avait gardée près du feu, puis descendit dans la cour, pour scier du bois. Les Lauprête étaient en train de construire le logement d'Arthur. Les murs de parpaings bruns et jaunâtres s'élevaient lentement. Du bûcher, Jean entendait les coups légers d'un marteau de maçon, dressant les pierres, le raclement d'une truelle dans l'auge à mortier. Lui, le pied sur un rondin, la scie prête, il restait immobile, encore ému, mal à l'aise.

~

En quelques jours, le printemps déborda des vallons ensoleillés où les bourgeons éclosent d'abord; il escalada les collines qui passèrent d'un violet roux au vert jaune poudroyant comme une brume. La couleur grasse des pâtures faisait paraître plus léger le ciel lavé par les pluies. Il semblait de verre à peine teinté, plus pâle encore à l'horizon sur les boursouflures de la forêt. Elle changeait du soir au matin, se remplissant de feuilles, de violettes, de jonquilles, mais aussi de jeux d'ombres, de chants, de toute une vie bruyante. Joachim et Céline ressortaient comme d'une ivresse de leurs plongées dans son jour glauque et doré.

Pendant près d'un mois, Masbatie ne vit guère Mademoiselle seule. Puis, un soir, alors qu'il rangeait la vaisselle dans les placards de la salle, après le souper, il y eut en haut une de ces violentes disputes comme il en avait tant entendues. C'était Céline qui criait.

« Je ne te laisserai pas faire avec celui-là, je te le jure! » entendit Jean. La voix sourde du Maître répliqua; on ne distinguait point les paroles. « Eh! que m'importe les gens! » répondit Céline. « Au point où nous en sommes! On ne peut nous traiter davantage en parias... » Elle baissa le ton, le reste ne parvint pas aux oreilles de Masbatie. Cela suffisait néanmoins à lui apprendre ce qui arrivait une fois de plus.

Quand il monta l'eau chaude, Mademoiselle, couchée en travers du lit, pleurait. Il voulut s'approcher d'elle, bien qu'il ne pût rien dire, mais pour lui faire sentir, peut-être, le réconfort de sa compréhension.

– Laisse-moi, s'écria Céline à travers ses larmes. Vous êtes tous pareils, les hommes. Des brutes égoïstes qui ne pensez qu'à vos plaisirs. Laisse-moi.

Mais, le lendemain même, elle lui dit à peu près le contraire, reconnaissant qu'il n'était pas comme les autres, lui; il pensait à elle, il se dévouait pour elle, il la dorlotait et ne demandait rien d'autre que de la voir heureuse.

– Si j'avais su m'en rendre compte plus tôt, ajouta-t-elle pensivement, nous n'en serions pas là, aujourd'hui.

Elle revint alors à cette familiarité tendre et abandonnée qui le gênait moins à présent parce que la pitié pour la pauvre Demoiselle l'emportait en lui sur tout autre sentiment. Il voyait bien qu'elle jouait à l'ensorceler, à le provoquer, à tenter de le rendre amoureux d'elle. Un simple jeu. Ça ne pouvait être rien d'autre. En s'y prêtant, il l'aidait, pensait-il obscurément, à se supporter elle-même. Si ça l'amusait, de le troubler, quelle importance! Du moins oubliait-elle pendant ce temps ses épreuves.

Lui aussi, il trouvait là des plaisirs. Ils auraient pu lui faire perdre la tête, s'il n'avait su que tout cela n'irait jamais plus loin. Même quand elle lui disait : « Jeannot, si nous étions seuls ici, je serais heureuse avec toi. »

Elle décida qu'elle ne voulait plus se promener avec son frère et se fit accompagner par Masbatie. Joachim acceptait philosophiquement cette foucade, après bien d'autres. Jeanne, elle, commençait à trouver un peu excessif le dévouement de Jean pour la Demoiselle. Quant à Berthe, elle s'emportait contre son fils. – « Espèce de grand dadais! il faudra qu'elle te change en bourrique, à ton tour! »

Dans les sous-bois bourdonnants, Masbatie portait le fusil de Mademoiselle. Elle tirait quelques grives. Mais, vite lasse, elle lui demandait son bras, s'appuyait. Il sentait bouger sa hanche, la gorge ferme s'écrasait un peu contre lui. Ou bien Céline le faisait asseoir, s'étendait en posant sa tête sur les genoux de son compagnon et s'endormait. En la contemplant, il ne pouvait s'empêcher tout de même de rêver, un instant. Parfois elle lui parlait en confidence.

– Tu sais, Joachim n'est pas le Maître. On l'appelle comme ça parce que je le veux bien. C'est à moi que Lern appartient. Mon père m'a donné la maison avec la plus grande partie du domaine.

Quelques jours plus tard, elle remarqua rêveusement :

– Si mon frère venait à disparaître, ça pourrait être toi, le Maître de Lern, si je voulais. Nous serions seuls tous deux. Nous pourrions rester toujours ensemble comme en ce moment. On serait bien, n'est-ce pas ?

Quand elle lui eut fait à plusieurs reprises cette même réflexion sous une forme ou une autre, il découvrit tout d'un coup ce qu'elle avait en tête et à quoi tendait insidieusement ce qu'il considérait comme un simple jeu. Il en fut saisi, d'abord. Pouvait-elle le croire capable de se prêter à une chose pareille !

Indigné, il faillit le lui dire. Puis il comprit. Pauvre femme ! A quel degré de désespoir, d'horreur de soi-même, avait-elle dû descendre pour en arriver là !... Elle était comme ces loups qui broient eux-mêmes à coups de dents le membre par lequel ils sont pris au piège, pour s'en aller, délivrés, saignants, mourir de leur atroce mutilation.

Il ne changea rien à son attitude envers elle, ne se montrant que plus attentionné. Isolée dans son enfer où nul, au monde, ne pouvait la secourir, elle était redevenue intangible pour lui. Elle ne touchait plus que son dévouement et sa pitié.

Céline le trouvait lent à prendre l'appât. Un vrai paysan,

malgré tout, avec la lourdeur de l'espèce. N'importe quel homme à sa place eût été affolé. Ou alors, elle avait perdu la capacité de séduire.

En faisant sa toilette, elle se considéra sévèrement dans le grand miroir où elle se reflétait toute, claire et pure. Il ne lui parut pas qu'elle eût encore rien à craindre. Mais les jours passaient, bientôt elle ne troublerait plus personne.

Un soir, ayant revêtu sa chemise de nuit avec un léger déshabillé, elle alla s'installer devant la fenêtre. C'était un jour très chaud de juin. Tardive, la nuit atteignait à peine le jardin, le ciel restait d'un bleu d'émail, la lumière jaune du couchant durait, comme suspendue, caressant la façade et plongeant ses rayons dans la chambre. Sur le perron, Joachim, en bras de chemise, tirait au pistolet les chauves-souris en fumant son cigare.

Masbatie entra. Il préparait les lits.

– Viens, dit Céline.

Et quand il fut tout près d'elle :

– Est-ce que tu me trouves belle ?

– Oui, très belle.

– Alors, emporte-moi dans tes bras, Jeannot.

Un coup de pistolet ponctua la phrase. Masbatie se pencha, prit sa Demoiselle, l'enleva. Un instant, il la tint tout entière ramassée contre lui, à peine couverte par son mince voile. Elle appuyait sa joue à la sienne. Il porta ce doux poids vers la couche tandis que claquait encore une détonation. Céline le tenait aux épaules. Quand il la déposa sur le lit, elle lui noua ses bras autour du cou pour le retenir. Mais posément, fermement, il se dégagea.

– Jeannot !

Il la regardait en secouant la tête.

– Vous vous trompez, dit-il avec douceur. Je ne ferai jamais de mal au Maître.

Elle s'accouda pour mieux voir le garçon qui la laissait

lire au fond de ses bons yeux tristes. Ainsi donc, il avait tout compris !

– Vous non plus, vous ne voulez pas lui en faire. Vous croyez, comme ça. Seulement, ce n'est pas vrai.

– Joachim ! cria Céline de toutes ses forces. Vas-tu finir avec ce pistolet ! C'est infernal !... Tu crois, dit-elle en se retournant vers Masbatie dans un mouvement de colère, tu crois qu'il ne m'en a pas fait assez, lui, pour que je le déteste ! pour que je veuille sa mort !

– Ça serait peut-être la vôtre.

Il n'aurait pu s'expliquer, mais ces quelques mots en disaient plus qu'un discours. Elle le regarda longuement dans l'ombre qui commençait à les effacer l'un à l'autre à leurs yeux. Enfin, Céline poussa un soupir.

– Aide-moi, fit-elle en ouvrant son déshabillé.

Il le lui ôta et elle se laissa retomber sur l'oreiller. Masbatie voulut rabattre les couvertures.

– Non. Enlève-les. J'ai trop chaud. Rien que le drap. Va me chercher de l'eau fraîche.

Quand il remonta, dans la demi-obscurité où le lit blanchoyait encore, elle avait tourné le dos. Plus noirs que la nuit, ses cheveux se tordaient sur la pâleur de la couche.

La fenêtre encadrait des étoiles. Céline reposait calmement. Elle semblait dormir.

V

Un second Empire succédait à la République. Depuis plusieurs années déjà, sous la tutelle du prince-président, s'était instaurée une ère de prospérité telle que la France n'en avait jamais connue. L'industrie, le commerce, l'agriculture même florissaient avec le progrès matériel et les commodités de la vie. On bâtissait, ou ouvrait des routes, le chemin de fer se substituait peu à peu aux diligences. La poste aux chevaux était en voie de disparition. Sur les lettres, on collait à présent des timbres – noirs, bleus, verts ou rouges. Dans les villes, le gaz remplaçait les lampes. Tout se transformait.

Sauf à Lern. Ici, nul changement, ni dans la façon de vivre ni dans la gestion du domaine. Il ne profitait en rien de l'évolution qui atteignait pour la première fois la campagne et dont bénéficiaient les propriétés voisines. C'est qu'en dépit de sa passion terrienne, Arthur était un ouvrier agricole, non pas un administrateur.

Confiné dans sa hargne contre les voisins, paralysé par la routine, ennemi de toute nouveauté et résolu à n'en faire qu'à sa tête, malgré son âpreté au gain il n'accroissait pas le rapport du domaine. Au contraire. Et depuis que, vivant seul, il ne participait plus aux frais de la maison, ses frères se trouvaient gênés dans leurs habitudes prodigues. Il leur avait fallu vendre des chevaux, diminuer encore le chenil, renvoyer Pierre Francillou à la réserve pour économiser ses gages. On devait compter pour tout. Joachim trouvait cela insupportable.

Dans ces conditions certaines nouvelles apportées par les journaux retinrent particulièrement son attention. *Le Constitutionnel* parlait beaucoup, depuis quelque temps, de la Californie où des gisements d'or considérables avaient été découverts trois ans plus tôt. Il semblait que cette région fût en train de devenir une sorte de nouvel Éden. Une population étrangère accourait là, non seulement des autres contrées d'Amérique mais encore du vieux monde. C'était, disait-on, une véritable ruée vers l'or. Des cités poussaient comme des champignons. En quelques jours, on faisait fortune.

Joachim restait un peu sceptique. Néanmoins, il parla de ces choses avec sa sœur. Il ne pouvait s'empêcher d'y rêver un peu. Il fallait bien tout de même qu'il y eût quelque chose de sérieux dans l'affaire, car des compagnies s'étaient formées en France pour transporter là-bas les émigrants. On voyait les annonces dans les gazettes, les noms des navires affrétés, les dates des départs, le prix du voyage : deux mille francs par personne. On s'embarquait au Havre, à Saint-Nazaire, à Bordeaux. Ce n'étaient pas là des contes de bonne femme.

– Oui, disait Céline, oui, c'est fort possible.

En vérité, elle s'en souciait peu. L'envie de quitter Lern lui avait bien passé. Trois fois vaincue, elle s'était résignée à subir son destin. Comme son père, jadis, après la révolte elle glissait à l'indifférence dans cette monotonie qui finissait par délivrer l'âme de toute aspiration. Peu à peu, on en arrivait à se laisser vivre, en acceptant ce qui était, tel que c'était. Une existence purement animale, satisfaisant aux besoins élémentaires.

Cet apaisement donnait plus d'importance aux choses; il vous faisait sentir leur réalité, la beauté puissante, prenante, de ce pays où elle avait si longtemps vécu sans en jouir comme il le méritait. N'attendant plus rien, elle trouvait beaucoup, à l'improviste. Mille richesses tout à fait immatérielles se mettaient à lui remplir singulièrement le cœur.

C'était ce moment que Joachim choisissait pour songer à s'en aller! Oui, évidemment, la situation pécuniaire posait des problèmes, et ce miroitement d'or, là-bas, proposait des solutions faciles. Aller en Californie, faire provision de pépites, puis revenir profiter ici de sa fortune...

– Tu comprends, disait Joachim, je ne crois pas tant à ces histoires de placers où l'on déterre soudain les trésors de Golconde. D'ailleurs, je ne me sens guère en disposition de piocher les cailloux ou de laver le sable à paillettes. Mais si les gens s'enrichissent aisément, ils doivent dépenser aisément aussi. Dans un pareil milieu, il y a bien des façons de diriger vers soi un petit affluent du Pactole.

– Bien des façons! Lesquelles?

– Le jeu, entre autres. Quand on y est habile!...

Il y avait été plus qu'habile. Et avec une compagne comme sa sœur pour attirer les dindons, on pouvait entrevoir des perspectives prometteuses. Enfin, incomparables cavaliers tous deux, rompus aux armes, ils se trouvaient mieux que quiconque préparés à jouer leur rôle dans un pays d'aventuriers. Le risque, en l'occurrence, aguichait suffisamment Joachim pour secouer son indolence. Oh! bien sûr! n'eût été le besoin d'argent, il n'eût point si complaisamment prêté l'oreille à cet appel de l'aventure.

Céline hésitait. Au contraire de son frère toujours entiché d'élégances coûteuses, elle inclinait insensiblement à rejoindre la simplicité de son enfance. La coquetterie lui passait avec le besoin de séduire. Seule, elle se fût très bien arrangée de réduire son train.

Non, elle n'avait vraiment aucune envie de s'en aller en Amérique ou ailleurs. Seulement elle envisageait moins que jamais de vivre sans Joachim. Si son attachement pour lui n'était plus la brûlante affection d'autrefois, il ne perdait rien de sa ténacité. Pour avoir haï autant qu'aimé son frère, pour avoir voulu sa mort, pour s'être enfin soumise à la fatalité de leurs liens, elle tenait à lui désormais de la façon la plus paisible, en même temps que la plus infrangible. Bien plus justement que jadis, elle aurait pu déclarer : si tu disparaissais, je cesserais d'être. Elle ne le lui disait plus. C'était une vérité trop profonde : une de celles auxquelles on ne songe même pas.

Comme il s'affermissait dans son dessein, elle lui fit observer ce petit détail :

– Si je calcule bien, selon les annonces, le voyage, pour nous deux, coûtera quatre mille francs, au plus juste. Outre certains frais, assurément. De plus, il faudra prévoir une certaine avance, car nous n'allons pas, en débarquant, tomber sur un tas d'or. Où prendras-tu tout cela ?

Quatre mille francs représentaient environ une année des revenus de Lern, pour leur part. Ils ne possédaient pas d'économies. Dans le moment, ils se trouvaient avec vingt-cinq à trente louis, au maximum.

– Bah ! répondit Joachim, nous aurons le prix des chevaux. Puis il doit y avoir moyen d'emprunter. Il faut voir le notaire, tout simplement.

Il alla le consulter, à Nontron. Contrairement à ce qu'il s'imaginait, l'affaire était très difficile. Sur quel gage emprunter ? Le domaine, parbleu ! Oui, seulement il restait indivis ; donc il fallait un accord conjoint des trois possesseurs. Arthur ne consentirait jamais à laisser prendre une hypothèque sur le cheptel ou les terres. Alors, une seule solution : procéder au partage.

– Ce sera long?

– Oh! oui, répondit le notaire. Et compliqué, surtout avec le caractère de votre frère qui chicanera sur tout. Nous en aurons pour des mois, sinon des années.

Maintenant qu'il avait résolu de partir, Joachim était pressé. Si l'on tardait, on perdrait peut-être des occasions irremplaçables.

– Bon, dit-il. Je vais parler à mon frère. Nous verrons.

Il s'y prit avec cette souplesse qui eût fait de lui un excellent diplomate. Comme il le voulait, en l'écoutant Arthur pensait irrésistiblement que l'aventure dans laquelle ces deux fous voulaient se lancer pourrait bien le laisser seul maître de Lern.

Quand Joachim aborda la question d'hypothèque, le cadet entra en fureur. Une hypothèque qui ne serait jamais levée – « C'est pas de votre Californie, si vous y arrivez, que vous enverrez l'argent! » – et quand le ou les prêteurs en auraient assez d'attendre, ils procéderaient à la saisie.

Il se calma tout d'un coup.

– Combien te faut-il?

– Cinq à six mille francs, répondit Joachim, se demandant avec surprise si, par hasard, il allait offrir de les lui prêter. C'eût été incroyable!

Arthur le regardait par-dessous, supputant dans sa grosse tête. Bien sûr! il fallait leur faciliter le départ, à ces deux gobe-mouches. Qu'ils allassent se faire plumer, ou tordre le cou, si possible. Bon débarras! L'enjeu valait bien un sacrifice.

– Je peux t'avoir la somme.

– Toi! Tu aurais six mille francs!

– Pourquoi pas cent mille! grogna-t-il en haussant les épaules. J'ai pas d'argent, mais la fûtaie des Cosses est bonne à couper. Y a qu'à la vendre. Elle vaut dans les cinq mille.

Des arbres, du bois, ça ne lui tenait pas trop au cœur.

La terre restait. On pourrait soit la replanter soit en faire un pacage.

– Il faudra du temps pour abattre.

– Qui te parle d'abattre! dit Arthur avec une commisération méprisante. On vend sur pied. D'en ça huit jours, tu auras tes louis.

Il n'y avait plus aucune raison d'atermoyer. Céline se résigna donc. Elle ne pouvait cependant se défendre d'un certain effroi. N'avoir jamais quitté Lern pour aller plus loin que Périgueux, et soudain, à trente-cinq ans, partir pour l'autre côté du monde! Le navire, l'océan, dont elle ne parvenait à se faire aucune idée, la remplissaient d'une crainte obscure. Dans l'atlas où son père, autrefois, lui apprenait la géographie, elle contemplait cette étendue bleue, mystérieuse, qu'il faudrait traverser, puis l'immensité de l'Amérique. Quelle folle entreprise!

Elle n'était pourtant pas si vieille que cet inconnu ne l'exaltât un peu, aussi. Et puis, elle s'en remettait à Joachim. Il avait l'expérience du monde, lui. Mais c'était dur de se déraciner. Quand il lui fallut dire adieu à Sultan et à Diabolo, vendus, son cœur se serra. Elle n'avait plus l'élan qui l'entraînait au moment où elle eût suivi Maxime. A présent, elle ne cherchait plus à oublier, au contraire. L'avant-veille du départ, elle alla trouver Joachim, seul dans le billard où il empaquetait des armes, et, l'arrêtant, elle lui dit d'une voix blanche :

– Je voudrais que tu m'apprennes où ils sont.

Il la regarda, ne comprenant pas tout d'abord, puis surpris, gêné.

– Voyons! protesta-t-il, c'est déraisonnable. Pourquoi te faire de la peine?...

– Je t'en prie. Maintenant, je veux savoir, puisque nous nous en allons. Si nous ne revenions pas!...

– Bon, dit-il enfin.

Il la conduisit dans ce qui était autrefois le jardin de

fleurs. Un cyprès semé par le vent, là où Violette et Nanon, jadis, venaient coudre en surveillant les premiers jeux de Joachim et en berçant Céline, avait poussé contre la murette qu'il dépassait maintenant de haut. Son fuseau sombre barrait verticalement l'horizon, le ciel printanier. Des pivoines, aux trois quarts étouffées par l'herbe, s'obstinaient à fleurir.

– C'est ici, dit Joachim. Au pied de cet arbre.

Elle inclina la tête, contemplant ce coin de terre où tournait lentement l'ombre du cyprès. Puis elle se laissa tomber à genoux, le visage dans ses mains. Des prières oubliées lui revenaient aux lèvres. Il ne lui était pas permis de les prononcer, elle le savait bien. Elle avait tout renié, tout trahi, pour s'abandonner corps et âme à un choix qui la rejetait du monde. Il la privait de secours; elle ne pouvait compter que sur la force de ses sentiments, sur un seul être. Frissonnante, la figure mouillée de larmes, elle se releva, s'appuya contre Joachim.

En regagnant sa chambre, ils trouvèrent Masbatie errant comme une âme en peine, autour des malles bouclées.

– Mon brave Jean! lui dit Céline. Je ne te tourmenterai plus. Je suis sûre que Jeanne est bien contente. Tu vas l'épouser, à présent. Vous serez très heureux ensemble. Il faut m'oublier, ne pense plus à mes folies.

Secouant la tête sans répondre autrement, il se mit à tirer les malles dans le couloir. Elles n'étaient qu'au nombre de deux. Joachim ne voulait pas s'encombrer. Une fois en Amérique, on aurait besoin de se déplacer sans embarras. Aussi avait-il demandé à sa sœur d'emporter seulement l'indispensable : – « Surtout les toilettes les plus élégantes. Je compte beaucoup sur leur effet. » A Bordeaux, quelques emplettes seraient à faire avant d'embarquer. Il leur faudrait notamment deux petits matelas pour leurs cadres, car la compagnie de navigation ne fournissait pas la literie, ni la vaisselle.

Pour sa dernière nuit à Lern, Céline ne dormit guère. Fatiguée par plusieurs jours de préparatifs et de rangements dans la demeure qui allait rester fermée pendant des années, elle était en même temps nerveuse, excitée par une telle aventure, mais lourde aussi de mélancolie. Éveillée dès l'aube, elle regardait le jour envahir la chambre où elle avait connu le meilleur et le pire de sa vie. Deux ou trois ans plus tôt, si on lui eût dit qu'elle quitterait la maison avec regret !... Au fond, elle avait l'obscur sentiment qu'elle n'y rentrerait plus.

Joachim, lui, était très sûr de revenir une fois fortune faite. Peut-être cachait-il là une intention : retournant, riche à millions, dans ce pays où sa sœur et lui étaient si méprisés, ce serait une jolie revanche que de voir les gens se mettre à plat ventre devant les anciens parias transformés en nababs !... En tout cas, ce départ le rajeunissait. En s'habillant, Céline l'entendit plaisanter Francillou et Jean qui chargeaient les bagages. Un voiturier venu de Nontron devait conduire les voyageurs jusqu'à Périgueux.

Après avoir passé en revue la maison, Céline sortit, ferma les portes dont elle remit les clefs à la vieille Berthe. Tout le petit monde de Lern était là, au pied du perron. Berthe pensa tristement à ceux qu'en ses jeunes ans elle avait accueillis, avec François, devant ces mêmes marches. Elle seule subsistait. C'étaient les enfants et les petits-enfants Francillou qui saluaient aujourd'hui les enfants des maîtres disparus.

Chacun contemplait respectueusement les deux intrépides qui allaient se confier à cette chose inconnue, terrifiante : le chemin de fer, puis à un bateau pour gagner, loin, très loin par-delà les mers, un pays mystérieux où les cailloux étaient en or.

Arthur aussi assistait au départ. Sous son masque d'ours mal léché se dissimulait une âpre satisfaction. Il ne poussa pas l'hypocrisie jusqu'à souhaiter à ses frères un bon voyage.

Du reste, il ne leur disait rien, se bornant en guise d'adieu à quelques hochements de tête accompagnés par ses grognements habituels. Céline, émue, aurait pu l'embrasser. Il s'abstint de lui en fournir l'occasion, en restant à l'écart avec Berthe que la circonstance ne désarmait pas. Devant ces deux figures, hargneuse l'une, l'autre sévère, Céline haussa mélancoliquement les épaules. Tant pis! Pourtant elle les aimait bien aujourd'hui, malgré tout. Elle leur fit un geste d'adieu et monta en voiture. Masbatie l'installa.

– Merci, Jean. Merci pour tout, dit-elle en lui donnant sa main à baiser.

Quand il se redressa, Joachim le prit par l'épaule.

– Jean, je compte sur toi pour surveiller mon frère. Il me remplace, c'est entendu. Qu'il n'en abuse pas. Vous nous reverrez, sois-en certain; en attendant, tiens-lui la bride.

Là-dessus, il sauta légèrement à sa place, puis, agitant son chapeau :

– Au revoir tout le monde!

Le voiturier toucha ses bêtes. Arthur marmonnait en patois une phrase que Berthe fut seule à entendre.

– Ne te flatte pas trop de ça, murmura-t-elle de même. Mauvaise graine revient toujours.

Le dos rond, Masbatie regardait la victoria s'éloigner entre les buis. Comme elle franchissait l'arche, Céline se retourna encore, agitant la main. Une dernière fois, la tribu Francillou, Jeanne et lui, répondirent. Il avait le cœur pesant, l'âme hantée des pires pressentiments malgré l'assurance de Joachim.

Jeanne lui prit le bras. Contente de l'avoir maintenant sans partage, elle ne souhaitait tout de même aucun mal aux voyageurs, elle. Et, parce qu'il était navré, elle était un peu triste. Il soupira.

– Elle est bonne, la Demoiselle, dit-il. Regarde ce qu'elle m'a donné pour les noces.

Éblouie, la petite paysanne vit une bague dont les pierreries scintillaient dans le soleil. Il commençait à passer par-dessus les arbres, illuminait la demeure aux volets clos. C'était un matin plein de fils de la Vierge lancés à l'aventure, d'ombres légères jouant avec des rais lumineux et tout parfumé par l'odeur des lilas.

QUATRIÈME PARTIE

I

Masbatie épousa Jeanne un mois plus tard. Il « entra gendre » chez les Francillou, vivant et travaillant à la réserve puisqu'il n'y avait plus rien à faire dans la maison fermée. Berthe avait suivi son fils, Arthur refusant de la prendre chez lui. D'ailleurs, il n'eût pu la loger. Le bâtiment qu'il s'était fait construire au dos de la tour, à la suite de la gentilhommière, comportait simplement deux pièces : une chambre attenant à une cuisine qui donnait, par un seuil de deux marches, dans la cour des communs. Sur celle-ci également ouvraient les fenêtres. Là, entre les granges et les étables, dans l'odeur forte du fumier, Arthur se sentait chez lui. Tout était sous sa surveillance. La nuit, de son lit il entendait le bétail – une brebis qui toussait, un bœuf qui tirait sur sa chaîne. Dès l'aube, Fricassogropau – devenu à son tour, après le décès des vieux, « le père » Francillou – graillonnait et faisait claquer ses sabots sur les cailloux en allant ouvrir la bergerie. Généralement Arthur s'y trouvait le premier.

Autant qu'il pût l'être avec son singulier caractère, il était heureux – toujours plus ou moins en rogne contre quelqu'un ou quelque chose, car personne ni rien, ni lui-même, ne répondait à son exigence. Cette inlassable revendication comptait parmi ses fonctions naturelles; son exercice, c'était pour lui la santé.

Dans sa secrète satisfaction masquée de hargne, un seul vrai point noir : Masbatie. La brutalité d'Arthur se heurtait, avec Jean, à une force calme, inébranlable. Il veillait avec ténacité à ce que le cadet des Montalbert ne s'arrogeât point les droits du Maître. Lorsqu'il prétendit transformer le jardin en coudert, parce que c'était un hectare de bonne terre perdue, Jean dit tranquillement.

– Le jardin, c'est le jardin. Il faut que Monsieur et Mademoiselle le retrouvent comme ça quand ils reviendront.

– Ils ne reviendront jamais, tête d'âne! Faut être toi pour le croire encore.

En vérité, Masbatie ne le croyait pas beaucoup. Au début, Joachim et Céline avaient envoyé de leurs nouvelles. Du moins savait-on qu'une lettre d'eux était arrivée des Amériques, quoique Mousur Arthur n'eût soufflé mot à personne de son contenu – pas même à Berthe.

Peu après il en vint une autre, de la Demoiselle, pour Masbatie et Jeanne. Elle leur parlait surtout d'eux, disant qu'elle espérait bien qu'ils étaient mariés. Elle leur souhaitait un bonheur « facile à trouver si l'on s'aime bien, si l'on sait être bon l'un pour l'autre, et si l'on peut avoir des enfants ». Au fond, c'était d'elle-même qu'elle parlait ainsi, Jean le devinait confusément. Du voyage, elle ne racontait pas grand-chose. La traversée avait été bonne. Le Maître et elle se portaient bien. Ils étaient dans une ville dont Masbatie ne put déchiffrer le nom; ils allaient partir en troupe avec d'autres pionniers, pour la Californie, à plus de sept cent cinquante lieues de là.

Depuis lors, plus rien. Deux ans et quelques mois s'étaient écoulés sans apporter le moindre message des absents. Arthur pouvait avec assez de raisons les croire morts. D'autant que l'on avait appris certains choses concernant cette fameuse Californie. Bien entendu, personne, à Lern, ne recevait de journaux, mais on allait à Nontron, à Châlus, à Piégut, voire à Périgueux. Dans les foires, les gens bavardent devant un verre, les propos se répètent. Les deux Montalbert n'avaient pas été seuls, dans la région, à partir pour le pays des richesses. Un peu avant eux, un jeune hobereau de Bussière-Badil avait également pris le bateau, espérant redorer en Amérique le blason familial. Sa parentèle s'était en quelque sorte cotisée pour lui fournir les cent napoléons du voyage. Lui aussi, il avait bien débarqué. Lui aussi, il s'était joint, racontait-il, à une caravane de chariots et de cavaliers qui se groupaient pour traverser en force les montagnes de l'ouest. Et il était revenu sans avoir jamais atteint la région de l'or.

En passant de bouche en bouche, le récit de ses aventures se déformait; l'imagination paysanne ne manquait pas d'y ajouter son merveilleux. Il devait pourtant y avoir quelque chose de vrai dans ces histoires de déserts sans fin, aux pistes jalonnées de squelettes. On parlait de prairies aussi étendues que la mer, de murailles de rochers bordant des précipices où dégringolaient bêtes, voitures et gens, enfin d'Indiens à peau rouge, coiffés de plumes, qui attaquaient farouchement les convois. Ils décimaient les hommes blancs, coupant aux morts et aux blessés la chevelure avec la peau du crâne, laissant les cadavres en pâture à d'énormes loups appelés coyotes. Les chercheurs d'or eux-mêmes étaient tous plus ou moins de véritables bandits. En leur compagnie, il fallait vivre l'arme toujours à portée, et tirer bougrement vite. Les pistolets ordinaires ne leur suffisaient plus : ils portaient à la ceinture des « revolvers » qui tiraient six balles de suite. Avec ces armes, ils faisaient entre eux, pour un oui pour un non, autant de morts que les Indiens. Blessé par un de ces forbans qu'il avait surpris en train de lui voler son bagage, dépouillé, écœuré, le garçon, après bien d'autres déboires, s'était estimé heureux de pouvoir regagner la côte pour prendre passage comme aide-cuisinier à bord d'un navire rentrant en France.

Sans doute n'était-ce qu'un drôlier de vingt ans, ni bien robuste ni bien malin, hors de comparaison avec un homme comme Joachim; mais si rompus qu'ils fussent au danger, Céline et lui, pris entre les périls de la route, les Indiens et ces gens sans aveu, ils avaient eu affaire à trop forte partie.

Arthur n'en doutait plus. Quand une année encore se fut enfuie dans ce même silence, il ne cacha pas qu'il se tenait désormais pour seul possesseur de Lern. Jusqu'à présent, après le paiement des fermages, une fois réglés les comptes de la réserve, il envoyait Masbatie déposer chez le notaire la part des deux absents. Cette année-là, il garda tout et l'employa, en y joignant ses économies, pour acheter aux héritiers du Vignal, à prix assez bas, une grande garenne dont il entama aussitôt le défrichage.

Masbatie ne protesta point. Comment l'eût-il pu! Cependant cette façon de disposer d'un argent qui appartenait à d'autres ne lui paraissait pas séante. Sans doute les voyageurs étaient-ils morts, mais tant que l'on n'en aurait pas la certitude, il fallait respecter leurs droits et leurs idées. Comment l'acquerrait-on, cette certitude? Il ne se le demandait pas, il ne voulait pas le savoir. En fait, s'il avait jamais eu d'espoir, il n'en conservait aucun. Il opposait à l'autorité d'Arthur une résistance de principe. Par instinct, il refusait d'admettre que son ancien compagnon de chambre, de polissonneries, de batailles, le petit cul-terreux plus paysan que lui-même, le demi-domestique, à peine toléré au bas-bout de la table des maîtres et méprisé par eux, fût un vrai Montalbert. Ce ronchon, ce grigou, ce mal habillé, n'était pas de la race qui inspire révérence.

Après de longues hésitations, Masbatie, allant à Nontron, se rendit chez le notaire. Non sans embarras, il lui expliqua ce qui se passait.

– Mon brave, dit le tabellion, M. Arthur est comptable de la part revenant à ses frères. C'est affaire entre eux. Si Mlle Céline et M. Joachim reviennent, un jour, le cadet devra soit leur verser les revenus accumulés en leur absence soit justifier de leur emploi. Ma foi, s'il les place en achats de terrains comme cette garenne, personne ne saurait le lui reprocher, bien au contraire.

– Ça ne leur plairait pas d'agrandir le domaine!

– Ils auraient tort. Quoi qu'il en soit, ils pourront toujours faire vendre ces acquêts, et ils retrouveront leurs espèces intactes, sinon accrues. Par conséquent!...

– Tout de même!

Le notaire se mit à rire.

– Je vois où le bât vous blesse, mon brave Masbatie. Rassurez-vous : même si vos maîtres restaient absents vingt ans encore, M. Arthur n'en serait pas pourtant substitué dans leurs droits. Il faudrait trente ans écoulés, et un jugement de tribunal. Jusque-là, ils sont présumés vivants. Leur frère ne peut prendre que des mesures conservatoires. Or, il fait mieux : il augmente le bien-fonds. De quoi vous plaindriez-vous!

Fort de ce qu'il avait appris ainsi, Masbatie eut le tort de le communiquer à tout un chacun, afin de remettre un peu Arthur à sa place.

Deux jours plus tard, de bon matin, Jean entrait dans la grande étable pour changer la litière des bêtes qui venaient de partir aux prés, quand Arthur marcha sur lui, furieux, et, le frappant à coups de poing, lui cria :

– C'est pas moi le Maître, il paraît! Eh bien! tu vas voir que je le suis assez pour te foutre à la porte!

Dans sa rage, il oubliait que l'on était encore loin de la Toussaint, date à laquelle se font les changements de domestiques, après avis donné à la Saint-Jean. Usage si fortement établi que même un autocrate à tous crins n'avait point le pouvoir de l'enfreindre. Fricassogropau déclara fermement que s'il insistait, tout le monde s'en irait avec Jean. En cours d'année, il eût été impossible d'engager qui que ce fût, sauf peut-être deux ou trois journaliers, bien incapables de remplacer vingt-quatre bras pendant les huit mois restant. Arthur attendit.

Quelques jours avant la Saint-Jean d'été, Berthe qui venait chez lui tenir le ménage, laver le linge et veiller aux provisions, lui dit :

– Si tu renvoies Jean, tu sais qu'il me faudra m'en aller aussi ? Il n'y a pas de place pour moi seule chez Les Francillou.

– S'ils ne veulent pas de toi, j'y peux rien, répondit-il sans la regarder. Tu n'as qu'à rouvrir la vieille maison, tu reprendras la cuisine et ta chambre, comme autrefois.

– C'est pas possible, tu le sais bien. Autrefois j'étais plus jeune, et encore j'avais de l'aide. Maintenant, je ne pourrais plus faire sans personne.

– Qu'est-ce que tu veux, alors ?

– Que Jean reste.

– Non, dit-il en repoussant au feu quelques brindilles sous la marmite.

La vieille femme demeura un instant silencieuse, les yeux vagues. Puis :

– Bien. Je suis ici depuis près de quarante ans. Mon homme et moi, nous t'avons tenu sur les fonts, nous t'avons élevé comme si tu étais notre fi. J'ai veillé sur toi. Maintenant tu me fais partir. Bien.

– Je ne te fais pas partir.

– C'est tout comme.

– Non. Tu t'en vas avec le Jean, ça te regarde.

Ils parlaient calmement tous les deux en tripotant chacun de son côté. Parfois ils se tournaient le dos. Les répliques, en patois, s'échangeaient à intervalle, sur un ton lourd et lent. Arthur versa la soupe dans son écuelle.

Tirant une chaise, il s'assit à table. Berthe noua le paquet de linge qu'elle allait emporter.

– Qui te tiendra ton ménage quand je ne serai plus là ?

– Besoin de personne, répondit-il la bouche pleine.

– Tu es un loup.

Elle sentait que non seulement il ne voulait plus de Jean, mais qu'il en avait assez d'elle-même, de ses soins, de sa présence, de ses regards, de ce qu'elle pensait. Il entendait être le Maître, et être seul, débarrassé de tout ce qui lui rappelait sa dépendance passée, son humiliation. Inutile d'insister.

Elle, Masbatie et Jeanne se louèrent donc – dans une réserve du domaine d'Estissac. Ce n'était pas loin : de l'autre côté du bourg, à vingt minutes de Lern. Pour eux, ce fut néanmoins un véritable déracinement. La vieille Berthe ne le supporta pas. Malgré la joie que lui donna la naissance d'un petit-fils, elle déclina et mourut, sans maladie caractérisée, environ deux ans après avoir quitté le lieu de toute sa vie. Elle s'éteignit paisiblement, en disant qu'elle allait rejoindre son François.

Délivré à présent de toute contrainte, Arthur jouissait de sa solitude et de son autorité sans contrôle. Il avait enfin l'existence qu'il souhaitait. Exactement comme dans son adolescence, il travaillait avec les domestiques, labourant, moissonnant, soignant le bétail ; mais c'étaient désormais *ses* domestiques, *ses* bêtes, et c'était lui qui donnait les ordres, avec une compétence devant laquelle tout le monde s'inclinait, encore que personne n'aimât ses façons.

La nuit venue, enfermé dans sa cuisine, une fois expédié un frugal repas qu'il préparait lui-même, il faisait et refaisait des comptes. Ou bien, après avoir vérifié les barres de la porte, il masquait la serrure avec un torchon. Puis il posait sur la table son fusil de chasse tout armé. L'œil soupçonneux, il allait dans sa chambre repousser le lit pour extraire d'une cachette dans le plancher des sacs tintinnabulants. Par surcroît de précaution, afin qu'une oreille peut-être aux aguets dehors n'entendît point sonner les pièces, il les vidait sur une couverture où il les empilait sans bruit.

En eux-mêmes, ces écus ne l'eussent pas intéressé davantage que les cailloux, les châtaignes, les bâtonnets dont il faisait jadis de secrets entassements. Sans doute, l'or et l'argent brillant à la chandelle flattaient-ils son regard; ils satisfaisaient également en lui le plaisir maniaque de l'accumulation. Mais il voyait avant tout dans ces piles les arpents en puissance qu'elles représentaient.

Pour mettre de côté un centime, un décime, un sou, un franc, il lésinait sur toute chose, mesurant au plus juste le grain des semences, la paille, le foin, l'avoine aux bêtes, refusant à la terre les nouveaux engrais qui faisaient merveille dans les propriétés voisines, criant comme un diable pour une brouettée de fumier un peu trop libéralement répandue. Alors que, vingt ans plus tôt, à la Piconnerie, le futur maréchal Bugeaud se servait déjà de machines agricoles, Arthur en restait encore à présent aux instruments d'avant la Révolution. On n'employait à Lern que la charrue primitive, la bêche, la binette, la serfouette et la faux. Il fuyait comme autant d'affreux sabbats les comices organisés par la Société d'agriculture, la préfecture ou les municipalités. Si quelque métayer, plus « moderne », lui parlait de ce qu'il y avait vu, le Maître piquait des crises de fureur.

Avec ce système d'économie forcenée, Arthur n'enrichissait pas le domaine. En revanche, il l'étendait. A chaque occasion, quel que fût le genre de terrain à vendre dans le voisinage, il en faisait l'acquisition – après des marchandages infinis. Son triomphe fut de racheter aux héritiers d'Estissac la ferme vendue jadis par Lucien au frère du chevalier. Des terres sans grande valeur. Il semblait que la qualité importât peu au cadet Montalbert, il lui fallait plutôt la quantité – là encore, le nombre : des hectares s'ajoutant à des hectares.

Au demeurant, toujours le même, grignotant les voisins, empiétant pouce à pouce sur les communaux, détournant à son profit les eaux d'irrigation : bête noire de chacun et d'abord du maire excédé par des plaintes incessantes. On détestait Arthur tout en le redoutant. Avec son allure de bouledogue, son air sournois, et en même temps l'arrogance qu'il montrait sous sa mine de paysan, il répandait une crainte confuse.

C'était maintenant le plus grand propriétaire de la commune. Cela donnait à rêver, en dépit de tout. Pensant à ses biens, certaines filles ne le trouvaient pas si terrible ni tellement repoussant. Mais pour lui, si les femmes avaient jamais compté, elles n'existaient plus que pour exciter son mépris. Dans les foires, quand il se laissait entraîner à l'auberge pour discuter un marché, les servantes ne se risquaient pas à lui faire des agaceries. Elles auraient eu plus de chance de recevoir une giroflée à cinq feuilles qu'une piécette d'argent. Elles le savaient bien. « Il a l'aiguillette nouée », disaient-elles, « ça lui donne la male humeur. » Dommage ! On eût pu lui en croquer, à un richard pareil !...

Il les regardait avec dédain, ces carognes. Il ne voulait ni d'elles ni de personne. Dans sa maison froide et grisâtre, il n'avait même pas un chien.

Quoiqu'il n'eût plus à subir la moindre tutelle, il ne donna pas suite à son intention de transformer le jardin en coudert. L'avait-il réellement voulu, d'ailleurs ? ou n'était-ce pas plutôt une provocation envers Masbatie ? En tout cas, il n'y songeait plus. La terre ne manquait point. On ne parvenait même pas à la travailler suffisamment. Du reste, il trouvait une âpre satisfaction à voir les ronces, la végétation sauvage, envahir le jardin tandis que la gentilhommière elle-même se délabrait. Il assistait complaisamment à la dégradation de ce qui était le propre de ses frères et avait fait leur supériorité sur lui. Lorsque le vent, pendant les tempêtes d'équinoxe, le réveillait, il se retournait sur son matelas, heureux en évoquant les dégâts causés à la maison, les chéneaux engorgés par les feuilles, le toit écaillé un peu plus chaque fois, les voliges pourrissant, l'infiltration sournoise des gouttières dans les murs. Non certes! Il ne tenterait en rien d'arrêter cette patiente destruction. Au contraire!

Il détestait cette demeure comme si elle eût été une part vivante de Céline et de Joachim. Avec une inepte volupté de vandale, il lui portait les coups qu'il pouvait. Les nuits propices, au retour de ses vagabondages suspects dans les champs, il rentrait par le jardin, et, passant devant la façade, faisait tomber des tuiles avec une perche. Au printemps, il semait des graines de lierre entre les dalles du perron. L'hiver, il tassait de la neige dans les interstices des murs pour que, gelant, elle fît éclater les parpaings.

Sa haine l'eût poussé à bien pire, si malgré tout, une incertitude ne l'eût modéré. Ses frères étaient partis depuis six ans; tout le monde les tenait pour assurément morts. Mais si par hasard – par malheur! – ils finissaient par revenir! S'ils lui demandaient compte de leur maison!... Au fond de lui subsistait une vieille crainte, furieuse et honteuse, de l'autorité narquoise de Joachim.

II

Six mois s'écoulèrent encore. L'hiver revint. Un matin de la fin novembre, sous le ciel sombre et bas, une berline dont les deux chevaux fumaient dans la froidure, s'arrêta devant l'arche, à l'entrée de Lern. Les buis avaient crû de telle sorte qu'ils ne laissaient plus passage à une voiture. Celle-ci dut contourner le jardin pour entrer par le portail dans la cour des communs.

Au bruit, Pierre Francillou, qui travaillait dans une grange, sortit, en même temps qu'apparaissaient sur la porte de la réserve sa femme et l'une de leurs brus. La berline à peine arrêtée, tous les trois virent une portière s'ouvrir. Dans la femme qui, rejetant châles et couvertures, descendit vivement, ils reconnurent avec stupéfaction « lour Démoiselo », bien vivante, à peine changée.

C'était Céline, en effet. Elle arrivait en voiture de Périgueux, par Nontron où elle avait couché.

La nouvelle se répandit en quelques minutes. Avant même que le voiturier aidé par Pierre ait déchargé les bagages, tout le petit monde de Lern, excité et joyeux, était là, sauf le père Francillou – Fricassogropau – et Arthur, en train de réparer des clôtures dans les champs. On emmena la Demoiselle à la réserve, devant le feu. La mère Francillou lui prépara un bol de vin chaud tandis que l'on échangeait des informations.

Céline dit que leur long séjour en Amérique s'était bien passé. Elle avait débarqué à Bordeaux l'avant-veille avec son frère. Il devait y rester quelques jours pour régler leurs affaires. Pressée de revoir Lern, elle avait pris le premier train pour Périgeux. Ainsi, elle aurait le temps de remettre la maison en état avant le retour du Maître.

– La maison! s'exlama Pierre. Je crois pas qu'elle sera habitable de sitôt!

Céline n'avait encore pu constater que l'état sauvage du jardin. Avant son départ il était à l'abandon déjà. Elle n'imaginait pas qu'en six ans seulement la gentilhommière ait pu se délabrer. C'était le début de ses surprises. Elle apprit avec stupeur le renvoi de Masbatie, la mort de Berthe, les exploits d'Arthur.

Il arrivait juste à ce moment. On avait envoyé un gamin le prévenir que la Demoiselle venait de rentrer de l'« Omérico ». Cette éventualité, sans y croire il l'évoquait parfois comme pour conjurer le sort. La nouvelle ne l'en suffoqua pas moins. Le père Francillou le crut sur le point d'avoir un coup de sang. Il se ressaisit cependant, et, sans hâte, l'air paterne, prit le chemin de la réserve.

Pas plus qu'au départ, il n'y eut d'embrassade entre Céline et lui. Cette fois, elle n'y inclinait pas davantage que lui-même. Pourtant elle revenait on ne peut mieux disposée, prête à le prendre tel qu'il était, au milieu de ce petit univers dont il faisait partie et qu'elle avait hâte de réintégrer.

Un instant avait suffi pour détruire ses illusions. Elle ne voulut rien dire devant les domestiques, informa simplement son frère qu'elle précédait Joachim de deux ou trois jours, et, sèchement, réclama les clefs.

– Tu les as, je pense !

– Bien sûr.

Il alla docilement les quérir. La serrure était rouillée. Il fallut y mettre de l'huile et attendre qu'elle consentît à tourner. Pendant ce temps, Arthur observait sa sœur en réfléchissant.

– Alors, comme ça, Joachim est resté à Bordeaux, constata-t-il.

– Je te l'ai déjà dit.

– Oui. (Un temps.) Qu'est-ce qu'il fait là-bas ?

– Il doit vendre certaines choses que nous avons rapportées.

Arthur tourna et retourna un moment dans sa tête cette phrase. Puis :

– Vous ramenez gros ?

– Ça ne te regarde pas, répondit rudement Céline. Pendant notre absence tu t'es conduit comme un goujat. Tant pis pour toi ! Je pensais que nous nous entendrions tous les trois, maintenant je n'ai aucune raison de te découvrir nos affaires.

Avec un cri, la porte s'ouvrit sur une odeur de plâtre humide, de moisi et de bois pourrissant. Francillou suivit Céline en poussant çà et là les volets qui voulaient bien pivoter encore sur leurs gonds.

C'était un désastre. Une lèpre fongueuse et noire couvrait, à l'étage, le haut des murs, comme ce qui restait des plafonds. Par place, ceux-ci s'étaient effondrés, laissant voir le ciel entre les voliges spongieuses, dégarnies de tuiles. Toute la partie en façade révélait un affreux état. Des tas de plâtre où poussaient des champignons gluants jonchaient la chambre de Céline et celle de Joachim. La moisissure blanchâtre donnait aux meubles, aux étoffes rongées, à toute chose un aspect de pierre ponce où la rouille mettait à la place des ferrures des traînées pareilles à du sang sec et pulvérulent.

– Eh bien! eh bien!... murmurait Pierre atterré par un gâchis qui dépassait les pires prévisions.

La pluie avait coulé à travers les planchers, ravageant le salon, la salle, le billard. Partout la senteur était insoutenable. Acre, répugnant, ce concert de pourritures soulevait le cœur.

Le côté donnant sur la cour – préservé du vandalisme d'Arthur – montrait moins de dégâts. Les pièces « d'en bas » restaient encore habitables, à condition de calfeutrer la porte de communication pour éviter l'odeur. Ce fut là, dans l'ancienne chambre de Berthe, que Céline fit déposer ses bagages. Elle se laissa tomber sur une chaise tandis que, serviables, les Francillou s'affairaient dans la cuisine, l'un allumant un grand feu de sarments, d'autres apportant des bassines pleines de cendres brûlantes, saupoudrées de graines de genièvre, pour sécher l'air et l'assainir.

Les mains sur les genoux, Céline réagissait péniblement. Revenir avec la nostalgie du monde qui vous a manqué pendant six ans, pour découvrir, à la place des vieilles choses chères, un sépulcre blanchi, fleurant la décomposition!... Et Masbatie dont elle avait hâte de retrouver le dévouement attentif! Il n'y aurait plus d'inquiétude, plus d'équivoque entre eux, mais le calme des destins acceptés. Elle imaginait si bien la scène de son retour, la joie de ce brave Jean; elle en riait par avance. Si elle s'empressait tant de sauter à terre, dans la cour, c'était en prévision de la surprise qu'elle allait lui faire.

Le choc avait été très dur – après de dures années en Amérique. Céline le surmontait mal. Quand Pierre Francillou vint prendre ses ordres, il lui vit des traits soudain marqués par la fatigue. A cette heure, elle paraissait bien ses quarante-deux ans.

– Il me faudrait quelqu'un pour m'aider, soupira-t-elle. Je suis seule, je n'ai pas de provisions, rien. Les

Masbatie ne pourront pas revenir en cours d'année, je présume.

– Probable. Et ils ont beaucoup de besogne.

Il lui proposa sa fille, Marie, dix-huit ans. Elle devait se marier à Pâques prochain. D'ici là, Mademoiselle aurait le loisir de se retourner.

Heureusement, le linge ordinaire restait dans l'armoire de Berthe, car tout, en haut, était gâté. Les deux femmes venaient de faire les lits – Marie coucherait dans l'ex-chambre d'Arthur – quand celui-ci entra.

– Alors, ça s'arrange? s'enquit-il d'un ton curieusement bonhomme.

Marie alla dans la cuisine recevoir les provisions qu'un de ses frères lui apportait, et préparer les lampes. La nuit tombait déjà. Céline se mit à ouvrir ses bagages.

– Paraît que tout est pourri, là-haut, dit gauchement Arthur. C'est pas ma faute.

– Non? Tu ne pouvais pas entretenir le toit ni aérer de temps à autre!

– J'y ai point pensé, marmonna-t-il.

Quel menteur! Elle ne prit pas la peine de le lui crier. A quoi bon! Elle était lasse, lasse. Quand Joachim serait là, il réglerait ce compte. Ce qui, d'ailleurs, ne rattraperait rien. En elle-même à présent, comme dans la maison, il y avait un dommage irrémédiable.

– Si j'ai fait du tort sans le vouloir, dit Arthur, je le revaudrai. Je donnerai quelque chose pour réparer. En attendant, tu as qu'à te mettre chez moi, si tu veux; moi je reviendrai ici.

Abasourdie, elle le regarda. C'était bien la première fois de son existence qu'il montrait une sorte de bon vouloir. A le voir, il semblait moins agressif qu'autrefois. Changeait-il avec l'âge? Ou n'avait-il pas plutôt quelque sournoise idée derrière la tête? Trop fatiguée pour réfléchir, elle répondit simplement :

– Ça va bien. Je suis installée. Quant au reste, on verra plus tard. Nous ne demandons pas mieux que de nous entendre avec toi, s'il y a moyen.

Il se retira, pour reparaître au bout d'un moment, chargé de présents comme un fils de Danaos : belles pommes, poires d'hiver, noix, châtaignes. Sa sœur, de plus en plus surprise, se laissa toucher. Elle le remercia.

– Si tu as besoin, tu n'as qu'à demander, dit-il.

Inconcevable! Elle en fut quand même un peu réconfortée. Puis elle eut la visite de la mère Francillou venant voir si Mademoiselle avait tout le nécessaire et si la petite « faisait bien ». C'était une « bonne drôlière », seulement elle manquait d'habitude. D'aise surtout. Céline l'intimidait. Une fois seule avec la jeune fille, pendant que celle-ci préparait le souper, elle s'efforça de l'apprivoiser. Peu à peu Marie se dégela. Plus volubile, elle répondit aux questions sur elle-même, sur son fiancé, garçon d'écurie au Vignal.

– Au Vignal, fit rêveusement Céline. M. Maxime y est-il revenu, ces dernières années?

– M. Maxime, c'est celui qui est officier? Non, il ne revient plus, mais on parle souvent de lui. M. Georges et M. Marcel disent qu'il va être général, bientôt. Est-ce que je mets le couvert pour Mademoiselle dans sa chambre?

– Non. Nous allons manger toutes les deux ensemble, et tu me raconteras ce qui s'est passé dans le domaine pendant notre absence.

Marie ne voulut à aucun prix s'asseoir à la même table que la Demoiselle. Un tel manquement à la tradition l'effrayait. Ce fut en la servant qu'elle lui narra le départ des Masbatie, les circonstances de la mort de Berthe, la venue des petits – ils en avaient trois, à présent : deux filles et un fils né au printemps dernier – les acquisitions de M. Arthur qui agrandissait sans cesse le domaine, tellement qu'on n'arrivait plus à le travailler.

Ce détail acheva de déconcerter Céline. Si son frère,

pensait-elle jusque-là, se montrait singulièrement aimable c'était peut-être qu'ayant dilapidé leur part de revenu, il espérait les amadouer en prévision du règlement de comptes. Or, s'il avait vraiment augmenté le fonds, ils ne pouvaient lui en vouloir; loin de là. Il fallait donc croire à ses bonnes dispositions, si surprenantes qu'elles fussent.

Pour laisser Marie souper à son tour sans gêne, Céline passa dans sa chambre : modeste pièce au plafond très bas, blanchie à la chaux, dallée de pierre brute, comme la cuisine. Les murs, salpêtrés, pulvérulaient un peu par endroit. Cependant elle était saine, propre – d'une nudité quasi cellulaire, avec son lit et son armoire de noyer naturel, une table de nuit dépareillée, une chaise, une mauvaise petite table sous la fenêtre.

Dans l'Ouest américain, Céline avait connu de pires asiles. Auprès de certains « saloons » sordides ou des cahutes faites en demi-rondins, dont les parois intérieures suaient encore la résine, et qui comportaient pour tout ameublement des fourrures et des caisses, ce logement paraissait presque luxueux. Mais, comparé à la chambre où elle comptait avec certitude coucher ce soir!...

Ce n'était pas le confort matériel de l'écrin arrangé autrefois pour elle, qui lui manquait; c'étaient les souvenirs bons et mauvais, les reflets de vieilles habitudes, sa propre identité formée entre ces tentures, ces meubles, ces peaux de loups, cette cheminée : témoins de ses ardeurs et de ses rêves, de ses détresses, de ses tentatives folles, des convulsions de son âme, et auxquels elle avait besoin de confier maintenant la paix si chèrement acquise.

Peut-être sans méchanceté, par imbécillité monstrueuse, Arthur avait laissé périr ces témoins. Leur perte et plus encore le sentiment de leur perte, voilà ce qui était irréparable. Céline, navrée, regrettait son empressement. Pourquoi n'avoir pas attendu à Bordeaux avec Joachim! Sa présence eût un peu atténué ce coup. Pourquoi même n'être pas restés en Amérique! puisque tout ici ne réservait que déception. Ah! si elle avait su!...

Sa vie, qui ne retrouvait pas sa continuité, lui semblait coupée là et brusquement finie. Rentrant au lieu natal avec mille projets pour une existence bien différente du passé, certes! mais sur lequel ce futur se greffait, soudain elle ne voyait plus d'avenir.

Oh! sans doute, on pouvait réparer la maison, sauver probablement quelques meubles ou objets, se recréer un autre intérieur, ramener un jour les Masbatie. Oui, on le pouvait, on en rapportait les moyens. C'est ce que dirait flegmatiquement Joachim. Elle l'entendait d'avance : « Bon, bon, quelle importance! Nous allons refaire beaucoup mieux, tu verras. » Seulement, elle ne désirait pas « refaire ». Tout lui paraissait désormais inutile.

Marie avait laissé la porte ouverte sur la cuisine pour faire circuler un peu de chaleur. Céline frissonnait pourtant, d'un froid interne. Elle respirait encore l'odeur des étages morts; ces ruines, cette décomposition au-dessus d'elle, l'accablaient. Malgré la présence de sa gentille compagne, elle se sentait tragiquement seule. Plus tard, dans son lit bassiné par Marie, mais irrémédiablement humide, lui semblait-il, elle ne put se retenir de pleurer sur ce qui était pour elle plus qu'une déception : une blessure de tout l'être atteint à l'endroit où il s'enracine dans la terre natale.

Le lendemain, un autre choc mit le comble à ce désarroi. Ce fut quand Masbatie vint la voir. En phrases gauches, il lui expliqua qu'il avait fait son possible pour empêcher M. Arthur d'usurper les droits du Maître. Hochant la tête, elle l'écoutait sans l'entendre. Tout en elle s'effondrait avec sa dernière illusion. Le Masbatie qu'elle comptait retrouver, où était-il? Quel rapport entre le garçon mince, imberbe, gracieux malgré sa rusticité, et cet homme épaissi, aux longues moustaches noires, aux mains cornées! Identifié avec sa nouvelle condition, retourné à la nature paysanne, c'était à présent un véritable métayer. Il en avait la mise, les tristes couleurs, l'odeur de sueur et de litière, la peau recuite, le front blafard à cause du chapeau qu'ils enlèvent uniquement pour se mettre entre les draps, la nuque sabrée de rides, et cette attitude déjà voûtée par le travail près de la terre, ces bras désemparés quand ils ne portent plus les outils.

Oh! bien sûr, toujours brave, fidèle.

– Le notaire m'a dit : du moment que M. Arthur emploie l'argent...

– Oui, oui, acquiesça nerveusement Céline.

Que lui importait le notaire!... Un affreux sentiment d'irréalité, de rêve fou, s'emparait d'elle. Non, ce n'était pas possible, une telle malignité du temps et de la vie s'acharnant à détruire ici tout ce qu'au milieu de ses tourments elle avait pu aimer! Pas possible qu'elle se fût montrée à un pareil paysan dans l'intimité de ses instincts, qu'il sût à peu près tout d'elle, que ces mains l'eussent dévêtue, endormie en caressant ses cheveux, qu'elle se fût offerte à lui!

Un dégoût et une honte brûlante la prenaient avec le besoin de crier, de battre des poings... qui? ou quoi?... Sa révolte ne rencontrait que le vide. Il n'existait pas de responsable. C'était à se casser la tête contre les murs!

Elle ne pouvait même pas, comme autrefois, se soulager un peu en lançant à Masbatie quelque furieuse apostrophe. Il n'y avait plus cette facilité entre eux. Il semblait lui-même mal à l'aise. Lui aussi, il se souvenait, sans doute.

Du dernier effort dont elle fût capable, elle se domina pour lui dire en détournant les yeux :

– Merci. Je suis sûre que tu as agi pour le mieux. Arthur aussi, je veux croire. D'ailleurs, tout cela n'a plus d'importance, dès que mon frère sera venu me rejoindre, nous repartirons.

Elle résista jusqu'à ce que Jean l'eût quittée, mais alors ses nerfs lâchèrent. Le tremblement qu'elle réprimait en elle devint une trépidation de son corps entier, un vertige, une marée où sombra tout contrôle.

Marie, entendant des cris accompagnés de bruits d'objets s'écrasant sur les dalles, accourut et demeura stupéfaite sur le seuil, effrayée à la vue de Mademoiselle qui semblait devenue soudain folle. Elle trépignait, elle tomba sur le lit, roulant sa tête dans ses cheveux défaits, frappant le matelas des pieds et des poings.

Juste à ce moment, la mère Francillou arrivait, apportant du lait à sa fille. Ni l'une ni l'autre n'avaient jamais vu de crises de nerfs. La vieille demeura aussi interdite que Marie. Heureusement, Céline se calmait déjà. Ses cris se changeaient en sanglots. Les pleurs l'apaisèrent, rassurant en même temps les deux femmes, mais elles ne comprenaient pas la raison de ces larmes, pas plus que la frénésie dont elles venaient d'être témoins. Céline elle-même ne se rendait pas bien compte de ce qui s'était passé. Quand elle se fut ressaisie, elle répondit aux questions de la mère Francillou :

– Je ne sais pas ce que j'ai eu. C'est quelque chose qui a fini par éclater, je n'en pouvais plus, je suis trop malheureuse d'être revenue.

On lui donna du tilleul. Cela ne pouvait évidemment lui faire que du bien. Au demeurant, la crise l'avait détendue. Elle passa le reste de la journée au lit, lasse, sans le moindre goût d'aller revoir, çà ou là, des lieux où l'attendaient sans doute d'autres déceptions. Joachim avait bien raison de prétendre qu'il fallait s'installer à Paris et non point s'enterrer de nouveau à Lern. Il n'y restait, en effet, plus rien de vivant pour eux. Elle n'avait rien d'autre à faire qu'attendre son arrivée. Dès qu'il aurait réglé les comptes avec Arthur et pris des dispositions pour l'avenir, ils repartiraient, comme elle l'avait dit à Jean.

Arthur vint la voir, ne sut pas lui dire grand-chose, lui posant seulement de lourdes questions sur les raisons qui retenaient leur frère à Bordeaux. En sortant, il se fit raconter en détail par la mère Francillou, sa nourrice, la crise de Céline. Il hochait la tête d'un air perplexe.

– Elle aurait pas eu les esprits un peu dérangés, en Omérico, je me demande ? C'est drôle que le Joachim soit pas retourné avec elle.

Il s'en alla, le dos rond, laissant la vieille et Marie échanger leurs réflexions là-dessus. La jeune fille n'était pas rassurée à la perspective de passer la nuit, seule ici, avec Mademoiselle.

Elle en fut pour ses alarmes. Céline se montra parfaitement raisonnable, et quand, le lendemain, Arthur vint encore l'interroger au sujet de Joachim, elle lui répondit, de la façon la plus sensée, que leur frère serait ici le soir même ou le lendemain, le surlendemain au plus tard. Ce qu'il avait à faire à Bordeaux ne pouvait lui demander longtemps. Il prendrait le train comme elle, mais il ne coucherait pas à Nontron, lui, puisqu'il n'arriverait pas sans être attendu. Il gagnerait donc Lern dans les premières heures de la nuit.

Pour Céline, ces trois jours passèrent de plus en plus lentement, dans une nervosité croissante. Le dernier s'écoula sans amener Joachim. Elle l'attendit dans la cuisine illuminée dont elle allait de temps à autre ouvrir la porte pour écouter au-dehors. La dernière fois qu'elle sortit, la neige s'était mise à tomber. De toute façon, ça n'avait guère d'importance. Joachim n'arriverait pas ce soir ; il était trop tard maintenant.

Elle se coucha sans trouver le sommeil. Elle n'était pas inquiète mais énervée par l'attente, par le besoin de Joachim dont la présence pouvait seule dissiper son accablement et cette affreuse sensation d'irrémédiable. Dans son impatience, elle avait sous-estimé le temps nécessaire pour liquider l'or rapporté d'Amérique. Pas si facile qu'ils le croyaient, peut-être!...

Quand elle se leva, le ciel était de plomb. Le grand linceul de décembre enveloppait la terre silencieuse sur laquelle planait le croassement des corbeaux. Il avait neigé toute la nuit. Il neigea encore en abondance, de neuf heures jusqu'au soir, puis la nuit et le lendemain. Même s'il avait fini ses affaires, Joachim ne pouvait plus atteindre Lern. Nul chemin n'existait plus, tout était nivelé.

Coupée de son frère, Céline se sentait comme prise au piège dans les ruines de leur maison sépulcrale. Sans courage pour sortir – et pour aller où? pour faire quoi? – enfermée dans cette petite chambre, elle s'efforçait de reprendre confiance en contemplant les pierres précieuses que Joachim lui avait laissées. Il voulait vendre seulement l'or brut et changer les pièces américaines. Tout cela, c'étaient les gains du jeu, les bénéfices laissés par des associations quelque peu aventureuses, par les achats et reventes de « placers » – ou supposés tels –, par des spéculations sur les terrains des cités champignons. Cadeaux aussi, destinés à gagner les faveurs d'une femme alléchante qui, au moment d'accorder la récompense, disparaissait. Produits enfin d'astucieuses combinaisons où se dosaient le désir et la peur. Ailleurs, on eût sans doute appelé cela du chantage. Là, dans ce monde brut, tout était permis, sauf la crédulité.

Un tel genre d'industrie exigeait évidemment que l'on ne demeurât pas trop longtemps au même endroit. Céline, en jouant avec les pierres, évoquait ces étapes méthodiques, des montagnes Rocheuses à la plage de San Francisco, ce lent cheminement vers l'Ouest, où Joachim et elle sous sa direction écumaient camp après camp, « city » après « city » : cette existence nomade qui lui avait rendu plus impérieux le désir de se réenraciner dans la terre natale. Ils n'y rapportaient pas des millions, encore que suffisamment pour vivre à l'aise. Puisque Lern les rejetait, ils avaient de quoi s'implanter ailleurs. Elle essayait d'imaginer leur existence à Paris – sans y croire. De même que ces six années en Amérique n'avaient été pour elle qu'un intermède auquel elle se prêtait pour satisfaire Joachim, et dont il lui tardait de voir la fin, de même elle ne se découvrait aucune capacité de vivre hors d'ici. Son esprit revenait, comme une mouche folle heurtant une vitre, buter sur cet espoir détruit. Elle repoussait avec lassitude les pierres dans leur sac; les mains sur les genoux, assise devant la fenêtre face au ciel bouché, elle restait hébétée d'ennui, de solitude, de chagrin. Parfois, elle pleurait nerveusement. Tant de chocs et de tristesses corrosives avaient brisé en elle tout ressort.

Arthur, qui ne s'était pas manifesté ces derniers jours, se remit à lui rendre visite. Emprunté, se frottant machinalement les mains, il paraissait préoccupé. Il semblait vouloir la ménager, sans pouvoir s'empêcher de lui poser des questions. Ne trouvait-elle pas étrange que Joachim ne l'eût pas prévenue s'il avait dû prolonger son séjour?... Était-elle bien sûre qu'il eût débarqué à Bordeaux avec elle?

– Par exemple! se récria Céline. Si j'en suis sûre! Me crois-tu folle!

– Je veux pas dire ça, seulement y a des choses bizarres.

– Il n'y a rien de bizarre. La neige le retient, voilà tout. Il est peut-être bloqué à Périgueux, ou plus près.

Elle voulait s'en convaincre, mais dans son affirmation l'angoisse commençait à percer. Arthur la sentit. Dès lors, il affecta de considérer que sa sœur avait raison et que seul l'état des chemins retardait leur frère. C'était d'autant plus alarmant, cette tranquillité affichée, après ses questions et ses doutes.

– Bien sûr, bien sûr, disait-il, il arrivera.

Manifestement, il n'y croyait plus. Céline s'affolait. Elle n'avait d'elle-même que trop de penchant à imaginer Joachim victime de quelque malheur. Arthur, par ses manières, faisait de cette crainte une évidence, renforcée encore par l'atmosphère de cauchemar dans laquelle Céline ne cessait de s'enfoncer depuis l'instant où elle était descendue de voiture dans la cour. La pire affliction ne devait-elle pas, fatalement, couronner la série d'infortunes qui l'attendaient ici!

Ses nerfs, déjà si malmenés, n'y résistaient plus. Tantôt abattue, n'ayant même pas le courage de s'habiller, elle ressemblait à un corps sans âme, ne mangeait plus, n'entendait pas ce qu'on lui disait; tantôt révoltée contre cette espèce de méchanceté insaisissable sous les coups de laquelle elle se sentait succomber, elle s'exaspérait jusqu'au délire.

Pour les Francillou, touchés mais ignares et craintifs, elle était en train de perdre la raison. Elle les impressionnait. Comme tous les paysans, ils avaient une crainte superstitieuse des fous.

– Faudrait faire quelque chose, disait la vieille.

Arthur haussait les épaules en signe d'impuissance. La démence, ça ne se soignait pas. Les insensés, on les enfermait. Tant que Céline restait claquemurée dans sa chambre, elle ni personne ne risquait rien.

Le septième jour, elle en sortit brusquement, la fièvre aux pommettes, et déclara qu'elle partait à la recherche de Joachim. Arthur la retint, essaya de la raisonner, lui démontrant l'absurdité d'une pareille tentative. Où prendre leur frère?...

Comme elle ne voulait rien entendre, il en appela aux Francillou qui abondèrent dans son sens. Bien sûr, ce serait une extravagance! Mademoiselle n'allait pas se risquer comme ça!

Le visage convulsé, elle se mit à taper du pied en criant qu'on ne l'arrêterait pas. Tout était contre elle, ici; tous, depuis son retour, ils s'entendaient pour la réduire au désespoir. Elle savait bien que tout le monde les détestait, elle et le Maître, mais elle était encore capable de se faire obéir !

Fricassogropau et Pierre se regardèrent, interdits. Ils n'avaient pas assisté à ses crises. Ces accusations, cette colère, ces gestes saccadés les sidéraient. Elle perdait complètement la tête, la Démoiselo !

– Laissez-moi passer ! leur lança-t-elle car ils bloquaient le seuil.

– Non, répliqua posément Arthur. C'est bon, nous y allons, les hommes. Reste tranquille.

En sortant, il attira la mère Francillou pour lui glisser à l'oreille :

– Garde-la. Elle s'irait perdre. Ferme la porte à clef s'il faut.

Ils partirent à six, laissant la vieille et Marie effrayées de rester seules avec Céline. Mais elle s'était très vite calmée, comme toujours. Elle vit par la fenêtre les paysans passer la grille ; ils avaient pris leurs fusils et des bâtons. Elle se laissa tomber sur une chaise, la figure dans ses mains qui se remplirent de larmes. Puis, au bout d'un moment, elle releva la tête, se rappelant le soir où, dans cette même cuisine, elle était rentrée, défaillante, persuadée d'y trouver soit Joachim soit Maxime, mortellement blessé. Sans le comprendre, c'était pour son frère qu'elle tremblait, ce soir-là. Peut-être, aujourd'hui encore, s'affolait-elle sans motif. Elle s'excusa auprès de la mère Francillou.

– Il ne faut pas m'en vouloir, il y a des moments où je ne sais plus ce que je dis. Vous êtes tous très bons pour moi. Mais je suis tellement malheureuse ! J'ai peur. Vous comprenez, si Joachim n'arrivait pas, ce serait trop affreux ! Je ne sais pas ce que je deviendrais !...

Les hommes rentrèrent à la nuit tombante. Ils s'étaient séparés pour battre tous les chemins que le voyageur eût pu emprunter, et ils n'avaient trouvé de lui ni traces ni nouvelles.

Céline reçut ce nouveau coup sans rien dire. Les yeux clos, tandis que Marie, apitoyée, poussait un soupir convulsif, elle demeura d'abord inerte et silencieuse. Puis, avec des mouvements d'automate, elle se leva, se réfugia dans l'ombre de sa chambre où elle se jeta en travers de sa couche. Elle refusa de souper, ne semblant même pas entendre qu'on la priait de se nourrir. Une fois de plus, Arthur haussa des épaules impuissantes. Marie et sa mère la déshabillèrent, la mirent au lit sans qu'elle prononçât un mot. Elle leur faisait l'effet de n'être plus que son propre fantôme. Elles en avaient à la fois peur et pitié.

Comme Marie ne voulait plus rester seule enfermée avec elle, les deux femmes couchaient ensemble dans la seconde chambre, de l'autre côté de la cuisine, laissant les portes ouvertes pour veiller sur Mademoiselle. Au milieu de la nuit, Marie réveilla sa mère.

– Écoute! lui dit-elle d'une voix qui tremblait. Écoute! C'est affreux!

Une espèce de plainte naissait du cœur des ténèbres, s'enflait, se brisait dans un éclatement de sanglots entrecoupés d'appels – Joachim! Joachim! – puis reprenait sur sa note étouffée, montait et recommençait interminablement.

– Ah! non, non, je n'en peux plus! gémit Marie en se serrant contre sa mère. Je veux m'en aller. Ça fait mal! Même avec toi, je ne resterai plus. Je deviendrais folle à mon tour.

La vieille paysanne, elle aussi, aurait bien voulu se délivrer d'un devoir qui commençait à lui devenir insoutenable. Après tout, la malheureuse Demoiselle payait sa faute. Elles n'en étaient pas responsables, elles!...

Au matin, les deux femmes discutaient à voix basse, dans la cuisine, en préparant le déjeuner, lorsque Céline apparut, son manteau sur les épaules, un petit sac à la main. Elle était en cheveux, mal coiffée.

– Je vais rejoindre Joachim, dit-elle. J'irai jusqu'à Bordeaux si c'est nécessaire.

– Et s'il arrive par un autre chemin, pendant ce temps !

– Il n'arrivera pas. Il est mort, je le sais, répondit-elle sans se rendre compte que son dessein alors était sans objet.

Elle marchait vers la porte. Les deux paysannes essayèrent de l'arrêter. Elle les repoussa violemment et s'élança dehors. Alertés par les appels de la mère Francillou, Arthur et Pierre rattrapèrent la fugitive qui courait en trébuchant dans la neige. Le chignon défait, haletante, elle ne s'en débattit pas moins. Son frère dut l'enlever dans ses bras pour la rapporter, tandis que Pierre lui tenait les chevilles. Elle criait, maudissant chacun, appelant avec désespoir Joachim.

– La pauvre ! la pauvre Demoiselle ! fit Marie, bouleversée.

– Faudrait pas qu'elle s'aille vouloir périr, remarqua Pierre à mi-voix.

Arthur hochait la tête. C'était à craindre. Il entraîna sa nourrice dans la cour et lui dit :

– On peut plus la laisser ici, elle vous donne trop de mal et il finira par se produire du vilain. Va falloir la tenir sous clef. Si on la mettait dans la tour ?

L'endroit n'était guère plaisant, mais on pouvait l'arranger. Comme il n'y avait pas de fenêtre – simplement une imposte au-dessus de la porte épaisse, bardée de fer – elle ne risquerait pas de s'enfuir et de se perdre dans quelque tentative insensée.

Pierre et son père Fricassogropau débarrassèrent le rez-de-chaussée, transformé autrefois en resserre. La mère nettoya. C'était une vaste pièce ronde, au sol de terre battue. Un escalier à vis, partant contre la muraille de grosses pierres, s'arrêtait à une trappe dans le plancher que Lucien avait fait établir pour former un étage servant de grenier.

Arthur la cloua solidement. On alluma un grand feu dans la cheminée qui conservait encore sa plaque blasonnée, noire d'une suie quatre ou cinq fois séculaire; des chauves-souris asphyxiées tombèrent en grappes dans l'âtre où elles furent dévorées par les flammes. On installa un châlit avec une paillasse et une coitte, plus chaude qu'un matelas.

En proie de nouveau à une profonde torpeur, Céline se laissa mener là sans rien dire, sans même s'apercevoir qu'elle allait être quasiment emmurée. Marie la recoiffa puis la quitta, M. Arthur ayant dit que désormais il se chargeait d'elle. Les deux femmes n'en furent pas peu soulagées. Cette décision répondait à leur souhait. Elles se sentaient bien un peu mauvaise conscience; ce n'était guère charitable d'abandonner dans cet état leur malheureuse maîtresse. Encore que, pour la mère Francillou, cette folie fût la forme du châtiment de Dieu.

Marie, trop jeune, ne connaissait pas la réprobation qui avait longtemps pesé sur les deux maîtres, et sur laquelle s'était fait ensuite le silence. Elle plaignait de tout son cœur l'infortunée, mais, même après qu'elle eut retrouvé son équilibre en passant quelques jours loin d'elle, pour rien au monde elle n'aurait pu recommencer à la servir.

M. Arthur s'occupait bien d'elle. On le voyait sortir de chez lui avec de la nourriture chaude qu'il lui apportait. Il la soignait, il la visitait plusieurs fois le jour. Quand on lui demandait des nouvelles, il hochait tristement la tête : Mademoiselle allait de plus en plus mal; l'esprit s'égarait complètement. D'ailleurs, elle devait être dérangée bien avant de revenir ici. Leur frère, pensait-il, était probablement mort en Amérique. Céline en avait subi un coup fatal. Dans sa folie, elle avait voulu retourner à Lern, croyant que Joachim l'y rejoindrait. Cela expliquait tout, car enfin s'ils étaient arrivés ensemble à Bordeaux, pourquoi n'aurait-elle pas attendu encore deux ou trois jours pour rentrer avec lui? Lui-même ne l'aurait assurément pas laissée partir seule ainsi, sans prévenir quiconque, alors que l'on n'espérait plus les revoir! De toute évidence, si Joachim avait vraiment débarqué, il serait ici, depuis le temps. On ne disparaît pas comme ça, dans un pays civilisé où il n'existe point de brigands!...

Ces remarques ne manquaient pas de bon sens. Masbatie lui-même n'y put trouver à redire. Mais cette claustration sous la surveillance d'Arthur seul, ces soins uniques, d'un frère que Céline détestait autrefois et qui la détestait, lui semblaient obscurément suspects. Il parla au père Francillou, à la manière louvoyante des paysans. Il ne fallait pas montrer sa pensée, tout en laissant à Fricassogropau la possibilité de la sentir et d'y répondre sans en avoir l'air.

Le vieux se contenta de raconter comment s'étaient produits, devant sa fille, sa femme ou lui-même, les premiers égarements de la Demoiselle. Ce qui pouvait se traduire ainsi : ce n'est pas l'Arthur qui lui a fait quelque chose, puisqu'elle habitait avec la Marie, depuis son arrivée. Quand elle a commencé à battre la campagne, nous étions présents.

– On a donné la main pour arranger là-bas, reprit-il toujours sur le ton du récit, et on a aidé Mousur Arthur à installer la Démoiselo. (Sous-entendu : cela non plus ne s'est pas fait sans que nous y veillions.)

C'était tout ce qu'il voulait dire, car il se rappelait le bouleversement d'Arthur à l'annonce du retour de sa sœur. La disparition de Joachim, la folie de Céline n'étaient évidemment pas sans lui laisser tous les avantages qu'il avait cru perdre. Cependant, s'il profitait de ces malheurs, il n'en paraissait pas responsable. De toute façon, on mettait là le pied sur un terrain beaucoup trop dangereux pour de simples domestiques. Aller soupçonner leur maître – et quel maître! – n'était pas leur affaire.

– Je voudrais voir Mademoiselle, dit Masbatie.

– Adresse-toi au Mousur, mon garçon.

Arthur ne refusa point. Il répondit qu'il demanderait, ce soir, à sa sœur si elle consentait à cette visite. Et il ajouta que si même elle voulait bien se laisser soigner par lui, Jean, il serait content de lui céder ce rôle peu agréable.

Lorsque Masbatie revint, le jour suivant, il apprit que Céline n'acceptait pas de le recevoir. Son seul nom la jetait dans une agitation extrême. Ce n'était pas invraisemblable. Jean n'en fut point surpris. Il se souvenait du malaise qu'elle n'avait pu cacher pendant leur dernier entretien. Contraint lui-même, il avait bien senti à quel point ils se trouvaient maintenant étrangers l'un à l'autre et gênés par leurs souvenirs. La résolution de partir, il comprenait qu'elle l'avait prise à sa vue. Il savait combien, en six ans, il avait changé, combien elle devait peu le reconnaître. Il ne serait plus pour elle, il s'en doutait confusément, qu'un témoin intolérable, à la fois un fantôme et un remords.

– Bon. Alors, dit-il en regardant Arthur dans les yeux, il faut qu'elle soit très bien soignée.

– Tu vas m'apprendre ce que j'ai à faire?

– Vous ne l'aimez pas.

La colère monta au visage d'Arthur. Il serra les poings, prêt à se colleter. Puis, haussant les épaules, il s'en alla en lançant ce simple mot :

– Imbécile!

Pas plus que les gens de Lern, Masbatie ne songeait à s'étonner que M. Arthur ne mandât point le docteur : pour personne, à la campagne, la folie ne relevait du médecin. Du sorcier, oui. Seulement, les maîtres n'y croyaient pas.

Fricassogropau eût pu confier à Jean que la cheminée de la tour ne fumait guère. Bah! pensait-il, si la pauvre demoiselle restait couchée, puisque son frère lui apportait la cuisine toute prête elle n'avait pas besoin de feu. Pour les Francillou, comme pour leurs semblables, les cheminées servaient à cuire, bien plutôt qu'à se chauffer.

Cependant, Marie, tourmentée par sa conscience, hasarda, un soir, d'aller jusqu'à la tour. Normalement, on ne passait jamais de ce côté, nul n'ayant rien à y faire. C'était la partie de Lern la plus abandonnée à la sauvagerie, à l'envahissement des plantes, des bêtes, des mauvais esprits peut-être. Aussi la jeune fille requit-elle la protection d'un de ses frères, Marcel. En se glissant vers l'énorme ruine dont le manteau de lierre bruissait mystérieusement, tous deux se sentaient assez troublés, encore que le garçon fanfaronnât.

Ils contournèrent les amas de pierraille recouverts par la neige, et, butant sur des racines cachées, s'avancèrent en direction de la porte. Mais ils n'allèrent pas loin car, tout à coup, provoqués sans doute par cette approche, des cris épouvantables éclatèrent. Jamais on n'eût imaginé que de telles clameurs pussent sortir d'une gorge humaine. C'étaient de vrais cris de bête. Dans ces sons inarticulés, rauques et qui s'achevaient en plaintes, la fureur se mêlait au désespoir, à une lamentation inextinguible comme celle d'un chien hurlant à la mort.

Assourdis par l'épaisseur de la muraille, ils passaient sous la porte et au travers. Il y avait quelque chose de plus atroce encore dans cet étouffement.

Terrifiés, les deux jeunes gens s'étaient pris par la main. Ils auraient voulu fuir; les jambes leur manquaient. Ils restaient là, serrés l'un contre l'autre. Puis les cris s'éteignirent dans une toux déchirante qui, à son tour, n'en finissait plus.

Marie revint à la ferme « les sangs tournés ». Il fallut la mettre au lit. Marcel était à peine moins ému. Cinquante ans plus tard, l'un et l'autre se souvenaient encore de cette terrible impression.

Aucun de leurs parents ne tint à reprendre pour son compte leur expérience. On trouva que M. Arthur avait bien du courage. Peu après, on lui vit la figure labourée par quatre profonds coups de griffes. Son humeur semblait s'en ressentir, ce qui était compréhensible. Au demeurant, s'il se montrait charitable envers sa sœur, il restait pour les autres tout aussi brutal. Pierre, ayant eu à lui parler, était allé taper à sa porte. Il sortit, furieux, et le bouscula en criant qu'il ne voulait pas que l'on vînt le déranger chez lui. Pour un rien, il se mettait en colère. Mais, bien sûr, il traversait une rude épreuve! Soigner une malheureuse démente n'est pas fait pour arranger le caractère.

Un matin, quelque temps avant Noël, dans l'aube encore fuligineuse, il arriva, grondant et hagard, chez les Francillou. Ils le crurent fou à son tour. Il était livide, en désordre, agité d'un tremblement.

– Mademoiselle! Où est Mademoiselle? glapissait-il. Si j'attrape celui qui lui a ouvert, je l'assomme!...

Tous le regardaient, effarés. On comprit enfin qu'il venait de trouver la tour vide.

– Personne de chez nous n'est allé là-bas, dit Fricassogropau. On n'a seulement pas encore mis le nez dans la cour.

Arthur répondit par un débordement de colère et d'injures, les traitant de menteurs, de scélérats, de criminels. Qui sinon l'un d'eux aurait pu faire partir Mademoiselle? Il avait soigneusement fermé la porte, la veille au soir. Maintenant, où était-elle, la malheureuse? Perdue par leur faute.

– Ouais? riposta le bonhomme avec un regard dur. Pourquoi on l'aurait laissée s'ensauver, nous autres? C'est pas à nous que ça profite qu'elle s'en aille.

Arthur leva le poing. La mère Francillou s'interposa.

– Eh bé, eh bé! à quoi ça sert, tout ça? Vaudrait mieux essayer de la retrouver, la pauvre!

Elle ne pouvait être bien loin; il suffirait de suivre sa piste. Arthur aurait pu y penser tout seul au lieu de perdre du temps en accusations.

Le jour blême qui se levait avec lenteur montrait, partant de la tour, une chaîne de pas jalonnant la neige et estompée par celle qui était tombée pendant la nuit. L'évasion datait donc de la soirée précédente. Néanmoins la fugitive n'avait pas dû faire beaucoup de chemin, car elle était nu-pieds. Ses empreintes la révélaient titubante.

Dans l'allée des buis, on voyait la trace d'une chute, puis les pas reprenaient, traînants, dans la direction de l'arche. Avant d'y atteindre, la pauvre femme était tombée pour la deuxième fois. Elle n'avait pu se relever. Un large frottement, encadré par des marques de mains, aboutissait à une place où elle s'était sans doute évanouie, tandis que la vieille neige fondait peu à peu sous son corps.

En reprenant conscience et peut-être une dernière énergie, elle avait dû comprendre obscurément qu'elle ne s'échapperait pas de Lern. La piste, revenant en arrière, au long de la haie, semblait indiquer une intention de gagner la réserve probablement, par l'ancien jardin floral. Là, nouvelle chute. Un peu de sang délayé transparaissait sous la couche fraîche. C'était la fin. La malheureuse avait encore trouvé la force de descendre les trois marches en se traînant sur les mains et les genoux. Épuisée, perdue dans l'ombre glaciale, dans les ténèbres de l'agonie, égarée au milieu des ronces, elle était morte là. On la voyait étendue sous son linceul de neige, au pied d'un cyprès dominant la murette et dont le fuseau poudré coupait en deux la grisaille de l'horizon.

Quand, à grand-peine, on la retourna, son aspect épouvanta tout le monde. Ses yeux étaient clos, mais son visage, déchiré par les ronces et gelé, représentait la pétrification de la douleur même. Une souffrance surhumaine avait tordu ces lèvres blanches sur la contracture qui découvrait les dents. Les joues creusant sous les pommettes deux horribles trous d'ombre, les os saillants sur lesquels il ne restait que la peau, tout le corps enfin, squelettique dans la chemise qui seule le vêtait par-dessous un manteau entrouvert, disaient quelles affres elle avait connues. Ses cheveux étaient gris, clairsemés comme ceux d'une vieille femme. Elle ne comptait pourtant pas plus de quarante-deux ans.

Bouleversée, la mère Francillou sanglotait en marmonnant des prières. On ne pouvait plus ressentir qu'une immense pitié pour la pauvre créature. S'il était vrai qu'elle eût commis une faute, elle l'avait effroyablement expiée. La vieille paysanne défit son foulard afin d'en couvrir ce visage terrible.

– Emportez-la, dit Arthur.

Il partit en avant, la tête dans les épaules, laissant à Fricassogropau et son fils le soin peu enviable ainsi que peu commode de ramener le corps, figé dans sa dernière crispation. La mort ne l'avait ni pacifié ni détendu. Les jambes restaient repliées pour ramper. Les bras se dressaient à demi vers le ciel, les mains serrant deux poignées d'herbe et de boue durcies par le gel.

Enfin, on la rapporta dans la tour où Arthur attendait, la figure close sur ce qu'il pouvait ressentir. Céline, déposée sur le lit, fut recouverte d'un drap, car il ne fallait pas songer, pour le moment, à l'habiller. Le fils Lauprête, qui vint prendre les mesures pour le cercueil, dut procéder à l'estime.

Masbatie arriva peu après, accompagné de Jeanne. L'étrange aspect de ce drap soulevé par les poings et les genoux les saisit tous les deux. La chose couchée là-dessous n'évoquait rien d'humain. On songeait à une bête.

La mère Francillou veillait seule en égrenant son chapelet. A mi-voix, elle leur expliqua pourquoi on avait dû couvrir ainsi Céline.

Jeanne ayant jeté l'eau bénite et prononcé les prières, Jean dit qu'il voulait voir sa Demoiselle.

– Tu ferais mieux d'attendre, lui conseilla la vieille femme. Quand on la mettra au cercueil, elle sera moins effrayante.

– Faut que je la voie maintenant.

– Tu es un homme. Quand même, tu vas avoir besoin d'être bien fort.

Comme il indiquait d'un mouvement de tête qu'il supporterait cette confrontation, sa belle-mère dit à Jeanne :

– Je reste avec lui. Va dehors, ma fille.

Puis elle découvrit le visage de Céline. Jean ne dit rien. Il ne bougea pas, mais il serrait si rudement ses mains l'une dans l'autre que ses doigts craquèrent.

A son tour, il était terrifié par ce masque d'indicible douleur. Terrifié et plus encore stupéfait par cette figure, si prodigieusement différente de celle qu'il avait vue à peine un mois plus tôt. On ne pouvait croire qu'en si peu d'espace la femme encore belle – d'une beauté plus enveloppée, épanouie dans sa douceur charnelle – fût devenue cette espèce de squelette.

La pauvre! oh! la pauvre, combien fallait-il qu'elle eût souffert!... Mais quelle souffrance de l'esprit et du cœur, quel désespoir, seraient capables de métamorphoser si vite un corps, qui malgré tout voulait vivre?

La mère Francillou, après avoir rabattu le drap, prit le bras de Jean. Il sortit de sa transe et, regardant sa belle-mère :

– Ça se peut pas, murmura-t-il. C'est lui qui l'a fait mourir.

La vieille secoua la tête.

– Allons! mon Jean, remets-toi. Elle était folle, la pauvre créature. Ça l'a rongée.

Oui, c'était ce qu'ils devaient penser, tous; tout le donnait à croire. Comment démontrer qu'ils se trompaient? Lui seul, avec Joachim, savait à quel point, dans ses chagrins, son désespoir ou ses heures de dégoût, elle pouvait paraître insensée. Mais elle finissait toujours par se reprendre.

Si elle était devenue vraiment folle, c'était ici, enfermée quasiment dans le noir, seule avec son deuil, sa colère, le sentiment de son atroce impuissance et de sa condamnation. L'esprit s'égarerait à moins.

Pourtant, non, elle ne l'avait pas perdu! Au dernier moment de l'agonie, elle restait lucide, elle se souvenait, puisqu'elle avait employé son ultime force à se traîner pour mourir au pied de cet arbre...

Non certes! ce n'était pas la folie qui l'avait rongée de la sorte. Un poison peut-être – ou plus simplement la faim, le froid.

On voyait Arthur lui porter à manger. Et puis? Cette nourriture, la lui donnait-il? Lui en donnait-il assez? Ou assez peu pour qu'elle dépérît lentement, de façon que sa mort n'eût pas l'air d'un crime?... Le feu. Lui en faisait-il? Qui le savait!... Avait-elle de quoi se couvrir? Pourquoi était-elle partie à peine vêtue, nu-pieds? Oh! bien sûr, ses habits se trouvaient là, maintenant, et l'on voyait un gros édredon sur une chaise. Arthur avait eu le temps de les apporter, ce matin, avant de courir à la réserve jouer la comédie.

Qui, sinon lui-même, aurait ouvert la prison dont seul il possédait la clef? Il savait bien que Céline n'irait pas loin, sans chaussures, à peine habillée, moribonde. Pour en finir, il lui offrait la liberté avec la neige glaciale qui l'achèverait sans que l'on pût formuler contre lui le moindre grief. Depuis le retour de sa sœur, tout le monde ne l'avait-il pas vu parfaitement bon et dévoué pour elle!...

La machination révélait, de bout en bout, une telle atrocité que, tout en connaissant Arthur, Masbatie, épouvanté par cette évocation, eut des doutes. Le chagrin ne l'égarait-il pas, lui aussi? Arthur était insensible et mauvais, mais quand même!... Cela dépassait les limites de la férocité humaine. Et de la duplicité. Comment ne se fût-il pas trahi ! Comment eût-il pu continuer tranquillement son train pendant ce temps, dormir, manger, soigner les bêtes, parler aux gens – à lui-même, Masbatie !

Et puis, pensa Jean, comme il rentrait chez lui avec sa femme, Arthur n'aurait eu intérêt à tuer sa sœur que si la mort de Joachim eût été certaine. Or, rien ne le prouvait. Loin de là. D'après la mère de Jeanne, Mademoiselle avait dit : « Mon frère est mort, je le sais. » En réalité, elle le croyait seulement parce qu'il n'arrivait point. Elle considérait qu'un accident ou autre méchef lui était survenu depuis leur séparation à Bordeaux où ils avaient bien débarqué ensemble. La preuve, Céline ne lui avait-elle pas déclaré, à lui Jean, qu'elle allait repartir avec son frère. A moins qu'elle n'eût déjà, sur ce point, l'esprit dérangé, le Maître n'était pas mort en Amérique, comme le supposait Arthur. En tout cas, celui-ci ne possédait là-dessus aucune assurance. Rien ne lui aurait garanti qu'après avoir acquis la possession incontestée de Lern au prix d'un effroyable assassinat, il n'allait pas voir arriver Joachim – peut-être malade à Bordeaux, tout simplement. Arthur n'était pas homme à courir un tel risque sur des suppositions. Donc, il n'avait pu vouloir supprimer sa sœur.

Masbatie eût souhaité de veiller sa Demoiselle. L'usage le lui interdisait. Les hommes ne veillent pas les mortes ; ni les femmes, les morts.

Quand il la revit, on lui avait fait sa toilette funèbre. A présent, elle était enfin détendue. Ses mains ouvertes, ses lèvres jointes, lui donnaient l'air sinon paisible du moins indifférente au mal qui avait ravagé son visage, son corps, et blanchi ses cheveux.

Jean songea que cette douleur insoutenable, c'était peut-être celle d'avoir perdu – ou cru perdre – celui qu'elle avait aimé jusqu'au péché, jusqu'au crime, jusqu'à désirer le tuer, et sans qui elle ne pouvait vivre.

Arthur était là, taciturne comme à l'ordinaire. Il semblait plein d'une tristesse hargneuse. Jean, qui avait si souvent vu Céline jeter à Joachim des regards et des paroles d'aversion furieuse, se demandait comment on peut savoir si quelqu'un adore ou hait.

III

Céline de Montalbert fut enterrée dans le petit cimetière de Gain, entre Lucien et Nanon. Après avoir conduit le deuil, Arthur rentra chez lui où il s'enferma. Il en sortit, le lendemain, plus sombre encore qu'à l'ordinaire, plus avare de paroles, pour aller chez les Francillou. Il avisa le père auquel il déclara tout de go :

– C'est la foire à Piégut, demain. J'y mènerai le Rousseau et le Bijou.

– Vous voulez les vendre !

Il en tombait des nues, le vieux.

– Ça te plaît pas ?

– Nos meilleurs bœufs ! Comment on fera sans ces bêtes ? Si douces, qu'elles sont ! si vaillantes ! Croyez que vous trouverez les pareilles ?

– L'est temps de s'en défaire, trancha Arthur en sortant brusquement.

Les Francillou s'entre-regardèrent. Quelle mouche le piquait ? Le Rousseau et le Bijou n'étaient plus très jeunes, bien sûr. Ils n'en resteraient pas moins de bonne vente pendant des années encore, et ils en abattaient, de la besogne ! A la charrue ou pour tirer les plus lourds fardeaux, ils n'en craignaient pas. On les connaissait dans toute la commune. Bien des métayers les enviaient à la réserve. Pour ça ! le Mousur serait pas en peine de trouver preneur ! Mais ça faisait gros cœur de voir aller ces bonnes bêtes auxquelles on était tous attachés.

– Ça n'a pas de raison, dit Pierre à son père. D'abord c'est pas le temps pour vendre des bœufs ; et puis, l'en a pas besoin. Faut l'empêcher.

Le vieux Fricasso leva les épaules et cracha dans la cendre.

– Vas-y voir, toi ! C'est son bien.

Arthur partit à quatre heures du matin. Les Francillou l'entendirent. Aucun ne bougea. C'était leur façon de protester. Elle ne l'embarrassait guère. Il accoupla les deux animaux sous un joug, et, l'aiguillon sur l'épaule, les emmena sans difficulté.

Dans la nuit encore pleine, le froid pinçait. Arthur ne portait jamais la blouse des paysans. Par-dessus ses habits, plus minables que les leurs, il avait jeté une limousine à raies blanchâtres et brunes. Trapu, le chapeau noir tiré en avant, il marchait au pas des bœufs en ruminant d'âpres pensées.

Il atteignit Piégut vers sept heures. C'était la foire de Noël. De tous les environs, les gens affluaient vers la bourgade. Dans la grisaille du jour qui se levait paresseusement et où brillaient encore les lumières des auberges, il y avait déjà grande presse sur le foirail.

Au carré des bœufs, l'arrivée de la fameuse paire de Lern fit sensation. Mais le premier amateur qui, après les palabres d'usage, en voulut tâter le prix, demeura suffoqué. Sans doute, c'étaient des bêtes comme on n'en voit pas beaucoup, et l'on tient toujours haut la demande dans les premières heures. Tout de même ! Deux cent vingt-cinq louis ! – ce qui indiquait l'intention de ne pas concéder plus de cent francs en fin de marchandage. Fichtre ! Il avait la folie des grandeurs, le cadet Montalbert. Il lui en faudrait rabattre, s'il voulait les vendre, ses animaux, tout beaux qu'ils étaient.

A l'heure du dîner, après avoir découragé par ses prétentions au moins cinq acheteurs, il ne baissait pourtant ni d'un décime ni d'un centime.

– J'aimerais mieux les donner à la boucherie ! bougonnait-il, le front têtu et la bouche mauvaise.

On riait. A d'autres ! Abattre une paire comme ça ! Il aurait pu trouver argument vraisemblable. Ils s'en tapaient entre eux sur l'épaule en allant s'attabler dans la chaude rumeur des gargotes, tandis qu'avec sa ladrerie bien connue Arthur se contentait de manger sur place un chanteau rassis et un oignon.

Plus tard, il se laissa pourtant entraîner au cabaret par des malins qui espéraient l'amadouer. Il vidait les petits verres sans rien perdre de son intransigeance. Au contraire, il se butait de plus en plus. Sa voix montait, devenait plus tranchante, ses gestes plus brutaux. Les pommettes rougies, aux yeux un feu méchant, il en était à déclarer qu'on lui paierait les quatre mille cinq cents francs tout ronds ou qu'il les salerait lui-même, ses bœufs.

Quand il revint à Lern, sur les trois heures de relevée, le jour était encore très clair. Pierre et son père, en train de nettoyer la bergerie, furent stupéfaits de constater que leur maître ramenait les deux animaux. Ils n'avaient donc pas trouvé acquéreur ! Incroyable. Et tant mieux !...

Cette satisfaction ne dura pas. De plus près, Arthur leur parut inquiétant. Jamais il n'avait eu si mauvais visage – fermé, blême, avec deux taches de rougeur sous les yeux. Bien qu'il eût dépouillé sa limousine, jetée sur le milieu du joug, il suait. Il s'essuya sur sa manche.

– Sales bêtes ! grogna-t-il d'un air cauteleux. Personne n'en a voulu.

Il allongea au Bijou un coup de pied qui provoqua une protestation indignée de Pierre.

– Quoi, quoi! hurla Arthur comme s'il n'attendait qu'une occasion de se mettre en rage. Je leur ferai ce qui me plaît. Sont à toi, ou à moi?

Il avait l'air, racontèrent plus tard les deux hommes – bien plus tard – il avait l'air « d'un qui prépare un mauvais coup ». On aurait dit, remarqua également Pierre, « qu'il se montait ». Observation très juste, certainement. Que faisait-il, Arthur, depuis le matin, sinon s'exciter contre ces animaux?...

D'un ton furieux, il ordonna aux Francillou de lui apporter des cordes. Puis il chassa les deux paysans, menaçant de son aiguillon Pierre qui regimbait. Son père l'entraîna dans la bergerie et de là dans le coudert où ils se regardèrent, perplexes, confusément effrayés.

– L'est pas devenu fada? Des fois qu'il aurait pris le mal de la Demoiselle!

– Ça se pourrait, dit Fricassogropau.

Un meuglement lamentable, du Bijou, leur parvint. Le Rousseau se mit à mugir d'une voix rauque et affolée qui s'étrangla tout à coup.

– Bon Dieu! s'exclama Pierre. J'y vais.

Le vieux le retint. On respirait le drame à plein nez. Ce n'était pas le moment d'aller irriter un homme dont on pouvait tout craindre. Rien ne se faisait plus entendre pardessus les granges. Le malaise n'en pesait pas moins lourd. Que se passait-il là-bas? de l'autre côté. A coup sûr quelque chose de tragique. Pierre, à la fin, n'y tint plus. Il rentra dans la bergerie et entrouvrit la porte. Son père était derrière lui.

Si, dans leur appréhension, ils s'attendaient au pire, ce qu'ils aperçurent dépassait leur capacité d'imagination. C'était fou. Un carnage. Une inondation pourpre dans laquelle pataugeait un boucher dément.

Arthur avait attaché les bœufs devant le seuil de sa cuisine et successivement égorgé l'un et l'autre, sans prendre aucune disposition pour recueillir le sang. Deux grands bœufs, cela en fournit des litres et des litres. Il y en avait partout : dans la cour, sur les marches où il ruisselait, dans la pièce même.

Le chapeau en arrière, les manches retroussées, tout maculé de rouge, Arthur, avec des gestes brutaux et rageurs, achevait d'écorcher grossièrement la seconde bête. Puis il se mit au dépeçage. La sueur lui coulait dans les yeux, il l'essuya d'un revers de main, se souillant la figure. Voyant les Francillou, il les appela, avec des injures. Fainéants, bons à rien! A la besogne!

– Faut mettre ça au saloir. Tout de suite.

Pas tellement fada, le Maître! Et puisque les animaux étaient morts, mieux valait s'atteler à l'ouvrage pour tirer parti de la viande.

Des saloirs, il y en avait deux – d'énormes vases de grès – au fond de la cuisine. Arthur en envoya chercher deux autres dans la remise, qu'il fit déposer devant la cheminée. On dépeçait dans la cour, on débitait les quartiers sur la table. Au fond, ce n'était peut-être pas déraisonnable d'avoir abattu les bêtes à la porte même. Comme ça, pas trop de chemin à faire. Mais quel gâchis dans la pièce. La table était gluante, le sang gouttait et ruisselait sur le plancher, les sabots l'étalaient partout. Des éclaboussures avaient jailli, criblant par endroits les murs. Devant la cheminée où l'on apportait les morceaux pour les mettre dans le sel, une vraie flaque se formait peu à peu. L'odeur fade, mêlée à celle des entrailles, remplissait la petite cuisine. Il semblait – déjà – y percer un relent de décomposition.

Arthur paraissait calmé. Hargneux, comme toujours, et méfiant, tout en travaillant il gardait l'œil sur ses deux aides et ne manquait pas de les gourmander. Il n'avait cependant plus l'air d'un forcené. On aurait même pu croire qu'il éprouvait un secret contentement à présent que le massacre était accompli. Pourtant cette boucherie devait peser lourd à son avarice, à défaut de sa sensibilité. Le carnage lui coûtait trois mille francs.

Les Francillou, le soir, épiloguèrent longuement là-dessus, sans parvenir à aucune conclusion. Il y avait dans cet acte assez de sens pratique et trop d'extravagance pour ne point déconcerter complètement.

La suite fut tout entière du côté de la folie. Une fois le salage terminé, Arthur, au lieu de nettoyer sa cuisine, la laissa comme elle se trouvait. Il avait suspendu les peaux devant la porte; elles y restèrent. Malgré le froid, l'odeur devint bientôt intolérable. Toute la cour en était empuantie. Les Francillou, pourtant peu délicats, n'y pouvaient plus tenir. Ils se claquemuraient chez eux, gagnant les étables par le coudert.

Lui, il vivait au cœur même de la pestilence. Il y mangeait, le soir, en rentrant du travail. Il dormait là-dedans; sa chambre n'empestait guère moins que la cuisine. Et il portait avec lui la puanteur dont ses habits s'imprégnaient. Tout le monde fuyait son approche.

Un jour arriva cependant où il dut céder devant la putréfaction. A la porte, les peaux grouillaient de vers. Il les brûla puis se résolut à laver son logis avec de l'eau de cendres. Quand tout fut à peu près récuré, sauf les murs dont le chaulage demeura criblé çà et là de mouchetures brunes, il fit une chose que personne ne comprit : il abandonna sa chambre, la transforma en grange, la remplit jusqu'aux solives de paille et de foin. Il avait transporté son lit dans la cuisine. Ce fut là, dans cet étroit espace, que toute sa vie se concentra désormais.

Il n'était pas encore à l'âge où l'homme, assez normalement, perd le goût de s'étendre et incline à se rassembler sur le plus définitif de lui-même. Pourtant c'est ce qui semblait se produire en lui. Le père Francillou lui ayant demandé, à plusieurs reprises, de remplacer les deux bœufs « qui faisaient bien besoin pour le travail », il finit par répondre rudement qu'il n'en achèterait pas d'autres. On s'arrangerait comme ça, content ou non. Si ça ne plaisait pas, il y avait des places de domestiques ailleurs.

De même, il n'acquérait plus aucune terre. Les moyens ne lui en manquaient pas cependant; il fallait bien qu'il eût trouvé dans les bagages de sa sœur le petit sac de pierres précieuses. Il n'en parla ni ne s'en servit jamais. Il en aurait eu le droit puisque Joachim, les mois passant, ne se manifestait point. Il avait dû, effectivement, mourir en Amérique – ce dont Masbatie ne parvenait pas à se convaincre.

Avec son beau-père, sa belle-mère ou Marie, Jean parlait parfois du retour de Céline. Il ne lui paraissait pas possible qu'elle eût déjà l'esprit dérangé au point de déclarer : « Nous repartirons quand mon frère m'aura rejointe », s'il n'était plus de ce monde depuis longtemps. Un mystère planait là-dessus. Mais que dire? Que soupçonner?... Ah! Si Joachim fût venu jusqu'au domaine, ou si, après l'arrivée de Céline, Arthur se fût absenté!...

Masbatie, à l'occasion, questionnait discrètement les gens des auberges et des petites gares, dans les environs. Nul n'avait revu Joachim depuis son départ pour l'Amérique. Jean finit par se résigner à l'inexplicable. Dans son esprit, la disparition de son maître, l'étrange et terrible fin de Céline, la conduite étonnante d'Arthur formèrent comme l'apothéose des singularités qui avaient distingué d'une marque dramatique et fatale le trio des enfants Montalbert.

~

Devenu, cette fois, définitivement le Maître de Lern, Arthur n'en tira guère avantage. Cette souveraineté paysanne qu'il avait si avidement convoitée, il parut s'en détacher dès l'instant qu'elle lui appartint sans conteste. Le Maître, il l'était bien plus pendant l'absence de ses frères, jusqu'au retour de Céline. On eût dit que la mort de celle-ci et la disparition de Joachim, en lui conférant cette souveraineté, lui eussent ôté en revanche la capacité d'en jouir.

Non seulement il cessa d'agrandir le domaine, perdant cet âpre goût d'accumuler qui le tenait depuis l'enfance, mais il laissa peu à peu les terres de la réserve tomber en friche. Chaque année, la part cultivée se restreignait de quelques pièces bientôt envahies par le chiendent puis les ronces puis les chênes, les hêtres et les frênes, semés par le vent. En trois ou quatre ans, d'un pré que les bêtes ne paissaient plus, ou d'un ancien champ de blé, ils faisaient un taillis. La forêt, longtemps contenue sinon refoulée par endroits, reprenait son avance. Dans les fonds humides, au bord de la rivière, les drains n'étant plus suffisamment entretenus, les prairies se transformaient en jonchaies.

Ce n'était pas faute de travail. Arthur n'avait jamais besogné plus assidûment. Pour lui, ni dimanche ni fêtes. Aux champs dès l'aube, hiver comme été, il ne rentrait qu'à la nuit close. Il n'exigeait pas moins des autres. Sous sa tyrannie, on ne connaissait pas de repos. Il fallait tout l'attachement des paysans à leur sol et leurs habitudes, pour retenir les Francillou à son service. Il se montrait d'un despotisme sans bornes, ne tolérant pas même un avis, encore moins une initiative. Sa brutalité devenait telle que personne, devant lui, ne soufflait mot. C'est ce qu'il semblait vouloir : le silence. Lui-même parlait de moins en moins. Les grognements, les signes lui suffisaient à transmettre le peu qu'il entendait communiquer.

– C'est un vrai loup-garou, disait Pierre.

On le respectait cependant – malgré qu'on le détestât, qu'on en eût peur –, on le respectait pour sa puissance de travail et son sens profond des choses de la terre. Fricassogropau reconnaissait en lui le don, la science, les secrets du « ré-grand-père » : l'aïeul, qui avait formé jadis « lou pitit monsur ». En celui-ci, ils restaient fidèles à leur propre ancêtre.

L'effort de chacun ne pouvait remédier au trop petit nombre des travailleurs. Des quatorze et seize paires de bras qu'avait comptées la réserve, huit seulement restaient, en y comprenant le Maître. Depuis des années, dans le temps même que le domaine s'accroissait par les acquisitions d'Arthur, la main-d'œuvre diminuait. N'avait-il pas renvoyé les Masbatie! Les sœurs de Pierre, en se mariant, puis ses filles – Marie la dernière – s'en allaient, car aucun garçon ne voulait « entrer gendre » à Lern où l'on se crevait à la besogne avec des procédés révolus. Les frères de Pierre, eux aussi, étaient partis en prenant femme. Il n'y avait plus à présent que le vieux ménage Francillou, celui de Pierre, et ses deux fils.

Engager du personnel n'eût pas été impossible, malgré tout. Arthur y manifestait une insurmontable répugnance. Pas de figures nouvelles autour de lui. Rien qui le changeât de sa routine. Il ne lui convenait plus d'ajouter, mais de retrancher. Quand il refusait de remplacer les bœufs, ce n'était point par avarice. Depuis, le troupeau n'avait cessé de diminuer. Il n'en pouvait être autrement. Toute vie, à Lern, devait nécessairement régresser, car celle d'Arthur, ses désirs, ses nécessités, se rétrécissaient de plus en plus.

Peu à peu, il abandonna les foires, et, par horreur des contacts humains, ne sortit presque plus du domaine. De loin en loin, il allait à Nontron acheter l'indispensable. Bien peu de chose; il n'avait guère de besoins. Il se nourrissait de pommes de terre, de raves, de châtaignes, cuites sous la cendre, de salades et d'oignons, de salé ou de volailles, de fromage blanc qu'il faisait lui-même. Et il buvait la piquette qu'il fabriquait également.

Il ravaudait ses hardes crasseuses, jamais remplacées.

Pendant près de quinze ans, il porta une redingote provenant de son père. Jadis marron, elle tournait à un verdâtre qui, du reste, disparaissait sous les taches et les rapetassages. Hiver comme été il travaillait dans ce costume ou parcourait les terres, son vieux fusil à l'épaule, prêt à tirer sur gens ou bêtes en maraude.

Avec ses sabots garnis de paille, le bas du pantalon serré dans des bandes de toile ou de laine remplaçant les chaussettes, un chapeau moisi par la sueur, surtout avec sa figure pétrifiée, il n'inspirait guère l'idée de ce qu'il était pourtant : le plus grand propriétaire de la région. C'est pourquoi on le saluait tout de même. Il répondait à peine. On l'appelait : « le vieux brigand ».

Le Maître de Lern. L'homme qui tenait sous sa main sale deux cents hectares.

– A quoi ça lui sert! disaient les gens.

Tandis que « le château » où il était né tombait en ruine sous le lierre couvrant les murs et la charpente pourrie, il rentrait dans sa bauge. Une vraie souille de solitaire. Encombrée de choses sordides comme lui-même, la cuisine reflétait bien l'âme de son habitant. La porte en était toujours fermée à clef. Nul ne pénétrait ici. Elle s'ouvrait sur un remugle d'aigreurs et de rancissures. Une chandelle – il les coulait lui-même avec le suif de ses moutons – éclairait pauvrement de sa lueur fuligineuse, puante, la table, le banc, la cheminée où il cherchait dans la cendre les pommes de terre ou les raves de son souper.

Devant l'âtre se trouvait un fauteuil en lattes de châtaignier. Après son misérable repas, il s'y laissait choir, non plus pour compter des pièces d'or, mais pour exécuter quelqu'un de ces ouvrages machinaux des veillées, par exemple ces palisses faites de torons de paille liés avec la souple écorce des ronces; et, de plus en plus souvent, pour boire.

L'habitude lui en était venue insensiblement. La première fois qu'il avait demandé quelque chose à l'alcool, c'était le jour du massacre des bœufs. Sans les petits verres vidés dans les auberges de Piégut, jamais il n'aurait eu le courage d'accomplir ce sacrifice.

Ensuite l'alcool lui avait redonné, à chaque fois, ce coup de fouet, cette même excitation dont il avait besoin pour se convaincre de sa victoire. Alors, dans les demi-ténèbres de la cuisine, il piétinait triomphalement les carreaux de briques devant l'âtre où deux tisons en croix rougeoyaient.

Maintenant, ce n'était plus, hélas! cette violence qu'il cherchait au fond de la bouteille. Tous les soirs ou presque, il y puisait au contraire l'atonie, le bienheureux oubli de ce qu'il était. Il ne noyait pas des remords. Pas encore. Loin de là : il voulait oublier ses propres sujets de se plaindre, ne plus savoir que ses parents puis ses frères, en le rayant de leur race, l'avaient impitoyablement condamné à la solitude, à la rancœur, à la haine, à la honte de soi-même, à l'ambition aigrie, à la brutalité, et finalement à une dérisoire impuissance. Car tout ce qu'il avait accompli, il l'avait accompli pour rien. Lern était à lui, mais lui ne serait jamais capable de le posséder.

Le trois-six distillé par les bouilleurs de cru sentait la pomme sure. Son mauvais goût chassait une amertume bien pire. Après chaque rasade, l'importance des choses diminuait d'un degré. Bientôt les souvenirs, lourds, lourds! les désillusions, l'accablante conscience de ses incapacités, se perdaient dans un flottement de coton. Ses doigts continuaient mécaniquement à tordre le chaume tout en serrant tant bien que mal le ruban de ronce dont il ne voyait plus guère les spires.

Encore quelques lampées. L'ouvrage lui tombait des mains. Ah, ah! qu'est-ce que ça pouvait faire! Qu'est-ce que n'importe quoi pouvait bien faire, bon Dieu! Il n'y avait plus rien. Plus de frère et de sœur morts, ni cet atroce rictus de Céline, plus même d'Arthur, plus de cette saleté de vie, plus de Lern. Tout s'abolissait dans un néant brouillé où le corps nauséeux était délivré de son âme.

Dans l'écuelle de fer, la chandelle gargouillait au milieu du suif, projetant des particules crépitantes. Ah, ah! Un jour elle foutrait le feu à toute cette saloperie. Ce serait le grand débarras. Le grand débarras dans les flammes de l'enfer!...

Au bord du vomissement, les paupières plombées, Arthur titubait vers son lit, accrochant ou renversant des choses au passage. Tout vêtu, il s'écroulait sous l'édredon, ses sabots tombaient. Le trois-six le jetait, assommé, du vertige à l'inconscience. Il dormait comme un gisant de pierre. La chandelle teintait d'une dernière lueur rougeâtre la fenêtre dont il ne prenait plus la peine de fermer les volets. Il ne se souciait plus des voleurs. Ni de rien.

Le jour, il n'absorbait jamais une goutte d'alcool. On ne savait pas qu'il buvait. On en constatait seulement les effets sur sa personne. On le croyait malade. De pâle, il devenait verdâtre. Il maigrissait, se voûtait. La force qu'il avait eue sous son apparence chafouine le quittait lentement. De mois en mois, il prenait tout à fait l'aspect d'un vieillard, avec de lourdes poches sous les yeux. Deux rides pleines de crasse lui descendaient du nez au menton. Il perdait le souffle. L'effort de manier la houe, la bêche ou la faux, le couvrait d'une sueur gluante. Ses mains tremblaient.

Vint un moment où il ne put même plus tenir les mancherons d'une charrue. Il cessa de travailler. Lern s'en allait à vau-l'eau. Comme l'Empire. On était en guerre avec l'Allemagne. Un hiver terrible succédait à l'été des pires désastres : Metz, Sedan. Les Prussiens s'avançaient à cent kilomètres d'ici. Dans Paris assiégé, les gens mouraient de faim et de froid. En mars, après la capitulation, ce fut le soulèvement du peuple parisien, cette guerre civile incompréhensible pour les paysans.

Mai ramena la paix avec une nouvelle république. Des

jeunes gens du pays, engagés dans l'armée de la Loire, revinrent. Arthur n'était plus qu'un fantôme. Quelques années encore, on le vit errer sur ses terres stériles. Une espèce de houppelande sans couleur, tissée avec la laine de ses moutons, avait succédé à la redingote en loques. Il ne se rasait plus; un chaume blanchâtre et clairsemé hérissait son visage de cadavre ambulant. Il trouvait encore la force de lever son bâton contre les enfants et les chiens qui lui couraient après. Souvent, il lui fallait s'appuyer contre un arbre ou un mur, pressant de la main son flanc. Autant que l'alcool, un vautour lui rongeait le foie. Les gamins le huaient, de loin. Tout ruineux, tout haletant qu'il fût, il faisait encore peur. Parfois, il venait rôder sur la place du village autour de l'église, sans se décider à entrer.

Enfin, un soir d'été, un fils de Pierre Francillou accourut en hâte chercher le curé, disant que leur Mousur allait bien mal. Il demandait le Bon Dieu.

La nuit était tiède. Dans les bois de Lern, le clair de lune criblait l'ombre des arbres. Puis les végétations ensauvagées, masquant la gentilhommière et la tour, apparurent. La masse des communs se découpa sur le ciel gris d'étoiles. Des lumières brillaient à la réserve. La petite maison d'Arthur était ouverte. Il gisait, tout vêtu, sur son lit où, vers le soir, il avait dû s'allonger. On pouvait voir qu'il ne s'en relèverait plus. Comme il ne voulait personne auprès de lui, le vieux Pierre et sa femme veillaient au seuil, assis sur les marches. Ils se levèrent à l'arrivée du prêtre qui passa en silence devant eux. Un instant plus tard, la porte se ferma.

Le curé resta plusieurs heures dans la pièce sordide où Pierre avait apporté une lampe. On apercevait sa clarté à travers la fenêtre aux carreaux poussiéreux, voilés de toiles d'araignées. Un peu après deux heures du matin, elle s'éteignit tout d'un coup. Seule demeura la faible lueur d'un cierge.

Les Francillou attendaient chez eux. Pierre, sur qui pesait le poids de ses soixante-treize ans, avait cédé à une somnolence. C'était lui l'ancêtre, maintenant. Fricassogropau et sa femme reposaient au cimetière depuis plusieurs années. Un des fils, marié, père de famille à son tour, vivait à la réserve, l'autre était gendre chez un métayer du domaine.

Pierre s'éveilla. Le curé entrait. Les heures qu'il venait de passer auprès du moribond marquaient profondément sa figure. Il voyait, il sentait encore cet homme terrible pleurer en se cramponnant à lui comme un enfant.

– C'est fini, dit-il d'une voix troublée. Votre maître est à présent devant le tribunal de Dieu.

IV

Arthur étant mort intestat, Lern échut aux cousins Malbert, de Limoges. Mais seulement après de longues années.

Les notaires n'avaient pu obtenir, ni dans la région bordelaise ni en Amérique, la preuve du décès de Joachim. Il fut donc déclaré absent. Le jugement qui établit cet état fit partir le délai du jour où Joachim, au témoignage de sa sœur, était rentré en France avec elle. En effet, le tribunal n'avait point pris en considération la folie, non attestée, de Céline.

Le notaire de Nontron, nommé séquestre, dut pourvoir à la conservation des biens. Il afferma la réserve afin que ses terres fussent remises en culture. Pierre et Masbatie – les deux beaux-frères – se réunirent pour l'exploiter avec leurs enfants et petits-enfants. Ainsi, la vieille famille des serviteurs de Lern se trouva reconstituée, avec Pierre comme patriarche.

Une fois de plus, on défricha, on reprit la coupe régulière des bois, et le notaire, administrant « en bon père de famille », consacra pour une part les revenus des métairies à restaurer l'habitation. Il la fit délivrer du lierre. On abattit ou élagua les arbres qui la menaçaient. Une fois l'intérieur nettoyé, les murs assainis, les planchers, la charpente et la toiture furent repris à neuf. Il y eut de nouveau, sinon une demeure, du moins une carcasse de maison que ses futurs possesseurs pourraient aménager à leur gré. Le logis d'Arthur fut, lui aussi, tenu clos et couvert, après avoir été sommairement débarrassé.

Le notaire mourut, puis Pierre, à quatre-vingt-treize ans. Ce fut seulement vers 1905 que les héritiers Malbert, après bien des longueurs de procédure, furent définitivement envoyés en possession. Ils se partagèrent les revenus accumulés, et, ne voulant pas garder le domaine indivis, ils le mirent en vente par lots. Les métairies s'enlevèrent rapidement. Quant à la gentilhommière, sur laquelle pesait une réputation sinistre, elle resta, avec la réserve, sans acquéreur jusqu'en 1910. Enfin, elles furent achetées par un Limousin qui fit de Lern sa résidence d'été.

En 1913, le nouveau propriétaire, après avoir aménagé la maison, donna des ordres pour la transformation de ce qui avait été le logement du cadet Montalbert. Les entrepreneurs étaient toujours les Lauprête : le fils, âgé maintenant de soixante ans, et son fils.

Au moment de la construction, Arthur, visant avant tout à l'économie, avait fait planchéier à même le sol. Avec l'humidité de la terre, les lattes s'étaient peu à peu disjointes. Il fallait les enlever pour creuser une cave. Travail d'hiver. Les deux hommes s'y mirent en décembre.

Ils déposèrent le devant d'âtre, en larges briques plates, puis s'attaquèrent aux planchers. Enfin, ayant sorti les solives de leurs supports, le troisième jour ils commencèrent à piocher le sol dégagé sur toute sa surface. Le fils travaillait devant la cheminée. Il avait creusé à une profondeur d'environ vingt centimètres lorsque, pelletant la terre jaunâtre, il souleva un objet couleur d'os, qui lui roula entre les pieds.

– Eh bé! s'exclama le jeune homme, suffoqué.

Une tête de mort tournait vers lui ses orbites vides et son nez camard.

Les deux terrassiers se remirent à fouiller le sol, en prenant cette fois d'extrêmes précautions. Ils dégagèrent ainsi un squelette au complet. Le crâne une fois remis en place, ils eurent sous les yeux les restes intacts d'un homme, grand et solide, gisant sur le dos dans une fosse taillée en plein tuf. Elle répondait à l'emplacement des grandes briques du devant d'âtre, à vingt centimètres en dessous d'elles. Elle avait été comblée avec les déblais du tuf.

L'entrepreneur, recommandant à son fils le silence, laissa tout en état. Il prévint le propriétaire, à Limoges. Lequel avisa les autorités. Accompagné du maire de Gain, il vint faire procéder à l'enlèvement. Le parquet de Nontron avait délégué un médecin.

L'examen auquel celui-ci se livra établit qu'il s'agissait d'un homme de quarante-cinq ans environ, qui devait mesurer un bon mètre quatre-vingt-cinq. Ce n'était pas un paysan : la dentition très soignée le montrait. Enfin, ce solide gaillard avait été tué. Vraisemblablement par surprise. De plusieurs coups de hache. L'effet de l'un d'eux se voyait avec évidence derrière le rocher droit, largement entaillé par un instrument lourd et tranchant. Un autre coup, qui avait sans doute tranché la jugulaire externe, marquait l'angle du maxillaire et le dessous du menton.

Aucun reste d'étoffes, de chaussures, nul bijou, ne fut trouvé dans la fosse ou la terre déblayée. En vain cribla-t-on le tuf avec soin.

Les objets que tout homme porte sur soi n'auraient pu se détruire aussi radicalement. Encore moins des souliers. La fosse était saine. Les os en parfaite conservation le démontraient bien. Il fallait donc que le mort eût été couché nu dans cette tombe. Pour empêcher toute identification future?...

L'arrivée du propriétaire, du médecin, du maire, n'était

point passée inaperçue, à la réserve. Un groupe étonné s'était formé dans la cour. Qu'est-ce que « les messieurs » faisaient donc en compagnie des Lauprête, dans la petite maison?

Brusquement, le maire apparut sur le seuil, ayant l'air de chercher quelqu'un. Il avisa Masbatie et l'appela :

– Viens par ici, Jean.

Un peu intimidé, Masbatie entra, ôtant son chapeau. Il portait vertement ses quatre-vingts ans bien sonnés. A peine lui en eût-on donné plus d'une soixantaine. Ses cheveux, sa moustache à la gauloise grisonnaient seulement. Il était en bon chemin pour faire un centenaire.

Le maire ne lui laissa pas le temps de voir ce qui se passait dans la pièce. Il le prit par le bras, le mena devant la fosse tandis que les assistants l'observaient, silencieux, attendant avec curiosité sa réaction. Leur indiscrétion le gênait. Ça ne les regardait pas, ces gens. Ce qu'il ressentait devant cette tombe, devant la confirmation des atrocités d'Arthur, il ne le montra point. Cependant c'était un rude coup, pour lui, de revoir soudain dans cet état le Maître qu'il avait fidèlement servi et aimé sans vouloir le juger. Il contempla longtemps le squelette.

– Eh bien? demanda impatiemment le maire. *Qué sei?*

Pourquoi tenait-il à le savoir? A quoi cela pouvait-il servir maintenant!... Mais Masbatie respectait les autorités.

– *Qué nostrei Mousur*, répondit-il enfin en baissant les yeux.

– M. Joachim, hein! C'est son frère qui l'a tué?

Masbatie fit oui, de la tête.

Aucun doute. Il n'aurait jamais pensé que Joachim ait pu être assassiné ici. Néanmoins, le fait était certain, à présent. Arthur avait tué son frère et fait mourir sa sœur, pour devenir le Maître de Lern.

Lauprête hochait la tête avec incrédulité. Oh! certes, M. Arthur était assez mauvais pour abattre son aîné à coups de hache. Seulement, si l'on se rappelait les circonstances de la disparition, ce meurtre paraissait matériellement impossible. Quand, comment, eût-il été accompli ? alors que M. Joachim, du moment où il était parti avec sa sœur, n'avait plus remis les pieds ici !

Masbatie, lui, voyait bien comment les choses avaient dû se passer. Joachim était revenu peu après Céline, juste avant les grandes chutes de neige. Arthur, sachant que son frère arriverait dans les premières heures de la nuit puisqu'il n'avait pas à coucher en route, comme sa sœur, et qu'il débarquerait à Nontron dans les deux ou trois jours au plus, allait chaque soir le guetter sur la route, à quelque distance de Lern. Une nuit, Joachim, que nul n'avait particulièrement remarqué à la lueur des quinquets, parmi les trois ou quatre voyageurs descendus dans la petite gare endormie, apparaissait sur la blancheur du chemin. Il ne devait porter qu'un léger bagage, Céline ayant amené les malles et les valises. La vue de son cadet pouvait le surprendre. Arthur n'était cependant pas en peine de fournir une explication ; par exemple, qu'il venait au-devant de lui pour lui éviter d'aller taper en vain à la porte du « château » endommagé, où il n'eût trouvé personne. Très probablement, le misérable avait depuis plusieurs jours l'intention d'amener chez lui son aîné pour l'abattre sans risque d'être vu et l'enterrer dans cet endroit où nul ne le chercherait. La fosse, sans doute, était déjà préparée. L'arme aussi.

Rien de plus facile que de conduire Joachim à la petite maison. Il suffisait de lui dire que Céline y logeait en attendant la restauration du « château » – ou n'importe quoi de ce genre. Joachim n'avait aucune raison de se méfier. Il entrait gaiement. Son frère, saisissant la hache toute prête, l'en frappait aussitôt derrière la tête. Ensuite, il le dévêtait, puis, après l'avoir enseveli, brûlait ses vêtements, son sac, et, plus tard, il enfouissait dans quelque coin du domaine la montre, la chevalière, les objets personnels du mort – avec les pierres précieuses que Marie, une fois, avait vu Mademoiselle cacher précipitamment dans un petit sac. Il ne s'était trouvé aucun vestige des bijoux de Joachim, de l'argent qu'il avait pu apporter, ni de ces pierres, lors de l'inventaire dressé après la mort d'Arthur. On avait découvert une cachette sous le plancher de son ancienne chambre transformée en grenier à foin – mais vide.

Le massacre des bœufs prenait tout son sens, à présent. Il était destiné à noyer dans une inondation de sang les traces du meurtre, sans doute des éclaboussures indélébiles sur le crépi des murs, et l'odeur du cadavre en décomposition, qui filtrait peut-être à travers le tuf. Voilà pourquoi Mousur Arthur, jusqu'au moment où il avait eu égorgé le Rousseau et le Bijou, défendait avec tant de fureur que l'on approchât de son seuil.

Tout cela était clair pour Masbatie, mais il n'éprouvait nul besoin d'en faire la démonstration à des gens « que ça ne regardait pas ». Au demeurant, il ne pouvait avancer aucune preuve pour convaincre Lauprête et autres sceptiques refusant de croire au retour de Joachim. Le curé qui avait assisté Arthur leur eût fourni une certitude par son témoignage incontestable – si cela eût été possible sans trahir le secret de la confession. Seulement le prêtre en question n'existait plus.

En vérité, cette certitude, nul ne s'en souciait. L'affaire n'intéressait pas la justice, le coupable présumé étant mort et le meurtre prescrit. Le drame datait de si longtemps ! Hormis Masbatie, Lauprête et les enfants de Pierre Francillou, il ne restait personne qui en eût connu les protagonistes. Enfin, la guerre de 1914 éclata là-dessus. Gain et Lern n'échappaient plus maintenant aux convulsions du monde. La guerre les atteignit, sinon dans leur territoire, du moins dans leur chair. Pendant quatre ans, on eut à pleurer trop de jeunes morts pour songer à un vieux cadavre.

C'est sans doute ce qui explique qu'aucune sépulture n'ait été donnée aux ossements de Joachim. Faute de preuves matérielles pour dresser un acte de décès, il n'était point permis de les déposer dans le tombeau des Montalbert; du moins eût-on pu les ensevelir dans un coin du cimetière. Comment Masbatie souffrit-il de laisser les restes de son maître traîner avec les objets de rebut dans les greniers de Lern? Cela paraît inconcevable. Néanmoins, en 1933, le squelette se trouvait encore sous les combles de la tour, dans une caisse d'emballage poussiéreuse. On le montrait aux visiteurs. Certains en avaient emporté des morceaux. Il ne subsistait plus que le crâne, les deux fémurs, un tibia, quelques côtes et quelques vertèbres.

Depuis peu, Masbatie était mort – à quatre-vingt-dix-huit ans, avec sa Jeanne qui ne lui survécut pas vingt-quatre heures. C'est alors que l'on fit à Lern une autre découverte.

Le cyprès au pied duquel Céline avait agonisé finissait par devenir encombrant. Il bouchait la vue. A mainte reprise, le nouveau propriétaire avait voulu le jeter bas. Chaque fois, Masbatie suppliait que l'on ne touchât ni à cet arbre ni à la plate-bande sur laquelle il se dressait. C'était un lieu sacré, disait le vieil homme. Par égard pour lui, on respectait son vœu.

Masbatie disparu et les racines du cyprès menaçant de renverser la murette, l'arbre fut condamné. Par une piquante matinée d'hiver, le fils Lauprête et Marcel Francillou – le seul fils de Pierre que la guerre de 1914 eût épargné – le scièrent au passe-partout, puis ils se mirent à piocher pour extraire la souche. Les racines apparurent, rougeâtres. Les hommes commencèrent à les couper avec le tranchant de l'outil. Soudain la pioche de Lauprête s'enfonça en crevant du bois pourri.

– Tiens! On dirait qu'il y a là une caisse, fit l'entrepreneur.

– Eh ! vas-y doucement, s'écria Marcel. C'est peut-être le trésor de Mlle Céline.

Les pierres précieuses entrevues par Marie et dont on parlait dans les « veillées », étaient devenues des richesses de légende. Tout excité à cette idée, Francillou jeta son outil pour dégager délicatement avec les mains ce qui apparut comme une caissette en châtaignier noirci par un long séjour dans la terre humide. De son côté, Lauprête mettait à jour deux autres coffrets semblables mais plus anciens encore, qui tombèrent en morceaux quand il voulut les enlever aux tentacules de l'arbre. Parmi ces débris, comme au fond de la boîte ouverte par Francillou, se trouvaient des petits tas de choses blanches.

Les deux hommes se regardèrent.

– Mais, c'est !... fit Marcel.

– Oui, dit Lauprête gravement.

C'étaient les minuscules os de trois nouveau-nés enfouis là, les uns après les autres, dès leur venue au monde : dernières victimes du choix inconsciemment exercé par Lucien de Montalbert au temps de la Messe Rouge, de la souveraineté de la Guerre et du triomphe de la Mort.

Novembre 1953 – Janvier 1958.

Table

DU MÊME AUTEUR
AUX ÉDITIONS PHÉBUS

Le Dieu nu, roman
Prix Théophraste Renaudot 1951

Le Château des Bois-Noirs, roman

La Terre aux Loups, roman

La Révolution, roman historique
Grand prix du roman de l'Académie française 1963 :
Tome I : L'Amour et le Temps
Tome II : Les Autels de la Peur
Tome III : Un vent d'acier
Tome IV : Les Hommes perdus

Les Amants, roman

T. C. BOYLE
Water Music

W. WILKIE COLLINS
La Dame en blanc
Pierre de lune
Sans nom
Armadale

LUDWIG LEWISOHN
Le Destin de Mr Crump
Crime passionnel

DEBORAH SCALING KILEY
Albatros

JEAN MALAQUAIS
Les Javanais

WILLIAM TREVOR
En lisant Tourgueniev

CHARLES MATURIN
Melmoth

AHMAD AL-TIFACHI
Les Délices des cœurs

CHRISTIAN CHARRIÈRE
La Forêt d'Iscambe

VICKI BAUM
Shanghaï Hôtel

HEINRICH VON KLEIST
La Marquise d'O... et autres nouvelles

MARTINE ROFFINELLA
Elle

SHUSHA GUPPY
Un jardin à Téhéran

CHRISTIAN DEDET
La Mémoire du fleuve
Le Secret du Dr Bougrat

GEORGE SAND
Consuelo
La Comtesse de Rudolstadt

OLIVE SCHREINER
La Nuit africaine

MEYER LEVIN
Crime

PATRICIO MANNS
Cavalier seul

ROBERT MARGERIT
L'île des Perroquets

NEIL BISSOONDATH
Retour à Casaquemada

MAURICE COYAUD
Fourmis sans ombre

JACK LONDON
Le Peuple d'en bas
Les Enfants du froid
John Barleycorn
(Le Cabaret de la Dernière Chance)
Patrouille de pêche
Le Fils du Loup
Le Vagabond des étoiles

LEO PERUTZ
Le Cavalier suédois

CHARLES SIMMONS
Les Locataires de l'été

MIKA WALTARI
Les Amants de Byzance

PIERRE MAC ORLAN
L'Ancre de Miséricorde

JAMES MORIER
Les Aventures de Hadji Baba d'Ispahan

MERIWETHER LEWIS
WILLIAM CLARK
Far West
I. La Piste de l'Ouest
II. Le Grand retour

La Poésie arabe

JOSEPH O'CONNOR
Desperados

SIR ERNEST SHACKLETON
L'Odyssée de l'« Endurance »

WALLACE STEGNER
Vue cavalière

ROBERT PENN WARREN
L'Esclave libre

ALEXANDER KENT
Cap sur la gloire

FERDYNAND OSSENDOWSKI
Bêtes, Hommes et Dieux

HELEN ZAHAVI
Dirty week-end

DOMAINE FRANÇAIS

AUX ÉDITIONS

PHÉBUS

(extrait du catalogue)

JEAN AICARD

Maurin des Maures, roman
Préface de Jean-Claude Izzo

L'Illustre Maurin, roman

MICHEL ALVÈS

Le Livre d'heures, récits

GEORGES ARNAUD

Les Oreilles sur le dos, roman

DANIEL ARSAND

La Province des Ténèbres, roman
En silence, roman

DOMINIQUE AUTIÉ

Le Bec dans l'eau, roman

BAPTISTE-MARREY

Le Roman crétois, roman

ANDRÉ BARRET

Sautecœur, roman

MARCEL BÉALU

Journal d'un mort, récits
Présentation de Georges-Arthur Goldschmidt

Contes du demi-sommeil, récits
Commentaire d'Antonin Artaud

L'Aventure impersonnelle, roman

Mémoires de l'ombre, récits

L'Expérience de la nuit, roman

La Vie en rêve, essai

L'Araignée d'eau, récits
Préface d'André Pieyre de Mandiargues

MATHIEU BELEZI

Le Petit roi, roman

Les Solitaires, roman

ROLAND BRIVAL

Le Dernier des Aloukous, roman

Bô, roman

Biguine Blues, roman

La Robe rouge, roman

PATRICK CARRÉ

Le Palais des nuages, roman

Yavana, roman

CHRISTIAN CHARRIÈRE

Les Vergers du ciel, roman

Mayapura, roman

La Forêt d'Iscambe, roman

ROBERT CHRISTOPHE

Marie-Tête d'Ange, roman

ALAIN DELBE

Les Iles jumelles, roman

JEAN-CLAUDE DEREY

Les requins ne mangent jamais les Nègres, roman

ANDRÉ DHÔTEL

La Route inconnue, roman

Lorsque tu reviendras, roman

La Vie passagère, poèmes

PHILIPPE DIOLÉ

L'Okapi, roman

PIERRE D'OVIDIO

La Vie épatante, roman

CATHERINE ENJOLET

Princesse d'ailleurs, roman

SERGE FILIPPINI

La Vie en double, roman

L'Aquarium, roman

L'Homme incendié, roman

Comœdia, roman

Haut Mal, roman

LÉON FRAPIÉ

La Maternelle, roman

JAMES FULBERT

Rien à comprendre

Journal d'un utopiste, 1999-2000

PASCALE GAUTIER

Mercredi, roman

ANDRÉ GIDE-JEAN MALAQUAIS

Correspondance

JAMES GRESSIER

La Dernière Fugue, roman

Le Retour du chasseur, roman

Le Lièvre et le Lieutenant, roman

BERNARD JOUIN

De rizières et de pluie, roman

FRÉDÉRIC KLEIN

Tunnel, roman

MAURICE LEBLANC

Voici des ailes, roman

PIERRE LESTRADE

La Montagne des Singes, roman

Adagio, roman

L'Ile aux masques, roman

MARCEL LÉVY

La Vie et moi, récit

Conversations aux Champs Élysées,
Nouveaux dialogues socratiques

LO DUCA

Journal secret de Napoléon Bonaparte
Préface de Jean Cocteau

ALAIN LORNE

La Route brûlée, roman
Préface de Gilles Perrault

Les Quatre jeudis, roman

ROBERT MARGERIT

L'Ile des Perroquets, roman

Le Château des Bois-Noirs, roman

La Terre aux Loups, roman
Préface de Georges-Emmanuel Clancier

Le Dieu nu, roman

La Révolution (4 vol.), roman

Les Amants, roman

Préface de Georges-Emmanuel Clancier

JEAN MALAQUAIS

Les Javanais, roman

Journal de guerre, suivi de *Journal du métèque*

Planète sans visa, roman

MICHEL MARTY

La Beauté du diable, roman

L'Ile Rouge, roman

CÉDRIC MORGAN

Cet hiver-là, roman

Les Ailes du Tigre, roman

L'Enfant perdu, roman

Le Bonheur en douce, roman

JEAN-MARC MOURA

Gandara, roman

PAUL NOTHOMB

N'y être pour rien, roman

Non Lieu, essai

Le Délire logique, roman

Le Second Récit, essai

ROGER RABINIAUX

Impossible d'être abject, roman

PATRICK REUMAUX

Inamorata, roman

Le Gouverneur sans âme, roman

Chasses fragiles, récits

Le Venin des Borgia, chronique

MARTINE ROFFINELLA

Elle, roman

Mise à nu, roman

Le Fouet, roman

ANNE-MARIE S.

Crue, roman

CLAUDE SEIGNOLLE

Marie la Louve, nouvelles
Préface de Lawrence Durrell

La Malvenue, récit

La brume ne se lèvera plus, roman

La Nuit des Halles, récits

Le Diable en sabots, récits

Le Rond des sorciers, récits

La Morsure de Satan, récits

JEAN SOUBLIN

Niobé, roman

MATHIEU TERENCE

Fiasco, roman

Journal d'un cœur sec, roman

MARC TRILLARD

Eldorado 51, roman

Tête de cheval, roman

Cabotage
A l'écoute du chant des îles, Cap-Vert, 1993

Si j'avais quatre dromadaires, récits

Coup de lame, roman

JAN VAN DORP

Flamand des vagues, roman

Le Voilier aux marionnettes, roman
Préface de Michel Le Bris

DANIEL WALTHER

La Mort à Boboli, roman

DANIEL VAXELAIRE

Grand-Port, roman

Cap Malheureux, roman

Les Mutins de la liberté, roman

L'Affranchi, roman

GEORGES WALTER

Les Enfants d'Attila, roman

Wingapoh !, roman

Les Pleurs de Babel, roman

Enquête sur Edgar Allan Poe, poète américain, biographie

DOMAINE ÉTRANGER
AUX ÉDITIONS PHÉBUS

DOMAINE BRITANNIQUE

BARBELLION
Journal d'un homme déçu

RICHARD D. BLACKMORE
Lorna Doon, roman

ELIZABETH BOWEN
Emmeline, roman

JOHN BUCHAN
Salut aux coureurs d'aventure !, roman

RICHARD COBB
Une éducation classique, récit

W. WILKIE COLLINS
Pierre de Lune, roman
Préface de Charles Palliser
La Dame en blanc, roman
Armadale, roman
Sans nom, roman
Histoires regrettables, nouvelles
Seule contre la loi, roman

RODERICK CONWAY-MORRIS
Djem, roman

JOHN CRANNA
Les Visiteurs, nouvelles
(Nouvelle-Zélande)

SIR ARTHUR CONAN DOYLE
La Compagnie blanche, roman
Sir Nigel, roman

DAVID DONACHIE
Une chance du diable, roman

DAPHNÉ DU MAURIER
Le Général du Roi, roman
Mary Anne, roman
L'Amour dans l'âme, roman
Le Bouc émissaire, roman
Le Vol du Faucon, roman
La Maison sur le rivage, roman
Les Souffleurs de verre, roman
Le Mont-Brûlé, roman

JOHN MEADE FALKNER
Moonfleet, roman

ELIZABETH GOUDGE
L'Arche dans la tempête, roman
La Colline aux Gentianes, roman

RICHARD HUGHES
Cyclone à la Jamaïque, roman
Péril en mer, roman

ROBERT IRWIN
Les Mystères d'Alger, roman
Nocturne oriental, roman
Cadavre exquis, roman
Satan & Co, roman

NORMAN LEWIS

Torre del Mar, roman

Comme à la guerre, roman

L'Ile aux chimères, roman

Le Sicilien, roman

RICHARD LLEWELLYN

Qu'elle était verte ma vallée !, roman

ROSE MACAULAY

Les Tours de Trébizonde, roman

GEORGE MACKAY BROWN

Le Dernier Voyage, roman

DAVID MADSEN

Le Nain de l'ombre, roman

A.E.W. MASON

Les Quatre Plumes blanches, roman

NICHOLAS MONSARRAT

La Mer cruelle, roman

JAMES MORIER

Les Aventures de Hadji Baba d'Ispahan, roman

Les Aventures de Hadji Baba en Angleterre, roman

JOSEPH O'CONNOR

Les Bons Chrétiens, nouvelles

Desperados, roman

Le Dernier des Iroquois, roman

JULIA O'FAOLAIN

Gens sans terre, roman

CHARLES PALLISER

I. Le Quinconce, roman

II. Les Faubourgs de l'enfer, roman

III. Le Destin de Mary, roman

IV. La Clé introuvable, roman

V. Le Secret des Cinq-Roses, roman
Trahisons, roman
Les Morts reviennent toujours, roman

MERVYN PEAKE
Titus d'Enfer, roman
Préface par André Dhôtel
Gormenghast, roman

TIM PEARS
Un été brûlant, roman

JOHN COWPER POWYS
Wood and Stone, roman
Owen Glendower, roman :
I. Les Tours de Mathrafal
II. Les Forêts de Tywyn

LLEWELYN POWYS
L'Amour, la Mort, roman

THEODORE FRANCIS POWYS
Dieu et autres histoires
Préface de Patrick Reumaux

JOHN B. PRIESTLEY
Adam au clair de lune, roman

RAFAEL SABATINI
Pavillon noir, roman
Captain Blood, roman
Le Faucon des mers, roman

SIEGFRIED SASSOON
Mémoires d'un chasseur de renards, roman

OLIVE SCHREINER
La Nuit africaine, roman

FRANCIS STUART
Liste noire, roman

WILLIAM TREVOR

En lisant Tourgueniev, roman

Ma maison en Ombrie, roman

Le Silence du jardin, roman

Le Voyage de Felicia, roman

Mourir l'été, roman

Mauvaises nouvelles, récits

JAMES WADDINGTON

Un Tour en enfer, roman

HELEN ZAHAVI

True romance, roman

Donna et le gros dégoûtant, roman

Cet ouvrage
réalisé pour le compte des Éditions Phébus
a été achevé d'imprimer
en septembre 2000
dans les ateliers de Normandie Roto Impression s.a.
61250 Lonrai
N° d'imprimeur : 002190

Dépôt légal : octobre 2000
I.S.B.N. : 2-85940-679-4
I.S.S.N. : 1285-6002